LE CERCLE

DU MÊME AUTEUR
CHEZ POCKET

GLACÉ
LE CERCLE
N'ÉTEINS PAS LA LUMIÈRE
UNE PUTAIN D'HISTOIRE

BERNARD MINIER

LE CERCLE

Édition revue et corrigée par l'auteur

Pocket, une marque d'Univers Poche,
est un éditeur qui s'engage pour la préservation
de son environnement et qui utilise du papier fabriqué
à partir de bois provenant de forêts gérées
de manière responsable.

Le Code de la propriété intellectuelle n'autorisant, aux termes de l'article L. 122-5, 2° et 3° a, d'une part, que les « copies ou reproductions strictement réservées à l'usage privé du copiste et non destinées à une utilisation collective » et, d'autre part, que les analyses et les courtes citations dans un but d'exemple et d'illustration, « toute représentation ou reproduction intégrale ou partielle faite sans le consentement de l'auteur ou de ses ayants droit ou ayants cause est illicite » (art. L. 122-4).
Cette représentation ou reproduction, par quelque procédé que ce soit, constituerait donc une contrefaçon, sanctionnée par les articles L. 335-2 et suivants du Code de la propriété intellectuelle.

© XO Éditions, 2012
© 2013, Pocket, un département d'Univers Poche,
pour la présente édition
ISBN : 978-2-266-28121-8

Les individus civilisés, ceux qui se cachent derrière la culture, l'art, la politique... et même la justice, c'est d'eux dont il faut se méfier. Ils portent un déguisement parfait. Mais ce sont les plus cruels. Ce sont les individus les plus dangereux sur terre.

Michael Connelly, *Le Dernier Coyote*.

PROLOGUE

Dans la tombe

Son esprit n'était qu'un cri.
Une plainte.
Dans sa tête, elle criait de désespoir, elle hurlait sa rage, sa souffrance, sa solitude… – tout ce qui, mois après mois, l'avait dépouillée de son humanité.
Elle suppliait aussi.
Pitié, pitié, pitié, pitié… laissez-moi sortir d'ici, je vous en supplie…
Dans sa tête, elle criait et elle suppliait et elle pleurait. Dans sa tête seulement : en réalité, aucun son ne sortait de sa gorge. Elle s'était réveillée quasi muette un beau matin. *Muette…* Elle qui avait toujours aimé s'exprimer, elle à qui les mots venaient si facilement, les mots et les rires…
Dans l'obscurité, elle changea de position pour soulager la tension de ses muscles. Elle était assise par terre, adossée au mur de pierre, à même le sol de terre battue. Elle s'y allongeait, parfois. Ou bien elle rejoignait son matelas pouilleux dans un coin. Elle passait le plus clair de son temps à dormir, couchée en chien de fusil. Quand elle se levait, elle faisait des

étirements ou bien elle marchait un peu – quatre pas et retour, pas plus : son cachot mesurait deux mètres sur deux. Il y faisait agréablement chaud ; elle savait depuis longtemps qu'il devait y avoir une chaufferie de l'autre côté de la porte, à cause de la chaleur mais aussi des bruits : bourdonnements, chuintements, cliquetis. Elle ne portait aucun vêtement. Nue comme un petit animal. Depuis des mois, des années peut-être. Elle faisait ses besoins dans un seau et elle recevait deux repas par jour, sauf lorsqu'il s'absentait : elle pouvait alors passer plusieurs jours seule, sans manger ni boire, et la faim, la soif et la peur de mourir la taraudaient. Il y avait deux judas dans la porte : un tout en bas, par où passaient les repas, un autre au milieu, par où il l'observait. Même fermés, ces judas laissaient deux minces rayons lumineux trouer l'obscurité de son cachot. Ses yeux s'étaient depuis longtemps accoutumés à ces demi-ténèbres, ils distinguaient des détails sur le sol, sur les murs que nul autre qu'elle n'aurait pu voir.

Au début, elle avait exploré sa cage, guetté le moindre bruit. Elle avait cherché le moyen de s'évader, la faille dans son système, le plus petit relâchement de sa part. Puis elle avait cessé de s'en préoccuper. Il n'y avait pas de faille, il n'y avait pas d'espoir. Elle ne se souvenait plus combien de semaines, de mois s'étaient écoulés depuis son enlèvement. Depuis sa vie d'avant. Une fois par semaine environ, peut-être plus, peut-être moins, il lui ordonnait de passer le bras par le judas et lui faisait une injection intraveineuse. C'était douloureux, parce qu'il était maladroit et le liquide épais. Elle perdait connaissance presque aussitôt et, quand elle se réveillait, elle était assise dans la salle à manger, là-haut, dans le lourd fauteuil à haut dossier, les jambes et le torse attachés à son siège. *Lavée, parfumée et habillée…* Même ses cheveux fleuraient bon le shampooing, même sa bouche d'ordinaire pâteuse et son haleine qu'elle soupçonnait pestilentielle le reste du temps embaumaient le dentifrice et le menthol. Un feu clair pétillait dans l'âtre, des bougies étaient allumées sur la table de bois sombre qui brillait comme un lac, et un fumet délicieux s'élevait des assiettes. Il y avait toujours de la musique classique qui montait de la chaîne stéréo. Comme un animal conditionné, dès qu'elle entendait la musique, qu'elle voyait la lueur des flammes, qu'elle sentait les vêtements propres sur sa peau, elle se mettait littéralement à saliver. Il faut dire qu'avant de l'endormir et de la sortir de son cachot, il la faisait toujours jeûner pendant vingt-quatre heures.

Aux douleurs dans son ventre, cependant, elle savait qu'il avait abusé d'elle pendant son sommeil. Au début, cette pensée l'avait remplie d'horreur et elle avait vomi ses premiers vrais repas dans le seau en se réveillant dans la cave. À présent, cela ne l'atteignait plus. Parfois il ne disait rien, parfois il parlait interminablement, mais elle l'écoutait rarement : son cerveau avait perdu l'habitude de suivre une conversation. Les mots *musique*, *symphonie*, *orchestre* revenaient cependant comme un leitmotiv dans son discours, ainsi qu'un nom : Mahler.

Depuis combien de temps était-elle enfermée ? Il n'y avait ni jour ni nuit dans sa tombe. Car c'était de ça qu'il s'agissait : une tombe. Dont, au fond de son cœur, elle avait compris qu'elle ne sortirait jamais vivante. Tout espoir l'avait depuis longtemps désertée.

Elle se remémorait le merveilleux, le simple temps où elle était libre. La dernière fois où elle avait ri, reçu des amis, vu ses parents ; l'odeur d'un barbecue l'été, la lumière du soir dans les arbres du jardin et les yeux de son fils au coucher du soleil. Des visages, des rires, des jeux… Elle se revoyait faisant l'amour avec des hommes, un en particulier… Cette existence qu'elle avait crue banale et qui était en réalité un miracle. Combien le regret enflait en elle de ne pas l'avoir plus savourée. Elle se rendait compte que même les moments de chagrin, de douleur n'étaient rien en comparaison de cet enfer. De cette non-existence, ensevelie dans ce non-lieu. Hors du monde. Elle se doutait que quelques mètres seulement de pierre, de ciment et de terre la séparaient de la vraie vie, mais, en même temps, des centaines de portes, des kilomètres de couloirs et de grilles n'auraient pu l'en séparer davantage.

Pourtant, un jour, la vie et le monde avaient été là, tout près. Pour une raison inconnue, il avait été obligé de la déménager en urgence. Il l'avait habillée à la hâte, lui avait attaché les poignets dans le dos avec des menottes en plastique et lui avait passé un sac de toile sur la tête. Puis il lui avait fait gravir des marches et elle s'était retrouvée à l'air libre. *À l'air libre…* Le choc avait failli lui faire perdre la raison.

Lorsqu'elle avait senti la tiédeur du soleil sur ses bras nus et ses épaules, deviné sa lumière à travers le sac, respiré l'odeur de la terre et des champs encore humides, le parfum des fourrés en fleurs, entendu le ramdam des oiseaux au lever du soleil, elle avait été près de s'évanouir. Elle avait tellement pleuré qu'elle avait trempé la toile du sac de ses larmes et de sa morve.

Puis il l'avait couchée sur un plancher métallique et elle avait respiré une odeur de gaz d'échappement et de gasoil à travers la toile. Bien qu'elle fût incapable de crier, il lui avait fourré du coton dans la bouche et du sparadrap par-dessus, par mesure de précaution. Il avait également attaché ses poignets et ses chevilles ensemble pour éviter qu'elle ne donnât des coups de pied dans la cloison. Elle avait senti la vibration du moteur et la camionnette s'était mise à cahoter sur un sol inégal avant de rejoindre la route. Quand il avait brutalement accéléré et qu'elle avait entendu de nombreux véhicules les dépasser, elle avait compris qu'ils roulaient sur une autoroute.

Le pire avait été le péage. Elle entendait des voix, de la musique, des bruits de moteurs tout autour d'elle, *tout près*... juste là : derrière la cloison. Des dizaines d'êtres humains. Des femmes, des hommes, des enfants... À quelques centimètres seulement ! *Elle les entendait !...* Une avalanche d'émotions l'avait submergée. Ils riaient, parlaient, allaient et venaient, vivants et libres. Ils ignoraient tout de sa présence, si près d'eux, de sa mort lente, de son existence d'esclave... Elle avait secoué la tête jusqu'à la cogner contre le métal et son nez avait saigné sur le plancher graisseux.

Et puis, elle avait entendu son bourreau dire « merci » et la camionnette était repartie. Elle aurait voulu hurler.

Il faisait beau le jour de son déménagement, elle était quasiment certaine que la végétation était en fleurs. *Le printemps...* Combien d'autres saisons à venir ? Avant qu'il ne se fatigue d'elle, avant que la folie ne la terrasse, avant qu'il ne la tue pour de bon... Elle eut soudain la certitude que ses amis, ses proches, la police la considéraient déjà comme morte : un seul être au monde savait qu'elle était encore vivante – et c'était un être démoniaque, un serpent, un *incube*. Elle ne reverrait jamais la lumière du jour.

Vendredi

1

Poupées

C'était là, dans le jardin ombré,
L'ombre du tueur froidement embusqué,
Ombre sur ombre sur l'herbe moins verte que
Rouge du sang du soir.
Dans les arbres, le syrinx d'un rossignol
Défiait Marsyas et Apollon.
Dans le fond, une gloriette, des nids et des
Boules de gui
Font un décor agreste...

Oliver Winshaw immobilisa sa plume. Battit des paupières. Quelque chose avait attiré – ou plutôt *distrait* – son attention à la périphérie de son champ de vision. Par la fenêtre. Un éclair, dehors. Comme un flash d'appareil photo.

L'orage. Il se déchaînait autour de Marsac.

Ce soir-là, comme tous les autres soirs, il était assis à sa table de travail. Il écrivait. Un poème. Son bureau se trouvait au premier étage de la maison qu'ils avaient achetée trente ans plus tôt, sa femme et lui, dans le sud-ouest de la France ; une pièce lambrissée de chêne, presque entièrement tapissée de livres. Essentiellement de la poésie britannique et américaine des XIXᵉ et XXᵉ siècles : Coleridge, Tennyson, Robert Burns, Swinburne, Dylan Thomas, Larkin, E.E. Cummings, Pound...

Il savait qu'il n'arriverait jamais à la cheville de ses dieux lares, mais peu lui importait.

Jamais il n'avait fait lire sa poésie à qui que ce soit. Il arrivait à l'hiver de sa vie, désormais même l'automne était derrière lui. Bientôt, il ferait un grand feu dans le jardin et il y jetterait les cent cinquante cahiers à couverture noire. Au total, plus de vingt mille poèmes. Un par jour pendant cinquante-sept ans. Probablement le secret le mieux gardé de son existence. Même sa deuxième femme n'avait pas eu le droit de les lire.

Après toutes ces années, il se demandait encore où il avait puisé l'inspiration. Quand il revoyait sa vie, ce n'était qu'une longue suite de jours qui se terminaient toujours par un poème écrit le soir dans la paix de son bureau. Ils étaient tous datés. Il pouvait retrouver celui qu'il avait écrit le jour de la naissance de son fils, celui qu'il avait écrit le jour où sa première femme était morte, celui du jour où il avait quitté l'Angleterre pour la France... Il ne se couchait pas avant d'avoir terminé – parfois à 1 ou 2 heures du matin, même du temps où il travaillait. Il n'avait jamais eu besoin de beaucoup de sommeil et il n'avait pas un métier physique : professeur d'anglais à l'université de Marsac.

Oliver Winshaw allait avoir quatre-vingt-dix ans.

C'était un vieillard paisible et élégant connu de tous. Quand il s'était installé dans cette pittoresque petite ville universitaire, on l'avait aussitôt surnommé

« l'Anglais ». C'était avant que ses compatriotes ne s'abattent comme un vol de sauterelles sur tout ce que la région comptait de vieilles pierres à restaurer, et que le surnom ne se dilue quelque peu. Aujourd'hui, il n'était plus qu'un parmi des centaines d'autres dans le département. Mais, avec la crise économique, les Anglais repartaient les uns après les autres vers des destinations plus attractives financièrement : la Croatie, l'Andalousie, et Oliver se demandait s'il vivrait encore assez longtemps pour redevenir le seul Anglais de Marsac.

Dans le bassin aux nénuphars,
L'ombre sans visage glisse,
Le maigre et morne profil effilé,
Tel le fil de la lame joliment affûtée.

De nouveau, il s'interrompit.
De la musique... Il lui semblait entendre de la musique par-dessus le chuintement régulier de la pluie et les échos incessants du tonnerre qui se répondaient d'un bord à l'autre du ciel. Ça ne pouvait évidemment pas être Christine : elle dormait depuis longtemps. Oui, cela venait de l'extérieur : de la musique classique...

Oliver eut une grimace de désapprobation. Le volume devait être poussé à fond pour qu'il l'entende jusque dans son bureau malgré l'orage et la fenêtre fermée. Il essaya de se concentrer sur son poème, mais rien à faire : cette satanée musique !

Agacé, il porta de nouveau son regard vers la fenêtre. La lueur des éclairs traversait les stores. Il apercevait entre leurs lames la pluie ruisselant comme des cordes d'eau. La fureur de l'orage semblait se concentrer sur la petite ville, l'enfermer dans un cocon liquide, la couper du reste du monde.

Il repoussa sa chaise et se leva.

Il alla à la fenêtre et écarta les lames des stores pour regarder la rue. La rigole centrale débordait sur les pavés. Au-dessus des toits, la nuit était striée d'éclairs fins, comme inscrits par le tracé de sismographes luminescents.

Les fenêtres étaient toutes allumées dans la maison d'en face. Peut-être y avait-il une fête ? La maison en question, une maison de ville avec un jardin sur le côté, séparé de la rue et protégé des regards par un haut mur, était occupée par une femme célibataire. Professeur en classe préparatoire au lycée de Marsac, la khâgne la plus prestigieuse de la région. Une belle femme. Mince, cheveux bruns, silhouette élégante – la trentaine triomphante. Elle aurait plu à Oliver s'il avait eu quarante ans de moins. Il lui arrivait de l'épier discrètement quand elle se faisait bronzer l'été dans son transat, à l'abri des regards, sauf du sien, car le jardin se trouvait exactement en contrebas de la fenêtre de son bureau, de l'autre côté de la ruelle et du mur. Quelque chose clochait. Les quatre niveaux que comptait la maison étaient éclairés. Et la porte d'entrée, qui donnait sur la rue, béait, une petite lanterne soulignant le seuil brillant de pluie.

Mais il ne voyait personne derrière les carreaux.

Sur le côté, les portes-fenêtres faisant communiquer le salon avec le jardin étaient grandes ouvertes, elles battaient dans le vent comme des portes de saloon et l'inclinaison de la pluie était telle qu'elle devait éclabousser le sol à l'intérieur de la maison. Oliver la voyait rebondir sur les dalles de la terrasse, ployer les brins d'herbe de la pelouse.

Sans doute était-ce de là que provenait la musique… Il sentit son pouls s'emballer. Son regard glissa lentement vers la piscine.

Onze mètres sur sept. Un dallage couleur sable tout autour. Un plongeoir.

Il ressentait comme une sombre excitation : celle qui vous saisit quand quelque chose d'inhabituel vient rompre votre routine quotidienne et, à son âge, l'existence d'Oliver n'était faite que de cela. Son regard explora le jardin tout autour du bassin. Dans le fond, c'était le début de la forêt de Marsac, 2 700 hectares de bois et de sentiers. Pas de mur de ce côté-là, ni même un grillage, juste une muraille compacte de verdure. Le pool-house, une petite construction en dur bien plus récente que tout le reste, se dressait à l'autre extrémité de la piscine, sur la droite.

Il reporta son attention sur le bassin. Battue par l'averse, sa surface dansait légèrement. Oliver plissa les yeux. Tout d'abord, il se demanda ce qu'il voyait. Puis il comprit que plusieurs poupées se balançaient sur l'eau. Oui, c'était bien ça… Il avait beau savoir qu'il ne s'agissait que de poupées, il sentit un frisson inexplicable le parcourir. Elles flottaient les unes à côté des autres, leurs robes pâles ondulant à la surface du bassin hérissée par la pluie. Oliver et son épouse avaient été invités une fois à prendre le café par leur voisine d'en face. L'épouse française de Winshaw avait été psychologue avant de prendre sa retraite et elle avait une théorie sur cette profusion de poupées dans la maison d'une femme seule ayant dépassé la trentaine. En rentrant, elle avait expliqué à son mari que leur voisine était probablement une « femme-enfant », et Oliver lui avait demandé ce qu'elle entendait par là. Elle avait alors employé des expressions comme « immature », « fuyant les responsabilités », « ne se souciant que de son plaisir personnel », « ayant subi un traumatisme affectif » et Oliver avait battu en retraite : il avait toujours préféré les poètes aux psychologues. Mais du diable s'il comprenait ce que faisaient ces poupées dans la piscine.

Je devrais appeler les gendarmes, songea-t-il. *Mais pour leur dire quoi ? Que des poupées flottent dans une piscine ?* Une autre pensée le frappa. Ce n'était pas normal... Toute la maison éclairée, personne en vue et ces poupées... Où était donc passée la maîtresse de maison ?

Oliver Winshaw tourna la poignée de la crémone et ouvrit la fenêtre. Aussitôt, une vague d'humidité entra dans la pièce. La pluie lui cinglant la figure, il cligna les yeux en fixant l'étrange assemblée formée par les faces de plastique aux regards fixes.

À présent, il distinguait parfaitement la musique. Il l'avait déjà entendue, même si ça n'était pas du Mozart, son musicien préféré.

Bon sang, à quoi rimait tout ce cirque ?

Un éclair cisailla la nuit, suivi du craquement assourdissant de la foudre. Le bruit fit trembler les vitres. Comme un coup de projecteur brutal, l'éclair lui révéla qu'il y avait quelqu'un. Assis au bord du bassin, les jambes de son pantalon trempant dans l'eau, il était d'abord passé inaperçu, car l'ombre du grand arbre au centre du jardin l'engloutissait. *Un jeune homme...* Incliné sur la marée flottante des poupées, il les contemplait. Bien qu'il fût à une quinzaine de mètres, Oliver devina son regard perdu, hagard, et sa bouche ouverte.

La poitrine d'Oliver Winshaw n'était plus qu'une chambre d'écho où son cœur cognait tel un percussionniste endiablé. *Que se passait-il ici ?* Il se précipita vers le téléphone et arracha le combiné à son support.

2

Raymond

— Anelka est une brêle, dit Pujol.

Vincent Espérandieu regarda son collègue en se demandant si son jugement était motivé par les piètres performances de l'attaquant ou par ses origines et le fait qu'il venait d'une cité de la région parisienne. Pujol n'aimait guère les cités, encore moins leurs habitants.

Toutefois, Espérandieu devait bien reconnaître que, pour une fois, Pujol avait raison : Anelka était nul. Zéro. Nase. Comme tout le reste de l'équipe, d'ailleurs. Un crève-cœur, ce premier match. Seul Martin semblait s'en foutre. Espérandieu tourna son regard vers lui et sourit : il était sûr que son patron ignorait jusqu'au nom du sélectionneur que la France entière conspuait et injuriait copieusement depuis des mois.

— Domenech est un putain de tocard, dit Pujol à ce moment-là, comme si son cerveau avait capté la pensée de Vincent. Si on est arrivé en finale en 2006, c'est parce que Zidane et les autres avaient pris les rênes de l'équipe.

Personne ne contestant ce fait, le flic se faufila dans la foule pour aller chercher d'autres bières. Le bar était bondé. 11 juin 2010. Jour d'ouverture et premiers matches de la Coupe du monde de football en Afrique du Sud. Dont celui qui passait sur l'écran en ce moment même : Uruguay-France, 0-0 à la mi-temps. Vincent observa une nouvelle fois son patron. Il gardait son regard fixé sur l'écran. Vide. En vérité, le commandant Martin Servaz ne regardait pas le match, il faisait juste semblant – et son adjoint le savait.

Non seulement Servaz ne regardait pas le match, mais il se demandait ce qu'il fichait là.

Il avait voulu faire plaisir à son groupe d'enquête en l'accompagnant. Cela faisait des semaines que la Coupe du monde de football accaparait presque toutes les conversations à la Division des Affaires criminelles. La forme des joueurs, les matches amicaux calamiteux, dont une défaite humiliante contre la Chine, les choix du sélectionneur, l'hôtel trop cher : Servaz en venait à se demander si une troisième guerre mondiale les aurait préoccupés davantage. Probablement pas. Il espéra que les truands faisaient de même, et que les statistiques de la criminalité baissaient d'elles-mêmes sans que personne ait besoin d'intervenir.

Il attrapa le verre de bière fraîche que Pujol venait de déposer devant lui et le porta à ses lèvres. Sur l'écran, le match avait repris. Les petits hommes en bleu s'agitaient avec la même énergie stérile que précédemment ; ils couraient d'un bout à l'autre du terrain sans que Servaz trouvât à ces déplacements la moindre logique. Quant aux attaquants, il n'était pas un spécialiste, mais ils lui semblaient singulièrement maladroits. Il avait lu quelque part que les frais de déplacement et d'hébergement de cette équipe allaient coûter plus d'un million d'euros à la Fédération française de football, il aurait été curieux de savoir d'où elle tirait ses revenus et s'il allait lui-même devoir mettre la main à la poche. Mais cette question semblait moins préoccuper ses voisins, pourtant contribuables sourcilleux d'ordinaire, que l'absence chronique de résultats. Servaz tenta néanmoins de s'intéresser à ce qui se passait sur l'écran. Mais un bourdonnement désagréable montait en permanence du poste, comme celui d'un essaim géant. On lui avait expliqué que c'était le bruit produit par les milliers de trompettes des spectateurs sud-africains présents dans le stade. Il se demanda comment ils pouvaient produire et surtout supporter un tel vacarme : même d'ici, atténué par les micros et les filtres de la technique, le son était particulièrement exaspérant.

Tout à coup, les lumières du bar vacillèrent et des exclamations fusèrent de toutes parts quand l'image à l'écran se contracta et disparut pour réapparaître aussitôt. L'orage... Il tournoyait sur Toulouse comme un vol de corbeaux. Servaz eut un demi-sourire en imaginant tout le monde plongé dans le noir et privé de match.

Sans qu'il y prît garde, sa pensée distraite dériva vers une zone familière mais dangereuse. *Cela faisait dix-huit mois à présent que Julian Hirtmann n'avait plus donné signe de vie...* Dix-huit mois, mais il ne se passait pas un jour sans que le flic pensât à lui. Le Suisse s'était évadé de l'Institut Wargnier au cours de l'hiver 2008-2009, quelques jours seulement après que Servaz lui eut rendu visite dans sa cellule. Au cours de cette rencontre, il avait découvert avec stupéfaction que l'ancien procureur de Genève et lui avaient une passion commune : la musique de Mahler. Et puis, il y avait eu l'évasion pour l'un – et l'avalanche pour l'autre.

Dix-huit mois, songea-t-il. Cinq cent quarante jours et autant de nuits au cours desquelles il avait fait un nombre incalculable de fois le même cauchemar. *L'avalanche*... Il était enseveli dans un cercueil de neige et de glace, et l'air commençait sérieusement à lui manquer tandis que le froid engourdissait de plus en plus ses membres, lorsque enfin une sonde le touchait et que quelqu'un déblayait furieusement la neige au-dessus de lui. Une lumière aveuglante sur sa figure, une goulée d'air frais qu'il aspirait à grands traits, la bouche ouverte, et un visage qui s'encadrait dans l'ouverture. Celui de Hirtmann... Le Suisse éclatait de rire, disait : « adieu, Martin » – et rebouchait le trou...

Hormis quelques variantes, le rêve s'achevait toujours peu ou prou de la même façon.

En réalité, il avait survécu à l'avalanche. Mais, dans ses cauchemars, il mourait. Et, d'une certaine façon, une partie de lui était morte là-haut, cette nuit-là.

Que faisait Hirtmann en cet instant précis ? Où était-il ? Servaz revit en frissonnant le paysage de neige d'une majesté inimaginable... les sommets vertigineux protégeant une vallée perdue... le bâtiment aux murailles épaisses... les verrous qui claquent au fond des couloirs déserts... Et puis, la porte derrière laquelle s'élevait la musique familière : Gustav Mahler, le compositeur favori de Servaz – mais aussi de Julian Hirtmann.

— Pas trop tôt, dit Pujol à côté de lui.

Servaz jeta un coup d'œil distrait à l'écran. Un joueur quittait le terrain, un autre le remplaçait. Servaz crut comprendre qu'il s'agissait du dénommé

Anelka. Il regarda le coin en haut à gauche de l'écran : 71ᵉ minute – et toujours 0-0. D'où sans doute la tension qui régnait dans le bar. À côté de lui, un gros type qui devait peser dans les cent trente kilos et qui suait abondamment sous sa barbe rousse lui tapota l'épaule comme s'ils étaient intimes avant de lui souffler son haleine alcoolisée dans la figure :

— Si j'étais sélectionneur, je leur botterais les fesses pour qu'ils se bougent un peu, tous ces branleurs. Merde, sont pas fichus de se remuer même pour une Coupe du monde.

Servaz se demanda si, de son côté, son voisin se remuait beaucoup – à part lorsqu'il s'agissait de se traîner jusqu'ici et d'aller chercher des packs de bière à la supérette du coin.

Il se demanda pourquoi il n'aimait pas le sport à la télé. Était-ce parce que son ex-femme, Alexandra, contrairement à lui, ne ratait pas un match de son équipe préférée ? Ils avaient formé pendant sept années un couple dont Servaz avait toujours pensé, dès le premier jour, qu'il ne tiendrait pas longtemps. Malgré cela, ils s'étaient mariés, et ils avaient tenu sept ans. Il ne savait toujours pas comment ils avaient pu mettre autant de temps à reconnaître l'évidence : ils étaient aussi mal assortis qu'un taliban et une libertine. Qu'en restait-il aujourd'hui, sinon une fille de dix-huit ans ? Mais il était fier de sa fille. Oh oui, il en était fier. Même s'il ne s'était toujours pas habitué à son look, à ses piercings et à ses coupes de cheveux, Margot suivait ses traces à *lui*, pas celles de sa mère. Comme lui, elle aimait lire et, comme lui, elle avait intégré la classe préparatoire littéraire la plus prestigieuse de la région. Marsac. Les meilleurs étudiants y venaient de centaines de kilomètres à la ronde, certains même de Montpellier ou de Bordeaux.

En y réfléchissant bien, il devait admettre qu'à quarante et un ans il n'avait que deux centres d'intérêt dans son existence : son métier et sa fille. Et les livres... Mais les livres, c'était autre chose – pas seulement un centre, c'était *toute* sa vie.

Est-ce que c'était suffisant ? À quoi se résumait la vie des autres ? Il regarda le fond de son verre de bière, où il ne subsistait plus que des traces de mousse, et il décida qu'il avait assez picolé pour ce soir. Il ressentit tout à coup une envie pressante d'uriner et se faufila jusqu'à la porte des toilettes. Elles étaient d'une saleté repoussante. Un homme chauve lui tournait le dos, Servaz entendit son jet frapper l'émail de l'urinoir.

— Quelle équipe de bras cassés, dit l'homme quand le flic se déboutonna à côté de lui. C'est une honte de voir ça.

Il ferma sa braguette et ressortit sans prendre la peine de se laver les mains. Servaz savonna et rinça les siennes longuement, les sécha sous le souffleur puis, au moment de ressortir, il enfonça sa main droite dans sa manche avant de saisir la poignée que l'homme avait touchée.

Un bref coup d'œil à l'écran lui apprit que rien n'avait changé en son absence, bien que la partie approchât de son terme. L'assistance n'était plus qu'un volcan de frustrations. Servaz se dit que, si ça continuait comme ça, il allait y avoir des émeutes et il rejoignit sa place.

Ses voisins poussaient des rugissements du style : « vas-y ! », « passe-la, ta balle, putain, passe-la ! », « à droite ! à droooiteee ! », signe qu'enfin quelque chose se passait, quand il sentit dans sa poche une vibration familière. Il plongea la main dans son pantalon et en ressortit son téléphone. Pas un smartphone, un bon vieux Nokia des familles. L'écran était illuminé, signe que là aussi quelque chose se passait. L'appareil avait déjà transféré l'appel sur sa messagerie, il avait un message « 888 ».

Servaz composa le numéro.

Se figea.

La voix dans le téléphone... Il lui fallut une demi-seconde pour la reconnaître. Une demi-seconde d'éternité. L'espace-temps qui se contracte, comme si les vingt années qui le séparaient de la dernière fois où il l'avait entendue pouvaient être franchies en deux battements de cœur. Même après tout ce temps, un tunnel se creusa dans son estomac en l'entendant.

Il eut l'impression que la salle se mettait à tourner. Les cris, les encouragements, le bourdonnement des *vuvuzelas* reculèrent, se perdirent dans un brouillard. Le présent se contracta, devint minuscule. La voix disait :

« Martin ? C'est moi, Marianne... Appelle-moi, s'il te plaît. C'est très important. Je t'en supplie, rappelle-moi dès que tu auras ce message... »

Une voix surgie du passé – mais aussi une voix qui laissait transparaître la peur.

Samira Cheung jeta la veste en cuir sur le lit et regarda le gros homme qui était en train de fumer, calé contre les oreillers.

— Faut qu'tu dégages. Je dois aller travailler.

L'homme assis dans son lit avait bien trente ans de

plus qu'elle, une nette surcharge pondérale au niveau de l'abdomen et des poils blancs sur la poitrine, mais Samira s'en foutait. *C'était un bon coup*, et c'était là tout ce qui comptait à ses yeux. Elle-même n'était pas un prix de beauté. Depuis le lycée, elle savait que la plupart des hommes la trouvaient laide – ou plutôt qu'ils jugeaient son visage laid et son corps singulièrement attirant. Dans l'étrange sentiment ambivalent qu'elle leur inspirait, la balance penchait parfois d'un côté, parfois de l'autre. Samira Cheung se rattrapait en couchant avec le plus grand nombre d'hommes possible ; elle avait depuis longtemps constaté que les plus canons ne font pas forcément les meilleurs amants, et c'était des amants performants qu'elle recherchait – pas le Prince charmant.

Le grand lit craqua quand son amant ventripotent passa ses jambes hors des draps et se pencha pour attraper ses vêtements pliés sur une chaise, près d'un miroir en pied dans lequel se reflétait une partie des combles. Des toiles d'araignée, de la poussière, un lustre baroque pendu à une poutre dont une ampoule sur deux fonctionnait, des tapis en jonc, une commode et une armoire espagnoles chinées dans des brocantes occupaient le reste de l'espace. Samira enfila une culotte et un tee-shirt puis disparut par la trappe aménagée dans le plancher.

— GNÔLE OU CAFÉ ? lança-t-elle de l'étage en dessous.

Elle se faufila dans la petite cuisine peinte en rouge qui évoquait la cambuse d'un bateau par son exiguïté et alluma le percolateur à dosettes. À part l'ampoule nue brillant au-dessus d'elle, la grande maison était plongée dans l'obscurité. Et pour cause, Samira avait fait l'acquisition de cette ruine à vingt kilomètres de Toulouse l'année précédente. Elle la restaurait peu à peu (elle sélectionnait ses amants occasionnels dans différents corps de métier : électriciens, plombiers, maçons, peintres, couvreurs...) et n'occupait pour l'instant qu'un cinquième de la surface habitable. Toutes les pièces du rez-de-chaussée étaient vides de tout mobilier, tendues de bâches en plastique, les murs recouverts d'échafaudages, de pots de peinture dégoulinants et d'outils, de même que la moitié de l'étage – et elle avait installé sa chambre dans le grenier en attendant.

Sur le mur rouge, elle avait peint au pochoir, en grandes lettres argentées : « Chantier interdit au public ». Sur son tee-shirt s'affichait la devise : « I LOVE ME ». Ses petits seins pointaient au travers. L'homme descendit lourdement les degrés de l'échelle inclinée comme celle d'un navire. Elle lui tendit un expresso fumant et croqua dans une pomme entamée qui commençait à s'oxyder sur le plan de travail. Puis elle disparut dans la salle de bains. Cinq minutes plus tard, elle passait dans le « dressing ». Toutes ses fringues étaient temporairement accrochées à des cintres suspendus à de longs portants métalliques, sous de fines housses transparentes, les dessous et les tee-shirts étaient rangés dans des meubles à tiroirs en plastique et les dizaines de paires de bottes alignées le long du mur.

Elle passa un jean troué aux genoux, des bottines à talons plats, un nouveau tee-shirt et une ceinture en cuir clouté. Puis le holster avec son arme de service. Et une parka militaire pour la pluie.

— T'es encore là ? dit-elle en revenant dans la cuisine.

Le gros quinquagénaire essuya la confiture sur ses lèvres. Il l'attira à lui et l'embrassa en posant ses mains potelées sur les fesses de Samira, à travers le jean. Elle se laissa faire un moment, avant de se libérer.

— Quand est-ce que tu t'occupes de ma douche ?
— Pas ce week-end. Ma femme rentre de chez sa sœur.
— Trouve un jour. Cette semaine.
— Mon agenda est plein, protesta-t-il.
— Pas de plomberie, pas de baise, annonça-t-elle.

L'homme fronça les sourcils.

— Peut-être mercredi après-midi. Faut voir.
— Les clés seront à l'endroit habituel.

Elle allait ajouter quelque chose quand un mélange de riffs de guitare électrique et de hurlements de film d'horreur s'éleva quelque part. Les premières mesures d'un morceau d'Agoraphobic Nosebleed, un groupe américain de *grindcore*. Le temps qu'elle trouve son téléphone portable, les hurlements et les décibels avaient cessé. Elle regarda le numéro qui s'affichait : Vincent. Elle allait le rappeler quand l'appareil vibra. Un texto :

Rappelle-moi.

Ce qu'elle fit aussitôt.
— Qu'est-ce qui se passe ?
— Où es-tu ? demanda-t-il sans répondre.
— Chez moi, j'allais partir : je suis de permanence ce soir. (Un soir pareil, tous les hommes de la brigade qui avaient pu se faire porter pâles l'avaient fait.) Et toi, tu ne regardes pas le match ?
— On a eu un appel...

Une urgence. Le substitut de permanence au parquet sans doute. Pas de bol pour les amateurs de foot. Au palais de justice aussi, les téléviseurs devaient chauffer. Elle-même avait eu du mal à trouver un amant pour la soirée : le foot l'emportait sur la baise, à l'évidence, ce soir-là.

— Le parquet a appelé ? demanda-t-elle. De quoi s'agit-il ?

— Non, ce n'est pas le parquet.

— Ah bon ?

Il y avait une tension inhabituelle dans la voix d'Espérandieu.

— Je t'expliquerai. Inutile de te rendre au SRPJ. Prends ta voiture et rejoins-nous. Tu as de quoi noter ?

Sans s'occuper de son invité qui s'impatientait à côté d'elle, elle ouvrit un tiroir de la cuisine, y dégota un stylo et un Post-it.

— Attends… Oui, ça y est.

— Je te file l'adresse, tu nous rejoins là-bas.

— Vas-y.

Elle haussa un sourcil en la notant, bien qu'il ne pût la voir.

— Marsac ? C'est dans la campagne, ça… *Qui* vous a appelés, Vincent ?

— On t'expliquera. On est déjà en route. Retrouve-nous dès que tu peux.

La lueur d'un éclair derrière la fenêtre.

— Nous ? C'est qui *nous* ?

— Martin et moi.

— Très bien. Je fonce.

Elle coupa la communication. Il y avait quelque chose qui clochait.

3

Marsac

La pluie tambourinait sans relâche sur le toit de la voiture. Elle dansait dans les phares, inondait le pare-brise et la route, chassait les animaux jusque dans leurs terriers et isolait les rares véhicules les uns des autres. Elle était venue par l'ouest, comme une armée s'abat sur un nouveau territoire. Après que son avant-garde eut annoncé son arrivée à grands coups de rafales de vent et d'éclairs, elle avait déferlé sur les bois et les routes. Pas une simple pluie. Un déluge. Ils distinguaient à peine la route forestière et les coupes de bois. De temps en temps, des éclairs zébraient le ciel mais, le reste du temps, ils ne voyaient rien d'autre que la bulle de lumière parsemée d'étincelles et cernée de ténèbres qu'ils déplaçaient avec eux. On aurait dit qu'un cataclysme avait noyé les terres habitées et qu'ils évoluaient au fond de l'océan. Servaz fixait la route. La pulsation des essuie-glaces faisait écho à celle de son cœur, qui se contractait et se dilatait à un rythme bien trop rapide dans sa poitrine. Ils avaient quitté l'autoroute depuis un moment et ils roulaient à présent parmi les collines plongées dans la nuit noire de la campagne, ce qui, pour un trentenaire citadin comme Espérandieu, revenait à s'enfoncer dans une fosse abyssale à bord d'un engin sous-marin. Encore heureux que son patron n'eût pas choisi la musique. Vincent avait glissé un CD de Queens of the Stone Age dans le lecteur et, pour une fois, Martin n'avait pas protesté.

Il était bien trop absorbé par ses pensées.

Espérandieu quitta une fraction de seconde la route des yeux. Il vit la lueur des phares et le va-et-vient des essuie-glaces se refléter dans les pupilles noires de son patron. Servaz scrutait l'asphalte comme précédemment l'écran de télévision : *sans le voir*. Son adjoint repensa au coup de téléphone. Depuis qu'il l'avait reçu, Martin s'était métamorphosé. Vincent avait cru comprendre que quelque chose s'était passé à Marsac et que la personne au bout du fil était une vieille amie. Servaz n'en avait pas dit davantage. Il avait invité Pujol à continuer de regarder le match et demandé à Espérandieu de le suivre.

Une fois dans la voiture, il lui avait dit d'appeler Samira. Espérandieu ne comprenait rien à ce qui se passait.

La pluie se calma un peu au moment où le Scénic passa sous le tunnel de platanes qui marquait l'entrée de la ville et ils se faufilèrent dans les petites rues du centre, se mirent à cahoter sur les pavés.

— À gauche, dit Servaz quand ils furent parvenus sur une place avec une église.

Espérandieu ne put s'empêcher de noter le nombre de pubs, de cafés et de restaurants. Marsac était une ville universitaire. 18 503 habitants. Et presque autant d'étudiants. Une faculté de lettres, une autre de sciences, une troisième de droit, économie et gestion et une khâgne très réputée. Les journaux, qui aimaient les images frappantes, la surnommaient « la Cambridge du Sud-Ouest ». Considéré du point de vue strictement policier, un tel afflux d'étudiants devait signifier un problème récurrent de conduites en état d'ivresse ou sous l'emprise de stupéfiants, de trafics de cannabis et d'amphétamines, et quelques dégradations plus ou moins revendicatives. Rien, en tout cas, qui fût du ressort de la Brigade criminelle.

— On dirait qu'il y a une coupure d'électricité.

De fait, les rues étaient plongées dans l'obscurité, et même les fenêtres des pubs et des bars étaient éteintes. Ils devinèrent des lueurs mouvantes derrière les vitres : des lampes de poche. *L'orage*, songea Vincent.

— Fais le tour du square et prends la deuxième à droite.

Ils contournèrent le petit square circulaire cerné de grilles et quittèrent la place par une étroite rue pavée qui grimpait entre de hautes façades. Vingt mètres plus loin, ils distinguèrent le fouet des gyrophares à travers les averses. La gendarmerie... *Quelqu'un l'avait appelée*.

— C'est quoi, ce cirque ? dit Espérandieu. Tu savais que la gendarmerie était sur le coup ?

Ils se rangèrent derrière un Renault Trafic et un Citroën C4, tous deux aux couleurs de la maréchaussée. La pluie rebondissait si fort sur les carrosseries que les toits des véhicules en étaient tout hérissés. Comme son patron ne répondait pas, Vincent se tourna vers lui. Martin avait l'air plus tendu qu'à l'ordinaire. Il jeta à son adjoint un regard perplexe, réticent, et il descendit.

En moins de cinq secondes, ses cheveux et sa chemise

furent trempés. Plusieurs membres de la maréchaussée se tenaient stoïquement sous le déluge, abrités sous des coupe-vent imperméables. L'un d'eux s'avança dans leur direction et Servaz sortit son insigne. Le gendarme haussa les sourcils pour bien marquer son étonnement de voir la Brigade criminelle déjà sur les lieux avant même que le parquet l'eût saisie.

— Qui dirige les opérations ? demanda Servaz.
— Le capitaine Bécker.
— Il est à l'intérieur ?
— Oui, mais je ne sais pas si...

Servaz contourna le pandore sans attendre la suite.
— MARTIN !

Il tourna la tête vers la gauche. Une Peugeot 307 était garée un peu plus loin, dans la ruelle. Côté conducteur, derrière la portière ouverte, se tenait quelqu'un qu'il avait cru jusqu'à cette nuit ne jamais revoir.

L'eau qui dégringolait, les phares et les gyrophares qui les aveuglaient, les visages sous les coupe-vent, tout était flou. Mais il aurait néanmoins reconnu sa silhouette entre mille. Elle portait un imperméable au col relevé et, en un clin d'œil, ses cheveux blonds et bouclés, séparés par une raie bien nette, et la mèche qui retombait sur le côté gauche de son visage, furent trempés. *C'était bien elle.* Elle se tenait droite, une main sur la portière, le menton redressé, comme dans son souvenir. Son visage était ravagé par la peur et la douleur, mais elle n'avait pas renoncé à sa fierté.

C'était ce qu'il avait aimé, à une époque, cette fierté. Avant qu'elle ne devienne une muraille entre eux.

— Bonjour, Marianne, dit-il.

Elle lâcha la portière, la contourna et se précipita vers lui. L'instant d'après, elle était dans ses bras. Il sentit une mini-onde sismique le traverser, les sanglots qui la secouaient. Il referma ses bras autour d'elle, sans l'étreindre. Un geste plus protocolaire qu'intime. *Combien d'années ? Dix-neuf ? Vingt ? Elle l'avait rejeté hors de sa vie, elle était partie avec un autre et elle avait trouvé le moyen de faire retomber la faute sur lui. Il l'avait aimée, oh oui... Peut-être plus qu'aucune autre femme avant et après elle... Mais cela s'était passé dans un autre siècle, il y avait si longtemps...*

Elle s'écarta un peu et elle le regarda, ses longs cheveux mouillés caressant sa joue au passage. De nouveau, il sentit comme un miniséisme passer à travers lui, magnitude 4 sur l'échelle de Servaz. Ses yeux si proches : deux lacs verts et scintillants. Il lut en eux une multitude d'émotions contradictoires. Parmi elles, il y avait la douleur. Le chagrin. Le doute. La peur. Mais aussi la reconnaissance et l'espoir. Un minuscule, un timide espoir... Celui qu'elle plaçait en lui. Il regarda ailleurs pour calmer les battements de son cœur. Dix-neuf années et elle était presque inchangée, hormis les fines rides au coin des yeux et de la bouche.

Il se remémora ses paroles au téléphone : « *Il est arrivé quelque chose de terrible...* » Sur le moment, il avait cru qu'elle parlait d'elle, de quelque chose qu'elle aurait fait – avant de comprendre qu'il s'agissait de son fils : « *Hugo... Il a trouvé une femme morte chez elle... Tout l'accuse, Martin... On va dire que c'est lui...* » Elle parlait d'une voix si hachée par les sanglots, la gorge tellement nouée, qu'il n'avait pas compris la moitié de ce qu'elle disait.

« *Que s'est-il passé ?*

— *Il vient de m'appeler... Il a été drogué... Il s'est réveillé dans la maison de cette femme et elle était... morte...* »

C'était absurde, ce qu'elle lui racontait, ça n'avait pas de sens. Il s'était demandé si elle avait bu ou pris quelque chose.

« *Marianne, je ne comprends rien. De qui est-ce que tu parles ? Qui est cette femme ?*
— *Une prof. À Marsac. Une de ses professeurs.* »

Marsac... Là où étudiait Margot. Même au téléphone, il avait eu du mal à dissimuler son trouble... Puis il s'était dit qu'entre l'université, le lycée et le collège, il devait bien y avoir une centaine de professeurs à Marsac. Combien de chances pour que cette femme ait précisément eu Margot pour élève ?

« *Ils vont l'accuser, Martin... Il est innocent. Hugo est incapable de faire une chose pareille... Je t'en prie, tu dois nous aider...* »

— Merci d'être venu, lui déclara-t-elle. Je...

Il la stoppa d'un geste.

— Pas maintenant... Rentre chez toi. Je te contacterai.

Elle posa sur lui un regard aux abois. Sans attendre de réponse, il tourna les talons et se dirigea vers la maison.

— Capitaine Bécker ?
— Oui.

Il brandit sa carte pour la deuxième fois, bien qu'il fût difficile de distinguer quoi que ce soit à l'intérieur de la maison.

— Commandant Servaz. SRPJ de Toulouse. Voici le lieutenant Espérandieu.

— Qui vous a prévenus ? demanda Bécker d'emblée.

La petite cinquantaine, trapu, il avait l'air d'un homme qui dort mal, à en croire les valises sous ses yeux. Il avait aussi l'air très secoué par ce qu'il avait vu. Et d'une humeur de chien. *Encore un qu'on a arraché à son football.*

— Un témoin, éluda-t-il. Et vous, qui vous a prévenus ?

Bécker renifla, comme s'il rechignait à partager ses informations avec des inconnus.

— Un voisin. Oliver Winshaw. Un Anglais... Il habite là, de l'autre côté de la rue.

Il désignait un point à travers le mur.

— Qu'est-ce qu'il a vu ?

— La fenêtre de son bureau plonge sur le jardin. Il a vu un jeune homme assis au bord de la piscine et un tas de poupées flotter dans le bassin. Il a trouvé ça bizarre, alors il nous a appelés.

— Des *poupées* ?

— Oui. Vous verrez ça par vous-mêmes.

Ils se tenaient dans le salon de la maison, elle était plongée dans l'obscurité, comme toutes les maisons de Marsac visiblement. La porte de la rue était ouverte et le seul éclairage de la pièce provenait des phares des véhicules garés dehors, étirant leurs doubles noirs sur les murs. Dans la pénombre, Servaz devina une cuisine américaine, une table ronde sur le verre de laquelle dansait une guirlande de lueurs, quatre chaises en fer forgé, un vaisselier et, derrière un pilier, un escalier qui partait vers les étages. L'air humide circulait par les portes-fenêtres grandes ouvertes sur le jardin, Servaz se dit que quelqu'un avait dû les bloquer pour éviter qu'elles ne claquent. Il entendait le crépitement de la pluie dehors, et le bruissement des feuillages malmenés par le vent.

Un gendarme passa près d'eux ; le faisceau de sa lampe découpa un instant leurs silhouettes.

— On est en train d'installer un groupe électrogène, dit Bécker.

— Où est le gosse ? demanda Servaz.

— Dans le fourgon. Sous bonne garde. On va le ramener à la gendarmerie.

— Et la victime ?

Le gendarme pointa le doigt vers le plafond.

— Là-haut. Sous les combles. Dans la salle de bains.

À sa voix, Servaz devina qu'il était encore en état de choc.

— Elle habitait seule ?

— Oui.

À en juger par ce qu'il avait vu depuis la rue, la maison était grande : quatre niveaux, si on comptait les combles et le rez-de-chaussée – même si chaque niveau ne faisait pas plus de cinquante mètres carrés.

— Une prof, c'est ça ?

— Claire Diemar. Trente-deux ans. Elle était prof de je ne sais quoi à Marsac.

Servaz croisa le regard du capitaine dans la pénombre.

— Le gamin était un de ses élèves.

— Quoi ?

Le tonnerre avait couvert les paroles du gendarme.

— Je disais que le gosse étudiait dans une de ses classes.

— Oui, je suis au courant.

Servaz fixait Bécker dans le noir, chacun d'eux plongé dans ses pensées.

— Je suppose que vous avez plus l'habitude que moi, dit finalement le gendarme. Mais quand même, je vous avertis : ça n'est pas joli, joli... Je n'avais encore jamais vu quelque chose d'aussi... dégueulasse.

— *Excusez-moi*, dit une voix surgissant de l'escalier.

Ils pivotèrent vers l'origine de la voix.

— *Je peux savoir qui vous êtes ?*

Quelqu'un descendait les marches. Une haute silhouette sortit lentement de l'ombre pour s'approcher d'eux et entrer dans leur champ de vision.

— Commandant Servaz, Brigade criminelle de Toulouse.

L'homme lui tendit une main gantée de cuir. Il devait mesurer pas loin de deux mètres. Servaz devina tout en haut de ce corps un long cou, une curieuse tête carrée aux oreilles décollées et des cheveux coupés ras. Le géant broya sa main encore humide dans du cuir souple.

— Roland Castaing, procureur au parquet d'Auch. Je viens d'avoir Catherine au téléphone. Elle m'a dit que vous arriviez. Je peux savoir qui vous a prévenus ?

Il faisait allusion à Cathy d'Humières, la procureur qui dirigeait le parquet de Toulouse et avec qui Servaz avait plusieurs fois travaillé – en particulier sur l'enquête la plus marquante de sa carrière : celle qui l'avait emmené à l'Institut Wargnier dix-huit mois plus tôt. Servaz hésita.

— Marianne Bokhanowsky, la mère du jeune homme, répondit-il.

Un silence s'ensuivit.

— Vous la connaissez ?

Le ton du proc était légèrement étonné et soupçonneux. Il avait une voix grave et profonde qui roulait sur les consonnes comme les roues d'une charrette sur des cailloux.

— Oui. Un peu. Mais cela fait des années que je ne l'avais pas revue.

— Pourquoi vous, dans ce cas ? voulut savoir le géant.

De nouveau, Servaz hésita.

— Sans doute parce que mon nom a fait la une des journaux.

L'homme resta un instant silencieux. Servaz sentit que, du haut de son double mètre, le géant l'examinait. Il devina des yeux posés sur lui dans le noir et il frissonna : le nouveau venu lui faisait penser à une statue de l'île de Pâques.

— Ah oui, bien sûr... La tuerie de Saint-Martin-de-Comminges. Bien sûr... C'était vous... Quelle histoire incroyable, pas vrai ? Ça doit laisser des traces, une enquête pareille, commandant ?

Quelque chose dans le ton du magistrat déplaisait souverainement à Servaz.

— Ça ne m'explique toujours pas ce que vous faites ici...

— Je vous l'ai dit : la mère d'Hugo m'a demandé de venir jeter un coup d'œil.

— À ce que je sache, l'enquête ne vous a pas encore été confiée, répliqua le magistrat d'un ton tranchant.

— Non, en effet.

— C'est du ressort du parquet d'Auch. Pas de celui de Toulouse.

Servaz faillit répliquer que le parquet d'Auch ne

disposait que d'une modeste brigade de recherches – et que pas une seule enquête criminelle importante, ces dernières années, ne lui avait été confiée –, mais il s'abstint.

— Vous avez fait un long chemin pour venir jusqu'ici, commandant, dit Castaing. Et je suppose que, comme nous tous, vous avez dû renoncer à regarder la télé. Allez donc jeter un coup d'œil là-haut, mais je vous préviens : ce n'est pas beau à voir... En même temps, contrairement à nous, vous en avez vu d'autres.

Servaz se contenta de hocher la tête. Tout à coup, il sut qu'il ne fallait en aucun cas que cette enquête lui échappe.

Les poupées regardaient le ciel nocturne. Servaz se dit qu'un cadavre flottant dans la piscine aurait eu à peu près le même regard. Elles se balançaient, leurs robes pâles ondoyant toutes au même rythme, et parfois s'entrechoquaient légèrement. Ils étaient debout au bord du bassin, Espérandieu et lui. Son adjoint avait déployé un parapluie de la taille d'un parasol au-dessus d'eux. La pluie ricochait dessus, ainsi que sur les dalles et sur la pointe de leurs chaussures. Le vent la rabattait contre la vigne vierge de la façade derrière eux.

— Putain, dit simplement son adjoint.

Son mot préféré lorsqu'il s'agissait de résumer une situation à ses yeux incompréhensible.

— Elle les collectionnait, dit-il. Je ne crois pas que celui qui l'a tuée les ait apportées avec lui. Il a dû les trouver dans la maison.

Servaz acquiesça. Il compta. *Dix-neuf...* Un nouvel

éclair illumina les faces ruisselantes. Le plus frappant était tous ces regards fixes. Il savait qu'un regard semblable les attendait là-haut, et il se prépara mentalement.

— Allons-y.

Une fois à l'intérieur, ils passèrent des gants, des charlottes pour les cheveux et des couvre-chaussures en nylon. Les voiles de la nuit les enveloppaient ; le groupe électrogène ne fonctionnait toujours pas, il y avait apparemment un problème technique. Ils s'équipèrent en silence, dans le noir. Aussi bien, à ce stade, ni Vincent ni lui n'avaient envie de parler. Servaz sortit sa lampe torche et l'alluma. Espérandieu fit de même. Puis ils se mirent à grimper.

4

Éclairages

Le flamboiement des éclairs par les lucarnes illuminant les marches qui craquaient sous leurs pas. La lueur des torches sculptant leurs visages par en dessous, Espérandieu voyait les yeux de son patron briller comme deux cailloux noirs tandis qu'il cherchait, le nez baissé, des traces de pas dans l'escalier. Il grimpait en posant les pieds le plus près possible des plinthes, écartant les jambes à la manière d'un rugbyman All Black pendant le haka.

— Espérons que monsieur le procureur aura fait de même, dit-il.

Quelqu'un avait déposé une lampe-tempête sur le dernier palier. Elle jetait une clarté indécise autour d'elle. Et sur la seule porte.

La maison continuait de gémir sous les assauts de l'orage. Servaz s'arrêta devant le seuil. Il consulta sa montre. 23 h 10. Un éclair d'une intensité particulière illumina la fenêtre de la salle de bains et s'imprima sur leurs rétines au moment où ils entraient. Un coup de tonnerre fracassant le suivit. Ils firent un pas de plus et balayèrent la soupente du pinceau de leurs torches.

Il fallait faire vite. Les techniciens en scène de crime n'allaient pas tarder à arriver, mais, pour l'instant, ils étaient seuls. La pièce en soupente était plongée dans l'obscurité. À l'exception de la pyrotechnie se déchaînant derrière la fenêtre... et de la baignoire, qui formait un rectangle de clarté bleu pâle dans le noir, vers le fond.

À la manière d'une piscine... *éclairée de l'intérieur...*

Servaz sentit son pouls battre dans sa gorge. Il promena soigneusement le faisceau de sa torche sur le sol. Puis il se mit en devoir de s'approcher de la baignoire en rasant les murs. Ce n'était pas facile : des flacons et des bougies partout, des meubles bas et des vasques, un porte-serviettes, un miroir. Un double rideau encadrait la baignoire. Il était écarté et Servaz distinguait à présent le miroitement de l'eau contre l'émail. Et une ombre.

Il y avait quelque chose dans le fond... Quelque chose ou plutôt quelqu'un.

La baignoire était d'un modèle ancien en fonte blanche sur quatre pieds. Elle mesurait pas loin de deux mètres et elle était profonde – si bien que Servaz dut franchir le dernier mètre qui l'en séparait pour en voir le fond.

Il fit un pas de plus. Réprima un mouvement de recul.

Elle était là – et elle le regardait de ses yeux bleus grands ouverts comme si elle l'attendait. Elle ouvrait aussi la bouche, si bien qu'elle semblait sur le point de dire quelque chose. Mais c'était bien sûr impossible parce que ce regard était mort. Il n'y avait plus rien de vivant en lui.

Bécker et Castaing avaient raison : Servaz lui-même avait rarement vu spectacle aussi difficilement soutenable. Hormis peut-être le cheval décapité dans la montagne... Mais, à la différence d'eux, il savait comment gérer ses émotions. Claire Diemar avait été ligotée avec une longueur absolument invraisemblable de corde qui s'enroulait à d'innombrables reprises autour de son torse, de ses jambes, de ses chevilles, de son cou et de ses bras, passait sous ses aisselles, entre ses cuisses, écrasait sa poitrine, en formant une quantité considérable de tours, de contours et de nœuds grossiers, la corde râpeuse mordant profondément la peau chaque fois. Espérandieu s'avança à son tour et il regarda par-dessus l'épaule de son patron. Un mot s'imposa immédiatement dans son esprit : *bondage*. Les liens et les nœuds étaient par endroits si nombreux, si complexes et si serrés que Servaz se fit la réflexion qu'il allait falloir des heures au légiste pour les couper, puis pour les examiner une fois au labo. Il n'avait jamais vu un écheveau pareil. La saucissonner de la sorte avait dû prendre moins de temps cependant : celui qui avait fait ça avait agi avec brutalité avant de l'allonger dans la baignoire et d'ouvrir le robinet.

Il l'avait mal fermé, car il gouttait encore.

Un bruit lancinant dans la pièce silencieuse, chaque fois qu'une goutte heurtait la surface de l'eau.

Peut-être l'avait-il frappée avant. Servaz aurait aimé pouvoir plonger une main dans la baignoire, sortir la tête de l'eau et soulever le crâne pour tâter l'occipital et le pariétal – deux des huit os plats qui forment la boîte crânienne – à travers les longs cheveux bruns. Mais il n'en fit rien. C'était le boulot du légiste.

La lueur de sa torche ricochait sur l'eau. Il l'éteignit

et il n'y eut plus qu'une source de lumière. *L'eau en était comme pailletée...*

Servaz ferma les yeux, compta jusqu'à trois et les rouvrit : la source de lumière ne se trouvait pas dans la baignoire, mais dans la bouche de la victime. Une petite lampe torche, qui ne devait pas excéder deux centimètres de diamètre. Elle avait été enfoncée dans sa gorge. Seule son extrémité émergeait de l'oropharynx et de la luette, et elle éclairait le palais, la langue, les gencives et les dents de la morte, en même temps que son faisceau se diffractait dans l'eau environnante.

On aurait dit une lampe à abat-jour humain...

Servaz se demanda, perplexe, quelle était la signification de ce dernier geste. Une signature ? Son inutilité dans le mode opératoire lui-même et son indiscutable valeur symbolique le laissaient penser. Restait à en trouver le symbole. Il réfléchit à ce qu'il voyait, ainsi qu'aux poupées dans la piscine, essayant de déterminer l'importance de chaque élément.

L'eau...

L'eau était l'élément principal. Il apercevait aussi des matières organiques au fond de la baignoire, et il renifla une légère odeur d'urine. Il en conclut qu'elle était bien morte dans cette eau froide.

L'eau ici et l'eau dehors... *Il pleuvait...* L'assassin avait-il attendu cette nuit d'orage pour agir ?

Il songea qu'il n'avait pas vu de traces particulières dans l'escalier en montant. Si le corps avait été ficelé ailleurs que dans cette pièce et traîné ensuite jusqu'ici, il y avait fort à parier qu'il aurait laissé des éraflures sur les plinthes, déchiré ou bouchonné la moquette. Il demanderait aux techniciens d'examiner la cage d'escalier et d'effectuer des prélèvements, mais il connaissait déjà la réponse.

Il regarda de nouveau la fille. Un vertige le saisit. Elle avait eu un avenir. Qui méritait de mourir si jeune ? Le regard dans l'eau lui racontait la suite : elle avait eu peur, très peur avant de mourir. Elle avait compris que c'était fini, que tous ses crédits étaient épuisés, avant même d'avoir su ce que c'était que de vieillir. À quoi avait-elle pensé ? Au passé ou au futur ? Aux occasions ratées, aux secondes chances qu'elle n'aurait pas, aux projets qui ne verraient jamais le jour, aux amants ou au grand amour ? Ou bien juste à survivre ? Elle s'était débattue avec la sauvagerie d'une bête prise au piège. Mais elle était déjà enfermée dans son étroite prison de corde à ce moment-là, et elle avait senti le niveau de l'eau monter lentement, inexorablement, autour d'elle. Contre sa peau. Tandis que la panique hurlait comme un ouragan dans son cerveau et qu'elle aurait voulu crier pour de bon, la petite lampe torche l'en avait empêchée, plus efficace qu'un bâillon, et elle n'avait plus respiré que par le nez, la gorge douloureuse, enflée autour de l'objet étranger, le cerveau en manque d'oxygène. Elle avait sûrement hoqueté quand l'eau était entrée dans sa bouche, puis la panique s'était changée en terreur pure lorsque l'eau avait pénétré ses narines, recouvert son visage, frôlé la cornée de ses yeux grands ouverts...

Tout à coup, la lumière revint et ils sursautèrent.

— Bon Dieu de merde ! s'exclama Espérandieu.

— Expliquez-moi pourquoi je devrais vous confier cette enquête, commandant.

Servaz leva la tête et regarda Castaing. Le magistrat sortit une cigarette et la coinça entre ses lèvres. La cigarette grésilla sous les gouttes quand il l'alluma. Il avait l'air d'un totem, debout sous la pluie dans la lueur des phares. Et il toisait Servaz de toute sa hauteur.

— *Pourquoi*? Parce que tout le monde s'attend à ce que vous le fassiez. Parce que c'est le choix le plus raisonnable. *Parce que si vous ne le faites pas et que cette enquête foire lamentablement, ON VA VOUS DEMANDER POURQUOI VOUS NE L'AVEZ PAS FAIT.*

Les petits yeux enfoncés sous les arcades proéminentes étincelèrent, sans que Servaz pût déterminer si c'était de la colère, de l'amusement ou un mélange des deux. Le géant était étonnamment peu déchiffrable dans ses attitudes.

— Cathy d'Humières ne tarit pas d'éloges à votre sujet.

Le ton trahissait sans ambiguïté le scepticisme.

— Elle dit que votre groupe d'enquête est le meilleur avec lequel elle ait travaillé. Ce n'est pas un mince compliment, n'est-ce pas ?

Servaz se tut.

— Je veux être tenu au courant de chacun de vos mouvements et de chaque avancée de l'enquête, est-ce assez clair ?

Il se contenta de hocher la tête.

— Je saisis le SRPJ et j'appelle immédiatement votre directeur. Règle numéro un : pas de cachotteries ni de petits arrangements avec la procédure. Autrement dit, aucune initiative ne sera prise sans mon consentement préalable.

Sous les arcades proéminentes, les yeux de Castaing

cherchèrent un signe d'assentiment. Servaz acquiesça d'un signe de tête.

— Règle numéro deux : tout ce qui concerne la presse passera par moi. Vous ne parlerez pas aux journalistes. Je m'en charge.

Tiens donc, il voulait son quart d'heure de gloire, lui aussi. Andy Warhol avait semé la graine de la discorde avec sa petite phrase, dorénavant, tout le monde voulait accrocher au moins une fois les feux de la rampe avant de disparaître : les arbitres sur les terrains de sport qui en faisaient un peu trop, les chefs syndicalistes, qui prenaient les patrons en otage pour défendre leurs jobs, mais aussi pour passer à la télé, et les procureurs de province, dès qu'une caméra s'allumait.

— Vous auriez sans doute préféré travailler avec Cathy d'Humières, mais il va falloir vous accommoder de ma présence. Je vous saisis pour la durée de la garde à vue, je ferai ouvrir une information judiciaire dès la présentation du suspect. Si je ne suis pas satisfait de votre travail, si la garde à vue n'avance pas assez vite, ou si j'estime que vous n'en faites pas assez, je ferai en sorte que le juge vous dessaisisse au profit de la Section de Recherche de la gendarmerie. En attendant, vous avez carte blanche.

Il tourna les talons et s'éloigna vers sa Skoda garée un peu plus loin.

— Super, dit Vincent. On fait vraiment un métier agréable.

— Au moins, on sait à quoi s'en tenir, renchérit Samira à côté d'eux. C'est quel genre de tribunal, Auch ?

Elle avait débarqué alors qu'ils redescendaient des étages, attirant immanquablement l'attention des gendarmes avec sa parka militaire au dos de laquelle étaient imprimés les mots *Zombies vs Vampires*.

— Un TGI…

— Hmm.

Il devina où elle voulait en venir : il y avait fort à parier que c'était la première affaire de cette importance que monsieur le procureur avait à traiter. Pour compenser son manque d'expérience, il affirmait son autorité. Parfois justice et police avançaient de concert, parfois c'était comme si chacune tirait à un bout de la même corde.

Ils retournèrent à l'intérieur. Les techniciens de l'Identité judiciaire étaient arrivés ; ils avaient tendu des rubans antifranchissement, allumé des projecteurs, déroulé des mètres de fils électriques, posé des cavaliers de plastique jaune pour signaler de possibles indices, et ils baladaient leurs lampes spéciales le long des murs pour trouver des traces de sang, de sperme ou de Dieu sait quoi. Ils allaient et venaient entre le rez-de-chaussée, l'escalier et le jardin dans leurs combinaisons blanches, sans se parler, chacun sachant exactement ce qu'il avait à faire.

Il passa du salon au jardin. La pluie s'était un peu calmée. Des gouttes n'en tambourinaient pas moins sur son crâne. La voix de Marianne au téléphone. Elle résonnait encore dans ses oreilles. Selon elle, Hugo l'avait appelée pour lui expliquer qu'il venait de se réveiller dans la maison de sa prof. Sa voix rendue méconnaissable par la panique. Il n'avait aucune idée de ce qu'il faisait là ni de la manière dont il y était arrivé. Il avait raconté en sanglotant comment il avait d'abord fouillé le jardin parce que les portes-fenêtres étaient ouvertes et découvert avec stupéfaction la collection de poupées qui flottait dans la piscine. Puis il s'était mis en devoir de fouiller la maison, pièce par pièce, étage par étage. Il avait cru s'évanouir en découvrant le corps de Claire Diemar tout en haut, dans la baignoire. Marianne avait expliqué à Servaz que, pendant cinq bonnes minutes, son fils avait été incapable de faire autre chose que de pleurer et de tenir des propos incohérents. Puis Hugo avait repris ses esprits et ses explications. Il avait attrapé Claire dans l'eau, l'avait secouée pour la réveiller, avait tenté de défaire les nœuds, mais ils étaient trop serrés. Et, de toute façon, il voyait bien qu'elle était déjà morte. Bouleversé, il était ressorti de la maison et s'était traîné jusqu'à la piscine, sous la pluie. Il ignorait combien de temps il était resté là, la tête vide, assis au bord du bassin, avant d'appeler sa mère. Il lui avait déclaré qu'il se sentait bizarre – que *sa tête était pleine de brouillard.* C'était l'expression qu'il avait employée. Comme si on l'avait drogué... Puis, alors qu'il était encore dans le coaltar, les gendarmes avaient débarqué et lui avaient passé les menottes.

Servaz s'approcha du bassin. Les poupées : un technicien était en train de les repêcher à l'aide d'une épuisette. Il les attrapait, puis les faisait glisser une par une dans de grands sacs à scellés transparents que lui tendait un collègue. La scène avait quelque chose d'irréel ; là aussi, on avait branché des projecteurs et les visages blancs, fantomatiques, des poupées étincelaient dans la lumière violente – tout comme leurs regards bleus et fixes. Sauf que, songea Servaz en frissonnant, contrairement à celui de Claire Diemar, qui avait l'air tout ce qu'il y a de plus mort, ceux des poupées paraissaient étrangement vivants. Ou, plus exactement, d'une *vivante hostilité*… Foutaises. Servaz s'en voulut d'avoir de telles pensées.

Il fit lentement le tour du bassin, prenant garde à ne pas glisser sur les dalles inondées. Il avait le sentiment que quelque chose dans le comportement ou l'attitude de la victime avait attiré le prédateur. De la même manière que, dans la nature, l'animal se forme une image de sa proie et ne chasse pas au hasard.

Tout, dans cette mise en scène, lui disait que, ici non plus, la victime n'avait pas été choisie par hasard.

Il s'arrêta du côté opposé au mur qui séparait le jardin de la rue. Leva les yeux. Au-dessus, il pouvait voir l'étage supérieur de la maison d'en face. Une fenêtre plongeait directement sur la piscine. C'était sans doute par là que le voisin anglais avait aperçu Hugo et les poupées. Si Hugo s'était assis de l'autre côté du bassin, à l'abri du haut mur, personne ne l'aurait vu. Mais il s'était assis du côté où Servaz se tenait à présent. Peut-être n'y avait-il même pas songé, peut-être était-il trop stone, trop perdu, trop hagard après ce qu'il venait de lui arriver pour se soucier de quoi que ce soit d'autre. Servaz fronça les sourcils, la tête rentrée dans les épaules, le crâne martelé par la pluie qui lui dégoulinait sur la nuque et dans le col. Il y avait quelque chose de bizarre dans toute cette histoire.

5

La Chasse au snark

Oliver Winshaw était un vieux monsieur à l'œil aussi vif que celui d'un poisson fraîchement sorti de l'eau. Et, malgré l'heure tardive, il ne semblait nullement fatigué. Servaz observa que sa femme n'avait pas prononcé le moindre mot, mais qu'elle ne les quittait pas des yeux et n'en perdait pas une miette. À l'image de son mari, elle avait l'air tout sauf endormie. Deux vieillards alertes, à l'esprit clair, qui avaient sans doute eu des vies intéressantes et qui comptaient bien faire fonctionner leurs neurones le plus longtemps possible.

— Encore une fois, pour que ce soit bien clair, vous n'avez rien noté d'inhabituel ces derniers temps ?

— Non. Rien. Je regrette.

— Ne serait-ce qu'un type qui rôde, quelqu'un qui sonne chez votre voisine, un détail auquel vous n'auriez pas prêté attention sur le moment, mais qui, à la lumière de ce qui vient de se passer, pourrait vous paraître louche maintenant. Je vous demande de vous concentrer, c'est important.

— Je crois que nous sommes assez conscients de l'importance de la chose, dit la femme fermement, ouvrant la bouche pour la première fois. Mon mari essaie de vous aider, commissaire, vous le voyez bien.

Servaz regarda Oliver. La paupière gauche du vieil homme tressaillit imperceptiblement. Il ne prit pas la peine de rectifier le « commissaire ».

— Madame Winshaw, pourriez-vous nous laisser seuls un instant, votre mari et moi ?

Le regard de la femme se durcit et ses lèvres s'entrouvrirent.

— Écoutez, commissaire, je…
— Christine, s'il te plaît, dit Winshaw.

Servaz vit l'épouse sursauter. Elle n'était apparemment pas habituée à ce que son homme prenne les choses en main. Il y avait une nuance alerte dans la voix d'Oliver Winshaw : il avait aimé entendre sa femme se faire remettre à sa place – et il aimait l'idée de se retrouver entre hommes. Servaz considéra ses deux adjoints et leur fit signe de s'en aller aussi.

— Je ne sais pas si vous avez le droit pendant le service, mais moi je prendrais bien un scotch, dit le vieil homme gaiement quand ils furent seuls.

— Vous ne le répéterez pas ? dit Servaz en souriant. Sans glace, merci.

Winshaw lui décocha un sourire jauni par la théine. Il avait des yeux doux et malicieux et de longs cheveux clairsemés de vieillard. Servaz se leva et s'approcha des rayonnages de la bibliothèque. *Le Paradis perdu*, *La Ballade du vieux marin*, *Hyperion*, *La Chasse au snark*, *La Terre vaine*… Des mètres et des mètres de poésie anglaise…

— Vous vous intéressez à la poésie, commandant ?

Servaz prit le verre qu'on lui tendait. La première

gorgée descendit comme du feu. Il était bon, avec un goût de fumée très prononcé.

— Latine uniquement.

— Des études ?

— De lettres, il y a très longtemps.

Winshaw hocha vigoureusement la tête en signe d'approbation.

— Il n'y a que la poésie pour dire l'incapacité de l'homme à appréhender le sens de notre passage sur cette terre, dit-il. Et pourtant, si on lui donne le choix, l'humanité préférera toujours le football à Victor Hugo.

— Vous n'aimez pas le sport à la télé ? le taquina Servaz.

— *Du pain et des jeux*. Rien de très nouveau. Au moins les gladiateurs mettaient-ils leur vie en jeu, ça avait tout de même une autre allure que ces gamins en short courant après un ballon. Le stade n'est que la version extralarge de la cour de récré.

— « Il n'est pas bon non plus de mépriser les exercices physiques », c'est Plutarque qui le dit, fit remarquer Servaz.

— Alors, à la santé de Plutarque.

— Claire Diemar était belle, n'est-ce pas ?

Oliver Winshaw suspendit son geste, le verre à quelques centimètres de ses lèvres. Son regard pâle et doux parut se perdre loin de cette pièce.

— Très.

— À ce point ?

— Vous l'avez vue, non ? À moins que... ne me dites pas qu'elle... qu'elle a été... ?

— Disons qu'elle n'était pas sous son meilleur jour.

Le regard du vieil homme se voila.

— Oh, Seigneur... Nous plaisantons, nous buvons... Avec ce qui vient de se passer tout près d'ici...
— Vous la regardiez ?
— Quoi ?
— Par-dessus le mur, quand elle était dans son jardin, vous la regardiez ?
— De quoi est-ce que vous parlez, bon Dieu ?
— Elle se faisait bronzer : elle porte la trace de son maillot. Elle devait se promener dans le jardin. S'étendre dans sa chaise longue. Se baigner dans sa piscine, j'imagine. Une belle femme... Il devait bien y avoir des moments où vous l'avez aperçue, sans le faire exprès, en passant devant votre fenêtre.
— Foutaises ! Ne tournez pas autour du pot, commandant. Vous voulez savoir si je jouais les voyeurs ?

Oliver Winshaw n'avait pas la langue dans sa poche. Il haussa les épaules.

— Que je vous dise. Oui. Ça m'arrivait. Il m'arrivait de la reluquer... Et alors ? Elle avait un cul d'enfer, si c'est ça que vous voulez entendre. Et elle le savait.
— Comment ça ?
— Cette fille n'était pas née de la dernière pluie, commandant, croyez-moi.
— Elle recevait des visites ?
— Oui. Quelques-unes.
— Des gens que vous connaissez ?
— Non.
— Aucun ?
— Non. Elle ne frayait pas avec les gens d'ici. Mais ce gamin, je l'avais déjà vu.

Le vieillard avait plongé ses yeux dans ceux de Servaz, il prenait plaisir à l'intérêt qu'il suscitait chez le policier.

— Vous voulez dire qu'il lui avait déjà rendu visite ?
— Oui, c'est ça.
— Quand ?
— Il y a une semaine... Je les ai vus ensemble dans le jardin. Ils bavardaient.
— Vous êtes sûr ?
— Je ne suis pas sénile, commandant.
— D'autres fois ? Vous l'aviez déjà vu d'autres fois ?
— Oui. Je l'avais déjà vu avant.
— Combien ?
— Une bonne dizaine de fois, je dirais... Sans compter celles que j'ai dû louper. Je ne suis pas toujours à ma fenêtre.

Servaz était persuadé du contraire.

— Ça se passait toujours dans le jardin ?
— Je ne sais pas... Je ne crois pas, non... Une ou deux fois, il a dû sonner et ils sont restés à l'intérieur. Mais n'allez pas vous imaginer que je suis en train d'insinuer des choses.
— Quel genre de comportement avaient-ils ? Est-ce qu'ils avaient l'air d'être... *intimes* ?
— Comme des amants, vous voulez dire ? Non... Peut-être... Sincèrement, je ne sais pas du tout. Si vous cherchez des informations croustillantes, il va falloir vous adresser ailleurs.
— Ça durait depuis longtemps ?

Le vieillard haussa les épaules.

— Vous saviez que c'était un de ses élèves ?

Une étincelle, cette fois, dans l'œil du vieil homme.

— Non, je l'ignorais.

Il avala une gorgée de son whisky.

— Est-ce que ça ne vous paraît pas louche, un étudiant qui rend visite à sa professeur seule chez elle ? Une prof aussi belle ?

— Il ne m'appartient pas d'en juger.

— Vous parlez avec vos voisins, monsieur Winshaw ? Il y avait des rumeurs qui couraient à son sujet ?

— Des *rumeurs* ? Dans une ville comme Marsac ? Vous plaisantez ? À votre avis ? Je ne parle guère aux voisins : c'est Christine qui s'en charge. Elle est beaucoup plus sociable que moi, si vous voyez ce que je veux dire. Il faudrait le lui demander à elle.

— Vous étiez déjà entrés chez elle, votre femme et vous ?

— Oui. Quand elle s'est installée dans cette maison, on l'a invitée à venir prendre le café chez nous. Elle nous a rendu l'invitation, mais une seule fois, sans doute par pure politesse – car ça n'a pas été plus loin.

— Vous vous souvenez si elle collectionnait les poupées ?

— La réponse est oui. Ma femme était psychologue. Je me souviens très bien que, quand nous sommes rentrés, elle a émis une hypothèse sur le fait de trouver autant de poupées dans la maison d'une femme seule.

— Quel genre d'hypothèse ?

Winshaw le lui dit.

Au moins, la question de l'origine des poupées était-elle tranchée. Servaz n'avait plus de question. Il avisa un petit meuble où étaient posés, ouverts, une Torah, un Coran et une Bible.

— Vous vous intéressez aux religions ? demanda-t-il.

Winshaw sourit. Il but une gorgée, son œil brasillant malicieusement au-dessus du verre.

— Elles sont fascinantes, non ? Les religions, je veux dire... Comment de tels mensonges peuvent aveugler autant de gens ? Vous savez comment j'appelle ce meuble ?

Servaz haussa un sourcil.

— « Le coin des enfoirés ».

6

Amicus Plato sed major amicus veritas

Servaz glissa une pièce dans le distributeur de boissons chaudes et pressa la touche « Café allongé sucré ». Il avait lu quelque part que, contrairement aux idées reçues, il y avait plus de caféine dans les cafés longs que dans les expressos. Le gobelet tomba de travers dans son logement, la moitié du café coula à côté et il attendit en vain le sucre et la touillette.

Il but néanmoins le fond du breuvage jusqu'à la dernière goutte.

Puis il froissa le gobelet et le jeta dans la poubelle.

Enfin, il poussa la porte.

La gendarmerie de Marsac n'avait pas de pièce dédiée aux interrogatoires. Ils avaient donc réquisitionné une petite salle de réunion, au premier étage, pour l'occasion. Servaz repéra tout de suite la fenêtre. Il fronça les sourcils. Le premier danger dans ce genre de situation était moins une tentative d'évasion qu'une tentative de suicide si le suspect se sentait acculé. Même si une tentative de défenestration depuis le premier étage lui paraissait hautement improbable, il ne voulait prendre aucun risque.

— Ferme le volet, dit-il à Vincent.

Samira avait ouvert son ordinateur portable et était en train d'entrer le P-V de garde à vue en indiquant l'heure à laquelle celle-ci avait débuté. Puis elle fit pivoter la bécane vers l'endroit où le suspect allait s'asseoir, de manière à le filmer avec la webcam intégrée. Servaz se sentit une fois de plus dépassé. Ses jeunes adjoints lui faisaient sentir chaque jour à quel point le monde changeait vite et à quel point il était inadapté. Il se dit qu'un de ces quatre, Coréens ou Chinois inventeraient des robots-enquêteurs et qu'on le mettrait au rebut. Ils seraient pourvus de détecteurs de mensonges, d'analyseurs vocaux et de lasers capables de déceler la moindre inflexion de voix et le moindre mouvement oculaire. Ils seraient infaillibles et sans émotions. Mais les avocats trouveraient probablement le moyen de les interdire au cours des gardes à vue.

— Qu'est-ce qu'ils foutent ? s'agaça-t-il.

À ce moment-là, la porte s'ouvrit et Bécker entra avec Hugo. Le gamin n'était pas menotté. Un bon point pour le pandore. Servaz l'observa. Il avait l'air absent. Et fatigué. Il se demanda si les gendarmes n'avaient pas tenté de l'interroger de leur côté.

— Assieds-toi, dit le capitaine.

— Il a vu un avocat ?

Bécker eut un geste de dénégation.

— Il n'a pas prononcé un mot depuis le début de sa garde à vue.

— Mais vous lui avez bien précisé qu'il avait le droit d'en voir un ?

Le gendarme le foudroya du regard et lui tendit un feuillet dactylographié sans daigner répondre. Servaz lut : « Ne demande pas d'avocat. » Il s'assit à la table, face au gamin. Bécker alla se placer près de la porte. Servaz songea que, la mère d'Hugo étant déjà au courant, il n'avait besoin de prévenir personne, conformément aux règles de la garde à vue.

— Vous vous appelez Hugo Bokhanowsky, commença-t-il, vous êtes né le 20 mai 1992 à Marsac.

Pas de réaction. Servaz lut la ligne suivante. Et sursauta.

— Vous êtes en deuxième année de classe préparatoire littéraire au lycée de Marsac...

Il avait dix-huit ans depuis un mois. Et il était déjà en khâgne. Un garçon très intelligent... Il n'était pas dans la même classe que Margot – qui était en première année – mais ils étaient néanmoins dans le même bahut. Il y avait par conséquent de fortes chances pour que Margot ait eu Claire Diemar comme prof. Il se promit de lui poser la question.

— Vous voulez un café ?

Pas de réaction. Servaz se tourna vers Vincent.

— Va lui chercher un café et un verre d'eau.

Espérandieu se leva. Servaz scruta le jeune homme. Il gardait les yeux baissés, les mains coincées entre ses genoux serrés, là où un trou de son jean laissait voir ses jambes bronzées, en un geste de défense évident.

Il est mort de trouille.

Mince, une belle gueule qui devait plaire aux filles, des cheveux coupés si court qu'ils formaient un duvet clair et soyeux sur son crâne rond, lequel brillait dans la lumière des néons. Une barbe de trois jours. Il portait un tee-shirt avec une inscription en anglais faisant référence à une université américaine.

— Tu as bien conscience que toutes les apparences sont contre toi ? On t'a trouvé dans la maison de Claire

Diemar alors qu'elle a été victime d'une agression d'une extrême barbarie dans la soirée. D'après le rapport que j'ai sous les yeux, tu étais à l'évidence sous l'emprise de l'alcool et de la drogue à ce moment-là.

Il dévisagea le jeune homme. Il ne bougeait pas. Peut-être était-il encore sous l'emprise des stupéfiants. Peut-être n'était-il tout simplement pas redescendu.

— Tes empreintes de pas ont été retrouvées un peu partout dans la maison...

— ...

— Des traces de boue et d'herbe provenant de tes chaussures après que tu as été dans le jardin.

— ...

Servaz jeta un regard interrogateur à Bécker. Celui-ci lui répondit par un haussement d'épaules.

— Des traces identiques dans l'escalier et dans la salle de bains où Claire Diemar a été retrouvée morte...

— ...

— Ton téléphone portable atteste que tu as appelé la victime à dix-huit reprises rien qu'au cours des deux dernières semaines.

— ...

— Pour parler de quoi ? Nous savons qu'elle était ta professeur... Tu l'appréciais en tant que prof ?

Pas de réponse.

Merde, on ne va rien en tirer.

Il pensa fugitivement à Marianne : son fils avait tout du coupable, il se comportait comme tel. Il envisagea un instant de l'appeler pour lui demander de le convaincre de coopérer.

— Que faisais-tu chez Claire Diemar ?

— ...

— Putain, t'es sourd ou quoi ? Tu vois pas dans quelle merde tu es !

La voix de Samira. Elle avait jailli. Âpre et grinçante comme une scie. Hugo sursauta. Il daigna lever les yeux et, l'espace d'un instant, parut légèrement décontenancé en découvrant la bouche large, les yeux globuleux et le petit nez de la Franco-Sino-Marocaine. Pour ne rien arranger, elle avait tendance à abuser du mascara et de l'ombre à paupières. Mais cela ne dura qu'une fraction de seconde. Avant que le regard d'Hugo ne s'abaisse à nouveau sur ses genoux.

L'orage à l'extérieur, le silence à l'intérieur. Personne ne semblait vouloir le rompre.

Servaz échangea un regard avec Samira.

— Je ne suis pas là pour t'accabler, dit-il finalement. Nous voulons juste établir la vérité. *Amicus Plato sed major amicus veritas*.

« J'aime Platon, mais j'aime encore plus la vérité. »

Était-ce la formule latine ?

Cette fois, il avait obtenu une réaction.

Hugo le regardait...

Des yeux extrêmement bleus. *Le regard de sa mère*, songea Servaz bien qu'elle eût les yeux verts. Du reste, il reconnaissait dans le dessin des lèvres et la forme du visage les gènes de Marianne. Il se sentit troublé par cette ressemblance physique.

— J'ai parlé à ta mère, dit-il soudain sans réfléchir. Nous avons été amis, elle et moi, dans le temps. De très bons amis.

— ...

— C'était avant qu'elle rencontre ton père...

— Elle ne m'a jamais parlé de vous.

La première phrase prononcée par Hugo Bokhanowsky était tombée comme un couperet. Servaz eut l'impression de recevoir un coup de poing à l'estomac.

Il savait qu'Hugo disait la vérité.

Il se racla la gorge.

— J'ai étudié à Marsac moi aussi, dit-il. Comme toi. Et aujourd'hui, ma fille y étudie. Margot Servaz. Elle est en première année.

Cette fois, il avait toute l'attention du jeune homme.

— Margot est votre fille ?

— Tu la connais ?

Le jeune homme haussa les épaules.

— Qui ne connaît pas Margot ? Elle ne passe pas inaperçue à Marsac... Margot est une fille bien... Elle ne nous a pas dit qu'elle avait un père flic.

Les yeux bleus d'Hugo étaient à présent posés sur lui et ne le lâchaient plus. Le policier se rendit compte qu'il s'était trompé : le gamin n'avait pas peur, il avait tout simplement décidé de ne pas parler. Et, même s'il n'avait que dix-huit ans depuis un mois, il paraissait beaucoup plus mûr. Servaz poursuivit en douceur.

— Pourquoi tu refuses de parler ? Tu as conscience que tu ne fais qu'aggraver ton cas en agissant de la sorte ? Tu veux qu'on appelle un avocat ? Tu t'entretiens avec lui, ensuite on parlera.

— À quoi bon ? J'étais sur les lieux quand elle est morte ou peu de temps après... Je n'ai pas d'alibi... Tout m'accuse... Donc, je suis coupable, non ?

— C'est vrai, tu l'es ?

Les yeux bleus plongèrent dans les siens. Servaz n'y lut ni culpabilité ni innocence. Il n'y avait rien à déchiffrer dans ce regard, sinon une attente.

— En tout cas, c'est ce que vous pensez... Alors, qu'est-ce que ça peut foutre que ce soit vrai ou non ?

— Une grande différence, dit Servaz.

Mais c'était un mensonge, il en était conscient. Les prisons françaises étaient pleines d'innocents – et les rues pleines de coupables. Juges et avocats faisaient semblant de se draper dans leur robe et leur vertu pour assener leurs discours sur la morale et le droit, mais ils n'en acceptaient pas moins un système dont ils savaient pertinemment qu'il produisait de l'erreur judiciaire à la pelle.

— Tu as appelé ta mère pour lui dire que tu t'étais réveillé dans cette maison et qu'il y avait une femme morte à l'intérieur, c'est exact ?

— Oui.

— Tu étais où quand tu t'es réveillé ?

— Dans le salon, en bas.

— Où ça, dans le salon ?

— Dans le canapé. Assis.

Hugo regarda Bécker.

— Je leur ai déjà dit.

— Et ensuite, tu as fait quoi ?

— J'ai appelé Mlle Diemar.

— Tu es resté assis ?

— Non. Les portes-fenêtres du jardin étaient ouvertes, la pluie entrait dans la maison. Je suis sorti par là.

— Tu ne t'es pas demandé où tu te trouvais ?

— J'ai reconnu la maison.

— Tu étais déjà venu ?

— Oui.

— Tu as donc reconnu l'endroit : tu y venais souvent ?

— Assez.

— Ça veut dire quoi « assez » ? Combien de fois ?

— Je ne me rappelle plus...
— Essaie de te souvenir.
— Je ne sais pas... peut-être dix... ou vingt...
— Comment se fait-il que tu venais si souvent la voir ? Et que tu lui téléphonais tout le temps ? Est-ce que Mlle Diemar recevait tous les élèves de Marsac chez elle de cette façon ?
— Non, je ne crois pas.
— Alors, pourquoi toi ? De quoi est-ce que vous parliez ?
— De ce que j'écris.
— Quoi ?
— J'écris un roman... J'en avais parlé à Clai... à Mlle Diemar... Elle était très intéressée, elle m'a demandé si elle pouvait lire ce que j'écrivais... On en discutait régulièrement. Au téléphone aussi...

Servaz considéra Hugo. Un frisson. Lui aussi avait commencé la rédaction d'un roman quand il était élève à Marsac. Le grand roman moderne... Le rêve glorieux de tout apprenti écrivain... Celui qui ferait dire aux éditeurs et aux lecteurs : « Chapeau bas. » L'histoire d'un homme tétraplégique qui ne vivait que par la pensée, mais dont la vie intérieure, flamboyante et intense comme une jungle tropicale, était bien plus riche que celle de la plupart des gens. Il avait arrêté le lendemain du jour où son père s'était suicidé.

— Tu l'appelais Claire ? remarqua-t-il.
Une hésitation.
— Oui.
— Quelle était la nature de vos relations ?
— Je viens de vous le dire. Elle s'intéressait à ce que j'écrivais.
— Elle te donnait des conseils d'écriture ?

— Oui.

— Et elle trouvait ça bon ?

Le regard d'Hugo. Une lueur de fierté dans ses pupilles.

— Elle disait... elle disait qu'elle n'avait rien lu de pareil depuis longtemps.

— Je peux connaître le titre ?

Il vit Hugo hésiter. Servaz se mit à sa place. Le jeune auteur n'avait sans doute pas envie de partager ce genre de chose avec un inconnu.

— Ça s'appelle *Le Cercle*...

Servaz eut envie de lui demander de quoi ça parlait, mais n'en fit rien. En lui, il le sentait, une profonde perplexité commençait à monter – en même temps qu'un mouvement d'empathie à l'égard du jeune homme. Il n'était pas dupe. Il savait que c'était parce que ce dernier lui rappelait celui qu'il avait été vingt-trois ans plus tôt. Et peut-être aussi parce qu'il était le fils de Marianne. Mais il ne s'en demandait pas moins s'il était possible qu'il eût tué la seule personne à même de comprendre et d'apprécier son travail.

— Revenons à ce que tu as fait ensuite, après le jardin.

— Je suis rentré dans la maison. Je l'ai appelée. J'ai fouillé partout.

— Tu n'as pas pensé à appeler la police à ce moment-là ?

— Non.

— Et ensuite ?

— Je suis monté, j'ai fouillé toutes les pièces, une par une... Jusqu'à la salle de bains... Et là... *je l'ai vue*.

Sa pomme d'Adam fit un aller et retour.

— J'étais paniqué... Je ne savais pas quoi faire. J'ai essayé de lui sortir la tête de l'eau, je l'ai giflée pour la réveiller, j'ai crié, j'ai essayé de défaire les nœuds. Mais ils étaient trop nombreux, trop serrés, et je n'y arrivais pas : l'eau les avait fait gonfler. J'ai vite compris qu'il était trop tard...

— Tu dis que tu as essayé de la ranimer ?

— Oui, c'est ce que j'ai fait.

— Et la lampe ?

Servaz vit les paupières d'Hugo battre imperceptiblement.

— Tu as bien vu la lampe allumée dans sa bouche, non ?

— Oui, évidemment...

— Alors, pourquoi tu n'as pas essayé... *de la retirer* ?

Hugo hésita.

— Je ne sais pas... sans doute parce que...

— ...

— Parce que ça me répugnait de mettre les doigts dans sa bouche...

— Tu veux dire : *dans la bouche d'une morte* ?

Servaz vit les épaules d'Hugo s'affaisser.

— Oui. Non. Pas seulement. Dans la bouche de Claire...

— Et avant ? Que s'est-il passé avant ? Tu dis que tu t'es réveillé chez Claire Diemar, qu'entends-tu par là ?

— Exactement ça. J'ai repris connaissance dans le salon.

— Tu veux dire que tu avais perdu connaissance ?

— Oui... Enfin, je suppose... j'ai déjà expliqué tout ça à vos collègues.

— Explique-moi à moi : tu faisais quoi au moment où tu as perdu connaissance, tu t'en souviens ?

— Non... pas vraiment... je ne suis pas sûr... il y a comme un... *trou*...

— Un trou dans ton emploi du temps ?

Servaz vit que Bécker le fixait lui et non Hugo. Le regard du gendarme était éloquent. Il vit aussi qu'Hugo accusait le coup. Il était assez intelligent pour comprendre que ce trou, ça n'était pas bon pour lui.

— Oui, avoua-t-il à contrecœur.

— Quelle est la dernière chose dont tu te souviennes ?

— La dernière, c'est quand j'étais au Dubliners avec des amis, plus tôt dans la soirée.

Servaz prenait des notes en sténo. Il n'avait pas confiance dans la webcam, pas plus que dans les gadgets en général.

— Le Dubliners ?

Il connaissait cet endroit. Le pub existait déjà de son temps. Servaz et ses amis en avaient fait leur quartier général à l'époque.

— Oui.

— Que faisiez-vous là-bas ? Quelle heure était-il ?

— On regardait la Coupe du monde de football, le match d'ouverture, et on attendait celui de la France.

— « Attendait » ? Tu veux dire que tu ne te rappelles pas avoir vu Uruguay-France ?

— Non... peut-être... je ne sais plus ce que j'ai fait au cours de la soirée. Ça a l'air bizarre, mais je ne sais pas combien de temps ça a duré... Ni à quel moment précis je me suis évanoui.

— Tu crois qu'on t'a assommé, c'est ça ? Quelqu'un t'a frappé ?

— Non, je ne pense pas, j'ai vérifié... je n'ai pas de bosse... et je n'ai pas mal au crâne non plus... En revanche, j'étais dans le coaltar quand j'ai émergé, j'avais l'impression d'avoir la tête pleine de brouillard...

Il s'affaissait sur lui-même, il se rendait compte au fur et à mesure qu'il parlait que tout le désignait.

— Tu penses qu'on t'a drogué ?
— Oui, c'est possible.
— On vérifiera. Où ça, au pub ?
— J'en sais rien !

Servaz échangea un regard avec Bécker. Le regard du gendarme disait sans ambiguïté : *coupable*.

— Je vois. Cela va peut-être te revenir. Si c'est le cas, n'hésite pas à m'en parler, c'est important.

Hugo secoua la tête avec amertume.

— Je ne suis pas idiot.
— J'ai une dernière question : tu aimes le foot ?

Une lueur de surprise dans les yeux bleus.

— Oui, pourquoi ?
— Ton café va refroidir, dit Servaz. Bois-le. La nuit risque d'être longue.

— Une femme seule dans une maison non verrouillée, dit Samira.
— Et aucun signe d'effraction nulle part, dit Espérandieu.
— Elle a dû lui ouvrir. C'était son élève après tout, elle n'avait aucune raison de se méfier. Et il l'a dit lui-même : il était déjà venu. Et il l'a appelée dix-huit fois ces deux dernières semaines... Pour causer « bouquins » ? Tu parles !

— C'EST LUI, décréta Vincent.

Servaz se tourna vers Samira, qui acquiesça d'un hochement de tête.

— Je suis d'accord. Il a été arrêté chez la victime. Et il n'y a aucune trace de la présence d'un autre individu. Rien. Nulle part. Pas la moindre preuve qu'une tierce personne ait été là. En revanche, les siennes sont partout. L'alcootest a révélé qu'il avait 0,85 g d'alcool dans le sang ; l'analyse nous dira s'il a aussi pris des stupéfiants, ce qui est probable, vu l'état dans lequel on l'a trouvé, et en quelles quantités. Les gendarmes affirment que, quand ils l'ont interpellé, il avait les pupilles dilatées et était totalement prostré.

— Il dit lui-même qu'il a été drogué, fit observer Servaz.

— Ben voyons... Et par qui ? On a repéré sa voiture garée un peu plus loin. Ce n'est donc pas lui qui l'aurait conduite ? En admettant que ce soit quelqu'un d'autre, il dit qu'il s'est réveillé dans la maison : ça veut dire que le véritable assassin aurait pris le risque de sortir Hugo de la voiture et de le trimbaler jusqu'à la maison de Claire ? Et personne n'aurait rien vu ? Ça ne tient pas debout ! Plusieurs maisons donnent sur la rue, dont trois mitoyennes en face de celle de la victime...

— Tout le monde regardait le football, objecta Servaz. Même nous.

— Pas tout le monde : le vieux en face l'a bien vu, lui.

— Mais il ne l'a pas vu arriver, justement. Personne ne l'a vu entrer. Pourquoi serait-il resté là à attendre qu'on vienne le cueillir s'il avait fait le coup ?

— Tu connais les statistiques aussi bien que nous, répondit Samira. Dans 15 % des cas, l'auteur d'un crime se livre lui-même aux forces de l'ordre, dans 5 % d'entre eux il prévient un tiers qui prévient la police, et dans 38 % il attend sagement sur le lieu de son crime l'arrivée des forces de l'ordre tout en sachant qu'un témoin les a certainement prévenues. C'est ce qu'a fait le gamin. En réalité, près des deux tiers des cas sont élucidés dès les premières heures par l'attitude du criminel.

De fait, Servaz connaissait les chiffres.

— Oui, mais ils ne prétendent pas ensuite être innocents.

— Il était défoncé. Quand il a commencé à redescendre, il a pris conscience de ce qu'il avait fait et de ce qu'il encourait, dit Espérandieu. Il essaie simplement de sauver sa peau.

— La seule question qui vaille à présent, dit Samira, c'est de savoir si l'agression était préméditée.

Ses deux adjoints le fixaient, ils attendaient une réaction de sa part.

— Quand même, le crime a été mis en scène et c'est une mise en scène hors du commun, non ? répliqua-t-il. Les cordes, la lampe, les poupées... Rien de tout ça ne dit un crime ordinaire... On devrait se garder de sauter trop vite aux conclusions.

— Le gamin était défoncé, dit Samira en haussant les épaules. Il a sans doute eu une crise délirante. Ça ne sera pas la première fois qu'un camé fait des trucs dingues... Je le sens pas, ce gosse... Et puis, tout l'accable, non ? Putain, merde, patron... dans toute autre circonstance, vous parviendriez aux mêmes conclusions que nous.

Il sursauta.

— Qu'est-ce que ça veut dire ?

— Vous l'avez dit vous-même : vous avez bien connu sa mère. Et c'est elle qui a appelé au secours, si je ne m'abuse.

Servaz se cabra, fouetté par le sous-entendu. Il n'y en avait pas moins plusieurs détails qui clochaient. *La mise en scène, la lampe, les poupées...* songea-t-il. *Et aussi le timing...* Quelque chose dans le choix du moment l'ennuyait. Si le gamin avait pété un câble, pourquoi précisément ce soir, où tout le monde regardait la télévision ?

Hasard, coïncidence ? En seize ans de métier, Servaz avait appris à rayer ce mot de son vocabulaire. Hugo aimait le foot. Est-ce que quelqu'un qui aime le sport à la télé choisissait ce soir-là pour tuer quelqu'un d'autre ? *Seulement s'il voulait échapper à l'attention générale...* Or Hugo était resté sur place et s'était laissé prendre sans chercher à se cacher.

— Cette enquête est terminée avant d'avoir commencé, conclut Samira en faisant craquer ses phalanges.

Il l'arrêta d'un geste.

— Pas tout à fait. Retournez là-bas et vérifiez si les techniciens ont bien examiné la voiture d'Hugo, demandez-leur de la passer au cyanoacrylate.

Il aurait bien aimé disposer d'une cabine pour passer l'intérieur et l'extérieur de la voiture au peigne fin. Une cabine de peinture semblable à celle qu'utilisaient les carrossiers, équipée pour y faire évaporer du cyanoacrylate – une sorte de superglue – en le chauffant. Au contact des graisses déposées par les doigts, les vapeurs de cyanoacrylate réagissaient et laissaient apparaître des empreintes colorées en blanc. Malheureusement, aucune cabine de ce genre n'était disponible à plus de cinq cents kilomètres à la ronde, et pas question pour eux de pourrir celle d'un honnête artisan par leurs expériences : par conséquent, les techniciens devaient se contenter de « cyano shots » – des diffuseurs portatifs. De toute façon, la pluie violente avait vraisemblablement nettoyé la carrosserie.

— Ensuite, interrogez les riverains. Faites toutes les maisons de la rue, une par une.

— Une enquête de voisinage – à cette heure-ci ? Il est 2 heures du matin !

— Eh bien, sortez-les du lit. Je veux une réponse avant qu'on reparte à Toulouse. Quelqu'un a-t-il vu quelque chose, entendu quelque chose, noté quelque chose, cette nuit ou les jours précédents, quelque chose qui lui semblerait louche, quelque chose d'inhabituel, n'importe quoi – même si ça n'a pas de rapport avec ce qui s'est passé ce soir.

Il croisa leurs regards incrédules.

— Au travail !

7

Margot

Ils avaient roulé parmi les collines. Septembre. Il faisait encore chaud ; autour d'eux c'était l'été et, comme la clim était en panne, Servaz avait baissé les vitres. Il avait glissé un CD de Mahler dans le lecteur et il se sentait d'excellente humeur. Non seulement il faisait très beau et il roulait en compagnie de sa fille, mais il l'emmenait dans un endroit qu'il connaissait bien – même s'il n'y était pas retourné depuis longtemps.

En conduisant, il avait songé à l'élève moyenne qu'avait été Margot à l'école primaire. Puis il y avait eu la crise de l'adolescence. Encore aujourd'hui, avec ses piercings, ses teintures bizarres et ses blousons de cuir, sa fille n'avait absolument pas l'air d'une première de la classe. Il n'ignorait pas cependant que Margot, sous ses airs de « punkette », avait de très bonnes notes. Mais Marsac était la meilleure prépa de la région. La plus exigeante. Il fallait faire preuve d'excellence pour y être admis. Servaz lui-même l'avait été vingt-trois ans plus tôt, à l'époque où il voulait devenir écrivain. Au lieu de ça, il était devenu flic. Tout en conduisant à travers le paysage estival, ce matin-là, il s'était senti empli d'une fierté qui le gonflait comme une bulle de savon.

— C'est beau par ici, avait dit Margot en retirant les écouteurs de ses oreilles.

Servaz avait jeté un coup d'œil rapide aux alentours. La route serpentait à travers des collines verdoyantes, traversait des bois ensoleillés et des champs de blé blonds et soyeux. Dès qu'ils ralentissaient pour prendre un virage, ils entendaient le chant des oiseaux et le crissement des insectes par la vitre baissée.

— Un peu « mortel », non ?
— Hmm. C'est comment, Marsac ?
— Petite ville. Calme. Je suppose qu'il y a toujours les mêmes pubs pour étudiants. Pourquoi avoir choisi Marsac plutôt que Toulouse ?
— À cause de Van Acker. Le prof de lettres.

Même après tout ce temps, le nom de Van Acker provoquait en lui une réaction qui ressemblait à une impulsion électrique stimulant une zone du cœur depuis longtemps inactive. Il avait essayé malgré tout de donner à sa voix un ton détaché.

— Il est si bon que ça ?
— Le meilleur à cinq cents kilomètres à la ronde.

Margot savait ce qu'elle voulait. Pas de doute. Il s'était remémoré les paroles de l'amant marié de sa fille, la seule fois où il l'avait rencontré, place du Capitole, à quelques jours de Noël : « Sous ses dehors rebelles, Margot est une fille formidable, brillante et indépendante. Et beaucoup plus mature que vous ne semblez le penser. » Une conversation pénible, aigre, pleine de récriminations – mais qui lui avait finalement permis de s'apercevoir qu'il la connaissait très mal.

— Tu aurais pu faire un effort pour ta tenue.

— Pourquoi ? C'est mon cerveau qui les intéresse, pas mes fringues.

Du Margot tout craché... Pas sûr cependant que cet argument convaincrait le corps enseignant. Ils avaient traversé la grande forêt de Marsac, qui s'étendait sur des kilomètres, avec ses allées cavalières, ses sentiers et ses parkings, puis ils étaient entrés dans la ville par la longue ligne droite bordée de platanes que Servaz avait remontée des centaines de fois dans sa jeunesse.

— Ça ne te gêne pas d'être en pension du lundi au samedi ? avait-il demandé tandis qu'ils roulaient parmi les petites rues pavées bordées de cafés et de boutiques.

— Je ne sais pas. (Elle regardait par la vitre baissée.) Je n'y ai pas beaucoup réfléchi. Je suppose que je vais rencontrer des gens intéressants ici, autre chose que ces crétins du lycée. C'était comment, de ton temps ?

La question l'avait pris au dépourvu. Il n'avait pas envie d'en parler.

— C'était bien, avait-il répondu.

Beaucoup de vélos dans les rues, avec la plupart du temps des étudiants juchés dessus, mais aussi quelques professeurs avec des sacoches en cuir bourrées de livres derrière leurs selles ou devant leurs guidons. Marsac accueillait plusieurs facultés : droit, sciences, sciences humaines... Cette ville semblait atteinte de jeunisme. En dehors des vacances, la moitié de la population avait moins de vingt-cinq ans. Ils avaient quitté la ville par le nord. Une plaine verte, avec une ligne de bois touffus dans le fond.

— Là, avait-il annoncé.

Un bâtiment haut et long sur leur droite, à quelque distance de la route, au bout d'une grande prairie.

D'aspect très ancien avec ses toits hérissés de cheminées, sa façade percée de fenêtres à meneaux et son architecture complexe. Autour du vénérable édifice se dressaient plusieurs bâtiments bas et modernes en béton, posés sur les pelouses comme d'incongrus dominos. Les souvenirs l'avaient assailli. Il avait revu, derrière le bâtiment, les statues pensives et les bassins aux eaux vertes, les bosquets colonisés par le gui, les courts de tennis envahis par les feuilles mortes en novembre, la piste d'athlétisme, le petit bois où il aimait à se promener, qui menait à une grande colline en pente douce et la vue qu'elle offrait, par-delà la houle des autres collines, jusqu'aux Pyrénées blanches de l'automne au printemps.

Une bouffée de nostalgie lui avait serré le cœur dans un poing de glace.

Sans qu'il s'en rende compte, ses doigts avaient étreint le volant. Il avait longtemps rêvé d'avoir une deuxième chance, puis il avait fini par comprendre qu'il n'y en aurait pas. Il avait laissé passer la sienne. Il finirait sa vie d'homme comme il l'avait commencée : flic. En fin de compte, ses rêves s'étaient révélés aussi inconsistants que des nuages.

Heureusement pour lui, la sensation n'avait duré qu'un instant. L'instant d'après, elle avait disparu.

Ils avaient quitté la route pour remonter l'allée asphaltée. Elle filait entre une barrière peinte en blanc, qui les séparait de la grande prairie et du bâtiment principal sur leur gauche, et une rangée de vieux chênes au-delà d'un fossé sur leur droite. Des chevaux gambadaient dans la prairie. Il n'avait pu s'empêcher de penser à son enquête de l'hiver 2008-2009.

— Va au bout de tes rêves, avait-il dit soudain.

Sa voix étranglée...
Margot avait tourné la tête, surprise. Il aurait voulu pouvoir dissimuler la buée dans ses yeux.

— Cette classe préparatoire va vous proposer une formation très exigeante. Elle s'adresse à des élèves très motivés ayant une grande puissance de travail. Les deux années que vous allez passer chez nous seront l'occasion d'un épanouissement et d'apprentissages féconds, de rencontres et d'expériences sans précédent. Le savoir que nous dispensons ne néglige pas le côté humain. Contrairement à d'autres établissements, nous ne sommes pas obsédés par les statistiques, avait expliqué le proviseur avec un sourire.

Servaz était sûr du contraire. Derrière le chef d'établissement, la fenêtre était ouverte. Il apercevait du lierre, percevait le bruit d'une tondeuse, des coups de marteau. Il savait que le bureau du proviseur se trouvait au sommet d'une tour d'angle circulaire et que sa fenêtre donnait sur l'arrière des bâtiments : il connaissait cet endroit comme sa poche.

— Aucun redoublement de la première année n'est accepté, sauf en cas d'accident ou de maladie graves attestés par un certificat médical et après décision du chef d'établissement et du conseil de classe. En revanche, la difficulté des concours d'entrée aux écoles normales supérieures rend le redoublement de la seconde année souvent nécessaire. Cette possibilité est offerte à tous les étudiants qui ont démontré pendant les deux années les qualités requises.

Un rayon de soleil avait caressé la chemise au nom

de Margot lorsque le proviseur l'avait ouverte et en avait extrait une feuille volante qu'il avait examinée.

— Venons-en maintenant au choix des options. C'est une question très sérieuse. Pas de choix à la légère, jeune fille. En vérité, même si le choix des options pour le Concours ne se fait qu'à l'entrée de la deuxième année, il sera conditionné par les options que vous allez choisir en première année. Et je vous déconseille de multiplier les options pour vous, disons, *couvrir*... La charge de travail est importante, un tel choix serait inévitablement préjudiciable à la qualité de celui-ci.

Il avait compté sur le bout de ses doigts.

— En première année, vous avez déjà cinq heures de français, quatre heures de philosophie, cinq d'histoire, quatre de langue vivante 1, trois de langues et culture de l'Antiquité, deux de géographie, deux de langue vivante 2 et deux d'éducation physique et...

— J'ai déjà choisi mes options, l'avait interrompu Margot. Modules de spécialités latin et grec, niveau confirmé. Et théâtre. Comme langue vivante 1, j'ai choisi anglais. Langue vivante 2 : allemand.

Le stylo du chef d'établissement griffait le papier.

— Très bien. Ces choix vous engagent pour l'année entière, nous sommes d'accord ?

— Oui.

Il s'était alors tourné vers Servaz avec un sourire ravi.

— Voilà une personne qui sait ce qu'elle veut.

8

Musique

Servaz retourna dans la pièce. 2 h 30 du matin. La fatigue et la peur se peignaient sur les traits du gamin. Servaz sentit immédiatement que l'atmosphère avait changé. Tant de pression et tant de peur. L'heure des aveux. Elle approchait. Les aveux spontanés, les aveux bidon, les aveux véridiques, les aveux fantaisistes, les aveux extorqués... J'avoue parce que ça me soulage du fardeau de ma culpabilité, j'avoue parce que j'en ai marre, parce que je suis trop fatigué, trop impuissant, parce que j'ai une envie irrésistible d'aller pisser, j'avoue parce que ce sale type, là, n'arrête pas de me souffler son haleine infecte à la figure, j'avoue parce qu'il me rend cinglé, avec ses hurlements, et parce qu'il me fait peur, j'avoue parce que c'est ce qu'ils veulent tous, dans le fond, et parce que je vais finir par faire une crise cardiaque, un infarctus du myocarde, une hypoglycémie, une insuffisance rénale, une épilepsie... Il alluma une cigarette et la tendit à Hugo, malgré le pictogramme placardé au mur. Le jeune homme la prit. Il tira sa première bouffée avec la reconnaissance d'un naufragé à qui on tend une gourde d'eau douce, laissant le poison descendre dans sa trachée et dans ses poumons. Servaz constata qu'il n'avalait pas la fumée, mais il eut l'air de se sentir indiscutablement mieux après ça. Hugo l'observait en silence. Dehors, la pluie pilonnait bruyamment une rangée de poubelles.

Ils étaient seuls. Comme toujours lorsque, dans un groupe d'interrogateurs, il apparaissait que le courant passait mieux entre l'un des membres et le prévenu. Peu importait qu'il s'agît du chef de groupe ou d'un subordonné : l'important était d'établir le dialogue.

— Tu veux un autre café ?

— Non, merci.

— Une boisson ? Une autre cigarette ?

Le jeune homme secoua la tête.

— J'ai arrêté de fumer, dit-il.

— Depuis quand ?

— Huit mois.

— Ça ne te fait rien si on continue ?

Servaz eut droit à un regard inquiet.

— Je croyais qu'on avait fini ?

— Pas tout à fait... Il me reste quelques points à éclaircir, dit Servaz en rouvrant son bloc-notes. Tu veux qu'on remette ça à plus tard ?

De nouveau, Hugo secoua la tête.

— Non, non. C'est bon.

— Très bien. Encore une heure ou deux et tu pourras aller dormir.

— Où ça ? demanda le jeune homme, les yeux agrandis. En prison ?

— En cellule de garde à vue pour l'instant. Mais on va devoir te ramener à Toulouse. Désormais, cette enquête est du ressort du SRPJ.

Il vit le regard d'Hugo se flétrir.
— Je voudrais appeler ma mère...
— Rien ne nous oblige à le faire. Mais tu pourras lui téléphoner dès qu'on aura terminé, d'accord ?

Le jeune homme se renversa sur sa chaise, les mains derrière la nuque. Il étira ses longues jambes sous la table.

— Essaie de te souvenir si quelque chose t'a paru bizarre, ce soir.
— Comme quoi ?
— Je ne sais pas, moi... n'importe quoi... Un détail... Quelque chose qui t'aurait laissé une impression de malaise, par exemple... un truc qui n'était pas à sa place... Tout ce qui te passe par la tête.

Hugo haussa les épaules.
— Non, je ne vois pas.
— Fais un effort, c'est ta peau qui est en jeu !

Servaz avait élevé la voix. Hugo le regarda, surpris. Dehors, le tonnerre retentit une fois de plus.

— *La musique...*

Servaz le scruta.
— Quoi, la musique ?
— Je sais que ça a l'air idiot, mais vous m'avez demandé de...
— Je sais ce que je t'ai demandé. Alors ? C'est quoi, cette histoire de musique ?
— Quand j'ai repris connaissance, de la musique montait de la chaîne stéréo...
— Et c'est tout ? En quoi est-ce que c'était inhabituel ?
— Eh bien... (Il vit Hugo réfléchir.) Il arrivait bien à Claire de mettre de la musique quand j'étais là, mais... jamais de ce genre-là...

— Quel genre c'était ?
— Du classique...

Servaz le regarda. *Du classique...* Il sentit un frisson lui courir tout le long de la colonne vertébrale.

— Elle n'en écoutait pas, d'habitude ?

Hugo acquiesça d'un hochement.

— Tu en es sûr ?

— Pas à ma connaissance... Elle mettait du jazz... ou bien du rock. Même du hip-hop. Mais je ne me souviens pas avoir jamais entendu de classique chez elle avant ce soir. Je me souviens que, sur le moment, quand je me suis réveillé, ça m'a paru immédiatement... *bizarre*. Cette musique sinistre qui montait, la maison ouverte et personne pour répondre. Ça ne lui ressemblait vraiment pas.

Servaz commençait à sentir une sourde inquiétude monter en lui. Quelque chose de vague, de diffus.

— Rien d'autre ?
— Non.

De la musique classique... Une idée lui était venue mais il la chassa tant elle lui parut ridicule.

Lorsqu'il retourna dans la maison de Claire Diemar, c'était toujours le même cirque, là-bas. La ruelle était à présent encombrée de fourgons et de véhicules, et les médias étaient entrés dans la danse eux aussi, malgré l'heure tardive – ou matinale, question de point de vue – avec leurs micros, leurs caméras et leur agitation professionnelle. À en juger par la présence d'un van surmonté d'une parabole, les commentaires footballistiques ne seraient pas les seuls à meubler le journal télévisé du lendemain. Servaz était cependant persuadé que le meurtre de la professeur de langues et de culture de l'Antiquité serait relégué bien après les piètres performances des footballeurs nationaux.

Il releva le col de sa veste, de toute façon réduite à l'état de serpillière, et traversa rapidement les pavés glissants en faisant écran de sa main lorsque les flashes explosèrent.

À l'intérieur, seul un étroit passage délimité par les rubans de la police scientifique était ménagé entre la porte d'entrée et les portes-fenêtres du jardin. Servaz repéra la chaîne stéréo, mais les gars de la scientifique étaient en train de travailler dessus avec leurs pinceaux et leurs révélateurs. Il décida d'examiner le jardin en attendant. Les poupées avaient disparu. Des techniciens plantaient des repères numérotés dans l'herbe, entre les arbres, là où se trouvaient d'hypothétiques indices. Le pool-house était ouvert et brillamment éclairé. Servaz s'en approcha. Deux techniciens en combinaisons blanches étaient accroupis à l'intérieur. Il aperçut un évier, des chaises longues repliées, des épuisettes, des jeux et des bidons de produits de traitement pour la piscine.

— Vous avez trouvé quelque chose ?

L'un d'eux tourna vers lui un regard agrandi par d'épaisses lunettes orange, et secoua négativement la tête.

Servaz fit ensuite le tour du bassin. Lentement. Puis il traversa la pelouse détrempée en direction de la forêt. Elle formait une muraille compacte de verdure au pied de laquelle le gazon s'arrêtait. Il n'y avait pas de clôture, mais la végétation était assez dense pour servir de barrière naturelle. Il repéra cependant deux minces trouées dont il s'approcha. Il faisait noir là-dedans comme dans un four, et la pluie criblait bruyamment les frondaisons au-dessus de lui sans l'atteindre. Le premier passage le mena à un cul-de-sac au bout de quelques mètres. Il rebroussa chemin, émergea sur la pelouse et essaya le second. Ce passage en revanche semblait s'aventurer plus loin. Ce n'était rien d'autre qu'une faille presque indiscernable entre les troncs et les taillis, et il se contorsionna pour s'y faufiler, mais elle s'enfonçait obstinément dans les ténèbres comme un filon d'argent dans des roches quartziques. Le couvert des arbres arrêtait presque entièrement la pluie et la lampe torche de Servaz écorchait les branches, qui donnaient l'impression de vouloir le retenir. Il piétinait un matelas de feuilles et de bois mort qui l'obligeait à regarder où il mettait les pieds, s'enfonçant d'une dizaine de mètres sans que jamais le passage s'élargisse, et il finit par faire demi-tour en se promettant de revenir en plein jour. Il allait atteindre la sortie lorsque, dans les ténèbres presque totales, il devina quelque chose de blanc sur le sol, et il orienta le faisceau de la torche dans cette direction.

Un tas de petits cylindres clairs – sur la terre sombre et les feuilles.

Des cigarettes...

Il se pencha. Des mégots. Bien une demi-douzaine.

Quelqu'un était resté là à fumer pendant un bon moment. Servaz leva la tête. De l'endroit où il se trouvait, il voyait distinctement le côté de la maison donnant sur le jardin. Les portes-fenêtres et même l'intérieur du salon éclairé par les projecteurs de la police scientifique. Une fenêtre à l'étage laissait entrevoir le mobilier d'une chambre derrière des rideaux. Un point d'observation idéal...

Il sentit le duvet sur sa nuque se hérisser. La personne qui avait séjourné ici connaissait bien les lieux. Il essaya de se dire qu'il devait s'agir d'un jardinier. Ou même de Claire Diemar elle-même. Mais cela ne tenait pas. Il ne voyait aucune raison valable de rester là, dans ces buissons, à fumer cigarette sur cigarette, sinon pour espionner les faits et gestes de la jeune femme.

Servaz réfléchit encore. Hugo était arrivé par-devant et il avait laissé sa voiture dans la rue. Pourquoi aurait-il épié Claire depuis les bois ? Il avait reconnu être venu ici plusieurs fois. Avait-il éprouvé en plus le besoin de jouer les voyeurs en d'autres occasions ?

Il eut tout à coup l'impression désagréable d'assister à un tour de prestidigitation : quand le saltimbanque attire votre attention d'un côté pendant que l'essentiel se passe de l'autre. Une main dans la lumière pour les spectateurs, l'autre agissant dans l'ombre. *Quelqu'un voulait les forcer à regarder du mauvais côté...* Il avait disposé la scène, choisi le décor, les acteurs – et peut-être même les spectateurs... Il crut deviner une ombre cachée, se déplaçant à l'insu de tous, derrière ce drame, et l'inquiétude revint pleins gaz.

Les sourcils froncés, Servaz retourna dans la maison, sans plus prêter attention à la pluie. Il essuya ses semelles trempées sur le tapis à l'entrée. Dans le petit salon, les techniciens en avaient terminé avec la chaîne hi-fi.

— Vous voulez jeter un œil ? demanda l'un d'eux en lui tendant des gants en latex, des couvre-chaussures et une de ces charlottes ridicules qui donnaient à tous les flics de la criminelle l'allure de clients de salon de coiffure pour dames.

Servaz les prit et les enfila avant de soulever le ruban.

— Il y a un truc bizarre, dit le technicien.

Servaz le regarda.

— On a trouvé le téléphone portable du gamin dans sa poche. Mais aucune trace de celui de la victime. On a fouillé partout, pourtant.

Servaz sortit son calepin et nota l'info. Il souligna deux fois le mot « téléphone ». Il se souvint qu'on avait découvert dix-huit appels passés à la victime depuis le portable d'Hugo. Pourquoi aurait-il fait disparaître celui de Claire Diemar et pas le sien ?

— Et là-dessus, vous n'avez rien trouvé ? dit-il en montrant la chaîne stéréo du menton.

Le technicien haussa les épaules.

— Rien de particulier. Des empreintes sur l'appareil et sur les CD, mais ce sont celles de la victime.

— Pas de CD dans le lecteur ?

Le technicien le regarda sans comprendre. Il se demandait à l'évidence quelle importance cela pouvait revêtir. Il y avait un petit tas de sacs à scellés transparents sur un meuble qui attendaient d'être emportés au labo. L'homme en prit un et le tendit à Servaz sans un mot. Celui-ci s'en saisit.

Regarda le boîtier à l'intérieur.

Le reconnut.

Gustav Mahler...

Les *Kindertotenlieder* : les « Chants pour des enfants morts ». La version de 1963 dirigée par Karl Böhm, avec Dietrich Fischer-Dieskau. Servaz avait exactement la même dans sa discothèque.

9

Blanc

Hugo avait parlé de la musique. Mais il n'avait pas précisé laquelle. Une musique qui le renvoyait à l'enquête de 2008-2009. Neige, vent, blanc. Le blanc surtout, à l'extérieur comme à l'intérieur. La couleur de la mort et du deuil en Orient. La couleur aussi des rites de passage. C'en était un ce jour de décembre 2008. Quand ils avaient remonté la vallée enfouie sous la neige, au milieu des sapins, sous le regard indifférent d'un ciel gris comme une lame.

Le lieu ensuite. Isolé. L'Institut Wargnier. Des murailles de pierre typiques de cette architecture montagnarde du début du XXe siècle qu'on retrouvait aussi bien dans les hôtels de l'époque que dans les centrales hydroélectriques. Une époque où l'on construisait pour durer et où l'on croyait en l'avenir. Des corridors déserts, des portes blindées et des sécurités biométriques, des caméras, des gardes. Pas tant de gardes que ça, en fait, si on tenait compte de la dangerosité et du nombre des pensionnaires. Et la montagne tout autour : énorme, hostile, perturbante. Comme une seconde prison.

L'homme enfin.

Julian Alois Hirtmann. Né quarante-cinq ans plus tôt à Hermance, Suisse romande. Servaz et lui n'avaient en commun qu'une seule chose : la musique de Mahler. L'un comme l'autre étaient incollables sur l'œuvre du compositeur autrichien. Ça s'arrêtait là : à ma gauche un flic de la criminelle, à ma droite un tueur en série qui avait pris la clé des champs deux hivers plus tôt. Hirtmann, un ancien procureur du tribunal de Genève qui organisait des orgies dans sa villa des bords du Léman, avait été arrêté pour le double meurtre de sa femme et de l'amant de celle-ci dans la nuit du 21 juin 2004. Avant qu'on découvre chez lui des documents qui laissaient penser que le Suisse pouvait être l'auteur d'une quarantaine de meurtres étalés sur une période de vingt-cinq ans. Ce qui en faisait un des tueurs en série les plus redoutables de l'ère moderne. Il avait séjourné dans plusieurs établissements psychiatriques avant d'atterrir à l'Institut Wargnier, un endroit unique en Europe où étaient enfermés des assassins monstrueux déclarés irresponsables par les justices de leurs pays. Servaz avait été mêlé à l'enquête qui avait précédé – et en quelque sorte provoqué – son évasion. Il avait aussi rencontré Hirtmann dans sa cellule, peu de temps avant qu'il ne s'évade.

Après s'être fait la belle, le Suisse s'était évanoui dans la nature : disparu dans un nuage de fumée comme le génie de la lampe. Servaz avait toujours été convaincu qu'il finirait par refaire surface. Sans traitement approprié, ses pulsions et ses instincts de chasseur se réveilleraient tôt ou tard.

Ce qui ne signifiait pas qu'il serait facile à attraper. Comme l'avait souligné Simon Propp, le psychocriminologue qui avait participé à l'enquête, Hirtmann n'était pas seulement un manipulateur et un sociopathe intelligent : il représentait un cas à part même chez les tueurs organisés. Il appartenait à cette catégorie rarissime de tueurs en série capables d'avoir une vie sociale intense et gratifiante à côté de leurs activités criminelles. Il était rare en effet que les troubles de la personnalité dont ils souffraient n'affectent pas de quelque manière les facultés intellectuelles et la vie sociale des assassins compulsifs. Le Suisse, lui, avait réussi pendant une vingtaine d'années à occuper de hautes responsabilités au tribunal de Genève, tout en kidnappant, torturant et assassinant plus de quarante femmes. La traque de Hirtmann était devenue une priorité : plusieurs flics y consacraient l'essentiel de leur temps à Paris comme à Genève. Servaz ignorait totalement où en étaient leurs investigations – mais il avait leur numéro quelque part.

Il revit Hirtmann dans sa cellule. En combinaison et tee-shirt d'un blanc tirant sur le gris à force de lavages, le cheveu très brun, mais la peau très pâle, presque translucide, amaigri et pas rasé, et pourtant urbain, souriant et d'une extrême politesse. Servaz était sûr que, même SDF, Hirtmann aurait conservé cet air d'éducation et de savoir-vivre. Jamais il n'avait vu quelqu'un qui ressemblât aussi peu à un tueur en série. Mais il y avait le regard : aussi électrisant qu'un Taser, il ne cillait jamais. Son visage avait à la fois quelque chose de sévère, de punitif, et la partie inférieure – la bouche en particulier – d'un jouisseur. Il aurait pu être un prédicateur hypocrite à Salem, Massachusetts, en 1692, envoyant de prétendues sorcières au bûcher, un membre de la Sainte Inquisition ou un accusateur aux procès staliniens... Ou ce qu'il avait été : un procureur qui avait la réputation d'être inflexible mais qui organisait dans sa villa des soirées sado-maso au cours desquelles sa propre épouse était livrée aux caprices d'hommes puissants et corrompus. Des hommes insatiables qui, comme lui, recherchaient des émotions et des plaisirs allant bien au-delà des conventions et de la morale publique. Des hommes d'affaires, des juges, des politiciens, des artistes. Des hommes de pouvoir et d'argent. Des hommes dont les appétits ne connaissaient pas de limites.

Servaz pensait à Hirtmann. À quoi ressemblait-il aujourd'hui ? Avait-il fait appel à un chirurgien esthétique ? S'était-il contenté de se laisser pousser la barbe et les cheveux, de les teindre et de mettre des lentilles de contact ? Avait-il pris du poids, modifié sa démarche et sa diction, trouvé un emploi ? Tant de questions... Servaz se demanda s'il l'aurait reconnu, grimé et habillé d'une manière totalement différente, si le Suisse était passé à quelques centimètres de lui dans une foule – et un frisson le parcourut.

Il rendit le sachet contenant le CD au technicien, en clignant les yeux à cause des projecteurs.

Un nœud à l'estomac.

C'était ce même morceau de musique, les *Kindertotenlieder*, que Julian Hirtmann avait choisi le soir où il avait assassiné sa femme et l'amant de celle-ci... Servaz sut que, dès les premières constatations et l'enquête de voisinage achevées, il allait devoir passer un certain nombre de coups de fil, joindre plusieurs personnes. Il ne comprenait absolument pas comment on avait pu trouver sur le lieu d'un crime à la fois le fils d'une femme dont il avait été longtemps amoureux et une musique qui évoquait le plus redoutable meurtrier qui eût jamais croisé sa route, mais il savait une chose : il n'était pas seulement l'enquêteur que le parquet avait désigné, *il était directement concerné*.

Ils rentrèrent à Toulouse sous une pluie battante, vers 4 heures du matin. Ils enfermèrent Hugo dans une des cellules de garde à vue du deuxième étage. À l'hôtel de police, les cellules de GAV étaient alignées de l'autre côté du couloir par rapport aux bureaux – de cette manière, les gardés à vue n'avaient que quelques pas à faire pour être interrogés. Elles n'étaient pas grillagées, mais éclairées par d'épais carreaux translucides. Servaz regarda l'heure.

— OK. On le laisse se reposer, dit-il.
— Et après, on fait quoi ? demanda Espérandieu en étouffant un bâillement.
— On a encore du temps devant nous. Note bien les heures de repos sur le registre de garde à vue et dans le P-V, assure-toi qu'il les émarge – et demande-lui s'il a faim.

Servaz se retourna. Samira était en train de décharger son arme dans le puits balistique, une sorte de poubelle métallique matelassée et blindée avec du Kevlar. Pour éviter les accidents, les agents rentrant de mission y vidaient leurs armes. Contrairement à la plupart de ses collègues, Samira portait son étui sur les reins. Servaz trouvait que cela lui donnait un peu l'air d'un cow-boy. Pour ce qu'il en savait, elle n'avait encore jamais eu à faire usage de son arme, mais elle avait d'excellents résultats au stand de tir – contrairement à lui, qui aurait raté un éléphant dans un couloir et qui faisait le désespoir de son moniteur, lequel l'avait baptisé un jour « Daredevil ». Comme Servaz n'avait pas eu l'air de comprendre, l'instructeur lui avait expliqué que Daredevil était un superhéros de bande dessinée très intuitif mais... *aveugle*. Pour sa part, Servaz ne s'était jamais servi du puits balistique. Primo parce qu'il oubliait de prendre son arme une fois sur deux, secundo parce qu'il se contentait de la ranger sous clé quand il rentrait de mission et que, la plupart du temps, le chargeur en était vide.

Il traversa le couloir et entra dans son bureau.

La nuit était loin d'être terminée, il avait encore un tas de paperasses à rédiger. L'idée même le déprimait. Il s'approcha de la fenêtre et regarda le canal étiré sous la pluie, au-delà de l'un des trois donjons de brique qui ornaient la façade du SRPJ. Dehors, la nuit pâlissait déjà, mais le jour n'était pas encore levé. Si bien que ce qu'il aperçut sur la vitre, ce fut un reflet : *le sien*. Son front, sa bouche et ses yeux étaient flous, mais – avant qu'il ait eu le temps de se donner une contenance – il surprit une expression qui lui déplut. Celle d'un homme inquiet et tendu. Un homme sur ses gardes.

— Quelqu'un veut te parler, dit une voix derrière lui.

Il se retourna. Un des flics de permanence.

— Qui ?

— L'avocat de la famille. Il demande à voir le gosse.

Servaz fronça les sourcils.

— Le gamin n'a pas demandé la présence d'un avocat et les heures de visite sont passées, dit-il. Il devrait le savoir.

— Il le sait. Mais il sollicite une faveur : pouvoir te parler cinq minutes. C'est ce qu'il a dit. Et aussi que c'est la mère qui l'envoie.

Servaz marqua un temps d'arrêt. Devait-il accéder à la demande du baveux ? Il comprenait l'angoisse de Marianne. Que lui avait-elle raconté à leur sujet ?

— Où est-il ?
— En bas. Dans le hall.
— OK. Je descends.

Lorsqu'il surgit des ascenseurs, Servaz surprit les deux plantons de permanence en train de fixer un petit téléviseur planqué derrière le comptoir semi-circulaire. Il aperçut du vert sur l'écran et de minuscules silhouettes vêtues de bleu qui couraient dans tous les sens. Compte tenu de l'heure, il devait s'agir d'une rediffusion. Il soupira en songeant que des pays entiers étaient sur le point de s'écrouler, les quatre cavaliers de l'Apocalypse avaient pour noms finance, politique, religion et épuisement des ressources, et ils cravachaient ferme – mais la fourmilière continuait de danser sur le volcan et de se passionner pour des choses aussi insignifiantes que le football. Servaz se dit que le jour où le monde finirait dans un déchaînement de catastrophes climatiques, d'effondrements boursiers, de massacres et d'émeutes, il y aurait des types assez cons pour marquer des buts et d'autres encore plus cons pour se rendre au stade et les encourager.

L'avocat était assis dans un des sièges du hall faiblement éclairé et désert. Dans la journée, ils étaient pris d'assaut par tous ceux qui avaient une raison ou une autre d'être là. Personne ne vient dans un commissariat par plaisir, et les plantons avaient à faire face à une foule de gens désespérés, furieux ou effrayés. Mais, à cette heure-ci, le petit homme était seul, sa serviette posée sur ses genoux serrés, en train d'essuyer ses lunettes dans la lumière tamisée des lampes. Au-delà des baies vitrées, la pluie continuait de tomber.

L'avocat avait entendu les portes de l'ascenseur s'ouvrir. Il remit ses lunettes sur son nez et leva les yeux dans sa direction. Servaz lui fit signe de le rejoindre et le bonhomme contourna l'accueil, la main tendue. Une poignée de main fraîche et molle. Après quoi, il lissa sa cravate – comme s'il s'essuyait la main.

— Maître, attaqua d'emblée Servaz, vous savez très bien que vous n'avez rien à faire ici. Le gamin n'a pas souhaité votre présence.

Le petit homme dans la soixantaine le jaugea, et Servaz fut aussitôt sur ses gardes.

— Je sais, je sais, commandant. Mais Hugo n'avait pas toute sa tête quand vous lui avez posé la question. Il était sous l'empire de la drogue qu'on lui a administrée, comme les analyses le démontreront. Je vous demande donc de reconsidérer votre position et de lui reposer la question – maintenant qu'il a peut-être recouvré ses facultés.

— Rien ne nous y oblige.

Un bref éclat derrière les lunettes.

— J'en conviens. Je fais donc appel à votre... humanité, et à votre sens de la justice – pas seulement au code.

— Mon... *humanité* ?

— Oui. Ce sont les mots exacts qu'a employés... la personne qui m'envoie. Vous savez, bien entendu, de qui je parle.

Les yeux de l'avocat restaient fixés sur lui, attendant une réponse.

Il savait pour Marianne et lui...

Servaz sentit la colère le gagner.

— Maître, je vous déconseille de...

— Comme vous vous en doutez, l'interrompit l'avocat, elle est très affectée par ce qui se passe. « Affectée » est un mot faible... « Désespérée », « effondrée », « terrifiée » seraient plus appropriés. C'est un tout petit geste, commandant. Je ne veux en aucun cas vous mettre des bâtons dans les roues. Je ne suis pas là pour vous rendre les choses plus difficiles, je veux simplement le voir. Elle vous supplie d'accéder à ma demande : c'est aussi le verbe qu'elle a employé. Mettez-vous à sa place. Considérez dans quel état vous seriez si c'était votre fille qui était à celle d'Hugo. Dix minutes. Pas une de plus.

Servaz le fixa. L'avocat soutint son regard. Le flic essaya de lire dans ses yeux mépris, affliction ou embarras, mais il n'y avait rien. Sinon son propre reflet dans les lunettes.

— Dix minutes.

Samedi

10

Souvenirs

Comme si le ciel déversait sa bile plutôt que ses larmes, comme si quelqu'un là-haut essorait sur eux une éponge sale, la pluie frappait sans relâche les routes et les bois depuis un ciel qui avait la couleur gris jaunâtre d'un cadavre en décomposition. L'air était à la fois lourd, poisseux et humide. Samedi 12 juin. Il n'était pas 8 heures du matin. Servaz avait déjà repris la route de Marsac, cette fois seul.

Il avait dormi à peine deux heures dans une des cellules de garde à vue, s'était rincé les aisselles et la figure dans les toilettes avant de les essuyer à l'aide des serviettes en papier du distributeur et il avait du mal à garder les yeux ouverts.

Une main sur le volant, l'autre serrant un thermos rempli de café tiède, il battait des cils au même rythme ensommeillé que les essuie-glaces. Avec la main qui tenait le thermos il parvenait également à tenir une cigarette sur laquelle il tirait rageusement. Tout lui revenait avec une conscience aiguë, une lucidité stupéfiante – comme un incendie de la mémoire. Ses années de jeunesse. Elles avaient eu la saveur de cette campagne qu'il traversait. À l'automne, les feuilles mortes s'éparpillant au passage de sa voiture sur le bord des routes tandis qu'il mettait la musique à fond ; les longs couloirs sinistres et silencieux baignés par une lumière grise alors que la pluie tombait sans discontinuer tout au long des interminables semaines de novembre ; et puis, l'illumination blanche de la première neige de décembre, le rock résonnant gaiement dans les dortoirs derrière les portes aux alentours de Noël, les bourgeons au printemps et les fleurs, qui éclataient partout, comme un chant des sirènes, un paradis perdu, les invitant à quitter cet endroit au moment où le rythme de travail s'intensifiait et où approchaient les épreuves écrites d'avril et de mai. Et, pour finir, la chaleur étouffante des jours de juin, le ciel bleu pâle, écrasant, la lumière trop vive et le bourdonnement des insectes...

Les visages aussi.

Par dizaines... Juvéniles, honnêtes, malins, spirituels, fervents, concentrés, amicaux, tous pleins d'espoir, de rêves et d'impatience. Et puis, Marsac : ses pubs, son cinéma Art et Essai qui programmait Bergman, Tarkovski et Godard, ses rues, ses squares. Il avait aimé ces années-là. Oh, Dieu sait qu'il les avait aimées. Même si, à l'époque, il les avait traversées avec une espèce d'inconscience ponctuée d'étourdissants moments de bonheur et de déprimes aussi violentes que des descentes d'acide.

La pire s'appelant Marianne...

Vingt ans après, la blessure, dont il avait cru alors qu'elle ne cicatriserait jamais, s'était refermée – et il pouvait considérer cette époque avec l'intérêt distancié d'un archéologue. Du moins le croyait-il jusqu'à hier.

Il enfila la longue ligne droite bordée de platanes, à l'entrée de la ville, et le Cherokee cahota sur les vieux pavés lorsqu'il s'insinua dans les rues. La ville n'avait plus du tout le même aspect que la veille au soir, quand ils l'avaient traversée dans l'obscurité. Les visages lisses des étudiants sous leurs K-way luisants, les rangées de vélos, les vitrines des magasins, les pubs, les façades, les auvents sombres et ruisselants des terrasses : tout lui sauta à la figure – comme si rien n'avait changé depuis vingt ans, comme si le passé l'avait guetté, attendu, espéré, pendant toutes ces années, pour le prendre à la gorge et le plonger, tête la première, dans ses souvenirs.

11

Amis et ennemis

Il descendit de voiture et regarda un groupe de lycéens passer près de lui en trottinant sous l'averse, avec à sa tête un professeur de gym au visage fermé – et il se souvint d'un enseignant semblable qui aimait humilier et endurcir ses élèves. Servaz gravit les marches du perron en regardant les chevaux évoluer dans la grande prairie. Impassibles.

— Je suis le commandant Servaz, dit-il à la secrétaire assise dans le bureau après le hall, je viens voir le directeur.

Elle jeta un regard soupçonneux à ses vêtements mouillés.

— Vous avez rendez-vous ?

— J'enquête sur la mort du professeur Diemar.

Il vit le regard se voiler derrière les lunettes. La femme décrocha son téléphone et parla à voix basse. Puis elle se leva.

— Inutile. Je connais le chemin, dit-il.

Il la vit hésiter une seconde, puis se rasseoir, avec l'air de quelqu'un qui a quelque chose sur le cœur.

— Madame Diemar... dit-elle. *Claire...* C'était

quelqu'un de bien. J'espère que vous allez punir celui qui a fait ça.

Elle n'avait pas dit *trouver*, elle avait dit *punir*. Il était sûr que tout le monde à Marsac était au courant qu'Hugo avait été arrêté sur le lieu du crime. Il s'éloigna. Dans cette partie du lycée régnait le silence, les cours avaient lieu ailleurs – dans les cubes de béton qui se dressaient sur les pelouses et dans l'amphithéâtre ultramoderne qui n'existait pas de son temps. Il parvint essoufflé en haut de l'escalier en colimaçon qui s'enroulait dans la tour circulaire. La porte s'ouvrit presque immédiatement. Le proviseur s'était composé un visage grave et de circonstance, mais la surprise ruina cet effort.

— Je vous reconnais. Vous êtes...

— Le père de Margot, oui. C'est aussi moi qui suis chargé de l'enquête.

Le visage du proviseur se creusa.

— Quelle histoire affreuse. Sans parler de la réputation que cela va faire à notre établissement : une professeur tuée par un élève !

Évidemment...

— Je ne savais pas que l'enquête était déjà bouclée, dit Servaz en entrant dans la pièce. Ni que les détails de celle-ci avaient été rendus publics.

— Hugo a bien été arrêté chez Mlle Diemar, non ? Enfin, c'est une évidence : tout l'accable.

Servaz lui lança un regard qui avait la température de l'azote liquide.

— Je comprends que vous ayez envie que cette enquête soit bouclée rapidement, dit-il. Dans l'intérêt de cet établissement...

— Exactement.

— Mais laissez-nous faire notre travail. Vous comprendrez que je ne peux en dire plus.

Le proviseur secoua vigoureusement la tête en rougissant.

— Oui, oui. Bien sûr, bien sûr... Cela va de soi... Naturellement, naturellement.

— Parlez-moi d'elle, dit Servaz.

Le gros homme eut l'air paniqué.

— Que... que voulez-vous savoir ?

— C'était un bon professeur ?

— Oui... Enfin... Nous n'étions pas toujours d'accord sur ses méthodes... *pédagogiques*... mais les élèves... les élèves... euh... l'aimaient bien.

— Quels rapports avait-elle avec eux ?

— Comment... comment ça ?

— Elle était proche d'eux ? Distante ? Sévère ? Amicale ? Trop proche peut-être à votre goût ? Vous venez de dire qu'ils l'aimaient bien.

— Des rapports normaux.

— Est-ce que quelqu'un parmi les élèves ou les professeurs aurait pu lui en vouloir ?

— Je ne comprends pas le sens de cette question.

— C'était une jolie femme. Elle a pu faire l'objet d'avances de la part de collègues ou même d'élèves. Elle ne vous a jamais rapporté de faits de ce genre ?

— Non.

— Pas de rapports inappropriés avec des élèves ?

— Hum-hum. Pas à ma connaissance...

La différence entre les deux réponses n'échappa pas à Servaz. Il se réserva d'approfondir cette question plus tard.

— Est-ce que je peux voir son bureau ?

Le gros homme alla chercher une clé dans un tiroir et revint vers la porte en se dandinant lourdement.

— Suivez-moi.

Ils descendirent à l'étage inférieur. Longèrent un couloir. Servaz se rappelait où se trouvaient les bureaux des professeurs. Rien n'avait changé. La même odeur de cire, les mêmes murs blancs, les mêmes planchers qui craquent.

— Oh ! fit soudain le proviseur.

Servaz suivit son regard et découvrit un amas multicolore au pied d'une des portes du couloir : des bouquets de fleurs, des petits mots rédigés ou imprimés sur des papiers pliés en quatre, certains enroulés dans des rubans de couleur, et quelques bougies sur le plancher ciré. Ils se regardèrent et, pendant un instant, une certaine solennité les entoura. Ça n'avait pas traîné, Servaz devina que la nouvelle avait déjà fait le tour des dortoirs. Il se pencha, prit un des petits papiers, le déplia. Quelques mots écrits à l'encre violette : « *Une lumière s'est éteinte. Mais en nous elle ne cessera jamais de briller. Merci.* » Rien d'autre... Il en fut bizarrement ému. Il renonça à lire les suivants, il confierait cette tâche à quelqu'un d'autre.

— Qu'est-ce que vous en pensez ? Que faut-il que je fasse de ça ?

Le ton du proviseur était plus ennuyé qu'ému.

— N'y touchez pas, répondit Servaz.

— Mais pendant combien de temps ? Je ne suis pas sûr que ça plaise aux autres professeurs.

C'est surtout à toi que ça ne plaît pas, vieux cœur sec, pensa le flic.

— Tant que l'enquête durera... *scène de crime,*

répondit-il avec un clin d'œil. Ils sont vivants, elle est morte – ça devrait leur suffire.

L'homme secoua les épaules, ouvrit la porte.

— C'est ici.

Il ne semblait pas désireux d'entrer. Servaz passa devant lui et il enjamba les bouquets et les bougies.

— Merci.

— Vous avez encore besoin de moi ?

— Pas pour le moment. Je crois que je trouverai la sortie tout seul.

— Hum-hum. Pensez à me rapporter la clé quand vous aurez terminé.

Il hocha la tête une dernière fois. Servaz le regarda s'éloigner.

Il enfila des gants et referma la porte. Une pièce blanche. Dans le plus grand désordre. Le bureau, au centre, était enseveli sous une montagne de feuilles, de pots pleins de stylos à bille, feutres, rollers, crayons, de chemises à élastique, de blocs de Post-it colorés, d'une lampe et d'un téléphone. Derrière lui, une fenêtre constituée de six vitres plus hautes que larges, trois grandes et trois petites au-dessus. Servaz aperçut les arbres des deux cours de récréation au travers, celle des lycéens et celle des étudiants de prépa, les bois et les terrains de sport balayés par la pluie au-delà. Trois étagères blanches couraient sur toute la longueur du mur de droite, supportant livres et classeurs. À gauche de la fenêtre, dans l'angle, un ordinateur massif comme on n'en fabriquait plus depuis longtemps. Enfin, sur la totalité du mur de gauche, des dizaines de dessins et de reproductions d'œuvres d'art, épinglés sans solution de continuité, se chevauchant parfois, formant comme une peau squameuse et bigarrée. Il reconnut la plupart d'entre elles.

Il balaya lentement la pièce des yeux. Contourna le bureau et s'assit dans le fauteuil.

Que cherchait-il ? D'abord à comprendre celle qui avait vécu et travaillé ici. Même un bureau est un miroir de la personnalité de son occupant. *Que voyait-il ?* De fait, une femme qui aimait s'entourer de beauté. Elle avait aussi choisi le bureau ayant le meilleur point de vue sur les bois et sur les terrains de sport. Pour s'imprégner d'une autre sorte de beauté ?

La beauté sera convulsive ou ne sera pas.

La phrase était écrite en grosses lettres sur le mur, au milieu des reproductions et des tableaux. Servaz en connaissait l'auteur. André Breton. Qu'est-ce que Claire avait vu dans cette phrase ? Il se leva et s'approcha des livres du mur opposé. Littératures de l'Antiquité (terrain connu), auteurs contemporains, du théâtre, de la poésie, des dictionnaires – et un tas de bouquins sur l'histoire de l'art : Vasari, Vitruve, Gombrich, Panofsky, Winckelmann...

Tout à coup, il pensa aux lectures de son père. *Si semblables à celles de Claire...*

Un coin de métal enfoncé au niveau du cœur. Pas assez profond pour tuer mais assez pour faire mal... Pendant combien de temps un fils doit-il traîner l'ombre d'un père mort attachée à ses pas ? Son regard était posé sur les tranches des livres, mais il regardait bien au-delà. Dans sa jeunesse, il avait cru s'en être débarrassé ; il avait cru que ce genre de souvenir s'atténuerait avec le temps et finirait par devenir d'une parfaite innocuité. Comme tous les autres. Mais, petit à petit, il s'était rendu compte que l'ombre était toujours là. Attendant qu'il tournât la tête. Elle avait l'éternité pour elle, contrairement à lui. Et elle disait clairement : *Je ne te lâcherai jamais.*

Il avait pris conscience qu'on peut se débarrasser du souvenir d'une femme qu'on a aimée, d'un ami qui vous a trahi, mais pas d'un père qui s'est suicidé et qui vous a choisi, vous, pour trouver son cadavre.

Servaz revit, pour la millième fois, la lumière rasante du soir qui entrait par la fenêtre du bureau et caressait les reliures des livres, comme dans un film de Bergman, la poussière qui flottait dans l'air ambiant. Il entendit la musique : Mahler. Vit son père mort, assis dans son fauteuil, la bouche ouverte, une écume blanche lui coulant sur le menton. *Poison*... Comme Sénèque, comme Socrate. C'était son père qui lui avait donné le goût de cette musique et de ces auteurs, du temps où il était encore un professeur sobre et apprécié de ses élèves. Son père avait survécu à la mort de sa mère – plus exactement : *au viol et au meurtre de sa mère, là, sous ses yeux...* Il avait survécu pendant dix ans d'une lente descente aux enfers, dix ans à se punir de n'avoir rien pu faire alors qu'il était ligoté sur une chaise et qu'il les suppliait d'arrêter, ces deux loups affamés qui avaient débarqué chez eux un soir de juillet... Et puis, un beau jour, son père avait décidé d'en finir. Vraiment. Pas un lent suicide d'ivrogne, cette fois : le point final, *à l'antique... poison...* Son père qui avait fait en sorte que ce soit son fils qui le découvre. Pourquoi ? Servaz n'avait jamais trouvé de réponse satisfaisante à cette question. Mais, quelques semaines après avoir découvert le corps, il avait arrêté ses études et passé les concours de la police. Il se secoua. *Concentre-toi ! Qu'est-ce que tu cherches, ici ? Concentre-toi, merde !* Il commençait à entrevoir une partie de la personnalité de Claire Diemar. Quelqu'un qui vivait seul, mais sans doute pas solitaire, quelqu'un épris de beauté, élitiste, original et un peu bohème. Une artiste frustrée, qui s'était rabattue sur l'enseignement.

Soudain, il aperçut devant lui un cahier ouvert sur le bureau. Il se pencha et lut :

Ami est quelquefois un mot vide de sens, ennemi jamais.

Sur la première page.

Il tourna les autres. Blanches... Approcha le cahier de ses narines. Neuf... Selon toute évidence, Claire Diemar venait de l'acheter. Il relut la phrase, perplexe. Qu'est-ce qu'elle avait voulu dire avec cette phrase ? Et à qui était-elle destinée ? À elle-même ou à quelqu'un d'autre ? Il la nota dans son carnet.

Sa pensée revint au téléphone portable de la victime.

Si Hugo était coupable, il n'avait aucune raison de le faire disparaître alors que tout l'accusait déjà : sa présence sur les lieux, son état, y compris son propre téléphone trouvé dans sa poche et qui témoignait des nombreux appels qu'il lui avait passés. C'était absurde. Et si l'assassin n'était pas Hugo et qu'il avait fait disparaître le portable de la victime, alors c'était un idiot. Avec ou sans téléphone, dans quelques heures, les télécoms leur auraient fourni la liste des appels entrants et sortants du numéro de la jeune femme. Et après ? Est-ce que la plupart des criminels n'étaient pas, par chance, des imbéciles ? Sauf que, à supposer qu'Hugo ait été drogué et placé là pour servir de bouc émissaire, à supposer que, dans l'ombre, soit tapi un prestidigitateur habile, celui-ci ne pouvait pas être assez stupide pour avoir commis une erreur pareille.

Il y avait une troisième solution. Hugo était bien le coupable et le téléphone avait disparu pour des raisons qui n'avaient rien à voir avec le crime. Souvent, dans une enquête, un petit fait têtu ressemblait à une épine dans le pied des enquêteurs, jusqu'au jour où on s'apercevait qu'il n'avait strictement rien à voir avec tout le reste.

L'atmosphère était étouffante dans la pièce et il ouvrit grand la vitre centrale. Une bouffée d'humidité caressa son visage. Il s'assit devant l'ordinateur. L'antique appareil gémit et crissa un moment avant que le fond d'écran ne s'affiche. Pas de mot de passe. Servaz repéra l'icône de la messagerie et cliqua dessus. Cette fois, il lui en fallait un. Il regarda ses notes, essaya plusieurs combinaisons avec la date de naissance et les initiales à l'endroit et à l'envers. Rien ne se passa. Il tapa le mot *Poupées*. Pas ça non plus. Claire enseignait les langues et cultures de l'Antiquité, il passa donc la demi-heure suivante à tester des noms de philosophes et de poètes grecs et latins, des titres d'œuvres, des noms de dieux et de personnages mythologiques – et même des termes comme « oracle » ou « rhètres », qui désignait la réponse donnée par un oracle. Chaque fois, il retombait sur le message « Login ou mot de passe incorrects ».

Il allait renoncer lorsqu'il regarda une nouvelle fois le mur couvert d'images et la phrase qui y était affichée. Il tapa *André Breton* et la messagerie s'ouvrit enfin.

Vide. Un écran blanc. Pas le moindre message.

Servaz cliqua sur « Messages envoyés » et sur « Corbeille ». Même chose. Il se rejeta dans le fauteuil.

Quelqu'un avait vidé la messagerie de Claire Diemar.

Servaz sut qu'il avait raison de penser cette affaire moins simple qu'elle ne le paraissait. Il y avait un angle mort. Trop de faits qui ne rentraient pas dans le cadre. Il sortit son portable et appela le service des traces technologiques. Une voix lui répondit à la deuxième sonnerie.

— Un ordinateur chez Claire Diemar ? demanda-t-il.

— Oui. Un portable.

C'était désormais la routine d'éplucher les communications et les disques durs des victimes.

— Vous l'avez examiné ?

— Pas encore, répondit la voix.

— Tu peux jeter un coup d'œil à la messagerie ?

— D'accord, je finis un truc et je m'y mets.

Il se pencha par-dessus le vieux PC et débrancha toutes les prises une par une. Il fit de même avec le téléphone fixe, après avoir soulevé la montagne de paperasses pour suivre le trajet du fil électrique, sortit de sa veste un sachet pour pièces à conviction et glissa dedans le cahier ouvert.

Il alla jusqu'à la porte du bureau, l'ouvrit, revint empiler le téléphone fixe et le cahier sur l'ordinateur et prit le tout dans ses bras. L'engin était volumineux et lourd. Il dut faire deux haltes et déposer son chargement sur les marches à mi-parcours avant d'atteindre le bas de l'escalier. Puis il remonta le long couloir en direction du hall.

Il se retourna et poussa les portes battantes avec les fesses avant d'émerger sur le perron, posa une nouvelle fois sa cargaison, sortit la clé électronique du tout-terrain de sa poche, le déverrouilla à distance et pressa ensuite le pas vers le Cherokee en regardant les gouttes cribler le sac étanche dans lequel était enfermé le cahier. Il allait confier l'ordinateur et le téléphone au service des traces technologiques et faire examiner le cahier par l'Identité judiciaire. Quand il eut posé l'ensemble sur la banquette arrière, il se redressa et alluma une cigarette.

L'averse trempait à présent le col de sa veste et de sa chemise, mais il ne la sentait pas. Il était bien trop absorbé par ses pensées. Il tira sur la cigarette, et la caresse stimulante du tabac s'insinua dans ses poumons et dans son cerveau. La pluie déposait sur son visage un fin voile de fraîcheur. *La musique...* Il l'entendait de nouveau. Les *Kindertotenlieder*... Était-ce possible ?

Il regarda autour de lui – comme s'il pouvait se trouver là – et, tout à coup, son œil accrocha quelque chose.

Il y avait bien quelqu'un.

Une silhouette. Enveloppée dans un vêtement de pluie vert bouteille. La tête dans l'ombre d'une capuche. Il devina le bas d'un visage juvénile en dessous.

Un élève.

Il observait Servaz depuis un petit tertre, à une dizaine de mètres de là, sous un bouquet d'arbres, les mains dans les poches de sa cape plastifiée. Un léger sourire flottait sur ses lèvres. Comme s'ils se connaissaient, se dit le flic.

— Hé, vous ! lança-t-il.

Le jeune homme se détourna tranquillement et se mit en marche sans hâte vers les salles de cours. Servaz dut lui courir après.

— Hé, attendez !

L'étudiant se retourna. Il était un peu plus grand que Servaz, avec une mèche et une barbe blondes brillant dans l'ombre de la capuche. De grands yeux clairs. Interrogateurs. Une bouche étirée. Instantanément, Servaz se demanda si Margot le connaissait.

— Pardon ? C'est à moi que vous parlez ?

— Oui. Bonjour. Vous savez où je peux trouver le professeur Van Acker ? Il a cours le samedi matin ?

— Salle 4, le cube, là-bas... Mais, si j'étais vous, j'attendrais qu'il ait fini. Il n'aime pas beaucoup être dérangé.

— Oh...

Servaz fixait le jeune homme, amusé. Le sourire de celui-ci s'élargit.

— Vous êtes le père de Margot, n'est-ce pas ?

Servaz eut un mouvement de surprise. Son appareil vibra dans sa poche, mais il l'ignora.

— Et vous, vous êtes qui ?

Le jeune homme sortit une main de la cape et la lui tendit.

— David. Je suis en khâgne. Enchanté.

Servaz se fit la réflexion qu'il était dans la même classe qu'Hugo. Il serra la main tendue. Une poignée de main franche et nette.

— Donc, vous connaissez Margot ?

— Tout le monde connaît tout le monde, ici. Et Margot ne passe pas inaperçue.

La même phrase qu'Hugo...

— Mais vous savez que je suis son père.

Le jeune homme plongea son regard doré dans celui du flic.

— J'étais là le jour où vous êtes venu pour la première fois avec elle.

— Oh, je vois.

— Si vous la cherchez, elle doit être en salle.

— Claire Diemar, vous l'aviez comme prof ?

Le jeune homme marqua un temps d'arrêt.

— Oui, pourquoi ?

Servaz exhiba son insigne.

— Je suis chargé de l'enquête sur sa mort.

— Bordel de merde, vous êtes flic ?

Il avait dit cela sans animosité. Plutôt de la stupeur. Servaz ne put s'empêcher de sourire.

— Comme vous dites.

— On est tous bouleversés. C'était une prof vraiment chouette, tout le monde l'appréciait. Mais...

Le jeune homme baissa la tête en regardant le bout de ses baskets. Quand il la releva, Servaz lut dans ses yeux une lueur familière. Celle qu'avaient souvent dans le regard les proches des inculpés : un mélange de nervosité, d'incompréhension et d'incrédulité. Le refus d'admettre l'impensable.

— Je n'arrive pas à croire qu'Hugo ait pu faire ça. C'est impossible. Ce n'est pas lui.

— Vous le connaissez bien ?

— C'est un de mes meilleurs amis.

Les yeux du jeune homme étaient légèrement embués. Il était au bord des larmes.

— Vous étiez avec lui dans ce pub, hier soir ?

Le regard de David répondit fermement au sien.

— Oui.

— Vous vous souvenez vers quelle heure il en est parti ?

David lui jeta un regard plus prudent, cette fois. Il prit la peine de réfléchir avant de répondre.

— Non, mais je me rappelle qu'il ne se sentait pas bien. Qu'il se sentait... bizarre.
— C'est ce qu'il vous a dit ? *Bizarre* ?
— Oui. Il n'était pas dans son assiette.

Servaz retint son souffle.

— Il ne vous a rien dit d'autre ?
— Non. Simplement qu'il n'allait vraiment pas bien et qu'il... qu'il préférait rentrer. On a tous été... surpris. Parce que le match... le match allait commencer.

Le jeune homme avait hésité sur la fin, se rendant compte que ce qu'il disait pouvait enfoncer son ami. Mais Servaz voyait tout autre chose. Est-ce qu'Hugo avait utilisé ce prétexte pour s'échapper et se rendre chez Claire Diemar – ou bien est-ce qu'il était réellement malade ?

— Et après ?
— Après quoi ?
— Il est sorti et vous ne l'avez plus revu ?

De nouveau, le jeune homme hésita.

— Oui, c'est ça...
— Je vous remercie.

Il vit que David était soucieux, il s'inquiétait de l'interprétation qu'on pourrait faire de ses paroles.

— Ce n'est pas lui, lança-t-il. J'en suis persuadé. Si vous le connaissiez aussi bien que moi, vous le sauriez aussi.

Servaz hocha la tête.

— C'est quelqu'un de très brillant, insista-t-il comme si cela pouvait aider Hugo. Quelqu'un d'enthousiaste, plein de vie. Un meneur, quelqu'un qui croit fermement en son étoile et qui sait faire partager ses passions. Un type bien dans sa peau. Fidèle en amitié. Ce qui s'est passé ne lui correspond pas du tout !

La voix du jeune homme vibrait en évoquant son ami. Il essuya l'eau qui coulait au bout de son nez. Puis il tourna les talons et s'éloigna, la tête basse.

Servaz le suivit des yeux pendant un moment.

Il savait ce que David avait voulu dire. Il y avait toujours eu un Hugo à Marsac : un individu encore plus doué, plus brillant, plus éminent et plus sûr de lui que les autres, quelqu'un qui attirait à lui tous les regards et qui avait sa cour d'admirateurs. À l'époque de Servaz, cet individu s'appelait Francis Van Acker.

Il regarda qui l'avait appelé. Les traces technologiques. Il rappela.

— Son mot de passe est enregistré, dit la voix. N'importe qui aurait pu avoir sa messagerie. Et quelqu'un l'a vidée.

12

Van Acker

Il s'immobilisa près du cube en béton et sortit une autre cigarette du paquet, en s'appuyant contre un arbre. La voix lui parvint par les fenêtres ouvertes. Inchangée. La même que quinze ans auparavant. Il suffisait de l'entendre pour savoir qu'on avait affaire à quelqu'un de spirituel, de redoutable et d'arrogant.

— Ce que je lis là, ce sont les déjections d'une bande d'adolescents incapables de voir plus loin que leur minuscule univers émotionnel. Cuistrerie, sentimentalisme, masturbation et acné. Bon sang ! Vous vous prenez pour des cadors ? Réveillez-vous ! Il n'y a pas là-dedans une seule idée originale.

Servaz alluma la cigarette et fit claquer le briquet – le temps que la pose déclamatoire de Francis Van Acker prenne fin.

— La semaine prochaine, nous commencerons à étudier en parallèle trois livres : *Madame Bovary*, *Anna Karenine* et *Effi Briest*. Trois romans publiés entre 1857 et 1894 qui ont fixé la forme romanesque. Y aurait-il par miracle quelqu'un ici qui les aurait lus tous les trois ? Cet oiseau rare existe-t-il ? Non ?

Quelqu'un a-t-il au moins une idée du point commun entre ces trois livres ?

Un silence puis :

— Ce sont trois histoires de femmes adultères.

Servaz tressaillit. La voix de Margot.

— Exact, mademoiselle Servaz. Eh bien, je vois qu'il y a au moins une personne dans cette classe qui ne s'est pas arrêtée à la lecture de *Spiderman*. Trois histoires de femmes adultères, qui ont la particularité d'avoir été écrites par des hommes. Trois façons magistrales de traiter un même sujet. Trois œuvres absolument majeures. Ce qui prouve que la phrase d'Hemingway, selon laquelle il faut écrire sur ce que l'on connaît, est une ânerie. Comme bon nombre d'autres formules de ce cher vieil Ernest. Très bien. Je sais que certains d'entre vous ont sûrement des projets pour le week-end et que l'année scolaire est pour ainsi dire terminée, mais je veux que vous ayez lu ces trois livres avant la fin de la semaine prochaine. N'oubliez pas que j'attends aussi vos dissertations pour lundi.

Des raclements de chaises. Il se dissimula derrière le coin du bâtiment. Il ne voulait pas croiser Margot maintenant, il irait la voir plus tard. Il la regarda s'éloigner au milieu des autres élèves. Margot parlait avec deux filles. Il sortit de sa cachette au moment où Van Acker descendait les trois marches de béton en ouvrant son parapluie.

— Bonjour, Francis.

Van Acker eut un très léger mouvement de surprise. Le parapluie pivota.

— Martin... Je suppose que j'aurais dû m'attendre à ta visite après ce qui s'est passé.

Les yeux bleus étaient toujours aussi perçants. Le nez charnu, la bouche mince mais sensuelle, le collier de barbe soigneusement taillé. Francis Van Acker était tel qu'en son souvenir. Il *rayonnait* littéralement. Seuls quelques fils gris étaient apparus dans sa barbe et dans la mèche de cheveux châtains qui lui balayait le front.

— Qu'est-ce qu'on est censés se dire dans ces cas-là ? ironisa-t-il. « Ça fait un bail » ?

— *Fugit irreparabile tempus*, répondit Servaz.

Van Acker eut un sourire éclatant.

— Tu as toujours été le meilleur en latin. Tu ne peux pas savoir à quel point cela m'exaspérait.

— C'est ta faiblesse, Francis. Tu as toujours voulu être le premier partout.

Van Acker ne répondit pas. Son visage se ferma légèrement. Mais ça ne dura pas, le sourire provocant reparut.

— Tu n'es jamais revenu par ici. Pourquoi ?

— À toi de me le dire...

Le regard de Van Acker ne le quittait pas. Malgré la moiteur ambiante, il portait la même veste en velours bleu sombre que Servaz lui avait toujours connue. Il ne l'avait jamais vu habillé autrement. Du temps où ils étaient étudiants, c'était même devenu un sujet de plaisanterie : Francis Van Acker avait un placard plein de vestes bleues identiques et de chemises blanches d'une célèbre marque américaine.

— Eh bien, nous savons tous deux pourquoi, Edmond Dantès, dit ce dernier.

Servaz sentit sa gorge s'assécher.

— *Comme le comte de Morcerf, je t'ai volé ta Mercedes. Sauf que moi, je ne l'ai pas épousée.*

Pendant une fraction de seconde, la colère rougeoya

dans le ventre de Servaz comme une braise. Puis la cendre des années la recouvrit de nouveau.

— J'ai entendu dire que Claire est morte d'une manière affreuse.

— Qu'est-ce qui se dit à Marsac ?

— Tu connais Marsac, tout finit par se savoir. Les gendarmes se sont montrés plutôt... loquaces. Le téléphone arabe a fait le reste. Ligotée et noyée dans sa baignoire, à ce qu'on dit. C'est vrai ?

— Sans commentaire.

— Seigneur ! Une chic fille, pourtant. Brillante. Indépendante. Obstinée. Passionnée. Ses méthodes pédagogiques ne plaisaient pas à tout le monde, mais je les trouvais plutôt... intéressantes.

Servaz hocha la tête. Ils s'étaient mis en marche le long des cubes de béton aux vitres sales.

— Quelle mort atroce... Il faut être fou pour tuer quelqu'un de cette façon.

— Ou très en colère, rectifia Servaz.

— *Ira furor brevis est.* « La colère est une courte folie. »

Ils longeaient à présent les courts de tennis désertés, leurs filets pendant mollement comme les cordes d'un ring sous le poids d'un boxeur invisible.

— Comment ça se passe avec Margot ? demanda Servaz.

Van Acker sourit.

— La pomme ne tombe jamais loin du pommier. Margot a un vrai potentiel, elle ne s'en tire pas si mal. Mais ce sera encore mieux quand elle aura compris que l'anticonformisme systématique est une autre forme du conformisme.

Ce fut au tour de Servaz de sourire.

— Ainsi, c'est toi qui mènes cette enquête, fit Van Acker. Je n'ai jamais compris pourquoi tu étais entré dans la police. (Il leva la main pour prévenir toute objection.) Je sais que c'est lié à la mort de ton père et – si on remonte plus loin – à ce qui est arrivé à ta mère, mais, bon Dieu, tu aurais pu être autre chose. Tu aurais pu être un écrivain, Martin. Pas un de ces pisse-copies : un *véritable* écrivain. Tu avais les ailes, tu avais le don. Tu te rappelles ce texte de Salinger que nous citions tout le temps, un des plus beaux jamais écrits sur l'écriture et la fraternité ?

— *Seymour, une introduction*, répondit Servaz en essayant de ne pas céder à l'émotion.

— « *Mon personnage principal,* commença son voisin d'une voix lente et récitative tout en marchant au même rythme, *du moins pendant les moments où je pourrai me forcer à rester assis et à garder mon calme, sera feu mon frère aîné, Seymour Glass qui, à l'âge de trente et un ans, en Floride, se suicida pendant ses vacances avec sa femme.* »

— « *Pour nous,* enchaîna Servaz après un instant d'hésitation, *il incarna divers personnages réels : il fut notre licorne rayée de bleu, notre miroir ardent à double lentille, notre génie-conseil, notre conscience portative, notre subrécargue et notre unique vrai poète, et, chose inévitable, je pense, il fut aussi notre "mystique" le plus notoire...* »

Il se rendit compte que, bien qu'il n'eût pas relu le texte depuis des années, chaque mot lui était venu sans effort ; chaque phrase intacte, gravée en lettres de feu dans sa mémoire. À l'époque, c'était leur formule sacrée, leur mantra, leur mot de passe.

Van Acker s'était arrêté de marcher.

— Tu étais mon grand frère, dit-il soudain d'une voix étonnamment émue, tu étais *mon Seymour* – et, pour moi, d'une certaine façon, ce grand frère-là s'est suicidé le jour où il est entré dans la police.

Servaz sentit la colère revenir. Vraiment ? *Alors pourquoi me l'as-tu prise ? eut-il envie de demander. Elle... entre toutes celles que tu pouvais avoir et que tu as eues... Et pourquoi l'as-tu abandonnée ensuite ?*

Ils avaient marché jusqu'à l'orée du bois de pins, là où la vue embrassait des lieues de panorama jusqu'à l'horizon des Pyrénées, à quarante kilomètres, quand le temps était au beau. Mais, ce jour-là, les nuages et la pluie enveloppaient les collines de fumerolles et de brouillard. C'était un endroit où ils avaient l'habitude de venir vingt ans auparavant, Van Acker, lui et... Marianne – avant que Marianne ne devienne un obstacle entre eux, avant que la jalousie, la colère, la haine ne les séparent et ne les déchirent – et, peut-être, qui sait, Van Acker y venait-il toujours, bien que Servaz doutât que ce fût en souvenir du bon vieux temps.

— Parle-moi de Claire.
— Qu'est-ce que tu veux savoir ?
— Tu la connaissais ?
— Tu veux dire personnellement ou en tant que collègue ?
— Personnellement.
— Non. Pas vraiment. Marsac est une petite ville universitaire. Ça ressemble à la cour d'Elseneur. Tout le monde se connaît, s'épie, se poignarde, médit... Tout le monde s'emploie à avoir quelque chose à dire sur son voisin, à obtenir des informations, de préfé-

rence quelque chose de juteux et d'acide. Tous ces universitaires ont porté l'art de la médisance et du ragot à son plus haut degré. On se croisait dans des soirées, on échangeait des propos sans importance.

— Il y avait des rumeurs la concernant ?

— Tu crois vraiment qu'au nom de notre ancienne amitié je vais te rapporter toutes les rumeurs et les ragots qui circulent ?

— Ah bon, il y en avait tant que ça ?

Le chuintement d'une voiture sur la petite route qui sinuait tout en bas de la colline.

— Rumeurs, spéculations, ragots... C'est donc ça qu'on appelle une enquête de voisinage ? Claire était une femme non seulement indépendante et séduisante, mais avec des idées bien arrêtées sur tout un tas de sujets. Et elle avait tendance à être un peu trop... *militante* parfois dans les dîners en ville.

— Et à part ça ? Des bruits couraient sur sa vie privée ? Tu sais quelque chose à ce sujet ?

Van Acker se baissa pour ramasser une pomme de pin. Il la lança au loin, sur la pente.

— À ton avis ? Une belle femme, célibataire, intelligente... Évidemment que les hommes tournaient autour. Et elle ne sortait pas d'un couvent...

— Tu as couché avec elle ?

Van Acker lui jeta un regard insondable.

— Dis donc, Maigret, c'est comme ça que vous travaillez, dans la police ? Vous vous précipitez sur les premières évidences venues ? Aurais-tu oublié la différence entre exégèse et herméneutique ? Hermès, le messager, est un dieu trompeur, je te le rappelle. L'accumulation de preuves, la recherche du sens caché, la descente jusqu'aux structures insondables de l'intentionnalité : les paraboles de Kafka, la poésie de Celan, la question de l'interprétation et de la subjectivité chez Ricœur : tu en faisais ton miel, autrefois.

— Avait-elle fait l'objet de menaces ? Est-ce qu'elle se confiait à toi ? En tant que collègue ou amie, est-ce qu'elle t'a parlé d'une relation compliquée, d'une rupture, d'un type qui la harcelait ?

— Non, elle ne se confiait pas à moi. Nous n'étions pas si intimes que ça.

— Elle ne t'a jamais parlé de coups de fil ou de mails étranges ?

— Non.

— Pas d'inscriptions suspectes la concernant dans ou autour du lycée ?

— Pas à ma connaissance.

— Et Hugo, quel genre d'élève c'était ?

Un fantôme de sourire passa sur le visage de son voisin.

— Dix-sept ans, en khâgne, et premier de sa classe. Tu vois ce que je veux dire ? Et, par-dessus le marché, beau gosse, toutes les filles ou presque à ses pieds. Hugo, c'est le gars que tous les autres gars rêvent d'être.

Il s'interrompit, fixa Servaz.

— Tu devrais aller voir Marianne...

Il y eut comme un infime déplacement d'air – ou peut-être fut-ce l'effet du vent dans les pins.

— Je compte le faire, dans le cadre de l'enquête, répondit froidement Servaz.

— Je ne parle pas seulement de ça.

Il écouta le murmure de la pluie sur le tapis d'aiguilles. Comme son voisin, il fixait l'horizon des collines noyées dans la grisaille.

— Tu as toujours été si loin de l'ataraxie, Martin. Ton sens aigu de l'injustice, ta colère, ton foutu idéalisme... Va la voir. Mais ne rouvre pas les anciennes plaies. (Puis, après un silence :) Tu me hais toujours, n'est-ce pas ?

Il se demanda soudain si c'était vrai, s'il haïssait cet homme qui avait été son meilleur ami. Était-ce possible de haïr quelqu'un pendant des années, de ne jamais pardonner ? Oh oui, c'était possible. Il se rendit compte que ses ongles mordaient ses paumes au fond de ses poches. Il tourna les talons. S'éloigna lourdement en écrasant des pommes de pin sous ses semelles. Francis Van Acker ne bougea pas.

Margot marchait dans sa direction, fendant la cohue des élèves qui encombraient les couloirs. Elle avait l'air épuisée. Il lut la fatigue dans la façon dont elle inclinait les épaules et portait ses livres. Elle sourit cependant en le voyant :

— Alors, c'est à toi qu'ils ont confié l'enquête ?

Il referma le casier d'Hugo – dans lequel il n'avait trouvé que des affaires de sport et des livres – et il s'efforça de sourire à son tour. Il l'embrassa au milieu de la foule compacte, bousculé par les jeunes gens qui passaient autour d'eux, se frôlaient, se croisaient et s'interpellaient bruyamment. Des gamins, ce n'était que des gamins, songea-t-il. Ils appartenaient à une planète baptisée *jeunesse*, une planète aussi lointaine et singulière que Mars. Une planète à laquelle il n'aimait pas penser les soirs de solitude et de nostalgie car elle lui rappelait que l'âge adulte est une malédiction.

— Tu vas m'interroger comme témoin, moi aussi ?

— Pas dans l'immédiat. Sauf si tu as des aveux à me faire, bien sûr.

Il lui adressa un clin d'œil et la vit se détendre. Elle regarda sa montre.

— Je n'ai pas beaucoup de temps : cours d'histoire dans cinq minutes. Tu repars ou tu es ici pour la journée ?

— Je ne sais pas encore. Si je suis encore là ce soir, on pourrait peut-être dîner ensemble, qu'en penses-tu ?

Elle grimaça.

— D'accord. Mais vite, alors. J'ai une dissert' à terminer pour lundi et je rame.

— Oui, j'ai entendu ça. Pas mal, ton intervention de ce matin.

— Quelle intervention ?

— Le cours de Van Acker...

— De quoi est-ce que tu parles ?

— J'étais là. J'ai tout entendu. Par les fenêtres.

Elle baissa le regard vers ses pieds.

— Il... t'a parlé de moi ?

— Francis ? Oh oui. Il ne tarit pas d'éloges à ton sujet. Le connaissant, c'est plutôt rare. Il a dit, je cite, que « la pomme ne tombe jamais loin du pommier ».

Il la vit rougir de plaisir et, pendant un instant, il se fit la réflexion qu'elle était comme lui au même âge : désespérément en manque de reconnaissance et d'approbation. Et, comme celui qu'il avait été, elle cachait cette faiblesse derrière une attitude rebelle et une indépendance de façade.

— Je file, dit-elle. Bonne chasse, Sherlock !

— Attends ! Tu connais Hugo ?

Sa fille se retourna, visage fermé.

— Oui. Pourquoi ?

Il agita la main.

— Comme ça. Lui aussi m'a parlé de toi.

Elle revint vers lui.

— Tu crois qu'il est coupable, papa ?

— Et toi, qu'est-ce que tu crois ?

— Hugo est quelqu'un de bien, c'est tout ce que je sais.

— Il a dit la même chose te concernant.

Il la vit résister à la tentation de poser d'autres questions.

— Et Claire Diemar, tu l'avais comme prof ?

Elle acquiesça.

— Quel genre c'était ?

— Elle savait rendre les cours intéressants... Les étudiants l'appréciaient... On ne pourrait pas en parler à un autre moment ? Je vais vraiment être en retard.

— Mais elle avait l'air de quoi ?

— Joyeuse, exubérante, enthousiaste, très jolie. Un peu barrée, mais hypercool.

Il hocha la tête et elle tourna les talons, mais il vit que ses épaules et son dos s'étaient encore affaissés.

Il longea le couloir jusqu'au hall, se frayant un chemin dans la cohue, avec un coup d'œil pour les panneaux en liège couverts de petites annonces, de règlements, de propositions de troc ou d'offres de services qui, eux non plus, n'avaient pas changé depuis son époque – sauf qu'il se demanda s'il y avait encore dessus ces annonces drôles et poétiques qu'on y trouvait de son temps, et il ressortit. Son mobile bourdonna dans sa poche. Servaz regarda le numéro qui s'affichait : Samira.

— Oui ? répondit-il.

— On tient peut-être quelque chose.

— Quel genre ?
— Tu nous as bien dit de ne pas nous focaliser sur le gamin, n'est-ce pas ?
Il sentit son pouls s'accélérer.
— Accouche.
— Pujol s'est souvenu d'une affaire dont il s'était occupé il y a plusieurs années. L'agression et le viol d'une jeune femme dans sa maison. Il a retrouvé l'identité de l'agresseur sur sa cession LRP et il a ramené la procédure des archives.

Le logiciel de rédaction des procédures. Un logiciel antédiluvien au travers duquel les flics saisissaient tous leurs procès-verbaux. Un logiciel d'une lourdeur redoutable qui aurait dû être remplacé depuis longtemps. Servaz attendit la suite en regardant les chevaux évoluer dans la lumière grise, racés et éthérés comme des créatures célestes.

— Un type plusieurs fois condamné pour agressions sexuelles sur des jeunes femmes et même pour un viol à domicile. À Tarbes, à Montauban et à Albi. Elvis Konstandin Elmaz, c'est son nom. Casier judiciaire assez indigeste : à vingt-cinq ans faisait déjà l'objet d'une douzaine de condamnations pour trafic de stups, violences aggravées, vol... Il en a vingt-sept aujourd'hui. Un prédateur. Sa méthode fait froid dans le dos : le type avait pour habitude de se connecter sur des sites de rencontre à la recherche de ses futures proies. (Servaz se remémora la messagerie vide de Claire.) En 2007, il a ainsi rencontré l'une de ses victimes dans un lieu public d'Albi, l'a ramenée chez elle sous la menace d'un couteau, attachée au radiateur et bâillonnée, l'a dépouillée de sa carte bancaire après lui avoir extorqué le code. Il l'a aussi violée et menacée de représailles si elle portait plainte. Une autre fois, il a agressé une femme dans un parc de Tarbes, à la nuit tombée, l'a ligotée et mise dans le coffre de sa voiture, avant de changer d'avis et de l'abandonner dans un buisson. C'est un miracle qu'il n'ait encore tué personne...

Elle s'interrompit.

— Enfin, si on exclut... Bref, il est sorti de prison cette année.

— Mmm.

— Il y a quand même un os...

Il entendit un tintement de cuillère contre une tasse dans l'appareil.

— Il semble que notre Elvis local ait un alibi solide pour hier soir. Il s'est battu dans un bar.

— C'est un alibi solide, ça ?

— Non, il a aussi été transporté à Rangueil par le SAMU. Il a été admis aux urgences vers 22 heures. Il est toujours à l'hôpital à l'heure qu'il est.

22 heures... À ce moment-là, Claire était déjà morte et Hugo assis au bord de la piscine. Elvis Elmaz aurait-il eu le temps de rentrer à Toulouse et de provoquer une bagarre pour se procurer un alibi ? Où, dans ce cas, aurait-il trouvé le temps et l'opportunité de droguer Hugo ?

— Il s'appelle vraiment Elvis ?

Il l'entendit se marrer dans le téléphone.

— Affirmatif. Je me suis renseigné : il paraît que c'est un prénom assez courant en Albanie. En tout cas, avec ce salopard, on est plus près de *Jailhouse Rock* que de *Don't Be Cruel*.

— Hmm-hmm, fit Servaz qui n'était pas sûr d'avoir saisi.

— Qu'est-ce qu'on fait, patron ? Je vais l'interviewer ?

— Ne bouge pas, j'arrive. Assure-toi simplement que l'hôpital ne le lâche pas dans la nature d'ici là.

— Pas de danger : je vais coller à cet enfoiré comme un morpion.

Intermède 1

Espoir

L'espoir est une drogue.
L'espoir est un psychotrope.
L'espoir est un excitant bien plus puissant que la caféine, le khat, le maté, la cocaïne, l'éphédrine, l'EPO, le speed-ball ou les amphétamines.
L'espoir accélérait son rythme cardiaque, il augmentait sa fréquence respiratoire, élevait sa pression sanguine, dilatait ses pupilles. L'espoir stimulait la production de ses glandes surrénales, amplifiait ses perceptions auditives et olfactives. L'espoir contractait ses viscères. Son cerveau dopé à l'espoir enregistrait soudain tout avec une acuité qu'elle n'avait jamais connue auparavant.
Une chambre à coucher...
Ce n'était pas la sienne. Elle avait cru un minuscule instant qu'elle s'était réveillée chez elle, que ces interminables mois passés au fond de cette cave n'avaient été qu'un cauchemar d'une nuit. Que le matin était arrivé, la réinstallant dans sa vie d'avant, dans son merveilleux et banal quotidien – mais cette chambre à coucher n'était pas la sienne.

C'était la première fois qu'elle la voyait. Une chambre inconnue.

Le matin. Elle tourna légèrement la tête et vit le flot de lumière de plus en plus vive traversant les voilages, près du lit, entre les rideaux. Les chiffres rouges du réveil sur la table de nuit indiquaient 6 h 30. Une armoire à glace à l'autre bout de la chambre. Elle leva la tête et vit dans le miroir ses pieds, ses jambes et, entre elles, son propre visage qui évoquait un petit animal inquiet, terrorisé, dans la pénombre.

Il y avait quelqu'un endormi à côté d'elle...

L'espoir revint. Il s'était endormi et il avait oublié de la redescendre à la cave avant que la drogue qu'il lui avait administrée ne cesse ses effets ! Elle n'en crut pas ses yeux. Une erreur, une seule erreur enfin au bout de tous ces mois de captivité. C'était sa chance ! Elle eut l'impression que son cœur se décrochait, qu'elle était au bord de l'infarctus.

L'espoir – un espoir délirant – fusa dans son cerveau. Elle tourna prudemment la tête vers lui, consciente des battements assourdissants de son sang dans ses oreilles.

Il dormait à poings fermés. Elle regarda avec une neutralité absolue son grand corps allongé, nu, à côté d'elle. Ni haine, ni fascination. Elle avait dépassé ce stade depuis longtemps. Même le blond peu naturel de ses cheveux coupés ras, sa barbiche sombre et ses bras noirs de tatouages qui lui dessinaient comme une seconde peau squameuse avaient cessé d'attirer son attention. Elle vit quelques filaments de sperme séché dans les poils de ses cuisses et eut un frisson. Mais rien à voir avec les nausées et les haut-le-cœur qui l'avaient secouée au début. Là aussi, elle avait dépassé ce stade.

L'espoir décuplait ses forces. Tout à coup, elle désirait ardemment quitter cet enfer. Être libre. Tant d'émotions contradictoires... C'était la première fois depuis le début de sa captivité qu'elle contemplait la lumière du jour. Même à travers une fenêtre et des rideaux. La première fois qu'elle se réveillait dans un lit et non sur la terre dure de sa cave, dans l'obscurité. La première chambre à coucher depuis des mois, peut-être même des années...

Ce n'est pas possible. Il s'est passé quelque chose.

Mais elle ne devait pas se laisser distraire. La lumière grandissait progressivement dans la pièce. Il allait finir par se réveiller. Une telle occasion ne se représenterait jamais. La peur revint immédiatement.

Il y avait une solution. Le tuer. Là, tout de suite. Lui fracasser le crâne avec la lampe de chevet. Mais elle savait que si elle loupait son coup, il aurait tout de suite le dessus, il était bien trop fort pour elle – qui était si faible. Deux autres options : trouver une arme – un couteau, un tournevis, un objet lourd ou pointu.

Ou *fuir*...

Cette dernière solution avait sa préférence. Elle était si affaiblie, elle avait si peu de forces en elle pour l'affronter. Mais fuir où ? Qu'y avait-il dehors ? La seule et unique fois où il l'avait déménagée, elle avait entendu des chants d'oiseaux, un coq s'égosillant, deviné des odeurs qui étaient celles de la campagne. Une maison isolée...

Le cœur dans la gorge, persuadée qu'il allait se réveiller et ouvrir les yeux d'un instant à l'autre, elle repoussa le drap, se glissa hors du lit, fit un pas vers la fenêtre.

Son cœur s'arrêta de battre.

Ce n'était pas possible...

Elle voyait une clairière ensoleillée et des bois au-delà. Comme dans les contes de fées de son enfance, la maison était isolée au milieu de la forêt. Elle voyait des herbes hautes, des campanules, des coquelicots, des papillons jaunes qui voletaient partout. Entendait le vacarme des oiseaux accueillant le jour neuf, même à travers la vitre. Tous ces mois d'enfer sous terre et la vie la plus simple, la plus belle était là, si proche.

Elle regarda la porte de la chambre, qui l'attirait irrésistiblement. La liberté était là aussi, juste derrière. Elle jeta un regard vers le lit. Il dormait toujours. Elle eut l'impression que son pouls entrait en zone rouge. Fit un pas, puis un deuxième, un troisième – contournant le lit et son bourreau. La poignée de la porte tourna sans bruit. Elle n'en crut pas ses yeux. La porte s'ouvrit. Un couloir. Étroit. Silencieux. Plusieurs portes à droite comme à gauche mais elle alla tout droit et déboucha dans la grande salle à manger. Elle reconnut instantanément la grande table de bois sombre comme un lac, le bahut, la chaîne stéréo, la grande cheminée, les chandeliers, et eut devant les yeux les plats et les bougies scintillantes, dans ses oreilles la musique, dans ses narines l'odeur des plats. La nausée revint. *Plus jamais ça...* Les volets étaient clos, mais le soleil du dehors découpait de grandes tranches de lumière au travers des fentes.

Le vestibule, la porte d'entrée – juste là, sur sa droite, dans l'ombre. Elle fit deux pas de plus. Sentit que la drogue qu'il lui avait administrée n'avait pas tout à fait cessé ses effets. C'était comme si elle se déplaçait dans l'eau, comme si l'air épaissi lui opposait une résistance. Ses mouvements étaient lourds et maladroits. Puis elle s'arrêta. Elle ne pouvait pas sortir comme ça. Nue. Elle jeta un coup d'œil en arrière et son ventre se contracta. *Tout sauf retourner dans cette chambre.* Un plaid sur le canapé... Elle l'attrapa et le jeta sur ses épaules. Puis elle s'approcha de la porte d'entrée. Comme le reste de la maison, elle était ancienne, en bois grossier. Elle souleva le loquet, poussa le battant.

La lumière du soleil l'aveugla, le chant des oiseaux éclata comme un coup de cymbales, des mouches l'assaillirent en vrombissant, le parfum de l'herbe et des bois agressa ses narines, la chaleur caressa sa peau. L'espace d'un instant, la tête lui tourna, elle cligna les yeux, éblouie, le souffle coupé. Elle fut saisie d'un vertige sous l'assaut de cette chaleur, de cette lumière et de cette vie. Elle se sentit soudain comme la chèvre de Monsieur Seguin, ivre de liberté. Mais la peur revint aussitôt. Elle n'avait que très peu de temps.

Il y avait une dépendance sur la droite, une sorte d'ancienne grange ouverte et à moitié effondrée, avec une charpente apparente. En dessous, un fatras de vieux appareils ménagers, d'outils, un tas de bois et *une voiture...*

Elle se dirigea vers elle, ses pieds nus marchant sur la terre déjà chauffée par le soleil. La portière côté chauffeur s'ouvrit en grinçant et elle craignit un instant que le bruit ne le réveille. L'intérieur sentait la poussière, le cuir et l'huile de moteur. Elle tâtonna, la main tremblante, mais il n'y avait pas de clé. Elle fouilla dans la boîte à gants, sous le siège, partout. En vain. Elle ressortit. *Fuir...* Sans attendre... Regarda autour d'elle. Une piste carrossable : non, pas par là. Puis elle aperçut l'amorce d'un vague sentier dans le clair-obscur de la forêt. Oui. Elle courut dans cette direction, réalisa combien elle était faible – elle avait probablement perdu entre dix et quinze kilos dans la cave –, combien ses jambes répondaient mal. Mais l'espoir lui insufflait une énergie nouvelle. De même que cet air chaud et vibrant, cette nature pleine de vie, cette lumière caressante.

Les sous-bois étaient plus frais mais tout aussi bruyants. Elle courut sur le sentier, eut plusieurs fois la plante des pieds écorchée par des cailloux pointus et des épines, mais elle n'en avait cure. Elle franchit un petit pont de bois au-dessus d'un ruisseau qui coulait dans l'ombre avec un son clair. Les planches ajourées vibrèrent sous sa course.

Puis elle commença à soupçonner que quelque chose clochait…

Par terre, au milieu du sentier, un peu plus loin…

Un objet sombre. Elle ralentit, s'en approcha. Un vieux radiocassette, avec une poignée pour le transport… De la musique s'en élevait. Elle la reconnut immédiatement avec un sursaut d'horreur. Elle l'avait entendue des centaines de fois… Un hoquet. C'était injuste. Infiniment cruel. Tout mais pas ça…

Elle se figea, les jambes flageolantes. Elle ne pouvait continuer par là, elle ne pouvait pas non plus rebrousser chemin. Sur sa droite, il y avait un fossé trop large et trop profond, avec le ruisseau coulant en bas.

Elle s'élança sur la gauche, franchit un remblai et détala le long d'une vague sente tracée au milieu des fougères.

Elle la suivit en courant à perdre haleine, jetant des coups d'œil derrière elle, mais elle ne vit personne. Le sous-bois éclatait toujours de chants d'oiseaux, la musique sinistre s'élevait désormais dans son dos, portée par l'écho – comme une menace omniprésente.

Elle croyait l'avoir laissée loin derrière elle lorsqu'elle tomba nez à nez avec un écriteau cloué sur un tronc d'arbre, là où la sente qu'elle suivait se divisait en deux, formant un T dans les fougères. Sur l'écriteau était peinte une double flèche indiquant les deux possibilités qui s'offraient à elle. Au-dessus des flèches, deux mots : « LIBERTÉ » d'un côté, « MORT » de l'autre.

Elle eut un nouveau hoquet. Se pencha pour vomir dans les fougères au bord du chemin.

Elle se redressa, s'essuya la bouche avec un coin du plaid qui puait le renfermé, la poussière, la mort et la folie – elle s'en rendait compte à présent. Elle avait envie de pleurer, de se laisser tomber par terre et de ne plus bouger, mais il fallait qu'elle réagisse.

Elle savait que c'était un piège. Un de ses jeux pervers. *Mort ou liberté...* Si elle choisissait « liberté », que se passerait-il ? Quel genre de liberté lui offrirait-il ? Certainement pas celle de retourner à sa vie d'avant. La délivrerait-il de sa prison en la tuant ? Et si elle choisissait « mort » ? Était-ce une métaphore ? De quoi ? La mort de ses souffrances, la fin de son calvaire ? Elle s'élança de ce côté, tablant sur le fait que, dans l'esprit de ce malade, l'offre en apparence la plus alléchante était certainement la pire.

Elle courut encore une centaine de mètres avant de l'apercevoir : une forme allongée et sombre qui pendait verticalement à un mètre au-dessus du chemin.

Elle ralentit de nouveau, courant moins vite puis marchant – pour finalement s'arrêter quand elle comprit de quoi il s'agissait, le cœur au bord des lèvres. Un chat était pendu à une branche, la ficelle qui l'étranglait lui serrait tellement le cou qu'il n'allait pas tarder à être décapité. Un bout de langue rose émergeait de son museau blanc et son corps était aussi raide qu'une planche.

Elle n'avait plus rien dans le ventre, elle n'en sentit pas moins un haut-le-cœur la secouer, un goût de bile dans sa bouche. En même temps qu'une peur glacée lui descendait le long de la colonne vertébrale.

Elle gémit. L'espoir diminua en elle comme la flamme d'une chandelle qui expire. Au plus profond d'elle-même, elle savait que ces bois et cette cave seraient les derniers endroits qu'elle verrait. Qu'il n'y avait pas d'issue. Pas plus aujourd'hui que les autres jours. Mais elle voulait encore y croire un tout petit peu.

Il n'y avait donc personne pour se promener dans cette maudite forêt ? Elle se demanda soudain où elle se trouvait : en France ou ailleurs ? Elle savait qu'il existait des pays où on pouvait marcher pendant des heures, des jours sans rencontrer âme qui vive.

Elle hésita sur la direction à prendre. Certainement pas celle que ce taré avait choisie pour elle, en tout cas.

Elle s'élança entre les taillis et les arbres, loin de toute ébauche de sentier, trébuchant sur les racines et les inégalités du terrain, faisant saigner ses pieds nus. Elle atteignit bientôt un autre ruisseau, dont le lit était plein d'arbres, bouleaux et noisetiers, abattus par la dernière tempête. Elle eut le plus grand mal à se faufiler entre eux, à les enjamber ; des branches acérées comme des dagues déchirèrent la chair de ses mollets et ses orteils se tordirent sur les pierres coupantes et les morceaux de bois mort.

Un nouveau sentier de l'autre côté. À bout de souffle, elle décida de l'emprunter. Elle espérait toujours tomber sur quelqu'un et progresser à travers le sous-bois l'épuisait trop.

Je ne veux pas mourir.

Elle courait, trébuchait, repartait.

Elle courait pour sauver sa peau, la poitrine en feu et le cœur au bord de l'explosion, les jambes de plus en plus lourdes. Les bois tout autour étaient de plus en plus denses, l'air de plus en plus chaud. Les parfums de la forêt se mêlaient à l'odeur de sa propre sueur aigre qui lui piquait les yeux. Elle entendait le clapotis d'un ruisseau tout proche. Aucun autre bruit. Le silence derrière elle.

Je ne veux pas mourir...

Cette pensée occupait tout l'espace libre dans son esprit. Avec la peur. Abjecte, inhumaine.

Je ne veux pas... je ne veux pas... je ne veux pas... Mourir...

Elle sentait des larmes amères ruisseler sur ses joues, son pouls battre dans son cou et sa poitrine. Elle aurait tué père et mère pour pouvoir s'échapper de ce cauchemar.

Et soudain son cœur bondit. *Quelqu'un, là-bas...*

Elle hurla.

— Hé ! Attendez ! Attendez ! Au secours ! Aidez-moi !

La personne ne bougeait pas, mais elle la distinguait nettement à travers le brouillard de ses larmes. Une femme. Vêtue d'une robe bain de soleil boutonnée. Bizarrement, elle était totalement chauve. Elle puisa dans ses dernières forces pour la rejoindre, la femme ne bougeait toujours pas. Son sang s'épaissit comme du sirop à mesure qu'elle se rapprochait et comprenait.

Ce n'était pas une femme...

Un mannequin de plastique. Appuyé à un tronc d'arbre. Figé dans une pose artificielle comme dans une vitrine de magasin. Et elle reconnut la robe qu'il portait : c'était la sienne, celle qu'elle avait le soir où... Sauf qu'elle avait été éclaboussée de peinture rouge.

Elle eut l'impression que toutes ses forces l'abandonnaient, que quelqu'un les aspirait hors de son corps. Elle était sûre qu'il avait rempli cette forêt maudite d'un tas d'autres pièges tout aussi sinistres. Elle était le rat dans le labyrinthe, sa chose, son jouet – et il était là, tout près... Elle sentit ses jambes se dérober sous elle et elle perdit connaissance.

13

Elvis

Il se gara sur le parking inférieur et se dirigea vers la tour en béton plantée au milieu. Celle qui abritait les ascenseurs. Le CHU de Rangueil se dressait comme une forteresse au sommet d'une colline, au sud de Toulouse. Pour y accéder depuis le parking situé à mi-hauteur, il fallait emprunter un ascenseur puis une longue passerelle suspendue à plusieurs mètres au-dessus des arbres, là où la vue offrait un panorama impressionnant sur les bâtiments de l'université en contrebas et sur les faubourgs de la ville. Il traversa le terre-plein en direction de la façade habillée d'un savant maillage métallique du plus bel effet. Comme souvent, l'esthétique extérieure avait été privilégiée aux dépens des infrastructures intérieures. L'hôpital avait beau compter deux mille huit cents médecins et dix mille membres du personnel, accueillir chaque année cent quatre-vingt mille patients, soit la population d'une ville moyenne, Servaz avait déjà remarqué qu'il manquait cruellement de services autres que médicaux.

Il passa rapidement devant l'unique cafétéria où se mêlaient personnel, visiteurs et patients en blouses d'hôpital et fila dans les longs couloirs jusqu'aux ascenseurs intérieurs. Des œuvres d'artistes contemporains, fruits d'une donation, tentaient vainement d'égayer les murs : l'art a ses limites. Servaz aperçut la porte de la chapelle, avec les heures de visite de l'aumônier affichées. Il se demanda comment Dieu trouvait sa place dans cet univers où l'être humain est réduit à de la tuyauterie, démonté et remonté comme un moteur et parfois envoyé à la casse, non sans qu'on ait récupéré quelques pièces détachées pour réparer d'autres moteurs.

Samira l'attendait devant les ascenseurs. Il fut tenté d'allumer une cigarette, mais son regard tomba sur le signal d'interdiction placardé au mur.

— *Crash*, dit-il dans la cabine.

— Hein ? fit Samira dont l'arme sur les reins attirait tous les regards.

— Un roman de J. G. Ballard. Le mariage de la chirurgie, de la mécanique, de la consommation de masse et du désir.

Elle le dévisagea avec incompréhension, il haussa les épaules. Les portes s'ouvrirent à l'étage et ils entendirent une voix crier :

— Bande de connards, z'avez pas le droit de me retenir contre mon gré ! Appelez-moi cet enfoiré de toubib, je veux le voir tout de suite !

— Notre Elvis ? demanda Servaz.

— Ça se pourrait bien.

Ils tournèrent à droite, puis à gauche. Une infirmière les intercepta. Samira brandit sa carte.

— Bonjour, on cherche Elvis Konstandin Elmaz.

Le visage de la femme se durcit. Elle montra une porte en verre dépoli au bout du couloir, au-delà d'un lit monté sur roulettes dans lequel un vieil homme attendait avec un tuyau dans le nez.

— Il a besoin de se reposer, répondit-elle sévèrement.

— Ça s'entend, ironisa Samira.

La femme leur jeta un regard chargé de mépris, puis elle s'éloigna.

— Putain, manquait plus que les schmidts ! s'exclama Elvis quand ils entrèrent dans la chambre.

Il y régnait une chaleur moite malgré un ventilateur poussif qui tournait dans un coin. Elvis Konstandin Elmaz était assis torse nu à la tête du lit. Il regardait une télé au son coupé.

— *One for the money/Two for the show*, fredonna Samira en esquissant un déhanchement et un pas de danse. Salut Elvis.

Elvis parut découvrir la fliquette et il fronça les sourcils devant cette apparition : ce jour-là, Samira arborait une demi-douzaine de colliers sur son tee-shirt qui clamait « LEFT 4 DEAD ».

— C'est qui, celle-là, bordel ? dit-il en direction de Servaz. C'est ça, la police, aujourd'hui ? Putain, où va le monde !

— Elvis Elmaz ?

— Non, Al Pacino. Qu'est-ce que vous me voulez ? Vous venez pas pour ma plainte.

— En effet.

— Non, bien sûr. Pas besoin de vous regarder longtemps pour deviner que vous êtes du KFC.

KFC, *Kentucky Fried Chicken* : une célèbre chaîne de restauration rapide spécialisée dans le poulet frit, les voyous en avaient fait le surnom de la maison mère, autrement dit de la police judiciaire. Elvis Konstandin

Elmaz était petit et très costaud, avec un crâne parfaitement lisse et brillant, un collier de barbe sur des mâchoires épaisses et une minuscule pierre en zircon à l'oreille. À moins que ce ne fût un vrai diamant. Une bande faisait plusieurs fois le tour de son torse musculeux, du bas-ventre jusqu'au diaphragme. Une autre ceignait son biceps droit.

— Qu'est-ce qui vous est arrivé ? demanda Servaz.

— Comme si vous le saviez pas. Je me suis fait planter, mec. Trois coups de couteau au niveau de l'abdomen et un dans le bras. C'est miracle si ces enculés m'ont pas fumé. « Aucun organe vital touché, vous êtes un miraculé, m'sieur Elmaz », qu'il m'a dit, l'autre empaffé de docteur. Il veut pas me lâcher avant demain sous prétexte que si je remue trop ça peut se rouvrir. Chuis pas toubib, c'est lui qui sait. Mais moi, j'ai des fourmis dans les jambes et la bouffe ici c'est pire qu'en zonzon.

— *Ces* enculés ? dit Samira.

— Ils étaient trois. Des Serbes. Je sais pas si vous savez mais ces enculés de Serbes et nous autres, Albanais, ça fait pas bon ménage. Les Serbes, c'est rien que racaille et compagnie.

Samira hocha la tête. Elle avait entendu le même refrain de l'autre côté. Et elle ne le dit pas, mais elle avait aussi un peu de sang bosniaque dans les veines, et vraisemblablement du sang italien aussi : sa famille avait pas mal voyagé...

— Qu'est-ce qui s'est passé ?

— On s'est pris la tête à l'intérieur du café, et puis on a continué sur le trottoir. J'étais un peu parti, faut dire.

Il les regarda à tour de rôle.

— Sauf que cette demi-portion avait deux potes à l'intérieur et que je le savais pas. Ils se sont jetés sur moi comme des excités avant que j'ai pu faire quoi que ce soit et puis ils ont détalé comme des rats. Et moi, j'étais allongé sur le trottoir et je pissais le sang. J'ai vraiment cru que cette fois ça y était. Faut croire qu'y a aussi un Dieu pour les méchants, hein, poulette ? T'aurais pas une cigarette ? Je tuerais père et mère pour une clope.

Samira résista à la tentation de se pencher et de lui enfoncer un index dans les côtes, à travers le bandage.

— T'as pas vu les écriteaux ? dit-elle méchamment. *Interdiction de fumer...* Quelle était la raison de ce différend ?

— Ce *différend*... Putain, comment tu causes, poulette ! Je te l'ai dit : je suis albanais, ils étaient serbes.

— Et c'est tout ?

Ils le virent hésiter.

— Non.

— Quoi d'autre ?

— Une meuf, pardi. Une poupée qui me tournait autour.

— Ah, elle était avec eux ?

— Ouaip.

— Jolie ?

Le visage d'Elvis Konstandin Elmaz s'éclaira comme un sapin de Noël.

— Mieux que ça ! Une vraie bombe ! Et de la classe à revendre, en plus. À se demander ce qu'elle faisait avec ces trois losers. Moi, je ne pouvais pas m'empêcher de la mater, putain. Elle a fini par s'en apercevoir, et elle est venue me faire un brin de causette. Peut-être aussi qu'elle avait envie de les énerver, qui sait ? Peut-être qu'elle avait les boules, un *différend*, comme vous dites... C'est là que c'est parti en vrille.

— Donc, vous êtes arrivé aux urgences hier soir, vous êtes passé sur le billard dans la nuit et vous êtes cloué ici depuis ?

Une petite lueur s'alluma dans les yeux marron.

— Pourquoi c'est si important ? Mon histoire, vous vous en fichez, pas vrai ?... C'est la suite qui vous intéresse. Il s'est passé un truc.

— Monsieur Elmaz, vous êtes sorti de prison il y a quatre mois, c'est bien ça ?

— Exact.

— Vous avez été condamné pour des faits de vols accompagnés de violence, enlèvement, séquestration, agressions sexuelles et viol...

— Qu'est-ce ça veut dire ? J'ai purgé ma peine.

— Chaque fois, vous vous en êtes pris à des jeunes femmes brunes et jolies.

Le regard d'Elvis s'assombrit.

— Où vous voulez en venir ? C'était y a longtemps. (Ses yeux firent l'essuie-glace.) Qu'est-ce qui s'est passé hier soir : une nana s'est fait agresser, c'est ça ?

Le regard de Servaz tomba sur le journal posé sur la table roulante près du lit. Il lui fallut une demi-seconde pour comprendre ce qu'il lisait. Et moins de temps pour blêmir :

« MEURTRE D'UNE JEUNE PROFESSEUR
À MARSAC
*Le policier qui a résolu l'affaire de Saint-Martin
chargé de l'enquête.* »

Bon sang ! Sans prêter plus d'attention aux questions de Samira et aux réponses d'Elmaz, il s'empara du journal et tourna les pages à la recherche de l'article.

Il ne faisait que quelques lignes, en page 3. Il expliquait que « *le commandant Servaz, de la police judiciaire de Toulouse, celui-là même qui avait mené l'enquête sur les meurtres de Saint-Martin au cours de l'hiver 2008-2009, la plus importante affaire criminelle de ces dernières années en Midi-Pyrénées, s'est vu confier les investigations concernant le meurtre d'une professeur de Marsac, un lycée qui accueille l'élite de la région* ». Un peu plus loin, l'auteur de l'article précisait que la jeune femme avait été retrouvée chez elle, « *ligotée et noyée dans sa baignoire* ». Au moins, le service chargé des relations avec la presse avait-il tu le détail de la lampe – sans nul doute pour pouvoir prendre en défaut tous les cinglés qui n'allaient pas manquer d'appeler dans les heures à venir. En revanche, ils avaient donné son nom en pâture aux journalistes. Génial. Servaz sentit la colère le gagner. Il aurait bien aimé tenir l'abruti qui avait lâché l'info. Fuite involontaire ou orchestrée ? Castaing lui-même ?

— À quelle heure a eu lieu l'altercation ? était en train de demander Samira.

— 21 h 30, 22 heures…

— Des témoins ?

Un ricanement rauque suivi d'une toux.

— Des dizaines !

— Et avant, tu faisais quoi ?

— Vous êtes sourds ? Je picolais et je matais cette fille ! Des dizaines de personnes m'ont vu, j'vous dis ! Je sais que j'ai fait des erreurs dans le passé. Mais, bordel, ces filles que j'ai agressées, qu'est-ce qu'elles faisaient dehors la nuit, hein ? En Albanie, les femmes sortent pas la nuit. Elles sont respectables...

Samira Cheung choisit un endroit au hasard et enfonça son index dans le flanc de l'Albanais. Fort. À travers la bande. Servaz vit Elvis grimacer de douleur. Il allait intervenir quand Samira retira son doigt.

— T'as intérêt à ce que ton alibi soit solide, dit-elle d'une voix laide et froide. T'as vraiment un problème, Elvis. Tu serais pas impuissant, des fois ? Ou alors un homo refoulé... Ouais, c'est ça... Bien sûr que c'est ça... C'était bon, sous la douche, en zonzon ?

Servaz vit le visage de l'homme se métamorphoser. Vit son regard devenir noir comme une flaque de pétrole, ses yeux sans reflet. Malgré la chaleur qui régnait dans la pièce, il eut la sensation d'un filet d'eau glacée coulant le long de son échine. Son pouls se mit à battre plus vite. Il déglutit. Il avait déjà croisé cette sorte de regard, il y a très longtemps. *Il avait dix ans...* Le petit garçon en lui était incapable d'oublier. Il pensa une fois de plus aux hommes qui avaient débarqué dans la cour de la maison familiale un soir de juillet. Ils étaient deux. Deux hommes pareils à celui-ci, des loups, des êtres perdus aux regards vides... Il pensa à sa mère qui avait hurlé et supplié, à son père ligoté sur une chaise. Il pensa à leurs mains et à leurs bras rapaces l'emprisonnant et la souillant... Et au petit Martin, enfermé dans le placard sous l'escalier, qui entendait tout, devinait tout – au nombre de fois où il avait croisé des êtres semblables depuis qu'il était entré dans la police. Et, tout à coup, il eut désespérément besoin d'air, de sortir de cette chambre, de cet hôpital. Il se mit à courir vers les toilettes avant que la nausée ne le submerge.

— Ce n'est pas lui.

Servaz acquiesça. Ils remontaient les couloirs en direction du hall d'entrée. Il avait une furieuse envie de fumer mais les panneaux d'interdiction placardés un peu partout le rappelaient sans cesse à l'ordre.

— Je sais, dit-il. Son alibi tient la route et, de toute façon, je ne vois pas comment il aurait fait pour vider la messagerie de Claire Diemar au lycée ni pour quelle raison il aurait suivi et drogué Hugo.

— Ce type ne devrait pas être dehors, dit Samira au moment où ils dépassaient la cafétéria.

— Aucune loi ne permet de mettre quelqu'un en prison en raison de sa « dangerosité », fit-il remarquer.

— Il va récidiver, tôt ou tard.

— Il a purgé sa peine.

Samira secoua la tête en traversant le hall.

— La seule thérapie valable pour ce genre d'individus, c'est de leur trancher les couilles, décréta-t-elle.

Servaz regarda son adjointe. Apparemment, elle ne plaisantait pas. Il vit les portes vitrées approcher avec soulagement, plongea la main dans sa poche, mais il y avait encore une dernière interdiction de fumer de l'autre côté – et il eut l'impression d'être redevenu adolescent, sur la piste d'athlétisme, quand, les poumons en feu, il se disait qu'il n'arriverait jamais à franchir les vingt derniers mètres.

Les portes s'ouvrirent enfin. La chaleur et la moiteur leur tombèrent dessus. Il se raidit. Ses poumons en manque de nicotine réclamaient leur poison, mais il y avait autre chose... Quoi ? Depuis tout à l'heure, depuis qu'il avait croisé le premier panneau d'interdiction, son inconscient travaillait – mais il n'arrivait pas à mettre le doigt dessus.

— Si ce n'est pas lui, ça nous ramène à la case départ, fit remarquer Samira.

— C'est-à-dire ?

— Hugo…

Servaz trouva le moyen de consulter sa montre tout en sortant une cigarette.

— On retourne à l'Embouchure. Toi, tu mets la pression sur le service des traces technologiques. Je veux un résultat avant la fin de la journée. Si c'est Hugo, explique-moi pourquoi il aurait vidé l'ordinateur de Claire et pas son propre téléphone portable ?

Elle leva les mains en signe d'ignorance tout en le regardant s'éloigner et traverser le terre-plein en direction de la passerelle. Une ambulance arriva dans le hurlement de sa sirène, s'immobilisa devant la barrière et attendit que celle-ci se soulève.

Tout à coup, la lumière se fit. Il sut pourquoi les écriteaux l'obsédaient à ce point depuis tout à l'heure.

Tout en longeant la grande passerelle suspendue au-dessus des arbres, il sortit son portable, chercha le numéro de Margot et appuya sur la touche d'appel. Une musique barbare, à base de guitares électriques et d'éructations gutturales, lui répondit et il grimaça. D'un côté, il était content d'apprendre que Margot éteignait son portable pendant les cours, de l'autre c'était un contretemps. Il tapa son SMS avec un seul doigt :

Hugo fume ? Rappelle-moi. Important.

Il avait à peine terminé que son téléphone se mettait à vibrer.

— Margot ? dit-il en atteignant les ascenseurs.

— Non. C'est Nadia, dit une voix féminine.

Nadia Berrada dirigeait le service des traces technologiques. Il pressa le bouton de l'ascenseur.

— Les ordinateurs ont « chanté », annonça-t-elle.

Il suspendit son geste.

— Et ?

— Effectivement, les messageries ont bien été vidées. On a récupéré les messages, reçus et envoyés. Le dernier date du jour même où elle est morte. Le truc habituel. Des mails adressés à des collègues, des mails privés, des sollicitations pour des réunions pédagogiques ou des séminaires, de la pub.

— Des mails envoyés ou reçus d'Hugo Bokhanowsky ?

— Non. Aucun… En revanche, un interlocuteur revient régulièrement. « Thomas999 ». Et ils ont l'air plutôt… comment dire ? *intimes*.

— Intimes comment ?

— Assez intimes pour écrire (elle s'interrompit avant de lire) : « La vie dans le futur sera tellement plus excitante parce que nous nous aimons », « Énorme. Total. Incroyable. Absolu manque de toi », « Je suis le cadenas et tu es la clé, je suis à toi pour toujours, ton écureuil, pour maintenant et pour l'éternité »…

— Qui écrivait ça, elle ou lui ?

— Les deux. Enfin, elle à 75 %… Il semble un tout petit peu moins expressif, mais bien accroché tout de même. Merde, cette fille était une passionnée !

Au ton de sa voix, il devina que ce qu'elle avait trouvé dans la messagerie laissait Nadia songeuse. Il se souvint de Marianne et de lui… À l'époque, pas de mails ni de textos, mais ils avaient échangé des centaines de lettres de ce genre. Des lettres exaltées, lyriques, naïves, ferventes, drôles. Alors même qu'ils se voyaient presque chaque jour. Ils avaient connu cette intensité, ce feu. Il tenait quelque chose – il le sentait. *Cette fille était une passionnée...* Nadia avait trouvé les mots justes. Il regarda la cime des arbres agités par la pluie en dessous de la passerelle.

— Demande à Vincent de faire une réquisition en urgence, dit-il. Il nous faut l'identité de ce Thomas999 le plus vite possible.

— C'est déjà fait. On attend la réponse.

— Parfait. Tiens-moi au courant dès que tu l'auras. Et, Nadia, s'il te plaît, est-ce que tu pourrais aller jeter un coup d'œil à la liste des pièces à conviction ?

— Qu'est-ce que tu veux savoir ?

— Si, parmi les objets trouvés dans les poches du gamin, il y avait un paquet de cigarettes.

Il attendit. Les portes de l'ascenseur s'ouvrirent, mais il ne monta pas dedans, de peur que les parois métalliques n'empêchent le signal de passer. Nadia revint en ligne au bout de quatre minutes.

— Ni paquet ni cigarette ni joint, dit-elle. Rien de ce genre. Ça t'aide ?

— Peut-être. Merci.

En imaginant Nadia en train de fouiller dans le tas de pièces à conviction, une pensée lui était venue. Elle concernait le cahier qu'il avait trouvé sur le bureau de Claire et la phrase qui y était écrite :

Ami est quelquefois un mot vide de sens, ennemi jamais.

Il sentit comme un picotement à la base de son épine dorsale. Claire Diemar avait écrit cette phrase dans un cahier tout neuf peu de temps avant de mourir et elle l'avait laissé ouvert sur son bureau. Avait-elle conscience d'une menace imminente ? S'était-elle fait un ennemi ? Cette phrase avait-elle seulement un rapport avec l'enquête ? L'idée se précisa. Il sortit de nouveau son téléphone.

— Tu es devant ton ordinateur, là ? demanda-t-il quand Espérandieu eut décroché.

— Oui, pourquoi ? dit son adjoint.

— Tu pourrais taper une phrase dans Google ?

— Une phrase dans Google ?

— C'est ce que j'ai dit.

— Un genre de citation ?

— Mmm.

— Attends... C'est bon, vas-y, je t'écoute.

Servaz lui répéta la phrase.

— C'est quoi ? C'est pour un jeu télévisé ? plaisanta son adjoint. Attends... Dis donc, c'est pas toi qui as fait des études de lettres ?

— Accouche.

— Victor Hugo.

— Quoi ?

— C'est bien une citation. De Victor Hugo. Tu peux m'expliquer ?

— Plus tard.

Il referma son mobile. Victor *Hugo*... Pouvait-il s'agir d'une coïncidence ? Claire Diemar n'avait rien écrit d'autre dans ce cahier et elle l'avait laissé bien en vue. Elle y parlait d'un *ennemi*... Hugo ? Servaz n'oubliait pas qu'il s'agissait de Marsac, une ville universitaire, comme l'avait souligné Francis, qui l'avait comparée à la cour d'Elseneur, un endroit où on avait le sens de la discrétion tout comme celui de la médisance, où on poignardait, mais avec élégance, avec raffinement – et où toute accusation directe pouvait passer pour la plus impardonnable des fautes de goût. Il n'oubliait pas qu'il avait affaire à des érudits, à des gens qui aimaient les énigmes, les allusions, les sens cachés, faire preuve de subtilité – même dans des circonstances aussi dramatiques. Cette phrase n'avait pas été écrite dans ce cahier par hasard.

Se pouvait-il que Claire eût donné, de manière allusive, indirecte, oblique, le nom de son *ennemi* – et même celui de son futur assassin ?

14

Hirtmann

De retour au SRPJ, il fila dans le bureau d'Espérandieu.

— Comment va le gosse ?

Son adjoint retira ses écouteurs, dans lequel le chanteur de Queen of the Stone Age chantait *Make It Wit Chu,* et haussa les épaules.

— Calme. Il m'a demandé si j'avais quelque chose à lire. Je lui ai filé un de mes mangas. Il n'en a pas voulu. Je te rappelle que la garde à vue finit dans six heures.

— Je sais. Appelle le procureur. Demande une prolongation.

— Motif ?

Ce fut au tour de Servaz de hausser les épaules.

— Je ne sais pas. Trouve quelque chose. Puise dans ton sac à malice.

Une fois dans son bureau, il fouilla un petit moment dans ses tiroirs avant de dénicher ce qu'il cherchait. Un numéro de téléphone. À Paris. Il le contempla, pensif. Il y avait longtemps qu'il n'avait pas appelé ce numéro. Il avait espéré ne plus jamais avoir à le faire, avoir laissé cette histoire derrière lui.

Servaz regarda l'heure. Il composa le numéro. Quand une voix lasse d'homme lui répondit, il se présenta.

— Ça faisait longtemps, ironisa la voix au bout du fil. Qu'est-ce qui me vaut l'honneur, commandant ?

Il raconta ce qui s'était passé la veille et termina par la découverte du CD de Mahler. Il s'attendait à ce que l'homme lui dise : « Et c'est pour ça que vous m'appelez ? », mais il n'en fit rien.

— Pourquoi ne pas avoir appelé immédiatement ? demanda au contraire la voix au bout du fil.

— Pour un simple CD trouvé sur une scène de crime ? Ça n'a sans doute rien à voir.

— Une scène de crime où, comme par hasard, on retrouve le fils d'une de vos anciennes connaissances, où le SRPJ de Toulouse est fort logiquement saisi et où la victime est une jeune femme dans la trentaine ayant le profil des autres victimes ? Et, au final, le morceau que Julian passait le soir où il a tué sa femme est retrouvé sur la chaîne stéréo ? Vous rigolez !

Servaz nota le « Julian ». Comme si, à force de traquer le Suisse, ses chasseurs avaient fini par fraterniser avec lui. Il retint sa respiration. Le bonhomme avait raison. Il avait eu exactement la même intuition la veille en découvrant le CD, et puis il était passé à autre chose. Considéré sous cet angle, les éléments s'assemblaient d'une façon troublante. Il se dit que, pour avoir pigé ça en moins de trois secondes, le type à l'autre bout était bon.

— C'est toujours pareil, soupira la voix dans l'appareil. On nous informe quand on a le temps, quand on a mis son ego dans sa poche ou quand toutes les pistes sont refroidies...

— Et de votre côté, vous avez du nouveau ?

— Vous aimeriez que je vous réponde par l'affirmative, pas vrai ? Désolé de vous décevoir, commandant, mais on a tellement d'infos qu'on est noyés. Comme s'il en pleuvait. La plupart sont si farfelues qu'on ne les vérifie même plus, d'autres demandent à l'être malgré tout et ça prend énormément de temps. On l'a aperçu ici ou là. À Paris, à Hong Kong, à Tombouctou... Un témoin est certain qu'il est courtier dans le casino de Mar del Plata où il joue tous les soirs, un autre l'a vu à l'aéroport de Barcelone ou à celui de Düsseldorf, une femme soupçonne son amant d'être Hirtmann...

Il devina le découragement, l'extrême lassitude dans la voix de son interlocuteur. Puis, tout à coup, la voix changea – comme si le type venait de penser à quelque chose.

— Toulouse, c'est ça ?

— Oui, pourquoi ?

L'homme ne répondit pas. Au lieu de ça, Servaz l'entendit parler à quelqu'un d'autre. Sa main plaquée sur le microphone rendait ses paroles inaudibles. Il revint en ligne quelques secondes plus tard.

— Il s'est passé quelque chose dernièrement, dit-il, et Servaz remarqua le changement de ton. On a mis son portrait en ligne sur Internet. On a utilisé un logiciel de retouche d'image pour le modifier et en faire une dizaine de versions différentes : avec barbe, moustaches, cheveux longs, cheveux courts, bruns, blonds, nez différents, etc. Vous voyez le topo. Bref, on a reçu des centaines de réponses. On les examine toutes, une par une : un vrai travail de fourmi... (La lassitude, de nouveau.) Parmi elles, il y en a une plus intéressante que les autres : un type qui tient une station-service sur une aire d'autoroute, et qui affirme qu'il s'est arrêté chez lui, pour prendre de l'essence et acheter la presse. Selon ce type, il était à moto, il avait teint ses cheveux, laissé pousser sa barbe et il portait des lunettes de soleil, mais le type est formel : il ressemblait à l'un des portraits mis en ligne, la taille et la stature correspondent, et le bonhomme parlait avec un léger accent, peut-être suisse, selon le témoin. Pour une fois, on a eu de la chance : on a pu visionner les caméras de surveillance du magasin. Et le gérant dit vrai : ça pourrait être lui – je dis bien : *ça pourrait*...

Servaz sentit son sang se mettre à battre comme un tambour.

— Cette aire, elle se trouve où ? C'était quand ?

— Il y a deux semaines. Ça va vous plaire, commandant : l'aire, c'est celle du Bois de Dourre, sur l'A 20, au nord de Montauban.

— La moto, elle a été filmée ? Vous avez l'immat' ?

— Hasard ou fait exprès : il a garé sa moto loin des caméras. Mais on a retrouvé sa trace à l'un des péages plus au sud, dans le sens Paris/Toulouse. L'image n'est pas très nette... On a un début d'immatriculation, on travaille dessus... Vous comprenez à présent pourquoi votre histoire est importante ? Si c'est vraiment Hirtmann qui était sur cette moto, il y a fort à parier qu'il est dans votre secteur à l'heure qu'il est.

Servaz contemplait, médusé, le résultat de sa recherche. Il avait tapé les mots « JULIAN HIRTMANN » dans Google et obtenu pas moins de 1 130 000 entrées.

Il se rejeta dans son fauteuil en réfléchissant.

Après l'évasion du Suisse, il avait guetté la moindre parcelle d'information le concernant, il avait épluché journaux, dépêches, bulletins, passé des dizaines de coups de fil, harcelé la cellule chargée de sa traque, mais les mois avaient passé, les saisons – printemps, été, automne, hiver, printemps de nouveau... –, et il avait renoncé. Il avait tourné la page. Ce n'était plus ses oignons. Rideau. *Exit. Finito*. Il avait tenté de le chasser de ses pensées.

Il parcourut mentalement la page de résultats qui s'affichait sur l'écran. Il savait que la liberté d'expression était un des chevaux de bataille des internautes, à charge pour chacun de filtrer, trier et faire montre d'esprit critique, mais ce qu'il découvrait sur la Toile le remplissait d'incrédulité. Le Suisse avait des milliers de fans, les sites à sa gloire se comptaient par dizaines. Certains articles étaient relativement neutres : des photos de Hirtmann pendant son procès et d'autres, volées, où on le voyait avant le procès en compagnie de sa ravissante épouse – celle qu'il avait électrocutée dans sa cave en compagnie de son amant après les avoir forcés tous deux à se déshabiller et les avoir arrosés de champagne. On comparait Hirtmann à d'autres tueurs en série européens, comme José Antonio Rodriguez Vega, qui avait violé et tué pas moins de seize femmes âgées de soixante et un à quatre-vingt-treize ans entre août 1987 et avril 1988 en Espagne, ou Joachim Kroll, le « cannibale de la Ruhr ». Sur les photos, Hirtmann avait un visage ferme, bien dessiné, un peu sévère, des traits réguliers et un regard intense, loin de l'homme pâle et fatigué qu'il avait rencontré à l'Institut.

Servaz pouvait associer à ce visage une voix – profonde, agréable, bien posée. Une voix d'acteur, de tribun… Celle d'un homme habitué à l'autorité et à s'exprimer dans les prétoires.

Il pouvait aussi lui associer les visages plus ou moins flous de quarante femmes, jeunes et moins jeunes, disparues en vingt-cinq ans. Des femmes dont on ne retrouverait jamais la moindre trace mais dont les noms apparaissaient, avec quantité d'autres détails, dans les carnets de l'ancien procureur. Un collectif des parents de victimes existait quelque part qui réclamait à cor et à cri qu'on fasse parler Hirtmann. Par quel moyen ? Sérum de vérité ? Hypnose ? Torture ? Toutes les solutions étaient envisagées par les habituels excités de la Toile. Y compris de l'envoyer à Guantanamo ou de l'enterrer au soleil, la tête enduite de miel, devant une colonie de fourmis rouges.

Il savait que Hirtmann ne parlerait pas. Libre ou enfermé, il détenait plus de pouvoir sur ces familles qu'aucun dieu malveillant n'en posséderait jamais. Il était pour toujours leur tourmenteur. Leur cauchemar. Et c'était le rôle qu'il préférait. Une absence totale de remords et de culpabilité caractérisait le Suisse – comme tous les grands pervers psychopathes. Il aurait peut-être craqué si on l'avait soumis au *waterboarding*, à la gégène ou aux tortures pratiquées par les Japonais sur les Chinois en 1937, mais il y avait peu de chances pour qu'il craque à l'occasion d'une garde à vue ou d'un entretien psychiatrique – à supposer qu'on remette la main sur lui, ce dont Servaz doutait.

ARE YOU READY ? / ÊTES-VOUS PRÊT ?

Servaz sursauta.
La phrase venait de s'afficher sur son écran.
Il crut un instant que Hirtmann était parvenu à entrer d'une façon ou d'une autre dans son ordinateur.
Puis il comprit qu'il venait de cliquer sans s'en rendre compte sur l'adresse d'un des nombreux sites Internet présents dans la liste. Aussitôt après, la phrase disparut et il vit s'afficher sur l'écran l'image d'une foule compacte et d'une scène de concert aveuglée par des projecteurs. Un chanteur s'approcha du micro, les yeux cachés derrière des lunettes noires bien qu'il fît nuit, et harangua la foule qui se mit à scander le nom du tueur. Servaz n'en croyait pas ses oreilles. Il s'empressa de quitter le site, le cœur battant.
Les trois liens suivants étaient simplement des sites d'information référencés. Deux autres des sites généralistes sur les tueurs en série. Quatorze à la suite étaient des forums où le nom du Suisse était évoqué d'une manière ou d'une autre par les intervenants et Servaz renonça à les consulter. L'entrée suivante attira immédiatement son attention :

La Vallée des Pendus en tournage dans les Pyrénées.

Il s'aperçut que sa main tremblait quand il doublecliqua. Quand il eut fini de lire, il repoussa son fauteuil loin de l'écran. Ferma les yeux. Inspira longuement.

Tout ce qu'il avait saisi, c'était qu'un film allait être tourné l'hiver prochain. Il s'inspirait de son enquête dans les Pyrénées et surtout de l'évasion du Suisse de l'Institut Wargnier. Les noms avaient été changés, bien sûr, mais l'argument du film était transparent. Deux acteurs fort connus étaient pressentis pour interpréter le serial killer et le *commissaire* (sic). Servaz se sentit nauséeux. C'était ça, la société de consommation, désormais, songea-t-il : l'exhibition, le voyeurisme, la marchandisation. Impossible de ne pas penser à la phrase de Debord : « Toute la vie des sociétés dans lesquelles règnent les conditions modernes de production s'annonce comme une immense accumulation de *spectacles*. » Une phrase d'une clairvoyance absolue écrite plus de quarante ans auparavant...

Il se sentit en colère, mais aussi effrayé. Toute cette agitation... Pendant ce temps, où se trouvait le Suisse ? Que préparait-il ? Il se dit que Julian Alois Hirtmann pouvait aussi bien être à Canberra, dans le Kamtchatka ou à Punta Arenas que dans un cybercafé au coin de la rue. Servaz pensa à la cavale d'Yvan Colonna. Les médias, les flics, les services antiterroristes l'avaient cru en Amérique du Sud, en Australie, partout – alors que le Corse se cachait dans une bergerie à une trentaine de kilomètres à peine du lieu où avait été commis le crime pour lequel on le pourchassait.

Hirtmann pouvait-il vraiment être à Toulouse ?

Plus d'un million d'habitants en comptant l'aire urbaine. Une population multiforme. Une multiplicité de destins, de drames individuels, de pulsions collectives. Un écheveau de rues, places, routes, rocades, échangeurs, bretelles. Des dizaines de nationalités – Français, Anglais, Allemands, Espagnols, Italiens, Algériens, Libanais, Turcs, Kurdes, Chinois, Brésiliens, Afghans, Maliens, Kényans, Tunisiens, Rwandais, Arméniens...

Où cacher un arbre ? Dans une forêt...

Il trouva son numéro dans l'annuaire. Elle n'était pas sur liste rouge, mais elle n'avait pas été non plus jusqu'à faire figurer son prénom : M. *Bokhanowsky*. Il hésita un bon moment avant de le composer. Elle répondit à la deuxième sonnerie.

— Allô ?

— C'est Martin, dit-il. (Il hésita une demi-seconde.) Est-ce qu'on pourrait se voir ? J'aurais quelques questions à te poser... au sujet d'Hugo.

Un silence.

— Je veux que tu me dises la vérité, là, maintenant : est-ce que tu crois que c'est lui ? Est-ce que tu crois mon fils coupable ?

La voix vibrait, aussi tendue et fragile que le fil de soie d'une araignée.

— Pas au téléphone, répondit-il. Mais si tu veux savoir, j'ai de plus en plus de doutes sur sa culpabilité. Je sais combien c'est difficile pour toi, mais il faut qu'on parle. Je peux être à Marsac dans une heure et demie environ. Ça va, ou tu préfères qu'on remette ça à demain ?

Il devina qu'elle réfléchissait et il attendit.

— Marianne ? dit-il comme elle ne répondait pas.

— Excuse-moi, je réfléchissais... Dans ce cas,

pourquoi tu ne restes pas dîner ? Je vais aller faire quelques courses.

— Marianne, je vais être franc avec toi. Je ne sais pas si, en ma qualité d'enquêteur, je...

— C'est bon, Martin. Tu n'es pas obligé de le crier sur les toits. Et tu pourras me poser tes questions en même temps. Après deux verres de vin, je suis beaucoup plus loquace.

Une tentative de détendre l'atmosphère qui tomba à plat.

— Je sais, dit-il.

Mais il regretta aussitôt cette phrase : il ne voulait pas évoquer le passé, encore moins qu'elle imagine chez lui des motivations autres que professionnelles, surtout en ce moment.

Il la remercia et raccrocha, regarda l'adresse qui s'inscrivait dans l'annuaire : *5, Domaine du Lac*. Il n'avait pas oublié la géographie des lieux. Marianne habitait à l'ouest de Marsac. C'était là qu'étaient bâties les plus luxueuses villas, sur la rive nord d'un petit lac. Elles portaient des noms comme Belvédère, Le Muid ou Villa Antigone, et la plupart étaient entourées de vastes pelouses qui descendaient en pente douce jusqu'à un ponton où se balançait un dériveur léger ou une petite embarcation équipée d'un moteur horsbord. L'été venu, les enfants des riches habitants du lac apprenaient à faire du ski nautique ou de la voile. Leurs parents travaillaient à Toulouse ; ils occupaient des postes éminents dans l'aéronautique, l'université ou l'électronique. Coïncidence : les autres habitants de Marsac avaient baptisé cet endroit « la Petite Suisse ».

Son portable bourdonna. Il s'empressa de l'extirper de sa poche et de l'ouvrir. Margot.

— C'est quoi, cette histoire ? dit-elle dans le téléphone. Pourquoi tu as besoin de savoir ça ?
— Pas le temps de t'expliquer là. Il fume ou pas ?
— Non. Je ne l'ai jamais vu fumer.
— Merci. Je te rappelle plus tard.

Il avait quelques heures devant lui. Il allait en profiter pour dormir un peu. Puis il se dit qu'il n'y arriverait probablement pas. Il songea à Hirtmann. Le Suisse occupait toutes ses pensées.

15

Rive nord

Il était 20 heures passées de trois minutes quand il se présenta au bord du lac, là où le restaurant-café-concert *Le Zik* plongeait ses pilotis dans les eaux vertes. Rive est. Servaz la contourna en direction de la rive nord. Le lac de Marsac avait la forme d'un os ou d'un biscuit pour chien de sept kilomètres de long étiré dans le sens est-ouest. La majeure partie était cernée par des bois touffus. Seule la zone est était urbanisée – « urbanisée » était un bien grand mot : chaque villa, elle-même surdimensionnée, disposait autour d'elle d'environ trois à cinq mille mètres carrés de terrain.

L'adresse correspondait à la dernière maison de la rive nord, juste avant les bois et la partie centrale, là où le lac s'étranglait avant de s'évaser à nouveau plus loin. Une construction qui devait bien avoir une centaine d'années avec ses pignons, ses balcons, ses cheminées et sa vigne vierge. Une maison beaucoup trop vaste et difficile à entretenir pour une mère et son fils, se dit-il. Le portail était ouvert et Servaz roula sur le gravier et sous les grands sapins jusqu'aux marches du perron, mais, quand il les eut gravies, il entendit

Marianne le héler par la porte ouverte et il traversa l'enfilade des pièces jusqu'à la terrasse.

La pluie balayait toujours le lac. Des martins-pêcheurs tournoyaient au-dessus de sa surface hérissée avant de plonger et de la percuter violemment puis de remonter aussi vite, leur dîner dans le bec, dans un arc de gouttelettes. Sur leur gauche, au-delà des autres propriétés, il apercevait les toits de Marsac et son clocher voilés par le brouillard d'eau. En face, sur l'autre rive, il y avait des bois sombres et ce que les gens du coin appelaient pompeusement « la Montagne » : un massif rocailleux qui culminait à quelques dizaines de mètres au-dessus de la surface.

Marianne était en train de disposer les couverts. Il s'immobilisa un instant pour la regarder depuis l'ombre. Elle portait une robe-tunique kaki boutonnée devant avec deux poches de poitrine et une fine ceinture tressée qui lui donnaient une allure presque militaire. Servaz remarqua malgré lui ses jambes nues et bronzées et l'absence de bijou autour de son cou. Elle ne portait qu'une légère touche de rouge à lèvres. Elle avait défait un bouton à cause de la chaleur.

— Quel temps, dit-elle. Mais on ne va pas se laisser abattre, pas vrai ?

Elle parlait sans conviction, sa voix aussi creuse qu'une boîte en fer-blanc. Quand elle l'embrassa sur la joue, il huma malgré lui son parfum.

— J'ai apporté ça.

Elle prit la bouteille, regarda brièvement l'étiquette et la posa sur le chemin de table. Puis elle reprit sa tâche.

— Le tire-bouchon est là, ajouta-t-elle au bout d'un moment, comme il restait les bras ballants.

Elle disparut à l'intérieur et il se demanda s'il n'avait pas fait une erreur en acceptant ce dîner. Il savait qu'il n'aurait pas dû être là, que le petit avocat au regard intense s'en servirait si jamais Hugo était déclaré coupable. Il sentit aussi que l'enquête occupait toutes ses pensées, qu'il lui serait difficile de parler d'autre chose. Il aurait dû interroger Marianne selon la procédure, mais il n'avait pu résister à l'invitation. Après toutes ces années... Il se demanda si Marianne avait conscience de ce qu'elle faisait en l'invitant. Tout à coup, sans savoir pourquoi, il fut sur ses gardes.

— Pourquoi ?
— Pourquoi quoi ?
— Pourquoi tu n'es jamais revenu ?
— Je ne sais pas.
— Pas la moindre lettre, pas le moindre mail, le moindre SMS ni coup de fil – en vingt ans.
— Il y a vingt ans, il n'y avait pas de SMS.
— Mauvaise réponse, monsieur le policier.
— Je suis désolé.
— Ce n'est pas une réponse non plus.
— Il n'y a pas de réponse.
— Bien sûr que si.
— Je ne sais pas... c'était... il y a longtemps...
— Pieux mensonge, mais mensonge tout de même.
Silence.
— Ne me le demande pas, dit-il.
— Pourquoi pas ? Je t'ai écrit. Plusieurs lettres. Tu n'as jamais répondu.

Elle le sonda de son regard vert mutant qui étincelait dans l'ombre de son visage. Comme autrefois.

— C'est à cause de Francis et de moi, c'est ça ?
De nouveau, il ne dit rien.
— Réponds-moi.
Il la fixa en silence.
— C'est donc ça... Oh, bon sang, Martin !... Toutes ces années de silence, c'était à cause de Francis et moi ?
— Possible.
— Tu n'en es pas certain ?
— Si. Si, j'en suis certain. Bon Dieu, qu'est-ce que ça peut faire, aujourd'hui ?
— Tu as voulu nous punir.
— Non, j'ai voulu tourner la page. Oublier. Et j'y suis parvenu.
— Ah bon ? Et cette étudiante que tu as rencontrée après moi ? Comment s'appelait-elle déjà ?
— Alexandra. Je l'ai épousée. Et puis on a divorcé.
Étrange de constater qu'une vie pouvait se résumer en quelques phrases. Étrange et déprimant.
— Et aujourd'hui, tu as quelqu'un ?
— Non.
Silence.
— Alors, c'est ça, cet air d'ours mal léché, tenta-t-elle de plaisanter. Tu as l'air d'un vieux garçon, Martin Servaz.
Elle avait dit ça d'un ton faussement léger, et il lui fut reconnaissant de chercher à détendre l'atmosphère. La pénombre du soir les nimbait. En même temps que l'infime distorsion des sens provoquée par le vin.
— J'ai peur, Martin, dit-elle soudain. Je suis terrifiée, morte de trouille... Parle-moi de mon fils. Vous allez l'inculper ?
Sa voix s'était presque brisée sur la dernière phrase.

Servaz vit son expression tourmentée, la peur dans ses yeux. Il comprit que c'était la seule question qui lui importait vraiment depuis le début. Il prit le temps de choisir ses mots.

— À ce stade, si on le présentait au juge, il y aurait de grandes chances.

— Mais tu m'as dit au téléphone que tu avais des doutes ?

Elle avait dit cela sur le ton d'une supplique presque désespérée.

— Écoute. C'est trop tôt. Je ne peux pas en parler. Mais j'ai besoin de certaines informations, dit-il. Et de temps... Il y a une chose ou deux... Je ne veux pas te donner de faux espoirs.

— Je t'écoute.
— Hugo fume-t-il ?
— Il a arrêté il y a plusieurs mois. Pourquoi cette question ?

Il balaya la sienne d'un geste.

— Claire Diemar, tu la connaissais.

Ce n'était pas une question, cette fois.

— Nous étions amies. Enfin, pas des amies très proches. Des connaissances. Elle vivait seule à Marsac, moi aussi. Ce genre d'amies.

— Elle te parlait de sa vie privée ?
— Non.
— Mais tu savais des choses ?
— Oui. Bien sûr. Contrairement à toi, je n'ai pas quitté Marsac. Je connais tout le monde et tout le monde me connaît.

— Quel genre de choses ?

Il la vit hésiter.

— Des rumeurs... Sur sa vie privée.

— De quel ordre ?

De nouveau, elle hésita. De son temps, Marianne détestait les commérages. Mais c'était la liberté de son fils qui était en jeu.

— Elles disaient que Claire collectionnait les hommes. Qu'elle les utilisait et les jetait comme des Kleenex. Qu'elle s'en amusait et qu'elle avait brisé quelques cœurs à Marsac.

Il la regarda. Repensa aux messages dans l'ordinateur. Ils exprimaient un amour sincère, violent, total, absolu. Ils ne ressemblaient pas à ce portrait.

— Mais elle le faisait avec discrétion, en tout cas. Et si tu veux des noms, je n'en ai pas.

Et toi, eut-il envie de demander, *tu en es où, de ce côté-là ?*

— Thomas, ça te dit quelque chose ?

Elle le fixa en tirant sur sa cigarette. Secoua la tête.

— Non. Rien du tout.

— Tu en es sûre ?

Elle rejeta la fumée.

— Puisque je te le dis.

— Claire Diemar, elle écoutait de la musique classique ?

— Quoi ?

Il répéta la question.

— Aucune idée. C'est important ?

Soudain, une autre question lui vint.

— Est-ce que tu as remarqué quelque chose d'anormal, ces derniers temps ? Un type qui aurait rôdé autour de la maison ? Qui t'aurait suivie dans la rue ? Quelque chose, n'importe quoi, qui t'aurait laissé une impression de malaise ?

Elle lui lança un regard chargé d'incompréhension.

— On parle de Claire ou bien de moi, là ?
— De toi.
— Non. Je devrais ?
— Je ne sais pas... Si quoi que ce soit attire ton attention, fais-le-moi savoir.

Elle le fixa intensément, mais ne fit pas davantage de commentaire.

— Et toi, dit-il soudain. Parle-moi de toi, de ta vie pendant toutes ces années.
— C'est toujours le flic qui demande ?

Il baissa la tête, la releva.

— Non.
— Qu'est-ce que tu veux savoir ?
— Tout... Ces vingt années, Hugo, ta vie depuis...

Il vit son regard se voiler légèrement dans la lumière déclinante. Elle prit le temps de rassembler ses souvenirs. Et de les trier. Puis, elle raconta. Quelques phrases soigneusement pesées. Rien de mélodramatique. Pourtant, le drame était là. Caché, profond. Elle avait épousé Mathieu Bokhanowsky, l'un des membres de la bande. Bokha, songea Servaz avec stupeur. Bokha le butor, Bokha le balourd. Bokha le bon copain un peu encombrant – il y en avait toujours un – qui affichait un mépris ostensible pour les filles et pour toute forme d'effusion romantique. Bokha avec quelqu'un comme Marianne : de leur temps, c'était une chose inimaginable. Bokha qui s'était révélé, contre toute attente, quelqu'un de bon, de tendre et d'attentionné. « De *foncièrement* bon, Martin, insista-t-elle. Il ne faisait pas semblant. » Et non dénué d'un certain sens de l'humour.

Il alluma une cigarette et attendit la suite. Elle avait été heureuse avec Bokha. *Vraiment* heureuse. Avec sa bonté, son incroyable énergie et sa simplicité, Mathieu s'était révélé capable de renverser des montagnes et il était presque parvenu à lui faire oublier les cicatrices laissées par le duo Servaz/Van Acker. « Je vous ai aimés. Tous les deux. Dieu sait que je vous ai aimés. Mais vous étiez inaccessibles, Martin : toi avec le fardeau du souvenir de ta mère, ta haine du père, et cette colère que tu as encore en toi aujourd'hui ; et Francis avec son ego. » Mathieu était reposant, Mathieu ne demandait rien en échange de ce qu'il donnait. Il était là, simplement, chaque fois qu'elle avait besoin de lui. Il l'écouta dérouler la pelote de toutes ces années, avec sans doute force omissions, retouches et embellissements, mais n'est-ce pas ce que nous faisons tous ? À l'époque où ils étaient copains, personne – à commencer par Marianne – n'aurait parié un centime sur l'avenir de Bokha, et pourtant celui-ci s'était révélé non seulement extrêmement doué pour les relations humaines, mais doté d'une intelligence pratique dont il n'avait guère l'usage du temps où Francis et Martin passaient leur temps à parler bouquins, musique, cinéma et concepts. Bokha avait étudié l'économie, monté sa chaîne de magasins d'informatique et amassé une petite fortune aussi inattendue que rapide.

Entre-temps, Hugo était né. Bokha le médiocre, le balourd, le sous-fifre de la bande avait désormais tout ce qu'un homme pouvait désirer : l'argent, la reconnaissance, la plus jolie fille du coin, un foyer et un fils.

Trop de bonheur, sans doute – c'était du moins l'opinion de Marianne, et il pensa, sans le dire, à cette *hybris*, cette démesure qui était un péché capital chez les anciens Grecs : l'homme qui le commettait se rendait coupable de vouloir bien plus que sa part et, ce faisant, attirait sur lui la colère des dieux. Mathieu Bokhanowsky s'était tué dans un accident de voiture un soir, en rentrant de l'inauguration d'un énième magasin. Des rumeurs avaient couru. Selon certaines, il avait un taux d'alcoolémie extravagant. Selon d'autres, on avait aussi retrouvé des traces de cocaïne dans la voiture. Ou bien il n'était pas seul : il y avait avec lui sa jolie secrétaire qui s'en était tirée avec quelques contusions.

— Calomnies, mensonges, jalousie, précisa Marianne d'une voix sifflante.

Elle avait ramené ses genoux contre sa poitrine et ses pieds nus accrochaient le bord du fauteuil en bois comme des serres. Pendant un instant, il les observa, ces jolis pieds bronzés, avec la grosse veine qui barrait en diagonale le cou-de-pied. La pluie continuait de tomber sur le lac avec une désespérante régularité.

— Des rumeurs ont couru aussi selon lesquelles Mathieu était ruiné. C'était faux. Il avait placé son argent dans des assurances vie, des portefeuilles, mais j'ai pris un boulot pour ne pas avoir à vendre la maison. Je décore des intérieurs pour des gens qui n'ont aucun goût, je dessine des sites Internet pour des entreprises, des collectivités... C'est loin de nos rêves d'artistes, mais moins loin quand même que... (Elle s'interrompit, mais il sut qu'elle avait failli dire : « Moins loin que d'être flic. ») J'ai élevé seule Hugo depuis qu'il a onze ans, conclut-elle en écrasant sa cigarette dans le cendrier. Je ne m'en suis pas trop mal tiré, je crois. Hugo est innocent, Martin... Si tu l'inculpes, tu enverras non seulement mon fils mais un innocent en prison.

Il comprit le message. Jamais elle ne le lui pardonnerait.

— Cela ne dépend pas que de moi, répondit-il. Ce sera du ressort du juge.

— Mais cela dépend de ce que tu vas lui dire.

— Revenons à Claire. Il doit bien y avoir à Marsac des personnes qui désapprouvaient son mode de vie ?

Elle hocha la tête.

— Bien sûr. Ce ne sont pas les commérages qui ont manqué. Moi aussi, j'en ai été la cible, après la mort de Mathieu, quand des hommes mariés me rendaient visite.

— Des hommes mariés te rendaient visite ?

— En tout bien tout honneur. J'ai quelques amis ici, Francis te l'a peut-être dit. Ils m'ont aidée à surmonter ça. C'est nouveau, chez toi, ces manières de flic…

Elle écrasa son mégot dans un cendrier.

— Déformation professionnelle, dit-il.

Elle se leva.

— Tu devrais oublier ton métier de temps en temps.

Le ton le cingla comme un coup de fouet, mais elle l'adoucit par une main sur son épaule au passage. Elle alluma la lumière sur la terrasse. Le ciel s'assombrissait. Servaz entendait des grenouilles. Des insectes se rassemblèrent autour de la lampe, des langues de brume commençaient à apparaître à la surface du lac.

Elle revint avec une autre bouteille. Il se sentait bien, détendu – mais il se demanda où cela les entraînait. Il s'aperçut qu'il suivait sans s'en rendre compte chacun de ses mouvements, qu'il était aimanté par la façon qu'elle avait d'occuper l'espace. Elle déboucha la bouteille, le resservit. Ni l'un ni l'autre n'éprouvaient plus le besoin de parler, mais elle lui jetait de fréquents regards par-dessous sa mèche blonde. Il comprit, tout à coup, que quelque chose d'autre se déployait dans son ventre : *il la désirait*. Violemment. Cela n'avait rien à voir avec ce qu'ils avaient vécu. C'était le désir de cette femme-*là*, de la Marianne d'aujourd'hui, avec ses quarante ans.

Il était 1 h 10 du matin lorsqu'il retrouva son appartement. Il prit une douche brûlante pour se débarrasser de la fatigue qui nouait ses muscles et mit la 4e Symphonie de Mahler en sourdine sur la chaîne du salon. Il pensait à tout ce qu'il avait appris en vingt-quatre heures et essayait de mettre de l'ordre dans ses idées.

Servaz se demandait parfois pourquoi il aimait autant ses symphonies. Probablement parce qu'elles étaient des univers complets dans lesquels il pouvait se perdre, parce qu'il y retrouvait les mêmes violences, cris, souffrances, chaos, orages et présages funèbres qui existaient là, dehors, dans la rue. Écouter l'œuvre de Mahler, c'était suivre un chemin qui passe de l'obscurité à la lumière et inversement, d'une joie sans bornes aux tempêtes qui secouent la barque de l'existence humaine et finissent par la renverser. Les plus grands chefs d'orchestre s'étaient attaqués à cet Everest de l'art symphonique et il collectionnait les interprétations comme d'autres les timbres rares ou les coquillages : Bernstein, Fischer-Dieskau, Reiner, Kondrashin, Klemperer, Inbal...

La musique, cependant, ne l'empêchait pas de réfléchir. Au contraire. Il fallait absolument qu'il dorme un peu, cinq ou six heures, pas plus – histoire de recharger les batteries –, mais son esprit ne serait pas en repos tant qu'il n'aurait pas ordonné, classifié la masse de faits bruts et d'impressions dont il disposait – et dégagé un axe de recherche pour le lendemain.

Un dimanche, mais il n'avait pas le choix : il devrait réunir son groupe d'enquête, la garde à vue d'Hugo prendrait fin dans quelques heures. Au vu des éléments présents dans le dossier, Servaz savait que le juge des libertés n'hésiterait pas une seconde à demander la détention provisoire. Marianne serait effondrée et le gosse y perdrait son innocence ; quelques jours en ratière et il ne verrait plus le monde comme avant. L'urgence fouettait les sangs de Servaz. Il prit son bloc-sténo et commença par récapituler les faits :

1) Hugo découvert assis au bord de la piscine de Claire Diemar, celle-ci morte dans sa baignoire.
2) Prétend avoir été drogué et s'être réveillé dans le salon de la victime.
3) Aucune trace de la présence d'une autre personne.
4) Son ami David dit qu'il a quitté le pub Dubliners avant le match Uruguay-France : a largement eu le temps de se rendre chez Claire et de la tuer. Dit aussi qu'Hugo ne se sentait pas bien : prétexte ou réalité ?
5) Il était manifestement sous l'empire de la drogue quand les gendarmes l'ont trouvé. 2 hypothèses : a été drogué/c'est lui qui s'est défoncé.
6) Les mégots. Quelqu'un épiait Claire. Hugo ou quelqu'un d'autre ? Selon Margot et Marianne, Hugo ne fume pas.
7) La musique préférée de Hirtmann dans le lecteur.
8) Qui a vidé les messageries de Claire ? Pourquoi Hugo aurait-il pris cette peine alors qu'il n'a pas touché à son propre téléphone ? Qui a fait disparaître celui de la victime ?
9) La phrase : « Ami est quelquefois un mot vide

de sens, ennemi jamais » désigne-t-elle Hugo ? Est-elle importante ?
   10) Qui est Thomas999 ?

Servaz souligna les deux dernières questions. Il arrêta son crayon, le suçota et relut ce qu'il avait écrit. Bientôt, le service des traces technologiques leur fournirait une réponse à la question n° 10. L'enquête connaîtrait un bond en avant. Il reprit les faits un par un, lentement, dégagea une chronologie : Hugo avait quitté le pub peu de temps avant le match Uruguay-France ; une heure et demie plus tard environ, il avait été aperçu par un voisin assis au bord de la piscine de Claire Diemar, et la gendarmerie l'avait trouvé peu de temps après hagard et manifestement sous l'empire de l'alcool et de la drogue tandis que la jeune professeur gisait au fond de sa baignoire. Le gamin affirmait qu'il avait perdu connaissance et qu'il s'était réveillé dans le salon de la victime.

Servaz se renversa en arrière et réfléchit. Il y avait une contradiction entre le caractère apparemment spontané et accidentel du crime et sa mise en scène très élaborée. De nouveau, l'image de Claire Diemar ficelée dans sa baignoire, une lampe dans la gorge, surgit dans son esprit. Il eut tout à coup la conviction que celui qui avait fait ça n'en était pas à son coup d'essai : un tel mode opératoire disait un tueur expérimenté – pas un débutant. En même temps, il témoignait d'une personnalité fortement perturbée. Il avait devant lui une sorte de rite. Or la présence d'un rite indiquait presque toujours un système psychologique portant en lui la menace d'une série... Série à venir ou déjà en cours ? se demanda-t-il. L'idée lui avait déjà traversé l'esprit lorsqu'il avait découvert le cadavre, mais il l'avait rejetée parce que les tueurs en série sont rares, à part dans les films et les romans, et qu'aucun flic de la criminelle ne pense spontanément à eux : la plupart même n'en ont jamais rencontré. *Hirtmann ?* Non, c'était impossible. Pourtant, la question n° 7 l'inquiétait par-dessus tout. Il avait le plus grand mal à croire que le Suisse puisse être pour quoi que ce soit dans cette affaire ; c'était par trop rocambolesque – et cela aurait signifié que Hirtmann connaissait très bien sa vie et son passé. Mais il se remémora les paroles de l'homme à Paris, le matin même, cette histoire de motard sur l'autoroute... Ça aussi, il avait du mal à y croire. Est-ce que les membres de la cellule chargée de la traque du Suisse, à force de poursuivre des fantômes, n'avaient pas fini par prendre leurs désirs pour des réalités ?

Il passa derrière la cuisine américaine, prit une bière dans le frigo et fit coulisser la porte vitrée du balcon. Il s'approcha du bord et scruta la rue en bas. Comme si le Suisse avait pu être là, quelque part sous la pluie, en train d'épier ses moindres faits et gestes. Un frisson le parcourut. La rue était déserte, mais les villes la nuit ne dorment jamais complètement, il le savait. Comme pour lui donner raison, une voiture de police passa en bas de l'immeuble – *ré/la, ré/la, ré/la –*, entre les rangées de voitures garées pare-chocs contre pare-chocs, avant de disparaître, sa sirène se fondant progressivement dans le bourdonnement permanent de la ville en mode « veille ».

Il retourna à l'intérieur et alluma son ordinateur pour consulter sa messagerie, comme il le faisait chaque soir avant d'aller se coucher. Des publicités lui proposaient des voyages en train à moindre coût dans toute l'Europe, des hôtels au bord de la mer à prix cassés, des villas à louer en Espagne, des rencontres pour célibataires... Soudain, son regard s'arrêta sur un mail intitulé « Salutations ».

Servaz sentit son sang se figer dans ses veines. Il avait été envoyé par un certain Theodor Adorno.

Il déplaça la souris et cliqua dessus :

De : *theodor.adorno@hotmail.com*
À : *martin.servaz@infomail.fr*

Date : 12 juin.
Objet : *Salutations*.

[*Vous souvenez-vous de la Quatrième, premier mouvement, commandant ?* Bedächtig... Nicht eilen... Recht gemächlich... *Le morceau qui passait quand vous êtes entré dans ma « pièce », ce fameux jour de décembre ? Il y a longtemps que je songeais à vous écrire. Cela vous étonne-t-il ? Vous me croirez sans peine si je vous dis que j'ai été très occupé ces derniers temps. La liberté comme la santé ne sont vraiment appréciées que lorsqu'on en a été longtemps privé.*

Mais je ne vais pas vous importuner davantage, Martin. (Me permettez-vous de vous appeler Martin ?) J'ai moi-même horreur des importuns. Je vous donnerai bientôt de mes nouvelles. Je doute qu'elles soient à votre goût – mais je suis sûr que vous leur trouverez un intérêt.

Amitiés. JH.]

16

Nuit

La lune fit une brève apparition, puis disparut de nouveau, avalée par les nuages. Le bruit de la pluie martelant les tuiles entrait par la fenêtre ouverte, l'humidité lui collait à la peau comme un drap mouillé et les gouttes frappaient le sol à ses pieds, mais Margot restait devant la fenêtre sans bouger. Tirant sur sa cigarette. Elle étouffait dans sa petite mansarde sous les toits.

Il était interdit de fumer, mais elle s'en foutait. Son débardeur adhérait à sa peau brûlante, la sueur lui coulait entre les omoplates et sous les aisselles. Elle regarda sa montre. Minuit dix. Sa coloc dormait à poings fermés. Et elle ronflait. Comme d'habitude.

Margot se demanda qui faisait le plus de bruit, de la pluie d'été ou d'elle. Elle aimait bien cette fille un peu boulotte et timide, mais ses ronflements nocturnes la tuaient. Heureusement, son iPod déversait dans ses oreilles *Welcome to the Black Parade* de My Chemical Romance. La migraine lui vrillait les tempes. Un quart d'heure avant, elles étaient encore penchées sur leur dissert' de philo.

Elle s'inclina à l'extérieur et jeta un coup d'œil vers la vieille tour circulaire colonisée par le lierre et coiffée d'un toit pointu, à l'angle des deux bâtiments, l'averse lui rinçant la figure et les épaules. Il y avait de la lumière dans le bureau du proviseur, au sommet de la tour. Comme souvent à cette heure-ci. Margot sourit. *Gros Dégoûtant* devait être en train de télécharger des vidéos porno pendant que sa bourgeoise roupillait.

Cette pensée lui arracha un sourire.

Elle l'avait surpris plus d'une fois à mater en douce les jambes des filles et elle était sûre qu'il avait la tête farcie d'images cochonnes.

Soudain, un éclat de lumière à la limite de son champ visuel attira son attention et elle déplaça son regard vers le parc. De nouveau, la lueur jaillit. Une fois. Deux fois... Puis, plus rien.

Merde, Elias, songea-t-elle. *Tu es vraiment cinglé !*

Elle balança par la fenêtre son mégot qui dessina une parabole incandescente dans la nuit et la referma. Elle referma aussi son ordinateur portable ouvert sur le lit dont l'écran brillait dans la pénombre. Enfila son short kaki sur son string, serra la grosse boucle argentée de sa ceinture cloutée et glissa ses pieds nus dans des baskets fluo.

Sur le mur, au-dessus de son lit, trois posters de films d'horreur représentaient : 1) le personnage principal de *La Nuit des masques*, 2) Pinhead, le Cénobite à la tête hérissée d'aiguilles de *Hellraiser,* 3) Freddy Krueger, le croque-mitaine au visage brûlé qui hantait les cauchemars des ados de Elm Street. Elle adorait les films d'horreur. Tout comme la musique métal et les romans d'Ann Rice, de Poppy Z. Brite et de Clive Barker. Elle savait que ses lectures comme ses goûts musicaux et cinématographiques faisaient tache à Marsac et qu'aucun de ces auteurs ne risquait de se retrouver inscrit au programme de lettres modernes. Lucie elle-même, qui se donnait pourtant beaucoup de mal pour plaire à sa « co-turne », avait un peu protesté devant le choix de ces posters qu'elle avait sous les yeux chaque soir en s'endormant. Tout comme elle avait protesté contre l'habitude de Margot de fumer dans leur chambre, même avec la fenêtre ouverte.

Elle se pencha sur le petit lavabo, s'aspergea le visage d'eau froide et se rinça sous les bras.

Puis elle se redressa et se regarda dans le miroir. Les deux piercings rubis, un à l'arcade sourcilière, l'autre sous la lèvre inférieure, brillaient comme deux petits astres rouges dans la lumière du néon. Brune et mince, des jambes musclées et les cheveux mi-longs, elle ne ressemblait pas aux autres filles de Marsac et elle en était fière.

La porte du placard grinça quelque peu quand elle l'ouvrit pour attraper son K-way sur un cintre et Lucie protesta faiblement dans son sommeil.

Le couloir était désert et sombre. De la lumière brillait sous les portes des « taupins » – les élèves de classe préparatoire scientifique – au bout du couloir. Dans certaines chambrées, elle ne s'éteindrait pas avant 3 heures du matin. Il n'y avait toutefois pas le moindre mouvement dans le couloir et elle le longea jusqu'à l'escalier en sentant l'âme même de ces lieux peser sur ses épaules. Ce bâtiment avait presque trois siècles d'existence. Elle descendit.

Elle émergea sous l'orage avec une joie enfantine. La pluie tiède crépita sur la capuche de son K-way tandis qu'elle longeait le mur des anciennes écuries.

Elle s'avança ensuite dans l'herbe détrempée jusqu'à la première haie, passant d'ombre en ombre, choisissant un itinéraire qui la rendait invisible. Elle stoppa entre la haie, le tronc d'un cerisier et une haute statue sur son piédestal. Leva la tête. Penchée sur elle, la statue la regardait de ses yeux vides.

— Salut, lui dit Margot. Sale temps même pour toi, pas vrai ?

Les larges feuilles du cerisier dégouttaient sur elle. Elle se remit en marche le long de la haie. L'entrée du labyrinthe se trouvait un peu plus loin. La direction du lycée avait plusieurs fois envisagé de le fermer, voire de le raser, parce qu'il y avait eu plusieurs histoires de bizutage et aussi de « comportements inappropriés » entre élèves des deux sexes à l'intérieur – mais le labyrinthe était inscrit au registre des Monuments historiques, tout comme le bâtiment principal, et il n'y avait pas moyen d'y toucher. Alors, elle s'était contentée d'une chaîne avec un écriteau : « PRIVÉ. ENTRÉE INTERDITE AUX ÉLÈVES. » Ce qui, bien entendu, ne dissuadait que les plus obéissants d'entre eux. Margot n'en faisait pas partie. Elle se baissa et passa sous la chaîne.

À cette heure, l'intérieur du labyrinthe enseveli sous la pluie n'était pas l'endroit le plus riant du monde. Elle frissonna et maudit Elias.

— OÙ ES-TU ? cria-t-elle pour se faire entendre par-dessus le vacarme.

— Ici !

La voix s'était élevée juste en face d'elle, mais de l'autre côté de la haute haie qui lui barrait le passage. La première allée du labyrinthe se déployait jusqu'à ses deux angles, à droite comme à gauche.

— OK. Soit tu me dis par où je passe, soit je rentre.
— À gauche, répondit-il.
Elle se mit en marche. Un rire.
— Non : à droite.
— Elias !
— À droite, à droite...
Elle fit demi-tour. Le tissu imperméable crissait à chacun de ses mouvements. Elle avait l'impression d'évoluer dans une bulle. Elle tourna l'angle à l'extrémité de l'allée. Il y avait un nouveau virage à angle droit vers la gauche deux mètres plus loin, puis un autre vers la droite immédiatement après... Ensuite, un carrefour et trois possibilités : tout droit, à droite ou à gauche.
— Je vais où ?
— À gauche !
Elle obtempéra, franchit encore deux coudes et le vit enfin, assis sur un banc de pierre rongé par la mousse, ses jambes interminables étendues devant lui. Elias n'avait pas de capuche et ses cheveux bruns étaient plaqués sur son crâne, sa longue mèche ruisselante lui couvrant presque la totalité du visage.
— Elias, tu sais que tu es un grand malade !
— Je sais.
Elle s'essuya le bout du nez.
— Putain, si quelqu'un nous voyait, on nous prendrait pour des cinglés !
— Du calme, personne ne viendra.
— Ça, je m'en doute !
Elias et Margot étaient dans la même classe. Au début, elle n'avait pas prêté beaucoup d'attention à ce grand échalas qui semblait tout encombré de son corps et qui se cachait derrière sa mèche de cheveux

comme derrière un rideau. Pendant les pauses, il passait le plus clair de son temps loin des autres, à fumer et à lire, assis dans un coin de la cour. Il n'adressait la parole à quelqu'un que quand il ne pouvait pas faire autrement et sa misanthropie lui avait rapidement attiré pas mal de regards en biais, de remarques cinglantes et de quolibets. « Asocial », « dingue », « perché » étaient les qualificatifs qui revenaient le plus souvent. Et aussi « puceau », dans la bouche des filles. Sauf qu'Elias semblait se moquer éperdument de ce qu'on pensait de lui. C'était probablement cela qui avait fini par interpeller Margot – et qui l'avait poussée à se rapprocher de ce grand escogriffe. Elle avait eu conscience des regards posés sur eux quand elle avait entrepris les premières manœuvres d'approche dans la cour de récréation mais, tout comme Elias, elle se souciait comme d'une guigne de ce que les autres pensaient. Et, à la différence de lui, elle avait su se créer un réseau d'amitiés suffisamment solide au sein du lycée.

— Fais gaffe, lui avait-il dit d'emblée, tu pourrais attraper ma maladie si tu t'approches trop.
— Quelle maladie ?
— La solitude.
— Ton côté misanthrope ne m'impressionne pas.
— Alors, qu'est-ce que tu fais ici ?
— J'essaie de capter.
— Quoi ?
— Si tu es un génie, un parfait abruti ou juste un mec qui se la joue.
— Tu t'es gourée d'orientation, ma belle. Ne me fais pas perdre mon temps avec tes cours de psycho à deux balles.

Ça avait commencé comme ça. Elle ne se sentait

pas attirée physiquement par Elias. Mais elle aimait bien la façon qu'il avait d'assumer sans complexe sa différence. Margot leva la tête. La lune lui fit un bref signe, là-haut, dans une déchirure des nuages, avant de filer aussitôt. Elias lui présenta son paquet de cigarettes et elle en prit une.

— Tu es au courant pour Hugo ?
— Évidemment. Tout le monde ne parle que de ça.
— Alors, tu sais qu'on l'a trouvé raide défoncé au bord de la piscine de Mlle Diemar, dit-il.
— Et ?
— *J'ai entendu dire que c'était ton père qui menait l'enquête...*

Elle s'arrêta de faire joujou avec son briquet qui refusait de s'allumer.

— Qui t'a dit ça ? Je croyais que tu ne parlais à personne en dehors de moi ?
— Des filles en discutaient ce matin à côté de moi... Les nouvelles vont vite, ici. Il suffit de tendre tes petites antennes, dit-il en mettant ses mains en éventail autour de son crâne.
— OK. Où veux-tu en venir ?
— J'étais au Dubliners, hier soir, avant que ça arrive... Hugo et David y étaient aussi.
— Et alors ? J'ai entendu dire que le pub était bondé, à cause de ce match... Uruguay-France...
— Hugo a quitté le pub avant que le match ne commence. Une heure environ avant que Mlle Diemar ne soit tuée.
— Oui, tout le monde sait ça. C'est le bruit qui court.
— C'est pas qu'un bruit. J'étais là. Personne n'a fait

attention à lui sur le moment, tout le monde attendait ce putain de match. Tout le monde sauf moi.

Un sourire se dessina sur les lèvres de Margot en pensant à son père.

— Le sport, c'est pas vraiment ton truc, hein, Elias ? Et toi, tu faisais quoi pendant tout ce temps ? Tu jouais les putains de voyeur ? Tu pionçais ? Tu lisais *Les Frères Karamazov* ?

— Si on se concentrait sur ce qui est important ? la rembarra-t-il.

Elle faillit lui envoyer une vanne bien sentie, mais elle la ferma.

— Et c'est quoi, l'important ?

— *David aussi a quitté le pub...*

Cette fois, il avait toute son attention. Les nuages s'ouvrirent de nouveau sur la lune comme une fermeture Éclair sur un sein blanc et se refermèrent presque aussitôt.

— Quoi ?

— Exactement. Quelques secondes plus tard.

— Tu veux dire...

— Que David non plus n'a pas assisté au match. Personne n'y a fait gaffe parce que personne n'en avait rien à foutre de rien à part de cette connerie de football... Sauf peut-être Sarah.

— Sarah était avec eux ?

— Oui, à leur table. C'est la seule des trois qui n'a pas bougé. Ensuite, David est revenu à la table. Mais pas Hugo, comme tu le sais.

Margot fut soudain sur le qui-vive, tous les sens en alerte.

— Combien de temps ?

— Sais pas. J'ai pas compté. Comme tu t'en doutes,

j'étais loin d'imaginer ce qui était en train de se passer. J'ai juste remarqué que David était revenu à la table, à un moment donné. C'est tout.

Sarah était une élève de khâgne, tout comme David et Hugo. Sans doute la plus jolie fille du lycée. Elle aimait porter de petits chapeaux de travers sur ses cheveux blonds coupés court. Elle, David, Hugo et une deuxième fille baptisée Virginie – une petite brune à lunettes au tempérament affirmé – étaient quasiment inséparables.

— Pourquoi est-ce que tu me dis tout ça ? Pour que je suggère à mon père d'interroger Sarah ?

Il sourit.

— Tu n'as pas envie d'en savoir plus ?

— Comment ça ?

— Tel père, telle fille, non ? Je veux dire : qui est mieux placé que nous pour mener une petite enquête à l'intérieur du lycée ?

— Tu n'es pas sérieux ?

Il se leva. Il la dépassait d'une bonne tête.

— Oh que si.

— Putain, Elias !

— Si on résume l'équation : on a Hugo accusé de meurtre et retrouvé sur le lieu du crime, on a David qui sort quelques secondes après lui, on a Sarah qui a tout vu, mais qui la ferme, et on a les quatre meilleurs élèves de seconde année – autrement dit les quatre jeunes cerveaux les plus brillants à des dizaines de kilomètres à la ronde – qui forment un quatuor inséparable. Avoue que, vu sous cet angle, ça rend les choses autrement intéressantes, non ? Bref, y a un lézard quelque part.

— Et tu voudrais qu'on mette notre nez là-dedans ? Pourquoi ?

— Réfléchis. En dehors de ces quatre-là, qui sont les esprits les plus brillants de ce lycée ?

Elle secoua la tête, incrédule.

— Et, en admettant que je sois d'accord, on fait comment ?

Le sourire s'élargit sur les lèvres du jeune homme.

— Si l'un d'eux a quoi que ce soit à voir avec ce qui s'est passé, il va se méfier de ton père, des keufs, des profs – de tout le monde sauf des autres élèves. C'est ça, notre chance. On se partage la tâche de les surveiller et on attend de voir ce qui se passe. Celui qui a fait ça va forcément se trahir à un moment ou à un autre.

— Je n'avais pas capté à quel point tu es dingue.

— Réfléchis, Margot Servaz. Tu ne trouves pas bizarre qu'un mec comme Hugo se soit fait prendre aussi facilement ?

— Et d'abord, pourquoi je t'aiderais ?

— Parce que je sais que tu l'aimes bien, répondit-il en baissant la voix et en regardant ses pieds. Et parce que aucun innocent ne mérite de dormir en prison, ajouta-t-il avec une gravité inhabituelle chez lui.

Touchée... Elle regarda le labyrinthe autour d'eux d'un air inquiet. Un éclair déchira la nuit au-dessus des haies sombres. Une pensée traversa pareillement son esprit, blême et aveuglante comme la foudre.

— Tu es bien conscient de ce que cela implique ? dit-elle d'une voix changée.

Il la regarda d'un air interrogateur.

— *Si ce n'est pas Hugo, alors nous avons un malade dans la nature.*

Dimanche

17

Ubik Café

— Caféine, dit Servaz.
— Caféine, dit Pujol.
— Caféine, dit Espérandieu.
— Pour moi, ce sera... *un thé*, annonça Samira Cheung avant de ressortir de la salle de réunion pour se servir au distributeur de boissons chaudes près des ascenseurs, tandis que Vincent se levait pour mettre la cafetière en route.

Il était 9 heures du matin, ce dimanche 13 juin. Servaz regarda discrètement ses adjoints. Ce matin-là, Espérandieu portait un tee-shirt Kaporal près du corps – qui soulignait que son adjoint entretenait pectoraux et deltoïdes avec modération – et un jean plein de poches rapiécé au niveau des genoux. Servaz avait eu du mal à s'habituer aux tenues de son adjoint au début (il n'était pas tout à fait sûr de s'y être fait). Et puis Samira Cheung était arrivée et les choix vestimentaires de Vincent avaient soudain paru presque... *raisonnables*. Encore qu'elle fît preuve d'une relative sobriété en ce matin de juin : elle avait passé un gilet à sequins sur un tee-shirt qui clamait DO NOT DISTURB,

I'M PLAYING VIDEO GAMES, une minijupe en jean avec une ceinture à grosse boucle et une paire de bottes western marron. Mais Servaz s'intéressait moins au look de ses enquêteurs qu'à ce qu'ils avaient dans le crâne et, depuis l'arrivée de Vincent et de Samira, son groupe d'enquête avait le meilleur taux d'élucidation de la Division des Affaires criminelles, alors même que, derrière la façade officielle vantant sa qualité de vie, son patrimoine et son dynamisme, la Ville rose présentait un taux de criminalité largement supérieur à la moyenne.

Lâchez une petite vieille avec un sac à main dans ses rues à minuit, avait coutume de dire Servaz, et vous verrez arriver la moitié des scooters de la ville pour le lui arracher. Il est même probable qu'ils s'entre-tueront pour l'avoir. Pas besoin d'attendre la nuit, d'ailleurs : Toulouse était une ville dans les veines de laquelle le poison de la délinquance urbaine circulait à flot continu. Les hommes de la DAC avaient à faire face à un tourbillon de délits, d'agressions, de cambriolages et de trafics en augmentation constante. Comme dans d'autres secteurs économiques, le credo du crime était la croissance et la satisfaction des actionnaires. Or, non seulement les courbes statistiques avaient autant d'importance aux yeux des truands qu'à ceux des édiles, mais les leurs étaient bien meilleures, dans un contexte de crise, que celles de leurs concurrents du secteur légal.

Pour juguler cette délinquance, la municipalité avait eu une idée lumineuse qui résumait à elle seule le déni qu'elle affichait en matière de criminalité : elle avait créé un « Office de la Tranquillité ». Pourquoi pas un Office de la liberté sexuelle pour lutter contre les viols, tant qu'on y était ? Ou un Office de la vie saine pour combattre le trafic de drogue ? On l'aurait ouvert non loin de là, sur une place où, régulièrement, flics et douaniers effectuaient des descentes qui n'avaient d'autre effet que de disperser les dealers et les revendeurs de cigarettes de contrebande pour quelques heures. Ensuite, ils revenaient, exactement à la même place – comme des fourmis momentanément chassées par un coup de botte.

Loi naturelle, songea Servaz en se levant. Survie du plus fort. Adaptation. Darwinisme social. Il remonta le couloir. Dans les toilettes pour hommes, il s'approcha de la rangée de lavabos. Des cernes sous les yeux, des paupières rouges, une mine de déterré : la glace lui renvoyait l'image d'un masque de sueur et de fatigue. Il s'aspergea le visage d'eau froide. Il avait très peu dormi après le mail, et toute la caféine qui courait déjà dans ses veines lui donnait la nausée. Il avait cessé de pleuvoir. Le soleil entrait par les lucarnes au-dessus des urinoirs et faisait danser la poussière en suspension, l'air trop chaud sentait le nettoyant industriel ; Servaz se demanda si l'équipe de ménage passait même le dimanche. Le vaste espace vide derrière lui le mettait mal à l'aise. La peur était là. Il en reconnaissait la caresse électrique sur sa nuque.

En revenant dans la salle, il constata que Samira et Vincent avaient déjà ouvert leurs ordinateurs portables, la première ayant encore ses écouteurs autour du cou. Servaz se demanda furtivement à partir de quel âge elle commencerait à avoir des problèmes d'audition. Il nota que même Pujol avait fait l'acquisition d'un smartphone et il soupira en sortant son bloc-notes et son crayon bien taillé.

À quarante-neuf ans, Pujol était le vétéran du groupe. Un flic de la vieille école, un dur, un adepte des méthodes « musclées ». Physiquement, c'était un type costaud qui en imposait, avec une épaisse tignasse grisonnante dans laquelle il fourrageait quand il réfléchissait. Ce qu'il ne faisait pas assez souvent au goût de Servaz. Grâce à son expérience, il était un bon élément, mais certains aspects de sa personnalité déplaisaient à Martin : ses blagues racistes, son comportement parfois limite avec les éléments féminins frais émoulus de l'école de police, son machisme et son homophobie sous-jacente. Ces derniers avaient éclaté au grand jour avec l'arrivée d'Espérandieu et de Samira Cheung dans la division. Avec quelques autres flics, Pujol avait multiplié les vexations et les humiliations à l'encontre des deux nouvelles recrues – jusqu'au jour où Servaz avait décidé d'y mettre le holà. À cette occasion, il avait dû avoir recours à des méthodes qu'il réprouvait en général et il s'était fait quelques ennemis. Mais il s'était aussi attiré la reconnaissance éternelle de ses deux jeunes adjoints.

Le café finit de passer en glougloutant et Espérandieu fit le service. Les deux autres étaient plongés dans la lecture du mail.

— Theodor Adorno, dit Samira, ça vous évoque quelque chose, patron ?

— Theodor Adorno est un philosophe et un musicologue allemand grand connaisseur de l'œuvre de Mahler, confirma-t-il.

— Le compositeur préféré de Julian Hirtmann mais aussi le tien, fit remarquer Espérandieu.

Servaz se rembrunit.

— La musique de Mahler est appréciée par des millions de gens.

— Qu'est-ce qui prouve qu'il ne s'agit pas d'un canular ? demanda Samira en relevant la tête, son gobelet à la main. On a reçu des dizaines de coups de fil bidon depuis l'évasion de Hirtmann, et un tas de mails tout aussi fantaisistes sont arrivés à la PJ.

— Celui-là est arrivé sur son ordinateur perso, précisa Espérandieu.

— Quelle heure ?

— 18 heures environ, dit Servaz.

— L'heure d'expédition est écrite là, indiqua Espérandieu en montrant le haut de la feuille d'une main et en tenant son café de l'autre.

— Et alors, qu'est-ce que ça prouve ? Hirtmann avait cette adresse ? Vous la lui aviez donnée, patron ?

La question venait de Samira.

— Bien sûr que non.

— Donc, ça ne prouve rien.

— On est remonté à l'origine ? s'enquit Pujol en se renversant sur sa chaise pour s'étirer et faire craquer ses phalanges.

— La cellule cyber est dessus, dit Espérandieu.

— Combien de temps ça va prendre ? voulut savoir Servaz.

— Sais pas. Primo, on est dimanche – et on a fait revenir un technicien tout exprès. Deuzio, il a un peu gueulé et a fait remarquer qu'on lui avait déjà donné du travail avec le disque dur de Claire Diemar. Il a voulu savoir quelle était la priorité. Tertio, ils en ont une autre, de priorité. Et celle-là l'emporte sur toutes les autres tâches. La gendarmerie et la Sécurité publique travaillent sur un réseau pédophile dont les membres s'échangent photos et vidéos dans la région, mais aussi en France et ailleurs en Europe. Des centaines d'adresses e-mails à vérifier.

— Et moi qui croyais qu'un tueur en série sur le point de remettre ça, c'était aussi une priorité.

La remarque fit nettement baisser la température de la pièce. Samira tira une gorgée de son thé et parut la trouver amère.

— Ça l'est, dit-elle doucement. Mais des gosses, quand même, patron...

Servaz sentit son visage s'empourprer.

— OK, OK, répondit-il.

— S'il s'agit bien de Hirtmann, dit Pujol.

Il se cabra.

— Comment ça ?

— Je suis d'accord avec Samira, dit Pujol à la surprise générale. Ce mail ne prouve absolument rien. Il y a sûrement dehors des gens capables de se procurer ton adresse e-mail. La confidentialité sur Internet, tout le monde sait que c'est du pipeau. Mon gamin a treize ans et, putain, il en sait dix fois plus que moi sur la question. Les hackers et les génies de l'informatique comptent pas mal de petits plaisantins, à ce qu'on dit.

— Combien de personnes savaient quel morceau de musique passait dans la cellule de Hirtmann le jour où j'y suis entré avec les autres, d'après vous ?

— Tu es sûr à 100 % qu'aucun journaliste n'a eu vent de ça ? Que cette info n'est parue nulle part ? Ils ont pas mal fouiné, à l'époque. Tous les protagonistes de cette histoire ont été approchés par la presse. Quelqu'un a peut-être bavassé. Tu as vraiment lu tous les papiers qui ont été publiés ?

Bien sûr que non, pensa-t-il, furieux. Il y en avait

eu des dizaines. Il avait même soigneusement évité de les lire. Et Pujol le savait.

— Pujol a raison, approuva Samira. C'est sûrement un connard plus doué que les autres. Depuis son évasion, Hirtmann ne s'est jamais manifesté. Cela fait dix-huit mois. Pourquoi le ferait-il maintenant ?

— Bonne question. Et j'en ai une autre : *qu'a-t-il fait entre-temps* ?

Celle-là venait d'Espérandieu. Elle jeta un froid.

— Que fait quelqu'un comme lui une fois qu'il a recouvré la liberté, d'après vous ? dit Servaz.

— D'accord, combien de personnes pensent que c'est lui ?

Il leva la main pour donner l'exemple, vit Espérandieu hésiter, mais garder finalement la sienne baissée.

— Et combien pensent le contraire ?

Ce fut au tour de Pujol et de Samira, un peu gênée, de lever la main.

— Sans opinion, répondit Espérandieu sous le regard interrogateur des trois autres.

Servaz sentit la colère le gagner. Ils le croyaient parano. Et si c'était le cas ? Foutaises. Il les regarda tour à tour et leva la main pour obtenir le silence.

— Il y avait un CD dans la chaîne stéréo de Claire Diemar. Un CD de Mahler, commença-t-il. Cette info, bien entendu, ne doit pas sortir d'ici et surtout pas dans la presse...

Il vit les trois autres le dévisager, surpris.

— Et j'ai appelé la cellule de Paris.

Il leur narra sa conversation avec Paris. Le silence se fit.

— Le CD peut très bien être une coïncidence, dit Samira sans en démordre. Et cette histoire de motard filmé sur l'autoroute, ça sent vraiment le scoop bidon. Ces types à Paris doivent bien justifier l'existence de leur unité, après tout. C'est comme pour les chasseurs d'OVNI : si demain on prouve qu'il ne s'agit que de ballons météo, de drones et de prototypes militaires, leur existence n'aura plus de raison d'être.

Il eut envie d'exploser. Ils étaient comme ces chercheurs qui analysent les résultats de leurs expériences à l'aune de ce qu'ils veulent y trouver. Ils n'avaient pas envie de voir Hirtmann mêlé à l'enquête, ils ne voulaient pas en entendre parler. Et, d'avance, ils s'étaient persuadés que toute information le concernant ne pouvait être que fantaisiste ou sujette à caution. À leur décharge, ils avaient été inondés de pseudo-messages, de coups de fil de personnes qui prétendaient l'avoir aperçu ici ou là, et tous s'étaient révélés faux ou invérifiables. Le Suisse semblait avoir été rayé de la surface de la terre. La thèse de son suicide avait même été évoquée, mais Servaz n'y croyait pas : il aurait pu facilement mettre fin à ses jours à l'Institut Wargnier s'il l'avait voulu. Selon lui, Hirtmann n'aspirait qu'à deux choses : recouvrer la liberté – *et reprendre ses activités*.

— Je vais quand même appeler Paris et leur transmettre le mail, dit-il.

Il allait ajouter quelque chose quand une voix s'éleva de la pièce voisine.

— Ça y est ! On le tient !

Servaz leva le nez de son calepin. Tous avaient reconnu la voix d'un des informaticiens de la cellule cyber. Un jeune homme grand et maigre – qui ressemblait à un croisement de Bill Gates et de Steve Jobs avec ses lunettes, son long cou et ses jeans – fit une entrée triomphale dans la salle, un papier à la main.

— Il y a du nouveau ! lança-t-il en l'agitant. J'ai trouvé l'origine du mail.

Servaz regarda discrètement autour de lui. Tous les regards étaient à présent braqués vers le nouveau venu. La nervosité et la surexcitation étaient palpables.

— Et ?

— Il a été envoyé d'ici. D'un cybercafé. À Toulouse...

Servaz observa que la façade de l'Ubik Café, rue Saint-Rome, était coincée entre une sandwicherie et un magasin de prêt-à-porter féminin. Il se souvint qu'il y avait une librairie à cet endroit quand il était étudiant. Une caverne d'Ali Baba qui respirait le papier et l'encre, la poussière, les mystères inépuisables du mot écrit. Seul vestige de ce temps-là : les deux arcades en plein cintre dans lesquelles la vitrine du cybercafé s'inscrivait et la façade de brique rose. Servaz regarda les horaires d'ouverture sur la vitrine : le cybercafé fermait le lundi mais il était ouvert le dimanche matin.

L'intérieur était partagé en deux par une frontière invisible ; un espace bistrot à gauche, avec un comptoir et des tables, et un espace multimédia à droite, qui évoquait un salon de coiffure avec sa rangée de fauteuils. Deux clients étaient assis face aux écrans, parlant dans des casques-micros. Servaz les détailla comme si Julian Hirtmann pouvait se trouver parmi eux. La femme qui se tenait derrière le comptoir – « Fanny », à en croire le badge sur sa poitrine – arborait un sourire minimal et un décolleté maximal. Espérandieu exhiba sa carte et lui demanda si elle était présente la veille au soir aux alentours de 18 heures. Elle se tourna vers le fond de la salle et appela un certain Patrick. Ils entendirent Patrick grommeler depuis l'arrière-boutique. Il mit du temps à rappliquer. Patrick était un gros type dans la trentaine, en chemise blanche aux manches retroussées et pantalon noir. Il leur jeta un coup d'œil méfiant derrière ses lunettes et Servaz le catalogua aussitôt dans la catégorie « peu coopératif ». Patrick avait des petits yeux clairs, froids et butés.

— C'est pour quoi ? demanda-t-il.

Espérandieu s'avança, exhibant une nouvelle fois sa carte. Servaz préféra rester en retrait. Son adjoint était un *geek* – l'univers cybernétique lui était infiniment plus familier qu'à lui, à qui rien que l'envahissante mode des téléphones portables, des réseaux sociaux et des tablettes numériques donnait des boutons. En outre, Espérandieu n'avait pas l'air d'un flic.

— Vous êtes le patron ?

— Je suis le gérant, rectifia le gros homme prudemment.

— Un e-mail a été envoyé d'ici hier soir, vers 18 heures. On voudrait savoir si vous vous souvenez du type qui l'a envoyé.

Le gérant haussa les sourcils par-dessus ses lunettes et leur adressa un regard qui signifiait : *à ton avis, mon pote ?*

— Il y a environ une cinquantaine de personnes qui défilent ici chaque soir. Vous croyez que je me penche par-dessus leur épaule pour voir ce qu'elles font ?

Espérandieu et Servaz avaient la photo du Suisse sur eux, mais ils avaient décidé de ne pas la montrer : si jamais le type reconnaissait le tueur en série qui avait fait la une des journaux l'année d'avant, il risquait de raconter à tout le monde ce qui s'était passé et l'info selon laquelle Hirtmann était à Toulouse et s'amusait à envoyer des mails à la police se retrouverait dans la presse en moins de temps qu'il n'en faut à Usain Bolt pour courir un cent mètres.

— Un type très grand et maigre, fit Espérandieu. Dans la quarantaine... Peut-être portait-il une perruque. Peut-être a-t-il attiré l'attention par un comportement un peu... bizarre. Quelqu'un qui parlait peut-être avec un léger accent.

Le regard du gérant faisait le va-et-vient entre eux, comme celui d'un spectateur à Roland-Garros, avec l'air de les prendre pour deux parfaits abrutis. Il haussa les épaules.

— Un type avec une perruque et un accent étranger ? C'est une blague ? Ça fait beaucoup de « peut-être », vous ne trouvez pas ? Ça ne me dit rien, non.

Puis il parut se souvenir de quelque chose.

— Attendez...

Il surprit leurs regards et s'interrompit aussitôt. Les petits yeux bleus délavés étincelèrent derrière les lunettes et Servaz comprit que l'homme se délectait de leur intérêt et de leur impatience.

— Quelqu'un est venu, oui, maintenant que vous le dites...

Il sourit. Fit mine de réfléchir. Attendit leur réaction. Servaz sentit l'exaspération le gagner.

— Jolie installation, dit Espérandieu comme si la suite ne l'intéressait pas. Votre réseau local, c'est du Wifi ?

L'homme parut désarçonné par le désintérêt soudain

de son vis-à-vis pour le visiteur, mais flatté en revanche qu'on s'intéressât à son café.

— Euh... non, j'ai conservé le câblage... Avec trente postes, même avec le meilleur routeur Wifi, ça sature très vite. À cause des jeux en réseau.

Espérandieu hocha la tête avec une moue approbatrice.

— Mmm... Oui, bien sûr. Donc, *quelqu'un* est venu ?

Cette fois, le gérant du cybercafé éprouva le besoin de ranimer un peu leur flamme.

— Oui, mais pas le type que vous décrivez. Une femme...

L'intérêt des deux flics était proche de zéro.

— Et quel rapport avec l'homme que nous recherchons ?

Le sourire revint.

— *Elle m'a dit que vous viendriez...* Elle m'a dit que des types viendraient me voir pour me poser des questions sur un mail qu'elle avait envoyé. Mais elle ne m'a pas dit qu'ils seraient de la police.

Gagné. Il avait de nouveau toute leur attention. Servaz et Espérandieu ne le quittaient pas des yeux, à présent.

— Et ce n'est pas tout...

Espèce de sale con, songea Servaz. Une minute de plus et il allait le saisir par le col et lui faire avaler son badge orange.

— Elle a laissé ça...

Ils le regardèrent passer derrière le comptoir, se pencher pour ouvrir un tiroir, attraper quelque chose.

Une enveloppe.

Servaz sentit un frisson lui parcourir l'échine.

Patrick tendit l'enveloppe en papier Kraft à Espérandieu qui avait déjà enfilé une paire de gants.

— Qui l'a touchée à part vous ?

— Personne.

— Vous en êtes sûr ?

— Oui. C'est moi qui l'ai prise et qui l'ai rangée là.

— Vous avez un coupe-papier ? Une paire de ciseaux ?

L'homme fourragea dans un tiroir et lui tendit un couteau à pain. Espérandieu déchira délicatement l'enveloppe et plongea deux doigts à l'intérieur. Servaz regarda sa main gantée quand elle ressortit. Un disque métallisé, brillant, entre le pouce et l'index. Espérandieu l'examina sur les deux faces. Par-dessus son épaule, Servaz l'imitait. Le disque était vierge : il ne portait aucune inscription ni trace de doigts.

— On peut le lire ? demanda-t-il au gérant.

L'homme leur montra les ordinateurs alignés dans l'espace multimédia.

— Non, pas ici. Un endroit plus discret.

Patrick repassa de l'autre côté du comptoir et tira un rideau rouge. Une pièce exiguë, sans fenêtre, remplie de cartons d'emballage de matériel informatique, de caisses de bouteilles, d'un vieux percolateur hors d'usage et, dans un coin, d'un bureau avec un ordinateur et une lampe.

— La femme qui vous a remis l'enveloppe, dit Servaz, elle était seule ?

— Oui.

— Quelle impression vous a-t-elle fait ?

Patrick réfléchit.

— Mignonne, je m'en souviens. À part ça, plutôt

austère... Maintenant que vous en parlez, j'ai eu l'impression qu'elle portait une perruque, en effet...

— Et elle vous a demandé de nous remettre ça ? Pourquoi ne pas avoir appelé la police ?

— Parce qu'à aucun moment il n'a été question de police ou de quoi que ce soit d'illégal. Elle m'a juste dit que plusieurs personnes viendraient pour me parler d'elle et qu'il fallait leur remettre cette enveloppe.

— Pourquoi avoir accepté ? Vous n'avez pas trouvé ça louche ?

L'homme se fendit d'un sourire.

— Il y avait deux billets de 50 avec.

— C'est encore plus louche, non ?

L'homme ne répondit pas.

— Rien d'autre ne vous a frappé à part sa perruque ?

— Non.

— Vous avez une caméra de vidéosurveillance ?

— Oui. Mais elle ne s'active que le soir, une fois le magasin fermé, à partir d'un détecteur de mouvement.

Il lut la déception dans les yeux de Servaz et parut s'en délecter. Patrick ne paraissait pas très préoccupé par le sort de ses concitoyens, mais très soucieux en revanche de ne pas trop faciliter le travail de la police. Sans doute un lecteur de George Orwell, des théories sur Big Brother, convaincu que son pays était un État policier.

— Et les billets, vous les avez toujours ?

Nouveau sourire.

— Non. L'argent, ici, ça circule.

— Merci, lui dit Espérandieu pour le congédier.

Servaz regarda son adjoint se pencher vers l'ordinateur. L'homme ne bougeait pas.

— Ce type que vous cherchez, c'est qui ?
— Vous pouvez vous retirer, lui dit Servaz avec un large sourire. On vous appellera si on a besoin de vous.

Le gérant les toisa. Puis il haussa les épaules et tourna les talons. Dès qu'il fut repassé de l'autre côté du rideau, Espérandieu glissa le disque dans l'appareil. Une fenêtre s'ouvrit sur l'écran de l'ordinateur et le logiciel de lecture multimédia se mit en route automatiquement.

Servaz se tendit instinctivement. À quoi devaient-ils s'attendre ? Un message de Hirtmann ? Une vidéo ? Et qui était cette femme dont parlait le gérant ? Une complice ? La tension agissait physiquement sur eux. Servaz vit le triangle de sueur qui assombrissait le tee-shirt de son adjoint entre ses omoplates, ce n'était pas seulement à cause de la chaleur qui régnait dans le réduit. De la salle leur parvenait un brouhaha de conversations étouffées.

Le silence s'éternisait. Troublé uniquement par le grésillement de l'électricité statique dans les haut-parleurs. Espérandieu avait monté le son.

Tout à coup, une musique terrifiante jaillit à plein volume et les fit sauter en l'air comme un coup de fusil.

— Bordel ! s'exclama Espérandieu en se précipitant pour baisser le son.
— C'est quoi ça ? dit Servaz, le cœur cognant à tout rompre, tandis que le morceau continuait, mais moins fort.
— Marilyn Manson, répondit Espérandieu.
— Il y a des gens qui écoutent ça ?

Malgré la tension, Espérandieu ne put s'empêcher de sourire. Le morceau se poursuivit jusqu'à son terme.

Ils attendirent encore quelques secondes, la lecture s'interrompit.

— C'est fini, dit Espérandieu en regardant le curseur sur l'écran.

— Rien d'autre ?

— Non, c'est tout.

Sur le visage de Servaz, l'inquiétude avait fait place à la perplexité et à la déconvenue.

— Qu'est-ce que ça veut dire, d'après toi ?

— Je ne sais pas. De toute évidence, il s'agit d'un canular. Une chose est sûre : ce n'était pas Hirtmann.

— Non.

— Donc, ce n'est pas Hirtmann non plus qui t'a envoyé ce mail.

Servaz comprit le message et il sentit la colère revenir.

— Vous croyez que je suis parano, c'est ça ?

— Écoute, on le serait à moins. Ce cinglé est là, dehors. Toutes les polices d'Europe sont à sa recherche, mais elles n'ont pas le moindre indice. Pour autant qu'on sache, il pourrait se trouver n'importe où. Et ce malade s'est confié à toi avant de disparaître.

Servaz regarda son adjoint.

— En tout cas, je sais une chose...

Il eut conscience – au moment où il les prononçait – que ses paroles pouvaient être un argument de plus à verser au dossier de sa paranoïa :

— ... un jour ou l'autre, ce cinglé va réapparaître.

18

Santorin

Irène Ziegler baissa les yeux et regarda le paquebot qui mouillait dans la caldeira, cent mètres en contrebas. Vu d'ici, le grand navire avait l'air d'un joli jouet tout blanc. La mer et le ciel étaient d'un bleu presque artificiel, qui contrastait avec le blanc aveuglant des terrasses, l'ocre rouge des falaises et le noir des petits îlots volcaniques au centre de la baie.

Elle trempa les lèvres dans son café grec très sucré et tira une longue bouffée de sa cigarette. 11 heures du matin. Il faisait déjà chaud. Tout en bas, au pied de la falaise, un ferry débarquait son contingent de touristes. Sur une terrasse voisine, un couple d'Anglais coiffés de chapeaux de paille écrivait des cartes postales. Sur une autre, un homme d'une trentaine d'années lui adressa un petit salut amical sans cesser de parler dans son téléphone satellite. Taille moyenne, allure athlétique, short blanc et chemise bleue décontractée mais coûteuse. Plus buriné que bronzé, une Tag Heuer au poignet. Il commençait à perdre ses cheveux. Un trader allemand célibataire et plein de fric. Elle l'avait vu rentrer à plusieurs reprises à l'hôtel passablement ivre et accompagné d'une fille différente chaque fois. À 225 euros la nuit en basse saison, l'hôtel accueillait une clientèle plutôt aisée. Heureusement, ce n'était pas elle, avec son salaire de gendarme, qui avait payé la chambre.

Elle lui répondit et se leva. Elle portait un débardeur rouge paprika et une jupe blanche en chiffon ultralégère. Une petite brise marine combattait la chaleur naissante, mais elle sentit néanmoins un filet de sueur couler dans son dos. Elle franchit la porte-fenêtre.

— Ne bouge pas, dit la voix dans son oreille.

Ziegler sursauta. La voix était chargée de menace.

— Si tu fais le moindre geste, tu le regretteras.

Elle sentit un lien se refermer sur ses poignets dans son dos et la chair de poule hérissa ses avant-bras malgré la chaleur. Puis sa vision s'obscurcit quand on lui noua un bandeau sur les yeux.

— Marche jusqu'au lit. Ne tente rien.

Elle obtempéra. Une main la poussa sans ménagement à plat ventre sur le lit. Aussitôt, on lui retira sa jupe et son maillot de bain.

— Il n'est pas un peu tôt pour ça ? demanda-t-elle, le visage dans les draps.

— Tais-toi ! dit la voix derrière elle, aussitôt suivie d'un petit rire étouffé. Il n'est jamais trop tôt, ajouta la voix, qui parlait français avec un léger accent slave.

Elle fut retournée sur le dos et son débardeur lui fut ôté. Un corps aussi nu et chaud que le sien se coucha sur elle. Des lèvres humides lui embrassèrent les paupières, le nez, la bouche, puis une langue mouillée courut sur son corps. Elle libéra ses poignets sous elle, retira le bandeau de ses yeux et regarda la tête brune de Zuzka qui descendait vers son ventre, son dos bronzé, ses fesses musclées. Une vague de désir déferla au creux de ses reins. Les doigts dans les cheveux noirs et soyeux de sa compagne, elle se cambra, se frotta contre elle et gémit. Puis le visage de Zuzka remonta, son pubis dur et lisse pressé contre le sien, et elles s'embrassèrent.

— C'est quoi, ce goût bizarre ? demanda-t-elle soudain entre deux baisers.

— *Yaourti mé méli*, répondit la voix. Yaourt au miel. Chut...

Irène Ziegler contempla le corps de Zuzka allongée à côté d'elle. La Slovaque était nue à part un panama de paille posé sur son visage et des sandalettes à lanières de cuir aux pieds. Elle dormait. Elle était uniformément bronzée et elle sentait le soleil, le sel et la crème protectrice. Ses seins étaient plus pleins que ceux d'Irène, ses aréoles plus larges, ses jambes plus longues et sa peau plus mordorée. Il ne lui manquait qu'un tatouage, songea Irène en souriant et en contemplant celui qu'elle avait près du pubis et qui représentait un petit dauphin stylisé là où, hier encore, il n'y avait rien. Elle l'avait fait faire la veille chez un tatoueur de Fira – la « capitale » de l'île – pour se souvenir de ces vacances inoubliables : le dauphin était un des motifs récurrents de l'iconographie grecque, et leur nid d'amour s'appelait l'Hôtel Delfini. Elle avait attendu le dernier jour des vacances, car il fallait éviter de se baigner avec un tatouage en cours de cicatrisation, et elle avait appliqué dessus une protection solaire indice 60.

Depuis trois semaines, elles sautaient d'une île et

d'un ferry à l'autre et sillonnaient les Cyclades en scooter : Andros, Mykonos, Paros, Naxos, Amorgos, Sérifos, Sifnos, Milos, Folégandros, Ios – et pour finir Santorin où, depuis quatre jours, elles avaient passé leur temps à se baigner, à faire de la plongée et à bronzer sur les plages de sable noir, à marcher dans les pittoresques ruelles blanc et bleu qui comptaient presque autant de boutiques que Toulouse, et à s'enfermer dans leur chambre d'hôtel pour faire l'amour. Surtout faire l'amour… Au début, elles avaient également fréquenté des endroits comme l'Enigma, le Koo Club ou le Lava Internet Café, mais elles avaient rapidement fui les night-clubs de l'île où les hommes avaient tendance à transpirer abondamment et les femmes à s'imbiber jusqu'au moment où leurs regards devenaient vitreux et leurs propos encore plus incohérents qu'à l'ordinaire. De temps en temps, cependant, elles allaient siroter un Marvin Gaye au Tropical Bar, juste avant que le rush des fêtards hystériques ne les en chasse. Elles en profitaient alors pour errer dans les rues les plus calmes, main dans la main, se bécotaient sous les porches et dans les coins sombres, ou enfourchaient le scooter pour rejoindre une plage au clair de lune – mais, même là, il était difficile d'échapper aux poivrots, aux raseurs et aux échos lancinants de la techno.

Ziegler se leva sans faire de bruit pour ne pas réveiller sa compagne et ouvrit le frigo-bar pour en sortir un jus de fruits en bouteille. Elle le but dans un grand verre, puis elle passa dans la salle de bains et se glissa sous la douche. C'était leur dernier jour. Le lendemain, elles s'envoleraient pour la France et chacune reprendrait sa vie d'avant : Zuzka dans la boîte dont elle était à la fois la gérante et la première des stripteaseuses et où Irène avait fait sa connaissance deux ans plus tôt, et Ziegler dans sa nouvelle affectation : la brigade de recherches d'Auch.

Pas vraiment une promotion quand on venait de la Section de Recherche de Pau...

L'enquête de l'hiver 2008-2009 avait laissé des traces. Paradoxe : le commandant Servaz et la police judiciaire toulousaine avaient pris sa défense et c'était sa propre hiérarchie qui l'avait sanctionnée. Elle ferma un instant les yeux à ce souvenir : la séance sinistre au cours de laquelle ses supérieurs, alignés en grands uniformes, avaient égrené les chefs d'accusation. Contre toutes les règles, elle avait voulu faire cavalier seul et elle avait dissimulé aux membres de son équipe des informations qui leur auraient permis de retrouver plus vite le dernier membre d'un club d'abuseurs sexuels ; elle avait aussi dissimulé certains aspects de son passé en rapport avec l'enquête et elle avait fait disparaître une pièce à conviction importante sur laquelle son nom apparaissait. Si elle n'avait pas été sanctionnée plus durement, c'était grâce à l'intervention de Martin et de cette proc, Cathy d'Humières, qui avaient fait valoir qu'elle avait sauvé la vie du policier toulousain et aussi risqué la sienne pour capturer le meurtrier.

Résultat : à son retour, elle reprendrait ses fonctions dans la brigade de recherches d'un chef-lieu de département de 23 000 habitants. Une nouvelle vie et un nouveau départ. En théorie. Elle savait déjà que les affaires qu'elle y traiterait n'auraient pas grand-chose à voir avec les dossiers qu'on lui confiait auparavant. Seule consolation : elle était à la tête du service, son prédécesseur ayant pris sa retraite trois mois plus tôt. Auch n'était pas une cour d'appel comme Pau, mais un tribunal de grande instance, et elle avait déjà pu constater, au cours des premières semaines dans sa nouvelle affectation, que les affaires les plus délicates étaient systématiquement confiées au SRPJ, à la Sûreté départementale ou à la SR de gendarmerie de Toulouse. Elle poussa un soupir, ressortit de la douche, s'enroula dans une serviette et émergea de nouveau sur la terrasse où elle récupéra ses lunettes de soleil avant de se pencher par-dessus le petit muret de pierre aux joints peints en blanc.

Son regard s'abîma dans la contemplation des bateaux qui sillonnaient la caldeira.

Elle s'étira comme un chat au soleil. C'était le moment ou jamais de faire provision de souvenirs.

Elle se demanda où était Martin, ce qu'il faisait en ce moment. Elle l'aimait bien et il l'ignorait, mais elle veillait sur lui. À sa façon. Dès son retour, elle se renseignerait. Puis sa pensée dériva, encore une fois. *Où était Hirtmann ? Que faisait-il en ce moment ?* Tout au fond d'elle-même, l'instinct du chasseur et l'impatience se réveillèrent. Une voix lui disait que le Suisse avait recommencé, qu'il n'arrêterait jamais. Elle se rendit soudain compte qu'elle avait hâte que ces vacances se terminent. Elle avait hâte de rentrer en France – *et de reprendre la chasse…*

Servaz passa le reste du dimanche à faire un peu de ménage, à écouter Mahler et à réfléchir. Vers 17 heures, le téléphone sonna. C'était Espérandieu. Son adjoint était de permanence. Sartet, le juge d'instruction, et le juge des libertés avaient décidé d'inculper Hugo et de le placer en détention provisoire. L'humeur de Servaz s'assombrit d'un coup. Il n'était pas sûr que le jeune homme sorte indemne de l'expérience. Il allait passer de l'autre côté du miroir, entrevoir ce qui se cachait derrière la belle vitrine de nos sociétés démocratiques, et Servaz se prit à espérer qu'il fût encore assez jeune pour oublier ce qu'il verrait.

Il repensa à la phrase dans le cahier de Claire. Il y avait quelque chose de bizarre dans la présence de cette phrase. C'était à la fois trop évident et trop subtil. À qui était-elle destinée ?

— Tu es toujours là ? demanda-t-il.

— Oui, répondit son adjoint.

— Débrouille-toi pour trouver un exemplaire de l'écriture de Claire. Et demande une comparaison graphologique avec la phrase du cahier.

— La citation de Victor Hugo ?

— Oui.

Il passa sur le balcon. L'air était toujours aussi lourd et le ciel menaçant pesait de nouveau sur la ville, telle une dalle sombre. Le tonnerre n'était plus qu'un écho lointain et étouffé, le temps lui parut comme suspendu. Il y avait de l'électricité dans l'air. Il songea à un prédateur anonyme se déplaçant dans une foule, aux victimes de Hirtmann qu'on n'avait jamais retrouvées, aux assassins de sa mère, aux guerres et aux révolutions, et à un monde qui épuisait toutes ses ressources, y compris celles du salut et de la rédemption.

— Dernière nuit à Santorin, dit Zuzka en levant son verre de margarita.

Devant leur table, les terrasses blanches, bleutées par la nuit, dévalaient vertigineusement vers le bord de la falaise, véritable défi aux lois de l'urbanisme et aux tremblements de terre, Lego de balcons et de lumières empilés au-dessus du vide. Tout en bas, la caldeira s'enfonçait lentement dans la nuit et l'îlot volcanique au centre n'était plus qu'une ombre noire. Toujours au mouillage dans la baie, le paquebot scintillait tel un arbre de Noël.

Une brise salée venue du large agita les cheveux noirs de Zuzka qui tourna son regard vers Ziegler. Dans la clarté des bougies, ses iris étaient d'un bleu très pâle avec une circonférence plus sombre tirant sur le violet. Elle portait un débardeur bleu dragée à bretelles, avec des sequins à l'encolure, un short en denim, une ceinture en cuir et un tas de breloques au poignet droit. Irène ne se lassait pas de la regarder.

— *Cheers to the world*, déclara-t-elle en levant son verre.

Puis elle se pencha par-dessus la table et roula une pelle à la gendarme, sous l'œil intéressé de leurs voisins. Sa langue avait un goût de tequila, d'orange et de citron vert dans la bouche d'Irène. Huit secondes, pas moins. Il y eut quelques applaudissements.

— Je t'aime, déclara Zuzka à voix haute sans en tenir compte.

— Moi aussi, répondit Irène, le feu aux joues.

Elle n'avait jamais été du genre démonstratif. Elle possédait une moto Suzuki GSR600, un brevet de pilote d'hélicoptère, un flingue, et elle aimait la vitesse, la plongée et les sports mécaniques, mais, à côté de Zuzka, elle se faisait l'effet de quelqu'un de timide et de maladroit.

— Ne laisse pas ces connards machos te prendre

tête, d'accord ? (De temps en temps, Zuzka dérapait un peu sur les locutions françaises.)
— Compte sur moi.
— Et je veux que tu m'appelles tous les soirs.
— Zuzik…
— Promets.
— C'est promis.
— Au moindre petit signe de… *depresia*, je débarque, annonça la Slovaque d'un ton comminatoire.
— Zuzik, j'ai un logement de fonction… Dans un immeuble plein de gendarmes…
— Et alors ?
— Ils n'ont pas vraiment l'habitude de ce genre de choses.
— Je mettrai fausse moustache, si c'est ça qui chagrine. On ne va pas passer vie à se cacher. Tu devrais changer de métier, tu sais, ça ?
— On en a déjà parlé… J'aime mon métier.
En dessous de leur terrasse, les ruelles se remplissaient à vue d'œil d'une foule compacte de touristes et de noctambules.
— Peut-être. Mais c'est lui qui ne t'aime pas. Si on allait faire un petit tour à la plage, histoire de profiter dernière nuit grecque ?
Ziegler hocha la tête, perdue dans ses pensées. Fini les vacances. Retour à la case Sud-Ouest. Elle aimait son métier : *vraiment ?* Tant de choses avaient changé depuis ce fameux hiver. Tout à coup, elle se revit dix-huit mois plus tôt, lorsqu'elle avait été emportée par l'avalanche, lançant un regard désespéré vers Martin avant qu'il disparaisse de sa vue, là-haut dans la montagne. Elle songea pour la centième fois à cet hôpital psychiatrique perdu dans la neige, à ses longs

couloirs et à ses verrous électroniques, à l'homme énigmatique, souriant et pâle qui avait été enfermé là – et à la musique de Mahler...

La pleine lune brillait sur la mer Égée, dessinant un triangle argenté à la surface de l'eau. Elles se tenaient par la main, leurs sandales dans l'autre, marchant pieds nus à la limite des vagues. La brise marine soufflait plus fort ici. Elle caressait leurs visages. Par moments, des bouffées de musique leur parvenaient d'une des tavernes bordant l'immense plage de Périssa, puis le vent tournait et le grondement de la mer prenait le dessus.

— Pourquoi tu ne l'as pas dit, tout à l'heure, quand j'ai dit que tu devrais changer de métier ? demanda Zuzka.

— Dit quoi ?

— Que moi aussi je devrais changer.

— Tu es libre, Zuzka.

— Tu n'aimes pas ce que je fais.

— C'est grâce à ton métier qu'on s'est rencontrées.

— C'est justement ça qui te fait peur.

— Comment ça ?

— Tu sais très bien ce que je veux dire... Tu te souviens ? Quand je faisais striptease et que vous avez débarqué dans la salle, toi et cet autre gendarme... Tu crois que j'ai oublié ton regard ? Tu essayais de le cacher, mais tu ne pouvais pas détacher tes yeux de mon corps, ce soir-là. Et tu sais bien que je fais même effet à autres clientes.

— Si on changeait de sujet ?

— Depuis qu'on est ensemble, tu n'as remis les

pieds au *Pink Banana* qu'une seule fois, cette nuit de décembre où j'ai laissé ce mot pour dire que je quittais toi, poursuivit la Slovaque sans tenir compte de la requête.

— S'il te plaît, Zuzka...

— J'ai pas fini. Et tu sais pourquoi ? Tu as peur de retrouver ton regard chez d'autres clientes. Tu as peur que je repère une comme j'ai repéré toi. Eh bien, tu as tort. J'ai trouvé toi, Irène. *On* s'est trouvées. Et personne ne peut venir entre nous, tu n'as rien à craindre. Il n'y a que toi. La seule chose qui puisse venir entre toi et moi, c'est ton métier.

Ziegler ne répondit pas. Elle regarda le triangle d'argent posé sur la mer. Elle se remémora la première fois où elle avait vu Zuzka se déshabiller sur la scène du *Pink Banana*, l'incroyable souplesse de sa colonne vertébrale et la façon dont elle faisait de son corps un instrument parfaitement maîtrisé.

— Tu es trop sensible pour ce boulot, dit Zuzka en continuant à avancer. Tous ces mois où je l'ai vu interférer dans ta vie privée, où j'ai subi humeurs sombres, silences, peurs. Je ne veux plus revivre ça... Parce que si tu n'arrives pas à séparer vie privée de ton putain de job, si tu n'arrives pas à débrancher quand on est ensemble, ce n'est pas de gouine venue mater moi que tu dois avoir peur, non, c'est de toi-même : tu es la seule personne qui peut nous séparer, Irène.

— Tu n'as plus à t'inquiéter, dans ce cas. Là où je suis, je n'aurai plus à m'occuper que de quelques sacs à main volés et de bagarres d'ivrognes.

Elle avait dit ça d'un ton las. Zuzka l'attrapa par la main et l'arrêta.

— Je vais être honnête avec toi. Pour moi, c'est une excellente nouvelle.

Ziegler ne répondit pas. La Slovaque l'attira à elle. Elle l'embrassa et la prit dans ses bras. Irène eut conscience de l'odeur de sa peau et de ses cheveux, de son parfum léger, de la brise marine tournoyant autour d'elles comme si le dieu des vents voulait les unir. Elle sentit le désir revenir. Jamais elle n'avait éprouvé ça avant de rencontrer Zuzka, jamais avec une telle intensité.

— *Hey, girls, this is not Lesbos island*[1] *!*

Une voix d'ivrogne, des rires gras. Elles s'écartèrent, pivotèrent en direction du petit groupe qui venait de surgir de la pénombre. De jeunes Britanniques. Alcoolisés. Le fléau de certaines plages de Méditerranée... Ils étaient trois.

— *Look at those fucking dykes*[2] *!*

— Salut les filles, dit le plus petit en anglais, en faisant un pas pour sortir du rang.

Elles ne répondirent pas. Ziegler jeta un coup d'œil rapide autour d'elle. Il n'y avait personne d'autre sur la plage.

— Joli clair de lune, hein, les filles ? Super-romantique et tout et tout. Vous ne vous ennuyez pas un peu toutes seules ? lança-t-il en se tournant vers ses compagnons.

Les deux autres éclatèrent de rire.

— Tire-toi, connard, lâcha froidement Zuzka dans un anglais parfait.

Ziegler sursauta. Elle posa une main sur le bras de sa compagne.

---

1. Hé, les filles, c'est pas l'île de Lesbos, ici !
2. Regarde ces putains de gouines !

— Z'avez entendu ça, les gars ? Elles sont pas du genre à se laisser faire, on dirait ! Moi c'que j'en dis, c'est pour vous. Tenez, vous voulez boire un p'tit coup ?

Le petit rouquin emprunta une bouteille de bière à son voisin, il la tendit à Irène dans la pénombre.

— Non merci, répondit celle-ci en anglais.

— Comme tu voudras.

Le ton était trop conciliant. La gendarme sentit chaque muscle de son corps se tendre et se durcir. Du coin de l'œil, elle surveillait les deux autres.

— Et toi, *sale conne*, t'en veux ? demanda le rouquin d'une voix sifflante à sa compagne.

La main d'Irène serra le bras de la Slovaque. Zuzka se tut, cette fois. Elle avait compris le danger.

— T'as perdu ta langue ? Ou tu t'en sers juste pour insulter les gens et pour brouter ?

Une bouffée de musique leur parvint d'une des tavernes. Ziegler songea que, même si elles criaient, on ne les entendrait pas.

— T'es drôlement bien gaulée pour une gouine, dit le rouquin en baissant les yeux sur le corps de la Slovaque.

Ziegler observait les deux autres. Ils ne bougeaient pas. Ils attendaient la suite des événements. Des *suiveurs*... Ou alors ils étaient déjà trop bourrés pour réagir. Depuis combien d'heures étaient-ils en train de s'imbiber ? La réponse à cette question avait son importance. Elle reporta son attention sur le leader. L'Anglais était un peu trop grassouillet, avec un visage laid, une mèche de cheveux qui lui tombait sur les yeux, des lunettes épaisses et un long nez pointu qui le faisait ressembler à un foutu rat. Il portait un short blanc et un ridicule maillot de Manchester United.

— Tu pourrais peut-être changer de menu, pour une fois. T'as déjà sucé un mec, beauté ?

Zuzka ne bougea pas.

— Hé, je te cause !

De son côté, Irène avait déjà pigé que ça ne s'arrêterait pas là. Pas avec cette tête de nœud. Elle évalua la situation en silence. Les deux autres étaient nettement plus grands et plus costauds, mais ils avaient l'air du genre lourd et lent. Et s'ils buvaient depuis plusieurs heures, leurs réflexes devaient être sérieusement amoindris. Elle se dit que, dans l'immédiat, l'abruti à la mèche était le plus dangereux. Elle se demanda s'il avait quelque chose dans sa poche – couteau ou cutter. Elle regretta d'avoir laissé sa bombe lacrymo à l'hôtel.

— Laisse-la tranquille, dit-elle pour détourner son attention de Zuzka.

L'Anglais pivota vers elle. Elle vit ses petits yeux étinceler de fureur dans le clair de lune. Son regard était cependant voilé par l'alcool. Tant mieux.

— Qu'est-ce que t'as dit ?

— Laisse-nous tranquilles, répéta Ziegler dans un anglais approximatif.

Il fallait qu'elle l'amène plus près d'elle.

— Ta gueule, connasse ! Reste en dehors de ça.

— *Fuck you, bastard*, répliqua-t-elle.

Le visage de l'Anglais se déforma de manière presque comique et il ouvrit la bouche. Dans d'autres circonstances, sa grimace aurait pu paraître désopilante.

— QU'ESSSE-T'AS-DIT ???

La voix du rouquin sifflait comme un serpent. Elle tremblait de fureur.

— *Fuck you*, répéta-t-elle, très fort.

Elle vit les deux autres bouger et un signal d'alarme s'alluma dans son esprit. Attention : ils n'étaient peut-être pas aussi ivres qu'ils en avaient l'air ; ils avaient tout de même senti que la situation était en train d'évoluer.

Le petit gros bougea aussi ; il fit un pas dans sa direction. Sans le savoir, il venait d'entrer dans sa zone. Fais un geste, pensa-t-elle, si fort qu'elle crut l'avoir dit à voix haute. *Fais un geste...*

Il leva brusquement une main pour la frapper. Malgré l'alcool et sa surcharge pondérale, il était rapide. Et il comptait sur l'effet de surprise. Cela aurait sans doute fonctionné avec quelqu'un d'autre – mais pas avec elle. Elle esquiva facilement et décocha un coup de pied en direction de la partie la plus vulnérable de tout individu de sexe masculin. Bingo, en plein dans le mille ! Le rouquin poussa un cri et tomba à genoux sur le sable noir. Irène vit l'un des deux autres se ruer vers elle et elle allait s'en occuper quand Zuzka lui vida sa bombe lacrymo dans la figure au passage. Le deuxième Anglais hurla de douleur en portant les mains à son visage et se plia en deux. Le troisième hésitait à s'engager, soupesant la situation. Ziegler en profita pour reporter son attention sur le premier. Il se relevait déjà. Elle n'attendit pas qu'il fût debout, elle attrapa son bras au niveau du poignet et effectua un mouvement rotatif qu'elle avait appris à l'école de gendarmerie, jusqu'à lui tordre le bras dans le dos. Elle ne s'arrêta pas en si bon chemin. Si elle les laissait reprendre leurs esprits, elles étaient foutues. Sans stopper son élan, elle le tordit jusqu'au moment où un os craqua quelque part. Le rouquin poussa un rugissement de bête blessée. Elle le lâcha.

— Elle m'a cassé le bras ! Putain, elle m'a cassé le bras, cette gouine ! pleurnicha-t-il en tenant son membre brisé.

Ziegler sentit un mouvement sur sa droite. Elle tourna la tête juste à temps pour voir un poing venir à sa rencontre. Le choc fit partir sa tête en arrière et, pendant un bref instant, elle eut l'impression qu'on la lui enfonçait sous l'eau. Le troisième larron. Il avait fini par passer à l'action. Elle tomba dans le sable, sonnée, et aussitôt après un coup de pied la heurta dans les côtes. Elle roula sur le côté pour amortir le choc.

Elle s'attendait à recevoir d'autres coups. Mais, à sa grande surprise, ils ne vinrent pas. Elle leva la tête et vit que Zuzka avait sauté sur le dos du troisième et s'y agrippait. D'un coup d'œil rapide, Irène vit que le second commençait à récupérer même s'il clignait encore les yeux et larmoyait. Elle se redressa et se rua à la rescousse de sa compagne en ajustant un coup de pied en direction du plexus de son adversaire. Qui s'effondra, jambes et souffle coupés. Zuzka le repoussa dans le sable pour se dégager et se remettre debout.

Le petit n'avait pas complètement renoncé. Il se précipita vers Ziegler. Cette fois, il y avait une lame au bout de son bras valide : elle la vit luire sous la lune l'espace d'un instant. Elle l'esquiva facilement, attrapa l'Anglais par son bras cassé et tira.

— Ahhhhhhhh ! hurla-t-il en tombant à genoux dans le sable pour la deuxième fois.

Elle le lâcha. Attrapa Zuzka par la main.

— Viens, on se tire !

L'instant suivant, elles s'enfuyaient en courant à

tout berzingue vers les lumières, la musique et leur scooter garé près des tavernes.

— Tu vas avoir un beau coquard, dit Zuzka en caressant l'arcade enflée.
Ziegler s'examina dans le miroir de la salle de bains. Un œuf de pigeon qui allait du jaune moutarde au violet était en train d'apparaître. Et le pourtour de l'œil avait commencé à prendre les couleurs de l'arc-en-ciel.
— Juste ce qu'il me fallait pour reprendre le travail.
— Lève bras gauche, dit Zuzka.
Elle s'exécuta. Et grimaça.
— Tu as mal là ?
— Aïe !
— Tu as peut-être côté cassée, dit la Slovaque.
— Mais non.
— En tout cas, dès qu'on est rentrées, tu vas voir un médecin.
Ziegler hocha la tête en enfilant difficilement son débardeur. Elle retourna dans la chambre. Zuzka la traversa, ouvrit le frigo-bar et en sortit deux mignonnettes de vodka Absolut et deux bouteilles de jus de fruits.
— Et puisque dans ce foutu trou à rats on peut pas sortir sans se faire attaquer par des hooligans, on va boire ici. Ça calmera douleur. La moins ivre ramène l'autre au lit.
— Marché conclu.

Le téléphone le réveilla. Il s'était assoupi dans le canapé, avec la porte-fenêtre ouverte. Il crut une fraction de seconde que c'était le bruit de la pluie qui l'avait réveillé. Puis la sonnerie retentit à nouveau. Il s'assit, tendit le bras vers la table basse où son portable bourdonnait et vibrait comme un insecte maléfique, près d'un verre où stagnait un fond de Glenmorangie.

— Servaz.

— Martin ? C'est moi... je te réveille ?

La voix de Marianne... Une voix exténuée – la voix de quelqu'un à bout de nerfs, et qui a bu aussi.

— Ils ont mis Hugo en détention. Tu es au courant ?

— Oui.

— *Alors, bordel, pourquoi tu ne m'as pas appelée ?*

Elle avait mis plus que de la colère dans cette dernière phrase. De la rage.

— J'allais le faire, Marianne... je t'assure... et puis j'ai... j'ai oublié...

— *Oublié* ? Putain, Martin, mon fils est envoyé en prison et tu oublies de me prévenir !

Ce n'était pas tout à fait vrai. Il avait voulu appeler, mais il avait longtemps hésité. Et il avait fini par s'endormir, épuisé.

— Écoute, Marianne, je... je ne crois pas que ce soit lui... je... il faut que tu me fasses confiance, je vais trouver le coupable.

— Te faire confiance ? Je ne sais plus où j'en suis... Mes pensées s'embrouillent dans ma tête, je deviens maboule à force de les remuer, j'imagine Hugo seul la nuit dans cette prison et ça me rend folle. Et toi... toi, tu oublies de m'appeler, tu ne me dis rien, tu fais comme si de rien n'était – et tu laisses le juge envoyer mon fils en taule alors que tu me dis à moi que tu le crois innocent ! Et tu veux que je te fasse confiance ?

Il eut envie de dire quelque chose, de se défendre. Mais il savait que ce serait une erreur. Ce n'était pas le moment. Il y avait un temps pour la discussion, pour les justifications – et un temps pour le silence. Il avait commis cette erreur par le passé : vouloir se justifier à tout prix, vouloir imposer son point de vue coûte que coûte, avoir le dernier mot. Ça ne marchait pas. Ça ne marchait jamais. Il avait appris... Il ne dit rien.

— Tu m'écoutes ?
— Je ne fais que ça.
— Bonsoir, Martin.

Elle avait raccroché.

Lundi

19

Vertiges

Le lundi matin, Servaz avait rendez-vous à la morgue pour le résultat de l'autopsie. Vitres translucides. Odeurs de détergent. Longs couloirs sonores. Fraîcheur. Il y eut un éclat de rire derrière une porte, et puis le silence, et il se retrouva seul avec lui-même en descendant vers les sous-sols.

Un petit garçon dansait et courait autour de sa mère dans sa mémoire. Dansait et riait dans les rayons du soleil. Sa mère aussi riait.

Il chassa le souvenir. Franchit les portes battantes.

— Bonjour, commandant, dit Delmas.

Servaz jeta un regard en direction de la grande table élévatrice sur laquelle elle reposait. De là où il était, il voyait le joli profil de Claire Diemar. Sauf que sa boîte crânienne avait été méticuleusement sciée et qu'il distinguait la masse grise de son cerveau luisant dans la lumière des néons. Idem pour le torse fendu en Y dont les viscères rosés affleuraient à la surface de l'abdomen. Sur une paillasse, des prélèvements se trouvaient scellés dans des tubes hermétiquement fermés. Le reste était parti dans une poubelle pour déchets anatomiques.

Servaz songea à sa mère.

Elle avait subi le même sort. Il détourna le regard.

— Bon, dit le petit homme au teint rose et aux yeux bleu pâle, vous voulez savoir si elle est morte dans sa baignoire ? Autant vous le dire tout de suite, les morts par noyade, c'est vraiment la plaie. Et quand il s'agit d'une noyade dans une baignoire, c'est pire.

Servaz lui lança un regard en forme de question.

— Les diatomées, expliqua Delmas. Il y en a plein les rivières, les lacs, les océans... Quand l'eau est inhalée, elles diffusent dans tout l'organisme. Au jour d'aujourd'hui, le meilleur marqueur de noyade vitale connu. Sauf que l'eau d'adduction urbaine, elle, est très pauvre en diatomées, vous voyez le problème ?

Le légiste retira ses gants, les jeta dans une poubelle à pédale et s'approcha du robinet autoclave.

— En plus, les traces de coups sur le corps sont difficiles à interpréter à cause de l'immersion. Heureusement, elle n'a pas séjourné dans l'eau très longtemps.

— Il y a des traces de coups ? releva Servaz.

Delmas fit un geste en direction de sa propre nuque, ses mains roses et boudinées pleines de savon bactériologique.

— Un hématome au niveau du pariétal et un œdème cérébral. Un coup porté très violemment avec un objet lourd. Je dirais que le pronostic vital pourrait avoir été engagé dès ce moment, mais je crois plutôt qu'elle est morte noyée.

— Vous *croyez* ?

Le légiste haussa les épaules.

— Je vous l'ai dit, le diagnostic n'est jamais facile en cas de noyade. Les analyses nous en diront peut-être plus. Le strontium sanguin par exemple – si la

concentration est très différente de la concentration habituelle dans le sang et très proche en revanche de celle de l'eau dans laquelle on l'a trouvée, on aura la quasi-certitude qu'elle est bien morte au moment de l'immersion dans cette fichue baignoire...
— Mmm.
— Même chose pour les lividités cadavériques : l'immersion a retardé leur formation. Et puis, l'examen histologique n'a pas révélé grand-chose...
Il semblait très contrarié.
— Et la torche ? dit Servaz.
— Quoi, la torche ?
— Vous en pensez quoi ?
— Rien. L'interprétation, c'est votre boulot. Moi, je me limite aux faits. En tout cas, elle a paniqué, elle s'est débattue si fort que les liens ont laissé des plaies très profondes dans ses chairs. La question est de savoir à quel moment elle l'a fait. Cela exclut vraisemblablement l'hypothèse d'un coup mortel sur le crâne...
Servaz commençait à en avoir assez des précautions oratoires du légiste. Delmas était un type compétent, il le savait. Et c'est parce qu'il était compétent qu'il était aussi d'une extrême prudence.
— J'aimerais une conclusion un petit peu plus...
— Précise ? Vous l'aurez, quand les analyses auront été effectuées. En attendant, je dirais 95 % de chances qu'elle ait été plongée vivante dans cette baignoire et qu'elle y soit morte noyée. Pas si mal, non, compte tenu des circonstances ?
Servaz songeait à la panique de la jeune femme, à l'explosion de peur dans sa poitrine à mesure que l'eau montait, à cet effroyable sentiment de suffocation qu'il avait lui-même éprouvé ce jour de décembre où

il avait failli mourir étouffé par un sac plastique. Il songeait à l'insensibilité de celui qui l'avait regardée mourir ainsi. Le légiste avait raison : l'interprétation, c'était son boulot. Et elle lui disait qu'il n'avait pas affaire à un tueur lambda.

— Au fait, vous avez lu le journal ? demanda Delmas.

Servaz lui jeta un regard circonspect. Il avait encore en mémoire l'article lu dans la chambre d'Elvis. Le légiste se retourna, attrapa *La Dépêche* sur une paillasse et le lui tendit.

— Ça devrait vous plaire. Page 5.

Servaz tourna les pages en avalant sa salive. Il n'eut pas à tourner longtemps. C'était en gros titres. « HIRTMANN ÉCRIT À LA POLICE ». Bon sang ! L'article ne faisait que quelques lignes. Il évoquait un e-mail envoyé « *au commandant Servaz de la police judiciaire* » par quelqu'un qui se présentait comme étant Julian Hirtmann. « *Selon une source judiciaire, il n'a pas été possible d'établir à ce stade s'il s'agit du tueur suisse ou d'un imposteur…* » L'auteur de l'article répétait, comme le précédent, que le commandant Servaz était « *celui-là même qui a mené l'enquête sur les meurtres de Saint-Martin au cours de l'hiver 2008-2009* ». Servaz n'en revenait pas. La colère montait en lui.

— Génial, non ? dit le légiste. J'aimerais savoir quel est le connard qui leur a refilé l'info. En tout cas, ça vient sûrement de chez vous.

— Faut que j'y aille, dit-il.

Espérandieu écoutait *Knocked Up* des Kings of Leon lorsque Servaz entra dans le bureau.

— Merde, t'en fais une tronche !
— Suis-moi.

Espérandieu regarda son patron. Comprit que l'heure n'était pas aux questions. Il ôta ses écouteurs et se leva. Martin était déjà ressorti. Il marchait à grands pas vers la double porte et le couloir conduisant au bureau directorial. Ils franchirent la porte coupe-feu l'un derrière l'autre, passèrent devant le petit coin salle d'attente avec ses canapés en cuir et devant le secrétariat.

— Il est en réunion ! lança la secrétaire en les voyant passer.

Servaz ne s'arrêta pas. Il frappa à la porte et entra.

— ... avocats, notaires, commissaires-priseurs... On y va avec des pincettes mais on ne lâche rien, était en train de dire Stehlin à plusieurs membres de la Division des Affaires financières. Martin, je suis en réunion.

Servaz s'avança vers la grande table, salua les personnes présentes et déposa le journal ouvert à la page 5 devant le directeur du SRPJ. Stehlin se pencha. Regarda le gros titre. Releva la tête, mâchoires serrées.

— Messieurs, on terminera cette discussion plus tard.

Les quatre hommes se levèrent et sortirent, non sans avoir jeté à Servaz des regards interloqués.

— La fuite vient forcément de chez nous, assena celui-ci d'emblée.

Le commissaire divisionnaire Stehlin était en bras de chemise. Il avait ouvert toutes les fenêtres pour faire entrer l'air encore relativement tempéré du matin et le vacarme du boulevard envahissait la pièce. La clim était en panne depuis plusieurs jours. Il indiqua d'un signe de tête les sièges en face de son bureau

— Tu as une idée de qui il peut s'agir ? demanda-t-il.

Dans un coin, un scanner crachait des messages ; le divisionnaire le gardait branché en permanence. Servaz ne dit rien. Il avait perçu le ton et compris : attention aux accusations sans preuves... Il ne pouvait s'empêcher de comparer son nouveau patron à son prédécesseur, le commissaire divisionnaire Wilmer, avec son bouc soigneusement taillé et son sourire perpétuellement collé aux lèvres comme un herpès tenace. Wilmer arborait toujours le *nec plus ultra* en matière de costumes et de cravates. Pour Servaz, le poste qu'avait occupé Wilmer était la preuve qu'un imbécile peut grimper haut s'il a d'autres imbéciles au-dessus de lui. Lors du pot de départ de celui-ci, l'atmosphère avait été froide et guindée et, lorsque Wilmer y avait été de son petit discours de remerciement, les applaudissements très clairsemés. Stehlin s'était tenu à l'écart, sans cravate, en bras de chemise comme aujourd'hui. L'air d'un flic de plus au milieu des autres. Et il avait soigneusement observé son futur groupe. Servaz l'avait observé aussi. Il en avait conclu que son nouveau patron avait compris, dès cet instant, tout le travail qui l'attendait pour réparer les dégâts faits par son prédécesseur. Servaz aimait bien Stehlin. C'était un bon flic, qui avait connu le terrain – pas un technocrate qui ouvrait le parapluie à la moindre averse.

Stehlin se retourna et récupéra quelque chose derrière lui. Le même journal. Il le posa par-dessus le sien. Il n'avait pas attendu Servaz pour le lire.

— Je suis sûr d'une chose, dit celui-ci. Ça ne peut venir ni de Vincent ni de Samira, j'ai 100 % confiance en eux.

— Ça réduit sérieusement les possibilités, fit remarquer Stehlin.
— Oui.
Stehlin avait l'air sombre. Il croisait ses doigts sur le bureau.
— Tu suggères quoi ?
Servaz réfléchit.
— Balançons une info qu'*il* sera seul à connaître. *Une info erronée*... Si elle paraît demain dans le journal, on aura fait d'une pierre deux coups : on aura la certitude que c'est *lui* et on pourra apporter un démenti absolument formel et ainsi décrédibiliser le journaliste et sa source...

Il n'avait encore balancé aucun nom – mais il savait que le divisionnaire et lui pensaient à la même personne. Stehlin hocha la tête.

— Idée intéressante... Et à quelle info tu penses ?
— Il faut que ce soit suffisamment crédible pour qu'il avale l'hameçon... et suffisamment important pour que la presse ait envie d'en parler.
— Tu viens de chez le légiste, suggéra Espérandieu. On pourrait suggérer que Delmas a trouvé un indice capital. Un indice qui innocenterait définitivement le gamin.
— Non, intervint Servaz. On ne peut pas faire ça. Mais on peut dire qu'on a trouvé un CD de Mahler chez Claire Diemar...
— Mais c'est la vérité, dit Stehlin, perplexe.
— Justement. C'est ça, l'astuce. On ne donne pas le bon titre. Le moment venu, on pourra dire avec la plus grande sincérité que c'est absolument faux, qu'on n'a jamais trouvé la 4ᵉ Symphonie sur place – sans préciser évidemment qu'on a trouvé un autre CD...

Servaz eut un sourire tordu.

— Du coup, la piste Hirtmann dans l'affaire Diemar est tournée en ridicule et le journaliste qui aura publié le scoop décrédibilisé pour un bon moment. Réunion dans cinq minutes avec le groupe d'enquête !

Il se dirigeait déjà vers la porte lorsque la voix de Stehlin l'arrêta.

— Tu as dit « la piste Hirtmann » ? Il y aurait donc une piste Hirtmann ?

Servaz regarda son patron, haussa les épaules en feignant l'ignorance et sortit.

Grondements lointains, chaleur, air immobile et ciel gris. La campagne elle-même semblait dans l'attente de quelque chose, figée comme un insecte pris dans la résine. Les granges et les champs avaient l'air abandonnés, désertés. Vers 15 heures, il s'arrêta pour déjeuner dans un routier où des hommes parlaient bruyamment des performances de l'équipe nationale de football et des compétences de son sélectionneur. Il crut comprendre qu'au cours du prochain match elle affronterait le Mexique. Servaz faillit leur demander si c'était une bonne équipe mais s'abstint. Il fut surpris de son intérêt soudain pour la compétition et comprit qu'il nourrissait un secret espoir : que cette équipe soit éliminée le plus vite possible pour qu'ils puissent enfin passer à autre chose.

Perdu dans ses pensées, il entra dans les rues pavées de la petite ville presque sans s'en rendre compte. Il repensait à la conversation des routiers dans le restaurant et il fut soudain frappé par le fait que tout s'était passé en quelques heures un vendredi soir, pendant un match de football qui collait aux écrans de télévision le pays tout entier. C'était dans cette chronologie qu'ils devaient fouiller. Ils devaient se concentrer sur ce qui s'était passé juste avant et reconstituer minutieusement le déroulement chronologique. Il poussa plus loin sa réflexion. *Il devait commencer par le point de départ : le pub qu'Hugo avait quitté quelques minutes avant que le crime ne soit commis.* Il était de plus en plus persuadé que celui qu'ils cherchaient n'avait pas choisi cet endroit ni ce moment par hasard. Tout lui disait que le minutage était essentiel. Il gara sa voiture sur le parking de la petite place, sous les platanes, coupa le moteur et regarda la terrasse du pub. Elle était bondée. Des visages juvéniles. Des étudiants, garçons et filles. Comme en son temps, quatre-vingt-dix pour cent de la clientèle avait moins de vingt-cinq ans.

Margot Servaz se servit un café sans goût au distributeur du hall, y ajouta une dose de sucre supplémentaire récupérée à la cantine, colla ses écouteurs sur ses oreilles – signal qui voulait dire « ne venez pas me faire chier » – et jeta un coup d'œil discret au trio David/Sarah/Virginie, à l'autre bout du hall bondé et bruyant. Ils s'étaient retrouvés à la pause. Elle se mordit la lèvre inférieure en les épiant, tout en feignant de s'intéresser au panneau d'affichage sur lequel, parmi des dizaines d'autres, était placardée une affiche annonçant le « BAL DE FIN D'ANNÉE ORGANISÉ LE 17 MAI PAR L'ASSOCIATION DES ÉTUDIANTS DE MARSAC » ainsi qu'une autre : « FRANCE-MEXIQUE,

DIFFUSION SUR ÉCRAN GÉANT, JEUDI 17 JUIN, 20 H 30, FOYER F DE LA FAC DE SCIENCES. *VENEZ NOMBREUX : BIÈRES ET MOUCHOIRS FOURNIS !* » Quelqu'un avait écrit par-dessus, au gros feutre rouge : « DOMENECH À LA BASTILLE ! » Quelque chose dans leur façon de parler avec animation, en jetant des regards autour d'eux, la faisait tiquer.

Elle regretta de ne pas avoir appris à lire sur les lèvres. Elle détourna prestement le regard quand Sarah orienta le sien dans sa direction, fit mine de fouiller en râlant dans le réceptacle où tombait la monnaie. Quand elle leva de nouveau les yeux, ils s'éloignaient vers la cour. Elle leur emboîta le pas en sortant son papier et sa blague à tabac. Dans ses oreilles, Marilyn Manson chantait de sa voix de scie rouillée *Armagoddam-motherfuckin-geddon :*

Mort aux dames d'abord, ensuite les messieurs.
Les filles sataniques deviennent dingues
Et foutrement suicidaires.
D'abord tu essaies de le baiser
Ensuite tu essaies de le bouffer.
S'il n'a pas retenu ton nom
Tu ferais mieux de le tuer...

Son chanteur et son groupe préférés... Elle connaissait absolument tout sur eux. À l'image de Marilyn Manson lui-même, le batteur du groupe se faisait appeler Ginger Fish, un croisement entre Ginger Rogers et Albert Fish, un tueur cannibale américain – tout comme le bassiste qui avait choisi comme pseudo, selon le même principe, Twiggy Ramirez, combinaison du célèbre mannequin anglais Twiggy et du tueur en série Richard Ramirez. Elle se demandait toutefois si, plutôt que d'incriminer uniquement la NRA, la toute-puissante association américaine des détenteurs d'armes à feu, chaque fois que des adolescents faisaient un massacre dans une école américaine, il n'aurait pas fallu aussi se poser la question de l'effet que des clips si hypnotiques et des paroles si violemment incitatrices pouvaient avoir sur des cerveaux fragiles. Mais, bien entendu, c'était le genre de questions dont les défenseurs de la liberté d'expression artistique ne voulaient pas entendre parler. Margot s'était déjà fait traiter de « réac » et de « fasciste » quand elle avait suggéré que, peut-être, « quelques sous-merdes commerciales indûment taxées d'artistiques ne valaient pas un seul mort sur un campus américain ou ailleurs ». Bien sûr, elle aurait été prête à défendre bec et ongles ladite liberté d'expression si quelqu'un avait voulu l'attaquer – mais c'était le genre de provocation qu'elle affectionnait. Tout comme Socrate, elle aimait dégonfler les certitudes confortables de ses interlocuteurs. Démolir leurs réponses trop rapides. Jouer les empêcheurs de penser en rond.

Elle les chercha des yeux dans la foule. Les repéra. Ils s'étaient séparés. Sarah et Virginie fumaient en silence, David avait rejoint un autre groupe. C'est sur ce dernier que se porta son attention. Il avait disparu de la circulation pendant tout le week-end, mais Margot savait que, tout comme Elias ou elle, il n'était pas rentré chez lui. Où était-il passé ? Depuis qu'il était réapparu ce matin, il avait l'air agité et tendu. David était le meilleur ami d'Hugo. Il était rare de voir l'un sans l'autre. Elle avait plus d'une fois discuté avec lui. David l'horripilait par sa façon de ne rien prendre au sérieux, mais elle avait senti derrière cette façade bouffonne une gravité, une blessure qui troublait parfois son regard. On aurait dit que le sourire qui étirait perpétuellement ses lèvres au centre de sa barbe blonde n'était qu'un bouclier. Pour se protéger de quoi ?

Margot comprit que c'était sur lui qu'elle devait se focaliser.

— Tu as... rem... qu... com... Davi... l'air nerv... ?

La phrase franchit difficilement le mur sonore dans ses oreilles au moment où Marilyn Manson hurlait : « Baise, bouffe, tue, et refais-le encore. »

— Elias... constata-t-elle.

Elle retira l'un de ses écouteurs.

— Je t'ai suivie depuis qu'on est sortis de classe, dit-il.

Elle haussa un sourcil. Elias l'observait par-dessous sa mèche.

— Et alors ?

— J'ai vu ton manège... Tu les *surveilles*. Je croyais que tu trouvais mon idée débile ?

Elle haussa les épaules, remit son écouteur en place. Il le lui retira.

— En tout cas, tu devrais te montrer *un tout petit peu plus discrète*, gueula-t-il, trop fort, dans son oreille. Et puis, je me suis renseigné : personne ne sait où était David ce week-end.

Le Dubliners était tenu par un Irlandais de Dublin qui, bien entendu, affirmait que Joyce était le plus grand écrivain de tous les temps. Il était déjà là du temps où Servaz étudiait à Marsac. Francis et lui n'avaient jamais connu que son prénom : Aodhágán. C'était toujours lui qui se tenait derrière le bar. Comme Servaz, Aodhágán avait pris vingt ans de plus – sauf qu'à l'époque il avait l'âge du flic aujourd'hui. Vers le milieu des années 80, Aodhágán était venu dans le Sud-Ouest enseigner l'anglais après une carrière officielle dans l'armée (certains prétendaient qu'en fait d'armée il s'agissait plutôt de l'Irish Republican Army), mais il était un peu trop colérique et bagarreur pour le corps enseignant et il s'était aperçu qu'il avait plus d'autorité derrière un bar que devant un tableau noir.

Le pub d'Aodhágán était le seul à Marsac où on trouvait aussi, en plus du bois, du cuivre et des tireuses à bière en faïence, des rayonnages pleins de livres dans la langue de Shakespeare. Il était essentiellement fréquenté par les étudiants et par les représentants de la communauté britannique locale. Lorsque lui-même était étudiant, Servaz y venait plusieurs fois par semaine, seul ou en compagnie de Van Acker et de quelques autres, et il n'était pas rare qu'il prenne un livre sur les rayons en même temps qu'un demi ou un café. Il s'était ainsi perdu, au long de ces glorieuses journées, dans la lecture émerveillée de *L'Attrape-Cœur*, de *Gens de Dublin* ou de *Sur la route* en version originale, un volumineux dictionnaire anglo-français à portée de la main.

— Bon sang, mais c'est le jeune Martin ou j'ai la berlue ?

— Plus si jeune que ça, vieille barbe.

L'Irlandais avait désormais les cheveux et la barbe plus gris que bruns, mais il avait toujours cet air moitié commando, moitié DJ dans une radio pirate des années 60. Il fit le tour de son comptoir et étreignit Servaz en lui tapant dans le dos.

— Qu'est-ce que tu deviens ?

Servaz le lui dit. Aodhágán fronça les sourcils.

— Et moi qui croyais que tu serais le prochain Keats.

Servaz perçut la déception dans sa voix et, pendant une fraction de seconde, la honte le submergea. Aodhágán lui fila une nouvelle claque dans le dos.

— C'est ma tournée ! Qu'est-ce que tu prends ?

— Tu as toujours ta fameuse brune ?

Aodhágán répondit d'un clin d'œil, toute sa face plissée joyeusement. Quand il fut de retour avec la bière, Servaz lui montra le siège devant lui.

— Assieds-toi.

L'Irlandais lui lança un regard surpris. Et prudent. Même après toutes ces années, il avait reconnu le ton – et il n'aimait pas plus la police française qu'il n'avait aimé la police britannique.

— Tu as changé, dit-il en tirant une chaise.

— Oui. Je suis devenu flic.

Aodhágán baissa la tête.

— S'il y a bien un métier dans lequel je ne t'aurais pas imaginé, dit-il doucement.

— Les gens changent, fit remarquer Servaz.

— Pas tous...

Il y avait une intonation douloureuse dans la voix de l'Irlandais. Comme s'il lui était pénible de faire remonter à la surface trahisons, reniements et renoncements. Les siens ou ceux des autres ? se demanda Servaz.

— J'ai quelques questions à te poser...

Il regarda Aodhágán.

Qui soutint son regard. Servaz sentit que l'atmosphère était en train de changer. Ils n'étaient plus le Martin et le Aodhágán d'antan. Ils étaient un flic et un type qui n'aime pas les flics face à face.

— Hugo Bokhanowsky, ça te dit quelque chose ?
— Hugo ? Évidemment. Qui ne connaît pas Hugo. Un garçon brillant... Un peu comme toi à l'époque. Non, plutôt comme Francis... Toi, tu étais plus discret, plus en retrait – même si tu n'avais rien à leur envier.
— Tu es au courant qu'il a été arrêté ?

Il inclina la tête en silence.

— Il était dans ton pub le soir où Claire Diemar a été tuée. Et il l'a quitté, selon certains témoins, quelques minutes avant le meurtre. Tu as remarqué quelque chose ?

L'Irlandais réfléchit. Puis il regarda Servaz comme les apôtres avaient dû regarder Judas.

— J'étais au bar, en train de servir, loin de la porte... Le pub était plein à craquer ce soir-là. Et, comme tout le monde, je suivais ce qui se passait à la télé. Non, je n'ai rien remarqué.
— Tu te souviens où Hugo et ses amis étaient assis ?

Aodhágán montra une table près de l'écran de télé suspendu au mur.

— Là. Ils étaient arrivés tôt pour être aux meilleures places.
— Qui y avait-il à sa table ?

De nouveau, l'Irlandais réfléchit.

— Je n'en suis pas sûr. Mais je crois bien qu'il y avait Sarah et David. Sarah, c'est une beauté, la plus jolie jeune femme qui fréquente mon établissement. Mais elle ne joue pas les princesses. C'est une chic fille. Un peu introvertie. Elle, Virginie, David et Hugo sont quasiment inséparables. Ils me rappellent Francis, Marianne et toi au même âge...

Servaz sentit une couleuvre se déployer dans son ventre et se resserrer autour de son estomac.

— Tu te rappelles ? Quand vous veniez ici refaire le monde, discuter politique... Vous parliez de révolte, de révolution, de *changer le système*... Ah ! ah ! Bon Dieu, la jeunesse est partout la même ! Marianne... C'était quelque chose, tu te souviens ? Même la jolie Sarah ne lui arrive pas à la cheville. Marianne vous rendait tous dingues, ça se voyait... J'en ai vu passer, des étudiantes... Mais Marianne était unique.

Servaz lui lança un regard aigu. Il ne s'en était pas rendu compte à l'époque, mais Aodhágán n'avait que quarante ans en ce temps-là. Même lui ne devait pas être totalement insensible aux charmes de Marianne. À cette aura de mystère et de supériorité qu'elle dégageait. À ce vent de folie qui l'entourait.

— David, lui, c'est le meilleur copain d'Hugo.
— Je sais qui est David. Et Virginie ?
— Une petite brune un peu boulotte, avec des lunettes. Très vive, très intelligente. Beaucoup d'autorité. Cette fille est faite pour le commandement, crois-moi. D'ailleurs, les autres aussi. C'est pour ça que vous étiez tous programmés, non ? Pour finir patrons, DRH, ministres ou Dieu sait quoi.

Tout à coup, Servaz se souvint de quelque chose.

— Il y avait une panne d'électricité quand on est arrivés à Marsac vendredi soir...
— Oui, heureusement que j'ai un générateur de secours. C'est arrivé dix minutes avant la fin du match... Bon Dieu, je n'arrive pas à le croire, grommela Aodhágán.

— Quoi donc ?
— Que tu sois devenu flic... (Il émit un long soupir.) Tu sais, dans les années 70, j'ai été prisonnier à Long Kesh, la taule la plus pourrie d'Irlande du Nord... Tu as entendu parler des H-Blocks ? Des quartiers de haute sécurité. On les appelait ainsi parce que, vus du ciel, ils dessinaient de grands H. Long Kesh était une ancienne base militaire où l'armée britannique détenait les républicains et les loyalistes irlandais qui s'opposaient à l'occupation anglaise. Installations vétustes, saleté, humidité, fenêtres cassées, manque d'hygiène... Et ces enculés de matons y étaient de vrais nazis. L'hiver, il faisait si froid qu'on avait du mal à dormir. J'ai participé à la fameuse grève de la faim de 1981, quand Bobby Sands est mort après soixante-six jours, quand il a été élu député au fond de sa cellule par le peuple irlandais un mois avant de mourir, quand Margaret Thatcher s'est montrée inflexible. J'ai aussi fait la « Grève des couvertures » en 1978, quand on refusait de porter l'uniforme carcéral et qu'on se baladait nus sous de simples couvertures pleines de poux malgré le froid glacial, et aussi le « Dirty Protest » la même année – quand on a cessé de se laver et qu'on s'est mis à badigeonner les murs de nos cellules avec nos excréments et à uriner par terre pour protester contre la torture et les mauvais traitements. On nous servait de la nourriture avariée, on nous passait à tabac, on nous torturait, on nous humiliait... Je n'ai pas craqué, je n'ai pas cédé d'un pouce. Je hais les uniformes, jeune Martin, même quand ils sont invisibles.
— Alors, c'était vrai...
— Quoi donc ?
— Que tu as fait partie de l'IRA.

Aodhágán ne répondit pas. Il regardait Servaz, imperturbable.

— Je me suis laissé dire qu'à l'époque l'IRA se comportait comme une véritable police dans les ghettos, suggéra Servaz.

Une flambée de colère dans les yeux de son vis-à-vis. Cet homme n'avait jamais oublié.

— Hugo est un bon garçon, dit Aodhágán en changeant de sujet. Tu le crois coupable ?

Servaz hésita.

— Je ne sais pas. C'est pour ça que tu dois m'aider, flic ou pas.

— Désolé, mais je n'ai rien vu.

— Il y a peut-être un autre moyen...

Aodhágán le regarda d'un air interrogateur.

— Parles-en autour de toi, pose des questions, essaie de savoir si quelqu'un a vu ou entendu quelque chose.

L'Irlandais lui jeta un regard incrédule.

— Tu veux que *moi* je joue les mouchards pour la police ?

Servaz balaya l'objection.

— Je veux que tu m'aides à faire sortir un innocent de prison, rétorqua-t-il. Un gamin qui a été placé depuis hier en détention provisoire. Un gamin que tu apprécies. Ça te parle suffisamment, ça ?

Derechef, Aodhágán le fusilla du regard. Servaz le vit réfléchir.

— Voilà le marché, dit-il finalement. Je te communique toute information à décharge que je pourrais obtenir et je garde pour moi les informations à charge, qu'elles accusent Hugo ou quelqu'un d'autre.

— Bon Dieu de merde ! protesta Servaz en haussant le ton. Une femme a été tuée, torturée et noyée dans sa baignoire ! Et il y a peut-être un malade qui se balade dans la nature, prêt à recommencer !

— C'est toi, le flic, dit l'Irlandais en se levant. À prendre ou à laisser.

À 17 h 31, il ressortit sur la petite place. Regarda le ciel. Il était plein de nuages noirs comme de l'encre. Il allait encore pleuvoir. L'inquiétude était toujours là. Servaz reconnaissait cette sensation au creux de l'estomac.

Quelque chose se passe sur cette place vendredi soir, pensa-t-il. Hugo dit qu'il ne se sent pas bien. Il n'est pas 20 h 30, le match de l'équipe de France n'a pas encore commencé. Il marche en direction de sa voiture. Quelqu'un sort juste derrière lui. *Quelqu'un qui se trouvait mêlé à la foule du pub et qui attendait ce moment.*

Une heure et demie plus tard, Hugo est trouvé par les gendarmes chez Claire Diemar. Que se passe-t-il dans les secondes qui suivent sa sortie du pub ? Est-il seul ou bien y a-t-il quelqu'un avec lui ? À quel moment perd-il connaissance ?

Il balaya du regard le parking et les rangées de voitures. Le tonnerre retentit au loin, rompant le calme de la soirée. Une brusque rafale de vent chaud le décoiffa et quelques gouttes transpercèrent l'air humide. De l'autre côté de la place se dressait le plus haut immeuble de Marsac – dix étages de béton – verrue disgracieuse au milieu des petits immeubles bourgeois et des maisons particulières. Le rez-de-chaussée était occupé par un salon de toilettage canin, une agence de Pôle Emploi et une banque. Servaz les repéra aussitôt.

Les caméras de surveillance de la banque... Il y en avait deux. La première filmait l'entrée, la seconde le reste de la place. *Donc le parking...* Il déglutit. Un sacré coup de bol, voilà ce que ce serait. Trop beau pour être vrai. Mais il devait quand même vérifier.

Il reverrouilla la Jeep et remonta la rangée de voitures en direction de la caméra.

Constata qu'elle était orientée dans la bonne direction. Se retourna vers l'entrée du pub. *Au moins vingt-cinq mètres...* Tout dépendait à présent de la qualité de l'image. La caméra était sans doute trop éloignée pour identifier quelqu'un sortant du pub – sauf, peut-être, si on savait déjà à qui on avait affaire. Et peut-être aussi n'était-elle pas trop loin pour vérifier si *quelqu'un* était sorti *après* Hugo...

Il appuya sur le bouton d'appel de la banque et le mécanisme d'ouverture bourdonna. À l'intérieur, il traversa le grand hall, passa devant les clients qui attendaient aux guichets, franchit la ligne blanche et sortit son insigne devant l'une des quatre employées.

Il y avait une effigie de superhéros sur le comptoir. Il portait le logo de la banque. Servaz se dit que les publicitaires ne manquaient pas d'humour. Où était leur super-banquier entre fin 2007 et octobre 2008, quand les actionnaires du monde entier avaient perdu 20 000 milliards de dollars, soit l'équivalent de la moitié des richesses produites en un an sur la planète grâce à la rapacité, à l'aveuglement – et à l'incompétence – des banques, des investisseurs et des traders ? Où serait-il quand la banque devrait tirer un trait sur les créances grecques, portugaises et espagnoles ?

Servaz demanda à voir immédiatement le directeur de l'établissement et l'employée décrocha son téléphone. Deux minutes plus tard, un homme dans la cinquantaine s'avançait dans sa direction, en costume-cravate, la main tendue mais le visage fermé.

— Suivez-moi, dit-il.

Un bureau vitré au bout du couloir. Le directeur lui demanda de s'asseoir. Servaz répondit que ce n'était pas la peine. Il lui expliqua en deux mots de quoi il s'agissait. Le directeur posa un doigt sur sa lèvre inférieure.

— Je ne crois pas que ça pose de problème, dit-il finalement, soulagé. Venez avec moi.

Ils ressortirent du bureau vitré et traversèrent le couloir. L'homme poussa une porte. Un local grand comme un cagibi et éclairé par une toute petite fenêtre en verre dépoli. Sur une table était posé ce qui ressemblait à un lecteur-enregistreur de DVD extra-plat avec une télécommande. À côté se trouvait un écran 19 pouces. Le directeur l'alluma.

— Il y a quatre caméras au total, dit-il, deux à l'intérieur et les deux dehors. La compagnie d'assurances n'en demandait pas tant. Elle exigeait seulement que le distributeur soit sous surveillance vidéo. Tenez.

Le directeur manipula la télécommande. Une mosaïque de quatre images apparut sur l'écran.

— C'est cette caméra-là qui m'intéresse, dit Servaz en posant un doigt sur le rectangle montrant le parking, en haut à gauche.

Le directeur appuya sur la touche 4 de la télécommande et l'image envahit le moniteur. Servaz constata qu'elle était légèrement floue dans le fond, au niveau de l'entrée du pub.

— Vous enregistrez en continu ou sur détection de mouvement ?

— En continu pour les caméras à l'intérieur, sauf celle du distributeur qui fonctionne sur détecteur de mouvement. Les enregistrements se font en boucle.

Servaz fut déçu.

— Donc, l'enregistrement de vendredi dernier a sûrement été écrasé par les enregistrements des jours suivants, c'est ça ? dit-il.

— Je ne crois pas, non, sourit le directeur. La caméra dont vous parlez fonctionne aussi sur détection de mouvement, comme celle du distributeur. Elle ne se déclenche que quand il se passe quelque chose sur le parking, ce qui arrive assez régulièrement dans la journée mais très peu la nuit. En outre, la caméra enregistre un nombre limité d'images par seconde pour économiser de la mémoire. Et, si la mienne est bonne, l'appareil a un disque dur de 1 To. Ça devrait largement suffire. Nous conservons les enregistrements pendant le délai légal.

Servaz sentit son pouls augmenter légèrement.

— Ne me demandez pas comment ça marche, dit le directeur en lui tendant la télécommande. Vous voulez que j'appelle le type qui a installé ça ? Il sera là d'ici une demi-heure.

Servaz regarda l'horloge au coin de l'écran. Puis la feuille glissée dans une pochette plastifiée et collée à la table avec du ruban adhésif. Il était écrit « mode d'emploi système de surveillance » tout en haut.

— Pas la peine, je devrais y arriver tout seul.

Le directeur consulta sa montre.

— On ferme dans moins de dix minutes. Vous pourriez peut-être revenir demain...

Servaz réfléchit. La curiosité et l'urgence le tenaillaient. Il ne voulait pas perdre une seule minute.

— Non, je vais rester là. Dites-moi comment fermer derrière moi.

Le directeur parut légèrement contrarié.

— Je ne peux pas laisser la banque ouverte comme ça après l'heure de fermeture, protesta-t-il. Même si vous êtes à l'intérieur... (Il hésita pendant une demi-seconde.) Je vais vous enfermer dedans. De toute façon, je vais couper le système d'alarme : je ne voudrais pas que vous le déclenchiez sans vous en rendre compte et que la gendarmerie débarque ici. (Il présenta l'écran de son BlackBerry à Servaz.) Quand vous aurez fini, appelez-moi à ce numéro, je viendrai fermer derrière vous et remettre l'alarme. J'habite à côté.

Servaz entra le numéro du banquier dans son propre téléphone. Le directeur ressortit, mais il laissa la porte du cagibi entrouverte. Servaz entendit les derniers clients s'en aller, puis les employés ramasser leurs affaires, se dire au revoir et quitter à leur tour l'établissement.

— Vous vous en tirerez ? demanda le directeur en passant la tête par la porte, une serviette à la main, cinq minutes plus tard.

Servaz acquiesça, même s'il commençait à en douter. Ce mode d'emploi avait l'air foutrement compliqué – en tout cas pour quelqu'un comme lui qui avait un problème cardinal avec la technologie. Il commença par manipuler les touches de la télécommande ; l'image disparut puis revint ; il obtint ensuite une image plein écran, mais ce n'était pas la bonne. Il pesta. Il n'était écrit nulle part dans ce fichu mode d'emploi comment lire les enregistrements. Évidemment... Avait-il jamais rencontré un seul mode d'emploi qui fût utile jusqu'au bout ?

À 18 h 45, il se rendit compte qu'il était en nage. Il devait bien faire trente-cinq degrés dans le cagibi. Il ouvrit la petite fenêtre. Elle était protégée par deux gros barreaux fichés dans le mur. Il constata qu'elle donnait sur une impasse et qu'il s'était remis à pleuvoir, le bruit de la pluie entrant dans l'espace exigu en même temps qu'une fraîcheur bienvenue.

À 19 h 07, il comprit enfin la marche à suivre. Quand il eut obtenu les enregistrements de la caméra filmant le parking, il s'aperçut qu'il n'y avait qu'un seul moyen d'atteindre le moment qu'il cherchait – s'il existait – un peu avant 20 h 30 vendredi dernier : faire défiler l'enregistrement en lecture accélérée.

Il fit une première tentative mais, mystérieusement, la lecture accélérée se bloqua au bout de quelques minutes et l'enregistrement revint à son point de départ.

— MERDE, MERDE, MERDE, MERDE !

Sa voix résonna dans le couloir et dans le hall vides. Il prit une inspiration. Du calme. Tu vas y arriver. Il suait à grosses gouttes, et sa chemise collait à son dos. Il décida de faire défiler l'enregistrement en lecture accélérée jusqu'à un certain point, puis en lecture normale ensuite, avant de reprendre la lecture accélérée un peu plus loin.

À 19 h 23, son cœur se mit à battre plus vite. *20 h 12...* C'étaient les chiffres qui s'affichaient à l'écran. Il remit l'enregistrement en lecture normale. Quelque chose avait déclenché la caméra à ce moment-là. Une voiture qui quittait le parking. Une succession d'images fixes qui décomposa légèrement la manœuvre du véhicule. Servaz regarda la voiture passer devant la caméra. Un éclair illumina l'écran. L'orage se déchaînait sur Marsac, les essuie-glaces du véhicule allaient et venaient et il avait du mal à voir quoi que ce soit à l'intérieur. Jusqu'à ce qu'il distingue pendant un fugace instant un couple dans la cinquantaine... De nouveau, il fut déçu. L'image fut interrompue et se ralluma à 20 h 26. Une autre voiture passait, à l'arrière du rideau de pluie et du parking... La lumière baissait, mais le système compensait le manque de luminosité. Dans le fond, cependant, l'entrée du pub était de plus en plus floue. Il se demanda s'il distinguerait quoi que ce soit si quelqu'un venait à sortir maintenant... Il se frotta les paupières. Ses yeux le cuisaient à force de fixer l'écran. Le bruit de la pluie était assourdissant. On aurait dit qu'il venait de l'enregistrement. Soudain, il se raidit. *Hugo...* Il venait de franchir la porte du pub. Malgré l'image floue et l'orage, il n'y avait pas le moindre doute sur l'identité de la silhouette qui venait d'apparaître. Les vêtements étaient les mêmes que ceux qu'il portait le soir du meurtre. La coupe de cheveux et la forme du visage correspondaient. Servaz avala sa salive. Conscient que les secondes suivantes allaient être décisives.

Vas-y. Avance...

Les yeux braqués sur l'écran, il vit le jeune homme marcher dans l'allée entre les voitures. Le défilement d'une dizaine d'images par seconde hachait quelque peu sa progression. Le jeune homme s'immobilisa au beau milieu de l'allée, leva les yeux vers le ciel. Il demeura ainsi pendant plusieurs secondes.

Qu'est-ce que tu fous, bon Dieu ?

Servaz se demanda si l'image ne s'était pas à nouveau bloquée tant Hugo était immobile. En même temps, il surveillait l'entrée du pub. Mais rien ne se passait de ce côté-là... Son sang battait au bout de ses doigts en sueur qui avaient laissé une trace humide sur la télécommande. *Avance...* Servaz cherchait la voiture des yeux, celle qu'Hugo avait laissée devant chez Claire Diemar, mais il ne la voyait pas. Pourtant, elle devait être là, quelque part, dans cette allée... Brusquement, Hugo pivota sur la droite et il disparut... *Merde !* Une sorte de local technique s'élevait au milieu du parking, une construction en dur, et Hugo était garé derrière ! Servaz pesta une fois de plus et il allait donner un coup de poing sur la table lorsque, dans le fond, la porte du pub s'ouvrit...

Bon Dieu !

Il avait vu juste. Il ouvrit la bouche, les yeux rivés sur l'écran. Il avait une chance. Une toute petite. Une minuscule. *Approche...* La silhouette s'engagea dans l'allée, marchant dans la direction de la caméra, toujours avec la même démarche un peu saccadée par le défilement des images fixes. Elle avançait vers l'endroit où Hugo était garé. Servaz avait la gorge sèche. Le nouveau venu était grand et mince. Il portait un sweat, dont la capuche était rabattue sur sa tête. Merde ! Tout à coup, Servaz fut certain qu'il ne verrait pas son visage et il enragea. Mais il y avait au moins un point positif : cet enregistrement rendait de plus en plus crédibles les déclarations d'Hugo. Même s'il ne constituait pas une preuve définitive. La silhouette à la capuche disparut à son tour derrière le local technique.

Et maintenant ?

Il avait encore une chance... La voiture allait faire marche arrière, elle entrerait dans le champ de la caméra à un moment donné... Peut-être verrait-il qui était au volant. Servaz attendait, la gorge serrée, les nerfs à vif. Trop long. C'était trop long... Quelque chose se passait.

Un bruit.

Il se redressa comme si on lui avait flanqué un coup de pied. Il avait entendu un bruit – pas à l'extérieur : *dans* la banque.

— IL Y A QUELQU'UN ?

Pas de réponse. Il avait peut-être rêvé. La pluie d'été faisait un tel vacarme par la fenêtre qu'il n'était pas sûr. De nouveau, le tonnerre fit trembler l'air du soir. Il voulut reporter son attention sur l'écran. *Non, il avait bien entendu quelque chose...* Il pressa le bouton « pause » et se leva. Sortit dans le couloir.

— Hé ! Qui est là ?

Sa voix résonna, portée par l'écho du hall vide qui s'ouvrait à un bout du couloir. À l'autre extrémité, une porte de secours métallique pourvue d'une barre horizontale. Elle était fermée.

Il hésita, puis se mit finalement en marche en direction du hall. Personne. Les guichets, les rangées de fauteuils de couleur, la ligne blanche... Le hall était désert. Il fit demi-tour.

Sauf que... il le sentait à présent...

Un léger courant d'air.

Vraisemblablement entre la fenêtre de son cagibi et... *une autre ouverture.* Il pivota sur lui-même au centre du hall, regarda la place déserte à travers les portes vitrées. Elles étaient verrouillées. À l'intérieur, l'ombre gagnait les recoins du hall. L'ombre et le silence. Servaz eut l'impression qu'on passait une râpe sur ses nerfs. Il chercha son arme sur sa hanche, défit l'étui. Un geste qu'il n'avait pas accompli depuis des mois, depuis l'hiver 2008-2009 pour être exact.

Depuis Hirtmann...
Merde !

Il longea le comptoir des guichets. Il y avait un second couloir de l'autre côté. Servaz marchait à présent à pas comptés, son arme fermement en main. Il espérait que personne n'allait passer à ce moment-là devant les portes vitrées de la banque et l'apercevrait. Il n'était pas encore tout à fait sûr de ne pas céder à la paranoïa. Il n'en tenait pas moins l'arme dans la position réglementaire, tout en espérant ne pas avoir à s'en servir. La sueur lui coulait des sourcils dans les yeux et il clignait des paupières.

L'autre couloir était moins long que le premier. Il ne comportait qu'une seule porte. Celle des toilettes.

Il plia les genoux, tendit la main vers le sol, jusqu'à l'espace de deux centimètres sous la porte des toilettes.

Le courant d'air passait par là.

Il ouvrit lentement le battant, le groom lui opposant une certaine résistance. Une odeur de nettoyant industriel. D'un coup, le courant d'air augmenta et il fut plus que jamais sur ses gardes. La porte des toilettes pour hommes.

Elle était ouverte.

Quelqu'un avait oublié de fermer cette fenêtre, et comme le directeur n'avait pas branché le système d'alarme, personne ne s'en était aperçu. Il essayait de trouver une explication simple. Rasoir d'Occam. L'explication selon laquelle quelqu'un se serait introduit dans la banque pour s'en prendre à lui alors que cette même personne aurait pu le faire n'importe où à l'extérieur et en plus d'une occasion lui paraissait terriblement tirée par les cheveux.

Il mit les deux pieds sur la cuvette des W-C et se hissa à la hauteur de la petite fenêtre. Les mêmes barreaux que dans son cagibi. La pluie dégringolait au-delà. Rien à signaler de ce côté. Il redescendait de la cuvette lorsqu'il entendit un nouveau bruit, *à l'extérieur des toilettes mais à l'intérieur de la banque.* Cette fois, le sang se rua dans ses veines comme l'eau d'un barrage dans une turbine. D'un coup, la peur fut là. Il se tourna vers la porte, le cœur battant, les jambes en coton. *Il y avait bien quelqu'un...* Quelque part dans cette banque. Il resserra sa prise sur l'arme, mais sa main moite glissait sur la crosse humide.

Appeler des renforts. Mais s'il se trompait ? Il imagina les gros titres : « *Un flic fait une crise de paranoïa dans une banque vide.* » Il pouvait aussi appeler le directeur et prétexter qu'il n'arrivait pas à lire les enregistrements. Et après ? Il resterait enfermé ici en attendant que quelqu'un se pointe ? Il en était là de ses réflexions quand le bruit de l'issue de secours se refermant en claquant parvint jusqu'à lui.

Bon sang !

Il se rua hors des toilettes, passa en courant devant les guichets, dérapa dans le virage et fonça vers le fond du couloir. Il franchit à son tour le battant métallique. Un escalier. Des pas au-dessus de lui, une cavalcade dans les marches. *Merde !* Servaz s'élança. Deux volées de marches en béton et une porte par étage. Les marches vibraient sous ses pieds. Il prêta l'oreille pour essayer d'entendre si le fuyard quittait la cage d'escalier, mais eut la certitude qu'il continuait de grimper. Au bout de trois étages, il fut à bout de souffle, la poitrine en feu. Il s'agrippa à la rampe métallique. Au septième, il s'arrêta pour reprendre sa respiration, plié en deux, les mains sur les genoux. Ses poumons faisaient un bruit de soufflet. La sueur lui coulait du nez et le dos de sa chemise était trempé. Sa cible, elle, continuait de grimper : il sentait les vibrations sous ses semelles. Il reprit son ascension. Il atteignait le septième étage lorsqu'une porte métallique grinça puis claqua bruyamment en se refermant au-dessus de lui. Il ouvrit celle du septième. Elle ne grinça pas et ne se referma pas non plus. Ce n'était pas une porte d'étage que le fuyard avait empruntée... Son cœur cognait dans sa poitrine comme s'il allait exploser. L'espace d'un instant, il se demanda s'il pouvait crever d'une crise cardiaque, en grimpant un escalier à la poursuite d'un assassin.

Il dépassa le neuvième.

Ses muscles étaient en ciment lorsqu'il franchit enfin les deux dernières volées de marches. *Le toit...* Le bruit métallique venait de là. C'était là que le fuyard s'était réfugié. L'appréhension revint à toute vapeur. Servaz se souvint de l'enquête dans les Pyrénées. Du vertige. De sa peur du vide. Il hésita.

Il était inondé de sueur. Faisant passer son arme d'une main dans l'autre, il essuya ses paumes contre son pantalon, puis il épongea son visage d'un revers de manche. Il attendit que son cœur se calme un peu, fixant la porte métallique fermée.

Qu'est-ce qui l'attendait derrière ? Et si c'était un piège ?

Il savait qu'avec sa peur du vide il serait en position d'infériorité. Mais il avait une arme...

Celui qu'il poursuivait était-il armé ?

Il hésitait sur la conduite à tenir. En même temps, l'impatience et l'urgence lui mordaient les talons. Il posa une main tremblante sur la barre métallique. Le battant grinça quand il le repoussa. Aussitôt, l'orage, les éclairs, le vent et la pluie lui sautèrent à la figure. Il sentit que le vent était beaucoup plus fort ici, à découvert, qu'en bas. Ses semelles écrasèrent du gravier, la terrasse en était recouverte. Elle n'était qu'un vaste espace plat avec une bordure en béton d'à peine vingt centimètres. Son estomac se noua. Il apercevait les toits de Marsac au-delà, la flèche de l'église cernée par les nuées, les collines noyées, le ciel immense comme une mer et plein de nuages. Il laissa la porte se refermer derrière lui. Où était-il passé ? Le vent le décoiffait. Il regarda à droite et à gauche. Une rangée de massifs de maçonnerie d'un mètre de haut, percés par les ouvertures de la ventilation, émergeait de la terrasse. Il y avait aussi de gros tuyaux qui couraient au ras du sol, trois paraboles – et c'était tout.

Où était-il passé ?!

La pluie avait repris avec violence. Elle dégoulinait dans son col et sur sa nuque, lui tambourinait sur le crâne, lui rinçait la figure. Des nuages noirs stationnaient au-dessus de la ville. Des éclairs blêmissaient les collines. Il avait la sensation d'être suspendu en plein ciel.

Le vent à ses oreilles.

Un bruit sur sa gauche...

Il tourna la tête de ce côté, l'arme pointée. Au même instant, son cerveau analysa la situation en un centième de seconde et conclut : « piège ». Un caillou, un objet... On avait jeté quelque chose pour l'attirer dans la mauvaise direction.

Il entendit – mais trop tard – la cavalcade dans son dos, sentit le choc brutal contre sa colonne vertébrale quand il fut heurté de plein fouet, empoigné par la taille et poussé rapidement en avant. Son torse se vida comme un siphon sous l'effet de la panique. Ses jambes s'arc-boutèrent. Il lâcha l'arme, ses mains battirent.

Il fut bousculé, entraîné. Son agresseur avait l'avantage de l'impulsion initiale et de la surprise. Avant même d'avoir eu le temps de réagir, il se sentit précipité à toute vitesse vers le bord du toit.

Vers le vide !

— NNNOOOONNNNNNN !

Il s'entendit hurler, vit le bord arriver beaucoup trop vite, le paysage tout entier bondir à sa rencontre, malgré ses semelles qui agrippaient désespérément le gravier.

Dix étages.

Sa vision – des arbres, un petit parc qui ressemblait à un square anglais avec ses immeubles de briques rouges et ses corniches blanches, ses toits, son clocher carré et pointu, ses voitures, un pigeon – s'élargit et se troubla, distordue par la peur, la pluie, le vertige... Il hurla. Il vit la totalité de la place dans l'ombre, l'enfilade des balcons à ses pieds, les traits verticaux et convergents de la pluie, la pointe de ses chaussures heurtant la bordure en béton. *Son corps plongeant en avant, le basculement fatal...*

L'espace d'un instant, il se balança ainsi au bord du gouffre, seulement retenu par une main dans son dos.

Puis il reçut un coup violent sur la tête, des taches lumineuses envahirent son champ visuel et il sombra dans un trou noir.

Irène Ziegler et Zuzka Smatanova atterrirent à l'aéroport de Toulouse-Blagnac, en provenance de Santorin, à 20 h 30, ce soir-là. Le vol avait duré moins de deux heures et elles avaient encore à l'esprit l'image de leur avion survolant l'îlot volcanique, avec sa vertigineuse falaise de cent vingt mètres de haut s'abîmant dans la mer scintillante et les maisons blanches posées comme de la fiente d'oiseau au sommet de l'ancien volcan.

Dans l'aérogare, elles récupèrent leurs bagages et se dirigèrent vers le hall D. Là, une navette gratuite les transporterait jusqu'au parc « économique » où leur voiture les attendait depuis un mois. Total : 108 euros de stationnement. Ziegler avait fait des additions dans sa tête pendant tout le voyage. La quasi-totalité des vacances avait été réglée par la Slovaque. Irène n'avait payé que son billet d'avion aller et retour et deux restaurants, l'un à Paros, l'autre à Naxos. Assurément, le métier de stripteaseuse et de gérante de boîte de nuit était plus rémunérateur que celui de gendarme. Elle s'était déjà demandé comment sa hiérarchie réagirait si elle apprenait un jour qu'elle avait pour compagne la gérante d'une boîte de striptease, laquelle réglait aussi une partie de ses factures, mais elle avait décidé une fois pour toutes que, si elle devait choisir un jour entre son métier et Zuzka, elle n'hésiterait pas une seconde.

Elles traînaient leurs valises à roulettes derrière elles en regardant la pluie tomber derrière les vitres et en songeant avec nostalgie au soleil grec lorsqu'elles passèrent devant un kiosque à journaux. Irène s'immobilisa.

— Qu'est-ce qu'il y a ? demanda la Slovaque.
— Attends.

Zuzka lui jeta un regard interrogateur. La gendarme avait lâché sa valise. Elle s'approchait du présentoir. La photo était de mauvaise qualité mais le visage familier. Martin Servaz la regardait depuis la une d'un journal, le visage blanc dans la lueur des flashes. Le titre clamait : « HIRTMANN ÉCRIT À LA POLICE. »

20

Nuages

Des nuages gris et livides. Bulbeux comme des champignons. Empilés dans le ciel comme des buildings. Le regard levé vers eux, il sentit une goutte de pluie heurter sa cornée. Dure comme une bille. Puis une deuxième, une troisième. Il cligna les yeux. La pluie le frappait au visage. La bouche ouverte, il la recevait aussi sur la langue.

Une douleur terrible à l'arrière du crâne, là où sa tête reposait sur le gravier. Il la souleva, la douleur augmenta, s'étendant comme des racines à son cou et à ses épaules. En grimaçant, il roula sur le côté, *vers la gauche*... Son visage se retrouva aussitôt au-dessus de l'abîme et il eut un haut-le-cœur en découvrant le vide. Il était étendu au bord du toit ! À quelques centimètres seulement d'une chute mortelle. Avec effroi, il roula dans l'autre sens, sur les gravillons qui piquèrent sa chair à travers ses vêtements – puis il rampa hors de portée du danger avant de se remettre sur ses jambes flageolantes.

Il porta une main à son crâne et tâta précautionneusement. Aussitôt, la douleur irradia et il la retira. Il avait cependant eu le temps de sentir l'énorme bosse sous son cuir chevelu. Il regarda ses doigts et la pluie lava le sang qui les rougissait. Cela ne voulait rien dire. Le cuir chevelu saignait toujours abondamment.

Il aperçut son arme un peu plus loin. Fit deux pas et se baissa pour la ramasser.

Il se traîna vers la porte métallique qui, de ce côté, était pourvue d'une poignée. Tentant d'analyser ce qui s'était passé.

Une pensée fusa. *L'enregistrement…*

Il dévala les deux volées de marches d'un pas incertain, ouvrit la porte du dixième étage et se rua vers les ascenseurs. Parvenu au rez-de-chaussée, les portes de la cabine s'ouvrirent et il chercha des yeux celle de l'escalier. Il la franchit, avisa la porte de secours de la banque qu'il avait empruntée quelques minutes plus tôt. Le groom automatique l'avait refermée. Il ressortit de l'immeuble et se dirigea vers les portes vitrées de l'agence. Elles étaient toujours verrouillées. Il était enfermé dehors. Il sortit son téléphone et joignit le directeur.

— Vous avez terminé ?

— Non. Mais il s'est produit quelque chose.

Cinq minutes plus tard, un 4x4 de marque japonaise se garait sur la place. Le directeur en descendit et s'avança vers lui, l'air inquiet. Il pianota un code et Servaz entendit le bourdonnement de la serrure électronique, il poussa aussitôt le battant et fonça vers le cagibi.

Le petit appareil d'enregistrement avait disparu. Ne restaient plus que les fils de branchement sur la table.

C'était ça que voulait son agresseur. Récupérer l'enregistrement. *Il avait pris un risque considérable. Pas de doute, c'était lui... Le personnage à la capuche.* C'était lui qui avait tué Claire Diemar, lui qui avait drogué Hugo. Servaz n'avait plus le moindre doute. Pendant tout ce temps, il était là, épiant le flic, le suivant. Il l'avait vu s'approcher de la caméra de surveillance et entrer dans la banque. Il avait compris ce que Servaz s'apprêtait à faire. Il n'avait aucun moyen de savoir si on pouvait le reconnaître, alors il avait pris ce risque insensé... Il avait dû s'introduire dans la banque avec les autres clients, puis se rendre aux toilettes et y rester planqué jusqu'à la fermeture. Il avait ensuite attiré Servaz à l'opposé du cagibi et, pendant que le flic était dans les toilettes, de l'autre côté de l'agence, il avait dérobé le disque dur et filé. Quelque chose comme ça.

Servaz jura. Il s'aperçut que ses vêtements trempés formaient déjà une flaque à ses pieds.

— Vous croyez qu'il était sur cet enregistrement... qu'il s'est... introduit dans *ma* banque... celui qui a tué cette jeune femme ?

La voix du directeur tremblait presque. Il était en train de réaliser ce qui s'était passé. Il était livide. Servaz avait l'impression qu'on lui enfonçait une barre de fer dans le crâne tant la douleur était forte. Il devait voir un médecin. Il appela l'Identité judiciaire et leur demanda d'envoyer une équipe.

— Rentrez chez vous, dit-il au directeur.

Puis il sortit de la pièce et se dirigea vers le hall. Ses semelles gorgées d'eau émettaient un bruit de succion à chaque pas. Sur un grand support en carton, une jolie employée lui adressa un sourire radieux. Elle avait un foulard aux couleurs de la banque noué autour du cou. Sans savoir pourquoi, Servaz maudit soudain tous ces publicitaires qui polluaient leur quotidien, leurs cerveaux et désormais la totalité de leurs existences de la naissance à la mort avec leurs manipulations mentales. Ce soir, il en voulait à la terre entière. Il laissa les portes se refermer derrière lui et alluma une cigarette à l'abri des balcons de l'immeuble. De quelque façon qu'il envisageât ce qui venait de se passer, il parvenait toujours à la même conclusion : *il avait laissé filer l'assassin.*

Le jour s'obscurcissait de plus en plus, sauf à l'est où le ciel était encore clair et brillant sous les nuages, et les ténèbres gagnaient sous les arbres de la place. Il regarda sa montre. 22 h 30. La police scientifique ne serait pas là avant une bonne heure.

L'inquiétude lui tordait le ventre. Il avait conscience que, tout près d'eux, un meurtrier n'hésitait pas à s'en prendre à des policiers, qu'il agissait avec un sang-froid et une détermination effrayants. Il évoluait à quelques mètres à peine, mettant ses pas exactement dans les leurs. Il était là, il ne les quittait pas. Servaz sentit les poils de sa nuque se dresser à cette idée.

Son portable bourdonna dans sa poche. Il regarda le numéro. C'était Samira.

— Ils ont identifié Thomas999, dit-elle dans l'appareil. Il ne s'appelle pas du tout Thomas.

Tout à coup, il fut très loin de la banque.

— Tu ne vas pas le croire, dit-elle.

On cogna à la porte. Margot jeta un coup d'œil à sa coloc endormie, regarda l'écran de son ordinateur allumé sur le lit, consulta l'heure dans le coin de l'écran. 23 h 45. Elle se leva. Entrouvrit le battant.

Elias. Son visage lunaire et pâle – du moins la moitié qui n'était pas dissimulé par sa mèche de cheveux – se détachait sur l'obscurité du couloir.

— Qu'est-ce que tu fous dans le dortoir des filles ? Tu ne connais pas les téléphones et les textos ?

— Suis-moi, dit-il.

— Quoi ?

— Magne-toi.

Elle fut à deux doigts de l'insulter et de lui claquer la porte au nez, mais le ton de sa voix l'en dissuada. Elle retourna jusqu'à son lit, attrapa un short, un tee-shirt et les enfila. Il était près de minuit, elle était en culotte et en soutien-gorge, et Elias n'avait pas eu le moindre regard en direction de son corps qu'elle savait en général du goût des garçons. De deux choses l'une, soit il était vraiment puceau, comme certaines filles l'affirmaient, soit il était gay – comme le soutenaient parfois les mecs.

Elle appuya sur la minuterie et le couloir s'illumina.

— Putain, Margot !

Son cri n'était qu'un murmure rauque. Elle lui jeta un regard interrogateur. Elias haussa les épaules et ils se dirigèrent vers l'escalier. En bas des marches, dans le hall, deux bustes en marbre les regardèrent ouvrir la porte donnant sur le parc. Dehors, il y avait une accalmie au milieu de l'orage. Entre les nuages, la lune griffait la nuit tel un ongle pâle. La végétation n'en était pas moins gorgée d'eau et Margot la sentit pénétrer dans ses baskets dès ses premiers pas dans l'herbe.

— Où est-ce qu'on va ?

— Ils sont sortis.

— Qui ?

Il leva les yeux au ciel.

— Sarah, David et Virginie. Je les ai vus se diriger vers le labyrinthe l'un après l'autre. Ils ont dû s'y donner rendez-vous. Il faut faire vite.

— Attends. Et si on tombe sur eux ? On dira quoi ?

— On leur demandera ce qu'ils font là.

— Super.

Ils s'enfoncèrent dans les ombres. Ils passèrent près de la statue sous le grand cerisier et pénétrèrent dans le labyrinthe en se glissant sous la chaîne rouillée. Elias s'arrêta et prêta l'oreille. Margot l'imita. Silence. Partout, la végétation s'ébrouait dans le vent, s'égouttait en attendant la prochaine averse. Cela rendait tout autre bruit difficilement identifiable, mais cela couvrait aussi ceux qu'ils pouvaient produire.

Elle vit Elias hésiter puis prendre à gauche. À chaque tournant, elle craignait de tomber sur le trio. Les haies n'avaient pas été taillées depuis longtemps et parfois une branche lui griffait la figure dans le noir. La couverture nuageuse s'était reformée. Elle n'entendait rien d'autre que le bruit du vent et des feuillages détrempés en train de s'égoutter et elle commença à se demander si Elias ne s'était pas trompé.

Jusqu'au moment où les voix s'élevèrent. Toutes proches.

Elias s'immobilisa devant elle et lui fit un signe, la main levée, comme dans ces films de guerre où des commandos se faufilent en territoire ennemi. Elle faillit ricaner. Mais, au fond d'elle, elle n'avait pas envie de rire. Un sentiment de malaise commençait à la gagner. Elle retint son souffle. Ils étaient juste là... Après le prochain tournant. Ils firent deux pas de plus et, cette fois, la voix de David s'éleva haut et clair.

— C'est flippant, ça fout les boules, était-il en train de dire.

— Qu'est-ce qu'on peut faire d'autre ? (La voix douce et voilée de Sarah, Margot la reconnut d'emblée.) Il n'y a plus qu'à attendre...

— On ne peut pas le laisser comme ça, protesta David.

Un courant électrique parcourut le duvet des bras de Margot. Elle n'avait qu'une envie : retourner dans sa chambre et retrouver Lucie. David avait une voix atone et geignarde. Une élocution approximative, qui dérapait sur certaines syllabes. Comme s'il était ivre – ou défoncé.

— Je le sens mal, ce coup-là. Il y a... il y a sûrement quelque chose à faire... merde, on ne peut pas... on ne peut pas l'abandonner...

— La ferme.

La voix de Virginie. Elle avait claqué comme un coup de fouet.

— Tu ne dois pas craquer maintenant, tu m'entends ?

Mais David ne semblait pas entendre. Margot perçut des sanglots à travers la haie. Comme un gémissement sourd et prolongé. Un grincement de dents aussi.

— Oh putain... putain... putain, gémit-il. Oh, merde de merde...

— Tu es fort, David. Et nous sommes là. Nous sommes ta seule famille, ne l'oublie pas. *Sarah, Hugo, moi et les autres...* On ne va pas laisser tomber Hugo, pas question...

Un silence. Margot se demanda de quoi Virginie voulait parler. David venait d'une famille connue : son père était un industriel et le P-DG du groupe Jimbot.

En graissant des pattes à tous les échelons, en cajolant des élus, en finançant leurs campagnes électorales, il avait décroché une bonne partie des nombreux marchés autoroutiers, d'aménagement et de travaux publics de la région au cours des dernières décennies. Son frère aîné, après des études à Paris et à Harvard, dirigeait l'entreprise familiale avec son père. David les haïssait, Hugo le lui avait dit un jour.

— On doit réunir le Cercle en urgence, dit soudain David.

Un autre silence.

— Pas possible. La réunion aura lieu le 17, comme prévu. Pas avant.

La voix de Virginie, encore une fois. Pleine d'autorité.

— Mais Hugo est en taule ! geignit David.

— On ne va pas laisser tomber Hugo. Jamais. De toute façon, ce flic va bien finir par comprendre et, si nécessaire, on l'aidera à le faire…

Margot sentit le sang quitter lentement son visage. La façon dont Virginie avait parlé de son père lui faisait froid dans le dos ; il y avait dans le fond de sa voix une brutalité glaçante.

— Ce flic, comme tu dis, c'est le père de Margot.

— Justement.

— Justement quoi ?

Un silence. Virginie ne répondit pas.

— Ne t'inquiète pas, on l'a à l'œil, dit-elle finalement. Et sa fille aussi…

— Qu'est-ce que tu racontes ?

— Je dis simplement qu'il faut faire comprendre à ce flic qu'Hugo est innocent… D'une manière ou d'une autre… Et, pour le reste, on doit être prudents…

— Tu n'as pas remarqué que, ces derniers temps, chaque fois qu'on tourne la tête elle est là ? intervint Sarah. Pas loin ? Toujours à traîner là où on est...
— Qui ça ?
— Margot.
— Tu insinues que Margot nous espionne ? C'est absurde !

C'était David. Elias tourna la tête et interrogea Margot du regard dans la pénombre. Elle cligna les yeux, nerveusement.

— Je veux dire qu'il faut qu'on soit prudents. C'est tout. Je ne la sens pas, cette fille.

La voix de Sarah coulait comme un ru glacé. Margot eut soudain envie de déguerpir. Au-dessus du labyrinthe obscur, des nuages livides couraient dans la nuit.

Soudain, son smartphone imita, faiblement mais distinctement, le son d'une harpe dans sa poche. Elias lui lança un regard furibard, les yeux ronds comme des soucoupes. Margot sentit son cœur effectuer un saut périlleux dans sa poitrine.

— Je lui parlerai, si vous voulez... commença David.
— CHUT ! C'était quoi, ce bruit ? Vous n'avez pas entendu ?
— Quel bruit ?
— On aurait dit... une harpe, un truc dans ce genre... Là... Tout près...
— Je n'ai rien entendu, dit David.
— Je l'ai entendu aussi, dit Sarah. Il y a quelqu'un ici !

« ON COURT ! », murmura Elias dans son oreille. Sur ces mots, il l'attrapa par la main et ils piquèrent un sprint vers la sortie sans plus chercher à dissimuler leur présence.

— Putain ! hurla David. Il y avait quelqu'un !

Ils l'entendirent qui se lançait à leur poursuite. Suivi des deux autres... Elias et elle couraient à perdre haleine à présent, prenant les virages aussi vite que possible, frôlant les haies au passage. Derrière eux, ça courait aussi, Margot percevait le bruit de la cavalcade. Elle avait l'impression que son sang cherchait à jaillir de ses tempes. Que les virages et les allées n'en finissaient pas. Quand ils passèrent à toute vitesse sous la chaîne à l'entrée du labyrinthe, l'écriteau rouillé lui griffa cruellement le dos et elle grimaça de douleur. Elle voulut repartir par où ils étaient venus, mais la main d'Elias la tira violemment en arrière.

— Pas par là ! gronda-t-il en un murmure. Ils vont nous voir !

Il l'entraîna de l'autre côté, se faufilant dans un espace étroit entre deux haies qu'elle n'avait pas remarqué, et ils se retrouvèrent dans l'ombre complète sous les arbres. Des gouttes d'eau tombaient des frondaisons dans le noir. Ils détalèrent en zigzaguant entre les troncs et émergèrent devant les grandes vitres de l'amphithéâtre en demi-cercle. Margot aperçut leurs deux reflets plaqués sur l'obscurité de l'amphi, gesticulant comme deux élèves du mime Marceau. Ils le contournèrent jusqu'à une petite porte à laquelle elle n'avait jamais prêté attention. À sa grande surprise, elle vit Elias fouiller dans ses poches puis glisser une clé dans la serrure. L'instant d'après, ils étaient à l'intérieur, l'écho de leur cavalcade se répercutant dans les couloirs déserts.

— Où est-ce que tu as trouvé cette clé ? lança-t-elle en courant derrière lui.
— Plus tard !
Un escalier. Ce n'était pas celui qu'ils avaient emprunté. Celui-ci était plus ancien, plus étroit et il sentait la poussière. Ils grimpèrent jusqu'à l'étage des dortoirs. Elias poussa une porte. Margot n'en revint pas : ils se trouvaient devant le dortoir des filles. La porte de sa chambre était à quelques mètres seulement.
— Fonce ! murmura-t-il. Ne te déshabille pas ! Glisse-toi dans ton lit et fais semblant de dormir !
— Et toi ? demanda-t-elle.
Le sang faisait un bruit de tambour dans ses veines.
— Ne t'occupe pas de moi, cours !
Elle obéit et fila jusqu'à sa porte, l'ouvrit, jeta un coup d'œil en arrière : Elias avait disparu. Elle la referma derrière elle et commençait à défaire la ceinture de son short lorsqu'elle se remémora ses paroles. Elle souleva le drap et se glissa en dessous sans se déshabiller.
Quelques secondes plus tard, son pouls s'emballa lorsque des pas rapides retentirent dans le couloir et la peur explosa dans sa poitrine quand quelqu'un tourna la poignée de la porte. Elle ferma les yeux et entrouvrit la bouche comme quelqu'un qui dort, s'efforçant de respirer amplement et calmement. À travers ses paupières closes, elle devina la lueur d'une torche qui passait sur son visage. Elle était sûre que, de là où ils étaient, ils pouvaient entendre son cœur qui battait la chamade, noter la sueur sur son front et la rougeur de son visage.
Puis la porte se referma, les pas s'éloignèrent et

elle entendit Sarah et Virginie qui rentraient dans leur chambre.

Elle rouvrit les yeux dans le noir.

Des points blancs dansaient devant ses yeux.

Elle avait la gorge sèche et le corps inondé de sueur. Elle se redressa et s'assit sur son lit. Elle se rendit compte qu'elle tremblait de la tête aux pieds.

21

Vacances romaines

La radio était allumée. La voix dans les haut-parleurs posée et profonde. « En quoi consiste le métier de député ? À passer son temps dans des comités de bienfaisance, des réunions de quartier, des assemblées départementales, à applaudir à des discours, à inaugurer des supermarchés, à être expert en pugilat local, à serrer des pognes et à savoir dire oui au bon moment. Surtout savoir dire oui au bon moment. La plupart de mes confrères ne croient absolument pas que les maux de la société puissent être résolus par une quelconque législation, ils ne croient pas davantage que le progrès social fasse partie de leurs attributions. Ils croient à la religion des privilèges, au credo du cumul et au dogme de la gratuité – pour eux-mêmes, bien entendu. »

Servaz se pencha et monta le son, sans quitter la route des yeux. La voix envahit l'habitacle. Ce n'était pas la première fois qu'il l'entendait. Avec son insolence, sa jeunesse et son sens de la formule, son propriétaire était devenu le chouchou des médias. Celui qu'il fallait inviter sur les plateaux télé et aux matinales radiophoniques, celui qui filait des érections aux audiences.

« Vous parlez de ceux d'en face ou de ceux de votre propre camp ? voulut savoir le présentateur.

— Les mots ont un sens, non ? J'ai dit "la plupart". M'avez-vous entendu tenir un discours partisan ?

— Vous avez bien conscience que vous n'allez pas vous faire que des amis en disant cela ? »

Nouvelle pause. Servaz sentait toujours la douleur lancinante pulser comme une veine à l'arrière de son crâne. Il consulta l'écran de son GPS. La forêt défilait dans la lueur des phares. Elle n'était pas inhabitée. Des barrières blanches, des lampadaires tous les cinquante mètres et des fossés soigneusement curés. Derrière les arbres, il apercevait de grosses bâtisses modernes.

« Les gens m'ont élu pour que je leur dise la vérité. Vous savez pourquoi les gens votent ? Pour avoir l'illusion du contrôle. Le contrôle est aussi important pour les humains que pour les rats. Dans les années 70, des chercheurs ont démontré, en envoyant des décharges électriques à deux groupes de rats, que ceux à qui on donnait le moyen de les contrôler avaient plus d'anticorps et moins d'ulcères.

— Peut-être parce qu'ils recevaient moins de décharges, tenta de plaisanter le présentateur.

— Eh bien, moi, c'est ce que je fais et veux continuer à faire, poursuivit la voix sans se laisser démonter. Redonner le contrôle à mes administrés. Pas seulement l'illusion. C'est pour ça qu'ils m'ont élu. »

Servaz ralentit. Hollywood. C'était à ça que lui faisaient penser toutes ces baraques illuminées entre les arbres. Pas une seule qui fît moins de trois cents mètres carrés. Ça sentait les magazines de décoration, les grands crus dans la cave à vin et le jazz en sourdine.

« Il y a un élu pour cent habitants dans ce pays et un médecin pour trois cents. Vous ne croyez pas que ça devrait être le contraire ? Résultat, vous distribuez une certaine somme, là-haut, tout en haut, pour qu'elle soit destinée à tel ou tel usage, et – comment dire ? – elle... *ruisselle*. À chaque niveau intermédiaire, une partie de la somme s'évapore. Quand elle arrive enfin en bas, à ceux à qui elle devrait être normalement dévolue, une bonne partie de la somme a disparu en frais de fonctionnement, salaires, attributions de marchés, etc.

— Vous dites ça parce que la gauche a remporté la quasi-totalité des régions au mois de mars dernier, ironisa le présentateur.

— Évidemment. N'empêche, vous payez bien des impôts, non ? Je parie que... »

Servaz coupa le son. Il était presque arrivé. L'émission était enregistrée, mais rien ne lui garantissait qu'il trouverait l'oiseau au nid. Ni qu'il ne serait pas en train de dormir. Pourtant, c'était ici qu'il voulait le rencontrer. Pas à sa permanence. Il n'avait informé personne de sa démarche – hormis Samira et Espérandieu. Vincent avait simplement dit : « Tu es sûr de ne pas la jouer à l'envers ? »

Que venait de dire monsieur le député ? *Le contrôle est aussi important pour les humains que pour les rats*... Eh bien, oui, tout à fait d'accord, c'est pour cela que Servaz voulait le garder sur sa propre enquête.

Il quitta la route et s'engagea très lentement dans l'allée, entre les arbres. Toute droite, elle courait sur une dizaine de mètres et aboutissait devant une bâtisse adossée aux bois qui était tout le contraire de celle de

Marianne : moderne, de plain-pied, toute de béton et de verre. Mais, côté surface, elle n'avait rien à lui envier. Après la rive nord du lac, ce quartier de maisons nichées au milieu des bois était le plus chic de Marsac. Du reste, Marsac était une ville qui enfreignait toutes les lois en termes de quotas de logements sociaux. Et pour cause : il n'y aurait eu presque personne à mettre dedans. Soixante pour cent de sa population était constitué de professeurs d'université, de cadres, de banquiers, de pilotes de ligne, de chirurgiens et d'ingénieurs travaillant dans l'aéronautique à Toulouse. D'où les deux parcours de golf, le tennis-club et le deux-étoiles au Michelin. Marsac, deux églises, une halle couverte du XVIIe siècle et des dizaines de pubs et de restaurants. Un pôle technologique de pépinières d'entreprises innovantes en liaison avec les laboratoires de recherche de sa faculté des sciences et avec les grands groupes industriels installés dans la banlieue toulousaine. Marsac, une sorte de banlieue chic pour l'élite de la région où on vivait entre soi, loin des turbulences de la grande ville.

Il avait coupé le moteur. Il contempla la bâtisse éclairée à travers le pare-brise et la nuit qui tombait avec la lenteur étouffante des soirs de juin. Il n'était pourtant pas loin de minuit. Des lignes horizontales, un toit plat, de grandes surfaces vitrées qui se coupaient à angles droits le long d'une terrasse surélevée. Les pièces, cuisine américaine ultramoderne, salons, coursives, étaient entièrement visibles, malgré les stores à lames verticales. On aurait dit du Mies Van der Rohe. Servaz se dit que Paul Lacaze, l'étoile montante de la droite, avait poussé son statut d'homme public jusque dans les choix architecturaux de sa demeure. Il ouvrit sa portière et descendit. Quelqu'un l'observait à travers l'une des baies. *Une femme...* Il la vit tourner la tête et parler à quelqu'un d'autre.

Soudain, son téléphone bourdonna.

— Martin, tu vas bien ? Qu'est-ce qui s'est passé ?

Marianne... Il chercha des yeux la femme derrière la baie vitrée. Elle avait disparu. Une silhouette d'homme l'avait remplacée.

— Ça va. Qui t'a prévenue ?

— Le directeur de la banque est un ami... *(Bien sûr*, songea-t-il. Marianne elle-même lui avait dit qu'elle connaissait tout le monde ici.) Écoute... (Il l'entendit soupirer dans l'appareil.) Je suis désolée pour hier soir... je sais que tu fais ton possible, je... je voudrais m'excuser.

— Je dois te laisser, dit-il. Je te rappelle.

Il reporta son attention sur la maison. L'une des portes vitrées avait coulissé et la silhouette se tenait à présent sur la terrasse, sous le toit plat en béton qui la protégeait de l'averse.

— Qui êtes-vous ?

— Commandant Servaz, police judiciaire, lança-t-il en sortant son écusson et en grimpant les marches. Paul Lacaze ?

Lacaze lui sourit.

— À votre avis ? Vous ne regardez jamais la télé, commandant ?

— Pas vraiment, non. Mais je viens de vous entendre à la radio... Très intéressant.

— Qu'est-ce qui vous amène ?

Servaz se mit à l'abri et le détailla. Quarante ans. Taille moyenne, costaud, l'air en bonne forme physique. Lacaze portait une tenue de jogging à capuche qui lui donnait un peu l'allure d'un boxeur après l'entraînement. C'est ce qu'il était. Un puncheur. Un combattant. Le genre qui préférait cogner plutôt qu'esquiver. Le jogging n'était pas le même que sur la vidéo de surveillance, mais ça ne voulait rien dire.

— Vous ne devinez pas ?

Le regard se fit moins amical.

— Claire Diemar, dit Servaz.

Pendant un instant, le député demeura rigoureusement immobile.

— Chéri, qu'est-ce que c'est ? dit une voix de femme derrière lui.

— Rien. Monsieur est de la police. Il enquête sur cette histoire de meurtre. Et, comme je suis le député-maire de cette ville…

Lacaze lui jeta un regard pénétrant. Servaz vit la femme s'avancer, franchir la porte vitrée. Elle portait un foulard noué sur la tête et une perruque bouclée en dessous. Ses sourcils avaient été remplacés par un épais trait de crayon noir et, même dans ce demi-jour gris sombre, elle avait mauvaise mine. Malgré cela, elle était encore jolie. Elle lui tendit une main, Servaz la prit. La main ne pesa pas plus qu'une plume dans la sienne ; elle était sans force et sans énergie.

Il lut dans ses yeux que la nuit du cancer gagnait du terrain et, tout à coup, il eut envie de s'excuser et de repartir.

— C'cst une histoire affreuse, dit-elle. Cette pauvre femme…

— Je n'en ai pas pour longtemps, s'excusa-t-il. Simple formalité.

Il regarda son mari.

— Si nous allions dans mon bureau, commandant ?

Servaz hocha la tête. Lacaze montra le sol. Servaz baissa les yeux et découvrit un paillasson. Il s'essuya docilement les pieds. Puis ils pénétrèrent dans la maison. Traversèrent le salon où une grande TV à écran plat diffusait un film en noir et blanc sous-titré, son coupé. Servaz aperçut deux verres à moitié remplis de scotch sur la table basse et une bouteille sur le bar. Un couloir éclairé par des spots. Pas la moindre déco sur le mur, de l'autre côté la nuit se plaquait contre la vitre. Lacaze poussa une porte au fond du couloir. Le bureau, comme il fallait s'y attendre, était vaste, moderne et confortable. Les murs d'ébène presque entièrement recouverts de photos encadrées.

— Asseyez-vous.

Lacaze passa derrière son bureau et se laissa tomber dans un fauteuil en cuir. Il alluma une lampe d'architecte. La chaise dans laquelle Servaz s'assit était faite de tubes chromés et de cuir souple.

— Personne ne m'a averti de votre visite, commença le député.

Il avait perdu toute urbanité.

— J'ai pris sur moi.
— D'accord. Que voulez-vous ?
— Vous le savez.
— Allez aux faits, commandant.
— Claire Diemar, c'était votre maîtresse...

Le député ne cacha pas sa surprise. Servaz ne posait pas une question, il affirmait.

— Qui vous l'a dit ?
— Son ordinateur. Pourtant, quelqu'un a pris soin de vider soigneusement ses deux messageries, celle de son travail et celle de son domicile. Une manœuvre passablement stupide, si vous voulez mon avis.

Lacaze le regarda sans comprendre. Ou alors c'était un bon acteur.

— « Thomas999 », c'est bien vous, non ? Vous échangiez des mails passionnés.

— Je l'aimais.

La réponse, laconique, directe, prit Servaz au dépourvu. Apparemment, Lacaze cultivait la franchise dans tous les domaines. Un politicien sincère ? Servaz n'était pas assez naïf pour croire qu'il existât un seul spécimen de cette espèce.

— Et votre femme ?

— Suzanne est malade. Et j'aime ma femme, commandant. Tout comme j'aimais Claire. Je sais que ça doit vous paraître difficile à comprendre.

Toujours cette apparente franchise. Servaz se méfiait des gens qui parlent toujours au nom de la vérité.

— C'est vous qui avez vidé les messageries de Claire Diemar ?

— Quoi ?

— Vous m'avez très bien entendu.

— Je ne sais pas de quoi vous parlez.

— Vous connaissez la question rituelle, dit-il.

— Vous n'êtes pas sérieux ?

— Si.

— Je n'ai pas à y répondre.

— C'est vrai, mais j'aimerais que vous le fassiez quand même.

— Est-ce que vous n'auriez pas dû consulter monsieur le juge avant de venir nous importuner à une heure pareille, ma femme et moi ? Vous avez entendu parler, j'imagine, de l'immunité parlementaire ?

— Ces termes ne me sont pas inconnus.

— Donc, vous m'entendez à titre de témoin, c'est

bien cela ? Sans quoi s'applique la double impossibilité de l'heure et de mon immunité.

— C'est bien ça. Juste une petite conversation entre amis...

— À laquelle je peux mettre fin à tout moment.

Servaz inclina la tête.

Le politicien le fixa, puis il se rejeta contre le dossier de son fauteuil en soupirant.

— Quelle heure ?

— Vendredi. Entre 19 h 30 et 21 h 30.

— J'étais ici.

— Seul ?

— Avec Suzanne. On se passait un DVD... Elle aime les comédies américaines des années 50, figurez-vous. Ces derniers temps, je fais tout pour lui rendre la vie plus... *agréable*. Vendredi, attendez, c'était *Vacances romaines*, je crois, mais il faudra le lui demander. Je n'en suis pas sûr. Elle pourra en témoigner si on en arrive là... Mais on n'en est pas là, n'est-ce pas ?

— Pour le moment, cette conversation n'existe pas, confirma Servaz.

— C'est bien ce qu'il me semblait.

Deux boxeurs au moment de la pesée. Lacaze le jaugeait. Il aimait les adversaires à la hauteur.

— Parlez-moi d'*elle*.

Servaz avait choisi le pronom intentionnellement. Il savait quelle chimie étrange le mot pouvait déclencher dans le cerveau d'un homme amoureux. Il le savait d'expérience.

De fait, il vit le regard de Lacaze vaciller. Touché. Le boxeur accusait le coup.

— Ah... bon Dieu... *elle*... elle... c'est vrai ce qu'on dit ?

Le député chercha ses mots.

— Qu'elle est morte... *ligot*ée... *noyée*... Oh, merde... je crois que je vais vomir !

Servaz le vit se lever d'un bond et se précipiter vers la porte. Mais, avant de l'avoir atteinte, il avait déjà fait demi-tour. Il oscilla quelques instants au milieu de la pièce, comme s'il gisait dans les cordes, groggy, avant de revenir vers le fauteuil et de s'y laisser tomber – et l'analogie se prolongea dans l'esprit du flic : il ne manquait plus qu'un seau et un soigneur dans le coin du ring.

— Désolé.

Une sueur microscopique perlait sur le front du député, qui avait perdu toute couleur.

— Oui, répondit doucement Servaz à la question. C'est vrai.

Servaz vit le politicien baisser la tête jusqu'à toucher presque le sous-main avec le front. Les coudes sur le bureau, il posa ses mains à l'arrière de son crâne, les doigts croisés.

— Claire... oh, putain, Claire... Claire... Claire...

La voix de Lacaze n'était plus qu'un long lamento montant du fond de sa gorge. Servaz n'en revenait pas. Ou ce type était raide dingue de cette femme ou c'était le meilleur acteur du monde. Il semblait se moquer éperdument que quelqu'un assistât à la scène.

Puis il se redressa. Et Servaz vit les yeux rouges le fusiller. Il avait rarement vu quelqu'un d'aussi bouleversé.

— C'est le gamin qui a fait ça ?

— Désolé. Je ne peux pas répondre à cette question.

— Mais vous avez une piste, au moins ?

Il l'avait posée d'un ton presque suppliant. Servaz

fit signe que oui. En avait-il une ? Il commençait à en douter.

— Je ferai tout mon possible pour vous aider, dit le député en reprenant ses esprits. Je veux qu'on chope l'ordure qui a fait ça.

— Dans ce cas, répondez à mes questions.

— Allez-y.

— Parlez-moi d'elle.

Lacaze respira fort et, comme le boxeur proche de l'épuisement qui retourne au combat, il se lança.

— C'était une fille très intelligente. Magnifique. Talentueuse. Claire avait tout pour elle, c'était une jeune femme bénie des dieux, elle avait tous les talents.

Bénie des dieux jusqu'à vendredi soir, pensa Servaz.

— Comment vous êtes-vous rencontrés ?

Lacaze raconta. En détail. Avec, nota Servaz, une certaine complaisance et une émotion non feinte. Il avait été invité à visiter le lycée, comme tous les ans depuis qu'il était maire de Marsac. Il connaissait chacun de ses enseignants, chacun des membres du personnel : la khâgne de Marsac était l'une des vitrines de la ville pour attirer les meilleurs étudiants de la région. On lui avait présenté la nouvelle professeur de langues et de cultures antiques. Il s'était passé quelque chose, dès le premier contact, expliqua-t-il. Ils avaient bavardé, un verre à la main. Elle lui avait expliqué qu'auparavant elle enseignait le français et le latin dans un collège, qu'elle avait obtenu l'agrégation et enseigné dans un autre lycée avant de se voir proposer ce poste prestigieux. Il avait tout de suite senti qu'elle était seule et qu'elle avait besoin de quelqu'un à ses côtés pour débuter une nouvelle vie dans un nouvel environnement professionnel. Instinctivement, avec son flair inné pour lire dans la tête des gens – il avait hérité ce don de son père, précisa-t-il, le sénateur Lacaze. Dès la première rencontre, il avait été clair dans son esprit qu'ils n'en resteraient pas là. Et c'est ce qui s'était passé, à peine deux jours plus tard, lorsqu'ils s'étaient croisés dans une station de lavage de voitures. Ils étaient passés directement de la station à l'hôtel. Ça avait commencé comme ça.

— Votre femme était déjà malade à ce moment-là ?

Lacaze sursauta comme si on l'avait giflé.

— Non !

— Et ensuite ?

— Le truc habituel. On est tombés amoureux. J'étais un homme public. Il fallait faire preuve de discrétion. Cette situation nous pesait. On aurait voulu crier notre amour au monde entier.

— Elle vous demandait de quitter votre femme et vous ne vouliez pas, c'est ça ?

— Non. Vous avez tout faux, commandant. *C'est moi qui voulais quitter Suzanne.* Et c'est Claire qui était contre. Elle disait qu'elle n'était pas prête, que cela ruinerait ma carrière, elle refusait de prendre cette responsabilité alors qu'elle ne savait pas encore si elle voulait partager ma vie.

Une nuance de regret dans sa voix.

— Et puis, Suzanne est tombée malade et tout a changé… (Il plongea un regard blessé, des yeux infiniment tristes dans ceux de Servaz.) Ma femme m'a fait comprendre que j'avais un destin, que Claire était quelqu'un de trop égocentrique, trop centrée sur elle-même pour pouvoir m'aider à le réaliser. Qu'elle était ce genre de femme qui n'apporte jamais rien aux autres, mais qui les vide au contraire de leur substance pour nourrir la sienne. Elle m'a fait promettre... si elle venait à disparaître... de ne pas renoncer à mon avenir pour... pour *elle*...

— Comment était-elle au courant de votre liaison ?

Il vit les yeux de l'homme s'assombrir.

— Elle avait trouvé des indices, mené sa petite enquête. Ma femme a été journaliste. Elle a du flair et elle connaît le milieu. Disons qu'elle voulait savoir, sans en savoir plus que nécessaire.

— Vous fumez ?

Lacaze haussa un sourcil.

— Oui.

— Quelle marque ?

Le député lui renvoya un regard intrigué, mais répondit néanmoins.

— Vous aviez déjà mis les pieds chez Claire ?

— Oui. Bien sûr.

— Vous n'aviez pas peur que quelqu'un vous voie ?

Il vit le politicien hésiter.

— Il y a un passage... dans les bois... qui donne sur son jardin... (Servaz ne montra aucune réaction.) De l'autre côté, cela mène à une petite aire de pique-nique, dans la forêt, au bord d'une route. Le passage est pour ainsi dire impossible à repérer si vous ne savez pas qu'il existe... Je me garais là et je faisais le trajet à pied. Environ deux cents mètres. Les seules personnes qui auraient pu me voir, c'étaient les voisins d'en face : leurs fenêtres donnent sur le jardin de Claire. Mais c'était un risque à courir. Et je mettais toujours un vêtement à capuche. (Il sourit.) Cela nous pesait, mais c'était aussi excitant, en vérité. On se sentait comme des conspirateurs. Des ados fugueurs. Vous savez : le syndrome « nous-contre-le-monde-entier ».

Sa voix avait dérapé sur la fin : les meilleurs souvenirs deviennent des croix lourdes à porter dans certaines circonstances, se dit Servaz. Il pensa au passage dans les bois. Lacaze lui en aurait-il parlé s'il était l'homme qui épiait Claire en fumant dans les taillis ? L'avait-il espionnée et avait-il découvert qu'elle fréquentait quelqu'un d'autre ? Hugo ? Et le vêtement à capuche ? Est-ce que c'était lui qu'il avait vu sur la vidéo ? La silhouette lui avait paru plus grande et plus mince, mais il pouvait se tromper. Pourquoi Lacaze avait-il éprouvé le besoin de l'évoquer ? Est-ce que le politicien était en train de le mettre inconsciemment au défi de prouver sa culpabilité ?

— Bien, vous avez d'autres questions ?
— Pas pour le moment.
— Très bien. Je vous l'ai dit ; je ferai tout ce qui est en mon pouvoir pour vous aider. Mais… d'un autre côté… *vous avez bien conscience de ma position.*

Lacaze avait visiblement recouvré ses esprits. Servaz lui lança un regard volontairement chargé d'incompréhension.

— Ma position d'homme public, précisa le politicien, agacé. La classe politique de ce pays est à l'agonie. Moribonde. Nous n'avons plus aucune foi en nous-mêmes, nous nous partageons le pouvoir depuis si longtemps que nous n'avons plus la moindre idée nouvelle, la moindre chance de changer quoi que ce soit. Commandant, je n'ai pas honte de le dire : je suis l'une des étoiles montantes du parti. Je crois en mon destin. Dans deux ans, quand notre Président aura perdu l'élection, car il la perdra, je vais prendre la tête de cette formation – et c'est moi qui serai en première ligne en 2017. Quand la gauche devra à son tour affronter son bilan. Quand l'Europe comme le reste du monde seront partout le théâtre de révoltes et d'insurrections. Des hommes comme moi sont l'avenir. Vous comprenez les enjeux ? Ils dépassent largement votre enquête, la mort de Mlle Diemar ou le salut de mon couple.

Servaz n'en revenait pas : l'ambition dévorait cet homme.

— Et par conséquent ?

— Par conséquent, je ne peux pas me permettre la moindre ombre au tableau, le moindre soupçon, vous saisissez ? Car c'est cela que les gens voudront : des gens neufs, immaculés. Vierges de toute corruption, étrangers aux vieilles combines, touchés en aucune façon par quelque affaire que ce soit. Vous devez mener votre enquête avec la plus absolue discrétion. Vous savez comme moi que si mon nom vient à apparaître – même si je suis innocent –, il y aura toujours quelqu'un pour suggérer qu'il n'y a pas de fumée sans feu, pour alimenter la rumeur, pour me salir... Mais si nous parlions de votre carrière, au lieu de parler de la mienne. Je peux vous aider, commandant. J'ai de puissants appuis. Au niveau régional comme au niveau national. Mon avis est écouté en haut lieu. (Lacaze inspira à fond.) Je compte sur votre discrétion. Et sur votre loyauté. Ne vous méprenez pas : je veux qu'on trouve le salopard qui a fait ça au moins autant que vous – mais je veux aussi que cette enquête soit menée avec discernement.

Ben voyons... Servaz sentait la colère monter en lui. Le « je ferai tout pour vous aider » était déjà oublié. Lacaze lui proposait rien de moins qu'un échange de services, un renvoi d'ascenseur. Il se leva.

— Ne vous fatiguez pas. Je n'ai pas voté à une élection depuis près de vingt ans. Je suppose que ça fait de moi un individu fort peu réceptif à tout argument de type électoral. J'ai une dernière question.

Lacaze attendit.

— La prépa de Marsac, en dehors du fait que vous visitez le lycée une fois l'an, vous la connaissiez déjà ?

— Bien sûr, j'ai été élève à Marsac. C'est... comment vous expliquer ? Un endroit très particulier. Très différent de...

— Ne vous fatiguez pas. Je connais.

Lacaze lui lança un regard surpris. Servaz sortit et remonta le couloir.

En retournant vers le salon, il se cogna presque dans l'épouse du député. Elle se tenait droite comme un I devant lui et son regard posé sur Servaz était d'une froideur absolue. Elle tenait un verre de whisky qu'elle porta à ses lèvres sans cesser de le regarder, le défiant, les lèvres blanches et serrées. Il comprit le message implicite : *elle savait* – et elle aussi espérait qu'il saurait rester discret. Mais pour d'autres raisons.

— Vous avez du sang sur votre col, derrière, constata-t-elle d'une voix glaciale.

— Excusez-moi, bafouilla-t-il en rougissant. Désolé de vous avoir dérangée si tard.

— Ceux qui croient qu'il n'y a rien après la vie se trompent, dit-elle en regardant le fond de son verre. Il y a une éternité de silence. Ce n'est pas une chose facile à affronter. (Elle releva les yeux sur lui.) Foutez-moi le camp.

Il quitta le couloir, retraversa le salon en direction de la baie vitrée. Elle le suivit des yeux sans rien dire lorsqu'il repassa sur la terrasse. Il se sentait écrasé.

Écrasé par le poids de la nuit qui régnait ici. Écrasé par celui de son propre passé. Écrasé par le contrecoup de ce qu'il avait éprouvé, là-haut, sur le toit. Il s'arrêta un instant sous l'abri du toit en béton, regarda la campagne noire et hostile. La douleur tambourinait toujours à l'arrière de son crâne, comme le rappel de quelque chose – *mais de quoi ?* Puis il releva son col et s'enfonça tristement dans les ténèbres.

22

Nostalgie

Elle se pencha sur la cuvette des W-C pour vomir. Se rinça la bouche. Se lava les dents. Rinça de nouveau. Puis elle se redressa et regarda le fantôme qui la fixait dans le miroir. Elle le défia du regard comme elle le faisait depuis des mois. Mais elle sentit que le fantôme n'avait plus peur d'elle, qu'il était chaque jour plus fort.

Officiellement, le fantôme avait commencé à proliférer dix mois plus tôt dans son cou, mais elle savait qu'il était là depuis bien plus longtemps. Sous la forme d'une unique petite cellule de départ, aussi solitaire que fatale, qui attendait son heure : le moment où elle commencerait à se diviser en milliers, millions puis milliards de cellules immortelles. Ironie du sort : plus le nombre de cellules immortelles augmentait, plus elle se rapprochait de sa propre mort. Deuxième ironie : l'ennemi n'était pas extérieur mais intérieur. Il était né d'*elle*. Mécanisme moléculaire, division cellulaire, agents mutagènes, foyers secondaires… Elle était devenue une spécialiste. Elle avait l'impression d'éprouver physiquement la prolifération des cellules cancéreuses dans son corps, les armées du cancer qui circulaient sur les autoroutes de son système circulatoire, investissaient les bretelles, les échangeurs, les routes secondaires de ses capillaires et de ses ganglions lymphatiques, assiégeaient ses poumons, sa rate, son foie, envoyaient les métastases jusque dans son aine et dans son cerveau. Elle ouvrit l'armoire à pharmacie à la recherche de l'antiémétique. Fit couler de l'eau dans le verre à dents. Elle n'avait rien dans l'estomac à part de l'alcool, mais elle n'avait plus d'appétit. Elle avait repris la chimio au début de la semaine. Elle fredonna *Feeling Good*. La version de Muse ou celle de Nina Simone. Plus elle mourait, plus elle avait envie de chanter. *Birds flying high you know how I feel/Sun in the sky you know how I feel*. En sortant de la salle de bains, elle capta la voix qui montait du bureau. Il avait laissé la porte entrouverte. Pieds nus, elle s'approcha. Il était inquiet. Il parlait d'une voix fébrile dans le téléphone.

— On a un problème, je te dis. Ce flic ne va pas en rester là. C'est un coriace.

Elle posa une main sur son foulard et sa perruque. Vérifia leur position. Un nouveau haut-le-cœur. Elle se propulsa tout à coup très loin d'ici. Des planètes qui naissent et meurent, des étoiles qui cessent de briller au fond de l'espace, un bébé à naître dans un ventre pendant qu'une personne s'éteint, une vague qui se forme au large de l'océan et qu'elle chevauche sur une planche de surf à quinze ans, une sonate de Schubert qu'elle joue au piano à dix-neuf ans, applaudie par cent personnes, des varans dans une jungle, un lagon, un volcan, un sac à dos, un tour du monde effectué à vingt-huit avec l'homme bien plus âgé et marié qu'elle

aimait alors. C'est cela qu'elle aurait voulu. Rembobiner le film... Repartir de zéro... Tout recommencer...
De nouveau, la voix paniquée à travers la porte.
— Je sais quelle heure il est ! Appelle-le et demande-lui ce qui se passe. Non, pas demain, cette nuit, merde ! Qu'il sorte le proc de son lit, bordel !
Où étais-tu et que faisais-tu vendredi soir ?
Elle sourit. Le chouchou des médias avait peur. Une peur bleue. Elle l'avait aimé. Oh oui. Plus qu'aucun autre. Avant de le mépriser. Plus qu'aucun autre également. Son mépris était en proportion de son amour d'autrefois. Était-ce un des effets secondaires de la maladie ? Elle aurait dû la rendre plus compréhensive, non ? Plus... *empathique*, comme disaient ces gens. Ses *amis* – journalistes, hommes politiques, toubibs, chefs d'entreprise, petits bourgeois. Elle se rendait compte à présent combien elle était entourée de pédants, de cuistres, de poseurs, la bouche pleine de jolis mots, de traits d'humour et de formules creuses qu'ils se passaient des uns aux autres. Combien lui manquaient les gens simples de son enfance. Son père, sa mère : de simples artisans... Leurs voisins, leurs amis, le quartier modeste où elle avait grandi.
— D'accord. Tu me rappelles.
Elle l'entendit raccrocher et elle s'éloigna discrètement. Elle l'avait écouté dire à ce flic qu'ils avaient passé la soirée ensemble à regarder un DVD. Qu'elle adorait les comédies américaines des années 50 – la seule vérité dans ce tissu de mensonges. *Vacances romaines* ! Elle faillit éclater de rire. Elle l'imagina en Gregory Peck et elle en Audrey Hepburn sur leur Vespa, filant dans les rues de Rome. Dix ans plus tôt, ils avaient ressemblé à ça, il est vrai. Un couple

parfait. Que tout le monde admirait, enviait, *jalousait*... Dans chaque soirée où ils se rendaient, tous ces regards posés sur eux – elle, la jeune journaliste brillante et séduisante, lui, le jeune politicien plein d'avenir. Des regards émerveillés et envieux. Il était toujours un politicien plein d'avenir...

Des lustres qu'ils n'avaient pas regardé un film ensemble.

Elle l'avait entendu gémir comme un animal blessé sur la mort de cette pute. Sans se soucier du flic assis en face de lui. Il l'aimait à ce point ?

Où étais-tu vendredi ?

Une chose était sûre : il n'était pas à la maison ce soir-là. Pas plus que les autres soirs.

Elle ne voulait pas savoir. Il y avait suffisamment de ténèbres autour d'elle. Il pouvait bien rôtir en enfer ou dépérir en prison – mais une fois qu'elle serait morte. La tristesse, la solitude et la peur de la mort avaient un goût de poussière de plâtre dans sa bouche. Ou peut-être était-ce encore un tour du fantôme. Elle voulait mourir en paix.

Ziegler ouvrit la penderie et en extirpa, l'une après l'autre, plusieurs tenues d'uniforme qu'elle déposa sur le lit.

Une veste en tissu imperméable bleu marine et bleu roi avec deux bandes marquées « GENDARMERIE » sur le dos et la poitrine. Un blouson polaire bleu avec renforts de coudes et d'épaules. Plusieurs polos manches longues, deux pantalons, trois jupes droites, des chemises, une cravate noire et une pince de cravate, plusieurs paires d'escarpins et deux paires de rangers, des gants, une casquette et un chapeau qu'elle trouva aussi ridicule que la dernière fois où elle l'avait coiffé, juste avant les vacances.

Sauf qu'aujourd'hui elle ne revêtait plus ces tenues à l'occasion de cérémonies quelconques – prise d'arme ou visite du préfet –, mais quotidiennement. Ces uniformes que la plupart de ses collègues portaient avec fierté étaient à ses yeux les symboles de son déclassement et de sa disgrâce.

Elle avait passé deux ans à enquêter en civil à la Section de Recherche. Et voilà qu'elle revenait à la case départ.

Elle avait rêvé d'une promotion dans une grande ville. Une ville pleine de lumières, de bruit et de fureur. Au lieu de cela, elle se retrouvait à la campagne. Elle savait que, dans ces campagnes à l'air idyllique, la criminalité avait beau être moins visible, elle n'en était pas moins omniprésente. La voiture et les nouvelles technologies avaient permis au crime de se répandre dans tous les recoins du pays. D'un côté, les criminels urbains endurcis n'hésitaient plus à se déplacer vers des zones où la police était moins présente ; de l'autre, il suffisait d'un patelin de quelques centaines d'habitants pour trouver un ou deux crétins décérébrés dont les rêves de grandeur consistaient à égaler en saloperie leurs modèles citadins. Autant dire qu'ici comme ailleurs deux professions n'étaient pas menacées par le chômage : les avocats et les flics.

Mais elle savait aussi que, dès qu'une affaire d'importance se présenterait, elle lui échapperait aussitôt pour être confiée à une unité de recherches plus compétitive que sa modeste brigade.

Elle s'assura que toutes ses tenues étaient propres

et repassées, puis elle les rangea de nouveau dans la penderie et s'empressa de les oublier. Ses vacances se termineraient demain matin. Pas question d'ici là de se laisser aller à des pensées négatives.

Elle ressortit de la chambre, traversa le salon minuscule de son appartement de fonction et s'empara du journal sur la table basse. Puis elle se dirigea vers le petit bureau sous la fenêtre, alluma son ordinateur et s'assit.

Ziegler retrouva l'article. Il n'y avait pas d'autres informations que celles de la version papier sur le site Internet du journal. En revanche, un lien renvoyait vers un article plus ancien – paru pendant qu'elle séjournait dans les îles grecques. Il s'intitulait : « MEURTRE D'UNE JEUNE PROFESSEUR À MARSAC. *Le policier qui a résolu l'affaire de Saint-Martin chargé de l'enquête.* » Elle ressentit un picotement.

— Bon dieu, vous avez une idée de l'heure qu'il est ?

Le ministre postillonna dans le combiné en tendant une main vers la lampe de chevet. Il jeta un coup d'œil à son épouse qui dormait profondément au milieu du grand lit, la sonnerie du téléphone ne l'avait même pas réveillée. L'homme à l'autre bout du fil ne broncha pas. Après tout, il était le président du groupe parlementaire à l'Assemblée et il n'avait pas pour habitude de réveiller les gens pour des peccadilles.

— Vous vous doutez bien que si je vous appelle à une heure pareille, c'est qu'il s'agit d'une affaire de la plus haute importance.

Le ministre se dressa sur son séant.

— Qu'est-ce qui se passe ? Il y a eu un attentat terroriste ? Quelqu'un est mort ?

— Non, non, dit la voix. Rien de tout ça. Néanmoins, ça ne pouvait attendre demain, à mon avis.

Le ministre eut envie de lui dire que les avis sont à peu près aussi nombreux et différents que ce qu'ils avaient tous les deux entre les jambes, mais il s'abstint, il était pressé d'en savoir plus.

— De quoi s'agit-il ?

Le chef du groupe parlementaire le lui expliqua. Le ministre fronça les sourcils et, jetant ses jambes hors du lit, glissa ses pieds blancs dans ses pantoufles. Puis il sortit de la chambre et passa dans le bureau de son logement de fonction.

— Vous dites qu'il était l'amant de cette femme ? C'est une rumeur ou un fait ?

— Il l'a avoué lui-même à ce policier, répondit son interlocuteur.

— Bordel ! Il est encore plus con que je ne le pensais ! Et il ne vous aurait pas dit, par hasard, s'il l'a tuée ? ironisa le ministre.

— À mon avis, non, répondit son interlocuteur le plus sérieusement du monde. Je ne crois pas Paul capable d'une telle chose. Si vous voulez mon opinion, Paul est un faible qui veut se faire passer pour un fort.

Le président du groupe parlementaire ne fut pas fâché de cette saillie, qui innocentait son rival tout en l'abaissant. Il n'ignorait rien des ambitions de Paul Lacaze. Il savait que le jeune député convoitait son poste. Il détestait cet électron libre, ce jeune chien fou qui se posait en chevalier blanc de la politique. Le problème avec le blanc, songea-t-il, c'est que c'est salissant. Il n'était pas mécontent, au fond, de ce qui arrivait. Mais, à l'autre bout, le ministre soupira.

— Je vous conseille de rayer des mots comme « avis », « je crois » ou « opinion » de votre vocabulaire, le tança-t-il sèchement. Les électeurs n'aiment pas les opinions, ils aiment les actions et les faits.

Le chef du groupe parlementaire eut envie de répliquer, mais il rongea son frein. Il était assez fin politique pour savoir quand il valait mieux la fermer.

— Et ce flic, qu'est-ce qu'on sait de lui ?

— C'est lui qui a fait tomber Éric Lombard il y a un an et demi, répondit-il.

Un silence à l'autre bout du fil. Le ministre réfléchissait. Il regarda sa montre. Minuit douze.

— J'appelle la garde des Sceaux, décida-t-il. Il faut à tout prix garder le contrôle sur cette histoire avant qu'elle ne nous pète à la gueule. Et vous, vous rappelez Lacaze. Dites-lui qu'on veut le voir. Dès demain. Je me fous de savoir ce qu'il a dans son agenda. Qu'il se démerde.

Il raccrocha sans attendre la réponse. Chercha le numéro de la femme qui occupait la tête du ministère de la Justice. Il allait falloir qu'elle se renseigne très vite sur les magistrats en charge du dossier. L'espace d'un instant, il regretta le temps où les juges étaient à la botte du pouvoir, où, dans ce pays, on pouvait étouffer n'importe quelle affaire, où la vie du premier flic de France n'était faite que d'écoutes illégales, de rapports compromettants sur ses rivaux et de coups tordus. Il aurait adoré ce temps-là, mais ce n'était plus possible. Aujourd'hui, les petits juges mettaient leur sale groin partout et il fallait prendre garde au moindre faux pas.

Servaz regarda l'horloge sur le tableau de bord. Minuit vingt. Il n'était peut-être pas trop tard. Avait-il le droit de débarquer comme ça, à l'improviste ? Il eut à nouveau dans les narines son parfum, tel qu'il l'avait humé quand elle l'avait embrassé, samedi soir. Il décida que oui. Au lieu de revenir sur Marsac, il laissa le quartier résidentiel derrière lui et continua à travers les bois, puis il tourna à gauche au prochain carrefour, au milieu des champs. La route le ramenait directement vers le lac. En arrivant aux abords de celui-ci, la première maison le long de la rive nord, après avoir longé les bois et pris un dernier virage, était celle de Marianne. Il vit de la lumière au rez-de-chaussée, derrière les arbres. Elle n'était pas couchée. Il roula jusqu'au portail et descendit.

— C'est moi, dit-il simplement après qu'il eut appuyé sur le bouton et entendu le courant grésiller dans l'interphone – et il se rendit compte que son cœur battait un peu trop fort.

Il n'y eut aucune réponse, mais un déclic, et le portail s'ouvrit lentement tandis qu'il se remettait au volant. Il roula doucement sur le gravier, ses phares découpant les branches basses des sapins. Personne pour le guetter derrière les fenêtres, mais la porte d'entrée était ouverte en haut du perron.

Il la referma derrière lui et se laissa guider par le son de la télé. Il la trouva assise dans un canapé couleur sable, les genoux ramenés sous elle, au milieu des coussins, devant une émission littéraire. Un verre de vin à la main. Elle l'éleva vers lui.

— Cannonau di Sardegna, dit-elle. Tu en veux ?

Elle ne semblait pas surprise par sa visite tardive.

Il n'avait jamais entendu parler de ce vin. Elle était vêtue d'un pyjama-short en satin. Le tissu bleu électrique du pyjama mettait en valeur sa chevelure blonde, ses yeux clairs et ses jambes hâlées – et il ne put s'empêcher de les admirer.

— Volontiers, dit-il.

Elle se déplia souplement et alla chercher un grand verre à pied dans le meuble-bar, le déposa sur la table basse et le remplit au tiers de sa hauteur. Le vin était sans doute bon, mais un peu trop corsé à son goût. Cependant, il devait bien admettre qu'il n'était pas un spécialiste. Elle avait coupé le son de la télé, mais laissé l'image. Réflexe de personne seule, se dit-il. Même sans le son, la télé était une présence. Elle avait l'air épuisée et triste, les yeux cernés, pas maquillée, mais il la trouva encore plus séduisante. Aodhágán avait raison. Elle avait été, était toujours sans rivale. Sans maquillage, dépeignée et vêtue de ce seul pyjama, elle aurait pu débarquer dans une soirée et éclipser toutes les autres – malgré leurs bijoux, leurs robes de couturier et leurs visites de dernière minute chez le coiffeur.

Elle se rassit. Il se laissa tomber à côté d'elle sur le canapé.

— Qu'est-ce qui t'amène ? demanda-t-elle.

Avant qu'il ait eu le temps de répondre, elle se tourna vers lui et sursauta.

— Bon sang, Martin, tu as du sang plein le col et les cheveux !

Elle se pencha et il sentit ses doigts qui écartaient délicatement sa chevelure.

— Tu as une très vilaine blessure... Il faut que tu voies un médecin... Comment est-ce que tu t'es fait ça ?

Il le lui dit en avalant une nouvelle gorgée de vin. Il savait qu'encore une ou deux comme celle-là et la tête lui tournerait. Il jeta un coup d'œil à l'étiquette. 14 degrés, pas moins... Il lui raconta les vidéos de surveillance de la banque, la deuxième silhouette, le bruit, la poursuite sur le toit.

— Est-ce que ça veut dire... est-ce que ça veut dire que la personne filmée par la caméra est le vrai coupable, selon toi ?

Il devina l'espoir qui nouait sa voix. Un espoir immense, démesuré.

— C'est possible, répondit-il prudemment.

Elle n'ajouta rien, mais il devina qu'elle réfléchissait intensément, tout en continuant d'écarter mécaniquement ses cheveux de l'extrémité de ses doigts.

— Tu ne peux pas rester comme ça... Il faut te recoudre.

— Marianne...

Elle se leva de nouveau et sortit de la pièce. Revint cinq minutes plus tard avec du coton, de l'alcool et une boîte de Steri-Strip.

— Ça ne va pas marcher, dit-il. Ou alors il va falloir que tu me rases le crâne.

— Et pourquoi pas ?

Il comprit que cela lui faisait du bien d'agir, de penser à quelqu'un d'autre qu'à Hugo, l'espace d'un instant. Il sentit la brûlure de l'alcool quand elle le désinfecta, tressaillit sous l'effet de la douleur lorsqu'elle appuya un peu trop fort. Elle sortit un Steri-Strip de la boîte, détacha la couche protectrice et essaya d'appliquer la suture mais renonça presque aussitôt.

— Tu as raison, il faudrait te raser.
— Pas question.

— Attends. Laisse-moi voir encore.

Elle se pencha de nouveau. Ses doigts farfouillant toujours dans ses cheveux. Elle était près. Trop près... Il prit conscience de la minceur de ce pyjama de satin qui le séparait de ce corps. Prit conscience de sa peau hâlée et chaude en dessous. De ses lèvres trop grandes, comme les siennes. Cela les faisait rire, dans le temps. Ils disaient que *leurs bouches s'étaient trouvées*. Les doigts de Marianne caressaient sa nuque... Il tourna la tête.

Vit ses yeux et en aperçut l'éclat.

Il savait que ce n'était pas le bon moment, que c'était la dernière chose à faire. Le passé était le passé. Il ne reviendrait pas. Pas comme avant. Pas un passé comme le leur. C'était impossible. Tout ce qu'ils y gagneraient, ce serait de mettre à sac leurs plus beaux souvenirs, de leur ôter une grande partie de la magie qu'ils conservaient à ce jour. Il était encore temps d'appuyer sur « pause » : il avait un million de bonnes raisons de le faire.

Mais la lame de fond déferla au creux de son ventre. Les doigts de Marianne glissèrent dans ses cheveux comme de l'eau et, pendant quelques secondes, il ne vit plus que son visage et ses yeux grands ouverts, scintillants comme un lac au clair de lune. Elle l'embrassa au coin des lèvres et il sentit ses mains, ses bras se glisser autour de lui. Tout à coup, le silence lui parut plus dense. Ils s'embrassèrent. Se regardèrent. S'embrassèrent de nouveau. Comme s'ils avaient besoin de s'assurer que tout cela était réel, et que c'était bien ce qu'ils souhaitaient. Ils retrouvèrent instinctivement les gestes du passé, cette façon bien à eux de se livrer : des baisers profonds, un abandon complet, où ils se laissaient totalement aller, paupières closes, là où Alexandra était toujours restée sur le seuil, bouche entrouverte, avec une réserve qui trahissait son besoin de contrôle, même pendant l'amour. Il aurait pu être aveugle qu'il aurait reconnu cette langue, cette bouche, ces baisers. C'était vrai ce qu'ils disaient : *leurs bouches s'étaient trouvées*. Il avait connu d'autres femmes – après Marianne et même après Alexandra –, mais il n'avait jamais retrouvé cette complicité, cette complémentarité. Il n'y avait qu'elle pour l'embrasser de cette façon.

Il la déshabilla rapidement et il reconnut de même la toison qui s'étendait entre ses cuisses, le cou long, les épaules larges, les boutons de ses seins, la tâche de naissance. Reconnut pareillement sa taille fine et ses bras minces et le bas de son corps plus robuste : la courbe ample, évasée, de ses hanches et les jambes solides comme celles d'un athlète, avec le même ventre étonnamment musclé que ses frères et elle devaient aux gènes paternels. Il reconnut aussi le mouvement de ce bassin se cambrant et venant à sa rencontre, reconnut l'humidité abondante sous ses doigts. Tout cela lui était si familier qu'il se rendit compte que le souvenir de ces sensations était niché là, inscrit quelque part dans les circonvolutions de son cerveau reptilien, attendant simplement d'être ressuscité. Et il eut l'impression de rentrer chez lui.

Ziegler n'avait pas sommeil. Elle avait repris sa routine nocturne, celle qui la maintenait éveillée toutes les nuits. Sa passion, sa traque. Mettant à jour ses infos. Révisant ses notes sur son MacBook Air après un mois de vacances pendant lequel Zuzka l'avait obligée à se déconnecter.

Les photos et les coupures de presse épinglées sur les murs de son coin-bureau témoignaient de son obsession. Si les membres de la cellule parisienne contactée par Servaz s'étaient introduits dans l'ordinateur d'Irène Ziegler, ils auraient sans doute été étonnés de la quantité d'informations qu'elle était parvenue à réunir en quelques mois sur un seul sujet : Julian Alois Hirtmann. Et peut-être auraient-ils estimé qu'elle aurait pu faire une excellente collègue. À l'évidence, Ziegler avait lu beaucoup de choses sur le sujet. En réalité, elle avait tout lu.

La gendarme avait trouvé dans les archives de la presse suisse une mine quasi inépuisable de renseignements sur l'enfance de Hirtmann, sur ses études de droit à l'université de Genève, sa carrière de procureur, son séjour de trois ans près la Cour pénale internationale de La Haye. Une reporter helvète avait longuement interrogé parents plus ou moins éloignés, voisins et habitants de Hermance, la petite ville sur les bords du Léman où Hirtmann avait grandi. L'enfance d'un tueur en série recèle toujours des signes avant-coureurs, tous les spécialistes le savent : timidité, solitude, sociabilité déficiente, goût pour le morbide, disparitions d'animaux dans le voisinage, rien que de très classique... La journaliste avait ainsi découvert un fait qui avait attiré l'attention des enquêteurs. À l'âge de dix ans, Hirtmann avait perdu son jeune frère Abel, huit ans, dans des circonstances mal élucidées. Cela s'était passé au beau milieu de l'été, alors que son petit frère et lui étaient en vacances chez leurs grands-parents ; leurs parents venaient tout juste de divorcer. Les grands-parents avaient une ferme, une grande bâtisse typiquement suisse, avec pigeonnier, vaches, oies, un vaste panorama, du bleu au-dessus, du bleu en dessous, près du lac de Thoune, dans l'Oberland bernois, et, derrière la maison, tout un alignement de glaciers « comme des assiettes sur un râtelier », selon l'expression de Charles Ferdinand Ramuz. Une vraie carte postale. Selon la journaliste, différents témoignages parlaient d'un enfant solitaire, se tenant à l'écart des autres, qui ne jouait qu'avec son petit frère. Chez leurs grands-parents, Julian et Abel avaient pris l'habitude de partir pour de longues excursions à bicyclette dans les environs du lac, qui pouvaient durer tout l'après-midi. Ils s'asseyaient dans l'herbe grasse et ils regardaient, en bas de la courbe harmonieuse et douce de la colline, les bateaux blancs qui sillonnaient le lac, écoutaient les cloches de la vallée rythmer lentement les heures, leurs joyeux carillons s'élevant comme des cerfs-volants dans les courants atmosphériques.

Ce soir-là cependant, Julian était rentré seul. Il avait déclaré, en pleurs, que son frère et lui avaient fait la connaissance d'un inconnu nommé Sebald. Ils l'avaient rencontré au début des vacances et, secrètement, ils partaient chaque jour le retrouver. Sebald – un adulte d'environ quarante ans – leur apprenait « un tas de choses ». Ce jour-là pourtant, il s'était montré bizarre et irritable. Quand Julian lui avait appris qu'Abel cachait deux *Basler Läckerlis* dans sa poche, Sebald avait voulu y goûter. « Je parie qu'Abel est le chouchou de sa maman, pas vrai, Julian ? Et que toi, tu es le mal-aimé ? » avait-il dit. Mais son petit frère avait obstinément refusé de partager les gâteaux avec

Sebald. « Qu'est-ce qu'on fait ? » avait alors demandé celui-ci d'une voix doucereuse, qui les avait tous les deux fait frissonner. Et, lorsque Abel, qui commençait à avoir peur, avait manifesté le désir de rentrer, Sebald avait ordonné à son frère de l'attacher à un arbre. Le jeune garçon, qui voulait plaire à l'adulte tout en ayant aussi peur de lui, avait obéi malgré les supplications de son petit frère. Puis l'homme lui avait demandé de mettre de la terre et des feuilles dans la bouche d'Abel pour le punir pendant qu'ils mangeraient les pâtisseries devant lui. C'était à ce moment-là que Julian s'était enfui, abandonnant son petit frère aux mains de l'adulte.

Aussitôt après avoir entendu le récit de Julian, grands-parents et voisins s'étaient précipités sur les lieux, mais il n'y avait trace d'Abel et de Sebald nulle part. Finalement, le corps d'Abel avait été recraché par les eaux du lac une semaine plus tard. L'autopsie avait révélé qu'on lui avait maintenu la tête sous l'eau. Quant au mystérieux Sebald, les nombreuses investigations menées par la police suisse n'avaient pas permis d'en retrouver la trace ni même d'en établir l'existence.

À l'université, à en croire les enquêtes menées par plusieurs magazines d'investigation, Hirtmann était sorti avec une demi-douzaine d'étudiantes, mais il avait eu une seule histoire sérieuse : avec celle qui allait devenir sa femme. Ses anciennes conquêtes avaient été harcelées par la presse, tout comme ses condisciples de la faculté de droit, et leurs témoignages divergeaient en bien des points. Certains le décrivaient comme un étudiant parfaitement normal ; d'autres mentionnaient sa fascination pour la mort et le macabre. Il regrettait souvent, selon eux, de ne pas avoir suivi des études de médecine plutôt que de droit – et faisait preuve de connaissances anatomiques surprenantes. Dans une interview publiée par *La Tribune de Genève*, une étudiante prénommée Gilliane avait déclaré : « Il était intéressant et drôle, pas du tout inquiétant ni menaçant. Au contraire, c'était quelqu'un qui savait manipuler les gens en leur parlant, les embobiner. Il était aussi fascinant par ce côté noir qu'il se donnait – sa façon de s'habiller, ses goûts musicaux, ses lectures, sa façon de vous regarder, vous voyez… » Un autre journaliste avait recoupé ses différents voyages dans des pays limitrophes de la Suisse avec un certain nombre de disparitions de jeunes femmes. Plusieurs articles parlaient du séjour de trois ans que Hirtmann avait effectué à la Cour pénale internationale de La Haye où il avait eu à statuer, entre autres crimes, sur des faits de viols, de tortures et de meurtres commis par des forces armées – y compris celle des Casques Bleus.

Ziegler avait constitué une liste non exhaustive des victimes « possibles » de l'ancien procureur en Suisse, mais aussi dans les Dolomites, les Alpes françaises, la Bavière et l'Autriche, et noté un certain nombre de disparitions suspectes en Hollande pendant la période où il y avait séjourné. Dont celle d'un homme d'une trentaine d'années, un petit fouineur de journaliste qui, semble-t-il, avait flairé quelque chose avant tout le monde. Sans doute la seule victime masculine du Suisse avec l'amant de sa femme. La disparition d'une touriste américaine aux Bermudes alors qu'il était en vacances à quelques kilomètres de là était également comptabilisée, même si les autorités avaient conclu à une attaque de requins. À l'époque, la presse et la police lui avaient attribué une quarantaine de cas étalés sur vingt-cinq ans. Les calculs de Ziegler approchaient plutôt la centaine. *Pas une seule n'avait été retrouvée*... S'il y avait un domaine où Hirtmann était passé maître, c'était dans celui de faire disparaître les corps.

Ziegler se renversa en arrière dans son fauteuil. Elle écouta un instant le silence de l'immeuble endormi. Dix-huit mois s'étaient écoulés depuis que le Suisse s'était évadé de l'Institut Wargnier. Avait-il tué pendant tout ce temps ? Elle aurait parié que oui. Combien de victimes à ajouter à la liste ? Le saurait-on jamais ?

La face sombre de Julian Alois Hirtmann avait éclaté au grand jour après le double meurtre de sa femme et de l'amant de celle-ci, le juge Adalbert Berger, un collègue du parquet de Genève, dans sa maison des bords du Léman, la nuit du 21 juin 2004. Hirtmann, qui avait l'habitude d'organiser des orgies fréquentées par la bonne société genevoise dans sa villa, avait invité ce soir-là le jeune juge à dîner pour régler entre gentlemen les modalités du départ d'Alexia, qui voulait divorcer. À la fin du dîner, alors que s'élevaient les *Kindertotenlieder* de Mahler, il les avait menacés d'une arme et les avait obligés à descendre à la cave, puis à se déshabiller, avant de les arroser de champagne pour finir par les électrocuter avec un godemiché électrique trafiqué. Cela aurait très bien pu passer pour un tragique accident, compte tenu du style de vie du couple, si le signal d'alarme de la maison ne s'était pas déclenché à cette occasion et si la police n'avait débarqué avant que l'épouse du Suisse, Alexia, n'eût fini de rendre l'âme.

L'enquête qui avait suivi avait permis de découvrir dans un coffre à la banque plusieurs classeurs remplis de coupures de presse concernant des dizaines de disparitions de jeunes femmes dans cinq pays limitrophes. Hirtmann avait déclaré qu'il s'intéressait à ces affaires par déformation professionnelle. Lorsqu'il s'était avéré que son système de défense n'était pas tenable, il avait commencé à manipuler les psychiatres. Comme la plupart des individus de son espèce, il savait parfaitement quel genre de réponses psychiatres et psychologues attendaient de quelqu'un comme lui ; nombre de criminels endurcis sont passés maîtres dans l'art de tourner le système à leur avantage. Le Suisse avait évoqué sa jalousie lorsqu'il avait découvert que ses parents aimaient beaucoup plus son petit frère que lui, le mépris de sa mère à son égard, l'alcoolisme et la violence de son père à son encontre, et même des gestes sexuellement déplacés de la part de sa mère – et il avait eu visiblement recours à ce don consommé pour manipuler les gens que l'étudiante avait évoqué dans son interview.

Julian Hirtmann avait séjourné dans plusieurs hôpitaux psychiatriques suisses avant d'atterrir à l'Institut Wargnier. Là où Servaz et Irène l'avaient rencontré. Là d'où il s'était évadé, deux hivers plus tôt, grâce à une complicité interne.

Ziegler revint aux deux articles de presse. Celui intitulé « *Hirtmann écrit à la police* » et celui qui parlait de l'enquête de Martin à Marsac. Qui était à l'origine de la fuite ? Elle pensa à l'état d'esprit dans lequel devait se trouver Martin. Elle s'inquiétait pour lui. Ils avaient longuement parlé, après l'enquête de l'hiver 2008-2009, au téléphone et au cours de balades dans les montagnes, et il avait fini par lui confier le traumatisme qui le hantait depuis l'enfance. Elle avait pris cela comme une grande marque de confiance car elle était sûre qu'il n'en avait parlé à personne pendant des années. Ce jour-là, elle avait décidé de veiller sur lui, à sa manière, à son insu même – comme une sœur, une amie...

Elle soupira. Elle s'était refusée à toute incursion dans l'ordinateur de Martin au cours des derniers mois. La dernière fois qu'elle l'avait piraté, c'était lorsque le conseil d'enquête – la commission de discipline de la gendarmerie – avait été saisi de son cas par la Direction nationale. À cette époque, elle avait montré des aptitudes à s'introduire dans les ordinateurs des autres que le ministère de la Défense aurait sans doute trouvées *intéressantes* s'il en avait eu connaissance. Elle avait ainsi lu le rapport qu'il avait adressé à son sujet à l'instance disciplinaire. C'était un rapport très favorable, qui soulignait ce qu'elle avait apporté à l'enquête, les risques qu'elle avait pris pour capturer le coupable et qui invitait le conseil à faire preuve de clémence. Comme elle n'était pas censée l'avoir lu, elle n'avait pas pu le remercier. Elle avait ensuite compulsé les échanges de mails – nettement moins favorables – de plusieurs officiers supérieurs de la gendarmerie.

À plusieurs reprises, elle avait été tentée de prendre des nouvelles de Martin de cette façon – elle savait comment accéder à ses deux machines : celle du SRPJ et celle de son domicile –, mais, chaque fois, elle avait décidé de n'en rien faire. Non seulement par loyauté, mais aussi parce qu'elle n'avait pas envie de découvrir des choses qu'elle regretterait ensuite de connaître.

Tout le monde a ses secrets, tout le monde a quelque chose à cacher, et personne n'est uniquement ce qu'il paraît.

Elle comme les autres. Elle voulait garder de Martin l'image qu'il lui avait laissée : celle d'un homme qui aurait pu la séduire si elle avait été attirée par les hommes, un homme empêtré dans ses contradictions, un homme hanté par son passé, plein de colère et de tendresse en même temps, dont le moindre geste, la moindre parole donnaient à penser qu'il savait que le poids de l'humanité est fait des actions additionnées de chaque homme et de chaque femme. Elle n'avait jamais connu homme plus mélancolique. Et plus droit. Parfois, Ziegler se prenait à rêver que Martin trouve enfin quelqu'un qui lui apporterait l'insouciance et la paix. Mais elle savait que cela n'arriverait jamais.

Hanté – c'était le mot qui s'imposait quand elle pensait à lui.

Elle pianota rapidement sur le clavier et, cette fois, ne recula pas. *C'est dans ton intérêt que je fais ça.* Une fois à l'intérieur, elle s'orienta avec la dextérité d'un cambrioleur dans un appartement sombre. Elle passa la messagerie en revue et le retrouva : le mail dont le journal faisait état, le mail qu'il avait reçu récemment. Il l'avait transmis à Paris, à la cellule chargée de la traque du Suisse :

De : *theodor.adorno@hotmail.com*
À : *martin.servaz@infomail.fr*
Date : 12 juin.
Objet : *Salutations.*

Vous souvenez-vous de la Quatrième, premier mouvement, commandant ? Bedächtig... Nicht eilen... Recht gemächlich... *Le morceau qui passait quand vous êtes entré dans ma « pièce », ce fameux jour de décembre ? Il y a longtemps que je songeais à vous écrire. Cela vous étonne-t-il ? Vous me croirez sans peine si je vous dis que j'ai été très occupé ces derniers temps. La liberté comme la santé ne sont vraiment appréciées que lorsqu'on en a été longtemps privé.*

Mais je ne vais pas vous importuner davantage, Martin. (Me permettez-vous de vous appeler Martin ?) J'ai moi-même horreur des importuns. Je vous donnerai bientôt de mes nouvelles. Je doute qu'elles soient à votre goût – mais je suis sûr que vous leur trouverez un intérêt.

Amitiés. JH.

Elle le lut – et le relut encore. Jusqu'à s'imprégner des mots. Elle ferma les yeux, serrant les paupières, se concentra. Les rouvrit. Puis elle parcourut le contenu des mails que Martin avait échangés avec la cellule parisienne et elle sursauta : Hirtmann avait peut-être été vu sur l'autoroute Paris-Toulouse, roulant à moto. Il y avait une pièce jointe et elle s'empressa de l'ouvrir. L'image tremblée, un peu floue, d'une caméra de surveillance à un péage... Un type de haute taille, casqué, sur une moto Suzuki. Il se penchait pour payer, tendait sa main gantée vers le guichet, son visage invisible sous le casque. Puis une autre image lui succéda. *Un homme grand, blond, avec une barbiche et des lunettes de soleil payant à une caisse de supérette.* Le blouson était identique, il y avait un aigle cousu dans le dos et un petit drapeau américain sur la manche droite. Ziegler sentit la chair de poule hérisser sa peau. Hirtmann ou pas ? Quelque chose de familier dans la démarche, dans la forme du visage... Mais elle se méfiait de son ardent désir de l'identifier, qui pouvait l'amener à des conclusions trop rapides.

Hirtmann à Toulouse…

Elle les revit, Martin et elle, dans cette cellule de l'Unité A, l'unité ultrasécurisée où étaient enfermés les pensionnaires les plus dangereux de l'Institut Wargnier. Elle avait assisté à l'entretien, du moins au début, avant que Hirtmann ne demande à s'entretenir seul à seul avec Martin. Quelque chose s'était passé ce jour-là. Elle l'avait senti. C'était arrivé sans crier gare, mais tous l'avaient ressenti : entre le tueur en série et le flic, une forme de connexion avait eu lieu – comme deux champions aux échecs ou deux monuments de la littérature se flairant et se reconnaissant. Que s'étaient-ils dit ensuite, une fois seuls ? Martin n'avait pas été très loquace sur ce point. Irène se souvenait surtout que, dès leur entrée dans la cellule de douze mètres carrés, la conversation s'était immédiatement engagée entre les deux hommes autour de la musique qui passait ce jour-là sur le lecteur : Mahler – du moins à en croire Martin, car Ziegler était incapable de faire la différence entre Mozart et Beethoven. C'était comme assister à un combat de boxe catégorie poids lourds entre deux adversaires qui se respectent. Chacun autour du ring étant conscient de sa petitesse et de n'être que spectateur.

« Je vous donnerai bientôt de mes nouvelles. Je doute qu'elles soient à votre goût – mais je suis sûr que vous les trouverez intéressantes. »

Un frisson. Quelque chose était en train de se passer. Quelque chose d'extrêmement désagréable. Ziegler éteignit l'ordinateur et se leva. Elle passa dans sa chambre, se déshabilla – mais les rouages de son esprit continuaient de fonctionner.

Intermède 2

Résolution

Elle avait eu une enfance.

Elle avait eu une vie pleine d'événements joyeux et tristes, une vie bien remplie, une vie qui ressemblait à une compétition de patinage artistique, avec ses figures imposées et ses figures libres. C'était dans les figures libres qu'elle était la meilleure. Une vie comme des millions d'autres.

Sa mémoire était comme toutes les mémoires : un album plein de photos jaunies ou une suite de petits bouts de films sautillants en Super-8 rangés dans des boîtiers ronds en plastique.

Une ravissante petite fille blonde qui faisait des châteaux de sable sur une plage. Une préado plus belle et plus troublante que les autres, dont les boucles, le regard velouté et les formes précoces perturbaient certains hommes adultes amis de ses parents qui devaient faire des efforts pour ignorer ses genoux bronzés, ses hanches et le chatoiement duveteux de sa peau. Une gamine espiègle et intelligente qui faisait la fierté de son père. Une étudiante qui avait rencontré l'homme de sa vie, un jeune homme brillant, triste, à la grande bouche et au sourire irrésistible, qui lui parlait du livre qu'il était en train d'écrire – avant de prendre conscience que l'homme de sa vie portait un fardeau qui ne desserrerait jamais son étreinte et que même elle ne pourrait rien contre les fantômes.

Et puis, elle l'avait trahi…

Il n'y avait pas d'autre mot. Elle eut envie de pleurer. *Trahison*. Rien de plus douloureux, rien de plus sinistre, rien de plus détestable que ce mot. Pour la victime comme pour le traître. Ou – en l'occurrence – la *traîtresse*… Elle se coucha en chien de fusil sur la terre nue et dure de sa tombe, dans le noir. Était-ce ce qu'elle était en train d'expier ? Était-ce Dieu qui la punissait à travers ce malade à l'étage ? Ces mois d'enfer : était-ce le prix de sa trahison ? Méritait-elle ce qui lui arrivait ? Est-ce que quelqu'un sur cette terre méritait ce qu'elle était en train de subir ? Elle n'aurait pas infligé pareil châtiment à son pire ennemi…

Elle pensa à l'homme qui vivait là, juste au-dessus, qui *vivait*, lui, contrairement à elle – qui allait et venait dans le monde des vivants tout en la maintenant dans l'antichambre de la mort. Tout à coup, un froid glacial l'envahit. Et s'il ne se lassait pas de ce jeu ? S'il ne s'en lassait *jamais* ? Combien de temps cela pouvait durer ? Des mois ? Des années ? Des décennies ? JUSQU'À SA MORT À LUI ? *Et combien de temps encore avant qu'elle ne devienne folle, complètement cinglée, dingo, siphonnée ?* Elle devinait déjà les prémices de sa folie. Parfois, elle se mettait à rire sans raison apparente, un rire qu'elle ne pouvait contrôler. Ou bien elle récitait des centaines de fois : « Les yeux bleus vont aux cieux, les yeux gris au paradis, les yeux verts vont en enfer, les yeux noirs au purgatoire. » Par moments, son esprit battait complètement la campagne, il fallait bien l'avouer. Ou la réalité s'évanouissait derrière un écran de fantasmes, une projection mentale de délires en CinemaScope. Bienvenue à la séance spéciale du samedi. Émotions et pleurs garantis. Préparez vos mouchoirs. À côté de moi, Fellini et Spielberg manquent furieusement d'imagination.

Elle allait finir folle...

Cette évidence la terrifia. Ça et l'idée que ça ne finirait jamais. Que ça ne s'arrêterait jamais. Qu'elle vieillirait dans cette tombe en même temps que lui vieillirait là, au-dessus. Ils avaient presque le même âge... Non ! Tout mais pas ça ! Elle eut l'impression d'étouffer, de se briser, la sensation qu'elle allait tomber dans les vapes. *Non-non-non-non-pas-ça !* Et, soudain, elle devint toute froide intérieurement. Car elle venait d'apercevoir la sortie, là, droit devant. Elle n'avait pas le choix. Elle ne sortirait jamais d'ici *vivante.*

Il fallait donc trouver le moyen de mourir.

Elle examina cette pensée sous toutes les coutures. Comme elle aurait examiné un papillon ou un insecte.

Mourir...

Oui. Elle n'avait plus le choix. Jusqu'ici elle s'était illusionnée, elle avait refusé l'évidence.

Elle aurait déjà pu le faire : la fois où elle avait cru s'évader alors qu'il avait juste fait semblant de dormir pour mieux jouer avec elle ensuite dans la forêt. Elle aurait sans doute pu trouver un moyen d'en finir si elle avait été déterminée, à ce moment-là. Mais, en ce temps-là, elle ne pensait qu'à s'enfuir, à s'échapper vivante.

Y en avait-il eu d'autres avant elle ? Elle s'était

posé la question maintes fois et elle avait la certitude que oui. Elle était la dernière d'une longue série : son dispositif était trop parfait, aucun détail laissé au hasard – de la belle ouvrage.

Soudain, avec une clarté glaçante, elle vit la solution.

Elle n'avait aucun moyen de se suicider. *Elle devait donc l'amener à la tuer.*

Aussi simple que ça. Elle éprouva une brusque bouffée d'enthousiasme, aussi incongrue que passagère, comme un mathématicien qui vient de trouver la solution à une équation particulièrement complexe. Puis les difficultés lui apparurent et son enthousiasme se dissipa.

Elle avait cependant un avantage sur lui : elle avait du temps.

Du temps pour gamberger, du temps pour réfléchir, du temps pour devenir dingue, mais aussi à consacrer à sa stratégie. En fait, c'était la seule denrée dont elle disposât à volonté : le temps.

Lentement, dans l'obscurité presque totale de sa prison, hormis le mince rai lumineux sous le judas, elle commença d'élaborer ce qu'il est convenu d'appeler un plan.

Mardi

23

Insomnie

Le clair de lune entrait par la porte-fenêtre ouverte, se répandant dans la chambre. En levant la tête et en la tournant sur la gauche, il pouvait voir son reflet ricocher à la surface du lac. Au-delà du balcon de la chambre, il entendait les flots lécher la rive avec un chuintement aussi doux que celui d'une étoffe que l'on froisse.

Il sentait le corps de Marianne contre lui, doux et chaud. Un corps près du sien, une présence étrangère dans son lit, cela n'était pas arrivé depuis des mois. Sa cuisse sur la sienne, ses seins nus contre son torse et ce bras qui l'entourait avec confiance. Une mèche de fins cheveux blonds chatouillait son menton. Elle respirait régulièrement et il n'osait bouger de peur de la réveiller. Le plus étrange était cette respiration : rien de plus intime qu'une personne qui dort et respire contre vous.

Par la fenêtre, il apercevait, de l'autre côté du lac, la masse sombre de cet éperon rocheux baptisé « la Montagne » par les habitants du coin. La lune se trouvait juste au-dessus, incurvée. Il avait cessé de pleuvoir. Le ciel était plein d'étoiles, la forêt en dessous obscure et immobile.

— Tu ne dors pas ?

Il tourna la tête. Le visage de Marianne dans le clair de lune, ses grands yeux clairs, curieux, miroitants.

— Et toi ?

— Mmm. Je rêvais, je crois... Un rêve bizarre... Ni agréable ni désagréable...

Il la regarda. Elle ne paraissait pas vouloir en dire plus. Une pensée l'effleura et disparut aussitôt quand il se demanda qui se trouvait dans son rêve : Hugo, Bokha, Francis – ou lui ? Un oiseau nocturne poussa un long cri étrange, là-bas, dans la forêt.

— Il y avait Mathieu dans mon rêve, dit-elle finalement.

Bokha... Avant qu'il ait pu dire quoi que ce soit, elle se leva et fila dans la salle de bains. Il l'entendit uriner par la porte entrouverte, puis ouvrir un placard. Il se demanda si elle cherchait un autre préservatif. Que devait-il penser du fait qu'elle en eût en réserve ? C'était la première fois qu'ils en faisaient usage entre eux et il avait trouvé ça bizarre. Le fait que lui soit venu sans avait cependant eu l'air de la réjouir. Il regarda le radioréveil. 2 h 13. Il pensa un instant trouver un moyen de les compter avant la prochaine fois, s'il devait y avoir une prochaine fois – puis il eut honte de cette pensée.

De retour dans la chambre, elle prit une cigarette sur la table de nuit et l'alluma avant de s'allonger à côté de lui. Elle tira deux bouffées puis la lui glissa entre les lèvres.

— Tu as une idée de ce que nous... faisons là ? demanda-t-elle.

— Ça me semble assez évident, tenta-t-il de plaisanter.

— Je ne parlais pas de baiser.

— Je sais.

Elle le caressa entre les cuisses.

— Ce que je veux dire... c'est que je n'en ai pas la moindre idée, ajouta-t-elle. Je ne veux pas... te faire souffrir une deuxième fois, Martin.

Le sexe de Servaz ne pensait à vrai dire ni à la souffrance, ni à toutes les années qu'il lui avait fallu pour l'oublier, pour la sortir de sa vie. Il se moquait bien de tout ça et il durcit immédiatement. Elle tira le drap et s'allongea de tout son long sur lui. Elle frotta son ventre, d'avant en arrière, exerçant une pression délicieuse. L'embrassa de nouveau. Puis elle écarta son visage du sien et reprit le frottement intime, soyeux, en le scrutant intensément ; elle avait les pupilles dilatées, un sourire sur ses lèvres sèches, et il se demanda si elle n'avait pas pris quelque chose dans la salle de bains.

Elle se pencha et lui mordit soudain la lèvre inférieure jusqu'au sang ; la douleur le fit tressaillir, il sentit le goût de cuivre du sang dans sa bouche. Elle serra fort sa tête, lui écrasant les oreilles entre ses paumes, tandis qu'il lui pétrissait les reins et suçait un mamelon érigé comme un bourgeon. Il sentait le va-et-vient doux et humide contre son sexe. Enfin, elle se souleva, ses doigts se refermèrent sur lui et elle émit un curieux râle au moment où elle l'enfonça en elle, à califourchon. Il se souvint en cet instant précis que c'était sa position préférée, dans le temps, et, pendant une fraction de seconde qui faillit tout gâcher, la tristesse lui mordit la poitrine – une tristesse dévastatrice.

Était-ce la nuit, le clair de lune, l'heure ? Ils lâchèrent les chevaux d'une manière qui le laissa à la fois vidé et désemparé. Quand elle se dirigea de nouveau vers la salle de bains, il porta les doigts à sa lèvre meurtrie. Il avait des griffures dans le dos, et elle l'avait aussi mordu à l'épaule. Il sentait encore le feu sous sa peau, la brûlure de ses caresses – et il eut un sourire à la fois grave et victorieux, grave parce qu'il savait sa victoire provisoire. Était-ce seulement une victoire ? Ou bien une rechute ? Que devait-il en penser ? Il se demanda de nouveau si Marianne avait pris quelque chose avant de faire l'amour. Son malaise croissait. Qui était la femme dans son lit ? Pas celle qu'il avait connue...

Elle revint dans la chambre, se jeta sur le lit. Puis elle l'embrassa avec une tendresse qu'elle n'avait pas montrée depuis le début de leur étreinte. Sa voix était plus rauque et plus profonde qu'à l'ordinaire lorsqu'elle roula sur le côté.

— Tu devrais faire attention : toutes les personnes à qui je m'attache finissent mal.

Il la regarda.

— Que veux-tu dire ?

— Tu m'as bien entendu...

— De quoi est-ce que tu parles ?

— Tous ceux que j'aime finissent mal, répéta-t-elle. Toi, avec ce qui s'est passé à l'époque... Mathieu... Hugo...

Il sentit une colonne de fourmis lui grignoter le ventre.

— C'est faux. Tu oublies Francis. Il ne s'en tire pas si mal, on dirait.

— Que sais-tu de la vie de Francis ?

— Rien, sinon que c'est lui qui t'a plaquée, peu de temps après que tu m'as quitté pour lui.

Elle le dévisagea, cherchant un reproche.

— C'est ce que tu crois. C'est ce que tout le monde croit. En vérité, c'est moi qui ai dit « stop » la première. Ensuite, il a été crier sur les toits qu'il avait mis fin à notre relation, que c'était *sa* décision.

Il lui lança un regard étonné.

— Et ce n'était pas vrai ?

— Je lui ai laissé un mot, un jour, après qu'on s'était engueulés pour la énième fois, dans lequel je lui disais que j'arrêtais tout.

— Pourquoi ne pas avoir rétabli la vérité dans ce cas ?

— Quelle importance ? Tu connais Francis... Il faut toujours que tout tourne autour de lui...

Un point pour elle. Elle le scruta, et il retrouva dans ses yeux le regard de la Marianne d'antan, fait d'attention, de perspicacité et de tendresse.

— Tu sais... quand ton père s'est suicidé, ça ne m'a pas surprise... C'est comme si je savais déjà ce qui allait arriver, toute cette culpabilité que tu portais sur tes épaules – comme si cela avait déjà eu lieu... C'était inscrit quelque part...

— Le *Ducunt volentem fata, nolentem trahunt* de Sénèque, commenta-t-il sombrement.

— Toi et tes Latins. Tu vois, c'est à cause de ça que je suis partie... Tu crois que je t'ai quitté pour Francis ? Je t'ai quitté parce que tu étais ailleurs. Perdu, hanté par tes souvenirs, ta colère et ta culpabilité... Être avec toi, c'était comme te partager avec des fantômes, je ne savais jamais quand tu étais avec moi et quand...

— Est-ce qu'on a vraiment besoin de parler de ça maintenant ? dit-il.

— Alors quand ? Bien sûr, j'ai découvert après ce que Francis voulait, poursuivit-elle. Quand j'ai compris que ce n'était pas moi, que c'était *toi* – qu'il voulait te faire mal à travers moi, je l'ai quitté... Te battre à ton propre jeu, te montrer qui de vous deux était le plus fort... Je n'étais qu'un enjeu entre vous, un champ de bataille. Votre satanée rivalité, votre duel à distance – et Marianne au milieu. Comme un trophée. Tu te rends compte ? Ton meilleur ami. Ton alter ego, ton frère... Vous étiez inséparables et, pendant tout ce temps, il n'avait qu'une seule idée en tête : te prendre ce qui t'était le plus cher au monde.

Il avait le cerveau en feu, envie de s'enfuir pour ne plus rien entendre. Il se sentait nauséeux, tout à coup.

— C'est tout Francis, ça, continua-t-elle, brillant, drôle, mais au fond plein de rancœur et de jalousie. Il ne s'aime pas. Il n'aime pas son visage dans le miroir. Il n'aime qu'une chose : humilier les autres, leur faire mordre la poussière. Ton meilleur ami... Tu sais ce qu'il m'a dit une fois ? *Que je méritais mieux que toi*... Tu savais qu'il était jaloux de ton talent d'écrivain ? Francis Van Acker n'a aucun talent véritable – sinon celui de manipuler les autres.

Il résista à l'envie de la bâillonner avec sa main.

— Et puis Mathieu est arrivé. Bokha, comme vous l'appeliez... Oh, il n'était pas aussi brillant que vous deux. Non. Mais il avait les pieds sur terre, c'était quelqu'un de solide, de fiable, et il était plus fin stratège et plus malin que vous ne le soupçonniez avec vos egos démesurés. Surtout, il y avait cette force en lui... Cette bonté aussi. Mathieu était la force, la patience et la bonté quand toi tu étais la fureur et Francis la duplicité. J'ai aimé Mathieu. Comme je vous ai aimés tous les deux. Pas la même passion dévorante. Pas la même flamme... mais d'une manière peut-être plus profonde – quelque chose que ni toi ni Francis ne pourrez jamais comprendre. Et puis, aujourd'hui, il y a Hugo. Il est tout ce qu'il me reste, Martin. Ne me l'enlève pas.

Servaz sentit la fatigue l'envahir. Toute l'excitation de cette nuit avait disparu. Toute la joie et la légèreté s'étaient éventées, comme du champagne.

— Paul Lacaze, tu connais ? demanda-t-il pour changer de sujet.

Elle hésita un instant.

— Qu'est-ce que Paul vient faire là-dedans ?

Il se demanda ce qu'il pouvait lui dire. Il ne pouvait pas lui raconter ce qu'il avait découvert.

— Tu connais tout le monde à Marsac. Que sais-tu de lui ?

Elle le sonda dans le clair de lune. Elle avait compris que cela avait un rapport avec l'enquête en cours – donc avec Hugo.

— Ambitieux. Très. Intelligent. Provocateur. Un avenir politique tout tracé au niveau national. Sa femme a un cancer.

Elle le scruta de nouveau.

— Tu sais déjà tout ça, conclut-elle en le regardant. Pourquoi tu t'intéresses à lui ?

— Désolé. Je ne peux rien dire pour le moment. Ce qui m'intéresse, ce n'est pas ce que tout le monde sait, c'est ce que tu sais, toi – et que les autres ne savent pas.

— Pourquoi voudrais-tu que je sache des choses que les autres ignorent ?

— Parce que cela pourrait me permettre d'innocenter ton fils.

Planquée sous le drap, elle ne dormait pas. Ses pensées inquiètes l'en empêchaient. Margot ne cessait de repenser à la conversation sibylline qu'Elias et elle avaient surprise dans le labyrinthe. Elle essayait de se repasser chaque parole entendue, de les décrypter. Qu'avait voulu dire Virginie lorsqu'elle avait déclaré que, si nécessaire, *ils aideraient son père à comprendre* ? Il y avait une menace inexprimée dans cette phrase qui la glaçait. Elle avait nettement perçu l'existence d'un danger. Elle avait cru les connaître, elle avait cru qu'il s'agissait simplement des quatre jeunes gens les plus brillants du lycée : Hugo, David, Virginie et Sarah... Mais, cette nuit, elle avait découvert quelque chose qui ne cessait de la perturber. Une ombre, un sentiment. Vague, mais insistant. C'était là, non dit, mais présent au milieu de toutes leurs paroles. Et puis, il y avait cette phrase dans la bouche de David :

On doit réunir le Cercle en urgence.

Le Cercle... Quel Cercle ?... Le mot lui-même avait une aura de mystère, quelque chose d'énigmatique. Elle tapa un texto pour Elias :

[Ils ont parlé du Cercle. Qu'est-ce que c'est ?]

Elle se demanda s'il dormait déjà ou s'il allait répondre jusqu'au moment où son smartphone émit le son d'une harpe, l'écran tout proche de son visage sous le drap et, bien qu'elle l'attendît, le signal la fit sursauter.

[Pas la moindre idée. Important ?]

[Je crois.]

Elle attendit de nouveau la réponse, hasardant un coup d'œil en dehors du drap pour vérifier que Lucie dormait bien. Mais il n'y avait pas de danger, ses ronflements auraient pu servir de trucage sonore pour un film-catastrophe sur le grand tremblement de terre de Los Angeles.

[Dans ce cas, nous devons commencer par là.]

[Comment on fait ?]

[Ont parlé réunion Cercle le 17. On les quittera pas d'une semelle.]

[OK. Et en attendant ?]

[Continuons surveillance. Fais gaffe. Ils t'ont repérée.]

Une fois de plus, elle éprouva un sentiment de malaise en lisant cette dernière phrase. Elle se remémora celle de Sarah : « Il faut qu'on la garde à l'œil, je ne la sens pas, cette fille. » Elle était en train de répondre : « D'accord, à demain », lorsque son appareil vibra de nouveau, annonçant un dernier message :

[Sois vachement prudente. Suis sérieux. Si le coupable est parmi eux, ça craint. Bonne nuit.]

Margot resta un long moment à contempler la phrase inscrite sur l'écran lumineux. Elle finit par éteindre l'appareil et le posa sur la table de nuit. Puis elle fit quelque chose qu'elle n'avait encore jamais fait : elle alla verrouiller la porte de leur chambre.

24

La source

Il était 7 h 30 du matin et Zlatan Jovanovic observait les autres consommateurs du café Richelieu en terminant son café-crème et son croissant pendant que Bruce Springsteen chantait *Hungry Heart* dans le vieux juke-box. Jovanovic affirmait à qui voulait l'entendre qu'il était capable de reconnaître un mari adultère, un huissier de justice, une épouse volage, un flic, un voleur à la petite semaine ou un dealer en un tournemain. Le client dans la cinquantaine au bar, par exemple, en compagnie de deux collègues plus jeunes en costume-cravate. Il venait de recevoir un texto et il affichait un sourire béat. Aucun message professionnel ou provenant d'une épouse de longue date ne faisait naître ce genre de sourire sur le visage d'un homme. Or l'alliance au doigt du type était ancienne. Zlatan aurait parié – à la façon dont, après ça, il s'était redressé et avait toisé ses deux voisins d'un air conquérant et supérieur – que sa maîtresse était bien plus jeune que lui et plutôt canon. Jovanovic avala une nouvelle gorgée de son crème, essuya sa lèvre supérieure et reporta son attention sur le gars. Il tapait une réponse rapide. *Bien ferré*, se dit-il. Le double *bip* d'un SMS retentit dans la salle moins d'une minute plus tard. Hmm, ça avait tout l'air d'une affaire qui roulait... Puis il surprit la brève lueur de contrariété dans les yeux de l'homme et la façon dont il se rongea ensuite les ongles. Oh, oh ! La demoiselle avait-elle décidé de passer à l'étape suivante ? Elle lui mettait peut-être la pression pour qu'il quitte sa femme. Et le bonhomme n'en avait sûrement pas envie... Toujours la même histoire : contrairement aux idées reçues, 70 % des divorces survenaient par décision de la femme, non du mari. Les hommes étaient plus lâches. Jovanovic haussa les épaules, mit cinq euros sur la table et se leva. Pas ses oignons – mais il n'était pas exclu qu'un jour prochain l'épouse de ce quidam se présente à son cabinet. Marsac était une petite ville.

Il salua le barman, traversa la rue et pénétra dans un immeuble peint en jaune, sur le trottoir d'en face. Une seule plaque à l'entrée, en métal doré, la sienne : « Z. JOVANOVIC, AGENCE DE DÉTECTIVES PRIVÉS. FILATURES/SURVEILLANCES/ENQUÊTES. À VOTRE DISPOSITION 24 H/24 ET 7 J/7. DÉCLARÉ EN PRÉFECTURE. » Le pluriel au mot « détective » était une pieuse exagération : Jovanovic était le seul membre du cabinet, il avait juste une secrétaire qui venait deux jours par semaine pour mettre un peu d'ordre dans son bazar. Le grand panneau sur la porte au troisième étage était plus explicite : « ENQUÊTES POUR CONCURRENCE DÉLOYALE, ADMINISTRATION DE LA PREUVE, RECHERCHES DE DÉTOURNEMENT DE CLIENTÈLE, CONTRÔLES D'ARRÊTS DE TRAVAIL, VÉRIFICATIONS DE CV, ENQUÊTES DE SOLVABILITÉ, VÉRIFICATIONS D'AUTHENTICITÉ DE DOCUMENTS, RECHERCHES DE PERSONNES DISPARUES, VOLS EN

ENTREPRISE, DÉTECTIONS D'ÉCOUTES, AUDITS DE SÉCURITÉ, VÉRIFICATION DE L'EMPLOI DU TEMPS DE VOTRE CONJOINT, RECHERCHE D'INFIDÉLITÉ, FRÉQUENTATION DE VOS ENFANTS, TARIFS CALCULÉS EN FONCTION DE LA COMPLEXITÉ DES INVESTIGATIONS ET BASÉS SUR L'INVESTISSEMENT HUMAIN, TECHNIQUE ET LOGISTIQUE DE NOS ÉQUIPES. NOUS SOMMES SOUMIS AU SECRET PROFESSIONNEL (ARTICLE 226-13 DU NOUVEAU CODE PÉNAL), NOUS OPÉRONS EN FRANCE ET À L'ÉTRANGER AVEC NOTRE RÉSEAU D'AGENCES PARTENAIRES, NOS RAPPORTS SONT UTILISABLES DEVANT LES TRIBUNAUX, NOS DÉTECTIVES FONT L'OBJET D'UN AGRÉMENT PRÉFECTORAL. » La moitié de ces informations était fausse, mais Zlatan Jovanovic n'était pas sûr qu'un seul visiteur se soit jamais donné la peine de lire l'affiche jusqu'au bout. Et une bonne partie de ses activités n'aurait certainement pas obtenu l'agrément préfectoral.

La personne avec qui il avait rendez-vous était déjà là, en haut des marches, et Zlatan lui serra la main en reprenant sa respiration. Il glissa sa clé dans la serrure et donna un léger coup d'épaule pour ouvrir le battant. Le minuscule appartement qui lui servait de cabinet sentait le renfermé, le tabac froid et la poussière. Zlatan marcha directement jusqu'à la pièce du fond, une pièce aussi terne et grise que lui.

— Elles sont où, tes équipes, Zlatan ? demanda la voix derrière lui d'un ton badin. Planquées dans le placard à balais ?

Jovanovic ne releva pas. Jusqu'ici, le détective avait toujours su lui donner satisfaction, avec ou sans équipes, et c'était tout ce qui comptait, il le savait. D'ailleurs, il avait un associé – même si celui-ci ne mettait jamais les pieds au cabinet.

Il alluma une cigarette sans filtre sans se soucier de la personne qu'il avait en face de lui, remua une pile de papiers près de l'ordinateur et finit par trouver ce qu'il cherchait : un petit carnet à spirale.

Cet outil aurait fait sourire son unique associé, lequel n'utilisait ni carnet ni crayon et travaillait uniquement à domicile : un ingénieur informaticien, que Zlatan avait recruté un an plus tôt. C'était dans ce secteur-là que se trouvaient dorénavant les activités de l'agence les plus « limites » côté légalité, mais aussi les plus lucratives : vol massif de données électroniques, introduction dans des messageries privées, piratage d'ordinateurs, espionnage de téléphones portables, traçage des connexions Internet... Car c'était désormais dans ce domaine que le cabinet faisait le plus gros de son chiffre d'affaires. Zlatan avait vite compris que les entreprises ont des moyens financiers supérieurs à la plupart des particuliers et qu'il lui fallait sous-traiter ces tâches-là à quelqu'un possédant des compétences qu'il n'avait pas. Il tira sur sa cigarette pendant qu'il écoutait attentivement la personne lui expliquer ce qu'elle voulait. Cette fois, on faisait plus que flirter avec l'illégalité. Quand son client eut terminé, il émit un long sifflement.

— J'ai peut-être l'homme qu'il vous faut, dit-il finalement, mais je ne sais pas s'il va accepter. Il va falloir... se montrer très convaincant.

— L'argent n'est pas un problème. En revanche, je ne veux rien d'écrit nulle part.

— Cela va sans dire. Toutes les informations dont vous aurez besoin seront stockées sur une clé USB, et il y aura zéro copie. Votre nom ne sera mentionné nulle part. Pas de mémo, pas de factures, pas de notes, pas de traces...

— Il reste toujours des traces. Les ordinateurs ont une fâcheuse tendance à en laisser.

Jovanovic sortit un mouchoir de sa poche et essuya la sueur qui coulait dans sa nuque. La chaleur déjà étouffante qui régnait dans son cabinet n'était combattue par aucune climatisation.

— L'ordinateur de ce cabinet ne sert qu'à la paperasse ordinaire et à rien d'autre, dit-il. Il est aussi vierge qu'un petit cul évangélique. Toutes les tâches confidentielles sont traitées ailleurs et personne à part moi ne sait où. Et la personne qui m'assiste est prête à tout détruire au moindre signal de ma part.

Le client parut satisfait de la réponse.

Servaz fut réveillé par un rayon de soleil. Il ouvrit les yeux et s'étira. Regarda la chambre illuminée par le jour neuf. Les murs chocolat, le mobilier clair et les lourds rideaux gris pâle. Les lampes et les bibelots partout. Deux secondes de totale désorientation.

Marianne entra, vêtue de son pyjama-short en satin bleu, un plateau à la main. Servaz bâilla. Il était affamé. Autant qu'un tigre. Il saisit une tartine et la plongea dans son bol de café, puis avala une rasade de jus d'orange. Elle le regarda manger en silence, un petit sourire aux lèvres. Quand il eut fini, il déposa le plateau sur l'épaisse descente de lit bouclée couleur sable.

— Tu as une cigarette ? dit-il.

Il avait laissé son paquet dans ses vêtements. Elle attrapa le sien sur la table de nuit, lui en tendit une et l'alluma. L'instant d'après, elle prit sa main libre dans la sienne. Après le sommeil, les doigts de Marianne étaient souples et chauds.

— Tu as réfléchi à ce qui s'est passé cette nuit ?
— Et toi ?
— Non, mais j'ai envie de continuer...

Il ne dit rien. Il n'était pas sûr de ce dont il avait envie.

— Tu es tendu, dit-elle, une main sur sa poitrine. Qu'est-ce qu'il y a ? C'est à cause de moi ? De ce que je t'ai dit à ton sujet et à celui de Francis ?
— Non.
— De quoi alors ?

Il hésita. Devait-il lui en parler ? Pourquoi pas ; il lui raconta le mail qu'il avait reçu. Et aussi l'image sur la caméra de l'autoroute. Il évoqua simplement un homme qui s'était évadé, un homme qui cherchait à entrer en contact avec lui.

— Il y a quelque chose, dit-il. Je ne sais pas exactement quoi... J'ai comme l'impression d'être observé. La sensation que... quelqu'un suit tous mes faits et gestes, qu'il connaît chacun de mes déplacements, les anticipe même... comme s'il... Je sais que ça a l'air absurde... comme s'il connaissait mes pensées.

— Ça a l'air absurde, en effet.

— Tu vois, c'est comme quand tu joues aux échecs avec quelqu'un de bien meilleur que toi et tu sais que, quoi que tu fasses, il l'aura prévu... comme si... comme s'il était là, à l'intérieur de ta tête.

— Cela a un rapport avec l'enquête sur Claire ?

Il songea de nouveau au CD trouvé dans la chaîne stéréo.

— Je ne sais pas... Cet homme s'est évadé d'un hôpital psychiatrique il y a deux hivers de cela.

— C'est ce Suisse dont ont parlé les journaux, c'est ça ?
— Mmm.

— Tu crois qu'il est... *revenu* ?
— Peut-être... Je ne sais vraiment pas quoi penser. Ou alors c'est moi... Tu as raison, je dois devenir parano. Malgré tout, je sens quelque chose... Un plan, un canevas, une stratégie qui me concerne quelque part. Comme si j'étais sa marionnette. Il lui suffit de multiplier les provocations, un mail par-ci, un petit signe par-là, pour que je réagisse de telle ou telle façon.
— C'est à cause de ça que tu m'as demandé si j'avais vu quelqu'un rôder autour de la maison, l'autre soir ?

Il acquiesça. Il vit la lueur à l'intérieur des yeux de Marianne. Il sut ce qu'elle pensait : que ses vieux démons étaient de retour.

— Tu devrais faire attention, Martin.
— Tu crois que je deviens fou ? demanda-t-il.
— Il s'est passé quelque chose de bizarre, cette nuit...
— Bizarre comment ?

Il la vit rassembler ses idées, un pli vertical entre les sourcils.

— C'était après que nous avons... fait l'amour la deuxième fois. Tu t'étais enfin endormi et moi, après notre conversation, je n'arrivais plus à trouver le sommeil. Il était quoi ? 3 heures du matin ? Je suis sortie du lit, j'ai attrapé le paquet de cigarettes et j'ai été en fumer une sur le balcon.

Il ne dit rien, attendant la suite.

— J'ai vu une ombre... près du lac. Je n'en suis pas sûre, mais il m'a semblé qu'il y avait quelqu'un derrière les arbres du jardin. Il a filé le long de la rive et disparu dans les bois. Sur le moment, j'ai pensé qu'il s'agissait peut-être d'un animal : un daim ou un sanglier... Mais, maintenant que j'y repense, je ne crois pas, non. *Il y avait bien quelqu'un.*

Il la regarda en silence. Elle était de retour. La sensation glaçante qu'un autre écrivait les pages de cette histoire à sa place, qu'il n'était qu'un personnage et que l'auteur se tenait dans l'ombre, tout près, choisissant et décidant de chacun des épisodes. Deux histoires indépendantes : le meurtre de Claire Diemar d'un côté ; le retour de Hirtmann de l'autre. À moins que... Il jeta ses jambes hors du lit et se leva. Attrapa son pantalon sur une chaise, son slip, puis passa sur le balcon, pieds nus.

— Montre-moi, lança-t-il par la porte-fenêtre. L'ombre, cette nuit, tu l'as vue où ?

Elle fit à son tour irruption dans le soleil et montra du doigt le bas de la pente, sur la droite, à la limite de l'eau, de la pelouse et de la forêt.

— Là-bas.

Il rentra, passa sa chemise et, une fois au rez-de-chaussée, traversa la terrasse côté lac pour descendre les marches, puis le jardin en pente, entre les arbres et les massifs. Il faisait déjà chaud. Le soleil avait séché la végétation et le lac luisait comme une plaque de métal sous ses rayons. Un bourdonnement attira son attention. Un bateau venait de quitter son ponton à cent mètres de là et un skieur émergea bientôt de l'eau dans son sillage. Un jeune garçon qui, à en juger par ses zigzags intrépides, avait déjà de longues heures de pratique derrière lui. L'assassin de Claire Diemar faisait preuve de la même dextérité et de la même expérience. Servaz se dit une fois de plus qu'il n'en était sûrement pas à son coup d'essai.

Il avait beau regarder autour de lui, il n'y avait rien ici. Si quelqu'un les avait observés, il n'avait pas laissé de traces.

Il gagna le bord de l'eau. Il vit des empreintes de pas, mais elles étaient anciennes. Il se mit en marche le long de la rive. Dans son dos, il devinait les évolutions du canot aux changements de régime du moteur. Il s'approcha de la lisière de la forêt, pénétra de quelques mètres dans les bois qui descendaient presque jusqu'à l'eau.

Un chien aboya au loin. Des cloches sonnèrent à Marsac. Le bateau continuait de bourdonner sur le lac.

Une petite source coulait dans un écrin de broussailles et de roseaux. La lumière du matin traversait les feuillages et faisait scintiller le filet d'eau qui s'écoulait sur un fond sablonneux ridé par les remous.

Le tronc était couché en travers du passage, près de la source. Servaz se dit que quantité de jeunes gens du voisinage avaient dû venir s'asseoir dessus, pour s'embrasser et flirter à l'abri des regards. D'ailleurs, il y avait deux lettres gravées dans l'écorce.

Il se pencha et se figea.

J H

Il s'était assis sur un autre arbre, un peu plus loin. La chaleur qui montait rapidement avait déposé une pellicule de sueur sur son front – ou peut-être était-ce la découverte des deux lettres. Des insectes bourdonnaient et, pendant un moment, il avait cru qu'il allait être malade. Il chassa les mouches qui tournoyaient au-dessus de lui et composa le numéro de l'Identité judiciaire pour leur demander de venir examiner l'endroit. Dès qu'il eut raccroché, son appareil vibra.

— Bon Dieu, qu'est-ce que vous avez foutu ? Et comment se fait-il que votre téléphone soit coupé ? rugit une voix dans son oreille.

Castaing, le procureur d'Auch. Servaz avait coupé son appareil la veille au soir et ne l'avait rallumé que ce matin pour appeler le SRPJ.

— Il était déchargé, mentit-il. Je ne m'en suis pas aperçu tout de suite.

— Ne vous ai-je pas dit de ne prendre aucune initiative sans en faire part au parquet au préalable ?

Lacaze n'avait pas traîné, songea-t-il.

— Ne vous ai-je pas expressément dit cela, commandant ?

— J'allais prévenir le juge, mentit-il pour la deuxième fois. Je m'apprêtais à le faire, mais vous m'avez devancé.

— Conneries ! répondit le magistrat. Pour qui vous prenez-vous, commandant, et pour qui me prenez-vous ?

— On a trouvé des dizaines de mails échangés entre Paul Lacaze et Claire Diemar, répondit-il. Des mails prouvant qu'ils avaient une liaison. Ce que Paul Lacaze lui-même a reconnu hier soir. Ils étaient manifestement très amoureux. Je l'ai entendu au titre de témoin.

— Et vous vous pointez chez lui, devant sa femme qui est atteinte d'un cancer, à 11 heures du soir ? Je viens de me prendre un savon de la part de la chancellerie. Et, croyez-moi, je n'aime pas ça.

Servaz observait une araignée d'eau qui se déplaçait à la surface de la source, là où elle stagnait. Avec ses longues pattes graciles, elle évitait de se mouiller – tout comme l'homme au bout du fil.

— Ne vous en faites pas, dit-il. J'en prends la responsabilité.

— Responsabilité, mon cul, cracha le procureur. C'est sur moi que ça va retomber si vous déconnez ! La seule chose qui m'empêche de demander à Sartet de vous dessaisir et de vous retirer votre habilitation OPJ, c'est que Lacaze lui-même m'a demandé de n'en rien faire. (*Il a peur que la chose s'ébruite*, songea Servaz) Dernier avertissement, commandant. Plus de contact avec Paul Lacaze sans l'autorisation du juge, vous m'avez compris ?

— Cinq sur cinq.

Il referma l'appareil et essuya son front dégoulinant de sueur. Celle présente dans son dos et sous ses aisselles lui donnait envie de se gratter. La fraîcheur de la source et la végétation attiraient les insectes.

Avant d'avoir eu le temps de comprendre ce qui lui arrivait, il sentit sa bouche s'emplir de salive et il se pencha pour vomir son café et son petit déjeuner.

Ziegler passa un doigt entre le col dur de sa chemise d'uniforme et son cou. Il faisait atrocement lourd dans son bureau, bien qu'elle eût ouvert la fenêtre pourvue de barreaux. Encore une chose qui n'avait pas changé au cours de ses vacances : personne n'avait réparé la clim. Pas de budget non plus pour remplacer les vieux PC ni pour installer une connexion Internet supplémentaire et surtout le haut débit. Résultat : cinq minutes minimum pour télécharger la photo d'un suspect. Quant à ses hommes, l'un était en congé maladie et un autre en train de tondre la pelouse ! C'était ça, la réalité d'une brigade de gendarmerie au fin fond de la campagne.

L'ambiance était typique d'un matin à l'approche de l'été : pendant l'absence du chef, tout le monde en avait profité pour se relâcher, la plupart des dossiers avaient pris du retard et tous faisaient la tronche. En outre, ils faisaient tous partie des meubles. Pas elle... Et un mois sans elle leur avait tout à coup rappelé que leur vie était infiniment plus facile quand elle n'était pas là. Elle savait cependant que ses hommes avaient aussi de bonnes raisons de se plaindre : le manque d'effectifs, les permanences de nuit, les week-ends et les jours fériés, le nombre d'heures de service qui augmentait sans cesse, l'absence de vie de famille, la solde qui ne suivait pas, la vétusté des logements, des locaux et des véhicules – et, tout là-haut, des politiques qui se pavanaient en prétendant faire de la lutte contre la délinquance une priorité. À la SR, elle avait pris l'habitude de faire cavalier seul ; désormais, elle allait devoir se faire violence et trouver le moyen de former autour d'elle une équipe soudée et solidaire.

Tu dois mettre de l'eau dans ton vin, ma vieille. Tu peux être une sacrée chieuse quand tu veux. Pense à apporter les croissants demain matin.

Cette idée la fit ricaner. Et pourquoi pas la leur tenir pendant qu'ils pissaient tant qu'on y était. Elle considéra en fronçant les sourcils la pile de dossiers sur son bureau. Vols à la roulotte, délinquance routière, cambriolages, vols de voitures, destructions, dégradations : pas moins de cinquante-deux faits de délinquance de proximité enregistrés et seulement cinq résolus. Génial. En revanche, elle n'était pas peu fière de son bilan en matière de crimes et délits judiciaires, avec un taux d'élucidation de près de 70 %. Un chiffre bien supérieur à la moyenne nationale. Mais les deux dossiers qui la préoccupaient le plus étaient aussi les plus volumineux. Le premier concernait une affaire de viol : les seules informations dont ils disposaient était la marque de la voiture, sa couleur et un autocollant sur le pare-brise arrière que la victime avait décrit avec précision. Elle avait senti dès le départ que cette enquête n'enthousiasmait guère ses hommes et qu'ils étaient tentés de la garder sous le coude en attendant l'apparition d'éléments nouveaux – autrement dit, un miracle –, mais elle était bien décidée au contraire à la presser tant qu'il y aurait du jus dans le citron.

La seconde concernait une bande spécialisée dans le vol de cartes bancaires qui sévissait depuis plusieurs mois dans la région en employant la technique dite du « collet marseillais ». Technique qui consistait à bloquer la carte dans le distributeur de billets à l'aide d'un morceau de carte à jouer, de paquet de cigarettes ou d'un ticket de bus ou de métro. Un des complices se présentait alors et invitait la victime à composer son code secret à plusieurs reprises. Dès que la victime se rendait dans la banque pour récupérer sa carte soi-disant avalée, le complice la récupérait et filait effectuer ailleurs retraits et achats avant que l'opposition ne soit activée. Ziegler avait noté que le même distributeur avait été piégé trois fois en l'espace de quatorze mois et qu'il l'avait été chaque fois à cinq mois d'intervalle, à quelques jours près. Le DAB en question semblait présenter un certain nombre d'avantages aux yeux des voleurs. Elle nota en haut de la page :

Tendre souricière DAB. Vérifier mouvements dans la période.

Par la porte entrouverte, elle entendit l'un de ses hommes entrer d'un pas vif et réclamer l'attention générale.
— Écoutez ça, les gars !
Tout le monde suspendit son activité et Ziegler prêta l'oreille, espérant enfin du nouveau dans l'un des dossiers en souffrance.
— Il paraît que Domenech va conserver Anelka en pointe contre le Mexique.
— Putain, c'est pas possible ! s'exclama quelqu'un.
— Et aussi Sidney Govou...
Un murmure de consternation s'éleva de l'autre côté de la porte. Ziegler leva les yeux vers les pales du gros ventilateur qui brassait l'air chaud sans le rafraîchir pour autant. Ses pensées revinrent à l'article qu'elle avait découvert au kiosque de l'aéroport et au mail qu'elle avait trouvé dans l'ordinateur de Martin. Elle se dit que les dossiers sur son bureau avaient attendu tout un mois son retour, ils pouvaient attendre encore un peu. Elle se leva, elle avait quelqu'un à voir.

Margot se roulait une cigarette, le bout-filtre coincé entre ses lèvres, étalant les brins de tabac sur le papier tout en observant l'autre côté de la cour envahie par la foule des élèves, là où se rassemblaient les deuxième année. Elle avait attendu la fin du cours de Van Acker avec impatience. D'ordinaire, pourtant, elle l'appréciait. Surtout lorsque Van Acker était d'humeur massacrante, c'est-à-dire la plupart du temps. Francis

Van Acker était un sadique, un despote, et il possédait un véritable détecteur à médiocrité. Francis Van Acker haïssait la médiocrité. Tout comme la lâcheté, la servilité et les béni-oui-oui. Dans ses mauvais jours, il lui fallait absolument trouver un bouc émissaire et il flottait alors dans toute la classe une odeur de sang. Margot se régalait de voir la peur parcourir les rangs de ses condisciples. Ils avaient développé un véritable instinct de survie et tout le monde était capable de deviner, dès l'entrée du prof de lettres, si ce jour-là le squale allait ou non partir en chasse. Margot comme les autres le devinait à la façon dont ses yeux bleus les scannaient et dont un rictus déformait la bouche mince au milieu du collier de barbe.

Les lèche-bottes détestaient Van Acker. Et ils en avaient peur. En début d'année scolaire, ils avaient commis l'erreur de croire qu'ils pourraient l'amadouer avec leurs courbettes et découvert à leurs dépens que, non seulement Van Acker était insensible à toute forme de flatterie, mais qu'il allait leur faire payer cher leur erreur de jugement. Ses proies préférées étaient ceux qui compensaient des capacités limitées (limitées au sein de cette élite que constituait Marsac) par un excès de zèle. Margot n'en faisait pas partie. Elle se demanda si Van Acker l'appréciait parce qu'elle était la fille de son père ou parce que, les rares fois où il s'en était pris à elle pour la tester, elle lui avait répondu du tac au tac. Francis Van Acker aimait qu'on lui tienne tête.

— Servaz, avait-il dit ce matin-là alors que ses pensées vagabondaient du côté de ce qui s'était passé cette nuit, ce que je raconte ne vous intéresse pas ?

— Euh... si... bien sûr...

— Alors de quoi est-ce que j'étais en train de parler ?

— De l'existence d'un consensus autour de certaines œuvres, du fait que si, au cours des siècles, un grand nombre de gens sont tombés d'accord pour dire qu'Homère, Cervantès, Shakespeare et Hugo sont des artistes supérieurs, cela signifie que la phrase *chacun ses goûts* est un sophisme... Du fait que tout ne se vaut pas, et que les pacotilles vendues comme de l'art par la publicité, le cinéma de masse et le mercantilisme en général ne sont pas équivalentes aux grandes créations de l'esprit humain, que les principes élémentaires de la démocratie ne s'appliquent pas en art où règne l'impitoyable dictature des meilleurs sur les médiocres.

— Ai-je dit « tout ne se vaut pas » ?

— Non, monsieur.

— Alors ne mettez pas dans ma bouche des mots que je n'ai pas prononcés.

Gloussements dans la classe. Les mêmes qui servaient d'ordinaire de paratonnerre à la foudre Van Acker se régalaient quand un autre en faisait les frais. Rires au premier rang. Elle avait fait un discret doigt d'honneur aux courtisans assis en bas de l'amphithéâtre qui s'étaient retournés pour la toiser.

Elle remplit de fumée ses jeunes poumons déjà infectés par la nicotine et considéra le trio David/Sarah/Virginie. À tour de rôle, ils la fixaient, malgré la distance et les grappes d'élèves qui les séparaient, et elle soutenait leurs regards en tirant sur sa minuscule cigarette, sans les quitter un instant des yeux. Au cours de la nuit, elle avait décidé d'adopter une tactique radicalement différente. Plus... gonflée. *Mettre le gibier en mouvement.* Au lieu de se faire plus discrète, se montrer, les conforter dans leurs soupçons, les emmener à penser qu'elle savait quelque chose. Si le coupable était parmi eux, il finirait peut-être par se sentir en danger et par perdre les pédales.

Une tactique qui n'était pas sans risque.

Une tactique dangereuse. Mais un innocent était en prison, et le temps pressait.

— Où cette photo a-t-elle été prise ? demanda Stehlin.

— À Marsac. Près du lac... À l'orée des bois. Juste à côté du jardin de Marianne Bokhanowsky, la mère d'Hugo.

— C'est elle qui a découvert les lettres ?

— Non, c'est moi.

Le regard du directeur s'agrandit.

— Qu'est-ce que tu faisais là-bas ? Tu cherchais quelque chose ?

Servaz avait prévu cette question. Son père lui avait appris un jour que la meilleure stratégie restait presque toujours la vérité ; la plupart du temps, elle était plus embarrassante pour les autres que pour soi.

— J'ai passé la nuit là-bas. Je connais la mère d'Hugo depuis longtemps.

Le regard du directeur s'attardait. Et il n'était pas le seul : Espérandieu, Pujol et Samira le regardaient aussi, à présent.

— Bordel de merde, dit Stehlin. C'est la mère du principal suspect !

Servaz ne dit rien.

— Qui d'autre est au courant ?

— De ma présence, là-bas, cette nuit ? Pour l'instant, personne.

— Et si elle décide de s'en servir contre toi ? Si elle en parle à son avocat ? Si le juge apprend ça, il va dessaisir le service et refiler l'enquête aux gendarmes !

Servaz repensa au baveux à lunettes qui s'était présenté l'autre nuit et qui avait demandé à voir Hugo – mais il ne dit rien.

— Merde, Martin, aboya Stehlin. Dans la même soirée, tu interroges un député sans en informer personne et, après ça, tu... tu passes la nuit avec... *chez* la mère du principal suspect ! Tes actes pourraient être lourds de conséquences, ils pourraient invalider toute l'enquête, tout le travail de l'équipe !

Stehlin avait l'art de la périphrase, il aurait pu formuler ça en termes plus crus, mais Servaz comprit qu'il était furieux.

— Bon, dit le directeur en faisant des efforts visibles pour recouvrer son sang-froid. En attendant, qu'est-ce que ça change ? On en est toujours au même point : rien ne prouve que ce soit Hirtmann qui ait gravé ces lettres. J'ai le plus grand mal à croire que le Suisse soit revenu rien que pour toi, qu'il passe son temps à te courir derrière et à semer des indices à ton intention. Tout ça pour une connerie de musique et parce que vous avez fait causette une fois. D'autant plus que tout ça a commencé après le meurtre de Claire Diemar.

— Pas après : *avec*, corrigea Servaz. Ce qui change tout. Cela a commencé *avec* la présence du CD dans la chaîne... *N'oublions pas que Claire a précisément le profil des victimes de Hirtmann.*

Comme il l'avait prévu, cette phrase fit son petit

effet. Tous prirent le temps de digérer cette information.

— Et puis, il y a une autre hypothèse, dit-il. Peut-être qu'en réalité Hirtmann n'a jamais vraiment quitté la région. Pendant que toutes les polices d'Europe et Interpol surveillaient les trains, les aéroports, les frontières, l'imaginaient à des milliers de kilomètres, peut-être qu'il se planquait tout près d'ici – en se disant que le dernier endroit où nous le chercherions, ce serait de l'autre côté de la rue.

Il leva les yeux et vit dans les leurs qu'il avait réussi son coup, qu'ils commençaient à douter. L'atmosphère s'appesantit ; l'évocation du Suisse, de ses meurtres, de sa violence, même indirectement, empoisonnait l'air. Il décida d'enfoncer le clou.

— Quoi qu'il en soit, désormais, trop d'éléments vont dans le même sens pour qu'on se permette de négliger plus longtemps la piste Hirtmann. Même si ce n'est pas lui, cela veut dire que quelqu'un, là-dehors, l'imite et est lié d'une manière ou d'une autre au meurtre de Claire Diemar – ce qui pose la question de la culpabilité d'Hugo. Je veux que Samira et Vincent s'occupent de cette piste à plein temps. Qu'ils se rapprochent de la cellule à Paris qui traque Hirtmann et qu'ils essaient d'obtenir toutes les informations qui pourraient confirmer que le Suisse est bien dans le coin. Ou pas.

Stehlin acquiesça gravement. Il fixait Servaz, l'air préoccupé.

— Très bien. Mais une autre question se pose, dit-il.

Servaz le regarda.

— Celle de ta sécurité... Qu'il s'agisse du Suisse ou pas, ce dingue qui est dehors semble te suivre à la trace. Il semble qu'il ne soit jamais très loin de là où tu te trouves... Et puis, il y a eu cet... *incident* sur le toit de la banque. Putain, tu as failli être balancé dans le vide, Martin ! Je n'aime pas ça. Ce type fait une véritable fixette sur toi – et il t'a déjà agressé une fois.

— S'il avait voulu s'en prendre à moi, il aurait pu facilement le faire cette nuit, objecta le flic.

— Comment ça ?

— La porte-fenêtre de la chambre donne sur le balcon et elle était ouverte. Il y a à peine trois mètres entre le balcon et le jardin, et une gouttière et une vigne vierge juste à côté. Il aurait pu aisément grimper par là. Et nous... enfin... *je* dormais.

À présent, tous le regardaient. Il ne faisait plus de doute qu'il avait dormi dans un autre lit que le sien, de toute évidence avec la maîtresse des lieux, c'est-à-dire une personne directement liée à l'enquête en cours. Laquelle pouvait désormais être mise en charpie par n'importe quel homme de loi à peu près compétent invoquant le conflit d'intérêts. Stehlin s'écroula dans son fauteuil, contempla le plafond et émit un très long soupir.

— Si nous partons de l'hypothèse qu'il s'agit bien de Hirtmann, je ne pense pas que le Suisse représente une menace pour moi, s'empressa de poursuivre Servaz. Sa victimologie est toujours la même : des jeunes femmes – ayant toutes plus ou moins les mêmes caractéristiques physiques. Les seuls hommes qu'il ait jamais tués à notre connaissance étaient l'amant de sa femme, et en l'occurrence il s'agissait d'un crime passionnel, et un Hollandais qui s'est trouvé au mauvais endroit au mauvais moment. *Mais je veux que Vincent et Samira fassent autre chose.*

Ses deux adjoints lui jetèrent un regard interrogateur.

— Je suis d'accord au moins sur un point : il semble que Hirtmann fasse une fixation sur moi. Si c'est lui, il paraît très bien renseigné. Et il n'est jamais très loin de là où nous sommes. Par ailleurs, ses victimes ont toujours été des jeunes femmes. Je veux que Vincent et Samira se chargent de la protection de Margot, au lycée de Marsac. Si le Suisse veut m'atteindre d'une manière ou d'une autre, il sait que c'est là mon point faible – et là où il me fera le plus mal.

Le front de Stehlin s'était plissé encore davantage. Il avait l'air profondément inquiet à présent. Il déplaça son regard vers ses adjoints. Samira hocha la tête.

— Pas de problème, répondit-elle. Martin a raison : si cet enfoiré doit s'en prendre à lui, et s'il est aussi bien renseigné qu'il semble l'être, on ne peut pas courir le risque de laisser Margot sans protection.

— Je suis d'accord, renchérit Espérandieu avec conviction.

— Autre chose ? demanda Stehlin.

— Oui. Si Hirtmann est toujours à mes basques, il y a peut-être un moyen de l'attraper, cette fois. Pujol pourrait me prendre en filature. De très loin, avec un équipier. Une filature à distance et surtout aussi discrète que possible. Pas de visuel ou très peu. Un suivi GPS, une balise. Si Hirtmann veut vraiment me tenir à l'œil, il faudra bien qu'il se montre, qu'il prenne un risque, si minime soit-il. Et nous serons là quand il le fera.

— Idée intéressante... Et qu'est-ce qui se passe s'il sort du bois ?

— On intervient.

— Sans soutien ? Sans unité d'intervention ?

— Hirtmann n'est pas un terroriste, ni un gangster. Il n'est pas préparé à ce genre de confrontation. Il n'opposera pas de résistance.

— Il me semble plein de ressources, au contraire, objecta Stehlin.

— Pour l'instant, nous ne savons même pas si ce plan a des chances de fonctionner. On avisera le moment venu.

— Bon, très bien. Mais je veux être tenu au courant dès que quelque chose bouge, et que vous me communiquiez tout ce que vous avez, c'est bien compris ?

— Je n'ai pas fini, dit Servaz.

— Quoi encore ?

— Il faut appeler le juge, j'ai besoin d'une commission rogatoire. Pour une détenue à la maison d'arrêt de Seysses.

Stehlin acquiesça. Il avait compris. Il se retourna et attrapa un journal derrière lui qu'il lança devant Servaz.

— Ça n'a pas marché. Aucune fuite, cette fois.

Servaz regarda Stehlin. Se pouvait-il qu'il se soit trompé ? Soit le journaliste n'avait pas jugé l'information suffisamment importante, soit Pujol n'était pas la personne qui balançait les infos à la presse.

Le ciel était pâle derrière les fenêtres de la classe. Tout était foutrement immobile. Une chaleur blanche comme un film transparent posé sur le paysage. Des ombres courtes, dures, sous les chênes, les tilleuls et les peupliers qui paraissaient pétrifiés. Seuls le filament blanchâtre d'un avion à réaction et quelques oiseaux mettaient un peu de mouvement dans le tableau. Même les terminales qui s'entraînaient là-bas sur le terrain de rugby semblaient souffrir de la chaleur, et le jeu se faisait au ralenti, sans plus d'enthousiasme ni d'inspiration que celui de l'équipe de France de football.

L'été s'était installé et elle se demanda en regardant par la fenêtre si cela allait durer. Elle n'écoutait le cours d'histoire que d'une oreille et les mots glissaient sur elle comme des gouttes d'eau sur du plastique. La tête en feu, elle songeait au mot rédigé à la main qu'elle avait découvert une heure plus tôt placardé avec du ruban adhésif sur son casier. En le lisant, elle avait rougi de honte et de colère puis, aux regards qu'elle avait croisés autour d'elle, elle avait compris que tout le monde était déjà au courant. Le mot disait :

Hugo est innocent. Ton père devrait faire gaffe. Et toi aussi. Tu n'es plus la bienvenue, sale pute.

Sa tactique commençait à payer...

25

Cercles

Meredith Jacobsen attendait le vol Air France en provenance de l'aéroport de Toulouse-Blagnac dans le hall des arrivées d'Orly-Ouest, ce mardi à 13 h 05. Il avait dix minutes de retard, mais elle en connaissait la cause : le vol avait été retardé pour permettre à son patron, le député Paul Lacaze, de monter à bord. Il avait obtenu une place de dernière minute dans un appareil pourtant bondé.

Ce n'était pas sa qualité de député qui lui avait valu ce traitement de faveur, mais son appartenance à un cercle très fermé : le Club 2000. Contrairement aux programmes de fidélisation réservés aux très grands voyageurs ayant justifié de quelques dizaines de milliers de miles et de milliers d'heures passées à bord de vols longs-courriers, le sésame du Club 2000 n'était pas une carte de fidélité. Il était attribué selon des critères drastiques mais flous à un club très restreint de grands décideurs économiques, de personnalités du show-biz, de hauts fonctionnaires et d'hommes politiques. À l'origine, le club était limité à deux mille membres à travers le monde pour bien en marquer la différence et l'importance – mais il s'était peu à peu agrandi jusqu'à compter presque dix fois le nombre initial de bénéficiaires. On trouvait également parmi eux quelques cardinaux, sportifs et prix Nobel. Les 577 députés de l'Assemblée nationale n'avaient évidemment pas tous accès au Club, même s'ils ne payaient pas leurs transports pour autant, cependant Lacaze était l'étoile montante, le chouchou des médias, et les personnalités en vue étaient câlinées par la compagnie aérienne.

Les portes s'ouvrirent enfin sur les passagers et Meredith Jacobsen fit un petit signe à son patron qui s'avançait, son sac de voyage en bandoulière, avec la mine des mauvais jours. Fille d'une Française et d'un Suédois, diplômée de Sciences-Po, à vingt-huit ans, Meredith Jacobsen était assistante parlementaire. Elle était payée sur des fonds privés alloués à son député et occupait un minuscule bureau au 126, rue de l'Université. Lacaze employait quatre collaborateurs – dont deux membres de sa famille, un lointain cousin et une nièce – rémunérés en toute légalité sur les fonds de l'Assemblée nationale, mais elle était la pièce maîtresse du dispositif, la personne de confiance – et la seule employée à plein temps.

Le travail d'un assistant parlementaire n'est pas clairement défini. Meredith, elle, s'occupait de tout : elle triait le courrier, gérait le planning et les rendez-vous, s'occupait des réservations de train, d'avion et d'hôtel, des relations avec les médias, avec les milieux associatifs, syndicaux et économiques, rédigeait des notes de synthèse et participait même à la rédaction des propositions de lois et des amendements. Meredith était une perle et Lacaze le savait. Elle ne ferait pas long feu dans un métier où il n'y avait aucune perspective de carrière. En outre, elle était agréable à regarder. C'est pourquoi il la payait 2 800 euros par mois, la fourchette la plus haute dans une profession où la rémunération pouvait varier de quelques centaines à quelques milliers d'euros.

Paul Lacaze ne puisait toutefois pas dans ses deniers personnels pour rétribuer son assistante. Comme chaque député, il recevait de l'État 8 859 euros par mois pour la rémunération de ses collaborateurs, dont il était libre de choisir le nombre, à condition de ne pas en avoir plus de cinq, les tâches auxquelles il les affectait et même le salaire qu'il leur versait. S'ajoutaient à cette enveloppe sa propre indemnité parlementaire : 5 189,27 euros, ainsi qu'une généreuse « indemnité représentative de frais de mandat » de 6 412 euros brut, sur l'utilisation de laquelle l'Assemblée n'exerçait aucun contrôle. Enfin, tous ses déplacements en première classe sur le réseau ferré national ainsi que tous ses frais de communications téléphonique et informatique étaient pris en charge – ce qui lui évitait d'avoir à puiser dans l'indemnité précédemment citée. Bien entendu, personne n'aurait eu l'inconvenance de lui demander de rembourser une partie de ces frais s'il s'était avéré qu'il n'en dépensait pas la moitié.

Meredith embrassa son patron sur les deux joues, attrapa son sac, et ils se dirigèrent vers le dépose-minute où un taxi les attendait.

— Il faut se dépêcher, dit-elle. Devincourt t'attend pour déjeuner au Cercle de l'Union interalliée.

Lacaze pesta intérieurement : « la Baleine » aurait pu choisir un endroit plus discret. Officiellement, Devincourt n'était qu'un sénateur parmi d'autres. Il n'était même pas président de groupe. En réalité, à soixante-douze ans, c'était l'un des ténors du parti. Il avait été élu député pour la première fois à l'âge de vingt-neuf ans, en 1967, avait occupé tous les ministères régaliens l'un après l'autre pendant plus de quarante ans, connu six présidents, dix-huit Premiers ministres, des milliers de parlementaires, fait et brisé plus de situations que quiconque. Lacaze le considérait comme un dinosaure, un type du passé, un *has been* – mais personne ne pouvait se permettre de ne pas écouter la Baleine.

Meredith Jacobsen tira sur sa jupe en s'asseyant à l'arrière du taxi et Lacaze se fit une fois de plus la réflexion qu'elle avait vraiment de jolies jambes. La radio diffusait David Bowie à plein volume et il demanda au chauffeur de baisser le son. Une chemise ouverte sur les genoux, Meredith lui résuma alors son planning du jour et il s'absorba dans la contemplation des tristes friches de la banlieue sud de Paris en l'écoutant d'une oreille distraite. À tout prendre, il préférait encore les bidonvilles de Buenos Aires ou de São Paulo. Il les avait visités à l'occasion d'une des somptuaires missions organisées par l'un des groupes d'amitié de l'Assemblée : eux au moins avaient du cachet.

En entrant dans la grande salle, Lacaze vit que la Baleine n'avait pas attendu pour se mettre à table. Il trônait au milieu de la Salle à Manger, le restaurant gastronomique du Cercle de l'Union interalliée, au premier étage – que le vieux sénateur préférait à la terrasse prise d'assaut par beau temps et à la cafétéria où se pressaient les trentenaires musclés fréquentant les installations sportives du club. La Baleine ne faisait pas de sport et il pesait un quintal et demi. Il fréquentait déjà le Cercle alors que tous ces morveux n'étaient même pas nés. Fondé en 1917, au moment de l'entrée officielle des États-Unis dans la guerre, le Cercle de l'Union interalliée était destiné à l'origine à offrir un lieu d'accueil aux officiers et aux personnalités de l'Entente. Installé dans un des plus beaux hôtels particuliers de Paris, au 33, rue du Faubourg-Saint-Honoré, entre les ambassades anglaise et américaine, le palais de l'Élysée et les boutiques de luxe du 8e arrondissement, il avait depuis longtemps perdu de vue sa vocation initiale. Deux restaurants, un bar, un parc, une bibliothèque de quinze mille ouvrages, des salons privés, une salle de billard, une piscine, un hammam et un complexe sportif au sous-sol. Droits d'admission : environ 4 000 euros. Montant de la cotisation annuelle : 1 400. Bien entendu, l'argent ne suffisait pas pour être admis – sans quoi tous les vendeurs de fripes récemment enrichis de l'autre côté de l'Atlantique, les petits génies acnéiques de l'informatique et les trafiquants de drogue du 9-3 seraient venus se vautrer dans ses salons et piétiner ses tapis de leurs baskets. Il fallait être parrainé – et patient – et, pour certains, l'attente durait toute une vie.

En se faufilant parmi les tables, Lacaze observa le sénateur qui ne l'avait pas encore repéré. Petit, obèse, vêtu d'un costume à rayures à tout le moins voyant et d'une chemise blanche, il était attablé devant un homard. Lacaze voyait les plis de graisse sur sa nuque et la façon dont les innombrables bourrelets qui recouvraient son corps pachydermique tendaient le tissu de son coûteux costume.

— Mon jeune ami, dit Devincourt de sa voix de rogomme quand il découvrit le député, asseyez-vous. Je ne vous ai pas attendu. Mon ventre est plus exigeant que la plus exigeante des maîtresses.

— Bonjour, sénateur.

Le maître d'hôtel arriva et Lacaze commanda un carré d'agneau avec des cèpes.

— Alors, on me dit que vous avez mis votre nez dans une chatte et qu'elle a eu la mauvaise idée de clamser ? J'espère qu'elle en valait la peine, au moins.

Lacaze frissonna. Il inspira à fond. Un mélange acide de fureur et de désespoir lui mordit les boyaux. Entendre parler ainsi de Claire lui donnait envie de défoncer le crâne de ce gros salaud à coups de poing. Mais il avait déjà craqué devant ce flic. Il devait se reprendre.

— En tout cas, elle n'était pas rémunérée, rétorqua-t-il, les mâchoires serrées.

Tout-Paris savait que la Baleine recourait aux services dûment tarifés de professionnelles. Des filles de l'Est que des macs faisaient venir dans certains grands hôtels peu regardants. Pendant un instant, le sénateur le fixa d'un regard indéchiffrable – puis il explosa d'un rire qui leur valut quelques regards courroucés ou surpris.

— Putain, le petit con ! Et en plus, il était amoureux ! (Devincourt essuya ses lèvres ointes du coin de sa serviette et redevint soudain sérieux.) *L'amour...* (Dans sa bouche gourmande, le mot avait quelque chose d'obscène et, de nouveau, Paul Lacaze sentit ses viscères se nouer.) J'ai été amoureux, moi aussi, dit soudain la Baleine. Il y a longtemps. J'étais étudiant. Elle était belle, magnifique. Elle étudiait les Beaux-Arts. Elle avait du talent. Oh oui. Ce furent, je crois, les plus beaux jours de ma vie. J'avais l'intention de l'épouser. Je rêvais d'avoir des enfants, une famille nombreuse, et elle à mes côtés, à chaque moment de mon existence. Une vie douce, longue, paisible, où nous aurions vieilli ensemble, où nous les aurions regardés grandir, avoir à leur tour des enfants. Et nous aurions été fiers, d'eux, de nos amis, de nous-mêmes. Des rêves de midinette, j'en avais plein le crâne. Vous vous rendez compte : moi, Pierre Devincourt ! Et puis, je l'ai surprise au lit avec un autre. Elle n'avait même pas pris la peine de verrouiller sa porte. Votre copine, est-ce qu'elle avait quelqu'un d'autre ?

— Non.

Une réponse ferme, immédiate. Devincourt lui coula un regard prudent, une brève étincelle rouée sous ses lourdes paupières.

— Les gens votent, dit soudain la Baleine. Ils croient qu'ils décident... Ils n'ont aucun pouvoir de décision. *Aucun*. Parce qu'ils ne font que reconduire à l'infini la même caste, élection après élection, législature après législature. Le même petit groupe de gens qui décident de tout pour eux. *Nous*... Et quand je dis « nous », j'inclus nos adversaires politiques. Deux partis. Qui se partagent le pouvoir depuis cinquante ans. Qui font semblant de n'être d'accord sur rien alors qu'ils le sont sur presque tout... Cela fait cinquante ans que nous sommes les maîtres de ce pays et que nous vendons au bon peuple cette arnaque nommée « alternance ». Les cohabitations auraient dû lui mettre la puce à l'oreille : comment deux pouvoirs aux options radicalement opposées pourraient-ils cohabiter ? Mais non : il a continué à gober l'escroquerie comme si de rien n'était. Et nous, à profiter de ses largesses.

Il porta un champignon à sa bouche.

— Mais, ces derniers temps, certains ont voulu se partager le gâteau un peu trop vite. Ils ont oublié qu'il y a une comédie à jouer, un minimum de discrétion et de conviction à avoir. On peut pisser sur le peuple s'il croit que c'est de la pluie.

De nouveau, la Baleine s'essuya la bouche.

— Vous ne deviendrez pas le chef du parti si vous avez des casseroles, Paul. Plus maintenant. Ces temps-là sont révolus. Alors faites en sorte de ne jamais apparaître dans cette histoire. Je m'occupe du petit commandant. On va le tenir à l'œil. Mais je veux savoir : vous avez un alibi pour le soir du meurtre ?

Lacaze se cabra.

— Bon Dieu, qu'est-ce que vous croyez ? Que je l'ai tuée ?

Il vit les yeux du gros homme flamboyer. La Baleine se pencha par-dessus la table et sa voix de basse gronda comme un tonnerre entre les verres.

— Écoute-moi bien, sale petit con ! Garde tes airs de vierge effarouchée pour le tribunal, d'accord ? Je veux savoir ce que tu faisais ce soir-là : si tu étais en train de la tringler, de lui bouffer la chatte, de picoler avec des amis, de te faire une ligne dans les chiottes, s'il y avait quelqu'un avec toi ou personne, des gens qui peuvent témoigner, bordel ! Et ne me fais plus chier avec tes grands airs innocents !

Lacaze eut l'impression d'avoir reçu une gifle. Le sang quitta son visage. Il regarda autour d'eux pour s'assurer que personne n'avait entendu, puis fixa le cétacé au regard de sphinx assis en face de lui.

— J'étais... j'étais avec Suzanne. On regardait un

DVD. Une comédie italienne. Depuis son... cancer, j'essaie d'être à la maison le plus souvent possible.

Le sénateur se redressa.

— Je suis désolé pour Suzanne. C'est terrible ce qui lui arrive. Suzanne est quelqu'un que j'aime beaucoup.

La Baleine avait dit cela avec une sincérité brutale. Il replongea le nez dans son assiette. Fin de la discussion. Lacaze sentit une vague de culpabilité le submerger. Il se demanda comment l'homme assis en face de lui aurait réagi s'il avait su la vérité.

26

Quartiers

Les bruits d'abord. Omniprésents, envahissants, perturbants. Ils formaient un tissu sonore dense, incessant, une routine implacable. Voix, portes, cris, grilles, verrous, bruits de pas, trousseaux de clés... Ensuite venait l'odeur. Pas forcément désagréable, mais typique. Reconnaissable entre toutes. Toutes les prisons ont la même.

Ici, la plupart des voix étaient féminines. Quartier des femmes, maison d'arrêt de Seysses, près de Toulouse. La prison comptait trois autres bâtiments : deux pour les hommes, un pour les mineurs.

Lorsque la matonne déverrouilla la porte, Servaz se raidit. Il avait laissé son arme et sa plaque à l'entrée, rempli le registre, franchi sas et portiques de sécurité. Tout en mettant ses pas dans ceux de la gardienne et en parcourant les couloirs du quartier des femmes, il s'était préparé mentalement.

La femme lui fit signe d'entrer. Il prit une inspiration et franchit le seuil. Le numéro d'écrou 1614 était assise les coudes sur la table, mains croisées devant elle. La lumière du néon tombait sur ses cheveux châtains, qui n'étaient plus longs, souples et épais comme la dernière fois où il l'avait vue, mais courts, secs et ternes. Mais le regard n'avait pas changé. Élisabeth Ferney n'avait rien perdu de son arrogance. Ni de son autorité. Servaz aurait parié qu'elle avait réussi à se faire une place ici, comme lorsqu'elle était infirmière chef à l'Institut Wargnier. Celle devant qui tout le monde s'inclinait. Celle qui avait permis à Julian Alois Hirtmann de s'évader. Servaz avait assisté à son procès. Son avocat avait bien essayé de faire valoir qu'elle avait été manipulée par le Suisse, de la poser en victime – mais la personnalité de sa cliente avait joué contre elle. Les jurés avaient pu constater par eux-mêmes que la femme présente dans le box n'avait rien d'une victime.

— Salut, commandant.

La voix était toujours aussi ferme. Mais il y avait une nuance nouvelle : de la lassitude. Ou de la fatigue. Une intonation un brin traînante. Servaz se demanda si Lisa Ferney était sous antidépresseurs. C'était chose courante ici.

— Bonjour, Élisabeth.

— Oh, on m'appelle par mon prénom, maintenant. On est devenus potes ? Je ne savais pas... Ici, c'est plutôt Ferney. Ou 1614. La pétasse qui vous a emmené, elle, m'appelle la « connasse en chef ». Mais c'est pour la façade. En réalité, elle me rend visite la nuit et là c'est elle qui se met à genoux...

Servaz la sonda pour distinguer le vrai du faux, mais c'était peine perdue. Élisabeth Ferney était insondable. Mis à part les petites étincelles de joie mauvaise qui dansaient dans ses yeux bruns. Servaz avait connu un directeur de prison qui, pour parler des détenues dont il avait la charge, disait « les salopes » ou « les putains ». Il les injuriait systématiquement, harcelait sexuellement les plus jeunes et se rendait nuitamment dans le quartier des femmes pour se faire faire des pipes en compagnie de quelques gardiens. On l'avait révoqué, mais il n'avait subi aucune sanction pénale, le procureur ayant estimé que la révocation était une punition suffisante. Servaz était bien placé pour savoir que, dans l'univers carcéral, *tout* était possible.

— Vous savez ce qui me manque le plus ? poursuivit-elle, apparemment satisfaite de la réaction qu'elle lisait sur son visage. Internet. On est tous devenus accro à cette saloperie, c'est dingue. Je suis sûre que la privation de Facebook va faire grimper en flèche le nombre de suicides dans les prisons.

Il tira une chaise et s'assit face à elle, de l'autre côté de la table. Il entendait des sons à travers la porte refermée. Échos de voix, appels, un chariot qu'on faisait rouler – et puis un bruit particulier : le tintement du métal sur du métal. Servaz savait ce que c'était. L'heure de la promenade. Les surveillants en profitaient pour entrer dans les cellules et s'assurer qu'aucun barreau n'avait été scié en tapant dessus avec une barre de fer. *Le bruit*... Rien ne faisait davantage ressentir aux prisonniers leur solitude que ce fond sonore permanent.

— 70 % des détenues ici sont toxicomanes, vous le saviez ? Moins de 10 % bénéficient d'un traitement de substitution. La semaine dernière, une fille s'est pendue avec sa ceinture. Elle en était à sa septième tentative et elle avait fait part de son intention de recommencer. Ils l'ont quand même laissée seule sans surveillance. Vous voyez : si je voulais, je pourrais m'évader. D'une manière ou d'une autre.

Il se demanda où elle voulait en venir. Élisabeth Ferney avait-elle tenté de se suicider ? Il prit note de poser la question au personnel médical.

— Mais vous n'êtes pas venu simplement pour prendre de mes nouvelles, n'est-ce pas ?

Servaz avait prévu la question. Il pensa encore une fois au conseil de son père. La sincérité... Il n'était pas sûr que ce fût la bonne stratégie – mais il n'en avait pas d'autre en magasin.

— Julian m'a écrit. Un mail... Je crois qu'il est ici, à Toulouse. Ou pas loin.

Avait-il lu quelque chose dans le regard de l'ancienne infirmière chef ? Ou était-ce juste son imagination ? Elle le fixait, toujours aussi impénétrable.

— *Julian... Élisabeth...* On est tous devenus copains, alors. Et il disait quoi, ce mail ?

— Qu'il allait repasser à l'action, qu'il goûtait sa liberté.

— Et vous le croyez ?

— Et vous, vous en pensez quoi ?

Le sourire sur les lèvres non peintes fut comme la cicatrice d'un coup de canif.

— Montrez-moi ce mail, et peut-être je vous le dirai.

— Non.

Le sourire disparut.

— Vous avez l'air fatigué, *Martin*... Vous avez la tête de quelqu'un qui ne dort pas beaucoup, je me trompe ? C'est à cause de *lui,* n'est-ce pas ?

— Vous n'avez pas l'air très en forme non plus, *Lisa.*

— Vous n'avez pas répondu à ma question. C'est Hirtmann qui vous turlupine ? Vous avez peur qu'il s'en prenne à vous ? Vous avez des enfants ?

Il enfonça ses ongles dans ses paumes, sous la table. Puis il reposa ses mains à plat sur ses cuisses, décroisa les chevilles et essaya de se détendre. Quelque chose, chez Élisabeth Ferney, le glaçait jusqu'aux os. Il sentit l'humidité qui était apparue sous ses aisselles.

— D'ailleurs, pourquoi vous ? Si je ne m'abuse, vous ne l'avez rencontré qu'une seule fois. Je me souviens de votre visite à l'Institut. Avec ce petit psychologue à barbichette et cette gendarme... Joli brin de fille. Qu'est-ce que vous vous êtes dit, ce jour-là, avec Julian, pour qu'il fasse une telle fixation sur vous ? Et vous aussi, vous en faites une sur lui, pas vrai ?

Il se dit qu'il ne devait pas la laisser mener la conversation. Élisabeth Ferney était de la même race que Hirtmann : une perverse narcissique, une manipulatrice, un être profondément égocentrique qui essayait constamment d'asseoir son emprise sur l'esprit des autres. Il s'apprêtait à dire quelque chose mais elle ne lui en donna pas le temps.

— Et donc, vous vous êtes dit qu'il était peut-être entré en contact avec sa complice d'hier, c'est bien ça ? En admettant que je sache quelque chose, pourquoi est-ce que je vous le dirais ? À vous, en particulier ?

Cette question-là aussi, il l'avait prévue. Il affronta le regard posé sur lui.

— J'ai parlé avec le juge. Un accès à la presse quotidienne et vous serez inscrite à l'atelier micro-informatique. Avec un accès Internet contrôlé une fois par semaine. Je m'assurerai personnellement que la décision du juge est bien appliquée par l'administration de cet... établissement. Vous avez ma parole sur ce point.

— Et si je n'ai rien à vous dire ? Si Hirtmann ne m'a pas contactée ? Le marché tient toujours ?

Elle sourit méchamment. Il ne répondit pas.

— Qu'est-ce qui me garantit que vous allez tenir parole, que ce n'est pas du bluff ?

— Rien.

Elle rit. Mais c'était un rire sans joie. Il avait réussi son coup. Il le lut dans son regard.

— Rien, répéta-t-il. Rien ne vous le garantit. Tout dépend si je vous crois ou non. Tout dépend de moi, Élisabeth. Mais vous n'avez pas trop le choix, de toute façon, n'est-ce pas ?

Un bref flamboiement de colère et de haine dans le regard de la femme assise en face de lui. Elle avait dû prononcer cette phrase si souvent qu'elle l'avait reconnue, même dans la bouche d'un autre. La phrase de celui ou celle qui détient le pouvoir. Désormais, les rôles étaient inversés et elle en avait cruellement conscience. Elle avait si souvent été à sa place lorsqu'elle dirigeait l'Institut Wargnier avec le Dr Xavier – menaçant et cajolant ses patients, leur faisant valoir tout ce qu'ils avaient à gagner ou à perdre, leur disant exactement ce qu'il venait de lui dire : qu'ils n'avaient pas le choix et que tout dépendait d'elle.

— Contrairement à vous, je n'ai aucune nouvelle de Julian Hirtmann, répondit-elle, et il devina dans sa voix une frustration et une tristesse non feintes. Il n'a pas cherché à reprendre contact. J'ai longtemps attendu un signe. Quelque chose… Vous savez comme moi qu'il n'y a rien de plus facile que de faire passer un message à un prisonnier. Mais ce n'est jamais arrivé… Non. En revanche, j'ai une information qui devrait vous intéresser.

Il soutint son regard, tous les sens en éveil.

— Un ordinateur une fois par semaine et l'accès à la presse quotidienne, on est bien d'accord ?

Il hocha la tête.

— Quelqu'un d'autre est passé avant vous. Quelqu'un qui voulait savoir exactement la même chose que vous. Et, bizarrement, elle est passée aujourd'hui.

— Qui ? demanda-t-il.

Elle lui décocha un sourire vicieux. Il se leva.

— De toute façon, je n'ai qu'à demander au directeur, dit-il.

— C'est bon. Revenez. Mais n'oubliez pas votre promesse.

Il avait quelqu'un d'autre à voir. C'était parfaitement illégal, il le savait. Mais Servaz avait ses « contacts » à la prison, cette rencontre ne parviendrait même pas aux oreilles de son directeur. C'est pour cela qu'il avait demandé au juge l'autorisation d'interroger Lisa Ferney dans le cadre de l'enquête sur Hirtmann : pour avoir accès à la prison.

En longeant les coursives, il pensait à ce que Élisabeth Ferney venait de lui dire. Quelqu'un était passé avant lui. Une personne qu'il n'avait pas vue depuis longtemps. L'image de l'avalanche réapparut devant ses yeux.

La porte fut déverrouillée et il sursauta. Bon sang ! Les joues caves, les yeux cernés de rouge, le regard aux abois. Il savait qu'Hugo avait été placé en cellule individuelle, mais il eut tout à coup peur pour lui. Si Marianne voyait son fils dans cet état, elle serait terrifiée.

Servaz ressortit et il tira la porte derrière lui.

— Je veux qu'il fasse l'objet d'une surveillance particulière, dit-il au gardien. Ôtez-lui sa ceinture, ses lacets, tout. J'ai peur qu'il ne fasse une grosse bêtise. Ce gosse ressortira bientôt d'ici. Ce n'est qu'une question de temps.

Il repensa aux paroles de Lisa Ferney : « *La semaine dernière, une fille s'est pendue avec sa ceinture. Elle en était à sa septième tentative. Ils l'ont quand même laissée sans surveillance...* » Le gardien le toisait avec un sourire.

— Putain ? vous m'avez compris ?

Le gardien lui lança un regard indifférent, puis il acquiesça. Il se promit de parler au directeur avant de repartir et rentra dans la pièce.

— Bonjour, Hugo.

Pas de réponse.

Comme il l'avait fait avec Élisabeth Ferney, il tira une chaise et s'assit.

— Hugo, commença-t-il, je suis terriblement désolé pour... ça. (Il eut un geste qui englobait la pièce et tout ce qui se trouvait autour.) J'ai tout fait pour convaincre le juge de te remettre en liberté, mais il semble que... les charges étaient trop lourdes... Du moins, pour l'instant.

Hugo scrutait ses mains. Le regard de Servaz tomba sur ses ongles – rongés jusqu'au sang.

— Car de nouveaux éléments sont apparus... Il se pourrait fort que tu ne restes pas ici très longtemps.

— *Faites-moi sortir d'ici !*

Le cri prit le flic par surprise. Il tressaillit. Une supplication, une adjuration. Servaz regarda Hugo. Ses yeux larmoyaient, ses lèvres tremblaient.

— Faites-moi sortir d'ici, je vous en supplie.

Oui, songea-t-il. *Ne t'en fais pas. Je vais te tirer de là. Mais tu dois tenir le coup, mon garçon.*
— Écoute-moi ! dit Servaz. Tu dois me faire confiance. Je vais t'aider à sortir d'ici – mais il faut que, de ton côté, tu m'aides aussi. Je n'ai absolument pas le droit d'être là, de te voir : tu as été mis en examen et seul un juge peut t'entendre en présence de ton avocat. Je pourrais être lourdement sanctionné pour ça. Mais il y a de nouveaux éléments. Avec ça, le juge va être obligé de reconsidérer sa position. Tu comprends ?
— Quels nouveaux éléments ?
— Paul Lacaze, tu connais ?
Le cillement des paupières ne lui échappa pas. Servaz n'était pas enquêteur depuis une quinzaine d'années pour rien.
— Tu le connais, n'est-ce pas ? N'EST-CE PAS ?
Hugo fixait de nouveau ses doigts rongés.
— Putain, Hugo... !
— Oui... je le connais.
Servaz attendit la suite en silence.
— Je sais qu'il fréquentait Claire...
— Il *fréquentait* ?
— Ils avaient une liaison... Du genre top secret. Lacaze est marié, et c'est le député-maire de Marsac. Mais vous, comment vous l'avez su ?
— On a trouvé des mails dans l'ordinateur de Claire.
Cette fois, Servaz ne décela aucune réaction. Apparemment, Hugo n'était ni surpris ni au courant. Ce n'était donc peut-être pas lui qui avait vidé la messagerie.
Servaz se pencha par-dessus la table.
— Paul Lacaze avait une liaison ultrasecrète avec

Claire Diemar. Une liaison dont personne n'était au courant, tu l'as dit toi-même. Un truc ultrasensible. Alors, comment toi, tu l'étais ?

— Elle me l'avait dit.

Servaz le fixa, stupéfait.

— Quoi ?

— Claire m'avait tout raconté.

— Pourquoi elle aurait fait ça ?

— *Parce que nous étions amants*.

Servaz le dévisagea en digérant la nouvelle.

— Je sais ce que vous pensez. J'avais dix-sept ans et elle en avait trente-deux. Mais on s'aimait... Elle avait connu Paul Lacaze avant moi. Elle avait décidé de rompre avec lui. Il était très amoureux d'elle. Et jaloux. Il soupçonnait depuis un certain temps qu'elle avait quelqu'un d'autre. Elle avait peur qu'il pète les plombs, qu'il fasse un scandale en apprenant qu'elle avait une liaison avec un de ses élèves, un mineur qui plus est. D'un autre côté, vu sa situation, il était coincé, lui aussi. Il ne pouvait pas se permettre d'étaler ça au grand jour.

— Depuis combien de temps ? demanda Servaz.

— Quelques mois. Au début, ce que je vous ai dit était vrai : on parlait littérature, elle s'intéressait à ce que j'écrivais, elle croyait beaucoup en mon talent et elle voulait m'encourager, m'aider. Elle m'avait invité à venir prendre le café chez elle de temps en temps. Elle savait que cela délierait les méchantes langues de Marsac, mais elle s'en foutait : Claire était comme ça, elle était libre, au-dessus de ça. Elle se moquait du qu'en-dira-t-on. Et puis, petit à petit, on est tombés amoureux... C'est bizarre, parce que ce n'était pas du tout mon genre, au départ. Mais... je n'avais jamais rencontré quelqu'un comme elle... avant.

— Pourquoi tu n'en as parlé ni au juge ni à moi ?

Hugo le fixa, les yeux ronds.

— Vous plaisantez ? Vous savez bien que ça m'aurait rendu encore plus suspect !

Il avait raison.

— Est-ce que Paul Lacaze pouvait être au courant pour Claire et toi ? Réfléchis. C'est important.

— Je sais à quoi vous pensez, répondit Hugo tristement. Franchement, je ne sais pas... Elle m'avait bien promis de tout lui dire. On avait eu une longue discussion à ce sujet. J'en avais assez de cette situation, je ne voulais plus qu'elle le voie. Mais, sincèrement, je ne crois pas qu'elle ait eu le temps de le faire. Elle atermoyait tout le temps, elle trouvait toujours des prétextes pour remettre ça à plus tard... Je crois qu'elle avait peur de sa réaction.

Servaz pensa aux mails enflammés de Claire Diemar, à ses déclarations d'amour éternel à Thomas999. Il pensa au tas de mégots dans les bois, à l'ombre sortant du pub derrière Hugo, aux déclarations du gamin affirmant qu'il avait perdu connaissance et qu'il s'était réveillé dans le salon de Claire. Peut-être que Paul Lacaze n'avait pas besoin qu'on lui dise quoi que ce soit, après tout. Peut-être qu'il savait déjà.

Sur le parking de la prison, la chaleur de juin le frappa tel un uppercut. Le soleil était suspendu comme une lampe dans un ciel couleur de blanc d'œuf et il eut l'impression de manquer d'air. Il ouvrit en grand les portières du Cherokee pour évacuer le feu qui régnait dans l'habitacle. Sur sa gauche, à moins de trois cents mètres, l'autre prison – le centre de détention de Muret – dressait ses murs et ses miradors. Il accueillait les longues peines et, contrairement à la maison d'arrêt dont il sortait, il n'y avait pas une seule femme parmi ses six cents pensionnaires.

Les deux milliers de femmes détenues en France étaient accueillis dans 63 établissements pénitentiaires sur 186 existants. Seuls six d'entre eux leur étaient exclusivement réservés.

Il sortit son portable et composa un numéro.

— Ziegler, dit la voix au bout du fil.
— Faut qu'on parle.

— Tu es très bronzée.
— Je rentre de vacances.
— D'où ?

La réponse ne l'intéressait pas le moins du monde. Mais ne pas la poser eût été discourtois.

— Les Cyclades, répondit-elle d'un ton qui indiquait qu'elle n'était pas dupe. Farniente, bronzette, jet-ski, balades, monuments, plongée...

— J'aurais dû t'appeler avant, la coupa-t-il. J'aurais dû prendre de tes nouvelles mais, tu sais ce que c'est, j'ai été... hmm... occupé.

Elle promena son regard sur la foule qui occupait l'agréable terrasse du Bar basque, à l'ombre des arbres, place Saint-Pierre – pas celle de Rome mais celle de Toulouse.

— Tu n'as pas à te justifier, Martin. Moi aussi j'aurais pu appeler. Et ce que tu as fait... ce rapport très favorable que tu as écrit après les événements...

Ils me l'ont fait lire, tu sais, mentit-elle. J'aurais dû te remercier pour ça.

— Je n'ai fait que leur dire ce qui s'est passé.

— Non. Tu as raconté les choses selon un certain point de vue, d'une façon qui me mettait délibérément hors de cause. Les mêmes faits auraient pu faire l'objet d'une version exactement opposée. Tout est toujours une question de point de vue. Tu as tenu ta promesse, toi, au moins.

Il haussa les épaules, gêné. Une serveuse se faufila entre les tables et déposa un café et un Perrier devant eux.

— Et ta nouvelle affectation ?

Elle haussa les épaules à son tour.

— Des contrôles routiers, de temps en temps une bagarre entre poivrots dans un bar, des cambriolages, des actes de vandalisme ou un type surpris en train de vendre du shit à la sortie du lycée... Mais ça me permet de voir à quel point j'étais privilégiée à la SR... Des locaux vétustes, des logements insalubres, des décisions absurdes prises par une hiérarchie déconnectée... Tu connais le syndrome du « gendarme qui se tortille » ?

— Le quoi ?

— Les crânes d'œuf qui nous dirigent ont décidé que le plus urgent, c'était d'équiper nos bureaux avec de nouveaux fauteuils. Problème : leurs accoudoirs ne sont pas assez écartés pour un gendarme avec une arme sur la hanche. Résultat : tous les gendarmes de ce pays passent leur temps à se tortiller dans leurs nouvelles tenues pour pouvoir s'asseoir.

L'image le fit sourire. Mais pas longtemps.

— Tu as rendu visite à Lisa Ferney en zonzon, hier, dit-il. Pourquoi ?

Elle le regarda droit dans les yeux. Il se souvint de cette nuit de tempête dans cette gendarmerie de montagne où elle lui avait raconté comment elle avait été violée dans sa jeunesse par les mêmes hommes qui avaient violé Alice Ferrand et les autres adolescents de la colonie des Isards. Elle avait presque le même regard que cette nuit-là. *Sombre*.

— Je... j'ai lu dans la presse que Hirtmann avait repris contact avec toi, qu'il t'avait écrit ce mail... Je... (Elle prit le temps de choisir ses mots.) Depuis ce qui s'est passé à Saint-Martin, je n'ai pas cessé de... *penser à lui*. Comme je viens de te le dire, il n'y a pas grand-chose d'excitant à faire à la brigade... Alors, pour passer le temps, je réunis le maximum d'infos sur Hirtmann. C'est devenu une sorte d'obsession depuis l'enquête de Saint-Martin, de... *hobby*. Comme les trains électriques, les collections de timbres ou les papillons, tu vois ? Sauf que le papillon que je rêve d'épingler à mon tableau de chasse est un tueur en série.

Elle porta son Perrier à ses lèvres. Servaz l'observa. Elle avait toujours ce petit tatouage dans le cou – un idéogramme chinois – et son piercing discret à la narine gauche. Pas vraiment une tenue *classique* pour une gendarme. Ce n'était pas pour lui déplaire. Il appréciait Irène Ziegler. Il avait aimé travailler avec elle. Il la fixa intensément.

— Tu veux dire que tu collectes tout ce qui se dit et s'écrit sur lui ?

— Oui... Quelque chose comme ça. J'essaie de recouper les informations, de voir si ça peut me mener quelque part. Jusqu'à présent sans grand succès. C'est comme s'il avait disparu de la surface de la terre. Personne ne sait s'il est vivant ou mort. Alors quand, en rentrant de vacances, j'ai vu qu'il avait repris contact avec toi, j'ai tout de suite pensé à Lisa Ferney. Et je suis allée la voir.

— C'est peut-être un canular, dit-il. Ou un copycat.

Elle le vit hésiter.

— Mais il y a autre chose, ajouta-t-il.

Elle ne dit rien. Elle croyait savoir ce qu'il allait dire, mais elle ne pouvait pas lui parler de ce qu'elle avait trouvé dans son ordinateur.

— Un motard qui correspond à Hirtmann et parlant avec un accent possiblement suisse a été vu sur une aire de l'autoroute A 20. Les images d'une caméra de surveillance à un péage un peu plus au sud ont confirmé le témoignage du gérant du magasin. Si c'est lui, il se dirigeait vers Toulouse à ce moment-là.

— Il y a combien de temps ? demanda-t-elle, bien qu'elle connût déjà la réponse.

— Environ deux semaines.

Elle regarda autour d'elle, comme si le Suisse avait pu se trouver là, quelque part dans la foule, en train de les espionner. La plupart des clients étaient des étudiants ; la terrasse, avec ses murs de brique rose, sa vigne vierge et sa fontaine de pierre, évoquait une placette provençale. Elle se remémora la teneur exacte du mail. Elle aurait voulu lui dire ce qu'elle en pensait – mais, là encore, elle ne pouvait le faire sans lui avouer qu'elle était entrée dans son ordinateur.

— Ce mail, dit-elle à tout hasard. Tu en as une copie ?

Il plongea une main dans sa veste, en sortit une

feuille pliée en quatre et la lui tendit. Elle prit le temps de relire un texte qu'elle connaissait déjà par cœur.

— Cette histoire te met à cran, pas vrai ?

Il acquiesça.

— Tu en penses quoi ? voulut-il savoir.

— Mmm. (Elle feignit de continuer sa lecture.)

— Hirtmann ou pas ?

Elle fit semblant de réfléchir.

— Pour moi, ça lui ressemble.

— Qu'est-ce qui te fait dire ça ?

— Comme je te l'ai dit, j'ai passé des mois à étudier sa personnalité, son comportement... Sans me vanter, je crois que je le connais mieux que personne. Ce message : il sonne vrai, il y a quelque chose là-dedans. C'est comme si j'entendais sa voix quand on s'est rendus là-bas, dans sa cellule...

— Pourtant, c'est une femme qui l'a envoyé, d'un cybercafé de Toulouse.

— Une victime ou une complice, commenta-t-elle. S'il a trouvé une femme qui a les mêmes perversions que lui, c'est très inquiétant, ajouta-t-elle en le dévisageant.

Il sentit un grand froid descendre en lui malgré la chaleur qui régnait.

— Tu dis que tu t'ennuies dans ta nouvelle affectation ? releva-t-il avec un demi-sourire.

Elle le fixa en se demandant manifestement où il voulait en venir.

— Disons que ce n'est pas pour ça que je suis rentrée dans la gendarmerie.

Il parut réfléchir puis se décida.

— Samira et Vincent s'occupent de collecter toutes les informations disponibles sur Hirtmann. Seulement, je leur ai aussi demandé de veiller sur ma fille. Margot est scolarisée au lycée de Marsac. Comme la plupart des élèves, elle est pensionnaire, loin de sa mère et de moi. Elle constitue donc une cible idéale. (Il se rendit compte qu'il avait baissé la voix en disant cela, comme s'il craignait que dire les choses à voix haute les fasse se réaliser.) Que dirais-tu si je te faisais parvenir toutes les informations que nous obtenons concernant Hirtmann ? J'aimerais bien que tu me donnes ton avis là-dessus.

Il vit son visage s'illuminer.

— Consultante, en somme, c'est ça ?

— Tu viens de le dire : tu es devenue experte en tueurs en série suisses, confirma-t-il en souriant.

— Pourquoi pas... Tu n'as pas peur que cela t'attire des ennuis ?

— On n'est pas obligés de le crier sur les toits. Seuls Vincent et Samira seront dans la confidence, c'est eux qui te communiqueront les infos. J'ai confiance en eux. Et ton point de vue m'intéresse. On a fait du bon boulot tous les deux, l'autre hiver...

Il vit que le compliment l'avait touchée.

— Qui t'a dit que j'avais été voir Lisa Ferney en prison ? voulut-elle savoir.

— Elle-même. Je lui ai rendu visite deux heures environ après toi. Les grands esprits...

— Et que t'a-t-elle dit au sujet de Hirtmann ?

— Qu'elle n'avait aucun contact avec lui. Et à toi ?

— La même chose... Tu la crois ?

— Elle m'a eu l'air très déprimée...

— Et frustrée.

— Ou alors, c'est une excellente comédienne.

— Possible.

— Comment se comporterait-elle si Hirtmann était dans le coin et s'il était entré en contact avec elle ?

— Elle ferait sans doute comme si elle n'avait aucune nouvelle – et elle feindrait d'être déprimée...

— ... et frustrée...

— Tu crois que... ?

— Je ne crois rien. Mais il serait peut-être utile de la tenir à l'œil.

— Je ne vois pas comment, dit Ziegler.

— Rends-lui visite régulièrement. Elle m'a eu l'air de se morfondre. Essaie de te rapprocher d'elle. Elle finira peut-être par lâcher un truc. Ne serait-ce que pour te donner un petit quelque chose en échange de tes visites et pour être sûre que tu reviendras la voir... Mais ne perds pas de vue que c'est une manipulatrice, une narcissique, comme Hirtmann, et qu'elle va chercher à exploiter tes failles, à t'embobiner, elle ne te dira peut-être que ce que tu as envie d'entendre.

Elle opina, l'air préoccupée.

— Je ne suis pas née de la dernière pluie. Tu penses vraiment que Margot risque quelque chose ?

Il eut l'impression qu'un paquet de vers se mettait à grouiller dans son ventre.

— *Expressa nocent, non expressa non nocent*, répondit-il.

Puis il traduisit : « Les choses exprimées nuisent, les non exprimées ne nuisent pas. »

Elle filait à travers la campagne, sur sa Suzuki GSR600, largement au-dessus de la vitesse autorisée. Elle laissait derrière elle les voitures scotchées à la route. Le soleil brillait sur les collines à la verdure moutonnante, foisonnante, et elle se sentait pleine d'énergie et d'impatience. Elle était de nouveau dans le coup.

Hirtmann dans le secteur...

Cela aurait dû l'effrayer, mais le défi l'excitait, au contraire. Comme un boxeur qui s'entraîne pour le match de sa vie et qui apprend que son adversaire le plus redoutable, longtemps forfait, est de nouveau dans le circuit. Prêt à remettre les gants.

— On a le résultat de l'analyse graphologique, dit Espérandieu.

Servaz suivit des yeux la silhouette d'une femme qui traversait la rue, à contre-jour dans le soleil couchant. C'était une belle soirée d'été, mais il était déçu. Quand le téléphone avait vibré dans sa poche, il avait espéré un instant que ce serait Marianne. Il avait attendu son coup de fil toute la journée.

— *Ce n'est pas Claire Diemar qui a écrit le mot dans le cahier.*

Les yeux de Servaz lâchèrent la silhouette. Le paysage urbain surchauffé disparut d'un coup.

— On en est sûr ?

— Le graphologue est formel. Il a dit qu'il n'y a pas l'ombre d'un doute, il a même dit qu'il parierait sa réputation là-dessus.

Servaz réfléchissait intensément. Les choses se précisaient... Son esprit tournait à plein régime, comme les bielles d'une locomotive à vapeur gavée de charbon. Quelqu'un avait écrit une phrase dénonçant Hugo dans un cahier et l'avait déposé, bien en vue, dans le bureau de Claire Diemar. Hugo était le bouc émissaire idéal : brillant, camé, beau garçon. Et surtout, il était l'amant de Claire. Il se rendait souvent chez elle. Servaz réfléchit à ce que cela impliquait. Pas forcément que celui qui avait essayé de lui faire porter le chapeau savait pour leur liaison. Peut-être était-il simplement au courant des visites du jeune homme. Marianne, Francis, et le voisin anglais lui avaient dit tous les trois la même chose : les nouvelles circulaient vite à Marsac.

Ou bien alors, il y avait l'autre option, se dit-il en s'approchant de la bouche du parking et en s'enfonçant sous terre. Paul Lacaze...

— Une chose est sûre, dit Espérandieu. Celui qui a écrit ça est sacrément tordu.

— Si tu voulais te procurer un spécimen de l'écriture de Paul Lacaze sans qu'il le sache, tu chercherais où ? dit Servaz en pensant à l'avertissement du procureur d'Auch le matin même.

— Je ne sais pas. À la mairie ? À l'Assemblée nationale ?

— Tu n'as rien de plus discret ?

— Attends une minute, dit son adjoint. Comment aurait fait Paul Lacaze pour déposer ce cahier au lycée ? Tout le monde le connaît à Marsac. Il n'aurait certainement pas pris un risque pareil s'il s'apprêtait à la tuer...

Un point pour lui.

— Qui d'autre ?

— Quelqu'un qui peut circuler librement et sans se faire remarquer à l'intérieur du lycée. Un élève, un prof, un membre du personnel... Beaucoup de monde.

Servaz pensa une fois de plus au mystérieux tas de

mégots dans la forêt. Il glissa son ticket, puis sa carte bancaire dans la caisse du parking, composa son code.

— Encore une fois, ça exclut Hirtmann du tableau, dit Espérandieu.

Servaz repoussa la porte vitrée du parking, s'avança dans le vaste espace sonore, entre les rangées de voitures.

Il regarda les chiffres et les lettres inscrits sur les piliers. B1. Il avait garé la sienne en B6.

— Comment ça ?

— Franchement, comment ton Suisse pourrait-il détenir autant d'infos sur Marsac, sur Hugo, sur le lycée ?

— Et les lettres ? Le mail ? Le CD ? Tu en fais quoi ?

Un silence dans le téléphone.

— Peut-être que quelqu'un essaie de te déstabiliser, Martin…

— Bon sang, le CD de Mahler était dans la chaîne stéréo avant même que l'enquête ne nous soit attribuée !

Touché. Pas de réponse, cette fois. Un bruit de pas derrière lui… Ils claquaient sur le béton.

— Je ne sais pas, c'est bizarre, dit Espérandieu. Il y a un truc qui ne colle pas.

Servaz devina à la voix de son adjoint qu'il était arrivé à la même conclusion que lui : cette affaire n'avait pas de sens. C'était comme s'ils avaient toutes les clés sous les yeux, mais pas la bonne serrure. Il ralentit. Il était arrivé à hauteur du Cherokee. Les pas s'étaient rapprochés… Il appuya sur la télécommande et le véhicule émit un double *bip* en même temps que les feux clignotèrent pour l'accueillir.

— En tout cas, fais gaf... commença son adjoint.
Servaz pivota sur lui-même. D'un seul mouvement fluide et rapide. *Il était là... À quelques centimètres à peine...* La main dans la poche de son blouson de cuir. Servaz vit son propre reflet dans ses lunettes noires. Il reconnut le sourire. La peau pâle et les cheveux bruns. Avant que Hirtmann ait eu le temps de sortir son arme, le flic frappa de sa main libre.

Un crochet qui lui fit terriblement mal aux phalanges. Il ne laissa cependant pas le temps au Suisse de reprendre ses esprits. Il l'attrapa par le blouson et le précipita vers une voiture de l'autre côté de l'allée, lui écrasa le visage contre la vitre arrière. Le Suisse poussa un juron. Ses lunettes de soleil tombèrent sur le sol en tintant. Servaz se colla contre son dos. La main du flic fouillait déjà la poche intérieure du blouson. Ses doigts trouvèrent ce qu'ils cherchaient... Enfin presque. Ce n'était pas une arme.

Un téléphone portable...

Il retourna son adversaire d'un seul mouvement. Ce n'était pas non plus Hirtmann. Il n'y avait pas le moindre doute. Même la chirurgie esthétique n'aurait pu changer sa physionomie à ce point. Le nez de l'homme pissait le sang. Son regard était hagard, apeuré.

— Prenez mon argent ! Allez-y ! Mais ne me faites pas de mal, je vous en supplie !

Merde ! L'homme avait à peu près le même âge que lui et mauvaise haleine. Servaz attrapa les lunettes de soleil par terre, les lui remit sur le nez et tapota la veste de cuir.

— Désolé, dit-il. Je vous avais pris pour un autre.
— Quoi ? Quoi ? coassa l'homme à la fois sou-

lagé, indigné et abasourdi tandis que Servaz glissait son propre appareil dans sa poche et s'éloignait d'un pas vif.

Il mit le contact, passa la marche arrière en faisant grincer la boîte. À travers la lunette arrière, il vit que l'homme avait sorti son téléphone et fixait sa plaque minéralogique. De l'autre main, il essayait de stopper l'hémorragie de son nez à l'aide d'un gros paquet de mouchoirs en papier déjà tachés de sang.

Servaz aurait voulu réparer les dégâts, mais c'était trop tard. Il s'était souvent fait la réflexion que la machine à remonter le temps aurait été la plus belle des inventions pour des types comme lui – les types qui avaient tendance à agir avant de réfléchir. Combien de choses aurait-il pu sauver dans sa vie s'il avait disposé d'un tel engin ? Son couple, sa carrière, Marianne... ? Il passa la marche avant et démarra en faisant hurler les pneus sur le revêtement trop lisse du parking.

Peut-être qu'il se faisait des illusions, se dit-il en se faufilant sur la rampe de sortie. Peut-être qu'il avait tendance à compliquer les choses. Peut-être que Hirtmann n'avait rien à voir là-dedans... Vincent avait raison : comment l'aurait-il pu ? Mais peut-être aussi que c'était lui qui avait raison et qu'ils avaient tous tort, raison de regarder dans son dos, raison d'être sur ses gardes, raison d'appréhender l'avenir.

Raison d'avoir peur.

27

Le bout du chemin

Drissa Kanté fut réveillé par un coup de klaxon dans la rue. Ou peut-être par son cauchemar.

Dans son rêve, c'était la nuit, en pleine mer, quelque part au sud de Lampedusa, à des centaines de kilomètres des côtes. Nuit de tempête. Vent de quarante nœuds. Creux de quatre mètres. Dans son rêve, la mer était une succession de collines mouvantes couronnées de bancs d'écume blême, tandis que le ciel ressemblait à un maelström vert et noir de nuages et d'éclairs. Puis le vent s'était mis à hurler comme une bête affamée qui aurait voulu leur mordre les talons et un voile de pluie presque horizontal les avait douchés. Une tempête. Force 10 sur l'échelle de Beaufort. Ils s'étaient tous retrouvés en enfer. Des lames de plusieurs mètres soulevaient le cotre fragile à bord duquel il se trouvait en compagnie de soixante-seize autres personnes terrifiées – dont treize femmes et huit enfants. Les vagues déferlantes passaient par-dessus bord, de l'étrave à l'étambot, et les glaçaient jusqu'aux os. Ils tremblaient tous de froid, mais aussi de peur à l'idée que la barque ne se retourne, ils se serraient les uns contre les autres. Les éclairs livides déchiraient la nuit comme de grands coraux luminescents. L'unique mât avait depuis longtemps été arraché à son étai ; en même temps, le fond se remplissait d'eau beaucoup plus rapidement qu'ils ne pouvaient l'écoper et le cotre emporté sur les pentes rugissantes menaçait de sombrer à chaque instant. La pluie les rinçait et les aveuglait, le vent furieux miaulait à leurs oreilles, les femmes hurlaient, les enfants pleuraient, le vacarme de la mer en furie couvrait tout le reste.

Le moteur hors-bord de 40 chevaux avait rendu l'âme peu de temps après leur départ ; la coque pourrie du vieux rafiot craquait à chaque coup de mer. Drissa songeait en claquant des dents aux passeurs libyens qui leur avaient pris leurs dernières économies pour leur vendre ce radeau en sachant qu'ils les envoyaient probablement à la mort, aux Touareg de Gao, aux marchands d'esclaves de Dirkou, aux militaires et aux gardes-frontières, à tous ces charognards sur leur route qui s'étaient enrichis à leurs dépens à chaque étape de leur « voyage » – et il les maudissait. Une dizaine d'hommes et de femmes étaient déjà morts de soif pendant la traversée et ils avaient été jetés par-dessus bord, plusieurs enfants avaient de la fièvre.

Lorsque les lumières du cargo maltais étaient apparues sur l'horizon, au milieu de la pluie, des éclairs et des embruns, ils avaient cru leur salut arrivé. Ils s'étaient tous dressés dans la barque, au risque de la faire chavirer, et ils avaient hurlé et agité les bras, enfants compris, tout en s'agrippant désespérément chaque fois qu'une nouvelle vague soulevait l'embarcation et l'inclinait. Mais le cargo ne s'était pas arrêté. Le grand navire était passé près d'eux, et ils avaient croisé les regards indifférents des pêcheurs maltais tout là-haut, sur le pont, accoudés au bastingage ; certains même riaient sous les capuches de leurs cirés ou leur faisaient des signes. Une trentaine d'hommes s'étaient jetés à la mer et avaient tenté de rejoindre à la nage, en montant et en descendant sur les montagnes d'eau mouvantes, l'immense filet de pêche plein de thons que le chalutier traînait derrière lui. Deux d'entre eux s'étaient noyés avant d'y parvenir. Le chalutier s'était éloigné, sans que ses occupants fassent le moindre geste pour secourir les désespérés agrippés dans son sillage. Dans le rêve de Drissa, il était lui-même accroché au filet, glacé, les doigts gourds, l'estomac gonflé et malade à cause de toute l'eau de mer avalée, et les marins lui tiraient dessus avec des fusils pendant que les thons se débattaient sous lui, menaçant de le couper en deux avec leurs grandes nageoires caudales. C'est là qu'il s'était réveillé.

Il regarda autour de lui, torse nu, en sueur, la bouche ouverte, et les battements de son cœur s'apaisèrent progressivement en reconnaissant la chambre. Il se frotta les paupières et se répéta comme un mantra : *Je m'appelle Drissa Kanté, je suis né à Ségou, Mali, j'ai trente-trois ans et je vis et travaille en France désormais.*

En réalité, ses compagnons s'étaient accrochés au filet de pêche pendant trois jours et trois nuits avant d'être secourus par la marine italienne : il l'avait appris en lisant le journal, à bord du navire où il avait finalement trouvé refuge. Le capitaine du chalutier maltais avait déclaré qu'il ne pouvait pas les accueillir à bord et surtout se dérouter pour eux sans risquer de perdre sa « *précieuse cargaison de thons* ». Drissa, lui, avait choisi de rester à bord de la barque avec les femmes et les enfants, même si elle devait couler. C'était un chalutier espagnol, le *Rio Esera*, qui les avait secourus alors que leur embarcation était sur le point de sombrer. Lorsque le capitaine espagnol avait tenté de débarquer ses passagers sur l'île de Malte, les autorités le lui avaient interdit. Le chalutier était resté bloqué au large des côtes maltaises pendant plus d'une semaine avant que sa cargaison involontaire ne soit enfin prise en charge.

À Malte, une fois à terre, on lui avait dit de prendre le bus de la ligne 113, qu'il y avait un centre d'accueil pour lui au terminus de la ligne, où il pourrait dormir, se laver et se nourrir. Il avait jeté un coup d'œil à un tas de papiers répandus près de l'arrêt de bus en l'attendant. Des tracts. Il en avait déplié un. Il était écrit dessus, en anglais :

<pre>
        SAISON OUVERTE POUR TOUS
         LES IMMIGRÉS ILLÉGAUX
      TIREZ POUR TUER TOUT IMMIGRÉ
              NOIR AFRICAIN
        NOUS NE VOULONS PAS DE VOUS
              SALES MERDES
       FUYEZ TANT QUE VOUS POUVEZ
         ET DITES-LE À VOS AMIS
</pre>

La dernière ligne était composée de têtes de mort encadrant le sigle : « KKK ». Il était monté dans le bus et il était descendu au terminus. Le camp d'Hal Far. Un ancien aéroport militaire désaffecté reconverti en centre d'hébergement. Des conteneurs en tôle percés de petites fenêtres, un village de tentes et un grand hangar sans avions. Rien que dans le hangar s'entassaient plus de quatre cents personnes. Il avait passé plus d'un an à vivre dans un des conteneurs de vingt-cinq mètres carrés où s'entassaient huit lits superposés. L'été, la température atteignait les cinquante degrés ; l'hiver, les *rues* du camp se changeaient en gadoue. Une trentaine de cabines en plastique d'une saleté repoussante servaient à la fois de douches et de W-C. Beaucoup de migrants regrettaient d'avoir quitté leur pays. Et puis, en 2009, une petite lueur d'espoir : l'ambassadeur de France à Malte, Daniel Rondeau, avait proposé d'accueillir des réfugiés sur le sol français ; d'autres pays européens comme l'Allemagne, le Royaume-Uni avaient soutenu l'initiative. C'est ainsi que Drissa Kanté s'était retrouvé en France, au mois de juillet, avec plusieurs dizaines d'autres personnes.

Le travail était mieux payé qu'à Malte, où les gens comme lui quittaient chaque matin le camp d'Hal Far pour se regrouper autour d'un rond-point du côté de Marsa, et où les recruteurs négociaient le prix d'une journée de travail au volant de leurs voitures. Ç'avait été la même chose ici cependant, au début, jusqu'à ce que Drissa obtienne cette place dans la société de nettoyage. Il ne le regrettait pas. Il se levait tous les matins à trois heures pour nettoyer des bureaux. Ce n'était pas un travail trop pénible. Il s'était habitué au bruit apaisant de l'aspirateur, à l'odeur artificielle des moquettes et des fauteuils de cuir, à celle des flacons de produits ménagers, et à la simplicité routinière de sa tâche, lui qui avait un diplôme d'ingénieur. Il faisait partie d'une petite équipe – cinq femmes et deux hommes – qui allait d'un immeuble de bureaux à l'autre. L'après-midi, il se reposait. Le soir, il sortait retrouver des gens comme lui dans les cafés de la ville et rêver à une autre existence, celle qu'il pouvait entrevoir en passant devant les vitrines des magasins et en observant les clients derrière les fenêtres des restaurants.

Cependant, quelque chose tracassait Drissa et lui donnait des sueurs froides. Il ne s'était pas contenté de rêver. Il avait voulu goûter à cette vie-là aussi. Et, pour y parvenir, il avait accepté de faire ce qu'il regrettait à présent. Cela le hantait. Drissa Kanté était quelqu'un de foncièrement honnête. Et il savait que, si cela était découvert un jour, il perdrait son travail. Et peut-être bien davantage. Il ne voulait pas repartir – plus maintenant.

Les rues de Toulouse vibraient de cette énergie propre aux soirs d'été, quand il prit pied sur le trottoir, dans le tumulte des voitures. Il était 19 heures et la température frôlait encore les trente-cinq degrés. D'ordinaire, une telle chaleur ne régnait sur la ville qu'en juillet et en août. Il se réjouit. Il aimait la chaleur. Contrairement à la plupart des habitants de cette ville qui manquaient d'air, il respirait mieux ainsi.

Il s'assit à la terrasse du café L'Escale, place Arnaud-Bernard, salua Hocine, le patron, et commanda un thé à la menthe en attendant l'arrivée de ses deux amis, Soufiane et Boubacar. Un client se leva à une table voisine. S'approcha et se planta devant lui. Drissa leva les yeux et découvrit un homme dans la quarantaine, avec des cheveux bruns et gras, une bedaine qui tendait sa chemise d'un blanc douteux sous la veste fatiguée, et un visage impénétrable derrière des lunettes noires.

— Je peux m'asseoir ?

Le Malien soupira.

— J'attends des amis.

— Je n'en ai pas pour longtemps, *Driss*.

Drissa Kanté haussa les épaules. Zlatan Jovanovic se laissa tomber sur la petite chaise branlante, qui paraissait bien fragile pour son mètre quatre-vingt-treize et ses cent vingt kilos, son verre de bière à la main. Drissa fit tourner le sucre dans son petit verre fumant au bord doré, comme si de rien n'était.

— J'ai besoin que tu me rendes un service.

Drissa sentit un trou d'air au niveau de l'estomac. Il ne dit rien.

— Tu as entendu ?

Il devina que le regard de l'homme était posé sur lui derrière les lunettes noires.

— Je ne veux plus faire ce genre de chose, répondit-il d'une voix ferme, les yeux baissés vers la nappe à carreaux. C'est fini tout ça.

L'éclat de rire tonitruant qui accueillit cette déclaration le fit sursauter sur sa chaise. Drissa jeta un regard inquiet aux autres clients du café qui, tous, les regardaient à présent.

— Il ne veut plus faire ce genre de chose ! lança Zlatan d'une voix forte en se renversant en arrière. Vous entendez ça ?

— Taisez-vous !

— Du calme, Driss. Personne ici ne s'intéresse aux affaires des autres, tu devrais le savoir.

— Qu'est-ce que vous me voulez ? Je vous ai dit la dernière fois que c'était terminé.

— Oui, je sais, mais il y a... disons du nouveau. Un nouveau client pour être exact.

— Ce ne sont pas mes affaires, je ne veux pas le savoir.

— Il a besoin de nous, Driss, j'en ai peur, poursuivit l'homme, imperturbable, comme s'ils étaient deux associés parlant business. Et il paie bien.

— C'est votre problème, trouvez un autre pigeon ! Personnellement, j'ai tourné la page.

À mesure qu'il parlait, Drissa sentait sa volonté se raffermir. Peut-être l'homme en face de lui accepterait-il de comprendre qu'il ne fallait plus compter sur lui, après tout. Il lui suffisait de rester ferme et de camper sur sa position. Toute la nuit s'il le fallait. L'homme finirait bien par renoncer.

— Personne ne tourne jamais complètement la page, Driss. Pas ce genre de page-là. Personne ne décide comme ça d'arrêter du jour au lendemain. Personne ne fait ça avec moi. C'est moi qui décide quand ça s'arrête, tu piges ?

Drissa sentit un frisson le parcourir.

— Vous ne pouvez pas me forcer à…

— Oh que si, je peux. Toutes ces photocopies que tu as faites, ces papiers que tu as chipés dans des poubelles, que se passerait-t-il s'ils atterrissaient dans les mains de la police ?

— Vous plongeriez avec moi, voilà ce qui se passerait !

— Vraiment, tu ferais ça, tu me dénoncerais ? demanda Zlatan d'un air faussement outragé en allumant une cigarette.

Drissa fixa les lunettes noires avec un regard de défi, mais le calme de l'homme le désarçonna. Il sentait bien que l'homme se moquait de lui, qu'il n'avait pas peur ; et son inquiétude à lui augmenta en proportion inverse.

— Très bien, dit l'homme après avoir tiré une bouffée. Alors, dis-moi : *qui suis-je* ?

Le Malien ne répondit pas, parce qu'il en était incapable.

— Tu vas leur dire quoi, mon ami ? Qu'un homme avec des lunettes noires rencontré dans un café t'a donné 1 000 euros pour mettre un micro dans une lampe la première fois ? Et que, quand tu as vu tout cet argent, tu n'as pas pu résister ? Et puis qu'il t'a donné 500 euros de plus pour photographier des documents dans une chemise ? Et encore 500 pour récupérer chaque jour des papiers jetés dans une poubelle ? Ils vont te demander comment il s'appelle : tu vas leur répondre quoi ? Le Père Noël ? Tu vas leur dire que cet homme a dans les quarante ans, qu'il est grand avec une nette surcharge pondérale, qu'il s'exprime avec un léger accent et est habillé comme monsieur Tout-le-monde ? Que tu ne connais ni son nom ni son adresse ni même son numéro de téléphone : c'est toujours lui qui t'appelle à partir d'un numéro masqué ? C'est ça que tu vas leur raconter ? Crois-moi, c'est toi qui es dans de sales draps, Driss, pas moi.

— Je leur dirai que je suis prêt à rembourser l'argent s'il le faut.

De nouveau, l'homme éclata de rire, et Drissa Kanté se sentit devenir minuscule. Il aurait voulu rentrer sous terre, il aurait voulu ne jamais avoir rencontré cet homme.

La grosse patte moite et chaude s'abattit sur sa main en un geste d'une répugnante intimité.

— Ne te fais pas plus bête que tu l'es, Drissa Kanté. Je sais que tu es tout sauf un imbécile.

Entendre son nom dans la bouche de l'homme le fit tressaillir de la tête aux pieds.

— Donc, résumons... Tu t'es livré à de l'espionnage industriel dans un pays où c'est un crime presque aussi grave que de tuer quelqu'un alors que tu es arrivé dans ce pays récemment, qu'il a eu la gentillesse de t'accueillir et de te sortir de la merde maltaise dans laquelle tu croupissais et que tu viens d'y trouver enfin un emploi stable et, peut-être, qui sait ? un avenir... Tout le reste est invérifiable, le produit de ton imagination, un roman. Pas un seul élément qui soit authentifiable en dehors de ça, *amigo*.

Drissa regarda les auréoles de sueur qui maculaient les aisselles de l'homme, sous sa veste.

— Plein de monde vous a vu ici. Ils pourront témoigner. Vous n'êtes pas le produit de mon imagination, comme vous dites.

— Soit. Admettons. Et après ? En dehors du fait que les gens d'ici n'aiment pas trop causer à la police, il est évident que tu as fait tout ça pour quelqu'un et que tu as été payé pour ça. La belle affaire. Ça ne change rien pour toi. C'est même pire, si tu veux mon avis, que si tu l'avais fait pour une noble cause. Tous ces clients autour de nous, que diront-ils ? La même chose que toi. La police ne pourra jamais remonter jusqu'à moi et toi, tu vas croupir en prison avant d'être expulsé au bout de plusieurs années. C'est vraiment ce que tu veux ? Tu as voyagé, mon frère, tu as traversé le désert, la mer, les frontières... On dit que ce pays est raciste, mais, putain, toi tu sais que les Libyens sont racistes, que les Maltais sont racistes, que les Chinois sont racistes, que même ces enculés de Touareg sont racistes. Toute cette putain de planète est raciste, et toi tu es un *Malinké*, mon frère : tu es noir de chez noir. Alors, tu veux vraiment redevenir un sans-papiers ?

Drissa sentit ses forces l'abandonner, sa volonté prendre l'eau comme le cotre dans la tempête. Son cerveau craquait sous les paroles de l'homme comme le bois du vieux rafiot sous les coups de mer. Chacune de ses paroles lui faisait aussi mal qu'un coup de fouet.

— Réponds-moi : *c'est ça que tu veux* ?

Il fit non de la tête, les yeux baissés vers la nappe à carreaux.

— Très bien. Alors écoute, c'est moi qui décide quand tout ça s'arrête. Eh bien, j'ai une très bonne nouvelle pour toi. Tu as ma parole : c'est la dernière fois que je te demande quelque chose. *La dernière...* Et il y a 2 000 euros à la clé...

Drissa releva la tête. La perspective d'être enfin libéré et de gagner autant d'argent en même temps venait de le rasséréner quelque peu. L'homme plongea la main dans la poche intérieure de sa veste, la ressortit et l'ouvrit. Dans sa grande pogne, la clé USB avait l'air toute petite.

— Tout ce que tu as à faire, c'est de glisser cette clé dans un ordinateur. Ensuite, tu l'allumes, et elle se chargera de tout : de trouver le mot de passe et de télécharger le petit logiciel qu'elle contient. Cela ne prendra pas plus de trois minutes. Tu retires la clé, tu éteins l'ordi et le tour est joué. C'est terminé. Fini. Personne ne s'apercevra jamais de la manipulation. Toi, tu me rends la clé, tu touches tes 2 000 euros et tu n'entendras plus jamais parler de moi. Tu as ma parole.

— Où ? demanda Drissa Kanté.

L'impression de rouler au travers d'un mur de feu. Chaque ombre de chaque boqueteau était une bénédiction. Elvis Konstandin Elmaz avait baissé la vitre mais l'air était aussi brûlant que s'il avait ouvert la porte d'un four et qu'il était en train de cuire dans son jus. Par chance, la soirée était avancée, c'était une région verdoyante et il passait souvent du soleil à l'ombre. Il tourna à droite, devant l'écriteau planté au carrefour, contre le tronc d'un arbre :

LE CLOS DES GUERRIERS
ÉLEVAGE DE CHIENS DE GARDE
ET DE DÉFENSE

Un peu plus loin, il emprunta une route encore plus secondaire, à l'asphalte défoncé et craquelé. Une grange et une éolienne se découpaient en ombres chinoises sur le ciel orange au couchant. Il n'y avait pas que la chaleur qui était à l'origine de la pellicule de sueur sur son visage. Le soir et les ombres le rendaient nerveux. Elvis Elmaz avait la trouille. Il avait réussi à la jouer cool à l'hôpital devant ce flic et cette drôle de fliquette, mais il avait tout de suite compris ce qui s'était passé. Putain ! *Ça recommençait…* Il avait l'impression, en conduisant, que son estomac faisait des nœuds à n'en plus finir. Putain de bordel ! Il ne voulait pas crever. Il ne se laisserait pas faire. Pas comme cette pétasse de prof… Il allait leur faire voir de quel bois il était fait ! Il cogna sur le volant de rage et de peur. *Bande de trous du cul, venez-y donc, c'est moi qui vais vous crever ! Moi qui vais vous faire la peau, bande de tarés !* Il ne les avait pas vus venir l'autre soir. Des

Serbes, tu parles ! Conneries, oui ! Il avait inventé cette histoire de meuf et de Serbes à l'intention de la police, demandé à un ou deux potes dans le bar de confirmer... Ce bar était plein de types comme lui – en conditionnelle, en attente de leur procès ou entre deux casses. Ils avaient failli l'avoir, cette fois, mais il s'était défendu et il les avait mis en fuite. Trop de témoins possibles. C'est ça qui l'avait sauvé. Mais pour combien de temps ? Il avait une autre solution : tout raconter aux keufs. Mais alors, ils rouvriraient le dossier, les autres diraient ce qui s'était vraiment passé cette nuit-là et c'est les familles qu'il aurait sur le dos. Un procès et une condamnation à la clé. Il en prendrait pour combien, avec son passif ? Il ne voulait pas retourner en ratière. Pas question.

Près d'une boîte aux lettres rouillée et du nuage crémeux d'un buisson de sureau en fleur, un deuxième écriteau invitait à quitter la petite route pour un sentier encore plus cahoteux. Il se mit à rebondir sur son siège, cramponné à son volant, avant de franchir un ruisseau sur un petit pont en rondins, au milieu d'un champ de maïs sur lequel gagnaient les ombres profondes du soir. Un véritable tunnel de verdure ombragée accompagna la dernière portion du chemin sur une centaine de mètres. Il faisait de plus en plus sombre et sa nervosité augmenta. Le chemin était partagé en deux par une bande centrale où l'herbe fouettait le bas de caisse. Un panneau, de grande taille cette fois, annonça :

Rottweilers, dobermans, malinois, amstaffs, dogues argentins et dogues de Bordeaux.

Cette publicité était étayée par le dessin d'un animal

grossièrement représenté. Elvis l'avait peint lui-même. Sur sa droite, derrière les tiges ligneuses des arbres, un tumulte effrayant d'aboiements et de jappements l'accueillit dans le silence prénocturne, et il sourit en entendant le choc des grilles sur lesquelles ses chers toutous se jetaient avec fureur. Les molosses parurent s'exciter les uns les autres à s'en mettre la gorge en sang – puis ils se lassèrent, et le vacarme s'éteignit.

Sans doute ressentaient-ils eux aussi l'effet de la chaleur. Lorsqu'il eut coupé le moteur, fut descendu et eut claqué la portière, il goûta le silence qui l'entourait.

Rien ne bougeait, pas même l'air aussi inerte que du plomb ; le seul signe de vie venait des mouches qui bourdonnaient autour de lui et des cliquetis de son moteur en train de refroidir. Il tira un paquet de cigarettes de la poche de son jean et en coinça une entre ses lèvres. Essuya son front et la sueur colla aussitôt les poils de son avant-bras. Il renifla avec satisfaction l'odeur des fauves – une odeur sauvage et dangereuse. Puis il alluma la cigarette et se mit en marche vers la maison. Il avait encore le torse ceint d'une bande sale sous son maillot de l'équipe du Brésil avec RONALDO 9 inscrit dans le dos, un paquet de points de suture en dessous de la bande et, avec cette chaleur, ça le grattait furieusement. Il était néanmoins content d'avoir quitté l'hôpital, et de rentrer à la maison pour retrouver ses chères petites bêtes.

Et son arme.

Un fusil superposé Rizzini, calibre 20, pour la chasse au gros gibier.

Encore quelques mètres et il serait chez lui. À l'abri. Il traversa la clairière noyée dans la pénombre, grimpa les marches de la véranda, introduisit la clé dans la serrure. Vivre au fond des bois avait été un avantage jusqu'à aujourd'hui. Un avantage pour ses petites affaires qui demandaient tranquillité et discrétion. Elvis avait depuis longtemps laissé tomber les filles – trop de risques, trop de problèmes – pour les combats de chiens et la came. Les retours sur investissement étaient sans commune mesure, les toutous bien plus faciles à gérer. Quant à la came, comme l'avait dit un auteur dont Elvis n'avait jamais entendu parler, mais qu'il aurait assurément approuvé, c'était « le produit idéal, la marchandise par excellence ». Mais pas aujourd'hui. Aujourd'hui, il aurait préféré être en ville, se fondre dans la foule, là où ils ne pouvaient l'atteindre. Seulement, il ne pouvait pas laisser ses petites bêtes seules trop longtemps. Elles devaient être affamées après son séjour à l'hôpital. Ce soir toutefois, il n'avait pas la force – ni le courage – de s'aventurer du côté des cages. Il y faisait bien trop sombre. Il les nourrirait demain, dès qu'il se lèverait.

Il poussa la porte, la ferma derrière lui, et fila récupérer le fusil et les munitions.

Venez-y, vous allez voir ce que vous allez voir. On ne baise pas Elvis, c'est lui qui vous baise.

28

Cœurs perdus

Margot n'en pouvait plus de la chaleur qui régnait dans la chambre. La sueur collait son tee-shirt à son dos, ses cheveux à son front. Elle se rinça le visage au robinet du petit lavabo, derrière le paravent qui le séparait de son lit. Elle attrapa sa serviette et entrouvrait sa porte pour se diriger vers les douches, lorsqu'elle les entendit.

— Qu'est-ce que tu veux ? demandait Sarah deux portes plus loin.
— Faut que tu viennes. C'est David.
— Écoute, Virginie...
— Magne-toi !

Margot lança un coup d'œil par l'ouverture. Virginie et Sarah étaient face à face, l'une dans le couloir, l'autre sur le seuil de sa chambre. Les deuxième année avaient droit à des chambres individuelles. Sarah hocha la tête et rentra un instant dans sa piaule avant d'en ressortir et d'emboîter le pas à sa consœur vers l'escalier.

Merde !

Elle se demanda ce qu'elle devait faire. L'urgence et

le stress étaient perceptibles dans la voix de Virginie. Elle avait parlé de David... Margot prit sa décision en une demi-seconde. Enfila ses pieds nus dans ses Converse et sortit. Le couloir était désert. Elle fonça à pas de loup vers l'escalier.

Les entendit qui descendaient.

Des murmures, des exclamations étouffées tandis qu'elles dévalaient les larges marches de pierre. Elle tira sur son short qui faisait des plis entre ses fesses, se tortilla un peu et descendit à son tour l'escalier monumental, sa main courant sur la balustrade. À travers le grand vitrail du palier intermédiaire, elle aperçut le soleil qui se couchait derrière les bâtiments dont les silhouettes sombres se pelotonnaient dans le rougeoiement du crépuscule. Elle émergea à l'air libre et fut aussitôt capturée par ses rayons brunis en train de basculer par-dessus l'horizon noir des arbres et des cubes de béton. L'air lui parut aussi solide qu'une vitre, mais le soir apaisait progressivement la brûlure du jour, comme un onguent.

Elle les chercha des yeux.

Les aperçut in extremis. Deux silhouettes avalées par la masse noire de la forêt, là-bas, derrière les courts de tennis.

Elle se mit à courir dans cette direction, aussi silencieusement que possible, à travers les nuages de moucherons et les ombres. Mais, dès qu'elle eut dépassé l'allée des courts déserts, à l'orée de la forêt, les ombres se firent plus profondes, plus denses, se fondant les unes dans les autres pour former un clair-obscur inquiétant – et elle hésita, plus si sûre de vouloir continuer.

Où étaient-elles passées ? Un craquement dans la

forêt. Puis la voix de Sarah dans ses profondeurs : « David ! » Droit devant... Il y avait un sentier. Elle le distinguait à peine, dans le demi-jour complexe du sous-bois. Elle se retourna pour rentrer au dortoir. Pas question de pénétrer là-dedans. Puis la curiosité, le besoin de savoir prirent le dessus et elle fit volte-face vers la forêt.

Et merde !

Elle s'avança parmi les branches et les taillis. Des toiles d'araignée tendues entre les feuillages frôlaient son visage, des milliers d'insectes tourbillonnaient, attirés par sa peau nue, son sang et sa sueur. Elle marchait avec précaution mais, de toute façon, les filles devant elle faisaient bien trop de bruit pour s'apercevoir de sa présence. Le jour déclinant découpait de grandes tranches de lumière poussiéreuses entre les arbres, au-dessus d'elle, mais là en bas il faisait plus sombre et plus frais. Elle sentit une foutue bestiole la piquer dans le cou et se retint pour ne pas l'écraser d'une claque.

— David, putain, qu'est-ce que tu branles ?

Les voix là-bas : elles l'avaient trouvé... Margot sentit l'appréhension assécher sa bouche, elle piétina une brindille qui explosa comme un pétard et elle eut peur un instant que le bruit n'attirât leur attention, mais elles étaient bien trop occupées.

— Mon Dieu, David, qu'est-ce que t'as fait ?

La voix de Sarah résonna dans le vaste espace de la forêt, elle était proche de la panique. Et la panique était foutrement contagieuse, Margot elle-même n'était pas loin de flipper. Elle s'avança à pas prudents entre les branches des sapins. Découvrit une clairière baignée par la pénombre du soir.

Putain, qu'est-ce que c'était que ce bordel ?

David était debout, torse nu à l'autre bout de la clairière, adossé à un tronc gris, les bras en croix. Il agrippait deux grosses branches presque parfaitement horizontales à hauteur de ses épaules, dans une position bizarre qui évoquait une crucifixion. Il étendait ses longs bras de chaque côté de son corps, sa tête inclinée vers le bas, le menton sur la poitrine, comme s'il avait perdu connaissance. Elle ne voyait pas son visage. Rien que ses cheveux blonds. Et sa barbe. *Un Christ blond...* Soudain, il releva la tête et elle faillit faire un bond en arrière en découvrant son regard fou, blanc, halluciné.

Elle pensa aux paroles d'une reprise de Depeche Mode par Marilyn Manson : *Your own personal Jesus/Someone who hears your prayers/Someone who cares...* « Ton propre Jésus personnel/Quelqu'un qui entend tes prières/Quelqu'un qui s'en soucie »...

Un souffle léger agita la forêt au-dessus d'elle et elle sentit comme un courant électrique parcourir le duvet de ses bras en découvrant les traces rouges sur la poitrine de David. Des scarifications toute fraîches... Puis elle vit le couteau. Dans sa main droite... La lame aussi était rouge.

— Salut, les filles.

— Putain, David, c'est quoi, ton problème ? dit Virginie. Qu'est-ce que tu fous ?

La voix de la jeune femme résonnait dans le silence de la clairière. David eut un petit rire en baissant le regard vers sa poitrine sanglante.

— J'ai merdé grave, hein ? Comment vous faites ? Putain, comment vous faites pour garder votre sang-froid avec tout ce qui se passe ?

Est-ce qu'il se droguait ? Il avait l'air raide défoncé.

Il tremblait de la tête aux pieds, hochait le menton, riait et pleurait en même temps – du moins cela ressemblait-il à un rire, ou plutôt à un ricanement... Les entailles sur sa poitrine étaient au nombre de quatre et le sang perlait de chacune d'elles. On aurait dit des coulées de peinture. Le regard de Margot descendit et elle vit une énorme cicatrice qui barrait horizontalement son abdomen, juste au-dessus du nombril.

— J'en peux plus de toute cette merde... Faut que ça s'arrête, on peut plus continuer comme ça, les filles...

Un silence.

— Non, sérieux, à quoi ça rime, vous pouvez me le dire ? Qu'est-ce qu'on fout, bordel ? On va aller jusqu'où comme ça ? Jusqu'à quand ?

— Ressaisis-toi.

La voix de Virginie. Encore une fois.

— Et Hugo ? Tu as pensé à Hugo ?

Dissimulée derrière un buisson, Margot vit David rouler la tête d'un côté à l'autre, regarder le ciel.

— Qu'est-ce que j'y peux, moi, si Hugo est en taule ?

— Putain, Hugo est ton meilleur ami, David ! Tu sais à quel point il t'aime, à quel point il *nous* aime... Il a besoin de nous, de toi... On doit le sortir de là.

— Ah ouais ? Et comment on fait ? Tu vois, c'est ça, la différence entre lui et moi... Si j'étais à sa place, tout le monde s'en ficherait. Hugo a toujours été entouré, admiré... Il n'a qu'à se baisser... Il n'a qu'à claquer des doigts pour que Sarah écarte les cuisses ou lui fasse une pipe. Même toi, Virginie, tu ne l'avoueras jamais, mais, au fond, tu ne rêves que d'une chose : c'est qu'il te grimpe dessus. Tandis que moi...

— La ferme !

Des oiseaux quittèrent les feuillages dans un grand froissement d'ailes, effrayés par le cri de la jeune femme.

— *J'en peux plus... j'en peux plus...*

Des sanglots à présent. Sarah traversa la clairière, se précipita vers lui pour l'étreindre. Virginie en profita pour lui prendre le couteau. Margot avait l'impression que son cœur battait directement dans sa gorge.

Elles assirent David dans l'herbe, au pied du tronc. Margot eut l'impression d'assister à une descente de croix, à une déposition. Sarah lui caressa les joues, le front, l'embrassa délicatement et tendrement sur la bouche, les paupières.

— Mon bébé, murmurait-elle, mon pauvre bébé...

Margot se demanda s'ils étaient tous devenus cinglés. En même temps, il y avait quelque chose dans cette folie – et dans la douleur de David – qui lui serrait le cœur. Seule Virginie semblait rester lucide.

— Il faut soigner ça, dit-elle fermement. Putain, David, faut que tu voies un psy, merde ! Ça peut plus durer !

— Fous-lui la paix, dit Sarah. Pas maintenant. Tu ne vois pas dans quel état il est ?

Elle caressait les cheveux blonds, le serrait contre elle, maternelle, et il avait déposé sa tête secouée de sanglots sur son épaule, bien qu'elle lui rendît dix bons centimètres.

— Tu dois penser à Hugo, répéta Virginie un ton plus bas. Il a besoin de nous. Tu m'écoutes ? Hugo donnerait sa vie pour toi ! Pour chacun de nous ! Et toi tu te comportes comme... comme... Et merde, on n'a pas le droit de l'abandonner. On doit le sortir de là... Et on ne pourra pas y arriver sans toi...

Figée sur place, planquée derrière les fourrés, comme hypnotisée par la scène, Margot était incapable de bouger. Un oiseau solitaire poussa un cri long et aigu qui la fit sursauter, rompant le charme, la libérant de sa léthargie.

Il faut que tu te tires d'ici, ma vieille. Si jamais ils te découvrent, qui sait de quoi ils sont capables ? Et cette façon qu'ils ont de se comporter entre eux. Pourquoi je trouve ça carrément... malsain *? On dirait que quelque chose les lie les uns aux autres.* Un lien indestructible. Qu'est-ce qu'aurait pensé Elias de tout ça ? Et son père ?

Elle avait envie de déguerpir – en outre, des insectes n'arrêtaient pas de l'attaquer –, mais elle était trop près. Au moindre mouvement, ils l'entendraient et la repéreraient. Et rien qu'à cette idée, elle en avait l'estomac retourné. Elle n'avait d'autre choix que de rester là, sa respiration de plus en plus oppressée, les paumes moites sur ses cuisses, les genoux douloureux.

David hocha lentement la tête. Virginie s'accroupit devant lui et lui souleva le menton.

— Accroche-toi, s'il te plaît. Le Cercle se réunit bientôt. Tu as raison, il est peut-être temps de mettre fin à tout ça. Cette histoire a assez duré. Mais on a quand même un travail à finir.

Le Cercle... C'était la deuxième fois qu'elle entendait ce mot. Quelque chose de profondément sinistre, d'irrespirable était dans l'air. Le chant des grillons et des insectes, l'approche de la nuit : Margot la sentait dans ses nerfs, dans ses veines. Elle aurait voulu se casser, tout de suite. Brusquement, ils se levèrent.

— Allons-y, dit Virginie en tendant à David son tee-shirt abandonné dans l'herbe. Mets ça. Tu nous suis, d'accord ? Faut surtout pas que quelqu'un te voie dans cet état.

Il faisait de plus en plus sombre dans la clairière. David hocha la tête en silence. Il déplia son grand corps longiligne. Margot le vit enfiler son tee-shirt sur son torse mince et sur les quatre plaies plus noires que rouges avec la nuit qui tombait ; elle regarda Sarah et Virginie l'entraîner vers la sortie de la clairière, vers le chemin qui menait au lycée, et – quand ils passèrent à quelques mètres d'elle – elle s'enfonça encore plus profondément dans l'ombre, le sang battant à ses tempes. Elle attendit un long moment au creux des buissons. Jusqu'à ce qu'il n'y eût plus que le silence de la forêt, un silence loin d'être total cependant, troublé par des bruits divers qu'elle était incapable d'identifier.

L'impression aussi – vague, paranoïaque – de ne pas être seule. *Qu'il y avait quelqu'un...* Elle frissonna... La lune était apparue au-dessus des arbres. La nuit commençait à modifier trompeusement les perspectives.

Combien de temps resta-t-elle à attendre sans bouger ? Elle aurait été incapable de le dire.

Il y avait quelque chose d'*enchanté* – au sens maléfique du terme – dans la scène à laquelle elle venait d'assister. Une atmosphère bizarre, qu'elle ne parvenait pas à cerner. D'une certaine manière, ce qu'elle avait vu l'avait profondément remuée. Ils étaient perdus, au-delà de tout salut, elle l'avait senti. Elle ne comprenait pas ce à quoi elle avait assisté, mais elle savait confusément qu'ils avaient franchi un cap, une limite. Et qu'ils ne pouvaient plus revenir en arrière. Tout à coup, elle n'eut plus envie de creuser. Elle avait envie d'oublier et de passer à autre chose. Elle allait dire à Elias de se débrouiller seul.

Elle attendit encore un peu, puis commença à bouger, mais se raidit aussitôt.

Une branche venait de craquer, tout près. Comme si quelqu'un avait marché dessus. Elle se figea. Tendit l'oreille, mais son cœur battait à tout rompre et elle n'entendait que le tumulte de son sang dans ses oreilles et le remue-ménage des feuillages qui bruissaient là-haut, dans la brise du soir.

Qu'est-ce que c'était ? Comme un animal aux abois, sa tête pivota à droite et à gauche. Mais la forêt était de plus en plus noire sous la masse compacte des feuillages. Seul le ciel au-dessus restait d'un gris plus clair. *Qu'est-ce que c'était ?*

Elle fit un pas de plus vers la sortie, plus qu'une dizaine de mètres, lorsqu'elle fut brutalement poussée en avant et jetée à terre. Elle sentit un poids énorme s'abattre sur son dos. Elle heurta durement le sol. Respira une haleine qui sentait la marijuana, un souffle chaud tout contre sa joue en même temps qu'une main lui écrasait la tête dans la terre et les feuilles.

— Espèce de salope, tu nous espionnais, c'est ça ?

Elle se tortilla, mais David l'écrasait de tout son poids. Sa joue contre la sienne. Sa barbe dure la piquait.

— Tu sais que tu m'as toujours plu, Margot. J'ai toujours kiffé tes piercings et tes tatouages, j'ai toujours eu envie de ton p'tit cul. Mais toi, bien sûr, tu n'avais d'yeux que pour Hugo – comme toutes ces pétasses !

— David, lâche-moi !

Elle sentit avec horreur une main chaude et moite se faufiler sous son tee-shirt, des doigts immondes s'emparer d'un de ses seins.

— Qu'est-ce que tu fous, bon Dieu ? Arrête ça ! Arrête, merde !

— Tu sais ce qu'on fait aux filles comme toi ? Sérieux, tu sais ce qu'on leur fait ?

Sa voix comme un murmure dans son oreille. Soudain, ses doigts tordirent méchamment un téton, et la douleur la fit hurler. Une autre main se glissait déjà dans son short, par-derrière. Elle hoqueta.

— C'est quoi, ton problème ? Ça te branche pas, une petite baise vite fait, bien fait ? Me dis pas que tu préfères le faire avec cet attardé ?

IL ALLAIT LA VIOLER. Cette perspective était tellement inconcevable, irréelle, que son cerveau la refusait. Ici, à quelques dizaines de mètres du lycée... Une terreur aveuglante la submergea. Un sentiment de panique et d'horreur. Elle se débattit de toutes ses forces et il dut retirer ses mains pour lui tenir les poignets et la maintenir au sol. Il était fort. Trop fort pour elle.

— « *Soit, mettons que je suis un goujat et elle possède un grand cœur... des sentiments élevés... une éducation parfaite, cependant... ah ! Si elle avait eu pitié de moi !* »...

La main repartait à l'attaque dans son short, cette fois par-devant, sous son ventre, tandis qu'il récitait. Des doigts inquisiteurs dans l'espace étroit entre son short et sa peau. Elle eut un nouveau hoquet. Elle sentait le bas-ventre de David écrasé contre ses fesses. Il bandait.

— « *Or Catherine Ivanovna, malgré sa grandeur d'âme... est injuste...* »

— Tolstoï ! hasarda-t-elle pour distraire son attention sans cesser de se tortiller vigoureusement.

— Ah, ah, bien essayé ! Perdu ! C'est Dostoïevski : *Crime et Châtiment*... Dommage que ce connard de Van Acker ne soit pas là. Lui qui t'a à la bonne...

Un de ses doigts était entré dans sa culotte.

— Arrête ! Lâche-moi ! David, ne fais pas ça ! *Ne fais pas ça !*

— Tais-toi, murmura-t-il dans son oreille. Ferme ta gueule maintenant.

Des mots prononcés d'une voix douce. Douce, mais incontestablement changée. Chargée de menace. Il ne jouait plus. Il était ailleurs. Il était devenu quelqu'un d'autre.

Il avait plaqué l'autre main sur sa bouche pour l'empêcher de hurler, et Margot tenta de le mordre. En vain. Avec un sentiment d'horreur absolue, elle sentit les doigts de David glisser plus avant dans sa culotte. Incapable de réagir, son esprit se détachait de son corps. Ce n'était plus elle non plus, c'était quelqu'un d'autre.

Ce qui se passait ne la concernait pas.

Il allait lui enlever son short, et puis il la violerait, là, par terre...

Cela ne te concerne pas...

Soudain, la main de David fut violemment retirée de sa culotte et elle l'entendit pousser un juron au-dessus d'elle. Il y eut un choc, un nouveau cri de douleur de David et, avant même qu'elle ait pu se relever, elle vit son visage écrasé par terre tout près du sien.

— Vous me faites mal !

— TA GUEULE, SALE PETIT ENFOIRÉ DE MERDE !

Elle connaissait cette voix. Elle roula sur elle-même et regarda l'adjointe de son père – celle qui avait un visage bizarre, mais des fringues hyper cool – en train de passer les menottes à David, un genou sur son dos.

— Ça va ? lui demanda Samira Cheung en la regardant.

Elle hocha la tête, essuya ses genoux pleins de terre et de brins d'herbe.

— J'allais pas le faire, gémit David, la joue contre le sol. Je vous jure, putain : j'allais pas le faire ! C'était juste comme ça !

— T'allais pas faire quoi ? (La voix de Samira sortait de sa bouche aussi effilée et dangereuse qu'une lame de rasoir.) *La violer*, c'est ça ? C'est déjà fait, connard ! Ce que tu as fait, techniquement, ça s'appelle un viol, pauvre abruti !

Elle vit un sanglot secouer les épaules de David.

— *Laissez-le*, dit Margot.

— QUOI ?

— Laissez-le... Il voulait juste me faire peur. Il n'avait pas l'intention de me violer... c'est vrai.

— Sans déconner ? Et comment tu sais ça ?

— Laissez-le partir.

— Margot...

— Je ne porterai pas plainte de toute façon. Vous ne pouvez pas m'y obliger.

— Margot, c'est à cause de ce genre de...

— Fichez-lui la paix ! Laissez-le partir !

Elle croisa le regard de David. Un mélange d'incompréhension, de stupeur et de reconnaissance dans ses yeux dorés.

— Comme tu voudras... Mais compte sur moi pour en parler à ton père.

Elle hocha la tête, honteuse, sous le regard furibond de la fliquette. Le cliquetis des menottes qu'on défait. Margot vit Samira relever David et coller son visage à cinq centimètres de celui du jeune homme, ses yeux aussi noirs que du goudron.

— Est-ce que t'as la trouille ? Parce que tu devrais. Tu as été à deux doigts de foutre ta vie et la sienne en l'air, et je vais t'avoir à l'œil dorénavant. Fais-moi plaisir : fais une connerie. Rien qu'une seule. N'importe laquelle. Et je serai là...

David jeta un regard à Margot.

— Merci.

Elle lut une expression difficilement déchiffrable dans ses yeux. De la honte ? De la reconnaissance ? De la peur ? Puis il s'éloigna. À son tour, Samira se tourna vers Margot, qui était toujours assise par terre.

— Tu trouveras le chemin toute seule, dit la femme flic froidement.

Elle s'en alla par le même chemin. Margot l'écouta écarter les feuillages et remonter l'allée le long des courts de tennis d'un pas pressé. Son cœur était dans la zone rouge depuis un moment et elle prit plusieurs respirations en se demandant par quel miracle l'adjointe de son père s'était trouvée là au bon moment. Est-ce qu'il la faisait surveiller ? Elle attendit que le silence soit revenu, que la nuit eût repris possession de la forêt. Alors seulement, elle roula sur elle-même, s'allongeant dans l'herbe, sur le dos, les yeux levés vers le ciel de plus en plus gris et sombre entre les feuillages noirs. Elle colla ses écouteurs dans ses oreilles, demanda à Marilyn Manson de chanter *Sweet Dreams* dans ses tympans – et puis elle se mit à répandre des larmes et à sangloter jusqu'à épuisement.

Ignorant que quelqu'un l'observait.

Il entendit d'abord le bruit du moteur et la musique. *Ils s'approchaient à travers les bois – très vite...* Elvis Elmaz coupa le son de la télé, tourna la tête et regarda en direction de la fenêtre. Il devina une lueur qui clignotait dans la forêt. Il faisait presque nuit. *Des phares...* Il bondit hors du sofa, vers l'arme appuyée au mur, dans un coin. Son cœur se mit à battre la chamade. Personne ne lui rendait visite à une heure pareille.

Les chiens se mirent à gronder puis à aboyer, à hurler et à secouer les cages avec leurs griffes.

Il vérifia qu'elle était chargée, l'arma et s'approcha de la fenêtre quand, soudain, une douche de lumière blanche la transperça et explosa dans la pièce, l'aveuglant.

La voiture avait surgi pleins phares et s'était immobilisée devant la véranda. Il mit une main en écran devant ses yeux mais, malgré ça, il était contraint de détourner la tête sous l'assaut du faisceau éblouissant qui inondait chaque recoin. Et puis, il y avait cette musique qui jaillissait à tue-tête de la bagnole et ces basses qui faisaient vibrer les murs.

Elvis fonça vers la porte, le cœur battant de plus en plus vite, le fusil pointé. Il l'ouvrit à la volée.

— Putain, je sais qui vous êtes, bande de pédés ! gueula-t-il en émergeant sur la véranda. Le premier qui approche, je lui explose la cervelle !

Il sentit le double canon d'un fusil froidement appuyé contre sa tempe.

— C'est Samira, dit la voix dans le téléphone.
Servaz coupa le son de la chaîne, une sirène hulula dehors. Encore une fois, il était déçu. Encore une fois, il avait espéré que ce serait Marianne. *Pourquoi ne l'appelles-tu pas ? se demanda-t-il. Pourquoi attendre que ce soit elle qui le fasse ?*
— Qu'est-ce qui se passe ?
— C'est Margot... Il s'est passé un truc, ce soir. Un truc pas cool. Mais elle va bien, se hâta-t-elle de préciser.
Il se raidit. Margot. *Un truc pas cool...* Foutu langage ! Il attendit la suite. Samira lui raconta la scène à laquelle elle venait d'assister : elle surveillait l'arrière des bâtiments, Vincent l'avant. Ils avaient pris position en début de soirée. Vincent était assis dans sa voiture, sur le parking, Samira planquée à l'orée des bois. Elle avait vu deux filles sortir des bâtiments et longer les courts de tennis en direction des bois puis, juste après, Margot apparaître à son tour, leur emboîter le pas et s'enfoncer dans la forêt, elle l'avait alors suivie, avait découvert Margot qui surveillait les deux filles plus le garçon nommé David en train de discuter dans une clairière. Elle était trop loin pour entendre ce qui se disait, mais le jeune homme qui s'appelait David avait l'air complètement stone, il s'était aussi mutilé la poitrine avec un couteau. Samira avait ensuite vu le trio repartir vers le lycée pendant que Margot restait planquée dans les fourrés. Apparemment, les trois autres ne l'avaient pas repérée, mais David était

réapparu quelques minutes plus tard. Samira l'avait vu se faufiler dans un buisson puis perdu de vue jusqu'au moment où il s'était jeté sur Margot. Samira s'était précipitée, mais elle était à une bonne trentaine de mètres, cette fichue forêt était pleine de ronces et elle s'était tordue la cheville sur une racine qui l'avait fait trébucher et cela lui avait fait un mal de chien quand elle s'était relevée. Elle avait dû mettre environ une minute et demie pour intervenir, pas plus, patron, je vous jure.

— Au moins, comme ça, le flagrant délit est constitué, dit-elle. Et j'insiste, patron : Margot va bien.

— Je comprends rien ! Le flagrant délit de quoi ? hurla-t-il.

Elle le lui dit.

— Tu dis que David a essayé de violer ma fille ?

— Margot dit que non. Que telle n'était pas son intention. Mais il avait quand même réussi à… hmm… mettre la main dans sa… hmm… culotte…

— J'arrive.

— Putain, ne faites pas ça, ne faites pas ça, merde !

Il se secoua. Pour la forme. Il avait les poignets entravés dans le dos et les jambes attachées aux pieds de la chaise par du gros ruban adhésif marron, des chevilles aux genoux. Une partie de son torse collé au dossier de la même façon. Et il en avait même qui lui passait autour du cou. Chaque fois qu'il se débattait, le ruban tirait sur sa peau et sur ses poils. Il suait comme un goret. Des litres de sueur. Plus qu'il aurait cru en contenir. Elle trempait la toile de son jean d'une énorme tache sombre à tel point qu'il donnait l'impression de s'être fait dessus. Ce qu'il ne tarderait pas à faire de toute façon si ça continuait comme ça. Il sentait la pression sur sa vessie. La pression de la peur.

— BANDE D'ENCULÉS ! JE NIQUE VOS MÈRES ! RACLURES DE MERDE ! JE VOUS BAISE TOUS !

Les insultes l'aidaient à la surmonter. Il savait qu'ils allaient le tuer. Et il savait que ce ne serait pas une mort agréable. Il n'avait qu'à penser à ce qui était arrivé à la prof... Des sadiques... Il n'avait jamais été très tendre avec les femmes. Il les avait battues, il les avait violées, mais ce qu'avait subi cette prof, cela dépassait l'entendement – même pour quelqu'un comme lui. Un frisson le parcourut. Un frisson d'auto-apitoiement en pensant à ce qui l'attendait.

Il renifla l'odeur des chiens, celle, forte et vinaigrée, qu'exhalait son propre corps, et celle plus complexe de la forêt : ils l'avaient ligoté dehors, dans la nuit, sur la véranda. Il lui sembla même sentir une très faible brise du soir dans la torpeur ambiante, comme un courant souterrain. Des particules de poussière et des insectes dansaient dans la lueur violente des phares qui blessait ses nerfs optiques. Il percevait chaque détail avec une acuité inouïe – y compris le nuage de postillons qui s'élevait de sa bouche dans la lumière blanche chaque fois qu'il gueulait. Tout à coup, tout prenait vie avec une puissance décuplée autour de lui, tout acquérait une valeur capitale, définitive.

— Je n'ai pas peur, dit-il. Tuez-moi, je m'en fous, de toute façon.

— C'est vrai ? dit une des silhouettes d'un ton intéressé. Oh, c'est bien !

Elle portait comme les autres un sweat-shirt imbibé

de sueur et son visage demeurait caché dans l'ombre de sa capuche.

— Tu vas avoir peur, crois-moi, dit calmement une autre.

Quelque chose dans la voix le fit frissonner. Cette assurance. Ce calme. Cette froideur. Il les regarda dérouler sur le sol de la véranda un rouleau de film alimentaire transparent et brillant. Eut un vertige. Son cœur voleta dans sa poitrine comme un oiseau en cage qui cherche une issue.

— Qu'est-ce que vous foutez ?
— Oh ! Ça t'intéresse, tout à coup ?

Ils se redressèrent et commencèrent à enrouler le film alimentaire autour de son torse, de ses bras nus et musclés et autour du dossier de la chaise. Il s'efforça de sourire.

— C'est quoi, ce truc ?
— Ce truc ? (Ils gloussèrent.) Ce truc, ça veut dire : *miam miam pour les toutous...*

Les silhouettes disparurent de son champ de vision. Il les entendit à l'intérieur, qui ouvraient et refermaient le frigo, puis revenaient à grands pas. Tout à coup, des mains gantées de latex glissèrent des morceaux de viande fraîche et sanguinolente entre le film alimentaire et son ventre, et il tressaillit. Quand il eut plusieurs escalopes sur le bide, ils firent de nouveau le tour de la chaise avec le film étirable, remontant un peu plus vers sa gorge à chaque tour, puis ils glissèrent de nouveaux morceaux de barbaque fraîche – celle, bon marché, qu'il utilisait pour nourrir les animaux – entre le film plastique, sa poitrine et son cou.

— À quoi vous jouez, merde ?

Soudain, un coup de cutter lui fendit la joue. Le

sang tiède se mit à pisser sur son menton, dans son cou, sur le film plastique et sur la viande.

— Aïe ! Putain, vous êtes malades !

— Tu savais que le PVC de ce film est constitué à 56 % de sel et 44 % de pétrole ?

Ils continuaient de tourner autour de lui comme s'il était un explorateur capturé par des indigènes et attaché à un poteau sacrificiel. Il sentit de nouveau le contact froid du film alimentaire contre son cou et sa nuque brûlante, puis la fraîcheur des morceaux de viande qu'on glissait entre la peau et le plastique. Après quoi, ils lui frottèrent le visage avec les dernières escalopes. Il secoua violemment la tête d'un côté à l'autre en grimaçant.

— Arrêtez ! Arrêtez ça tout de suite ! Bande d'enc...

Ils rentrèrent de nouveau à l'intérieur ; il les entendit ouvrir le robinet de la cuisine américaine, se laver les mains à grande eau en discutant. Voulut bouger. Dès qu'ils seraient partis, il renverserait la chaise et essaierait de la briser pour se libérer. Mais en aurait-il le temps ? De grosses gouttes de transpiration roulaient sur son front et dans sa barbe, il cligna pour chasser la sueur qui coulait de ses sourcils et lui brûlait les yeux. Il avait compris ce qu'ils allaient faire et cela le remplissait d'effroi. Il n'avait pas peur de mourir, mais cette mort-là, non. Putain, non !

Il passa sa langue sur ses lèvres desséchées et craquelées, la sueur dégouttait du bout de son nez, goutte après goutte, sur le film plastique.

Il fixa la lumière éblouissante des phares. La nuit et la forêt noire tout autour. Il entendait les insectes grincer dans les bois, les chiens n'aboyaient plus ; ils attendaient la suite du film en bons spectateurs... Peut-être flairaient-ils déjà l'odeur synonyme de nourriture. Ses tortionnaires repassèrent à côté de lui, descendirent les marches, montèrent à bord de la voiture, claquèrent les portières.

— Attendez ! Revenez ! J'ai de l'argent ! Je vous en donnerai ! (Il hurla :) Beaucoup ! Je vous donnerai tout ! Revenez !

Il supplia comme jamais encore il n'avait supplié de sa vie.

— REVENEZ, REVENEZ, MERDE !

Puis il se mit à sangloter tandis que la voiture partait en marche arrière dans la nuit, en direction des cages.

Il n'y avait plus de temps à perdre. Ils ouvrirent les grilles une par une dans l'obscurité. Les chiens les connaissaient. Ils étaient venus leur parler et leur donner à manger à plusieurs reprises depuis que leur maître était absent. « C'est moi, dit l'un d'eux d'une voix rassurante. Vous me reconnaissez, pas vrai ? Vous avez faim, je parie. Ça fait plus de vingt-quatre heures que vous n'avez rien mangé... » Les animaux surgirent des cages les uns après les autres, les entourèrent et ils ne bougèrent pas, se laissant renifler par les museaux monstrueux de ces bêtes dont les ancêtres n'hésitaient pas à s'attaquer à des ours. Les molosses se frottèrent à leurs jambes, firent le tour de la voiture. Puis ils reniflèrent l'autre odeur qui flottait dans la nuit, et les visiteurs virent leurs museaux se dresser dans la lueur des phares, leurs cous puissants se tourner d'un même mouvement vers la maison. Ils lurent la faim, la convoitise dans les petits yeux brillants. Les molosses se léchèrent les babines puis, d'un coup, comme s'ils répondaient à un signal, ils se mirent à courir tous ensemble vers la maison en aboyant. Les visiteurs entendirent alors, lorsque la meute bondit sur la véranda, la voix d'Elvis lancer avec autorité :

— Titan, Lucifer, Tyson, sages, couchés ! Couchés, j'ai dit !

Puis la panique, la terreur la plus pure la gagner :

— J'ai dit couchés ! TYSON, NON ! NOOON !

Malgré eux, ils ne purent s'empêcher de frissonner lorsque les hurlements déchirèrent le silence et que les grondements de plaisir des molosses en train de dévorer leur maître s'élevèrent dans la nuit.

29

Breaking bad

— Je l'aurais pas fait.

Il sanglotait en les regardant tour à tour.

— Je l'aurais pas fait... Je le jure... Je... je... je... voulais juste lui faire peur... Non, sérieusement, j'ai jamais violé personne, putain ! Elle nous espionnait... Sur le moment, ça m'a mis en colère... je... j'ai voulu lui flanquer la trouille... c'est tout ! Je... j'étais pas dans mon assiette, aujourd'hui... Je vous le jure, putain... J'ai jamais fait ça de ma vie... Vous devez me croire !

Il se prit la tête dans les mains, ses épaules secouées par des pleurs silencieux.

— T'as pris quelque chose, David ? demanda Samira.

Il hocha la tête affirmativement.

— Quoi ?
— Meth.
— Qui te la fournit ?

Il hésita.

— Suis pas un mouchard, dit-il comme s'ils étaient dans une de ces séries policières.

— Écoute-moi bien, petit connard... commença Servaz, tout rouge.

— *Qui ?* dit Samira. N'oublie pas qu'on a un flagrant délit de tentative de viol contre toi. Tu sais ce que ça signifie : renvoi définitif de l'école, procès, prison... Sans parler de ce que les gens diront. Et de tes parents...

Il secoua la tête.

— Je sais pas son nom. Il est étudiant à la faculté des sciences. On le surnomme « Heisenberg », comme le personnage de...

— *Breaking Bad*, l'interrompit Samira en prenant note de poser la question aux Stups.

— Et Hugo, il y touche aussi ? voulut savoir Servaz.

De nouveau, David hocha la tête affirmativement, sans cesser de regarder ses mains.

— Réponds-moi, est-ce qu'Hugo avait pris quelque chose le soir où vous êtes allés voir le match au pub ?

Cette fois, David releva la tête et regarda le flic droit dans les yeux.

— Non ! Il était clean.

— Tu en es sûr ?

— Oui.

Samira et lui échangèrent un regard. Ce n'était pas l'écriture de Claire dans le cahier et, de toute évidence, Hugo avait été drogué. Demain, ils appelleraient le juge, mais ils n'étaient pas sûrs qu'en l'état actuel de l'enquête cela suffirait à obtenir sa remise en liberté.

Samira le regarda. Elle attendait sa décision. Servaz fixait David, se demandant s'il devait respecter le souhait de sa fille. À son tour, il secoua la tête.

— Fous le camp maintenant, dit-il finalement. Et fais passer le mot : si jamais vous retouchez à un cheveu de ma fille, ta petite bande et toi, votre vie va devenir un enfer.

David se leva et sortit, la tête basse. Servaz se leva à son tour.

— Reprenez vos positions, dit-il à Samira. Joignez les Stups, et demandez-leur s'ils connaissent cet « Heisenberg ».

Il quitta la pièce et remonta le couloir. Il connaissait l'endroit comme sa poche. À chaque pas ou presque étaient attachés des souvenirs. L'un d'eux remonta à la surface. Plus ancien que le lycée... Francis et lui. Ils avaient douze, treize ans. Francis lui montrait un lézard en train de se chauffer au soleil sur un mur. « Regarde. » D'un coup, il avait tranché la queue du lézard avec une pelle ou un couteau rouillé, il avait oublié. La queue avait continué à s'agiter en tous sens, comme si elle était dotée d'une vie propre, pendant que le lézard courait se cacher. Mais alors que le jeune Martin restait fasciné par ce bout de queue séparé du corps qui continuait de vivre, Francis s'était déjà emparé d'une grosse pierre et avait écrasé la tête du reptile avant qu'il ne disparaisse dans un trou.

— Pourquoi tu as fait ça ? avait demandé Martin.

— Parce que c'est une ruse : pendant que le prédateur est fasciné par ce bout de queue qui s'agite, le lézard en profite pour s'enfuir.

— Tu avais vraiment besoin de le tuer ?

— Je suis un prédateur plus intelligent que les autres, avait répondu Francis.

Il poussa la deuxième porte sur sa gauche. Une ancienne salle de classe. Margot l'attendait en se rongeant les ongles, assise derrière un pupitre, ses écouteurs dans les oreilles. Elle les retira lorsqu'il entra.

— Vous l'avez laissé partir ?

Servaz fit signe que oui.

— La honte, dit-elle. Maintenant, tout le monde va me regarder comme une pestiférée.

— Ce n'est pas ta faute...

— Je suis censée faire une deuxième année ici, papa. Comment je vais me faire des amis avec l'étiquette « la-fille-qu'il-ne-faut-pas-toucher-ni-approcher-parce-qu'elle-est-protégée-par-la-police » collée dans le dos ?

— Heisenberg, ça te dit quelque chose ?

— Le type qui a créé la mécanique quantique ou le personnage de la série *Breaking Bad* ?

Il se sentit rassuré. Elle avait répondu sans la moindre hésitation ni cillement de paupières. Elle n'avait manifestement jamais entendu parler d'un dealer surnommé « Heisenberg ».

— C'est quoi, cette série ?

— C'est l'histoire d'un professeur de chimie qui découvre qu'il a un cancer avancé et qui, pour assurer l'avenir de sa famille quand il ne sera plus là, se lance dans la fabrication et le trafic de drogue. Tu t'intéresses aux séries télé, maintenant ?

D'où le surnom, songea-t-il en se demandant comment on pouvait créer une série TV à partir d'une histoire pareille.

— Tu as écouté leur conversation, dit-il soudain. De quoi est-ce qu'ils ont parlé ?

Il la vit froncer les sourcils et réfléchir.

— Je ne sais pas... C'était assez décousu... et étrange. David a dit qu'il en avait marre de tout ça... qu'il ne voulait plus continuer.

— Continuer quoi ?

— Aucune idée. Et puis, Virginie a dit qu'ils ne pouvaient pas le laisser tomber, qu'Hugo les aimait tous... Ah oui, et puis elle a parlé d'un truc encore plus bizarre : le Cercle... Elle a dit que le Cercle se réunirait bientôt.
— *Le Cercle* ?
— Oui.

Elle faillit lui dire que le Cercle devait se réunir le 17 de ce mois mais elle s'abstint. Pourquoi ? *Pourquoi garder ça pour elle ? Qu'est-ce qui te prend ?* Ils étaient deux à être au courant : Elias et elle. Qu'est-ce qu'elle avait derrière la tête ?

— Tu as une idée de ce que c'est ?

Elle secoua la tête.

— Va te coucher, dit-il en se sentant lui-même écrasé par la fatigue.

— Vincent et Samira, ils vont rester là combien de temps ?

Elle était déjà en train de remettre ses écouteurs dans ses oreilles. Tout à coup, il pensa à quelque chose.

— Le temps nécessaire, répondit-il. La musique que tu écoutes là, c'est quoi ?

— Hein ? Pourquoi tu veux le savoir ? Tu connais pas, ça s'appelle Marilyn Manson.

Elle gloussa :

— C'est pas vraiment ton style...

— Tu peux répéter ? dit-il.

— Quoi ?

— Le nom de ce groupe...

— Marilyn Manson. Pourquoi ? Qu'est-ce qu'il y a, papa ?

Servaz eut la sensation d'un gouffre s'ouvrant sous ses pieds. *Le cybercafé...* Sa bouche devint toute sèche et un voile de sueur tomba sur son visage. Ses doigts furent saisis d'un tremblement quand il ouvrit son portable et chercha Espérandieu et Samira dans son répertoire.

Samira Cheung était de nouveau couchée dans les taillis, à l'arrière du lycée, comme un putain de commando. Elle regrettait déjà sa tenue : avec son jean *stretch* et son débardeur trop court, l'herbe lui chatouillait le nombril et elle passait son temps à se gratter. Heureusement, le débardeur noir et le jean bleu sombre la rendaient moins repérable.

De là où elle se trouvait, la Franco-Sino-Marocaine avait une vue d'ensemble sur tout l'arrière des bâtiments, depuis les cubes de béton et la tribune sportive à gauche jusqu'à l'entrée des écuries, l'aile des dortoirs à droite, les courts de tennis, le boulingrin et l'entrée du labyrinthe. *La fenêtre de Margot était allumée...* Et ouverte. Elle avait même cru apercevoir le rougeoiement d'une cigarette et un ruban de fumée. *C'est interdit par le règlement, ça, jeune fille...* Elle avait avalé un café et un cachet de Modafinil pour être sûre de ne pas s'endormir, bien que les événements de la soirée lui eussent procuré suffisamment d'adrénaline pour la maintenir éveillée. Elle se serait volontiers envoyé un peu de *death metal* dans les oreilles pour se réveiller encore plus, Cannibal Corpse par exemple, dont l'album *Butchered at Birth*, réédité en 2002, comportait des titres aussi évocateurs que *Living Dissection* (Dissection vivante), *Under the Rotted Flesh* (Sous la chair pourrie) ou *Gutted* (Étripé). Mais elle n'avait pas envie de se faire surprendre par quelqu'un arrivant derrière elle par les bois et elle avait renoncé à ses écouteurs. À vrai dire, elle détestait l'idée d'avoir dans son dos cette forêt dense et profonde.

Elle évitait de bouger dans la mesure du possible. Elle n'avait pas envie que les pensionnaires la repèrent et qu'elle devienne l'attraction des dortoirs. De temps à autre, elle faisait quand même quelques étirements et quelques mouvements d'assouplissement au milieu des buissons. Elle réfléchissait aussi aux futurs aménagements de la ruine qui lui servait de maison, dans la banlieue de Toulouse. On était mardi et l'ami qui devait lui installer sa douche n'avait toujours pas rappelé.

Son talkie-walkie crachouilla et la voix d'Espérandieu s'éleva dans le silence nocturne.

— Comment ça se passe de ton côté ?
— C'est calme.
— Martin vient de repartir... Il flippe complètement. Il voulait rester ici. Les gendarmes ont placé une patrouille sur la route, à l'entrée du lycée à sa demande. Margot a reçu l'ordre de verrouiller sa porte et de n'ouvrir en aucun cas à quelqu'un qu'elle ne connaît pas. Elle est allée se coucher.
— Pas vraiment. Je la vois : elle fume une clope. Mais elle est dans sa chambre, je confirme.
— J'espère que tu n'es pas en train d'écouter ta musique.
— Tout ce que j'entends, c'est un putain de hibou. Et toi, c'est calme ?
— Mortel.
— Tu penses vraiment qu'il pourrait avoir l'estomac de se pointer ici ?
— Hirtmann ? Je ne sais pas... Ça m'étonnerait...

Mais cette histoire de musique de Marilyn Manson, ça craint.

— Et s'il nous repère ?

— Eh bien, cela l'incitera sans doute à rebrousser chemin... Je ne pense pas qu'il ait envie de retourner dans une cellule. Si tu veux mon avis, il est très loin d'ici. Et n'oublions pas qu'on est d'abord ici pour protéger Margot, pas pour le serrer.

Samira ne dit rien.

Elle n'en pensait pas moins.

Si une occasion se présentait de mettre la main sur le Suisse, elle n'allait pas se gêner.

À dix ans, Suzanne Lacaze était persuadée que le monde était un merveilleux terrain de jeu et que tout le monde l'aimait. À vingt, elle avait découvert que le monde est un lieu coupant et blessant où la plupart des gens mentent – aux autres comme à eux-mêmes – lorsque sa meilleure amie lui avait piqué celui dont elle était tombée follement amoureuse, avec des larmes dans les yeux et des phrases comme « on s'aime », « on est faits l'un pour l'autre », « je suis tellement désolée, Suzie » plein sa jolie bouche à merde... Aujourd'hui, à quarante et des poussières, elle savait, d'une certitude inébranlable, que le monde est le terrain de jeu favori des salauds, un enfer pour les autres, et Dieu le champion du monde toutes catégories des enfoirés.

Couchée dans son lit, elle fixait le plafond et elle l'entendait ronfler à côté d'elle. Il était rentré à peine une heure plus tôt et, bien que le fantôme qui s'était installé dans son corps eût affaibli son odorat, elle avait quand même reniflé le parfum d'une autre femme sur lui. Il n'avait même pas pris la peine de prendre une douche.

Il était devenu si attentionné, si patient avec elle ces derniers temps. Si... gentil. Pourquoi n'en avait-il pas toujours été ainsi ?

Ne te raconte pas d'histoire, ma vieille. Il n'agit pas par amour, mais juste pour être en paix avec sa conscience... Il n'a même pas pris la peine de se doucher : qu'est-ce qu'il te faut de plus comme preuve ?

Elle voulait mourir en paix... Tout d'un coup, elle comprit que « mourir en paix » passait par la vengeance. *Sa* vengeance... Avec une clarté aveuglante, comme si sa propre mère était revenue d'entre les morts pour lui dire : « Tu dois le faire », elle comprit que, dès demain, elle appellerait ce flic pour lui dire la vérité.

Intermède 3

Confrontation

La piqûre. Avant de sombrer dans l'inconscience, au moment où l'aiguille perça son bras, elle rassembla sa volonté.

Sois forte. C'est maintenant...

Elle rouvrit les yeux dans la grande salle à manger vieillotte. Comme chaque fois. Elle était assise dans le fauteuil à haut dossier, au bout de la grande table. Une large sangle de cuir passée autour de sa taille, deux autres autour de ses chevilles.

Les assiettes, les chandeliers, les verres, le vin, la musique. Mahler, bien entendu... *Ce sale connard d'enfoiré de merde de Gustav Mahler*... Elle se demanda si elle arriverait à parler suffisamment fort après tous ces mois où elle s'était murée dans le silence. Si l'œdème sur ses cordes vocales était guéri.

Elle n'avait pas d'autre arme que celle-là. Sa voix...

— Trinquons ! dit-il joyeusement en levant son verre.

D'habitude, elle obtempérait. Elle aimait le goût du vin, son parfum, son ivresse libératrice. Tout comme sa robe fraîchement repassée, l'odeur de savon et de propre sur elle, le goût délicieux des plats – après toutes ces journées passées au fond de sa cave à avaler la même bouillie fadasse et incolore. Comme les autres fois, elle avait passé les vingt-quatre dernières heures sans manger. Il la voulait affamée... Et Dieu sait qu'elle l'était. Son estomac, son cerveau lui criaient de se jeter sur le vin, sur l'assiette fumante. Elle fixa le verre en plastique, le bouquet du vin chatouillait ses narines. Tentateur. Elle en avait envie... Terriblement envie... Presque autant que de la came dont elle s'était sentie sevrée, les premiers temps, au fond de sa cave, à tel point qu'elle avait cru devenir folle.

Ses mains restèrent à plat sur la table. Elle se contenta de le toiser avec un petit sourire ironique aux lèvres.

Elle le vit froncer les sourcils, perplexe.

— Tu ne trinques pas ? dit-il sans cesser de sourire. Qu'est-ce qui t'arrive ? Tu n'as pas soif ?

Elle mourait de soif... Sa gorge était sèche comme de l'amadou.

— Allons, tu sais bien que ça ne sert à rien, dit-il de sa voix la plus cajoleuse. Bois. Tu verras : il est exceptionnel, ce vin.

Elle éclata d'un rire sonore, moqueur, méprisant – et, cette fois, elle lut une étincelle de doute dans ses yeux. Puis il l'examina comme un chercheur observe une réaction inattendue chez un cobaye.

— Oh, je comprends, dit-il. On a décidé de me provoquer.

Il ricana, mais gentiment. Sans animosité.

— Ta mère suce des bites en enfer, dit-elle d'une voix froide et râpeuse.

Sa perplexité s'accrut. Il lissa sa barbiche sombre.

Ses cheveux blonds, coupés ras, brillaient dans la lueur des bougies et du lustre. Puis il retrouva son sourire.

— Ce langage ne te sied pas, dit-il, indulgent.

Elle se borna à le regarder, un rictus sur les lèvres.

— *Ce langage ne te sied pas*, répéta-t-elle, imitant son accent, son ton snobinard et son nasillement.

Une brève lueur de colère dans ses yeux, mais le sourire réapparut aussitôt.

— Sale con vicieux, fils de pute, pauvre impuissant...

Il ne dit rien, se contentant de la regarder.

— Ta mère était une pute, pas vrai ?

Il sourit joyeusement, cette fois.

— Tu as tout à fait raison.

Cette réaction la déstabilisa un instant – mais elle se reprit. Elle émit un petit ricanement.

— Qu'est-ce qui te fait rire ?

— Ta bite minuscule, l'autre fois je n'étais pas tout à fait endormie : je l'ai vue.

Elle vit le regard s'assombrir de nouveau à l'autre bout de la table. Elle frissonna, elle savait ce dont il était capable.

— Arrête ça.

— *Arrête ça*.

Un nuage d'encre noire passa encore une fois dans son regard puis disparut. Il se tourna et tendit le bras derrière lui pour monter le son de la minichaîne stéréo sur le bahut. Les violons enflèrent, les percussions retentirent, les cuivres se déchaînèrent. Elle commença à mimer un chef d'orchestre, bras levés, mains voletant, dodelinant de la tête, les yeux mi-clos. Souriante. Elle n'avait ni couteau ni fourchette – elle devait manger avec les mains. Et l'assiette était en carton. Tout en continuant de mimer un chef d'orchestre pris de frénésie, elle attrapa l'assiette de soupe et la balança à travers la pièce avant de se mettre à chanter, faux, par-dessus la musique. La soupe fit une tache sur le mur. *Sa voix était revenue...* Elle chanta plus fort.

— ÇA SUFFIT !

Il avait coupé le son. Il la fixait. Durement. Il ne souriait plus.

— Tu ne devrais pas jouer à ce jeu-là avec moi.

Cette fois, la menace était explicite et, pendant une fraction de seconde, elle sentit une peur glacée l'inonder. Elle pouvait entendre la colère qui traversait sa voix. Et, comme un chien bien dressé, la colère de son maître la terrifiait. *Reprends-toi... Tu es sur la bonne voie...* Pour la première fois, elle avait pris l'ascendant sur lui – et elle en éprouva un bref sentiment de triomphe.

— Va bouffer ta merde et crève, dit-elle.

Il frappa du poing sur la table.

— Arrête ça ! J'ai horreur de ce langage !

Elle ricana, le visage déformé par le rictus.

— Ah ! ah ! T'es vraiment qu'un petit connard impuissant, pas vrai, mon chou ? Incapable de bander normalement... De dire « bite », « con », « couilles »... Je parie que ta mère te tripotait le zizi quand t'étais petit. T'as un problème avec les gros mots et avec les femmes, mon mignon ? Est-ce que tu serais pas une tapette, des fois ?

Elle vit qu'elle l'avait déstabilisé. Elle n'avait jamais employé un tel langage de toute sa vie, même dans ses pires moments de colère, ni parlé d'un ton aussi vulgaire – et elle se sentait au bord de la nausée.

— ESPÈCE DE SALOPE, grinça-t-il. ESPÈCE DE SALE PUTE. Tu vas me le payer.

Il repoussa son siège, se leva. L'appréhension la gagna. Puis la panique quand elle vit ce qu'il avait à la main. *Une fourchette...* Elle s'enfonça dans son fauteuil, son sourire s'évanouissant lentement de ses lèvres. S'il lisait la peur dans ses yeux, si elle se dégonflait maintenant, il aurait gagné.

Quand il fut assez près, elle racla le fond de sa gorge bruyamment et cracha dans sa direction. Elle manqua sa figure, mais atteignit tout de même sa chemise. Il ne prit même pas la peine de l'essuyer, se contentant de la fixer, le regard vide.

Soudain, il saisit son visage dans sa main libre et serra de toutes ses forces, l'étau de ses doigts lui écrasant les mâchoires et les dents à travers les joues. Il lui faisait mal. Elle se débattit, secoua la tête d'un côté à l'autre, essaya de le repousser avec les mains, de le griffer, mais il ne relâcha pas sa prise. Tout à coup, une douleur fulgurante la foudroya comme une décharge électrique. La fourchette s'était plantée dans ses lèvres, profondément, les mordant comme un crotale. Tandis que le sang se mettait à pisser instantanément de sa bouche, elle l'ouvrit pour hurler. Aussitôt, la fourchette frappa une deuxième fois, se plantant dans sa gencive supérieure, entre ses dents. Elle crut devenir folle de douleur alors que le sang jaillissait comme un geyser. Elle sanglota, cria, hurla, tandis que la fourchette frappait encore et encore, ses joues, ses lèvres, sa langue...

Puis la folie cessa comme elle avait commencé. D'un coup.

Son cœur battait à deux mille à l'heure. Elle avait

l'impression qu'il avait triplé de volume dans sa poitrine. Sa bouche et le bas de son visage sanguinolents étaient en feu. Elle souffrait le martyre. Elle essaya de reprendre sa respiration, de ralentir les folles pulsations de son cœur. Elle devina qu'il l'observait, guettant une réaction. Finalement, il retourna vers sa place, satisfait.

— *Pédé, tantouze, petite merde, ver...*

Elle le vit s'immobiliser, il lui tournait le dos, à présent. Elle rassembla ses dernières forces, tenta de faire abstraction de la douleur.

— Ah ! ah ! ah ! coassa-t-elle. Quel... ridicule petit homme ! Médiocre... ordi... naire, insignifiant, pitoyable... C'est ça, Julian Hirtmann ?...

Il se retourna. Il souriait à nouveau.

— Tu crois que je n'ai pas compris ton manège ? Tu crois que je ne sais pas vers quoi tu essaies de m'entraîner ? Mais tu ne m'échapperas pas comme ça. Nous avons encore de longs mois, de longues années à passer ensemble, toi et moi...

À ces mots, elle sentit son courage vaciller. Mais elle s'efforça de ne pas le montrer. Elle s'ébouriffa les cheveux en émettant un bruit de bouche méprisant et elle éclata d'un rire mauvais, une lueur moqueuse dansant dans ses prunelles. Puis elle attrapa sa robe et la déchira, libérant ses seins nus en dessous.

— Tu as vraiment envie de partager tes soirées avec une fille aussi vulgaire, aussi déplaisante que moi ? Pendant des mois, des années ? Tu pourrais sans doute en trouver une plus accommodante, non ? Une *nouvelle*... Parce que, en ce qui me concerne, c'est fini, mon beau. Plus jamais tu ne m'auras comme avant... Oublie ça.

Elle balaya le verre de plastique contenant le vin d'un geste violent et pointa un doigt vers sa braguette.

— Sors-la. Montre-la-moi... Je parie qu'elle est toute molle et ratatinée. Tu ne bandes que quand je suis endormie, pas vrai ?... Tu ne trouves pas ça... *suspect* ? Est-ce que je te fais peur, mon mignon ? Prouve que t'es un homme, vas-y, sors-la ; montre-le, ton vermisseau... Mais non... Tu en es incapable, pas vrai ? *Ce sera ça, nos soirées, désormais, mon chéri...* Va falloir t'y faire.

Elle vit à quel point il était déçu, à présent. Elle aurait aimé qu'il en finisse rapidement. Mais elle savait qu'il ne lui ferait pas ce plaisir. Il allait lui faire payer avant. Elle se prépara à la souffrance, elle pensa à tout ce qu'elle avait fait de mal dans sa vie, à toutes les erreurs qu'elle aurait aimé réparer, à ceux à qui elle aurait voulu dire au revoir... À son fils, à ses amis, à celui qu'elle allait rejoindre et à cet autre qu'elle avait tant aimé et pourtant trahi... Elle leur envoya à tous des pensées silencieuses, des mots d'amour, tandis que les larmes ruisselaient sur ses joues et qu'il s'approchait sans un mot.

Elle savait que, cette fois, ce serait la bonne...

Mercredi

30

Révélations

Il était 5 h 30 du matin et le jour pâlissait quand Drissa Kanté commença à passer l'aspirateur dans le bureau 2.84. Personne n'ambitionne de faire un métier qui consiste à nettoyer des moquettes et à dépoussiérer des bureaux et des ordinateurs, ce n'est pas ce à quoi rêvent les enfants – pas plus en Afrique qu'en Europe –, et pourtant c'était une occupation à laquelle, à sa grande surprise, il avait fini par prendre goût.

Même s'il n'y avait pas de temps à perdre d'un immeuble de bureaux à l'autre, même s'il fallait se lever quand les autres dorment encore et quitter son lit pour affronter les nuits d'hiver glaciales et les petits matins blêmes, la simplicité routinière de sa tâche lui plaisait. Il trouvait toujours le moyen de s'évader par la pensée en l'effectuant : dans son pays ou dans des réflexions inspirées par ses lectures. Contrairement à la plupart des travailleurs du matin qui se plongent dans celle des journaux gratuits, Kanté avait un budget pour l'achat de la presse quotidienne, qu'il épluchait consciencieusement pendant les trajets en bus d'un immeuble à l'autre. Il savourait le fait qu'aucun des employés qu'il croisait le matin – et dont certains le saluaient avec une extrême politesse pour compenser sans doute l'injustice que constituaient à leurs yeux son lieu de naissance et son métier – ne soupçonnait que l'homme qui nettoyait leurs bureaux avait fait de plus longues études qu'eux. Ce nouveau monde auquel il appartenait désormais était si différent, si éloigné de l'ancien que Drissa Kanté avait parfois l'impression d'être devenu une autre personne. Il savait que des millions de ses compatriotes auraient rêvé d'être à sa place mais, parfois aussi, quelque chose se brisait en lui quand il pensait aux plaines de son pays, aux nuits étouffantes dans son village natal pendant la saison chaude et aux couchers de soleil sur le fleuve Niger.

Ce matin-là, ce n'était pas la nostalgie qui l'étreignait, mais la peur de perdre cette situation que plus d'un habitant de son pays d'adoption aurait trouvé indigne. Il redoutait de *tout* perdre. La peur lui tordait tellement les tripes qu'il avait dû faire deux fois un tour aux toilettes, sous le regard étonné du reste de l'équipe, et il avait expliqué qu'il avait mangé quelque chose la veille qui l'avait rendu malade. Du *djaratankaï*, une recette à base de mouton, de gombos et de poivrons. Il ne pouvait se sortir de la tête les paroles de l'homme : « Tu veux vraiment redevenir un sans-papiers ? » Étrange, songea-t-il. Des milliers de mots prononcés, des milliers de phrases entendues chaque jour et la mémoire en sélectionnait une poignée avec laquelle elle ne cessait de vous hanter.

Comme lorsque la femme qu'il aimait l'avait quitté en lui disant : « Oublie-moi. Sors de ma vie pour toujours. » C'est précisément cet « oublie-moi » et ce « pour toujours » qu'il n'avait pas réussi à oublier.

Il éteignit l'aspirateur, attrapa un aérosol de mousse nettoyante sur le chariot de ménage et traita deux taches, puis il vida les corbeilles à papier dans un sac-poubelle noir. Il saisit un chiffon et un flacon de produit de nettoyage et s'approcha du bureau qu'on lui avait indiqué. Il prêta l'oreille. Rien à signaler, à part ses collègues qui caquetaient dans le couloir. Son cœur tambourinait. Il avait beau être tôt, il y avait des flics de permanence à l'autre bout du couloir : il les avait aperçus en passant. Quand le gros homme aux lunettes noires lui avait indiqué l'adresse, il avait compris que ses ennuis n'étaient pas terminés.

Sa main tremblait lorsqu'il sortit la petite clé USB de sa tenue de travail. Un seul ordinateur dans ce bureau, il ne pouvait pas se tromper. Il regarda le jour qui commençait à poindre derrière les immeubles, colorant le ciel d'un beau rose saumon. S'il ne le faisait pas maintenant, il savait qu'il n'en aurait jamais plus le courage. Il jeta un coup d'œil vers la porte.

Maintenant...

La petite clé USB s'enfonça sans difficulté dans la prise sur le côté. Il pressa du pouce le bouton de démarrage et quelque chose à l'intérieur de la machine s'ébroua... Il sentit sa nervosité augmenter tandis que l'appareil se mettait en marche et que la clé USB clignotait, indiquant que le programme se mettait en route. Il connaissait bien les ordinateurs. Le gros homme avait raison : la clé avait été visiblement conçue de façon à tromper la séquence de démarrage de la machine. Elle était aussi prévue pour contourner l'étape du mot de passe et tromper l'antivirus – mais Drissa savait qu'il était relativement facile de trouver des hackers capables de ce genre de performances sur Internet. La plus grande difficulté, au fond, consistait à parvenir jusqu'à la machine visée – et, dans ce cas, rien ne remplaçait le facteur humain. *Plus vite...* Il regarda sa montre. Le type lui avait dit que la clé cesserait de clignoter quand ce serait fini. Pendant ce temps, le fond d'écran s'affichait : un banal paysage. Si quelqu'un entrait maintenant, il s'apercevrait immédiatement qu'il avait allumé l'ordinateur, ce que, bien évidemment, il n'était pas censé faire. Il passa une main sur son visage. Il était fébrile et terrifié. *Plus vite, bon Dieu !* L'homme avait dit pas plus de trois minutes ; cela faisait déjà deux minutes trente que le programme tournait.

Soudain, il se figea sur place. La porte du bureau venait de s'ouvrir... Il sursauta comme si on avait fait exploser un pétard sous ses pieds.

— Qu'est-ce que tu fais ?

Il fixa la personne qui venait de pousser la porte, pétrifié. Incapable de prononcer le moindre mot. C'était Aïcha – une collègue de l'équipe de nettoyage, une jeune effrontée qui passait son temps à se moquer de lui et à le provoquer. Il vit son regard brillant se poser sur l'écran de l'ordinateur, puis revenir sur lui. Dur et inquisiteur.

— Va-t'en, dit-il.
— Qu'est-ce que tu fais, Drissa ?
— Va-t'en !

Elle lui jeta un regard sévère, puis referma la porte. Plus jamais ! C'était la dernière fois ! Quelles qu'en soient les conséquences, plus jamais il n'accepterait de faire quoi que ce soit d'illégal. Il s'en fit le serment, en silence, le cœur dans la gorge. La clé cessa de clignoter. Il la retira de son logement, la glissa au fond de sa poche et éteignit l'ordinateur.

Son visage était couvert d'une pellicule de sueur. Il s'approcha des fenêtres et tira sur les stores puis pressa la gâchette du spray bleu. Il en aimait le frais parfum. Derrière les vitres, le ciel se teintait de rose, de gris et d'orange pâle par-dessus les toits, de plus en plus lumineux à l'Orient... Ce soir, il rendrait la clé à l'homme et ce serait fini. Mais auparavant il avait prévu de prendre lui-même certaines précautions – pour être bien sûr que l'homme ne reviendrait jamais à la charge. Cette fois, il ne serait pas aussi naïf...

— Commandant Servaz ?

Il regarda son réveil. Il avait dû sonner sans qu'il l'entende. Il ne s'était pas endormi avant 4 heures du matin, et son sommeil avait été perturbé par des cauchemars dont il ne se souvenait pas mais qui lui laissaient une impression de malaise aussi collante qu'un chewing-gum. Le soleil entrait à flots et il cligna les yeux, ébloui par la lumière du jour qui avait chauffé tous les objets, y compris le téléphone.

— Hmm-mm.

— Commissaire Santos, de l'IGPN.

Servaz se redressa. L'inspection générale de la police nationale, les bœuf-carottes... *Le type dans le parking*, songea-t-il en s'asseyant au bord du lit. Les draps chiffonnés et moites témoignaient de sa lutte nocturne avec un surmoi semeur de troubles.

— Nous avons enregistré une plainte vous concernant, annonça Santos que la plupart des flics surnommaient San Antonio, sans doute par antiphrase car, morphologiquement, il ressemblait davantage au célèbre adjoint de celui-ci. Un dénommé Florent Mattera, domicilié 2 bis, boulevard d'Arcole, vous accuse de l'avoir agressé hier soir. Il prétend que ça s'est passé dans le parking du Capitole. Un homme correspondant à votre signalement lui aurait sauté dessus et l'aurait frappé avant de s'excuser et de partir à bord d'un Cherokee dont il a relevé l'immatriculation. *La vôtre*... Est-ce que vous niez les faits, commandant ?

Servaz réfléchit pendant une demi-seconde.

— Non.

Un soupir à l'autre bout du fil.

— Nous allons devoir vous entendre.

— Quand ?

— Ce matin.

— Écoutez... J'ai une enquête extrêmement importante en cours.

— Ne le sont-elles pas toutes ? dit la voix doucereuse à l'autre bout. Commandant, vous rendez-vous compte de ce dont vous êtes accusé ? C'est une faute d'une extrême gravité. Les temps où les flics se comportaient comme des voyous sont révolus, commandant, et je...

— C'est bon, c'est bon. J'arrive.

— Salut, Servaz.

— Salut.

— Bonjour, Martin.

— Bonjour.

— Bonjour, Servaz.

— Salut.

Ce matin-là, tout le monde semblait vouloir lui témoigner sa sympathie. Comme s'il venait d'attraper un putain de cancer. Il sortit de l'ascenseur, emprunta le couloir qui conduisait au Département des Affaires criminelles. 8 h 16. Les mêmes visages d'enfants qu'à l'accoutumée le regardèrent passer, placardés sur les murs de brique. En dessous et au-dessus, les mots : « MISSING/DISPARUS », en anglais et en français.

— Salut, Martin.
— Salut...

D'ordinaire, il ne les voyait même plus, ces visages, à force de passer devant. Mais, ce matin, allez savoir pourquoi, il les voyait de nouveau. Tous ces enfants disparus, jamais retrouvés. Et les dates. Elles lui serrèrent le cœur comme la première fois où il les avait découvertes : 1991... 1995... *1986*... Seigneur ! Comment faisaient les parents ?

— Bonjour, Martin.
— Mmm...

Tout le monde semblait au courant. Ce genre d'info se refilait plus vite qu'une grenade dégoupillée. Il se précipita dans son bureau. Il y avait un mot sur sa table de travail :

« *Le directeur t'attend.* »

L'écriture de Pujol. D'accord. Allons-y. Il n'accrocha même pas sa veste. Se dirigea vers le bureau directorial de l'autre côté du couloir. Quand il passait devant les portes ouvertes des bureaux, il entendait les conversations s'arrêter. Il n'avait qu'une envie : échapper à tous ces regards. Il franchit la porte coupe-feu, passa devant le petit coin salle d'attente avec ses canapés en cuir et devant le secrétariat. Frappa.

— Entrez !

En le voyant, le directeur se leva, visage fermé. En face de lui était assis un type avec une nette surcharge pondérale, un gros nœud de cravate malgré la chaleur et l'air buté du fonctionnaire qui est du bon côté du manche. Il ne se leva pas, mais se retourna pour examiner Servaz de ses petits yeux jaunes comme des grains de muscat.

— Salut, Santos, dit Servaz.

Pas de réponse de ce côté-là.

— Martin, ce que me dit le commissaire Santos est vrai ? Tu as... confirmé les faits ?

Il fit oui de la tête. Stehlin secoua la sienne d'un air consterné. Le commissaire Santos regarda le divisionnaire en haussant les sourcils, l'air de dire « bon, alors, on fait quoi maintenant ? ».

— Je... commença Servaz.

Stehlin l'arrêta d'un geste.

— J'ai parlé avec le commissaire Santos. Il accepte de... surseoir à ton audition... le temps que cette enquête soit bouclée.

Le regard surpris de Servaz passa de l'un à l'autre. *Il s'était passé quelque chose...* C'était impossible autrement. Jamais San Antonio n'aurait accepté un deal pareil sans un cas de force majeure. Et Servaz faisait partie de l'équation. Margot ! songea-t-il avec un triple salto de son estomac.

— Il y a du nouveau, dit le directeur, confirmant son intuition.

Servaz attendit la suite, la peur au ventre. La rumeur du boulevard entrait par la fenêtre ouverte ; la clim n'avait toujours pas été réparée.

— Tu te souviens d'Elvis Elmaz, le type que vous avez interrogé à l'hôpital ?

Servaz fit signe que oui.

— Il a été attaqué cette nuit. Il est entre la vie et la mort.

— Qu'est-ce qui s'est passé ?

— Apparemment, quelqu'un l'a ligoté sur une chaise avec de la viande et donné à bouffer à ses chiens.

Servaz regarda son patron en essayant de saisir le sens de ses paroles, puis de visualiser la scène, mais il s'empressa d'y renoncer.

— Il est à l'hôpital, poursuivit Stehlin. La moitié du visage arraché, les bras et le torse mordus et dévorés jusqu'à l'os en plusieurs endroits, plusieurs organes très sévèrement touchés, il a perdu énormément de sang. Il est tellement atteint qu'ils l'ont mis dans un service pour grands brûlés, sous tente à oxygène. Il paraît que c'est pas beau à voir... et qu'il a très peu de chances de s'en sortir. Il est tombé dans le coma au milieu de la nuit. S'il s'en sort, il le devra à son voisin, qui habite à cinq cents mètres de là, qui a vu passer une voiture en pleine nuit et entendu les chiens aboyer comme des enragés. Mais avant qu'il perde complètement connaissance, dans l'ambulance, il s'est passé un truc...

On y venait... *Quel truc ?* hurla le cerveau de Servaz. Stehlin tendit la main vers un endroit de son bureau. Servaz suivit son geste du regard et découvrit un sachet transparent pour pièces à conviction avec une étiquette.

— Il a réussi à faire comprendre à l'un des ambulanciers qu'il voulait écrire quelque chose. Il n'avait... plus de lèvres et plus de langue non plus, à ce moment-là, il était donc incapable de parler... D'autant plus qu'il avait un masque à oxygène sur la figure. Mais il semble que, devant l'agitation et l'insistance du type, l'ambulancier ait cependant fini par lui filer un bloc-notes et un stylo...

Stehlin attrapa le sachet à pièces à conviction et le tendit à Servaz.

— Et voilà ce qu'il est parvenu à écrire.

Le policier le prit. Il regarda le bloc-notes à l'intérieur. Une écriture tremblée, maladroite, fiévreuse.

Servaz fouillé passé

À présent, il comprenait pourquoi, exceptionnellement, Santos avait accepté de reporter son audition. Il ressentit à la fois un intense soulagement et une dévorante curiosité.

— Tu as fouillé dans son passé ? voulut savoir Stehlin.

Servaz fit signe que non. La tête lui tournait.

— On a laissé tomber la piste Elvis dès lors que son alibi s'est avéré solide, répondit-il.

— Alors, je crois qu'il s'agit d'une faute d'orthographe, dit Stehlin.

— « Servaz, fouillez passé », rectifia le flic. De quel passé il parle ? Du sien ?

— Probablement.

Servaz sentait les rouages de son cerveau se mettre en branle.

— Peut-être qu'on a abandonné cette piste un peu trop vite. Peut-être qu'on aurait dû s'assurer que Claire Diemar et Elvis Elmaz ne se connaissaient pas.

— Martin, cela fait à peine quatre jours que vous êtes dessus. Vous avez fait ce qu'il fallait.

Servaz comprit que cette remarque était surtout destinée à Santos.

— Et il y a autre chose, ajouta le directeur. Paris veut des résultats. Ils veulent surtout dédouaner Lacaze avant que tout ne fuite dans la presse et ne leur pète à la figure. Alors ils ont demandé où on en était, et ce matin ils ont fait pression sur les Stups. Ton « Heisenberg » est un de leurs indics et ils nous ont refilé son identité. Pour une fois, ils ne se sont pas fait prier. Tu penses qu'il peut avoir quelque chose à voir là-dedans ?

Servaz acquiesça.

— Ils ne doivent pas être très nombreux sur le marché de la dope à Marsac, non ? Qui sait ? C'est peut-être lui qui a fourni la came à celui qui a drogué Hugo.

En ressortant du bureau de Stehlin, Servaz était en nage. Même à l'ombre, les atomes de l'air ambiant vibraient suffisamment pour produire une quantité de chaleur impressionnante et il n'était que 10 heures du matin. Il hésitait. Il avait désormais deux pistes nouvelles à explorer. Par où commencer ? Fouiller dans un passé aussi « riche » que celui d'Elvis Konstandin Elmaz risquait de prendre du temps, mais la dernière phrase écrite par l'Albanais avant de sombrer dans le coma brillait dans l'esprit de Servaz comme un néon.

Un type dans son état, qui sait qu'il ne ressortira peut-être pas vivant de l'hôpital, use ses dernières forces à envoyer un message. Ce message ne pouvait être que de la plus haute importance. Il disait : celui que vous cherchez est là.

Et ce message lui était adressé, à lui, Servaz.

Elvis Elmaz savait qui avait tué Claire.

Et c'était la ou les mêmes personnes qui l'avaient donné à bouffer à ses chiens...

Il franchit la porte coupe-feu. Un groupe s'était formé dans le couloir et, malgré lui, Servaz crut comprendre qu'il était question de football. Il essaya de passer au large, mais il ne put s'empêcher de capter quelques bribes de conversation.

— Putain, quelle chaleur ! On se croirait en Afrique du Sud ! dit quelqu'un.

Quelques rires fusèrent.

— Tu parles, on est loin du Pezula Resort ! s'exclama un autre. Et puis là-bas, c'est l'hiver.

Servaz avait beau tout faire pour ignorer les potins, les rumeurs et les innombrables articles, papiers, reportages télé ou radio et plaisanteries tournant autour de la Coupe du monde de football, il ne lui avait quand même pas échappé que l'équipe de France occupait l'hôtel le plus luxueux de toutes les délégations en compétition, et que ses frais de déplacement et d'hébergement dépassaient le million d'euros – une somme que, pour sa part, il trouvait parfaitement choquante et injustifiée. Même une ministre et une secrétaire d'État avaient trouvé bon de s'en mêler.

— Martin, qu'est-ce que tu en penses : tu crois que la France va gagner demain contre le Mexique ?

Personne au SRPJ n'ignorait son aversion pour le sport télévisé et même pour le sport en général. Il surprit quelques sourires narquois.

— J'espère bien que non, rétorqua-t-il en passant. Au moins, on pourra parler d'autre chose.

Il y eut quelques rires, mais sans grande conviction. Visiblement, cette perspective-là n'incitait pas à l'humour.

Margot avançait dans les couloirs avec le sentiment que tous les regards collaient à elle comme de la glu. Plus elle avançait, plus elle les sentait peser sur ses épaules. Elle devinait aussi les murmures, les coups de coude, les échanges de coups d'œil dans son dos. Heureusement que la fin de l'année scolaire approchait. Dans ses oreilles, Marilyn Manson lui confiait : « Je veux disparaître. » *Oh oui, mon pote, moi aussi. Toi et moi, on se comprend, Brian Hugh...*

Elle se demanda ce qu'ils savaient au juste. Quelle était la part de rumeurs et la part de fuites ? Qui avait bavé ? Certainement ni son père, ni Vincent, ni Samira. David ? Sarah ? Elle approchait de son casier lorsqu'elle vit de nouveau un mot épinglé dessus, et ses intestins se nouèrent. C'était donc ça... Elle imagina les langues qui se déliaient et le bruit qui se répandait à la vitesse du son à travers le bahut : « T'as vu ? Quelqu'un a encore laissé un truc sur le casier de Margot ! » *Merde ! Bande de cons !* Il y a des fois où un putain d'Armageddon lui paraissait la solution.

En fonçant droit sur son casier, elle vit qu'il ne s'agissait pas d'un mot, mais d'un dessin. Plus exactement, quelqu'un avait modifié la célèbre affiche de recrutement de l'armée américaine où l'Oncle Sam pointait son doigt en direction de l'observateur en disant I WANT YOU. Il avait remplacé la tête de l'oncle Sam par un portrait assez flou de Julian Hirtmann.

Putain de débiles ! Ils n'avaient donc rien d'autre à foutre ?

Elle arracha le papier, le froissa en boule et le jeta par terre. Puis elle déverrouilla son casier. *Il y en avait un autre, à l'intérieur...* Elle reconnut l'écriture. *Elias, petit enfoiré, qui t'a autorisé à ouvrir mon casier et comment tu as fait ?* Le mot disait : « Je crois que j'ai trouvé le Cercle. »

Servaz chercha une aspirine dans ses tiroirs, sans succès. Il passa dans le bureau de Samira et de Vincent, ouvrit le tiroir de ce dernier. Paracétamol, ibuprofène, codéine, tramadol... Vincent et ses molécules... On aurait dû accrocher une grande croix lumineuse à l'entrée de cette pièce et y ajouter un terminal pour cartes vitales.

Il retourna dans son bureau avec un comprimé effervescent, un verre d'eau, et constata que la touche des messages clignotait sur son poste fixe. Il avait reçu un appel. Il regarda le numéro, cela ne lui disait rien. Servaz le composa et aussitôt une voix de femme lui répondit :

— Suzanne Lacaze.

Il fronça les sourcils.

— Bonjour, madame Lacaze, vous avez essayé de me joindre ?

Un silence.

— Oui...

La voix était encore plus ténue qu'à l'ordinaire. Et tendue. Un murmure étiré comme un élastique sur le point de rompre. Servaz hésita sur la conduite à tenir, mais elle ne lui laissa pas le temps de réfléchir.

— C'est au sujet de mon mari.

La tension était là. Une tension extrême. Celle de quelqu'un qui s'apprête à commettre un acte lourd de conséquences. Il sentit son pouls s'accélérer.

— Je vous écoute.

— Il vous a menti l'autre soir... au sujet de son alibi.

Servaz déglutit. Nouveau silence.

— Mon mari n'était pas à la maison le soir où cette femme a été tuée. Et je ne sais pas où il était. Si nécessaire, je répéterai cela devant un juge. Et j'espère que vous trouverez celui qui a fait ça. Au revoir, commandant.

Elle avait raccroché. Il expira lentement. Putain de merde ! Il allait devoir passer quelques coups de fil. Il pensa à la tête que ferait le procureur d'Auch et, tout à coup, il sentit que sa journée était sérieusement en train de s'éclaircir.

31

Heisenberg

Servaz l'aimait, cette sensation qu'il approchait du but, que, tout à coup, l'une après l'autre, les pièces commençaient de se mettre en place. Un son comme une caisse claire dans sa poitrine. Un souffle. Une cavalcade. Le bruit de la victoire. Son pied sur la pédale de l'accélérateur, tandis qu'il filait sur l'autoroute à l'air si chaud qu'il tremblait comme un mirage à l'horizon, sous le ciel d'un bleu pâle et laiteux.

Il repensa à Santos, à sa convocation. Il savait que s'il résolvait rapidement cette affaire, l'IGPN serait obligée d'en tenir compte et de lâcher du lest. Mais que se passerait-il s'il mettait en taule le chouchou des médias, le futur héraut du parti au pouvoir, le type qu'il fallait justement ne pas toucher ? Est-ce qu'ils ne seraient pas tentés de le lui faire payer ? Oh, que si. Et il leur avait offert sa tête sur un plateau, dans ce parking... Mais là, tout de suite, il s'en fichait. Ne subsistait que l'excitation du chasseur quand un renard s'est pris dans le collet.

Le renard avait une sale tête. Le boxeur de la dernière fois semblait groggy. Éteint. Il n'en esquissa pas moins un de ces sourires dont il avait le secret, mais celui-ci se changea en une grimace qui n'atteignit pas ses yeux. Il avait écouté Servaz sans broncher, sans exprimer la moindre émotion devant la trahison de son épouse.

— Vous avez été à Marsac vous aussi, commandant, dit le député. C'est bien ce que vous m'avez dit ? Les cours de langue et de civilisation antiques, vous vous rappelez ? C'étaient mes préférés... Avec l'option théâtre. (Servaz pensa à Margot. Lacaze jouait avec un coupe-papier, il en éprouvait la pointe du bout de l'index.) Vous avez donc entendu parler de *l'hybris*...

Servaz ne répondit ni par oui ni par non, il ne bougea pas, se contentant de fixer Lacaze. C'était encore une de ces histoires de mâles dominants, toujours la même question de savoir qui avait la plus longue, qui pissait le plus loin. Mais, cette fois, Lacaze savait qu'il avait perdu, il essayait juste de sauver la face.

— Celui qui voulait trop s'élever s'exposait à la jalousie et à la colère des dieux. Il semble donc que les dieux aient choisi ma femme pour être leur bras vengeur... Décidément, les femmes sont imprévisibles.

Servaz était d'accord avec Lacaze sur ce point – mais il ne le montra pas.

— Votre femme m'a-t-elle dit la vérité ? demanda-t-il avec une certaine solennité.

Ils étaient de nouveau assis dans la maison ultramoderne de ce quartier cossu au fond des bois. À la demande de Lacaze, que Servaz avait réussi à joindre à la mairie, ils s'étaient retrouvés là. Mais, cette fois, l'épouse était invisible. Le soleil entrait par les baies vitrées, à travers les stores verticaux, et zébrait les murs ébène couverts de photos à la gloire du maître des lieux.

— Oui.

— Est-ce que vous avez tué Claire Diemar ?

— Je suppose que je devrais vous rappeler que vous ne pouvez me mettre en cause sans garde à vue et donc sans levée préalable de mon immunité – et aussi que je devrais appeler sans tarder mon avocat –, mais, pour répondre à votre question, non, commandant, je ne l'ai pas tuée : j'aimais Claire – et Claire m'aimait.

— Ce n'est pas ce que dit Hugo Bokhanowsky. Selon lui, Claire s'apprêtait à vous quitter.

— Pour quelle raison ?

— Claire et Hugo étaient amants.

Lacaze lui jeta un regard surpris.

— Vous êtes sérieux ?

Servaz opina. Il vit le doute passer sur le front du député.

— Ce gamin affable... Claire ne m'a jamais parlé de lui. Et nous formions des projets d'avenir...

— Pourtant, vous m'avez dit la dernière fois qu'elle refusait que vous quittiez votre femme.

— Exact. Tant qu'elle n'était pas tout à fait sûre de ce qu'elle voulait. Et, sans doute aussi, tant que Suzanne était... dans cet état.

— Vous voulez dire... *vivante* ?

Une ombre noire voila les yeux du politicien.

— Lacaze, avez-vous espionné Claire ces derniers temps ? Aviez-vous des doutes sur elle ?

— Non.

— Étiez-vous au courant de sa liaison avec Hugo Bokhanowsky ?

— Non.
— Étiez-vous avec elle vendredi soir ?
— Non.

Trois réponses fermes.

— Où étiez-vous, vendredi soir ?

De nouveau, le sourire revint – et le regard vide.

— Ça, je... Je ne peux pas vous le dire.

Lacaze avait prononcé ces mots avec un sourire plein d'ironie, cette fois, comme si, soudain, le comique de la situation lui apparaissait – en même temps que son côté désespéré. Servaz soupira.

— Nom de Dieu, Lacaze ! Je vais être obligé d'appeler le juge et il va sans doute décider de demander la levée de votre immunité si vous refusez de coopérer. Vous êtes en train de foutre votre carrière en l'air !

— Vous ne comprenez pas, commandant : c'est si je vous le dis que ma carrière est morte. D'un côté comme de l'autre, je suis coincé.

Espérandieu écoutait ce qu'il considérait personnellement comme l'un des deux ou trois meilleurs albums rock de l'année 2009, *West Ryder Pauper Lunatic Asylum* de Kasabian, et, à ce moment précis, le morceau intitulé *Fast Fuse*, sur le lecteur de la Mégane, lorsque l'on cogna à la vitre, côté passager.

Vincent baissa le son avant d'ouvrir la portière.

— On a quelqu'un à voir, dit Servaz en s'asseyant.

— Et Margot ?

— Il y a un fourgon de gendarmerie à l'entrée (Servaz désigna le véhicule bleu garé au bord de la route, tout au bout de l'allée bordée de chênes et de la prairie), Samira surveille derrière et Margot est en cours. Je connais Hirtmann. S'il doit agir, il ne prendra aucun risque. Et surtout pas celui de retourner dans une cellule.

— Et on va où ?
— Roule.

Ils entrèrent en ville et Servaz donna les indications à Espérandieu au fur et à mesure. L'entretien avec Lacaze avait dissipé tout son enthousiasme. Il n'arrivait pas à comprendre pourquoi le député s'obstinait à refuser de dire où il était ce soir-là. Quelque chose clochait. Il avait senti que Lacaze avait de bonnes raisons de camper fermement sur ses positions. Pas du tout l'attitude de quelqu'un qui a commis un meurtre.

Mais peut-être que Lacaze était tout simplement très fort à ce jeu-là. Après tout, c'était un politicien, donc un acteur et un menteur professionnel.

— C'est ici, dit Servaz.

La résidence universitaire se trouvait sur une des collines qui dominaient la ville. Une série de cinq bâtiments. Tous identiques. Ils franchirent un petit portail, un panneau indiquait « Cité universitaire Philippe-Isidore Picot de Lapeyrouse ». Ils se garèrent sous les arbres, les pelouses étaient désertes. Contrairement au lycée de Marsac, la saison à la fac des sciences était terminée, la plupart des étudiants avaient déserté les lieux. Ils avaient l'air abandonnés. Extérieurement, le long bâtiment de quatre étages avait fière allure avec ses rangées de larges fenêtres qui devaient rendre les chambres claires et agréables, mais, dès le hall d'entrée, ils comprirent que quelque chose clochait. Des banderoles étaient tendues sur les murs : « Nous payons un loyer, nous exigeons le minimum », « Marre des cafards » ou encore « Crous

= CRASSE ». Il n'y avait pas d'ascenseur. En montant dans les étages, ils constatèrent vite que les banderoles étaient justifiées : les lames en plastique du plafond s'effondraient, la peinture jaune des murs s'écaillait et, sur la porte des douches, un écriteau annonçait « HORS D'USAGE ». De fait, Servaz crut apercevoir une ou deux bestioles ramper sur le sol. Les Stups leur avaient donné un numéro de chambre. 211. Ils s'immobilisèrent devant. De la musique traversait la porte. À tue-tête. Espérandieu cogna et prit sa voix la plus juvénile.

— Heisenberg, t'es là, mon pote ?

La musique s'interrompit. Ils attendirent trente bonnes secondes en se demandant si « Heisenberg » n'avait pas filé par la fenêtre lorsque la porte s'ouvrit sur une fille maigre en débardeur et en short. Ses cheveux formaient des épis et leur blond était aussi peu naturel que les racines noires. Ses bras étaient si maigres qu'os et veines saillaient sous la peau bronzée. Elle battit des paupières dans la pénombre du store presque entièrement baissé et ses yeux délavés les examinèrent l'un après l'autre.

— Heisenberg est pas là ? demanda Vincent.

— Z'êtes qui, les mecs ?

— Surprise ! lança joyeusement son adjoint en exhibant sa carte et en repoussant la blonde pour entrer.

Les murs étaient presque entièrement recouverts de photos, posters, affichettes, prospectus. Espérandieu reconnut Kurt Cobain, Bob Marley et Jimi Hendrix parmi les photos, les idoles des jeunes gens épris de liberté mais aussi des camés – ce qui représentait un sacré paradoxe. Dès ses premiers pas dans la pièce, il identifia le fantôme d'odeur qui planait :

THC, tétrahydrocannabinol, sous sa forme la plus commune : hasch.

— Heisenberg est pas là ?

— Qu'est-ce que vous lui voulez ?

— Ça ne te regarde pas, dit Espérandieu. T'es sa meuf ?

Elle leur lança un regard haineux.

— Qu'est-ce que ça peut vous foutre ?

— Réponds.

— Foutez le camp.

— On partira pas sans l'avoir vu.

— Z'êtes pas des Stups, constata-t-elle.

— Non, Affaires criminelles.

— Appelez les Stups, z'avez pas le droit de toucher à Heisenberg.

— Qu'est-ce que t'en sais ? C'est ton copain ?

Elle ne répondit pas, ses grands yeux délavés allaient de l'un à l'autre avec une lueur mauvaise.

— Bon, moi, je me casse, dit-elle.

Elle fit un pas vers la porte, Espérandieu tendit le bras et la saisit au niveau du poignet. Aussitôt, comme un chat qui se rebiffe, elle fit volte-face et lui planta ses griffes dans l'avant-bras jusqu'au sang.

— Aïe ! Putain, elle m'a griffé !

Loin de la lâcher, il lui saisit l'autre poignet avec force et essaya de maîtriser ses ruades tandis qu'elle se débattait comme une tigresse.

— Lâche-moi, sale pourriture de flic ! Enlève tes sales pattes de moi, enculé de keuf !

— Calmez-vous ! Arrêtez ça ou on vous coffre !

— J'en ai rien à foutre, salopard ! Z'avez pas le droit de maltraiter une femme comme ça ! Lâchez-moi, merde !

Elle s'agitait, sifflait et crachait comme un animal déchaîné. Au moment où Servaz s'apprêtait à prêter main-forte à son adjoint, elle se donna un violent coup de tête contre la cloison.

— Vous m'avez frappée, gueula-t-elle, le front fendu. Je saigne ! Au secours ! *Au viol !*

Espérandieu tenta de la bâillonner avec la main pour l'empêcher de hurler. Elle allait rameuter tout le bâtiment, même s'il était probablement aux trois quarts vide. Elle le mordit. Il tressaillit comme s'il avait reçu une décharge électrique et il allait la gifler quand Servaz lui bloqua le poignet.

— Non.

De l'autre main, il avait verrouillé la porte. La fille se calma un peu, soupesant la situation, ses yeux caves lançant des éclairs de haine tandis qu'elle se rendait compte qu'elle était piégée. Son front pissait le sang. Elle se frotta les poignets, il y avait encore les traces rouges des doigts d'Espérandieu dessus.

— On veut juste parler à Heisenberg, dit Servaz calmement.

La fille s'assit au bord du lit, elle leva la tête vers eux, en tamponnant son front sanglant avec un pan de son débardeur, dévoilant un soutien-gorge mauve sur de tout petits seins.

— Pour lui dire quoi ?
— On a des questions à lui poser.
— C'est moi, Heisenberg.

Servaz et son adjoint échangèrent un regard. L'espace d'un instant, ils se demandèrent si elle essayait encore de les embrouiller, puis Servaz comprit qu'elle disait la vérité. Les Stups s'étaient bien gardés de leur dire que Heisenberg était une femme... Sans doute s'étaient-ils réjouis par anticipation de la surprise et des difficultés qui attendaient les deux policiers.

— Et vous pouvez me coffrer, je répondrai pas à vos questions. J'ai un deal avec vos collègues, moi. C'est même écrit quelque part.

— Rien à battre de ton deal.

— Ah bon ? Eh ben, je suis désolée, mais c'est pas comme ça que ça marche, les mecs. Je parle qu'aux Stups, moi. Même que le juge est OK. Vous pouvez pas me cuisiner comme ça !

— Eh bien, disons que les règles ont changé. Appelle ton contact si ça te chante. Vas-y. Appelle. Pose-lui la question... On veut des réponses. Tu n'as plus de protection, tu es à poil. Ou tu nous parles ou tu vas en taule.

Elle les sonda de son regard vert pâle en essayant de deviner s'ils bluffaient.

— Appelle ton contact, insista Servaz. Vas-y.

Elle inclina la tête, vaincue.

— Qu'est-ce que vous voulez ?

— Te poser quelques questions.

— Du genre ?

— Du genre : Paul Lacaze est-il un des tes clients ?

— Quoi ?

— Paul La...

— Mon poussin, je sais qui est Paul Lacaze. Vous êtes sérieux ? Vous croyez qu'un type comme lui prendrait le risque de se fournir sa came chez moi ? Merde, vous rigolez ?

— C'est qui, tes clients, des étudiants ?

— Pas que. Des petits bourges de Marsac, des meufs BCBG avec de vraies têtes à claques mais pleines d'oseille, même des ouvriers – de nos jours, la came, c'est comme le golf : ça se démocratise.

— Tu dois avoir de bonnes notes en socio, toi, hein ? ironisa Espérandieu.

Elle ne lui fit même pas l'aumône d'un regard.

— Comment ça se passe ? voulut savoir Servaz. Où tu planques tes doses ?

Elle le lui dit. Heisenberg avait recours à une « nourrice », dans le jargon des flics une personne qui acceptait de garder les stocks, la plupart du temps un ou plusieurs toxicos qui rendaient ce service en échange de quelques doses. La nourrice d'Heisenberg n'était pas toxico : c'était une vieille dame de quatre-vingt-trois ans qui vivait seule dans un pavillon et chez qui elle passait un après-midi par semaine à faire la causette.

— Tes clients, dit Servaz, tu en tiens une liste ?

Elle le considéra avec des yeux ronds.

— Quoi ? Non !

— Est-ce que tu connais le lycée de Marsac ? demanda-t-il.

Elle lui lança un regard soupçonneux.

— Ouais...

— Tu as des clients parmi ses élèves ?

Elle hocha la tête, une lueur de défi dans les prunelles.

— Mmm.

— Quoi ? J'ai pas entendu.

— Pas seulement parmi les élèves.

Servaz sentit un petit frisson familier au bas du dos.

— Un prof ? D'où ?

Elle eut un petit sourire triomphant.

— Ouaip, un prof. De Marsac. Le lycée de l'élite. Ça vous la coupe, hein ?

Servaz sonda ses yeux verts délavés en se demandant si elle bluffait.

— Son nom, dit-il.

— Désolée. Vous aurez que dalle. Je moucharde pas.

— Non, sans blague ? Et les Stups ?

— Pas de cette façon, précisa-t-elle, butée, comme s'ils l'avaient offensée.

— Hugo Bokhanowsky, ça te dit quelque chose ?

Elle fit oui de la tête.

— Et David Jimbot ?

Même chose.

— Le nom de ce prof, insista-t-il.

— Peux pas faire ça, mec.

— Écoute, j'en ai marre... Tu me fais perdre mon temps, là... Les Stups ont un dossier épais comme le Talmud sur toi. Et, cette fois, le juge ne montrera aucune clémence. Il est prêt à te coffrer sur un simple appel de notre part. Tu vas rester à l'ombre pour un bon bout de...

— C'est bon, ça va, putain ! Van Acker.

— Quoi ?

— Francis Van Acker. C'est son nom. Il enseigne je sais plus trop quoi au lycée de Marsac. Un type avec une barbichette qui se prend pour le nombril du monde.

Servaz la regarda. Francis... Bien sûr, comment n'y avait-il pas pensé plus tôt ?

Ils sont quatre dans la voiture. Ils roulent vite. Trop vite. De nuit. Sur la route qui slalome au milieu des bois, vitres baissées. Le vent de la course fait danser leurs cheveux, ceux de Marianne appuyée contre lui à l'arrière se mêlent aux siens et il respire l'odeur de fraise de son shampooing. Sur les ondes, cette année-là, Freddie Mercury se demande qui veut vivre pour toujours et Sting si les Russes aiment aussi leurs enfants. Francis est au volant.

Le quatrième est sans doute « Jimmy », ou peut-être Louis : Servaz ne s'en souvient plus. Francis et lui échangent des propos sans suite à l'avant, rient, chahutent. Ils ont une bière à la main, ils ont l'air joyeux, immortels et quelque peu éméchés. Francis conduit trop vite. Comme toujours, mais la voiture est la sienne. Et soudain, un joint apparaît dans sa main libre, il le tend à Jimmy, lequel glousse stupidement avant de tirer dessus. Servaz sent que Marianne est tendue contre lui. Elle porte ses mitaines strass qu'elle met en toute saison sauf l'été ; ses doigts chauds émergent de la laine et s'entremêlent aux siens, leurs deux mains unies comme les maillons d'une chaîne que personne ne pourrait rompre. Martin goûte ces moments-là, assis dans la pénombre à l'arrière de la voiture, où ils ne sont plus qu'une seule et même personne, elle et lui – même si Francis conduit trop vite et s'il fait frais. Les phares écorchent les troncs des arbres, la route défile à toute vitesse, ça sent l'herbe dans la voiture, malgré l'air de la nuit qui s'engouffre dans l'habitacle. À la radio, Peter Gabriel enchaîne sur Sledgehammer. Et, soudain, il sent le souffle tiède de Marianne contre le pavillon de son oreille et il entend sa voix dans un murmure :

— Si on doit mourir ce soir, je veux que tu saches que je n'ai jamais été aussi heureuse.

Et il pense exactement la même chose, que leurs deux cœurs battent à l'unisson, il a la certitude à cet *instant-là que lui non plus ne pourra jamais être plus heureux qu'en ces jours-là, comblé par l'amour de Marianne, par l'amitié qui règne dans la voiture, par l'insouciance et la grâce de leur jeunesse, lorsqu'il surprend le regard de Francis posé sur eux dans le rétroviseur intérieur. La fumée du joint s'élève devant ses yeux en un mince tortillon. Toute trace de sarcasme ou d'humour en a disparu. Un regard de convoitise, de jalousie et de haine pure. L'instant d'après, Francis lui fait un clin d'œil et un sourire et il croit avoir rêvé.*

Servaz se gara dans le centre-ville. Il avait passé tout l'après-midi à réfléchir. Il ne pouvait s'empêcher de se souvenir de ce que Marianne avait dit au sujet de Francis, la nuit précédente. Qu'il n'avait aucun talent et qu'il avait toujours été jaloux de celui de Servaz. Il revoyait à présent leur professeur de lettres en ce temps-là, un homme très élégant à l'épaisse crinière blanche et à la diction un peu précieuse, qui portait des foulards sous ses cols de chemise rayés et des pochettes à ses costumes. Servaz et lui passaient de longs moments à bavarder après ou entre les cours et, à présent, il se rappelait que cela faisait ricaner Francis, qui ne cessait de dénigrer le vieil homme et qui le soupçonnait de chercher la compagnie de Martin pour des raisons autres que purement intellectuelles.

À aucun moment, Servaz ne s'était dit que les sarcasmes de Van Acker étaient dus à la jalousie : Francis était le centre de l'attention à Marsac, il avait sa petite cour d'admirateurs – et si quelqu'un aurait dû être jaloux de l'autre, c'était Martin.

Les phrases prononcées par Marianne battaient sans

cesse les rivages de son cerveau : « Ton meilleur ami, ton alter ego, ton frère... il n'avait qu'une seule idée en tête : te prendre ce qui t'était le plus cher au monde... » Même s'il avait haï Francis par la suite pour lui avoir pris la femme qu'il aimait, il avait cru, à cette époque, que cette amitié entre eux avait quelque chose de... *sacré*. N'était-ce pas ce que Francis avait ressenti, lui aussi ? Il se souvint de ses paroles, à Marsac, cinq jours plus tôt : « Tu étais mon grand frère, tu étais mon Seymour – et, pour moi, d'une certaine façon, ce grand frère-là s'est suicidé le jour où il est entré dans la police. » Pur mensonge ? Francis Van Acker était-il quelqu'un qui cherchait à se venger de ceux qui étaient plus talentueux, plus doués ou plus beaux que lui ? Son esprit sarcastique cachait-il un profond complexe d'infériorité ? N'avait-il manipulé et séduit Marianne que pour le compenser – et parce qu'elle était une proie facile à ce moment-là ? Une hypothèse se faisait jour dans son esprit. Mais elle était par trop absurde, par trop aberrante pour être prise en considération.

Marianne... Pourquoi ne l'avait-elle toujours pas appelé ? Attendait-elle qu'il le fasse ? Avait-elle peur qu'il interprétât son appel comme une tentative de sa part pour manipuler celui qui pouvait sortir son fils de prison ? Ou bien y avait-il autre chose ? L'inquiétude le rongeait. Il avait envie de la revoir le plus vite possible, il ressentait déjà ce manque dont il avait eu tellement de mal à se défaire. Dix fois depuis hier il avait été sur le point de composer son numéro. Dix fois il y avait renoncé. Pourquoi ? Et Elvis... Que venait-il faire dans le tableau ? Il venait d'échapper à ce qui ressemblait fort à une tentative de meurtre, il était entre la vie et la mort et il avait rassemblé ses dernières forces pour dire à Servaz de fouiller dans son passé. Enfin, il y avait Lacaze. Lacaze qui refusait de dire où il était vendredi soir. Lacaze qui avait un mobile et pas d'alibi... Lacaze dont l'audition en tant que témoin assisté se poursuivait dans le bureau du juge : elle avait débuté quatre heures plus tôt, mais le député s'obstinait dans son mutisme suicidaire... Elvis, Lacaze, Francis, Hirtmann : les acteurs de ce drame dansaient une ronde autour de lui comme dans une partie de colin-maillard. Il était le joueur central, celui qui avait les yeux bandés, les mains tendues, et il devait trouver l'assassin à tâtons.

Servaz descendit de la Jeep, la verrouilla et se mit en marche. La petite rue à l'écart du centre était bordée de grandes maisons bourgeoises entourées de jardins arborés. Un grand nombre de voitures étaient garées le long des trottoirs. Il repéra un emplacement, mais il y avait un lampadaire à proximité. Le soir commençait à tomber et il n'était pas encore allumé.

Il passa sans s'arrêter, retourna au centre-ville et repéra un magasin d'articles de pêche et de bricolage sur le point de fermer. Le vieil homme lui jeta un regard perplexe quand il lui expliqua qu'il cherchait une canne à pêche avec ou sans moulinet, mais suffisamment rigide et suffisamment longue. Finalement, il ressortit avec une canne télescopique en fibre de verre et carbone dont les six éléments déployés pouvaient atteindre quatre mètres.

Servaz revint dans la petite rue tranquille, sa canne sur l'épaule. Il longea le trottoir en jetant de discrets regards à droite et à gauche, s'arrêta sous le lampadaire et donna deux coups puissants et rapides avec le bout de la canne. Au deuxième, l'ampoule explosa. Cela ne lui avait pas pris plus de trois secondes. Il repartit aussitôt, tout aussi nonchalamment.

Il gara sa Jeep sur l'emplacement cinq minutes plus tard, en priant pour que personne n'eût repéré son petit manège. Quelques fenêtres avaient commencé à s'allumer aux façades obscures et la pénombre descendait lentement sur la rue.

Francis Van Acker habitait une grande maison en forme de T, datant du début du siècle dernier, un numéro plus loin. Servaz en distinguait la haute silhouette à travers les branches d'un pin et la chevelure d'un saule. Perchée sur une petite butte, émergeant de massifs et de haies noirs à cette heure, elle semblait écraser ses voisines de sa masse. De la lumière éclairait le triple bow-window du premier étage, sur le côté droit de la maison, juste au-dessus du jardin d'hiver de style haussmannien, avec ses colonnes, ses éléments cintrés et ses dentelures en fer forgé, que Servaz devinait dans l'obscurité naissante.

Il se fit la réflexion que la villa correspondait à son propriétaire : la même morgue, le même orgueil. Elle les projetait, ainsi que son ombre peu rassurante, autour d'elle. À part la lumière à droite, le reste de la bâtisse était plongé dans le noir. Servaz sortit son paquet de cigarettes. Il se demanda ce qu'il attendait de cette surveillance. Il n'allait quand même pas revenir ici tous les soirs. Il pensa à Vincent et à Samira, et un frisson courut le long de sa colonne vertébrale. Il avait confiance dans ses deux adjoints : Vincent prendrait sa mission d'autant plus à cœur qu'il connaissait bien Margot. Et Samira, en dépit de ses tenues excentriques, était un de ses meilleurs éléments... Sauf qu'en face l'adversaire n'avait rien à voir avec ceux qui hantaient d'ordinaire l'hôtel de police et les salles d'audience du palais de justice.

Il passa les deux heures suivantes à observer la maison et les rares allées et venues dans la rue : des voisins qui rentraient tard de leur travail pour la plupart, ou qui sortaient leurs poubelles ou leur chien. Petit à petit, la lueur des téléviseurs se mit à palpiter dans les salons, et des fenêtres s'allumèrent aux étages. Il se demanda où il avait lu cette phrase : « Partout où luit la télévision veille quelqu'un qui ne lit pas. » Il aurait bien aimé être chez lui, à écouter Mahler en sourdine, un livre ouvert sur les genoux.

Ce soir-là, Ziegler rentra tard. Au dernier moment, elle avait dû régler une histoire de bagarre d'ivrognes dans un bar d'Auch : deux types qui n'avaient même pas la force de se battre tellement ils étaient bourrés, mais assez de force pour sortir une lame et qui s'étaient lamentablement apitoyés sur leur sort à l'arrivée des forces de l'ordre d'une manière si larmoyante et écœurante qu'elle aurait aimé qu'il existât un délit nommé « connerie au dernier degré » pour pouvoir les coffrer. Elle se débarrassa de son uniforme imbibé de sueur et passa sous la douche. Quand elle en ressortit, elle avait trois textos de Zuzka sur son portable. Ziegler grimaça. Elle ne se sentait pas le courage d'appeler son amie après cette journée éreintante et triste à pleurer. Elle n'avait rien à partager... Et puis, une autre tâche l'attendait.

Merci, Martin. Grâce à toi, je sens que je ne vais pas tarder à avoir des emmerdes dans mon couple. Consultante, tu parles !

Elle ouvrit les fenêtres pour laisser entrer l'air du soir à peine plus frais que celui étouffant de son salon. Le calme régnait dans la gendarmerie. Elle mit la télé en sourdine, glissa une pizza boulettes au bœuf, lardons, oignons, sauce barbecue et mozzarella dans le micro-ondes et traversa le salon en pyjama jusqu'à son Mac.

Tout en soufflant pour refroidir le fromage trop chaud de la pizza et en sirotant un grand gin tonic plein de glaçons, elle pianota sur son clavier.

Une photo des lettres « J H », que Martin avait trouvées gravées sur le tronc, apparut sur l'écran. Espérandieu la lui avait fait parvenir. Elle ouvrit une deuxième fenêtre, tapa Marsac dans Google Maps, passa à l'image satellite et zooma progressivement sur la rive nord du lac jusqu'à atteindre le grossissement maximal, mais c'était flou, et elle rétrograda jusqu'à ce que trois centimètres égalent cinquante mètres. Elle déplaça lentement le curseur le long de la rive. Vues du ciel, certaines des demeures qu'elle avait devant les yeux étaient de véritables petits châteaux : courts de tennis, piscines, pool-houses, dépendances, parcs arborés, pontons sur le lac pour dériveurs légers ou canots à moteurs, voire une serre ou une aire de jeux pour les enfants. Une dizaine, pas plus : la partie urbanisée du lac n'excédait pas deux kilomètres de long. Celle de Marianne Bokhanowsky était la dernière avant les bois touffus qui colonisaient les rives occidentale et méridionale du lac et qui formaient ensuite une forêt s'étendant sur des kilomètres.

Elle déplaça le curseur jusqu'au moment où elle tomba sur une route qui traversait la forêt. À deux cents mètres environ de la limite ouest du jardin de

Marianne. Elle décrivait un J dont l'extrémité supérieure était dirigée vers le nord et la boucle descendante vers l'ouest. Une aire de stationnement, avec ce qui ressemblait à deux tables de pique-nique, se trouvait au milieu de la boucle. Il y avait fort à parier que Hirtmann était parti de là. La définition de l'image et la densité des feuillages ne lui permettaient pas de voir s'il y avait un sentier. Elle décida d'aller y faire un tour le lendemain, si les raseurs de service se tenaient tranquilles malgré la chaleur. La police scientifique avait exploré les alentours de la source : à en croire Espérandieu, ils n'avaient rien trouvé – mais avaient-ils poussé leurs explorations plus loin ? Elle en doutait. Elle sentait l'excitation croître : *la piste était à nouveau fraîche.* Elle n'avait plus besoin de compulser des informations et des dossiers sur lesquels d'autres s'étaient usé les yeux avant elle et qui avaient dormi dans des ordinateurs ou pris la poussière au fond de tiroirs pendant des mois : Martin s'était engagé à lui faire parvenir les informations au fur et à mesure qu'elles lui arriveraient. Avec cette enquête à Marsac, il n'avait pas le temps de s'en occuper lui-même. Et il avait collé ses deux adjoints à la surveillance de Margot.

C'est ta chance, ma belle. À toi de ne pas la laisser passer. Tu n'as pas beaucoup de temps.

La cellule de Paris n'avait envoyé personne sur place pour l'instant. Un e-mail et deux lettres gravées au couteau dans un tronc : un peu léger pour débloquer une ligne budgétaire. Mais, tôt ou tard, la surveillance de Margot cesserait, Martin bouclerait son enquête et la police reprendrait la main. Si elle parvenait à une percée décisive d'ici là, elle savait déjà que Martin n'était pas du genre à s'approprier les résultats des autres. Sa hiérarchie grincerait des dents de n'avoir pas été tenue informée, mais personne ne pourrait lui enlever qu'elle avait fait avancer un dossier dans lequel des dizaines d'enquêteurs s'échinaient depuis des mois.

Qu'est-ce qui te permet de penser que tu vas y arriver ? Elle passa les deux heures suivantes à préparer son attaque du système informatique de la maison d'arrêt où était incarcérée Lisa Ferney. La première manœuvre consistait à récupérer sur un forum de hackers un « botnet », un programme-robot. Ziegler connaissait plusieurs forums de pirates informatiques, elle les fréquentait peu, mais depuis suffisamment longtemps. Chez les pirates, l'ancienneté tient lieu de carte de visite ; comme dans les gangs, comme dans n'importe quelle organisation criminelle, les petits nouveaux, les « newbies », doivent d'abord faire leurs preuves. Bien entendu, elle veillait à se connecter de manière anonyme. La solution consistait à utiliser un site web conçu à cet effet, en d'autres termes un serveur *proxy* qui se connectait à sa place, dissimulait les traces qu'elle laissait sur Internet et modifiait son adresse IP et sa localisation. Elle en choisit un qu'elle savait particulièrement fiable parmi une longue liste d'*anonymiseurs* payants ou gratuits. Il s'appelait *Astrangeriswatching.com*. Elle se connecta et vit s'afficher le message suivant :

Welcome to Astrangeriswatching – Free Anonymous Proxy Service. Your privacy is our mission !

C'était loin d'être gratuit, et cela lui prit un certain temps, mais au final, elle se retrouva avec une variante écrite sur mesure du fameux programme Zeus, le roi des Chevaux de Troie (*On ne sort pas de l'Antiquité*, s'amusa-t-elle intérieurement.) Codé en C++, compatible avec toutes les versions de Windows, Zeus avait déjà infecté et investi des millions d'ordinateurs à travers le monde, dont ceux de la Bank of America et de la Nasa. La seconde manœuvre consista à trouver une faille dans le système informatique de la prison. Pour cela, elle disposait de l'adresse mail du directeur lui-même. Elle la lui avait demandée avant de repartir. Elle l'avait à présent sous les yeux. Elle incorpora le botnet dans un document PDF, invisible pour les pare-feu et les antivirus du ministère de la Justice, puis elle passa à la phase 3 : le « social engineering », lequel consiste – là encore comme dans la célèbre scène antique – à convaincre sa victime d'activer elle-même le piège qui lui est tendu. Elle envoya le fichier au directeur via un mail expliquant qu'elle avait mis en pièce jointe un certain nombre d'informations concernant sa pensionnaire dont il devait prendre connaissance de toute urgence. La seule faille de sa méthode était l'obligation d'envoyer le cheval de Troie en utilisant sa propre adresse mail. Un risque calculé. Si quelqu'un se rendait compte de l'attaque, elle prétendrait avoir été elle-même infectée. Lorsque le directeur cliquerait sur le document, Zeus irait se fondre dans les fichiers système de son disque dur sans qu'il se rende compte de rien. Il ouvrirait le fichier, verrait apparaître un message d'erreur, supprimerait peut-être le mail ou l'appellerait pour avoir des explications. Trop tard. Le programme aurait fait son nid.

Une fois installée, sa version perso de Zeus dresserait une carte du système informatique de la prison, qu'elle recevrait dès que le directeur se connecterait sur Internet. Alertée en temps réel, elle lirait la carte et pourrait alors cibler les fichiers l'intéressant. Elle déposerait son ordre sur le serveur, Zeus en prendrait connaissance et, à la prochaine connexion, il lui enverrait les fichiers demandés. Et ainsi de suite jusqu'à ce qu'elle estime disposer de toutes les informations dont elle avait besoin. Elle enverrait alors à Zeus un ordre d'autodestruction, et le programme disparaîtrait. Plus aucun moyen de savoir qu'une attaque avait eu lieu. Plus aucun moyen de remonter jusqu'à elle.

Cette tâche terminée, elle passa à une autre. Elle eut un bref sentiment de culpabilité avant de s'introduire dans l'ordinateur de Martin. Mais elle se consola en se disant qu'elle agissait dans leur intérêt à tous, et qu'en puisant directement à la source des informations sans attendre qu'on les lui transmette, elle leur faisait gagner du temps. Après tout, c'était son ordinateur professionnel. Elle supposa que, s'il avait des choses à cacher, il les réserverait à son ordinateur domestique. Elle passa en revue sa messagerie puis s'attaqua au disque dur. Tout en faisant glisser les dernières gouttes de gin et de tonic dans sa gorge, elle examina rapidement un certain nombre de dossiers de fichiers contenus dans C :\Windows et fronça les sourcils. *Ce programme : il n'était pas là la dernière fois...* Elle avait une mémoire remarquable pour ce genre de chose. Ce n'était peut-être rien. Elle continua son exploration et tiqua de nouveau. Son cerveau se mit à clignoter : *nouveau fichier suspect*. Elle lança un scan du disque dur et alla se servir un nouveau gin tonic. Quand elle revint devant l'ordinateur, le résultat la rendit perplexe. La sécurité du ministère de l'Intérieur n'aurait pas laissé passer un logiciel analysé comme malveillant, et Martin n'était sûrement pas du genre à négliger les consignes de sécurité. S'il avait reçu un mail suspect ou provenant d'une personne qu'il ne connaissait pas, il ne l'aurait certainement pas ouvert, mais jeté dans la corbeille, ou bien il aurait demandé aux services informatiques d'y jeter un œil. Il ne restait donc que l'éventualité d'un logiciel malveillant introduit directement par une personne s'étant trouvée physiquement sur les lieux.

Quelqu'un avait téléchargé le logiciel malveillant directement sur l'appareil...

Indécise, elle s'interrogeait sur la conduite à tenir. Elle devait prévenir Martin. Mais comment faire sans lui révéler la façon dont elle avait obtenu l'information ? Comment réagirait-il quand il l'apprendrait ? Elle fourrageait dans ses cheveux, pensive, le coude près du clavier, les yeux fixés sur l'écran. D'abord, en savoir davantage sur ceux qui avaient téléchargé le logiciel. Elle attrapa un bloc-notes et un stylo, et commença à faire la liste des possibilités, mais il lui apparut très vite qu'elles étaient peu nombreuses :

collègue
gardé à vue
visiteur externe

Dans les deux derniers cas, il était peu probable que Martin les eût laissés sans surveillance suffisamment longtemps pour leur permettre de passer à l'action. Elle ajouta une dernière ligne :

femme de ménage...

32

Dans les ténèbres

Vers 23 heures, un vieil homme sortit son chien et lui lança un regard suspicieux, en même temps qu'au réverbère en panne à deux mètres de la voiture. Servaz espéra qu'il n'allait pas prévenir les gendarmes. Il passa deux coups de fil à Vincent et à Samira à trente minutes d'intervalle sans cesser de surveiller la maison. La fenêtre était toujours allumée au premier étage.

Peu avant minuit, son attention s'accrut quand une silhouette passa derrière la fenêtre. Puis la lumière s'éteignit et une autre s'alluma derrière un petit vitrail, près de l'intersection entre les deux ailes, qui devait correspondre à la cage d'escalier. Une troisième fenêtre s'éclaira peu après au rez-de-chaussée, au-delà de la masse sombre du jardin d'hiver. Servaz se tordit le cou pour surveiller l'entrée, gêné par le tronc épais du grand pin et par l'écran des massifs entourant la bâtisse. Il vit quand même le vestibule s'éclairer quelques secondes plus tard, puis la porte d'entrée s'ouvrir et la tête et les épaules de Francis apparaître par-dessus les haies. La dernière lumière fut éteinte à l'intérieur de la maison. Van Acker sortait.

Servaz se laissa discrètement glisser le long de son siège en le voyant descendre la pente du jardin, ouvrir le portail et émerger sur le trottoir à moins de vingt mètres de son pare-chocs. Il vit son ancien ami se diriger vers sa voiture, un cabriolet Alfa Romeo Spider rouge garé un peu plus loin. La main sur la clé, il attendit que Francis eût démarré et atteint le bout de la rue pour mettre le contact et déboîter du trottoir. Il se dit que s'il était sur la défensive, ça allait être compliqué de le suivre dans la nuit sans se faire repérer. Mais il n'avait pas paru s'intéresser à ce qui se passait dans la rue après avoir refermé son portail : il s'était dirigé vers sa voiture sans jeter le moindre regard alentour.

Servaz atteignit à son tour l'extrémité de la rue. À temps pour apercevoir les feux arrière et le clignotant de la voiture sur sa droite en train de tourner à gauche à cent mètres de là. Il accéléra pour regagner du terrain dans les petites rues de Marsac et vira au même endroit. Devant lui, le cabriolet prit la rue du 4-Septembre jusqu'à la place Gambetta, qu'il traversa en direction du sud-est. En passant devant l'église, Servaz vit un étudiant en train de vomir dans l'ombre du presbytère, deux comparses l'attendaient en rigolant à la porte éclairée d'un pub, un verre à la main. Le Spider fila ensuite le long des rideaux de fer baissés des petites rues commerçantes, cahotant sur les pavés, contourna une fontaine et accéléra sur la D 939. Il quittait la ville. Servaz l'imita. La pleine lune brillait sur les collines boisées et noires. Après une longue ligne droite, la route s'éleva et se mit à slalomer dans les bois. Servaz avait pris ses distances, et il perdait régulièrement les deux feux arrière de vue avant de les retrouver à la sortie des virages. Son GPS lui indiquait qu'il n'y aurait pas d'intersection avant quatre kilomètres, aussi était-il inutile de rester au contact, mais, devant lui, Van Acker conduisait vite et il devait veiller à ne pas trop se laisser distancer.

Il était évident que Francis Van Acker aimait tester les performances de son bolide et qu'il roulait largement au-dessus de la vitesse autorisée. Francis avait toujours fait fi des règles – hormis celles qu'il instituait lui-même.

La route montait et descendait dans les collines, serpentant comme une couleuvre. Leur vitesse était telle que les roues de la Jeep soulevaient des feuilles mortes et du gravier à chaque virage. Il avait l'impression qu'on devait les entendre à des kilomètres. Les bois s'étaient épaissis, ses phares les illuminaient. Servaz voyait par instants la pleine lune au milieu du ciel, dans les trouées des feuillages, mais la plupart du temps, la voûte de verdure la masquait. Elle avait vaguement la forme d'un visage souriant qui suivait leur progression dans les collines avec intérêt. À deux ou trois reprises, il crut apercevoir des phares dans son rétroviseur – mais il était concentré sur ce qui se passait devant, pas derrière lui.

Alors qu'il atteignait le fond d'une vallée, Servaz vit le Spider tourner à gauche à deux cents mètres et s'engager sur une route encore plus étroite. Il l'imita et la petite route se mit aussitôt à grimper en décrivant des lacets. Ils traversèrent un hameau fait de trois ou quatre fermes accroché au faîte de la colline comme une rangée de dents cariées sur une mâchoire de travers. Il se força à ralentir pour ne pas se faire repérer. Au-delà, il devina, de part et d'autre de la route qui épousait la ligne de crête, des champs clôturés à la pente escarpée. Parvenu à un petit carrefour, il hésita sur la direction à prendre, jusqu'au moment où il aperçut les feux arrière loin sur sa gauche, entre les arbres. De nouveau, la route se mit à grimper. Puis elle atteignit un plateau et elle longea une grande futaie aérée, de hauts troncs droits régulièrement espacés comme les piliers d'une cathédrale ou d'une mosquée surdimensionnée. Il y en avait des centaines. La route était bordée de grandes coupes de bois qui formaient de hautes murailles de cylindres horizontaux.

Servaz sentait l'inquiétude le gagner. Où Van Acker allait-il comme ça ? Il avait choisi un itinéraire qui évitait les axes principaux de la région : une série de petites routes très secondaires et très peu fréquentées – surtout à une heure pareille. Servaz essayait de réfléchir, mais il était trop concentré sur sa conduite et sur la voiture devant lui.

Au carrefour suivant, au beau milieu d'un vaste plateau inhabité, couvert de lande et de boqueteaux et éclairé presque a giorno par le clair de lune, il découvrit un écriteau : « GORGES DE LA SOULE ». Il chercha le Spider des yeux mais ne le vit pas. Merde ! Servaz coupa le moteur et descendit. Le silence lui parut d'une qualité spéciale. Il n'y avait pas un souffle de vent et la nuit était étonnamment chaude. Il prêta l'oreille. Un bruit de moteur... Sur sa gauche... Il écouta, et de nouveau il perçut les changements de régime et le lointain crissement des pneus dans un virage. Il se remit au volant, fit décrire à la Jeep une large courbe et prit en direction des gorges.

Il les atteignit cinq minutes plus tard. Ralentit et gara le Cherokee au bord de la route. En plein jour, les gorges étaient un trou de verdure où la végétation bouillonnait, la forêt s'écartant seulement pour laisser passer quelques rayons de soleil et apparaître de hautes falaises de craie. Une rivière les longeait. Elle était large et peu rapide. Il y avait aussi plusieurs grottes sans profondeur au bord de la route, que les gens venaient visiter le dimanche quand ils n'avaient rien d'autre à faire. À cette heure avancée de la nuit, elles n'avaient plus du tout le même aspect. Servaz y était venu plus d'une fois dans sa jeunesse avec Francis, Marianne et les autres.

Quelque chose comme un pressentiment lui disait que c'était peut-être là la destination de Van Acker. Il y avait toujours eu une part romantiquement sombre dans l'esprit de Francis et ce décor lui correspondait bien. Un peu comme les peintures de Caspar David Friedrich. Si Francis était garé quelque part dans les gorges et que Servaz s'y engageait, son ami ne manquerait pas de le repérer. Personne n'empruntait cette route très secondaire à cette heure de la nuit. Francis le regarderait passer et il comprendrait que Martin le suivait et le soupçonnait. Et si Van Acker avait continué sa route, il l'avait de toute façon perdu – mais il aurait parié que non.

Il y avait un chemin à deux mètres de son pare-chocs arrière. Il s'y engagea très lentement, à reculons, jusqu'à ce que le véhicule soit invisible de la route, au cas où Francis repasserait par là. Il éteignit les phares, coupa le moteur et descendit. Aucun bruit. À part le murmure de la rivière qui coulait de l'autre côté de la route, tout était silencieux. Il referma doucement la portière. Écouta. Un oiseau nocturne cria quelque part. Rien d'autre. Il tenta d'analyser la situation. Il n'avait pas trop le choix, sa seule option était d'entrer dans la gorge. Il se dit que Van Acker était peut-être déjà loin et qu'il était absolument seul au milieu de nulle part, en train de se livrer à un manège ridicule. Il sortit son portable de sa poche et l'éteignit. Puis il se mit en marche le long de la route plongée dans l'obscurité, sous le ciel étoilé.

En marchant sur l'asphalte, il se demanda ce qu'il savait de Van Acker aujourd'hui. Qu'avait-il fait durant toutes ces années ? Leurs vies avaient pris des directions si différentes... Il songea que Francis avait toujours été un mystère, il avait toujours été opaque. Peut-on avoir pour meilleur ami la personne que l'on connaît le moins ? Deux êtres si proches et pourtant tellement différents. Nous changeons. Tous. Irrémédiablement. Une part de nous-mêmes reste identique : le noyau, le cœur pur venu de l'enfance, mais tout autour s'accumulent tant de sédiments. Jusqu'à défigurer l'enfant que nous étions, jusqu'à faire de l'adulte un être si différent et si monstrueux que, si l'on pouvait se dédoubler, l'enfant ne reconnaîtrait pas l'adulte qu'il est devenu – et serait sans doute terrifié à l'idée de devenir cette personne-là.

Il s'enfonçait toujours plus avant dans la gorge. À présent, le son de la rivière proche couvrait tout autre bruit. La route décrivait de longs virages qu'il suivait en marchant de plus en plus vite. Il essayait de percer du regard les taillis qui la bordaient, mais en vain. L'obscurité était presque complète ici, au fond de la gorge. Toujours aucun bruit... Où était-il passé ? Il avait franchi quelques mètres supplémentaires lorsqu'il l'aperçut enfin. Entre les arbres et les taillis. Garé au-delà du virage suivant. Un bout de carrosserie et un phare : le Spider rouge... Il s'immobilisa, se pencha légèrement. Deux autres phares apparurent entre les arbres : il y avait deux voitures garées là-bas. Et deux silhouettes dans l'Alfa Romeo. Il hésita sur la conduite à tenir. Était-il possible de s'approcher davantage sans se faire repérer ? Ou valait-il mieux attendre que la deuxième personne sorte pour rejoindre son véhicule ? Il se dit qu'il avait un avantage sur eux. De l'intérieur de la voiture, rien d'autre ne devait être visible que ce qui se trouvait dans le faisceau des phares, c'est-à-dire la falaise aveuglée par la lumière violente juste dans l'axe de la voiture, là où l'une des grottes peu profondes s'ouvrait, entièrement illuminée.

S'il se faufilait à travers les bois, il demeurerait invisible. La question était plutôt le bruit qu'il risquait de faire au cours de son approche. Mais les deux personnes étaient en pleine conversation et le bruit de la rivière le dissimulerait. Il commença à se faufiler parmi les arbres et les fourrés, mais sa progression se révéla très vite bien moins aisée qu'il ne l'avait escompté. Les taillis étaient si denses et si sombres qu'il était impossible de distinguer les nombreux obstacles qui se présentaient et il était sans arrêt confronté à des halliers encore plus impénétrables qui l'obligeaient à faire de longs détours. À plusieurs reprises, il manqua se tordre la cheville dans le noir à cause d'un accident du terrain ou d'une branche couchée en travers de son chemin. Des branchages bas lui griffaient les joues et le front, et sa chemise s'accrocha plusieurs fois à des ronces. Il s'arrêtait régulièrement. Observait les deux silhouettes dans la voiture, puis repartait. Au bout d'un temps qui lui parut très long, il se retrouva devant un obstacle infranchissable. Un ruisseau qui coulait, invisible dans l'obscurité et qui devait se jeter plus bas dans la rivière. Servaz devina sa présence à une brusque déclivité sous ses semelles, à l'absence de végétation et au bruit de l'eau. Il retira sa chaussure et sa chaussette, retroussa son pantalon et tenta une reconnaissance, mais sa jambe s'enfonça dans l'eau froide jusqu'au genou sans que son pied eût touché le fond. De l'autre côté, les deux silhouettes n'étaient plus qu'à quelques mètres, mais elles lui tournaient le dos. Il se déplaça latéralement le long du ruisseau et le passager lui apparut plus distinctement. Ou plutôt la passagère... Une femme... Cheveux longs... De quelle couleur, il n'en avait aucune idée. Pas plus qu'il ne pouvait deviner son âge de là où il se trouvait.

Tout à coup, il pensa à une autre solution.

La route traversait les gorges de part en part. Il y avait deux issues. Soit la femme était venue par l'autre côté, soit elle était là bien avant eux. Servaz aurait parié pour la première hypothèse. Ils ne voulaient pas être vus ensemble. C'était un risque à courir... Il rebroussa chemin, sans se soucier cette fois du bruit qu'il produisait. Le temps pressait. Dès qu'il eut rejoint la route, il se mit à courir vers sa voiture sur le gravier et l'asphalte. Il se rendit compte qu'il avait parcouru une distance bien moins longue qu'il ne l'avait cru à l'aller, mais il n'en était pas moins essoufflé quand il se mit au volant. Il mit le contact et roula hors du chemin au ralenti, s'éloigna à 30 kilomètres-heure sur la route, puis écrasa brutalement l'accélérateur dès qu'il eut la certitude que les occupants du Spider ne pouvaient plus l'entendre. Revenu au carrefour précédent, il vit une voiture garée sous les arbres, phares éteints, mais bien visible. Impossible de ne pas la repérer. Il la reconnut aussitôt. S'arrêta à sa hauteur et baissa la vitre.

— Qu'est-ce que vous foutez, nom de Dieu ?

Il vit Pujol et son acolyte se redresser.

— À ton avis ? s'énerva le premier. Tu as oublié ?

La filature ! Il avait demandé à Pujol de le suivre de loin au cas où Hirtmann se montrerait. Cela lui était complètement sorti de la tête !

— On avait dit « à distance » !

— C'est ce qu'on fait. Mais tu n'arrêtes pas d'aller et venir dans tous les sens !

— Pas mal le coup de la canne à pêche, ironisa l'équipier de Pujol dans l'ombre.

Servaz songea à Francis dans la gorge, qui pouvait passer devant eux d'un moment à l'autre.

— Rentrez à Toulouse ! Fichez-moi le camp d'ici ! Je ne vous veux pas dans mes pattes cette nuit !

Il lut la colère dans les yeux de Pujol, mais il n'avait pas le temps pour de plus amples explications. Il attendit que leur voiture eut disparu et repartit, tourna à gauche à l'embranchement suivant puis encore à gauche. Il parcourut environ deux kilomètres avant de trouver un nouvel écriteau « Gorges de la Soule » près d'une bâtisse en ruine : un corps de ferme abandonné avec une grange. Il gara sa Jeep en marche arrière tout contre le mur, à l'opposé des gorges, coupa son moteur, ses phares, et attendit.

Au bout d'un temps qui lui parut interminable et alors qu'il commençait à se demander si elle n'était pas repartie par l'autre chemin, la voiture inconnue passa devant lui. Il attendit qu'elle fût hors de vue et démarra. Pendant quelques kilomètres, il roula à vitesse réduite, puis il accéléra quand son GPS lui indiqua que la prochaine intersection se rapprochait.

Il la vit tourner à gauche et, de nouveau, il leva le pied, la laissant mettre de la distance entre eux. Il renouvela son manège à l'approche du carrefour suivant, juste à temps pour la voir continuer tout droit. *La route de Marsac...* Celle qui passait devant le lycée avant d'entrer en ville. Il devait se rapprocher s'il ne voulait pas la perdre dans les petites rues. Il était à deux cents mètres derrière elle et grignotait petit à petit son retard sur la longue ligne droite, quand il vit les feux stop s'allumer et la conductrice freiner avant de virer dans l'allée bordée de chênes qui conduisait au lycée. Il réfléchit à toute vitesse tout en ralentissant pour éviter d'arriver trop vite à sa hauteur. S'il s'engageait à son tour sur la longue allée conduisant au parking, il se ferait inévitablement repérer ! Et, à cette distance, il était impossible d'identifier l'occupante.

Une pensée lui vint. Vincent ! Il était garé quelque part en train de surveiller l'avant du lycée. Servaz finit sa trajectoire dans l'herbe de l'accotement, face au bâtiment principal éteint là-bas, tout au bout de la grande prairie, le pouce déjà sur la touche d'appel.

— Martin ? Qu'est-ce qu'il y a ?

— Une voiture s'approche du parking ! gueula-t-il. Tu la vois ? Son occupante, il faut que je sache qui c'est !

Un silence.

— Attends... Oui, je la vois... Une minute... elle descend... Une étudiante... blonde... Vu son âge, sûrement une prépa...

— Va la trouver ! Il me faut son identité ! cria-t-il. Invente n'importe quoi. Dis-lui que la police surveille le lycée depuis le meurtre de sa prof. Demande-lui si elle a remarqué quelque chose. Dis-lui qu'elle ne devrait pas se balader toute seule avec ce qui se passe. Brode... Et demande-lui son identité.

Il vit Espérandieu descendre de voiture sans refermer la portière, à plusieurs centaines de mètres de là, et marcher rapidement en direction de l'autre silhouette, laquelle ne l'avait pas repéré et se dirigeait à présent vers le perron.

Il jeta un coup d'œil en direction du tableau de bord.
Les jumelles...

Il se pencha et ouvrit la boîte à gants. Elles étaient bien à l'intérieur, avec sa lampe torche, son bloc-notes et son arme.

Il s'en saisit. Espérandieu coupait par l'herbe à grands pas pour rattraper la jeune femme. Elle n'avait toujours pas remarqué sa présence. Servaz braqua les jumelles dans leur direction. Il colla ses yeux au binoculaire.

— Laisse-la filer, dit-il brusquement dans l'appareil.
— Quoi ?
— Ne te montre pas. C'est inutile. Je sais qui c'est...

Il vit Espérandieu s'immobiliser et regarder dans toutes les directions avant de le repérer enfin. Il coupa la communication, abaissa les jumelles, s'interrogeant fiévreusement sur la signification de ce qu'il venait de voir.

Sarah...

Margot vérifia que sa porte était bien fermée et revint vers son lit aux draps moites. Elle considéra le deuxième lit vide et sa poitrine se contracta. Sa co-turne avait demandé à être changée de chambre depuis que la nouvelle s'était répandue dans le lycée que Margot faisait l'objet d'une menace.

Elle se rendit compte à quel point Lucie lui manquait, malgré le peu d'affinités qu'elles avaient et la façon maladroite dont elles communiquaient. Lucie avait emporté toutes ses affaires, vidé le mur de photos sur lesquelles apparaissaient ses cinq frères et sœurs et ce côté-ci de la chambrée avait un air triste et abandonné.

En tailleur sur le lit, elle contempla le sujet que leur avait donné Van Acker, mais sa tête était vide. Le devoir s'intitulait : *Trouver sept bonnes raisons de ne jamais écrire un roman et une seule (valable) d'en écrire un*. Margot supposait que Van Acker voulait ainsi ouvrir les yeux de tous les écrivains en herbe de la classe sur les difficultés qui les attendaient. Parmi les raisons de ne jamais écrire un roman, Margot avait déjà trouvé les suivantes :

1) il y en a déjà trop, chaque année un tas de nouveaux romans sont publiés et ne parlons pas des milliers écrits qui ne le seront jamais ;

2) écrire un roman demande une somme de travail considérable pour très peu de reconnaissance, quand tout ce travail n'est pas balayé d'une simple phrase assassine ;

3) écrire n'enrichit personne, au mieux son auteur peut gagner de quoi se payer un restaurant ou ses vacances, les auteurs vivant de leur plume sont une espèce en voie de disparition, comme le léopard des neiges ou l'hippopotame nain.

Elle oublia les deux dernières mentions ; elle voyait

d'ici un Francis Van Acker terriblement sarcastique lui disant : « Est-ce à dire que la moitié des génies de notre littérature auraient dû s'abstenir d'écrire, d'après vous, mademoiselle Servaz ? » Deuxièmement... deuxièmement, elle séchait... Son esprit ne cessait de penser à ce qui se passait dehors. Est-ce qu'*il* était là, quelque part dans les bois, à la guetter ? Est-ce que Julian Hirtmann traînait vraiment dans les parages ou bien est-ce qu'ils psychotaient tous comme des malades ? Elle repensa aussi au mot qu'Elias avait laissé dans son casier ce matin. « Je crois que j'ai trouvé le Cercle. » Qu'avait-il voulu dire, bordel ? Elle avait essayé de parler avec lui mais Elias l'avait arrêtée d'un geste en disant « plus tard ». *Putain, Elias, tu fais chier !*

Son regard tomba sur le petit appareil noir et compact posé sur le lit. Un talkie-walkie... C'était Samira qui le lui avait donné en lui montrant comment s'en servir et en lui disant : « N'hésite surtout pas, tu peux m'appeler à n'importe quel moment. »

Elle aimait bien Samira, avec sa tronche invraisemblable et ses fringues. Margot regarda une nouvelle fois l'appareil. Finalement, elle l'attrapa, l'approcha de sa bouche et pressa le bouton sur le côté avec le pouce.

— Samira ?

Elle relâcha le bouton, comme on lui avait dit de le faire pour que la fliquette puisse répondre.

— Ouais, poulette. Je suis là... Qu'est-ce qui s'passe, ma belle ?

— Euh... je... c'est-à-dire que...

— On se sent seule dans sa chambre depuis que sa copine est partie, c'est ça ?

En plein dans le mille...

— Pas vraiment cool de sa part, ça... (Un grésillement.) Ça commence à gratter sévère ici. C'est plein de saloperies de bestioles. Et puis, il fait un peu soif. J'ai deux bières fraîches dans une glacière. Ça te dirait ? On n'est pas obligées d'en parler au proviseur ni à ton père et, après tout, il m'a demandé de te surveiller de près...

Un sourire illumina le visage de Margot.

Il se sentait trop fatigué pour rentrer à Toulouse. Il se demanda s'il trouverait une chambre d'hôtel à cette heure-ci, puis il pensa à une autre solution. Il se dit que ce n'était pas une bonne idée, qu'elle l'aurait appelé si elle avait eu envie de le voir – puis il songea qu'elle faisait peut-être comme lui : elle attendait désespérément qu'il l'appelle. Il était dévoré par l'angoisse, le doute et l'envie de la voir. Il saisit son téléphone portable, avisa l'heure dans le coin de l'écran et le remit dans sa poche. Il ne voulait pas la réveiller au beau milieu de la nuit. Mais peut-être ne dormait-elle pas... Peut-être se réveillait-elle chaque nuit comme elle s'était réveillée deux nuits plus tôt pendant qu'il était dans son lit. Peut-être attendait-elle, espérait-elle son coup de fil et se posait-elle les mêmes questions que lui : pourquoi diable n'appelait-il pas ? Il sentit de nouveau le goût de sa bouche sur ses lèvres, le contact de sa langue, eut le parfum de ses cheveux et de sa peau dans ses narines et un gouffre se creusa dans son ventre. Il était affamé de cette compagnie-là.

— Je rentre, dit-il à Espérandieu dans le téléphone. Bonne nuit.

Il vit son adjoint lui faire un signe de là-bas et retourner d'un pas lourd vers sa voiture. Dans une heure, une autre équipe prendrait la relève jusqu'au matin. Il ne put s'empêcher de penser à Margot, en train de dormir. Il se demanda ce que faisait Hirtmann en ce moment même. Dormait-il ? Était-il en train de rôder quelque part à la recherche d'une proie ? En avait-il trouvé une et l'avait-il enfermée quelque part pour jouer avec, comme un chat joue avec une souris ? Il chassa cette pensée. Il avait dit à Vincent de se cacher mais pas trop. D'être repérable pour quelqu'un cherchant les signes d'une surveillance. Il ne pensait absolument pas que le Suisse prendrait un tel risque. La liberté était un bien trop précieux pour lui désormais, il avait été enfermé pendant quatre années et demie dans des hôpitaux psychiatriques, sans visites, sans promenade, sans contact humain à part ses psychiatres et ses geôliers.

Servaz entra dans Marsac, traversa la ville endormie en roulant lentement sur les pavés à travers les petites rues désertes et se dirigea vers le lac. Il passa devant Le Zik, le restaurant-café-concert sur pilotis. Il y avait du monde à l'intérieur et une bouffée de musique lui parvint par la vitre baissée. Il contourna la rive est, la plus proche de la ville, pour longer ensuite la rive nord. La maison de Marianne était la dernière de la rangée. Il ralentit en approchant du portail.

Il y avait de la lumière au rez-de-chaussée.

Il sentit les battements de son cœur accélérer. Se rendit compte qu'il avait terriblement envie d'elle, de l'embrasser et de la serrer dans ses bras. D'entendre sa voix. Son rire. D'être avec elle...

Puis son cœur tomba dans sa poitrine.

Une voiture était garée sur le gravier. Sous les sapins. Ce n'était pas la voiture de Marianne. Une

Alfa Romeo Spider rouge. Servaz eut l'impression qu'une vague de tristesse se levait quelque part et il ressentit, une nouvelle fois, la douloureuse morsure de la trahison. Il chancela. Puis il décida de lui laisser le bénéfice du doute. Il s'en voulut de ses mauvaises pensées. Il décida d'attendre que Francis soit parti et de sonner ensuite à sa porte. Il y avait sûrement une explication. Il ne pouvait en être autrement.

Il roula un peu plus loin et se gara à l'ombre des bois, à la limite de la propriété, là où la route décrivait un virage devant la forêt pour repartir vers le nord et la lande. Il sortit une cigarette et mit Mahler dans le lecteur. À la fin du CD, il renonça à la musique. Un goût de bile dans la bouche. Le poison du doute infectait son esprit. Il songea aux préservatifs en réserve dans la salle de bains. Il regarda l'horloge du tableau de bord. Une deuxième heure passa. Lorsque le Spider rouge émergea du jardin en faisant crier ses pneus sur l'asphalte, Servaz sentit un froid glacial se répandre dans tout son corps.

La lune là-haut était une femme triste, la seule qui ne le trahirait jamais.

Il était 3 heures du matin.

Jeudi

33

Charlène

Il avait vingt ans. Des cheveux bruns et longs, raides sur le dessus, bouclés vers les pointes et sur les épaules. Un grand col de chemise du genre pelle à tarte. Il tenait une cigarette à moitié consumée entre l'index et le majeur, le pouce contre le filtre, les deux autres doigts repliés. Il fixait l'objectif d'un regard direct, intense, un brin cynique, un fantôme de sourire – ou de moue – sur les lèvres.

La photo avait été prise par Marianne. Encore aujourd'hui, il se demandait pourquoi il la conservait. Deux jours après l'avoir prise, elle le quittait.

Sa voix brisée lorsqu'elle le lui avait annoncé. Il avait vu les larmes dans ses yeux, comme si c'était lui qui s'en allait.

— Pourquoi ?
— J'aime quelqu'un d'autre.

La pire des raisons…

Il n'avait rien dit. Il avait posé sur elle le même regard que sur la photo (du moins le supposait-il).

— Fous le camp.
— Martin, je…

— Fous le camp.

Elle était partie sans un mot de plus. Il n'avait appris que plus tard de qui il s'agissait. Double trahison... Pendant des mois, il avait espéré qu'elle revienne. Et puis, il avait rencontré Alexandra. Il remit la photo là où il l'avait trouvée, dans un tiroir. Il avait eu l'intention de la déchirer et de la jeter, ce matin en se réveillant, mais il y renonça. Il se sentait éreinté. À bout de nerfs. Il avait dormi à peine deux heures et encore, d'un sommeil troublé, plein de cauchemars, de suées et de frissons.

Hirtmann, Marsac et maintenant ça... Il se fit l'effet d'un élastique sur lequel on tirait pour tester sa limite de rupture. Elle n'était pas très loin, il le sentait. Il sortit sur le balcon. 9 heures du matin. Le ciel tournait de nouveau à l'orage. Une barre de nuages noirs approchait par l'ouest, alors même que le soleil continuait de briller. Des vagues de chaleur montaient de la ville, en même temps qu'un tintamarre de moteurs et de klaxons. L'électricité était dans l'air, des martinets tournoyaient en poussant des cris perçants.

Il s'habilla et sortit. Il était ébouriffé, mal rasé, le visage portant les stigmates de son expédition nocturne et pas lavé depuis plus de vingt-quatre heures, mais il s'en foutait. Marcher dans les rues et dans la lumière orageuse lui fit du bien. Il s'installa à une terrasse de café, place Wilson, et en demanda un très serré et très sucré. Du sucre pour faire passer l'amertume...

Il se demanda à qui il pouvait parler, à qui demander conseil. Il se rendit compte qu'il n'existait qu'une seule personne. Il vit un beau visage, de longs cheveux roux, une nuque longue, un corps et un sourire à tomber...

Il but son café en attendant l'heure d'ouverture.

Puis il emprunta la rue Lapeyrouse, traversa l'éternel chantier de la rue d'Alsace-Lorraine avec ses engins de terrassement au repos et tourna dans la rue de la Pomme. Il savait que la galerie ouvrait à 10 heures le matin... Il était 9 h 50. La porte était déjà ouverte, la galerie déserte et silencieuse. Il hésita.

Ses semelles couinèrent sur le bois blond du parquet. Une musique diffusait en sourdine des petits haut-parleurs. Du jazz... Son regard ne s'attarda même pas sur les toiles modernes accrochées aux cimaises. Il entendit des talons et une voix à l'étage, alla jusqu'au fond et grimpa l'escalier métallique en colimaçon.

Elle était là, en train de téléphoner, debout derrière son bureau. Près de la grande baie vitrée en plein cintre.

Elle leva les yeux et le vit. Elle dit :

— Je vous rappelle.

Charlène Espérandieu portait ce matin-là un tee-shirt blanc qui laissait une épaule dégagée et un sarouel bouffant noir. Sur sa poitrine était brodé le mot « ART » en sequins brillants. Ses cheveux rouges flamboyaient dans la clarté matinale, bien que le soleil n'éclairât pas encore la rue, mais seulement les étages supérieurs de la façade en brique rose, de l'autre côté de la fenêtre.

Elle était diablement belle et, l'espace d'un instant, il se dit que cela pourrait être elle, celle qu'il cherchait, la femme qui le consolerait et qui lui ferait oublier toutes les autres. Celle sur laquelle il pourrait s'appuyer. Mais non, bien sûr que non. Elle était la femme de son adjoint. Et elle n'accaparait plus son esprit comme elle l'avait fait deux hivers auparavant. Plus de cœur s'emballant lorsqu'il pensait à elle. Elle était juste un signal périphérique, malgré sa beauté

– une pensée agréable, mais sans consistance, sans douleur, ni feu…

— Martin ? Qu'est-ce qui t'amène ?

— Je boirais bien un café, dit-il.

Elle contourna le bureau pour l'embrasser sur les joues. Elle sentait bon le shampooing et un parfum léger et citronné comme une brise dans un verger d'agrumes.

— Ma machine est en panne. Moi aussi, j'en ai besoin. Viens. Tu as mauvaise mine.

— Je sais, et j'ai aussi besoin d'une douche.

Ils traversèrent la place du Capitole en direction des terrasses sous les arcades. Il marchait en compagnie d'une des plus belles femmes de Toulouse, il avait l'air d'un clodo et il pensait à une autre…

— Pourquoi tu n'as jamais répondu à mes textos et à mes appels ? demanda-t-elle après avoir trempé ses lèvres dans son café.

— Tu le sais très bien.

— Non. J'aimerais que tu me l'expliques.

Il se rendit compte tout à coup qu'il s'était trompé, il ne pouvait pas lui parler de Marianne, il n'en avait pas le droit. Il savait qu'il la blesserait. Qu'elle était vulnérable. C'était peut-être son but, inconsciemment : blesser quelqu'un comme il l'avait été lui-même.

Mais il ne le ferait pas.

— J'ai reçu un mail de Julian Hirtmann, dit-il.

— Je suis au courant. Vincent croyait qu'il s'agissait encore d'un truc bidon, que tu psychotais. Jusqu'à ces lettres gravées que tu as trouvées sur un tronc d'arbre… Depuis, il ne sait plus quoi penser.

— Tu es au courant pour les lettres ?

Elle plongea son regard vert dans le sien.

— Oui.
— Et tu sais où... ?
— Où tu les as trouvées ? Hmm, hmm. Vincent me l'a dit.
— Il t'a dit aussi dans quelles circonstances ?
Elle hocha la tête.
— Charlène, je...
— Ne dis rien, Martin. C'est inutile.
— Alors, il t'a dit que c'est quelqu'un que j'ai connu il y a longtemps.
— Non.
— Quelqu'un que j'ai...
— Tais-toi. Tu ne me dois aucune explication.
— Charlène, je veux que tu saches...
— Tais-toi, j'ai dit.
La serveuse qui était venue prendre son billet s'empressa de repartir.
— C'est vrai, quoi, ajouta-t-elle. Ce n'est pas comme si on était mariés... ou même amants... ou quoi que ce soit...
Il se tut.
— Après tout, qui se soucie de ce que je ressens ?
— Charlène...
— Est-ce que c'était seulement moi, Martin ? Est-ce que tu n'as jamais rien ressenti ? Est-ce que j'ai rêvé ? Est-ce que je me suis fait un film toute seule ?... Et merde !
Il la regarda. Elle était terriblement belle en cet instant. N'importe quel mâle normalement constitué l'aurait désirée. Il n'y avait pas de femme plus désirable que Charlène Espérandieu à cent kilomètres à la ronde. Mariée ou pas, elle devait crouler sous les avances. Alors, pourquoi lui ?

Il s'était menti à lui-même pendant tous ces longs mois. Oui, il avait éprouvé quelque chose... Oui, c'était peut-être bien elle la femme qu'il cherchait... Oui, il avait pensé à elle plus souvent qu'à son tour et il l'avait imaginée dans ce lit où il dormait seul – et dans maints autres endroits. Mais il y avait Vincent. Et Mégan. Et Margot. Et tout le reste.

Pas maintenant...

Elle dut sentir elle aussi que le moment était mal choisi car elle changea de sujet.

— Tu crois qu'il y a un danger pour nous, pour... Mégan ? demanda-t-elle.

— Non. Hirtmann fait une fixation sur moi. Il ne va pas passer en revue tous les flics de Toulouse.

— Mais s'il ne pouvait pas t'atteindre, toi ? (Elle eut l'air inquiète, tout à coup.) S'il est aussi bien renseigné que vous le dites, il doit savoir que Vincent est ton ami et ton plus proche collaborateur, tu as pensé à ça ?

— Oui, j'y ai pensé, bien sûr... Pour l'instant, on ne sait même pas où il se trouve. Sincèrement, je ne crois pas qu'il y ait le moindre danger. Vincent n'a jamais rencontré Julian Hirtmann. Le Suisse ignore tout de son existence. Soyez un peu plus vigilants, c'est tout. Si tu veux, préviens l'école de Mégan et dis-leur de s'assurer que personne ne tourne autour, de ne pas la laisser seule.

Il avait demandé une surveillance pour Margot. Allait-il devoir en demander une pour tous ses proches ? Vincent, Alexandra ?

Tout à coup, il pensa à Pujol. Bon sang, il l'avait encore oublié ! Est-ce qu'il avait repris la sienne, de surveillance ? Que penserait-il s'il voyait Charlène et lui lancés dans une discussion très animée à une terrasse de café en l'absence de son adjoint ? Pujol détestait Vincent. Servaz était sûr qu'il s'empresserait de colporter l'info.

— Merde, dit-il.
— Qu'est-ce qu'il y a ?
— J'avais oublié que je fais moi-même l'objet d'une surveillance.
— De la part de qui ?
— De membres du service... Des gens qui n'aiment pas beaucoup Vincent...
— Tu veux parler de ceux que tu as remis à leur place il y a deux ans ?
— Mmm-mm.
— Tu crois qu'ils nous ont vus ?
— Je n'en sais rien. Mais je ne veux pas prendre le risque. Tu vas te lever et on va se dire au revoir en se serrant la main.

Elle le regarda en fronçant les sourcils.

— C'est ridicule.
— Charlène, s'il te plaît.
— Comme tu voudras... Veille sur toi, Martin. Et sur Margot...

Il la vit hésiter.

— Et je veux que tu saches que... je suis là, je serai toujours là pour toi. À n'importe quel moment.

Elle tira sa chaise en arrière et, une fois debout, lui secoua la main de manière très formelle par-dessus la table. Elle ne se retourna pas et il ne la regarda pas s'éloigner.

34

Avant-match

Il avait rendez-vous dans les bureaux de l'IGPN à 10 h 30. Quand il entra dans celui du commissaire Santos, ce dernier était en train de parler avec une femme dans la cinquantaine, debout à côté de lui, vêtue d'un tailleur rouge. Servaz lui trouva une allure de maîtresse d'école à l'ancienne, avec ses lunettes glissant au bout de son nez et sa bouche pincée.

— Asseyez-vous, commandant, dit Santos. Je vous présente le docteur Andrieu, notre psychologue.

Servaz jeta un bref coup d'œil à la femme qui se tenait debout alors qu'il y avait deux sièges libres, puis il reporta son attention sur San Antonio.

— C'est elle qui va vous suivre deux fois par semaine, ajouta celui-ci.

Servaz tressaillit, incrédule.

— Pardon ?

— Vous m'avez bien entendu.

— Comment ça, « suivre » ? Santos, c'est une blague !

— Êtes-vous dépressif, commandant ? demanda d'emblée la femme en le couvant du regard par-dessus ses lunettes.

— Je suis suspendu ou pas ? demanda Servaz en se penchant par-dessus le bureau du gros commissaire.

Les petits yeux de Santos le sondèrent un instant entre ses paupières gonflées comme celles d'un caméléon.

— Non. Pas pour le moment. Mais vous avez besoin d'un traitement.

— Un quoi ?

— Un suivi, si vous préférez.

— Suivi, mon cul !

— Commandant... l'avertit Santos.

— Êtes-vous dépressif ? répéta le docteur Andrieu. J'aimerais que vous répondiez à cette simple question, commandant...

Servaz ne lui accorda pas un regard.

— Où est la logique là-dedans ? demanda-t-il au flic de l'IGPN. Soit j'ai besoin d'un traitement et alors il faut me suspendre, soit vous reconnaissez que je suis apte à exercer mes fonctions et cette... *personne* n'a rien à faire ici. Point barre.

— Commandant, ce n'est pas à vous de décider.

— Commissaire, s'il vous plaît, gémit-il. Vous l'avez regardée ? Rien que de la voir j'ai des idées suicidaires.

Un sourire involontaire effleura les lèvres charnues de Santos sous sa moustache jaunie par le tabac.

— Ce n'est pas comme ça que vous résoudrez vos problèmes, le tança la femme piquée au vif. Ce n'est pas en vous réfugiant dans le déni ou le sarcasme.

— Le docteur Andrieu est spécialiste des... commença Santos sans conviction.

— Santos... vous savez ce qui s'est passé. Comment auriez-vous réagi à ma place ?

— Oui, c'est pour ça que vous n'êtes pas suspendu. À cause de la pression que vous avez subie. Et aussi à cause de cette enquête en cours. Et je ne suis pas à votre place.

— Commandant, dit la femme doctement, votre attitude est contre-productive. Puis-je vous donner un conseil ? Ce serait de...

— Commissaire, protesta Servaz, laissez-la dans ce bureau et je vais vraiment devenir dingue. Donnez-moi cinq minutes. Vous et moi, seul à seul. Après, si vous voulez, je l'épouse... Cinq minutes...

— Docteur, dit Santos.

— Je ne crois pas que... commença la femme sèchement.

— Docteur, s'il vous plaît.

Lorsqu'il ressortit, il prit l'ascenseur jusqu'au deuxième étage et se dirigea vers son bureau.

— Stehlin veut te voir, dit l'un des membres de la brigade dans le couloir.

Ils s'étaient réunis une fois de plus pour parler football. Servaz capta les mots « décisif », « Domenech » et « équipe »...

— Il paraît que c'était tendu quand il a annoncé la composition, dit quelqu'un.

— Bah, si on gagne pas contre le Mexique, on mérite pas de continuer, dit un autre.

Est-ce qu'on ne pourrait pas attendre d'être au troquet du coin pour parler de ce genre de chose ? songea Servaz. Mais, après tout, un jour pareil, les assassins et les truands devaient faire de même. Il marcha jusqu'au bureau du patron, frappa et entra. Le directeur était en train de mettre des scellés « sensibles » – argent ou drogue – au coffre. Au-dessus, un gilet tactique estampillé « police judiciaire » était accroché à un portemanteau.

— Je suis sûr que vous ne m'avez pas fait venir pour me parler football, ironisa-t-il.

— Lacaze va être mis en garde à vue, annonça Stehlin d'emblée en refermant le coffre. Le juge Sartet va demander la levée de son immunité. Il a refusé de dire où il était vendredi soir.

Servaz lui jeta un regard incrédule.

— Il est en train de foutre sa carrière politique en l'air, commenta le divisionnaire.

Le flic secoua la tête. Quelque chose le chiffonnait.

— Et pourtant, dit-il. Pourtant, je ne crois pas que ce soit lui. J'ai eu l'impression qu'il craignait par-dessus tout de... de dire où il était... Mais pas parce qu'il était chez Claire Diemar ce soir-là, non.

Stehlin le regarda sans comprendre.

— Comment ça ? Je ne pige pas.

— Eh bien, comme si dire où il était ce soir-là pourrait nuire encore plus à sa carrière qu'être mis en examen, répondit Servaz, perplexe, en essayant de trouver une signification à ses propres paroles. Je sais, je sais, ça n'a pas de sens.

Ziegler fixa l'écran de son PC. Non pas celui dernier cri de son domicile, mais la bécane nettement plus poussive de son bureau à la brigade. Elle avait collé quelques affiches de ses films préférés, *Le Parrain II*, *Voyage au bout de l'enfer*, *Apocalypse Now*, *Orange Mécanique*, sur les murs pour les égayer un peu, mais cela ne suffisait pas. Elle regarda les dossiers sur les étagères devant elle : « cambriolages », « trafic d'anabolisants », « gens du voyage » et soupira.

La matinée était calme. Elle avait envoyé ses hommes à droite et à gauche et la gendarmerie était silencieuse et vide, à part un planton à l'entrée.

Les tâches courantes expédiées, Irène revint à ce qu'elle avait découvert la veille au soir dans l'ordinateur de Martin. *Quelqu'un avait téléchargé un logiciel malveillant sur son ordinateur...* Un collègue ? Pour quelle raison l'aurait-il fait ? Un gardé à vue pendant une absence de Martin ? Aucun flic sensé et encore moins Servaz n'aurait laissé un gardé à vue sans surveillance dans son propre bureau. Un membre de l'équipe de nettoyage ? *C'était une hypothèse...* Pour l'instant, Ziegler n'en voyait pas d'autres. Restait à savoir, si elle avait raison, quelle société avait obtenu le marché auprès du SRPJ de Toulouse... Elle pouvait toujours les appeler, mais elle doutait qu'ils donnent l'info à une gendarme sans commission rogatoire et sans explication valable. Elle pouvait aussi demander à Martin de se renseigner pour elle. Mais elle achoppait toujours sur la même question : comment lui expliquer ce qu'elle avait découvert sans lui avouer qu'elle avait piraté son ordinateur ?

Il y avait peut-être une autre solution.

Elle ouvrit l'annuaire en ligne des professionnels, répondit *société de nettoyage* à la question « Quoi, qui ? » et *Toulouse et son agglomération* à la question « Où ? ».

Trois cents réponses ! Elle élimina toutes les soi-disant sociétés qui proposaient de menus travaux tels que ménage, jardinage, traitement des insectes xylophages ou isolation thermique et se concentra sur celles qui s'occupaient uniquement de nettoyage de bureaux et de locaux professionnels. Obtint une vingtaine de raisons sociales. Voilà qui était nettement plus raisonnable.

Elle ouvrit son téléphone portable et composa le premier numéro de la liste.

— Clean Service, répondit une voix de femme.

— Bonjour, madame. Ici le service du personnel de l'hôtel de police, boulevard de l'Embouchure. Nous avons... euh... un petit problème...

— Quel genre de problème ?

— Eh bien, nous ne sommes pas... *satisfaits* des performances de votre société, nous estimons que le travail s'est dégradé ces derniers temps et nous...

— L'hôtel de police, vous dites ?

— Oui.

— Une minute. Je vous passe quelqu'un.

Elle attendit. Se pouvait-il qu'elle fût tombée juste à la première tentative ? L'attente s'éternisa. Finalement, une voix d'homme lui répondit d'un ton agacé.

— Il doit y avoir une erreur, dit la voix sèchement. Vous avez bien dit l'hôtel de police ?

— Oui, c'est ça.

— Je regrette, ce n'est pas nous qui nous occupons des locaux de l'hôtel de police. Cela fait dix bonnes minutes que je cherche dans nos fichiers-clients. Il n'y a rien vous concernant. Je vous le répète : c'est une erreur. Où avez-vous eu cette information ?

— Vous en êtes sûr ?

— Évidemment que j'en suis sûr ! Et vous, comment se fait-il que vous vous adressiez à nous ? Vous êtes qui, déjà ?

— Je vous remercie, dit-elle avant de raccrocher.

Elle avait passé dix-huit coups de fil quand elle commença à douter de sa méthode. Pour une raison ou pour une autre, la société de nettoyage qui s'occupait des locaux de la police n'était peut-être pas répertoriée dans l'annuaire. Ou alors, alertée par ses questions, ladite société avait déjà contacté les vrais responsables et la police judiciaire n'allait pas tarder à lui tomber dessus en lui demandant à quoi elle jouait. Elle passa son dix-neuvième appel et renouvela son petit numéro. Comme toutes les autres fois, la personne au standard lui passa quelqu'un d'autre. La même attente interminable…

— Vous dites que vous n'êtes pas satisfaits de nos performances ? dit une voix d'homme énergique dans l'appareil. Est-ce que vous pouvez m'en dire plus à ce sujet ? Quel est le point en particulier qui ne vous satisfait pas ?

Elle se redressa sur son siège.

Elle n'avait pas prévu ce genre de questions et elle improvisa avec un sentiment de culpabilité pour l'équipe qui travaillait dans l'immeuble et qui allait se voir reprocher des manquements imaginaires.

— J'effectue cet appel à la demande d'un certain nombre de collègues, tempéra-t-elle en conclusion. Mais vous savez ce que c'est : il y a toujours des grincheux, des insatisfaits, des gens qui ont besoin de critiquer les autres pour exister. Je relaie leurs doléances même si, personnellement, je n'ai jamais eu à me plaindre de l'état de mon bureau.

— Je vais voir ce que je peux faire, répondit l'homme. Je vais insister sur les points que vous venez de souligner. Quoi qu'il en soit, vous avez bien fait de nous appeler. Nous sommes très attentifs à la satisfaction de notre clientèle.

Le discours commercial habituel – mais qui laissait présager quelques savons pour le petit personnel.

— J'insiste, ne soyez pas trop sévère. Ce n'est pas si grave.

— Non, non, je ne suis pas d'accord avec vous. Nous nous efforçons à l'excellence, nous voulons la plus entière satisfaction de la part de nos clients, et nos employés se doivent d'être à la hauteur. C'est la moindre des choses.

Surtout avec les salaires que vous leur versez, songea-t-elle.

— Je vous remercie pour votre professionnalisme. Au revoir.

Dès qu'elle eut raccroché, elle se connecta sur un de ces sites qui proposent les organigrammes, les bilans et les chiffres clés des entreprises. Elle nota le nom du dirigeant de Clarion sur un Post-it. Pas de numéro de téléphone en revanche. Elle rappela donc le standard mais, cette fois, à partir de son poste fixe à la gendarmerie, lequel affichait son nom et son employeur.

— Clarion, répéta la même voix féminine que précédemment.

— Je veux parler à Xavier Lambert, déclara-t-elle en essayant de changer la sienne. Dites-lui qu'il s'agit d'une enquête de gendarmerie, au sujet d'un de ses employés. C'est urgent.

Un silence au bout du fil. La femme de l'autre côté avait-elle reconnu sa voix ? Puis une tonalité.

— Xavier Lambert, dit une voix d'homme un peu lasse.

— Bonjour, monsieur Lambert. Je suis le capitaine de gendarmerie Ziegler, nous menons actuellement une enquête criminelle concernant peut-être quelqu'un travaillant dans une de vos équipes de nettoyage. J'ai besoin de la liste de vos employés.

— La liste de mes employés ? Vous êtes qui, vous dites ?

— Capitaine Irène Ziegler.

— Pourquoi avez-vous besoin de cette liste, capitaine, si ce n'est pas indiscret ?

— Un crime a été commis dans des locaux nettoyés par votre entreprise. Un vol de documents sensibles. On a retrouvé des traces infimes de produits nettoyants industriels sur des papiers qui étaient en contact avec les documents volés. Mais ceci doit rester entre nous.

— Bien sûr, répondit l'homme sans s'émouvoir. Vous avez une commission rogatoire ?

— Non. Mais je peux en demander une.

— Faites donc ça.

Merde ! Il allait raccrocher !

— Attendez !

— Oui, capitaine ?

Il semblait s'amuser de son empressement. Elle sentit la colère monter en elle.

— Écoutez, monsieur Lambert... Je peux avoir cette commission dans les heures qui viennent. Seulement, il s'agit d'une course contre la montre. Le suspect a peut-être toujours ses documents chez lui, mais pour combien de temps encore ? On ne sait pas quand ni à qui il va les remettre. Nous voulons le placer sous surveillance. Vous comprendrez donc que chaque minute compte. Et vous n'avez sûrement pas envie de vous rendre complice, même involontairement, d'un crime aussi grave que de l'espionnage industriel.

— Oui, je comprends. Naturellement. Je suis un citoyen responsable et si je peux faire quoi que ce soit pour vous aider *dans le cadre légal*… Mais vous comprendrez à votre tour que je ne peux divulguer des informations personnelles au sujet de mes employés sans une bonne raison.

— Je viens de vous la donner.

— Eh bien, disons que j'attendrai que cette… excellente raison soit confirmée par un juge…

La voix de l'homme était teintée d'ironie et d'arrogance. La colère brûlait à présent en elle comme un feu clair. C'était exactement ce dont elle avait besoin.

— Je ne peux certes pas vous accuser d'obstruction à l'enquête, vous avez la loi pour vous, je le reconnais, déclara-t-elle d'une voix très froide. Mais on est assez rancuniers, nous autres, simples gendarmes… Alors, si vous voulez persister dans cette attitude, je vais coller au cul de Clarion l'inspection du travail, la Direction départementale du Travail et de l'Emploi, le COLTI, le Comité de lutte contre le travail illégal… Et ils vont gratter et fouiner partout jusqu'à ce qu'ils trouvent quelque chose, croyez-moi.

— Capitaine, je vous conseille de changer de ton, vous allez trop loin, s'énerva l'homme. Ça ne va pas se passer comme ça. Je vais immédiatement en toucher un mot à votre hiérarchie.

Il bluffait. Elle le devina à sa voix.

— Et si ce n'est pas aujourd'hui, ça sera demain, poursuivit-elle sur le même ton lugubre. Parce qu'on ne va plus vous lâcher, vous pouvez me croire… On va vous coller aux basques comme un chewing-gum sous une semelle. Parce que je n'aime ni votre ton ni votre attitude. Et parce qu'on n'oublie jamais rien, nous autres. J'espère qu'il n'y a pas la moindre irrégularité dans votre gestion du personnel, monsieur Lambert, je vous le souhaite sincèrement, parce que dans le cas contraire vous pouvez faire une croix sur un certain nombre de clients, à commencer par la police...

Un silence à l'autre bout.

— Je vous envoie cette liste.

— Avec toutes les informations qu'elle contient, précisa-t-elle avant de raccrocher.

Servaz roulait sur l'autoroute. L'air était toujours aussi étouffant et immobile, mais la menace d'orage se précisait : les nuages noirs étaient de plus en plus nombreux. La vague de chaleur allait bientôt se résoudre dans le tonnerre et les éclairs. De la même façon, il sentit qu'il approchait d'un dénouement tonitruant. Tout en roulant, il se dit qu'ils étaient plus près qu'ils ne le croyaient. Les éléments étaient là, sous leurs yeux. Il ne leur restait plus qu'à les combiner et à les faire parler.

Il appela Espérandieu et lui demanda de retourner à Toulouse fouiller dans le passé d'Elvis. Il y avait trop de monde dans le lycée en plein jour et Samira ne lâchait pas Margot d'une semelle. Jamais Hirtmann ne passerait à l'action dans ces conditions. À supposer qu'il en eût l'intention, ce dont Servaz commençait de douter. Une fois de plus, il se demanda où était passé le Suisse. Toute certitude le concernant vacillait. Avait-il rêvé être une marionnette et n'y avait-il aucun marionnettiste à l'autre bout ? Ou bien, au contraire, le

Suisse était-il tout près, guettant dans l'ombre, jamais très loin, mettant ses pas silencieux dans les siens, se glissant dans les espaces morts, les interstices ? Dans son esprit, Hirtmann ressemblait de plus en plus à un fantôme, à un mythe. Servaz chassa cette pensée. Elle le rendait nerveux.

Il se gara devant le restaurant à l'entrée de Marsac avec quarante minutes de retard.

— Qu'est-ce que tu foutais ?

Margot portait un short, de grosses chaussures à bouts renforcés comme on en met sur les chantiers et un tee-shirt à l'effigie d'un groupe musical qu'il ne connaissait pas. Ses cheveux étaient rouges et maintenus en l'air avec du gel. Il l'embrassa sans répondre et l'entraîna sur le petit pont de bois plein de bacs à fleurs qui franchissait un ruisseau où quelques canards progressaient dignement. Les portes du restaurant étaient grandes ouvertes. L'intérieur était agréablement frais et bruissait de conversations discrètes. Quelques regards accompagnèrent l'entrée de Margot qui les ignora superbement, et un maître d'hôtel les guida vers une petite table fleurie.

— Ils ont des mojitos, ici ? demanda-t-elle une fois assise.

— Depuis quand tu bois de l'alcool ?

— Depuis que j'ai treize ans.

Il la regarda en se demandant si elle plaisantait. Manifestement non. Servaz commanda une tête de veau, Margot un burger. Une télé diffusait l'image de joueurs s'entraînant sur un terrain de football, son coupé.

— Ça me fout les jetons, commença-t-elle sans attendre. Toute cette histoire... cette surveillance... Tu crois vraiment qu'il pourrait...

Elle ne termina pas sa phrase.

— Pas de quoi s'inquiéter, s'empressa-t-il de répondre. Simple précaution. Il n'y a quasiment aucune chance qu'il s'en prenne à toi, ni même qu'il se montre. Je veux juste être sûr à cent pour cent que tu ne risques rien.

— C'est vraiment indispensable ?

— Pour le moment, oui.

— Et si vous ne l'attrapez pas ? Vous allez me surveiller comme ça indéfiniment ? demanda-t-elle en tripotant le faux rubis à son arcade sourcilière.

Servaz sentit son estomac se contracter. Il ne lui dit pas que c'était précisément la question qui le taraudait. Viendrait forcément un moment où la surveillance serait levée, où le parquet déciderait que cela suffisait. Que se passerait-il alors ? Comment ferait-il pour assurer la sécurité de sa fille ? Et pour dormir sur ses deux oreilles ?

— De ton côté, ajouta-t-il sans répondre, tu dois faire attention à tout ce qui te paraît anormal. Si tu vois quelqu'un rôder autour du lycée. Ou si tu reçois des SMS bizarres. N'hésite pas à aller voir Vincent. Tu le connais et vous vous entendez bien tous les deux. Tu sais qu'il t'écoutera.

Elle hocha la tête, pensa à Samira et elle buvant, rigolant et discutant la veille au soir.

— Mais je le répète, aucune raison de s'affoler. C'est juste une mesure de précaution, insista-t-il.

Ça ressemblait à un dialogue de film, pensa-t-il. À quelque chose qu'il avait entendu mille fois. Le dialogue d'un très mauvais film. Une de ces séries Z dans lesquelles le sang coulait en abondance. De nouveau, il se sentit nerveux. Ou bien était-ce l'approche de l'orage qui lui mettait les nerfs à vif ?

— Tu as ce que je t'ai demandé ?

Elle plongea une main dans sa besace en toile kaki et en ressortit une liasse de feuillets manuscrits et cornés.

— Qu'est-ce que tu veux en faire ? Je ne comprends pas pourquoi tu me demandes ça, déclara-t-elle en poussant les feuilles vers lui à travers la table. Tu veux évaluer mon travail ou quoi ?

Il connaissait ces yeux noirs. Il avait eu à les affronter un paquet de fois par le passé. Il sourit.

— Je ne lirai rien de ce que tu as écrit. Tu as ma parole, d'accord ? Ce sont les notes dans la marge qui m'intéressent... Et uniquement elles. Je t'expliquerai, ajouta-t-il devant ses sourcils froncés.

Il considéra, satisfait, les copies annotées en rouge, les plia et les fourra dans la poche de sa veste.

Il était 13 h 30 ce jeudi et la Baleine était en train de déguster un escargot à la purée d'ail quand le ministre fit son entrée dans l'un des deux salons privés (le plus petit) de Tante Marguerite, le restaurant de la rue de Bourgogne, à deux pas de l'Assemblée nationale. Le sénateur prit le temps d'essuyer ses lèvres avant de prêter attention au nouveau venu.

— Alors ?

— Lacaze va être mis en garde à vue, annonça le ministre. Le juge va demander la levée de son immunité.

— Ça, je le sais, dit Devincourt froidement. La

question, c'est : comment ça se fait que ce foutu connard de proc n'ait pas pu empêcher ça, bordel ?

— Il ne pouvait rien faire. Compte tenu des éléments du dossier, il n'était pas question pour les juges d'instruction d'agir autrement... Je n'en reviens pas : Suzanne a tout balancé à la police ! Elle leur a dit que Paul avait menti sur son emploi du temps. Je ne l'aurais jamais cru capable de...

Le ministre semblait atterré.

— Ah non ? répliqua la Baleine. Vous vous attendiez à quoi ? Cette femme a un cancer en phase terminale, elle a été trahie, bafouée, humiliée... Personnellement, j'aurais plutôt envie de la féliciter. Ce petit fumier n'a que ce qu'il mérite.

Le ministre sentit la moutarde lui monter au nez. La Baleine se tapait des putes depuis plus de quarante ans et il donnait des leçons de morale !

— Ça vous va bien de dire ça.

Le sénateur porta le verre de vin blanc à ses lèvres.

— Vous faites allusion à mes... *appétits* ? dit le gros homme sans se démonter. Il y a une grosse différence. Et vous savez ce que c'est ? *L'amour*... J'aime Catherine comme au premier jour. J'ai pour ma femme la plus profonde admiration. Le plus profond dévouement. Les putes, c'est pour l'hygiène. Et elle le sait. Cela fait plus de vingt ans que Catherine et moi n'avons pas partagé le même lit. Comment cet imbécile pouvait-il s'imaginer que Suzanne lui pardonnerait ? Une femme comme elle... si fière... Une femme de caractère. Une femme remarquable. Qu'il couche, OK. Mais tomber amoureux de cette...

Le ministre coupa court à la discussion.

— Qu'est-ce qu'on fait ? dit-il.

— Où était Lacaze ce soir-là ? Il vous l'a dit, au moins ?

— Non. Et il a refusé de le dire au juge. C'est insensé ! Il ne veut en parler à personne, il est devenu fou !

Cette fois, la Baleine leva les yeux de son assiette et considéra le ministre d'un air sincèrement surpris.

— Vous croyez qu'il l'a tuée ?

— Je ne sais plus quoi penser... Mais il a de plus en plus le profil d'un coupable. Bon Dieu, la presse va se déchaîner.

— Lâchez-le, dit la Baleine.

— Quoi ?

— Prenez vos distances. Tant qu'il est encore temps. Assurez le minimum syndical devant les médias : présomption d'innocence, indépendance de la justice... le baratin habituel. Mais affirmez aussi qu'il est aussi un justiciable comme les autres... Tout le monde comprendra. Un bouc émissaire : il en faut toujours un, je ne vous apprends rien. Notre cher peuple fonctionne comme fonctionnaient les premières tribus d'Israël : il adore les boucs émissaires. Lacaze sera immolé sur l'autel de la presse qui va le déchirer et s'en repaître jusqu'à plus soif. Les pères la vertu vont faire leur numéro habituel à la télévision, la foule va hurler avec les loups. Et quand elle en aura fini avec lui, ce sera le tour d'un autre. Qui sait ? Demain, ce sera peut-être vous. Ou moi... Sacrifiez-le. Maintenant.

— Il avait un avenir brillant, dit le ministre en regardant son assiette.

— RIP, répondit la Baleine en piquant un nouvel escargot. Vous allez regarder le match, ce soir ? Il n'y a que ça qui pourrait nous sauver : gagner une

Coupe du monde. Mais autant rêver de gagner les prochaines élections...

À 15 h 15, Ziegler trouva enfin celui qu'elle cherchait. Ou plutôt elle trouva deux clients potentiels. La plupart des employés des équipes de nettoyage de Clarion étaient des femmes venues d'Afrique plus ou moins récemment. Le secteur du nettoyage industriel a toujours été pourvoyeur d'emploi pour les immigrées, le succès de ces entreprises reposant sur la flexibilité forcée d'une main-d'œuvre peu qualifiée, peu syndicalisée et donc peu à même de se défendre.

Il n'y avait que deux hommes. Instinctivement, Ziegler avait décidé de commencer par eux. D'abord, parce que le pourcentage d'hommes mis en cause par la justice était largement supérieur, même si la part des femmes augmentait. Ensuite, parce que toutes les statistiques montraient que la part des femmes était extrêmement faible lorsqu'il s'agissait de faits mettant en cause l'autorité. Enfin, les hommes étaient plus flambeurs.

Le premier était un père de famille, avec trois grands enfants. Âgé de cinquante-huit ans, il travaillait pour la société de nettoyage depuis dix ans. Auparavant, il avait travaillé pendant près de trente ans dans l'industrie automobile, mais pas au sein d'un des deux grands groupes français : dans une PME sous-traitante. Or, au cours des années 90, la pression de plus en plus grande exercée par les deux grands constructeurs nationaux sur leurs fournisseurs concernant la qualité, les délais, et surtout les coûts de production avait contraint un grand nombre de

PME soit à être rachetées par des équipementiers américains, soit à faire l'objet de restructurations drastiques. L'homme avait visiblement été l'une des innombrables victimes de cette pression des deux constructeurs sur leurs fournisseurs et des plans sociaux qui en avaient résulté. Ziegler mit sa fiche de côté. Un homme aigri, mis au rebut après trente ans de bons et loyaux services et qui avait la responsabilité d'une famille. Un candidat possible... Elle passa au suivant. Beaucoup plus jeune, il était arrivé en France récemment grâce à un concours de circonstances qui l'avait sorti par miracle d'un camp de rétention de l'île de Malte, où il croupissait avec des centaines d'autres clandestins. Il vivait seul... Pas de femme, ni d'enfants... Toute sa famille était restée là-bas, au Mali... Un homme qui avait connu l'horreur d'une traversée de la Méditerranée à bord d'une embarcation de fortune avant d'être parqué dans l'île-prison. Un homme solitaire, perdu et vulnérable dans un pays étranger... Essayant de s'adapter et de se fondre dans la foule sans trop se faire remarquer. De se faire quelques amis. Exerçant probablement un travail indigne de ses qualifications. Un homme qui avait sans doute aussi une peur bleue d'être renvoyé chez lui. Elle hésita entre les deux, son regard allant d'une fiche à l'autre, jusqu'au moment où son doigt s'arrêta sur la deuxième. Lui : une cible idéale...

Il s'appelait Drissa Kanté.

Espérandieu écoutait *Use Somebody* des Kings of Leon dans les écouteurs de son iPhone tout en contemplant le champ de bataille étalé devant lui. Les trois frères Followill et leur cousin Matthew chantaient *You know that I could use somebody/Someone like you*. Vincent fredonna les paroles, puis il envoya une imprécation silencieuse à Martin. Il avait surpris les gars en train d'installer un téléviseur grand écran dans la salle de réunion et de ranger des packs de bière dans le frigo. Il était sûr que, d'ici une petite heure, les bureaux allaient se vider les uns après les autres. Il aurait aimé se joindre à la fête, mais il était coincé avec devant lui des tonnes de documents administratifs et de fax qu'il avait répartis en tas aussi minces que possible. Il y en avait des dizaines.

Les recherches concernant le passé d'Elvis Konstandin Elmaz – lequel était toujours dans le coma à l'hôpital – lui avaient déjà pris toute la matinée et la moitié de l'après-midi. Il avait fait le tour des services fiscaux et consulté les fichiers de la Sécurité sociale pour tenter de reconstituer le parcours professionnel d'Elmaz – si tant est que l'Albanais eût un jour exercé une profession légale. Il avait sondé le fichier des cartes grises et des permis de conduire à la Préfecture, reconstitué le parcours marital à partir de l'état civil (incroyable : Elvis avait été marié de 2001 à 2002, mais son mariage n'avait tenu que huit mois !) et vérifié s'il existait une descendance (pas officiellement, en tout cas). Il avait également sollicité la Caisse des allocations familiales et adressé une demande au ministère de la Défense pour obtenir des indications sur un éventuel parcours militaire.

Résultat : Espérandieu avait devant lui un matériau abondant mais disparate. Le pire cas de figure.

Il soupira. Dire qu'il aurait préféré être ailleurs relevait de l'euphémisme. Reconstituer le parcours de vie de Elvis Konstandin Elmaz avait quelque chose de désespérant et d'extrêmement déplaisant. Elvis avait le profil presque parfait du récidiviste effectuant des allers et retours réguliers entre la prison et le dehors. La liste de ses condamnations reflétait la personnalité violente et foncièrement rebutante du bonhomme. Trafic de stups, violences aggravées, vol, agressions sexuelles sur des jeunes femmes, séquestration et, pour finir, viol à son domicile. Comme l'avait dit Samira, c'était miracle qu'il n'ait encore tué personne... À quoi il fallait dorénavant ajouter l'organisation de combats de chiens si l'on en croyait les éléments découverts dans sa propriété au fond des bois. À la maison d'arrêt de Seysses, il avait été placé plusieurs fois en quartier disciplinaire. Pendant ses intervalles de liberté, il avait été gérant d'un sex-shop à Toulouse, rue Denfert-Rochereau, videur d'un club privé de la rue Maynard quelques centaines de mètres plus loin, serveur dans un café-restaurant de la rue Bayard à une encablure de là, fréquentant à peu près tout ce que le quartier comptait d'endroits louches. Espérandieu n'avait trouvé aucune autre trace d'activité professionnelle connue, mais un détail l'intriguait : officiellement, la « carrière » d'Elvis avait débuté à vingt-deux ans avec une première condamnation. Jusque-là, il avait été assez malin pour passer entre les gouttes, car le flic ne doutait pas qu'avec un tel CV il avait commencé bien plus tôt. Il abaissa son regard vers le dernier document, l'ouvrit en désespoir de cause et fit courir son regard las le long des pages, dans l'espoir démesuré que quelque chose dans toutes ces déclarations capte enfin son attention.

Ça, c'est quand même intéressant, se dit-il avec une petite démangeaison typique en lisant le dernier feuillet.

Il décrocha pour appeler Martin. Le nom était là, sur la page. Marsac. Mais quoi de plus normal puisque Elvis avait grandi dans le coin ? Avant de commencer sa sinistre « carrière », Elvis Konstandin Elmaz avait été pion dans un collège de Marsac.

35

Les rats

Servaz roulait parmi les collines. Les signes avant-coureurs de l'orage se multipliaient : le paysage avait changé de couleur, il était gris et métallique, le ciel s'était encore assombri et il apercevait par instants, sur l'horizon moutonnant, les flashes lointains des éclairs de chaleur. Il s'arrêta un instant sur l'herbe de l'accotement, au bord de la route, au cœur de la grande forêt, pour se préparer mentalement. Appuyé contre la carrosserie, il fuma tranquillement une cigarette en regardant la longue ligne droite qui descendait la pente de la colline d'en face, puis remontait vers lui, traçant une tranchée rectiligne au milieu des bois. Il observa comment mouches et moucherons semblaient céder à l'excitation générale. Entendit au loin des chiens qui jappaient nerveusement. Chassa de la main un taon que la lourdeur ambiante exaspérait. Puis, il se remit en route. En cinq minutes, il n'avait pas vu passer la moindre voiture.

Le cœur de Servaz battait lourdement lorsqu'il descendit du Cherokee au bout de l'allée, à l'orée de la clairière. Le silence régnait depuis que le chenil avait été vidé de ses occupants. Il essaya de ne pas penser à cette euthanasie collective. Sous le ciel d'orage, la clairière n'en paraissait que plus sinistre. Il gravit les marches grinçantes de la véranda, souleva le ruban de la gendarmerie et déverrouilla la porte à l'aide d'un passe. À l'intérieur, il regarda autour de lui en enfilant une paire de gants. Les membres de l'équipe de la Division des Affaires criminelles avaient fouillé les moindres recoins, mais ils ne cherchaient rien de particulier. Avaient-ils négligé quelque chose ? Servaz contempla le chaos qui régnait. Les meubles, le sol, le coin-cuisine, la vaisselle sale dans l'évier, les emballages de pizzas et de hamburgers, les cendriers pleins et les bouteilles de bière vides : tout avait été abandonné en l'état, mais était à présent recouvert de poudres minérales ou organiques de différentes couleurs. Il se demanda qui allait se charger de nettoyer tout ça. Un lointain roulement de tonnerre entra par la porte ouverte et Servaz entendit les feuillages frissonner à l'extérieur.

Il commença lentement son exploration. La lumière qui traversait les fenêtres était d'un gris plombé, comme s'il se trouvait immergé au fond d'un océan, et il alluma sa lampe torche.

Il lui fallut une bonne heure pour faire le tour du rez-de-chaussée. La chambre était dans le même désordre répugnant que le salon : des sous-vêtements sales traînaient sur le lit défait en même temps que des emballages de jeux vidéo. La même odeur légère de cannabis et de décomposition flottait dans l'air. Partout, les mouches surexcitées par l'approche de l'orage vibrionnaient bruyamment. Il fouilla pareillement la salle de bains, mais ne remarqua rien de particulier, sinon des rasoirs jetables aux lames pleines de poils coupés, un gant sale, une savonnette grisâtre, une brosse à dents pleine de dentifrice sec et, en ouvrant l'armoire à pharmacie, une évidente addiction aux médicaments de toutes sortes. Le fond de la cabine de douche était vert de moisissure ; de toute évidence, Elvis ne tirait pas souvent la chasse d'eau, car une flaque d'urine et du papier hygiénique nageaient au fond de la cuvette des W-C. Servaz repassa dans l'étroit couloir ramenant au salon-cuisine. Il y avait une trappe au-dessus de lui. Il alla chercher une chaise, monta dessus et attrapa la poignée. La trappe s'ouvrit, révélant une échelle métallique qu'il déplia.

Le grenier était bas, et il dut se plier pour avancer sous le toit. Il était vaguement éclairé par une lucarne constituée de tuiles de verre. Elvis y avait empilé tout le rebut de plusieurs années d'existence : ordinateurs, imprimantes, vêtements qui boulochaient accrochés à des cintres sur des portants, cartons, boîtes, classeurs, aspirateurs hors d'usage, rouleaux de papier peint, consoles de jeux, cassettes VHS de films porno… Sur les lattes poussiéreuses du plancher, Servaz repéra plusieurs « pistes » de rats ou de souris. Les rats, comme les fourmis, sont des animaux routiniers ; ils ont tendance à emprunter toujours le même itinéraire – et à y laisser à la fois empreintes, urine et excréments. Au fond d'une armoire, sous des vêtements d'hiver et des après-skis, Servaz trouva d'autres boîtes métalliques. Il les tira à lui sur le plancher, s'assit, souleva le couvercle de la première et, l'espace d'une seconde, on aurait dit que le temps s'immobilisait. Un enfant jouant sur une plage en compagnie de ses parents avec un seau et une pelle… un enfant sur sa petite voiture à pédales en plastique rouge avec un volant jaune. Un enfant comme les autres... Pas encore un monstre, pas encore un salopard. Servaz était sûr qu'il s'agissait d'Elvis. À certains détails, on devinait déjà l'adulte en lui. Mais cet enfant avait le même air solaire, joueur et innocent que tous les autres enfants. Servaz se dit que les lionceaux aussi ont l'air d'adorables peluches.

Il continua de fouiller.

Des photos d'Elvis adolescent. Un air plus sombre, plus rusé. Un regard par en dessous à l'objectif. Est-ce que Servaz se faisait des illusions ? Quelque chose avait changé. S'était passé. Il n'avait plus la même personne devant lui.

Une femme... Elle se serrait contre Elvis... Son épouse ? Celle qui avait demandé le divorce ? Celle qu'il avait frappée et envoyée à l'hôpital après qu'elle l'eut obtenu ? Sur la photo, elle avait l'air heureuse, confiante. Elle entourait son homme de ses bras, mais, tandis qu'elle fixait joyeusement l'objectif, il regardait ailleurs.

D'autres photos de personnes que Servaz ne connaissait pas. Il referma la boîte. Regarda autour de lui. Suivit distraitement des yeux la piste des excréments laissés par les rats.

L'équipe des enquêteurs avait déjà fouillé ce grenier, il avait lu leur rapport. Ils y avaient cherché des indices, des traces de ceux qui avaient agressé Elvis et l'avaient donné à manger à ses chiens. Et lui, que cherchait-il ? Ce n'était pas les agresseurs d'Elvis qui l'intéressaient dans l'immédiat, c'était Elvis lui-même.

Fouillez mon passé, avait écrit l'Albanais.

Il ne voyait rien ici. Rien d'autre qu'un grenier ordinaire. Il continua de remuer ciel et terre pendant une bonne heure, ouvrant même les emballages des jeux vidéo et des cassettes pornographiques, se demandant s'il allait devoir les visionner au cas où...

Il se faisait l'effet d'un rat.

Comme ceux qui avaient laissé cette piste sur le plancher, telle une caravane dans le désert.

La piste...

Il y avait un endroit où elle s'interrompait. Pour reprendre un peu plus loin. Le regard posé dessus, Servaz sentit un signal s'allumer dans son esprit. Il s'approcha, s'agenouilla. Se pencha. À cet endroit précis, les lattes n'étaient pas aussi bien jointes qu'alentour et la couche de poussière était plus mince. Servaz posa les mains sur les deux lattes mal jointes et les fit bouger sous ses doigts. Ils cherchèrent une prise. La trouvèrent. Il tira. Les deux lattes se soulevèrent. Une cavité en dessous... Une niche. Il y avait quelque chose dedans. Servaz saisit l'objet qui reposait au fond du trou et l'extirpa de sa cachette.

Un classeur.

Il en souleva la couverture rigide et découvrit des intercalaires transparents fixés à une reliure à anneaux. Il commença à les tourner. Le cœur battant. *Il tenait quelque chose...* S'asseyant plus confortablement sur le plancher poussiéreux, il passa en revue, une par une, les photos.

36

Diversion

Tu es surveillée. Il faut qu'on trouve le moyen de te sortir d'ici sans qu'ils te voient.

Margot relut le SMS et pianota trois mots :

Pour quoi faire ?

La réponse ne tarda pas. Son smartphone fit son habituel bruit de harpe et elle appliqua son doigt sur l'écran.

Tu as oublié ? C'est ce soir...

Ce soir quoi ? se demanda-t-elle. Puis, tout à coup, cela lui revint. *Le Cercle...* Ils avaient parlé d'une réunion le 17, l'autre soir, dans la clairière... Elias avait raison : on était le 17 juin. Même que la cour de récréation avait bruissé toute la journée de conversations concernant le match apparemment décisif de ce soir : France-Mexique. Merde ! Elle renonça aux textos et composa directement son numéro.

— Salut, dit-il avec une totale décontraction.
— Bon, alors, je t'écoute : t'as une idée ?
— Oui, j'en ai une...
— Accouche.

Il la lui expliqua. Margot avala sa salive. Ça ne l'emballait pas plus que ça. Surtout lorsqu'elle pensait à ce malade qui traînait peut-être là-dehors. Mais Elias avait raison : ce soir, il allait se passer quelque chose. C'était ce soir ou jamais.

— OK, dit-elle. Je me prépare.

Elle coupa la communication, se leva et alla chercher son sweat à capuche le plus sombre ainsi qu'un pantalon noir qui traînait dans son placard. Elle se regarda dans la glace, respira un grand coup et sortit de sa chambre. Le couloir était si silencieux et obscur qu'elle fut tentée un instant de rebrousser chemin et de l'appeler pour lui dire qu'elle laissait tomber.

Dans ces cas-là, il y a une solution, ma vieille : ne pas réfléchir. Pas de « et si ? », pas de « est-ce que j'ai envie de le faire ? ». Bouge-toi !

Elle fila vers l'escalier sur ses baskets silencieuses, descendit les larges degrés en faisant courir sa main sur la rampe de pierre. Le jour était plombé derrière le grand vitrail. Elle perçut le lointain grondement du tonnerre. Parvenue en bas, elle le rappela.

— C'est bon, je suis prête.
— Bouge pas. Au signal. Pas avant...

Planqué dans les bois à l'opposé de l'endroit où se trouvait Margot, Elias avait Samira Cheung dans la binoculaire de ses jumelles. La fliquette balayait le lycée du regard, mais la plupart du temps celui-ci se portait sur la fenêtre de Margot. Elle l'avait laissée ouverte et la lampe de chevet était allumée. La porte par laquelle elle était censée sortir se trouvait juste deux étages en dessous et Samira ne pouvait pas la louper.

Elias mit deux doigts dans sa bouche et émit un long sifflement strident. Aussitôt, il vit la tête de la femme-flic pivoter dans sa direction.

— Maintenant ! dit-il. Fonce !

Margot ouvrit le battant et émergea à l'air libre. Elle sentit aussitôt l'électricité qui était dans l'air, comme le pressentiment d'un événement à venir. Les feuillages frémissaient, les martinets volaient et tournoyaient dans tous les sens, exaspérés par l'approche de l'orage. Elle se baissa comme Elias lui avait dit de le faire et rasa le mur en courant, courbée en avant, jusqu'à l'angle de l'aile ouest. Puis elle fonça vers l'entrée du labyrinthe.

— C'est bon, dit Elias dans son appareil. Elle ne t'a pas vue.

Margot se demanda si cela la rassurait vraiment. Elle était à présent dehors, à découvert – alors que Vincent comme Samira la croyaient à l'abri à l'intérieur. Et le ciel orageux étendait son voile gris sur le labyrinthe de haies comme sur le reste du paysage.

Une minute plus tard, alors qu'elle avançait dans ses allées, Elias surgit devant elle tel un spectre facétieux et son cœur bondit dans sa poitrine.

— Bon Dieu de merde, Elias ! Tu peux pas t'annoncer ?

— Ah ouais ? Pour que ta garde du corps me saute dessus ? Pas envie de me faire attaquer par une nana qui ressemble à un membre de la famille Addams. Tu ne regardes pas le football ?

— Va te faire foutre.

— Allez, on se dépêche ! (Il s'immobilisa un instant.) Peut-être que leur fameuse réunion, c'est juste pour le match, après tout.

— Ça m'étonnerait, dit-elle en le bousculant. Avance !

37

Coup de tonnerre

Un coup de tonnerre fit trembler la charpente. Toujours pas de pluie. Servaz l'aurait entendu crépiter sur les tuiles. Il leva les yeux. Le jour déclinait, il faisait de plus en plus sombre dans le grenier. Pourtant, il n'était que 18 heures, un soir de juin.

Il reporta son attention sur le classeur.

Des clichés. Pris avec un appareil numérique de bonne qualité, puis imprimés au format A4. Soigneusement classés et protégés par des intercalaires transparents. Pas de noms – juste des lieux, des dates et des heures. L'imagination n'était pas ce qui caractérisait le plus le photographe. Presque toutes les photos avaient été prises dans les bois, selon le même angle, et représentaient le même sujet ou presque : un homme d'âge mûr, pantalon baissé, copulant dans l'herbe au milieu des fourrés. Invariablement, les clichés suivants montraient l'homme en train de se relever. Invariablement, la série s'achevait par un ou plusieurs gros plans sur le visage du sujet.

Il continua de tourner les pages. La monotonie de l'exercice lui arracha presque un sourire. Les positions adoptées ne témoignaient pas non plus d'une imagination débordante. Plutôt de l'urgence. Un petit coup vite fait. Dans les bois. Clic-clac. Souriez, vous êtes filmés. Servaz se concentra sur la partenaire : l'appât. Sur la plupart des clichés, il ne voyait que ses jambes et ses bras et un coin de chevelure. Il lui semblait apercevoir des taches de rousseur sur la peau pâle, mais c'était difficile à dire à cause de la définition de l'image. Il aurait parié que c'était la même fille chaque fois. Elle avait l'air très jeune, mais ça aussi c'était difficile à dire compte tenu de l'angle de prise de vue. Une mineure ?

Servaz en était à la moitié de l'album et il avait déjà compté une dizaine de sujets différents. Cela faisait un paquet de suspects et de mobiles. Et un tas d'alibis à vérifier... Mais quel rapport avec Claire Diemar ? Une chose était sûre : Elvis ne se contentait pas d'être un dealer, un violeur, un homme violent avec les femmes et un salopard qui envoyait ses chiens se faire massacrer ou en massacrer d'autres dans des combats sordides, c'était aussi un maître chanteur. Tout compte fait, Elvis Konstandin Elmaz était quelqu'un qui voyait les choses en grand, à sa façon. Une crapule *king size*. Un véritable supermarché de la délinquance à lui tout seul.

Puis il arriva à l'avant-dernière photo, et la tête lui tourna. Cette fois, il l'avait, le lien qu'il cherchait. Cette fois aussi, le visage de la complice apparaissait. *Une gamine*... PAS PLUS DE DIX-SEPT ANS. Il aurait parié qu'elle était élève à Marsac...

Quant à l'avant-dernière victime de la série, il contemplait son visage en gros plan. Le tonnerre retentit à l'extérieur. Plus près... Mais toujours pas de pluie. Il eut l'impression que quelqu'un lui tapotait sur l'épaule, quelqu'un qui lui disait : « Cette fois-ci, on y est. » Mais, bien entendu, il n'y avait personne dans ce grenier. Rien d'autre que lui et la vérité.

Ziegler jeta le mégot à ses pieds et l'écrasa sous le talon de sa botte quand l'homme surgit de l'immeuble, de l'autre côté du boulevard. Elle enfila son casque et enfourcha sa Suzuki. Drissa Kanté se mit en marche le long du trottoir et elle attendit qu'il eût pris un peu d'avance pour glisser sa bécane dans la circulation toulousaine. Il n'alla pas bien loin. Boulevard Lascrosses, il bifurqua vers la place Arnaud-Bernard. Ziegler roula lentement sur la place, vers l'entrée du parking, tout en surveillant sa cible du coin de l'œil et la vit s'attabler à la terrasse d'un bar baptisé L'Escale. Elle descendit la rampe menant au parking souterrain. Pas question de laisser sa moto sans surveillance ici. Trois minutes plus tard, elle émergeait de nouveau à l'air libre.

Drissa Kanté bavardait avec un autre client. Ziegler consulta sa montre, puis se dirigea vers une terrasse suffisamment éloignée de la première, attirant sur sa combinaison de cuir noir et ses cheveux blonds les regards de tous les dealers de cigarettes et de came qui guettaient leur clientèle de toxicos.

— Tu veux du shit, poupée ? lança une voix sur son passage. 10 grammes premier choix contre une pipe.

Elle fut tentée de se retourner pour lui mettre son poing dans la figure, mais ce n'était pas le moment d'attirer l'attention.

— Regarde !
Margot leva la tête. Une vieille Ford Fiesta venait d'émerger de l'allée du lycée sur la route et prenait la direction de la ville. *La voiture de David...* Elle passa devant eux et ils aperçurent Sarah à côté de David au volant et Virginie à l'arrière. Elias mit le contact et roula lentement hors du chemin, son capot et son pare-brise repoussant les feuillages qui obstruaient le sentier et les dissimulaient en partie.
— Tu n'as pas peur qu'ils nous repèrent ?
Il lui lança un regard amusé.
— Ben, c'est un risque à courir. J'ai jamais fait ça avant. Mais j'ai vu Clint Eastwood le faire plein de fois, tu penses que ça aide ?
Elle haussa les épaules en souriant, mais, dans le fond, elle se sentait extrêmement nerveuse.
— Je ne crois pas qu'ils s'attendent à être suivis, poursuivit-il d'un ton rassurant, comme s'il percevait sa nervosité. Et ils sont sans doute bien trop occupés à discuter et à parler de leur fameuse réunion.
— Le Cercle... commenta-t-elle.
— Le Cercle, confirma-t-il. Bon sang, on dirait le nom d'une de ces associations secrètes, genre francs-maçons, rose-croix ou *skulls and bones* ! Tu as une idée de ce que ça peut être ?
— Tu m'as laissé un mot où tu me disais que tu savais ce que c'était.
— J'ai jamais écrit ça, j'ai écrit : « J'ai trouvé. »
— Comment ça ?
— Je t'expliquerai. (Il ignora son coup d'œil furieux.) Encore heureux que le football me soûle, dit-il avant de se concentrer sur sa conduite. Tu connais ce

jeu de ballon pratiqué par les Romains qui s'appelait *sphaeromachia* ? Sénèque en parle dans ses *Lettres à Lucilius*.
— C'est un papillon, dit-elle.
— Quoi donc ?
— *Sphaeromachia gaumeri*. Tu es sûr qu'ils ne sont pas sur leurs gardes ? Tu oublies qu'ils ont failli nous choper l'autre soir dans le labyrinthe – et qu'ils se savent espionnés...

Il lui adressa un regard mi-figue mi-raisin, haussa les épaules et reporta son attention sur la route.

Servaz descendait les marches de la véranda. L'air était de plus en plus lourd. Il traversa la clairière. Le Cherokee était garé un peu plus loin. Il allait l'atteindre lorsque son œil accrocha quelque chose. Une tache blanche. Dans la végétation sur sa gauche.

Il changea de direction et se dirigea vers elle. Écarta les taillis. Un petit carton pâle au bout d'une tige en plastique plantée dans le sol. Quelqu'un – un des techniciens de scène de crime – avait écrit dessus « *mégots* »... Servaz fronça les sourcils. Les mégots avaient dû partir au labo. Tout comme ceux qu'il avait trouvés à l'entrée des bois, chez Claire Diemar... La même personne ? Quelqu'un avait épié Claire peu de temps avant sa mort. Ce quelqu'un avait-il fait la même chose ici ? *Un témoin ?... Ou l'assassin ? Qui était-il ? Que faisait-il là ? Comment savait-il ?* Le nombre de mégots trouvés chez Claire témoignait du temps que la personne avait passé à cet endroit. Ils auraient bientôt son ADN. Mais Servaz doutait qu'il fût dans le fichier.

Il regagna lentement la Jeep. Le tonnerre grondait

toujours au loin, mais il semblait hésiter à s'approcher. Servaz pensa à un fauve, à un tigre qui rôde aux alentours des villages et qu'on entend au fond de la jungle, le soir – un tigre qui guette le moment de passer à l'attaque. Il roula lentement jusqu'au bout de l'allée, prit à gauche au milieu de la forêt noyée d'ombres et, une fois revenu sur la longue ligne droite, la direction de Marsac.

Ziegler se souvint avec appréhension que c'était soir de match. Elle se demanda soudain si Drissa Kanté n'allait pas passer la soirée à L'Escale devant le football comme, vraisemblablement, quatre-vingts pour cent des Toulousains ce soir-là – ou pire : s'il n'allait pas ramener chez lui quelques amis pour regarder le match – mais elle le vit se lever, serrer quelques mains et partir seul.

Elle avait déjà réglé sa consommation. Elle attendit une minute avant de se lever à son tour pour traverser la place et rejoindre sa moto dans le parking, sous l'œil appréciateur des consommateurs et des dealers.

Ils avaient traversé Marsac et ils roulaient à présent en direction du sud. Des Pyrénées. La barrière des montagnes s'étirait au loin, sous le ciel orageux, sur toute la largeur de l'horizon et par-delà les collines – tel un Himalaya européen. Ils roulaient sur les petites routes du département, traversant des villages, virage après virage, et Elias essayait de laisser de la distance entre eux sans jamais les perdre complètement de vue. Il avait branché le GPS afin d'avoir une vision des routes et des carrefours en avant et entré une destination arbitraire en tenant compte peu ou prou de la direction qu'ils prenaient. Quand il s'avéra qu'ils se dirigeaient davantage vers le sud-ouest que vers le sud, il reconfigura le GPS et entra « Tarbes » comme destination temporaire. Comme l'avait fait Servaz avant lui, il se laissait distancer lorsque l'appareil lui indiquait qu'il n'y avait aucun carrefour avant plusieurs kilomètres et accélérait pour les avoir en visuel dès qu'un embranchement approchait.

À côté de lui, Margot admirait la dextérité dont il faisait preuve tant dans sa conduite que dans sa science de la filature. Avec sa mèche qui lui mangeait la moitié de la figure et son air d'être toujours ailleurs, elle l'avait pris pour un doux rêveur au début de l'année. Mais Elias ne cessait de la surprendre. Il n'avait jamais été très disert sur sa famille, ses frères et sœurs (elle avait cru comprendre néanmoins que, à l'instar de Lucie, il en avait un grand nombre), mais elle commençait à se demander ce qui l'avait rendu aussi plein de ressources.

Plein de ressources, oui... Comme la fois où il avait sorti une clé de sa poche et ouvert une porte qu'il n'était pas censé ouvrir... Ou celle où il avait laissé ce mot dans son casier.

— Je ne sais pas comment tu as fait pour ouvrir mon casier, mais je t'interdis de recommencer, dit-elle fermement.

— Message reçu.

Mais le ton purement diplomatique indiquait qu'il recommencerait à la première occasion.

— Tu sais que tu es un drôle de type ?

— Je suppose que, dans ta bouche, c'est un compliment.

— Comment tu t'es procuré la clé de cette porte, l'autre nuit ? demanda-t-elle soudain.

Il quitta un instant la route des yeux.

— Qu'est-ce que ça peut faire ?

— Toi et moi, ça fait combien de temps qu'on se connaît, qu'on bavarde ensemble ? Six mois ? Quelque chose comme ça ? Et plus je te connais, moins j'ai l'impression d'en savoir sur toi...

Il eut un sourire tordu en fixant la route et la lueur du soir qui jaillissait sous le plafond bas des nuages.

— Je pourrais te retourner le compliment.

— Tu viens d'une famille nombreuse, c'est ça ?

— Trois sœurs et un frère...

— C'est quoi, ton truc ? Tu te fais passer pour un rêveur, un type à l'ouest, plongé dans ses livres et dans ses rêves et, au final, t'es un vrai détective, un putain de James Bond ?

Cette fois, il rit franchement.

— Où t'as appris toutes ces choses, Elias ?

Le sourire disparut.

— Tu tiens vraiment à le savoir ?

— Ouaip.

Il secoua la tête.

— Non, je ne crois pas.

— Oh que si !

— J'avais neuf ans, dit-il.

Elle retint sa respiration, attendant la suite, consciente qu'il était devenu tout à coup très sérieux.

— J'appartenais à un groupe qui s'appelait « les Vigilants ». C'était mon grand frère qui l'avait formé. J'étais le plus jeune de la bande, tous les autres étaient des grands, ils avaient le même âge que lui. Notre truc, c'était d'apprendre à se démerder tout seul en toutes circonstances – à survivre. On se prenait pour des putains de Robinsons, tu vois. On allait dans la campagne, on construisait des cabanes, on se baladait partout, on observait et on apprenait. Et, pendant tout ce temps, mon grand frère m'enseignait plein de choses, comment utiliser une boussole, comment m'orienter, réparer une mobylette, siphonner de l'essence, tendre des pièges. Il me disait : « Elias, tu dois être capable de n'avoir besoin de personne, je ne serai pas toujours là pour t'aider. » Parfois, on jouait au foot ou au rugby, on faisait des jeux de piste, des chasses au trésor. Les jours de pluie, on s'enfermait dans le garage d'un copain. Ses parents n'y mettaient jamais leur voiture et il y avait tout un bric-à-brac de vieux fauteuils cabossés, de pièces de moteur pleines d'huile, de machins hors d'usage mais qu'ils avaient la flemme de jeter. Ils nous laissaient y faire ce qu'on voulait. Alors, on installait tout ce barda autour de nous et on imaginait qu'on était dans un bombardier survolant l'Europe pendant la Seconde Guerre mondiale, ou bien au fond des océans à bord d'un sous-marin, ce genre de chose... Bien sûr, c'était toujours mon grand frère le chef, c'était lui le premier pilote du bombardier, le capitaine du sous-marin, le chef de l'expédition dans l'espace : il adorait donner des ordres, mon frangin.

Tout à coup, elle se vit à onze ans, dans sa chambre chez son père où elle dormait un week-end sur deux. Elle l'aimait, cette chambre, parce qu'elle pouvait s'y endormir plus tard qu'à la maison – et parce qu'il n'y avait jamais de devoirs à faire. Il était tard. En tout cas tard pour une fillette de onze ans. Son père lui avait fait la lecture de *Vingt mille lieues sous les mers* et, au moment où elle avait fermé les yeux, elle n'était plus dans une chambre minuscule de huit mètres carrés mais au fond des océans, à bord du *Nautilus*.

— C'était quel genre, ton frère ?

Elle le vit hésiter.

— C'était le genre grand frère : protecteur, sympa, chiant, génial...

— Et qu'est-ce qu'il est devenu ?

— Il est mort.

— Comment ?

— La mort la plus con de la terre. Un accident de moto et une infection à l'hôpital. Par ici la sortie. Il avait vingt-deux ans.

— C'est pas vieux, alors ?

— Non.

— D'accord, dit-elle. Fin de la discussion.

— Drissa Kanté ?

Il se retourna. Pendant un instant, il contempla, médusé, l'apparition gainée de cuir noir, bottée et casquée qui lui faisait face au milieu du hall. Il pensa absurdement à un film de science-fiction. La visière opaque lui renvoyait sa propre image, yeux écarquillés. Puis l'apparition lui mit sous le nez un insigne qui transforma sa colonne vertébrale en circuit de réfrigérateur.

— Oui, c'est moi, répondit-il d'une voix qui lui parut terriblement coupable.

— On peut parler ?

L'apparition retira son casque et il découvrit un

beau visage encadré de cheveux blonds. Mais le regard sévère posé sur lui ne le rassura pas.

— Ici ?

— Chez vous, si ça ne vous dérange pas. Vous vivez seul ? Quel étage ?

Il avala sa salive.

— Neuvième.

— Allons-y, dit Ziegler fermement en désignant les portes de l'ascenseur.

Dans la cabine aussi vétuste que le hall, il regarda droit devant lui. Sans un mot ni un regard pour sa voisine. La femme vêtue de cuir noir demeura pareillement silencieuse. Mais il sentit qu'elle ne le quittait pas des yeux. Chaque seconde qui passait le rendait plus nerveux. Il savait que cela avait un rapport avec ce qu'il avait accepté de faire récemment. Il aurait dû refuser. Il avait su dès le départ que c'était une mauvaise idée, mais il n'était déjà plus possible de reculer et il n'avait pas eu le courage de dire non.

— Qu'est-ce que vous me voulez ? s'enhardit-il finalement en émergeant de l'ascenseur. Je suis pressé. Des amis m'attendent pour regarder le match.

— Vous le saurez bien assez tôt. Vous avez fait une grosse bêtise, monsieur Kanté. Une énorme bêtise. Mais tout n'est peut-être pas perdu. Je suis venue vous donner une chance de vous en sortir. La seule…

Il médita cette phrase en déverrouillant la porte de son appartement.

Une chance… Le mot résonnait dans sa tête.

Où diable allaient-ils comme ça ? Elias et Margot avaient cru un moment qu'ils se dirigeaient vers l'ouest, mais ils avaient soudain changé de cap, fonçant droit vers le sud et les Pyrénées centrales, à la limite de deux départements : la Haute-Garonne et les Hautes-Pyrénées. Ils avaient quitté la plaine et les collines et entraient à présent dans une vallée large de plusieurs kilomètres, entourée de montagnes déjà hautes bien que les sommets les plus impressionnants de la chaîne fussent devant eux, et semée de villages alignés comme les grains d'un chapelet. Margot commençait à se demander s'ils n'allaient pas finir par être repérés : cela faisait une bonne centaine de kilomètres qu'ils suivaient la Ford Fiesta.

Mais le temps orageux, de plus en plus sombre à mesure que la soirée avançait, les avantageait : rien ne ressemble plus à une paire de phares dans un rétroviseur qu'une autre paire de phares.

De lourds nuages pesaient au-dessus de la vallée comme des enclumes et la lumière prenait une teinte verdâtre, à la fois insolite et inquiétante.

Margot trouvait ce paysage à la fois beau, immense, profond et hostile. Elias, lui, était entièrement absorbé par ce qui se passait devant. Ils traversèrent un village niché au confluent de deux rivières rapides, deux ponts monumentaux les franchissaient et les maisons se serraient les unes contre les autres. Elle avisa quelques drapeaux français pendus aux balcons – et aussi un drapeau portugais. Les pics abrupts vers lesquels ils se dirigeaient, au fond de la vallée, mordaient le ciel telle une mâchoire géante. Elle s'interrogeait de plus en plus sur leur destination. S'ils s'aventuraient dans ces montagnes, il leur deviendrait difficile d'échapper à la vigilance de leurs prédécesseurs. Il ne devait pas y avoir beaucoup de voitures qui circulaient là-haut par un temps pareil. Au moindre lacet, David, Sarah et Virginie découvriraient la Saab d'Elias en dessous d'eux.

— Putain, où est-ce qu'ils vont comme ça ? dit-il en écho à ses interrogations.

— Il y a encore quelques voitures sur cette route. Mais s'ils la quittent pour une encore plus petite, il va devenir impossible de les suivre sans se faire repérer.

Elias lui adressa un clin d'œil rassurant.

— Toutes les routes qui quittent cette vallée ou presque sont des culs-de-sac. S'ils s'y aventurent, on les laissera filer devant et on attendra un moment avant de les suivre. Comme ça, ils ne se méfieront pas.

Comment faisait-il pour garder son sang-froid ? *Il bluffe*, se dit-elle. *Il est aussi mort de trouille que moi, mais il joue les durs*. Elle commençait à regretter de s'être laissé entraîner là-dedans. *Ma vieille, je le sens mal, ce coup-là*.

L'appartement de Drissa Kanté était minuscule mais très coloré. Ziegler était presque éblouie par ce jaillissement de couleurs – rouge, jaune, orange, bleu – partout sur les murs. Étoffes, tableaux, dessins, objets... Un joyeux désordre régnait et elle avait eu du mal à se frayer un chemin jusqu'au canapé recouvert d'une toile aux motifs géométriques kaki et noirs et de coussins indigo.

Drissa Kanté s'était manifestement appliqué à faire renaître un peu de son pays dans cet espace exigu. Elle ignorait qu'avant de trouver ce logement, il avait dormi à quatre dans des chambres de dix mètres carrés et même sous une tente. Il était assis en face d'elle, sur une chaise. Il ne bougeait pas. Il la regardait, et elle lisait la peur dans son regard. Il lui avait raconté par le menu ses rencontres avec « le gros homme aux cheveux gras ». Elle l'avait écouté attentivement et en avait déduit que le gros lard était un détective. La gendarme n'était pas surprise. Ces dernières années, les officines s'étaient multipliées dans un monde où l'économie prenait de plus en plus les allures d'une guerre, et même des groupes ayant pignon sur rue n'hésitaient plus à y avoir recours. Des avocats représentant des petits porteurs dont on traquait la vie privée, des membres de Greenpeace victimes d'espionnage informatique, des personnalités politiques dont on « visitait » les appartements : le recours aux officines était devenu une pratique courante, établie, générale, malgré le boucan médiatique provoqué par les plaintes des victimes et les tentatives de certains juges pour mettre de l'ordre dans cette pétaudière.

Résultat : de plus en plus de cabinets de détectives et de sociétés de gardiennage proposaient ce genre de services à leurs clients, la plupart du temps des groupes industriels, mais pas seulement. Irène savait que ces officines recouraient également aux bons offices de certains de ses collègues peu regardants sur les moyens d'arrondir leurs fins de mois : gendarmes, militaires, anciens membres de services de renseignements, pour obtenir des infos sensibles. Drissa Kanté n'était qu'une de leurs petites mains parmi des centaines d'autres. En réalité, elle se moquait des missions que le Malien avait effectuées pour le compte de cet homme. Ce qui l'intéressait, c'était l'homme lui-même.

— Je suis désolé, dit-il. C'est tout ce que je sais à son sujet.

Il lui tendit le dessin qu'il venait d'effectuer. Il avait un bon coup de crayon. Cela valait tous les portraits-robots.

Elle leva les yeux vers lui. Drissa Kanté suait à grosses gouttes. La sueur traçait des sillons luisants sur sa peau sombre dans la lueur de la lampe. Ses yeux brillaient de peur et d'attente, pupilles dilatées.

— Donc, pas de nom, de pseudo, de prénom ?
— Non.
— Cette clé USB, vous l'avez toujours ?
— Non, je l'ai rendue.
— OK. Essayez de vous souvenir d'un autre détail. Un mètre quatre-vingt-dix, cent trente kilos, des cheveux bruns et gras, des lunettes noires. Quoi d'autre ?

Il hésita.

— Il sue beaucoup. Il y a toujours des auréoles de transpiration sous ses aisselles.

Il la regarda en guettant chez elle un signe d'approbation. Elle hocha la tête pour l'encourager.

— Il boit de la bière.
— Quoi d'autre ?

Il sortit un mouchoir pour essuyer la sueur sur son visage.

— Un accent.

Elle haussa un sourcil.

— Quel genre d'accent ?

Il hésita.

— Sicilien ou italien...

Elle braqua son regard sur lui.

— Vous en êtes sûr ?

Nouvelle hésitation.

— Oui. Il parle un peu comme Mario, le pizzaïolo.

Elle ne put s'empêcher de sourire. Elle inscrivit sur son calepin : *SuperMario ? Sicilien ? Italien ?*
— Et c'est tout ?
— Mmm.
La peur, de nouveau, dans ses yeux.
— Ça ne va pas suffire, pas vrai ?
— On verra.

Espérandieu les entendait, à présent. À deux portes de là. Ils bavardaient, riaient et faisaient des pronostics. Il entendait même la voix des commentateurs qui annonçaient la composition de l'équipe en gueulant pour couvrir le chahut des spectateurs dans le stade et le bourdonnement des *vuvuzelas*. Et aussi le bruit des bouteilles de bière qui s'entrechoquaient. Bon sang !
Il referma le dossier. Il finirait ce boulot demain. Ça pouvait tout de même attendre quelques heures. Il avait envie d'une bière bien fraîche et d'écouter les hymnes. C'était le moment qu'il préférait. Il allait se lever lorsque le téléphone sonna sur son bureau.
— On a le résultat de la comparaison graphologique, dit une voix.
Il se rassit. *Le cahier, sur le bureau de Claire. Et les notes en marge du devoir de Margot...* Il se dit qu'au moins il n'était pas le seul à travailler ce soir-là.

Servaz se gara dans la rue paisible. Toutes les fenêtres de la maison étaient éteintes. L'air chaud entrait par la vitre baissée et il charriait un parfum de fleurs. Il alluma une cigarette et attendit. Deux heures et demie plus tard, le Spider rouge passa près de lui en silence. Une lampe se mit à clignoter au sommet d'un pilier de pierre, jetant une lueur orangée sur le trottoir, et le portail s'ouvrit lentement. L'Alfa Romeo disparut à l'intérieur.

Servaz attendit que des lumières s'allument derrière les fenêtres pour descendre de voiture. Il traversa la rue déserte sans se presser, ses semelles ne produisant presque aucun bruit sur l'asphalte. Il y avait un petit portillon à côté du portail, de l'autre côté du pilier. Il abaissa la poignée et le portillon s'ouvrit en silence. Le seul bruit était celui de son sang grondant dans sa poitrine quand il remonta le sentier dallé en forme de S, entre les massifs de fleurs, le pin et le saule. À cette heure, ils n'étaient que des masses d'ombre arrêtant la lumière qui provenait des réverbères en contrebas. L'énorme pin se dressait comme un totem, comme le gardien des lieux. Servaz parvint à la terrasse surélevée et cernée par les massifs après avoir gravi trois marches en béton. Par moments, lui parvenait le son lointain d'un téléviseur quelque part dans une maison voisine. Des commentaires sportifs et la clameur d'une foule surexcitée. Le match, songea-t-il. Il sonna. Perçut l'écho d'un carillon à l'intérieur. Attendit un moment. Puis la porte s'ouvrit sans qu'il eût entendu des pas approcher, et il faillit sursauter lorsque la voix de Francis Van Acker jaillit.

— Martin ?
— Je te dérange ?
— Non. Entre.

Francis le précéda à l'intérieur. Il portait une robe de chambre en satin nouée à la taille. Servaz se demanda s'il était nu en dessous.

Il regarda autour de lui. L'intérieur ne ressemblait

guère à l'extérieur. Tout était moderne. Épuré. *Vide*. Murs gris presque dépourvus de tableaux, sol clair, chrome, acier et bois sombre pour les rares meubles. Des rangées de spots au plafond. Des piles de livres sur les marches de l'escalier. Les baies vitrées de la véranda étaient ouvertes et les bruits du voisinage leur parvenaient – indices rassurants de normalité, de vies ordinaires, échos d'enfants qui jouent, jappements d'un chien et la même télévision que précédemment. Une soirée d'été... Par contraste, le silence et le vide qui régnaient à l'intérieur de la maison n'en paraissaient que plus pesants. Ils parlaient le langage de la solitude. Celui d'une existence tout entière tournée vers soi. Servaz comprit que personne n'était venu ici depuis longtemps. Francis Van Acker dut se rendre compte de son malaise car il alluma la télé, son coupé, et glissa un CD dans la minichaîne.

— Tu veux boire quelque chose ?
— Un café. Court, sucré. Merci.
— Assieds-toi.

Servaz se laissa tomber dans l'un des canapés du coin télé. Il reconnut le morceau qui s'éleva dans la pièce au bout de quelques secondes : *Nocturne pour piano n° 7 en Ut dièse mineur*. Une tension traversait cette musique, où les notes graves l'emportaient. Servaz sentit un frisson courir le long de son échine.

Francis revint avec un plateau, repoussa les livres d'art sur la table basse et posa les tasses de café devant eux. Il avança délicatement le pot à sucre en direction de Martin. Servaz constata qu'il avait été griffé entre le cou et l'épaule. Sur l'écran 16/9 de la télé, des publicités muettes défilèrent, puis il aperçut les joueurs de l'équipe de France qui rentraient sur le terrain pour la deuxième mi-temps.

— Qu'est-ce qui me vaut ta visite ?

Son hôte avait élevé la voix pour couvrir la musique.

— Tu ne peux pas baisser un peu ce truc-là ? lança Servaz.

— Ce truc, comme tu dis, ça s'appelle Chopin. Et non : je l'aime comme ça. Alors ?

— J'avais besoin d'avoir ton avis ! gueula Servaz à son tour.

Assis sur le large accoudoir, Van Acker croisa les jambes. Il porta la tasse à ses lèvres. Servaz détourna le regard de ses pieds nus et de ses mollets aussi lisses que ceux d'un cycliste. Francis le fixait d'un air songeur.

— Sur quoi ?

— L'enquête.

— Vous en êtes où ?

— Nulle part. Notre principal suspect n'est pas le bon.

— Ça va être difficile de t'aider si tu ne m'en dis pas plus.

— Disons que j'ai davantage besoin de ton avis sur un plan théorique, général, que pratique...

— Mmm. Je t'écoute.

L'image du Spider Alfa Romeo rouge jaillissant du jardin de Marianne à 3 heures du matin traversa l'esprit de Servaz. Il s'empressa de la chasser. Les notes du piano tombaient, hypnotiques, dans la pièce. Il se secoua et se força à recouvrer sa lucidité. Prit une inspiration.

— Que penses-tu d'un assassin qui essaierait de nous faire croire qu'un autre assassin, un tueur en série, est dans la région pour lui faire porter la responsabilité de ses crimes ? Il enverrait des mails à la police. Il se déguiserait en motard et parlerait volontairement avec un accent à un caissier de station-service. Il glisserait un CD dans la chaîne stéréo de sa victime. Il laisserait partout des petits cailloux, comme le Petit Poucet. Il ferait croire aussi à une sorte de... connexion privilégiée entre l'enquêteur et le meurtrier alors que ses meurtres ont un mobile bien précis.

— Comme quoi, par exemple ?

— Les mobiles habituels : la colère, la vengeance, ou bien la nécessité de faire taire quelqu'un qui vous fait chanter et menace de vous dénoncer et de ruiner votre réputation, votre carrière et votre existence.

— Pourquoi ferait-il ça ?

— Je te l'ai dit : pour nous entraîner dans une mauvaise direction. Pour qu'on croie à la culpabilité d'un autre.

Il vit une étincelle s'allumer dans les yeux de son ami. Une ombre de sourire. La musique accéléra ; les notes roulaient à présent à travers la pièce, scandées et martelées frénétiquement sur le clavier par le pianiste.

— Tu penses à quelqu'un en particulier ?

— Peut-être.

— Ce suspect qui n'est pas le bon, c'est Hugo ?

— Peu importe. Mais ce qui est intéressant, c'est que celui qui a essayé de lui faire porter le chapeau connaît très bien Marsac, ses usages, ses coulisses. C'est aussi quelqu'un qui a l'esprit littéraire.

— Vraiment ?

— Il a laissé un mot sur le bureau de Claire, dans un cahier tout neuf. Une citation de Victor Hugo, parlant d'ennemi... Pour nous faire croire que Claire elle-même l'avait écrite. Sauf que ce n'est pas elle qui a rédigé ce mot... Ce n'est pas son écriture, le graphologue est formel.

— Intéressant. Donc, tu crois qu'il s'agit d'un professeur, d'un membre du personnel ou d'un élève, c'est ça ?

Il regarda Francis dans les yeux.

— Exact.

Van Acker se leva. Il passa derrière le comptoir, se pencha sur l'évier pour laver sa tasse, lui tournant le dos.

— Je te connais, Martin. Je connais ce ton chez toi. Tu l'avais déjà à Marsac quand tu étais proche de la solution... Tu as un autre suspect, j'en suis sûr. Vide ton sac.

— *Oui... j'en ai un.*

Van Acker se retourna face à lui et ouvrit un tiroir derrière le comptoir. Il semblait détendu, paisible.

— Professeur, membre du personnel ou élève ?

— Professeur.

Le bas du corps dissimulé par le comptoir, Francis le fixait toujours, l'air absent. Servaz se demanda ce que faisaient ses mains. Il se leva. S'approcha d'un des murs. Un unique tableau au centre. De grande taille. Il représentait un aigle impérial perché sur le dossier d'un fauteuil rouge. Les reflets dorés sur les plumes du fascinant oiseau le drapaient d'un manteau d'orgueil. Son bec acéré et son regard perçant posé sur Servaz exprimaient la puissance, l'absence de doute. Une très belle toile d'un réalisme saisissant.

— C'est quelqu'un qui croit ressembler à cet aigle, commenta-t-il. Orgueilleux, puissant, sûr de sa supériorité et de sa force.

Derrière lui, Van Acker bougea. Il entendit ses pas qui contournaient le comptoir. Servaz sentit la tension diffuser à travers ses épaules et son dos. Il percevait la présence de son ami quelque part dans la salle. Les battements désordonnés de son cœur étaient couverts par la musique.

— Tu en as parlé à quelqu'un ?
— Pas encore.

C'était maintenant ou jamais, il le savait. Le tableau était recouvert d'une épaisse couche de vernis, et Servaz vit le reflet de Francis se déplacer dedans, par-dessus les plumes chatoyantes de l'aigle. Non pas dans sa direction, mais latéralement. La musique ralentit et s'éteignit. Francis avait dû appuyer sur une télécommande, car il n'y eut plus que le silence.

— Si tu allais au bout de ton raisonnement, Martin ?
— Que faisais-tu avec Sarah dans les gorges ? De quoi est-ce que vous parliez ?
— Tu m'as suivi ?
— Réponds à ma question, s'il te plaît.
— Enfin, tu manques à ce point-là d'imagination ? Relis tes classiques, bon Dieu : *Le Rouge et le Noir*, *Le Diable au corps*, *Lolita*... Tu vois : le prof et l'étudiante, un vrai cliché.
— Ne me prends pas pour un imbécile. Vous ne vous êtes même pas embrassés.
— Ah, tu étais si près que ça ?... Elle est venue m'annoncer que c'était fini, qu'elle arrêtait. C'était ça le but de notre petit rendez-vous nocturne. Qu'est-ce que tu fichais là, Martin ?
— Pourquoi elle te quitte ?
— Ça ne te regarde foutrement pas.
— Tu te fournis en came auprès d'un dealer sur-

nommé « Heisenberg », dit Servaz. Depuis quand tu te drogues ?

Le silence pesa sur ses épaules. Il dura plus longtemps.

— Ça non plus, ça ne te regarde foutrement pas.

— Sauf qu'Hugo aussi a été drogué le soir du meurtre. Drogué et transporté sur place par quelqu'un qui, vraisemblablement, se trouvait au Dubliners en même temps que lui. Et qui a versé quelque chose dans son verre. C'était un peu la cohue, ce soir-là, non ? Ça ne devait pas être bien compliqué. J'ai appelé Aodhágán. Tu étais dans ce pub le soir du match.

— Comme la moitié des professeurs et des élèves de Marsac.

— J'ai aussi trouvé une photo chez Elvis Elmaz, le gars que quelqu'un a donné à bouffer à ses chiens... Tu as dû en entendre parler. Une photo où tu as les fesses à l'air et où tu es avec une fille qui, de toute évidence, est mineure. Et je parie que c'est aussi une élève du lycée. Qu'est-ce qui se passerait si cela venait à la connaissance des autres professeurs et des parents d'élèves ?

Il crut entendre Francis attraper quelque chose, vit le reflet de son bras bouger.

— Continue.

— Claire, elle savait, n'est-ce pas ? Que tu couchais avec tes élèves... Elle avait menacé de te dénoncer.

— Non. Elle ne savait rien. En tout cas, elle ne m'en a jamais parlé.

Sur le tableau, le reflet se déplaça très lentement.

— Tu savais que Claire avait une liaison avec Hugo. Tu t'es dit qu'il ferait un coupable idéal. Jeune, brillant, jaloux, colérique – et camé...

— Camé comme sa mère, compléta Francis derrière lui.

Servaz tressaillit.

— Quoi ?

— Ne me dis pas que tu n'as rien remarqué ? Martin, Martin... Décidément, tu n'as pas changé. Toujours aussi aveugle. Marianne est devenue accro à certaines substances depuis la mort de Bokha. Elle a un singe dans le dos, elle aussi. Et pas un petit rhésus. Plutôt un chimpanzé.

Servaz revit Marianne la nuit où ils avaient fait l'amour, son regard étrange, son comportement chaotique. Il ne devait pas se laisser distraire. C'était ce que cherchait l'homme derrière lui.

— J'ai du mal à te suivre, dit Francis, sa voix résonnant sans qu'il pût en localiser avec précision la provenance. Est-ce que j'ai cherché à faire croire que c'était Hirtmann le coupable ou bien Hugo ? Ta... *théorie* n'est pas très claire.

— Elvis te faisait chanter, n'est-ce pas ?

— Exact.

Un léger déplacement de nouveau dans son dos.

— Je l'ai payé. Après ça, il m'a fichu la paix.

— Tu veux vraiment que j'avale ça ?

— C'est pourtant la vérité.

— Elvis n'est pas du genre à lâcher un filon quand il en tient un.

— Sauf le jour où il a trouvé son chien de combat préféré égorgé dans sa cage avec le mot : « La prochaine fois, c'est ton tour. »

Servaz avala sa salive.

— Tu as fait ça ?

— Ai-je dit cela ? Il y a des gens très doués pour ce

genre de choses – même si leurs tarifs sont un peu... excessifs. Mais ce n'est pas moi qui les ai embauchés. Une autre victime... Tu sais comme moi que Marsac est plein de gens importants – et riches. Après ça, Elvis a cessé ses activités de maître chanteur. Bon sang, Martin, la police : quel gâchis ! Tu avais tellement de talent...

Servaz vit le reflet réapparaître et faire un pas vers lui dans le vernis du tableau, puis s'arrêter. L'adrénaline giclait dans ses veines, un mélange de panique et d'excitation. Il avait l'impression que son cœur allait jaillir de sa poitrine.

— Tu te rappelles cette nouvelle ? La première que tu m'aies fait lire, elle s'intitulait *L'Œuf*. C'était... c'était absolument merveilleux... (Une vibration, un tremblement authentique dans sa voix.) Un joyau. Il y avait tout dans ces pages... TOUT. La tendresse, la délicatesse, la férocité, l'irrévérence, la vitalité, le style, l'excès, l'intellectualité, l'émotion, la gravité et la légèreté. On aurait dit un texte écrit par un auteur au sommet de son art et tu n'avais que vingt ans ! Je les ai gardées, ces pages. Pas question de les jeter. Mais je n'ai jamais eu le courage de les relire. Je me rappelle que j'ai chialé en les lisant, Martin. Je te jure : j'ai chialé dans mon lit, tes feuillets tremblants dans mes mains, et j'ai hurlé de jalousie, j'ai maudit Dieu parce que c'était *toi*, ce petit connard naïf et sentimental, qu'Il avait choisi... Un peu comme toutes ces conneries sur Mozart et Salieri, tu vois ? Toi, avec ton air gentiment ahuri, tu avais tout : tu avais le don et tu avais Marianne. Dieu est un bel enfoiré quand il s'y met, tu ne trouves pas ? Il sait appuyer là où ça fait mal. Alors, oui, je n'ai eu de cesse de te prendre

Marianne – puisque je savais que je ne pourrais jamais avoir ton foutu don. Et je savais comment m'y prendre avec elle... C'était facile... Tu as tout fait pour qu'on te la prenne.

Servaz avait l'impression que la pièce tournait autour de lui, qu'un poing serrait sa poitrine à la faire exploser. Il devait à tout prix garder le contrôle – ce n'était pas le moment de céder à l'émotion. C'était exactement ce que Francis attendait.

— *Martin... Martin...* dit Francis derrière lui – et son ton doucereux, triste et irrévocable le fit soudain frissonner.

Au fond de sa poche, son mobile bourdonna. *Pas maintenant !* Le reflet bougea encore une fois derrière lui. Dans sa poche, le vibreur insistait... Il plongea la main dans sa veste, en sortit l'appareil, répondit en surveillant toujours le reflet du coin de l'œil.

— Servaz !

— Qu'est-ce qui t'arrive ? demanda Vincent d'une voix inquiète.

Il avait perçu la tension dans celle de son chef.

— Rien. Je t'écoute.

— On a le résultat de la comparaison graphologique.

— Et... ?

— Si les notes sur la copie de Margot sont bien de lui, ce n'est pas Francis Van Acker qui a écrit dans ce cahier.

Garés au bord de la route, Margot et Elias regardaient celle, plus petite, par laquelle Sarah, David et Virginie avaient disparu. Elle s'élançait de l'autre côté de la chaussée et grimpait aussitôt. Un panneau indiquait : « Barrage de Néouvielle, 7 km ». Margot entendait la rivière couler tout près d'elle, dans l'ombre en contrebas de la route, par la fenêtre ouverte.

— Qu'est-ce qu'on fait ? demanda-t-elle.
— On attend.
— Combien de temps ?
Il consulta sa montre.
— Cinq minutes.
— Cette route est un cul-de-sac ?
— Non. Elle mène à une autre vallée en franchissant un col à 1 800 mètres d'altitude. Avant ça, elle passe sur le barrage de Néouvielle et longe le lac du même nom.
— On peut les perdre...
— C'est un risque à courir.

— Tu as cru que c'était moi.
Le constat était formulé sans émotion. Servaz regardait la bouteille dans la main de Francis. Le liquide ambré. Du whisky. C'était un beau carafon en verre. Lourd... Avait-il eu l'intention de s'en servir ? Dans l'autre main, Francis tenait un verre. Il le remplit à moitié. Sa main trembla. Le regard de Van Acker enveloppa ensuite Servaz. Douloureux et méprisant.
— Va-t'en d'ici.
Servaz ne bougea pas.
— Fous le camp, je te dis. Tire-toi ! Pourquoi est-ce que je suis surpris ? Après tout, tu n'es qu'un *flic*.
Exact, songea-t-il. *Exact, je suis un flic*. Il se dirigea

vers la porte d'un pas pesant. Au moment de poser la main sur la poignée, il se retourna. Francis Van Acker ne le regardait pas. Il buvait son whisky en fixant un point sur le mur qu'il était seul à voir. Et il avait l'air immensément seul.

38

Le lac

Un miroir. Les nuages, le soleil couchant et les crêtes dentelées se reflétaient dedans. Margot croyait entendre des sons : un carillon, une cloche grave, des bris de verre, alors que ce n'étaient que des jeux de lumière. Les flots léchaient les rives escarpées dans le clair-obscur du soir.

Elias coupa le moteur et ils descendirent.

Aussitôt, Margot sentit son centre de gravité tomber vers ses genoux et le vertige siphonner ses forces : de l'autre côté de la route, elle avait entrevu l'à-pic vertigineux qui les suspendait entre ciel et terre.

— On appelle ça un barrage-voûte, dit Elias sans s'apercevoir de son trouble. Celui-ci est le plus grand des Pyrénées. Il fait cent dix mètres de haut et le lac de retenue à côté de toi soixante-sept millions de mètres cubes.

Il alluma une cigarette. Elle évita de regarder vers le vide abyssal au-delà d'Elias pour se concentrer sur le lac. De ce côté-ci, la surface était à moins de quatre mètres du bord.

— La pression est colossale, dit Elias en suivant son

regard. Elle est repoussée vers les rives par un effet d'arcs-boutants, tu sais : comme dans les cathédrales.

La route, beaucoup trop étroite au goût de Margot, épousait la courbe du barrage puis rejoignait l'autre rive. Le soir était plein des grondements du tonnerre, mais il ne pleuvait toujours pas. Un vent léger hérissait cependant la surface du lac et faisait frissonner les aiguilles des pins tout autour. Là où il n'y avait pas de bois, c'était une succession de plateaux herbeux traversés par des ruisseaux et d'amoncellements rocheux. Puis venaient les versants abrupts de la montagne.

— Regarde. Là.

Il lui tendit ses jumelles. Elle suivit la route des yeux, qui s'élevait pour contourner le lac en le surplombant d'une dizaine de mètres. Un parking. Vers le milieu de la retenue. Il y avait plusieurs voitures garées et même un minivan. Margot reconnut la Ford Fiesta.

— Qu'est-ce qu'ils font là ?

— Il n'y a qu'un moyen de le savoir, dit-il en remontant au volant.

— Comment on fait pour s'approcher sans qu'ils nous entendent ?

Il montra le bout du barrage.

— On trouve un endroit où planquer la voiture et on finit à pied. En espérant qu'ils n'aient pas terminé avant qu'on y arrive. Mais ça m'étonnerait. Ils n'ont pas fait tout ce chemin pour rien.

— Comment on va arriver jusqu'à eux ? Tu connais cet endroit ?

— Non, mais on a encore deux bonnes heures de jour devant nous.

Il mit le contact et ils roulèrent en seconde jusqu'à l'extrémité du barrage. Il y avait un premier parking avec un plan, à l'entrée, abrité sous un petit toit en dosses de sapin, mais aucun moyen de planquer la voiture. Ils la laissèrent là et s'approchèrent du plan. Différents sentiers s'offraient aux randonneurs : trois partaient du second parking, celui où était garée la Ford Fiesta, et une sente reliait les deux parkings entre eux, longeant plus ou moins la rive et la route. Elias posa le doigt dessus et Margot hocha la tête. À cette heure-là et par ce temps, ils ne risquaient pas de tomber sur des touristes. D'ailleurs, hormis la Saab d'Elias, le parking était désert.

— Éteins ton téléphone, dit Elias en extrayant le sien de sa poche.

La température chutait rapidement. Ils se mirent en marche sur le sentier pierreux, au milieu des pins qui bruissaient sinistrement dans la brise. Elle percevait également le chuintement des flots en contrebas. L'air du soir embaumait la résine, les fleurs de montagne, dont les taches plus claires trouaient la pénombre, et l'odeur légèrement croupie de la grande retenue d'eau.

Le chemin de terre et de pierraille s'élevait, surplombant la route qui elle-même surplombait le lac. Elle supposa qu'à un moment donné il allait redescendre pour rejoindre le deuxième parking. Le ciel virait au gris et au violet. La montagne n'était plus qu'une masse noire et ce qu'Elias avait appelé « le jour » de moins en moins lumineux. Ils avaient beau tenter d'avoir le pied léger, leurs semelles écrasant les cailloux n'en produisaient pas moins un bruit assurément inquiétant aux oreilles de Margot. Car, autour d'eux, tout était silence.

Ils avaient parcouru environ cinq cents mètres – estimation très approximative, elle devait en convenir – lorsque Elias l'arrêta d'un geste et lui montra un endroit un peu plus loin. Margot porta son regard vers la rive escarpée à deux cents mètres de là.

Elle formait une pente abrupte qui dévalait depuis la route jusqu'à la surface des eaux, environ dix mètres en contrebas. La partie haute, cependant, celle qui bordait la route, était presque horizontale et la pente ne s'accentuait que quelques mètres plus loin, formant un épaulement rocheux hérissé d'arbustes, de taillis et de pins. C'est là qu'elle les vit. *Le Cercle*... Elle aurait dû y penser plus tôt. Si simple. Trop simple. La réponse était là, sous leurs yeux. Elle échangea un regard avec Elias et ils s'accroupirent au bord du chemin, dans les pelouses et les bruyères, tandis qu'il lui passait ses jumelles.

Ils se tenaient par la main et ils fermaient les yeux. Margot les compta. Ils étaient neuf. L'un d'eux était assis dans un fauteuil roulant. Elle nota aussi qu'un autre se tenait debout, mais dans une position étrange, tordue, comme si ses jambes n'étaient pas tout à fait dans le même axe que son torse, comme s'il était l'une de ces images-puzzles reconstituées à partir de plusieurs personnes différentes, mais dont chaque fragment est légèrement déboîté. Elle remarqua alors les tiges brillantes sur le sol, à ses pieds : des béquilles.

Ils avaient formé le cercle sur la partie la plus plane du terrain qui s'étendait entre la route et le ravin. Mais ceux qui constituaient la section la plus proche du lac avaient les talons presque au-dessus de l'abîme, et la masse sombre de l'eau juste dans leurs dos.

Margot rendit les jumelles à Elias et le regarda dans l'ombre.

— Tu savais, dit-elle. Tu m'as laissé ce mot : « Je crois que j'ai trouvé le Cercle. » Tu connaissais son existence...

Il répondit sans cesser de regarder dans les jumelles.

— Du bluff. Tout ce que j'avais, c'était une carte avec cet endroit marqué d'une croix.

— Une carte ? Et où tu as trouvé une carte ?

— Dans la chambre de David.

— Tu t'es introduit dans la chambre de David ?!

Il ne répondit pas cette fois.

— Alors, tu savais où on allait depuis le début...

Il lui renvoya un petit sourire amusé et elle sentit la colère la gagner. Puis il se déplia lentement.

— Viens. On y va...

— Où ça ?

— Essayons de nous rapprocher... De comprendre un peu ce qui se passe ici.

Pas une bonne idée, songea-t-elle. Pas une bonne idée du tout. Mais elle n'avait pas le choix. Et elle le suivit à travers les inégalités du terrain, les rochers et les pins, tandis que le soir continuait de descendre.

David sentait les larmes ruisseler sur ses joues, paupières closes. La brise du soir les séchait au fur et à mesure. Il serrait fortement les mains de Virginie et de Sarah. Sarah et Virginie qui donnaient pareillement la main à leurs voisins. Alex avait posé ses deux cannes anglaises à ses pieds, tout comme Sofiane. Maud était assise dans son fauteuil roulant pliable ; il avait fallu la rouler sur la route depuis le parking et le van

— une cinquantaine de mètres, pas plus — puis la porter sur quelques mètres, fauteuil plié. Tous tendaient les bras vers leurs voisins.

Le Cercle était reformé. Comme chaque année. À la même date : 17 juin. Une date gravée dans leur chair. Dix. C'était leur nombre. Un compte rond. Comme le Cercle. Dix survivants pour dix-sept victimes. Le 17 juin. Dieu, le hasard ou le destin en avaient voulu ainsi.

Les yeux fermés, ils laissaient les souvenirs les envahir, remonter à la surface. Ils revoyaient cette nuit de printemps où ils avaient cessé d'être des enfants pour devenir une famille. Revivaient le choc énorme, l'impact cataclysmique, le bruit assourdissant du métal tordu, des vitres explosant en myriades d'éclats de verre, des sièges arrachés à leurs fixations, du toit et des cloisons écrasés comme une canette dans un poing géant. Ils revoyaient la nuit et la terre basculant soudain, s'enroulant l'une autour de l'autre, les pins trop fragiles arrachés, déracinés, décapités au passage, les rochers aux arêtes tranchantes déchirant la tôle, les corps projetés dans tous les sens comme des cosmonautes en apesanteur. Revoyaient la lueur des phares devenue folle qui illuminait ce tourbillon dément de flashes improbables, de lueurs de panique, dans une esthétique absurde. Ils entendaient les hurlements de leurs camarades et ceux des adultes. Puis les sirènes, les cris, les appels. Les pales de l'hélicoptère au-dessus d'eux. Les pompiers qui étaient arrivés au bout de vingt minutes. À ce moment-là, l'autocar était encore suspendu à dix mètres au-dessus de la surface du lac, à quelques mètres seulement de l'endroit où ils se tenaient, momentanément retenu à mi-pente par quelques arbustes dérisoires et des troncs d'arbres trop minces.

Ils revoyaient l'instant où les derniers arbres avaient cédé dans un craquement sinistre et où le bus avait glissé, avec un crissement d'agonie, vers le lac. Où, au milieu des hurlements de ceux qui se trouvaient encore prisonniers à l'intérieur, il avait sombré dans les eaux noires, bientôt illuminées par l'un de ses phares qui avait continué de briller pendant des heures au fond de l'eau.

On avait voulu les évacuer, mais ils avaient tous refusé, ensemble déjà ; à l'unisson, ils avaient tenu tête aux adultes, assistant de loin aux opérations de secours, aux vaines tentatives, jusqu'à ce que les corps de leurs petits camarades noyés qui n'étaient pas restés coincés sous les tôles remontent à la surface et se mettent à flotter dans l'eau irisée par la lumière du phare unique, brillant comme un œil de cyclope au fond du lac. Un, puis deux, puis trois, puis une bonne douzaine de petits corps remontant comme des ballons, quand, alors, quelqu'un avait crié : « Virez-moi ces gosses de là, bordel de merde ! » Cela s'était passé un soir de juin, un soir qui aurait dû symboliser la liberté retrouvée, la fin de l'année scolaire, le début des vacances : la période la plus excitante de l'année.

C'était dans le service de psychologie de l'hôpital de Pau, où ils avaient passé une partie de l'été à se reconstruire, que le Cercle était né. C'était là, bien qu'évidemment ils n'en eussent pas encore conscience, que le processus avait été enclenché. L'idée leur était venue naturellement, spontanément, sans qu'il y eût besoin de se concerter. Ils avaient compris, instinctivement là encore, sans qu'il fût nul besoin de paroles, qu'on ne pourrait plus jamais les séparer. Que le lien par lequel le destin les avait réunis était bien plus fort que ceux du sang, de l'amitié ou de l'amour. C'était la mort qui les unissait. Elle les avait épargnés et elle les avait désignés les uns aux autres. Ils avaient compris cette nuit-là qu'ils ne pouvaient compter que sur eux-mêmes. Ils en avaient eu la preuve. Les adultes ne sont pas fiables.

David sentait la douce brise du lac passer sur sa figure et sécher ses larmes, la chaleur des mains de Virginie et de Sarah dans les siennes et – à travers elles – la chaleur du groupe. Puis il se souvint qu'ils n'étaient pas dix, ce soir. Mais neuf. Il manquait quelqu'un. Hugo... Son frère, son double... Hugo qui croupissait en prison malgré tous les indices qui l'innocentaient. C'était à lui de le sortir de là. Et il savait comment s'y prendre. Il fut le premier à rompre le Cercle, puis Sarah et Virginie lâchèrent à leur tour les mains qu'elles tenaient, et ainsi de suite – comme une réaction en chaîne.

— Merde ! s'exclama Elias en les voyant bouger. Ils vont voir la Saab !

Il se redressa, l'attrapa par la main et l'obligea à se relever.

— On fonce ! lui lança-t-il dans l'oreille. Il leur faut du temps pour ramener la fille en fauteuil roulant jusqu'au van.

— Sauf si David, Virginie et Sarah partent devant. Ils seront à la voiture avant nous. Et puis, on est trop près... Si on détale, ils vont nous entendre ! gronda Margot à voix basse.

— On est baisés, constata sombrement Elias.
Elle vit qu'il réfléchissait à cent à l'heure.
— Tu crois qu'ils vont reconnaître ta voiture ? demanda-t-elle.
— Une voiture toute seule sur le parking à cette heure-ci ? Pas besoin qu'ils la reconnaissent. Ils sont assez paranos comme ça.
— Est-ce qu'ils connaissent ta voiture ou pas ? insista-t-elle.
— J'en sais foutre rien ! Il y a des dizaines de bagnoles au bahut. Et je ne suis qu'un première année sans importance à leurs yeux... Contrairement à toi qui attires tous les regards, ajouta-t-il.
Elle les vit marcher sur le bord de la route et s'éloigner en parlant avec animation, leur tournant le dos.
— Personne ne fait attention à nous : viens, on fonce ! Mais pas de bruit !
Elle se leva et fila en zigzaguant aussi silencieusement que possible entre les taillis et les déclivités du terrain.
— On n'aura pas le temps ! dit-il quand il l'eut rejointe sur le sentier. On va les avoir juste derrière nous dans la descente et là ils vont comprendre !
— Pas sûr ! J'ai une autre idée ! lui lança-t-elle en piquant un cent mètres sur le sentier.
Il la suivit en dropant. Il avait des jambes plus longues, mais elle cavalait comme si elle avait le diable à ses trousses. Elle dévala la pente jusqu'à la Saab, ouvrit la portière arrière et lui fit signe de monter :
— Assieds-toi sur la banquette ! Dépêche !
— Quoi ?
— Fais ce que je te dis !
Des bruits de moteur s'élevaient déjà dans le silence

du lac. Ils étaient répercutés par l'écho. *Ils sont en train de démarrer, ils passeront devant nous dans une minute*, se dit-elle.

— Magne !

Il s'exécuta. Aussitôt, Margot releva sa capuche sur sa tête et se mit à califourchon sur lui. Elle avait laissé ouverte la portière côté route. Elle défit la fermeture Éclair de son sweat et ses petits seins blancs apparurent.

— Prends-les dans tes mains !

— Hein ?

— Vas-y ! Pelote-moi, merde !

Sans lui laisser le temps de répondre, elle prit elle-même les mains d'Elias et les plaqua sur ses seins. Puis elle colla sa bouche sur la sienne, dardant sa langue entre les lèvres du jeune homme. Elle entendit les véhicules qui approchaient, ils ralentirent à leur hauteur, et elle devina qu'ils regardaient dans leur direction. Elle continua de lui rouler une pelle tout en sentant la peur inonder son dos. Les doigts d'Elias pressaient sa poitrine, mus par un réflexe bien plus que par un quelconque désir. Elle avait passé ses bras autour de lui et elle continuait de l'embrasser à pleine bouche. Elle entendit quelqu'un dire : « putain ! », des rires fusèrent, puis les voitures accélérèrent. Elle tourna la tête prudemment. Ils s'éloignaient sur la route du barrage. Son regard tomba sur les doigts d'Elias, toujours crispés sur ses seins.

— Tu peux enlever tes mains, dit-elle en se redressant.

Elle croisa son regard, il y avait quelque chose de nouveau à l'intérieur, quelque chose qu'elle n'y avait jamais vu auparavant.

— Je t'ai dit de me lâcher...

Mais il semblait bien décidé à n'en rien faire. Il l'attrapa par la nuque et colla à son tour sa bouche sur la sienne. Elle le repoussa violemment et lui balança une gifle, plus forte qu'elle n'aurait voulu. Elias la considéra, les yeux agrandis. Il y avait de la surprise, mais aussi une fureur sombre au fond de son regard.

— Désolée, s'excusa-t-elle en se contorsionnant pour sortir de la voiture.

39

Coups de feu dans la nuit

Servaz regagna sa voiture d'un pas traînant. Il se sentait accablé. La lumière des réverbères jouait à travers les feuilles noires des arbres de la rue. Il s'appuya au toit du Cherokee et respira longuement. L'écho de la même télévision lui parvenait toujours. Il eut l'impression que les commentaires manquaient d'enthousiasme et il sut que la France avait perdu.

Il contemplait un tas de cendres. Marianne, Francis, Marsac... Le passé ne s'était pas contenté de resurgir. Il ne l'avait fait que pour disparaître à jamais. Comme un navire qui se redresse et se cabre avant de sombrer. Tout ce en quoi il avait cru, ses plus belles années, ses souvenirs de jeunesse, toute cette nostalgie au fond de lui : *illusions*... Il avait bâti sa vie sur des mensonges. Le poids d'une pierre sur la poitrine, il souleva la poignée. À peine eut-il ouvert la portière que son portable émit un double bip. Le dessin d'une enveloppe jaune sur l'écran : un nouveau message.

Espérandieu

Il l'afficha. Pendant une fraction de seconde, il se demanda ce qu'il lisait. Il avait toujours autant de mal avec les nouveaux dialectes.

Rejoins moi maison Elvis trouvé qqchose

Il s'assit au volant et appela Espérandieu, mais il tomba sur une voix anonyme l'invitant à laisser un message. L'impatience et la curiosité chassaient le poids sur sa poitrine. Que faisait Vincent dans la maison d'Elvis à cette heure-ci alors qu'il était censé surveiller Margot ? Puis Servaz se souvint qu'il l'avait chargé de fouiller dans le passé de l'Albanais.

Il conduisait plus vite que d'ordinaire en quittant la ville. Peu avant minuit, en haut de la longue ligne droite traversant la forêt, il parvint à l'embranchement de la petite route. La lune surgit brusquement des nuages et baigna de sa clarté bleutée les bois noirs alentour. Au carrefour suivant, il emprunta la piste à peine carrossable avec la bande herbeuse au milieu, chaque brin d'herbe éclairé par la lueur de ses phares. De sa main libre, il appuya pour la troisième fois sur l'option « Appeler l'expéditeur ». En vain. Qu'est-ce que fichait son adjoint ? Pourquoi ne répondait-il pas ? Servaz sentit son inquiétude croître.

Il reposait son téléphone quand celui-ci se mit à vibrer.

— Vincent, tu... commença-t-il dans l'appareil.
— Papa, c'est moi.

Margot...

— Il faut que je te parle, c'est important. Je crois que...

— Quelque chose ne va pas ? Il t'est arrivé quelque chose ?

— Non, non, rien. C'est juste que... il faut vraiment que je te parle.

— Mais tu vas bien ? Tu es où ?

— Oui, oui, je vais bien... Je suis dans ma chambre.

— Très bien. Désolé, ma puce. Je ne peux pas te parler, là, tout de suite. Je te rappelle dès que je peux...

Il coupa la communication et posa le téléphone à côté de lui sur le siège passager. Secoué par les cahots, il franchit le petit pont de bois, les phares illuminèrent le tunnel de verdure menant à la clairière.

Il n'apercevait aucun véhicule.

Merde ! Il coupa le moteur à mi-hauteur de l'allée et descendit. La portière lui parut produire un son assourdissant quand il la referma. Le bruit du tonnerre au loin, dans la nuit qui n'en était pas vraiment une, nuit de juin, grise et laiteuse... Cet orage qui n'en finissait pas de se faire attendre. Il se remémora ce soir d'hiver où il avait été attaqué dans une colonie de vacances et où il avait failli être tué, la tête enfermée dans un sac plastique. Il se réveillait encore en sursaut, certaines nuits où il retournait là-bas dans ses cauchemars.

Il rouvrit la portière et écrasa le klaxon, mais rien ne se passa, sinon que le bruit le rendit encore plus nerveux. Servaz se pencha, ouvrit la boîte à gants et s'empara de son arme en même temps que de sa lampe torche. Il fit monter une balle dans le canon. La lune avait de nouveau disparu derrière les nuages et il se mit en marche dans la pénombre, promenant le faisceau de sa torche autour de lui, sur les fourrés et les feuillages obscurs. Il cria à deux reprises le nom de son adjoint sans plus de résultat. Atteignit enfin la clairière. La lune daigna reparaître un instant, éclairant la véranda de bois et la maison, dont les fenêtres étaient éteintes. *Merde, Vincent, montre-toi !* S'il avait été là, il y aurait eu son véhicule, un signe, quelque chose.

Soudain, il fut terrifié à l'idée de ce qu'il allait trouver. La maison projetait une ombre inquiétante. Le tracé tremblé d'un éclair de chaleur s'inscrivit dans la nuit, au-delà de la masse de la forêt.

Il grimpa les marches. Son cœur cognait à tout rompre.

Y avait-il quelqu'un à l'intérieur ?

Il se rendit compte que l'arme tremblait dans sa main. Il n'avait jamais été bon tireur, il suscitait toujours le découragement incrédule de son moniteur devant sa consternante maladresse.

Il n'eut tout à coup plus le moindre doute. Il y avait bien quelqu'un à l'intérieur. Ce message était un piège. Quelqu'un qui n'était pas Espérandieu. Quelqu'un qui avait ligoté Claire Diemar dans sa baignoire et l'avait regardée agoniser, quelqu'un qui lui avait enfoncé une lampe torche dans la gorge, quelqu'un qui avait donné un homme à bouffer à ses chiens. Et cette personne avait le portable de son adjoint et ami. Il se remémora la disposition des lieux. *Il fallait qu'il entre.*

Il passa sous le ruban de la gendarmerie, ouvrit la porte à la volée et roula aussitôt sur le sol, dans le noir. Un coup de feu fit voler un éclat de bois sur le montant de la porte. Il heurta quelque chose en plongeant et sentit qu'il s'était ouvert le front. Il tira à son tour à deux reprises dans la direction d'où la flamme avait jailli et le bruit fracassant de son arme fit exploser ses tympans tandis que le métal brûlant d'un des étuis de balle lui heurtait la jambe. Malgré le sifflement dans ses oreilles, il entendit le tireur se déplacer en renversant un meuble. Un deuxième coup de feu partit, illuminant la pièce, mais il avait déjà commencé à ramper derrière la cuisine américaine. Puis le silence retomba. L'âcre odeur de la poudre dans ses narines. Il tenta de capter un bruit, une respiration. Rien. À part la sienne. Son cerveau fonctionnait à toute vitesse. Le bruit de l'arme ne lui était pas familier, ce n'était pas une arme de poing – ni revolver ni pistolet automatique.

Un fusil de chasse, songea-t-il. Deux canons. Juxtaposés ou superposés. *Et deux coups seulement...* Le tireur n'avait plus de munitions. Pour recharger, il lui faudrait casser le fusil en deux, éjecter les cartouches percutées et recharger. Servaz le repérerait et le descendrait bien avant. Il était coincé.

— Tu n'as plus de munitions, cria-t-il. Je te laisse une chance : jette ton fusil par terre, relève-toi et mets les mains en l'air !

Il chercha à tâtons, de sa main libre, la poignée du frigo derrière lui dans le noir. Cela suffirait comme éclairage. Il avait perdu sa lampe torche en plongeant vers le sol.

— Vas-y. Jette ton arme et relève-toi !

Pas de réponse. Servaz sentit quelque chose couler dans ses yeux, il cligna des paupières, lâcha le frigo un instant pour essuyer ses yeux d'un revers de manche. Il comprit que le sang pissait de son front.

— Qu'est-ce que tu attends ? Tu n'as aucune chance de t'en tirer ! Ton fusil est vide !

Tout à coup, un nouveau bruit. Le grincement d'une porte. Vers le fond. Merde, il filait par-derrière ! Servaz se rua dans la direction du bruit, renversa à son tour un objet en métal qui tomba bruyamment sur le sol. Il franchit la porte de derrière. La forêt. Le noir. Il ne voyait rien. Il entendit un claquement sec dans les buissons, sur sa droite. Un fusil qu'on referme. Son assaillant avait eu le temps de recharger son arme, cette fois. Une giclée d'adrénaline dans les veines. Il s'accroupit. Un coup partit, puis un second, et une vive douleur lui traversa le bras et lui fit lâcher son arme. Il tendit les mains vers le sol, tâtonnant autour de lui pour la retrouver.

Bordel de merde, où est passée cette putain d'arme ?

Ses mains cherchaient désespérément, agitant bruyamment les fourrés. Il tournait sur lui-même, à genoux sur le sol. Il savait cependant que ce n'était pas une balle qui l'avait atteint, juste un éclat. Il entendit qu'on cassait de nouveau le fusil à quelques mètres de là. Quand une balle traversa les buissons au-dessus de lui avec un nouveau piaulement mortel, il décampa au hasard à travers les bois. Une nouvelle balle siffla quelque part, hachant les feuillages. Il entendit que, de nouveau, on rechargeait le fusil, puis le tireur se mit en marche dans sa direction. Servaz l'entendit écarter les buissons sans se presser. Il avait compris ! Il savait que si Servaz n'avait pas riposté, c'était qu'il était désarmé. Celui-ci s'élança, trébucha sur une racine. De nouveau, son crâne heurta quelque chose. Un tronc. Le sang lui recouvrait à présent le visage. Il le sentait, chaud et épais, sur ses joues.

Il se releva, se mit à courir en zigzag.

Deux nouveaux coups, moins précis que les précédents. Il hésitait entre continuer à courir ou se tapir quelque part. *Courir*, décida-t-il. Plus il s'éloignerait, plus le périmètre dans lequel son agresseur devrait le chercher augmenterait… Au-dessus d'eux, la lune réapparut. Le clair de lune se faufila parmi les feuillages, donnant au paysage un aspect irréel. Cela n'arrangeait pas ses affaires. Il voulut franchir un nouveau mur de broussailles, mais sa chemise resta accrochée aux ronces. Il se débattit furieusement, désespérément pour se libérer et la déchira. S'apercevant à quel point sa chemise claire faisait de lui une cible facile, il la déboutonna avant de s'élancer de nouveau, le torse griffé par les ronces. Sa peau pâle ne valait guère mieux. C'était son dos que le tireur voyait ! Il n'était qu'un imbécile – un imbécile qui allait mourir. Une mort déshonorante, un flic désarmé, sans défense, abattu dans le dos par celui qu'il était censé traquer. En courant à travers les fourrés, le souffle de plus en plus court, la gorge en feu, il pensa à Marianne, à Hirtmann, à Vincent et à Margot… Qui la protégerait quand il ne serait plus là ?

Il écarta un dernier buisson, s'immobilisa.

La gorge…

Le bruit de la rivière monta. Il fit un pas en arrière, saisi par le vertige. Eut un haut-le-cœur. Il se tenait au bord de la falaise. Vingt mètres plus bas, il distinguait l'eau miroitante entre les arbres, dans le clair de lune…

Il reconnut le petit claquement sec d'une branche cassée derrière lui.

Il était mort.

Il avait le choix entre sauter dans le vide, se fracasser tout en bas sur les rochers et prendre une balle dans le dos. Ou faire face à son meurtrier… Au moins saurait-il la vérité. *Piètre consolation*. Il jeta un regard vers le bas. Ses jambes flageolèrent. Deux hivers plus tôt, l'enquête dans les montagnes lui avait procuré plusieurs moments d'angoisse incontrôlable lorsqu'il avait dû affronter son vertige. Il s'imagina en train de tomber et il eut un nouveau haut-le-cœur. Il se retourna vers les fourrés pour ne plus voir le vide, préférant encore les balles.

Il l'entendait déjà approcher. Comme un fauve. Dans un instant, il connaîtrait le visage de son ennemi…

Il jeta un nouveau coup d'œil par-dessus son épaule, vers la gorge. Nota que la falaise ne plongeait pas d'une seule traite vers le fond. Légèrement sur sa gauche, à quelque quatre mètres en contrebas, il y avait une sorte de petite plate-forme suspendue au-dessus du vide, où s'accrochaient quelques arbustes. Il lui sembla apercevoir une ombre noire sous la roche. Un renfoncement, une excavation naturelle ? Servaz déglutit. Et si c'était sa dernière chance ? S'il parvenait à descendre jusque-là et à se glisser sous la roche ? Il rendrait le travail infiniment plus difficile à son meurtrier, car il lui faudrait à son tour prendre le risque de suivre le même itinéraire avec une seule main libre, un fusil chargé dans l'autre, alors qu'il n'aurait pas trop de ses deux mains pour s'agripper et éviter une chute mortelle. Impossible. Il n'y arriverait jamais – même si sa vie était en jeu. C'était au-dessus de ses forces.

Tu vas crever si tu restes là. Ce n'est pas le vertige qui va te tuer, c'est une balle !

Du bruit devant lui dans les fourrés… Plus le temps de réfléchir. Il se coucha à plat ventre sur le rocher, le dos tourné à la gorge pour ne pas voir le vide, concentrant son regard sur la roche à quelques centimètres de son visage, et commença sa reptation vers le bas, tâtonnant de la pointe de ses chaussures à la recherche de prises en dessous de lui. Plus vite ! Il n'avait pas le temps d'assurer ses prises, il n'avait le temps de rien. Dans quelques dizaines de secondes, son poursuivant l'aurait rejoint au bord de la falaise. Il ferma les yeux, continua. L'urgence lui fouettait les sangs, ses jambes tremblaient trop violemment. Son pied gauche dérapa. Il se sentit partir, emporté par son propre poids, le torse lacéré par la roche rugueuse. Il hurla. Tenta vainement de griffer la roche avec les ongles. Dévala le rocher bombé comme un toboggan, son ventre et sa poitrine nus s'écorchant douloureusement sur chaque arête. Il sentit les arbustes lui poignarder le dos et arrêter sa chute quand il atterrit sur la minuscule plate-forme. Vit le vide et roula à l'opposé, terrifié. Rampa et se terra sous la roche, dans le renfoncement, comme un animal.

Sa main chercha – et trouva – un gros caillou. Étendu sous le rocher, sa poitrine se soulevait de terreur.

Et maintenant, je t'attends...

Vas-y, descends jusqu'ici, si tu l'oses.

Il était couvert de sang, de terre, de griffures. Hirsute et hagard. Terré au fond d'un trou comme un homme de Neandertal. Il était revenu à l'état sauvage. À la peur, au vertige succédaient à présent une colère, une rage meurtrières. Si ce salopard descendait jusqu'ici, il lui défoncerait le crâne à coups de pierre.

Il n'entendait plus rien là-haut. Le fracas de la rivière rebondissait sur les parois de la gorge et couvrait tous les autres bruits. Son cœur battait toujours la chamade. L'adrénaline courait dans ses veines. L'autre était peut-être là-haut, le fusil tranquillement pointé vers l'endroit exact où il se terrait, attendant qu'il daigne sortir la tête de son trou. Comme dans ce film : *Délivrance*. C'était en tout cas ce que lui aurait fait. Au bout d'un moment, il se relâcha. Il n'y avait rien d'autre à faire qu'attendre. Il était en sécurité tant qu'il restait là. Son agresseur ne prendrait pas le risque de descendre. Il consulta sa montre, mais elle était cassée. Il s'allongea – il pouvait rester là des heures. Puis, tout à coup, il pensa à quelque chose.

Son téléphone portable…

Il le ressortit. Il allait appeler Samira au secours quand il se rendit compte qu'un détail clochait. Mais quoi ? Il lui fallut quelques secondes pour comprendre. Servaz avait parfois l'impression de débarquer d'une machine à voyager dans le temps face aux évolutions technologiques ; il avait été l'un des derniers à faire l'acquisition d'un portable, trois ans plus tôt, et c'était Margot qui l'avait aidé à entrer les noms de ses contacts dans le répertoire. Il se souvenait très bien qu'ensemble ils avaient entré « *Vincent* ».

Pas : « *Espérandieu* ».

Il chercha le prénom de son adjoint dans le répertoire. Bingo ! Deux numéros différents ! Quelqu'un s'était servi de son portable à son insu et avait entré un contact bidon avant de lui envoyer un texto à partir de ce même numéro ! Il essaya de se souvenir à quel moment il avait laissé son téléphone sans surveillance, mais il était incapable de réfléchir sereinement.

Il fit le numéro de Samira et lui demanda d'envoyer les gendarmes en vitesse. Il allait lui demander de venir aussi quand le mot « diversion » clignota dans son esprit. Et si le but du tireur n'était pas de le tuer ? Aucune des balles ne l'avait effleuré, toutes étaient passées à distance. Soit le tireur était mauvais, soit…

— Redouble de vigilance ! gueula-t-il. Et demande des renforts ! Appelle Vincent et dis-lui de rappliquer le plus vite possible. Et dis aux gendarmes que le type est armé ! Dépêche-toi !

— Putain, qu'est-ce qu'il se passe, patron ?

— Pas le temps de t'expliquer. Faites vite !

Servaz se dit qu'il devait avoir une tête épouvantable en découvrant celles que firent les gendarmes quand ils le remontèrent au sommet de la falaise à l'aide d'une corde et d'un harnais.

— C'est une ambulance qu'on aurait dû appeler, constata Bécker.

— C'est moins grave que ça en a l'air.

Ils revinrent vers la maison à travers la forêt. Le tireur s'était envolé mais le capitaine dirigeant la brigade de Marsac avait passé plusieurs coups de fil. Dans moins d'une heure, la maison d'Elvis et les environs seraient de nouveau investis par les TIC qui les passeraient au peigne fin, collecteraient les douilles et tout indice éventuellement laissé par le tireur.

Servaz se dirigea vers la salle de bains pendant que tout le monde s'agitait à l'intérieur comme à l'extérieur. En découvrant son reflet dans la glace, il dut se rendre à l'évidence. Bécker avait raison. Il se serait croisé dans la rue, il aurait changé de trottoir. Il avait de la terre plein les cheveux, des cernes sombres sous les yeux, et des veinules avaient éclaté dans le blanc de son œil gauche qui était presque noir. Ses pupilles dilatées et luisantes lui donnaient l'air défoncé. Sa lèvre inférieure était fendue, tuméfiée, et de nombreuses traces noires mêlées à des croûtes de sang séché formaient sur son torse, son cou, ses bras et même son nez une constellation de taches, de points, de zébrures et de griffures.

Il aurait bien eu besoin de se nettoyer dans le lavabo, mais, au lieu de ça, il sortit son paquet de cigarettes sans cesser de se regarder dans la glace et en porta tranquillement une à ses lèvres. Ses ongles étaient aussi sales que ceux d'un charbonnier et il en manquait deux à l'annulaire et à l'auriculaire de sa main droite. Il n'en continua pas moins de se scruter dans le miroir, tenant la cigarette entre ses doigts tremblants et tirant avidement dessus, jusqu'au moment où il se brûla.

Alors, sans raison apparente, il éclata de rire et plusieurs têtes se tournèrent vers la maison.

Ils se réunirent dans une des pièces de la gendarmerie de Marsac. Espérandieu, plusieurs gendarmes de la brigade, Pujol, Sartet, le juge d'instruction qu'on avait tiré de son sommeil et que Pujol avait emmené en voiture, et Servaz. Des visages fatigués, des hommes sortis de leur lit qui, à tour de rôle, jetaient des coups d'œil inquiets dans sa direction. On avait aussi fait venir un médecin de garde à la gendarmerie. Il avait examiné les plaies de Servaz et les avait nettoyées.

— Quand avez-vous fait le vaccin antitétanique pour la dernière fois ?

Servaz avait été incapable de répondre. Dix ans ? Quinze ans ? Vingt ? Il n'aimait ni les hôpitaux ni les médecins.

— Relevez vos deux manches, avait dit le praticien en fouillant dans sa trousse. Je vais vous injecter 250 unités d'immunoglobulines dans un bras et une dose de vaccin dans l'autre en attendant. Et je veux que vous passiez à mon cabinet le plus tôt possible pour faire le test. Je suppose que vous n'avez pas le temps cette nuit ?

— Vous supposez bien.

— Je crois que vous devriez surveiller un peu plus votre santé, avait dit le toubib en enfonçant l'aiguille dans son bras.

De sa main libre, Servaz tenait un gobelet de café.

— Qu'est-ce que vous voulez dire ?

— Quel âge avez-vous ?

— Quarante et un.

— Eh bien, il est temps, je crois, de vous occuper un peu de vous, avait-il ajouté en hochant la tête avec conviction. Si vous ne voulez pas avoir de mauvaises surprises.

— Je ne comprends toujours pas.

— Vous ne faites pas beaucoup de sport, n'est-ce pas ? Suivez mon conseil et pensez-y. Venez me voir... quand vous aurez le temps.

Le médecin était reparti, avec sans doute la conviction qu'il ne reverrait jamais ce patient. Servaz s'était dit que ce toubib lui plaisait. Il ne se souvenait pas de la dernière fois où il en avait vu un, mais, si celui-ci avait exercé à Toulouse, il aurait sans doute suivi son conseil, pour une fois.

Son regard fit le tour de la table. Il leur résuma sa conversation avec Van Acker, ainsi que les dernières découvertes : le résultat négatif de la comparaison graphologique, les photos trouvées dans le grenier d'Elvis.

— Ce n'est pas parce que votre ami n'a pas écrit dans ce cahier que cela l'innocente automatiquement, fit immédiatement remarquer le juge d'instruction.

Jusqu'à preuve du contraire, il connaissait les victimes, il a eu l'opportunité et il a le mobile. Si vous me dites qu'en plus il se fournissait en drogue chez ce dealer, il me semble que nous avons assez d'éléments pour envisager une garde à vue. Mais je tiens à vous rappeler que j'ai demandé la levée de l'immunité parlementaire de Paul Lacaze. Alors, on fait quoi ?

— Ce sera une perte de temps. Je le répète, je suis convaincu que ce n'est pas lui.

Il hésita.

— Et je ne crois pas à la culpabilité de Paul Lacaze non plus, ajouta-t-il.

— Pourquoi ça ?

— D'une part parce que vous l'avez déjà dans le collimateur. À quoi cela l'avancerait de me tendre un piège à ce stade alors qu'il refuse de dire où il était le soir où Claire Diemar a été tuée ? Ça n'a pas de sens. Par ailleurs, il ne fait pas partie des types pris en photo par Elvis, il n'est pas dans son petit catalogue de fesses à l'air.

— Il a tout de même menti sur son emploi du temps.

— Parce que, d'une manière ou d'une autre, si ce qu'il faisait ce soir-là venait à se savoir, sa carrière politique serait finie.

— Il est peut-être gay, suggéra Pujol.

— Vous avez une idée de ce que ça peut être ? demanda le juge en ignorant la remarque de son adjoint.

— Pas la moindre.

— Une chose est sûre, commença le juge.

Ils le regardèrent.

— Si quelqu'un vous tire dessus, c'est que vous vous approchez de la vérité. Et que cette personne ne reculera devant rien...

— Ça, on le savait déjà, dit Pujol.

— Par ailleurs, poursuivit le juge en s'adressant ostensiblement à Servaz, l'avocat d'Hugo Bokhanowsky a demandé une nouvelle fois sa libération. Dès demain, le juge des libertés va examiner sa requête. Il ira sans aucun doute dans le sens de la défense. Compte tenu des derniers événements, et de l'état actuel du dossier, je ne vois aucune raison de maintenir ce jeune homme en détention provisoire.

Servaz se garda de dire que, pour sa part, il l'aurait libéré depuis un certain temps déjà. Ses pensées étaient ailleurs. L'une après l'autre, toutes les hypothèses qu'il avait échafaudées s'effondraient. Hirtmann, Lacaze, Van Acker... Le juge et l'assassin avaient tous les deux tort : ils ne s'approchaient pas de la vérité. Ils s'en éloignaient, au contraire. Ils n'avaient jamais été aussi perdus depuis le début de l'enquête. À moins que... Servaz les regarda pensivement. À moins que, sans s'en rendre compte, il ne fût passé tout près... Comment expliquer autrement qu'on lui ait tiré dessus ? Auquel cas il devait reprendre une par une, minutieusement, les différentes étapes de l'enquête, chercher à quel moment il avait pu frôler l'assassin sans le voir – ou en tout cas lui faire assez peur pour qu'il ait pris un tel risque.

— Je n'en reviens toujours pas, dit soudain le juge.

Servaz lui jeta un coup d'œil interrogateur.

— On s'est ridiculisés.

Servaz se demanda de quoi il parlait.

— Je n'ai jamais vu une équipe de France jouer aussi mal ! Et ce qui s'est passé dans les vestiaires à la mi-temps, si c'est vrai, c'est incroyable...

Un murmure de désapprobation générale accueillit

cette remarque. Servaz se souvint alors qu'il y avait eu un match « décisif » plus tôt dans la soirée. France-Mexique, si sa mémoire était bonne. Il n'en croyait pas ses oreilles. Il était 2 heures du matin, il venait peut-être d'échapper à la mort et on parlait football !

— Qu'est-ce qui s'est passé dans les vestiaires ? voulut savoir Espérandieu.

Peut-être qu'une bombe avait explosé, volatilisant la moitié de l'équipe ? se dit Servaz. Ou qu'un joueur en avait tué un autre ? Ou que le sélectionneur que tout le monde conspuait s'était fait hara-kiri devant ses joueurs ?

— Anelka aurait insulté Domenech, dit Pujol d'un ton scandalisé.

Et après ? C'est tout ? Servaz était abasourdi. Tous les jours, dans les commissariats comme dans la rue, des flics se faisaient insulter et cracher dessus. Cela prouvait simplement que l'équipe de France était bien le reflet de la société.

— Anelka, c'est ce joueur qui a été sorti la dernière fois avant la fin du match ?

Pujol acquiesça.

— Pourquoi l'avoir fait jouer de nouveau s'il est si mauvais ? voulut savoir Servaz.

Tout le monde le regarda comme s'il avait posé là une excellente question. Et comme si y répondre avait presque autant d'importance que de trouver l'assassin.

40

Cerné

Les notes de *Singing In The Rain* pénétrèrent sa conscience ensommeillée. Ziegler eut la vision fugitive d'un Malcolm McDowell portant chapeau melon et la frappant à coups de pied tout en chantonnant et en dansant avant d'être arrachée à son rêve. Son portable insistait. Elle roula sur le ventre et tendit le bras vers la table de nuit en grommelant. La voix ne lui était pas familière.

— Capitaine Ziegler ?
— Elle-même. Bon sang, quelle heure il… ?
— Je… euh… ici monsieur Kanté. Écoutez, je… je suis désolé de vous réveiller, mais je… je… j'ai quelque chose d'important à vous dire. C'est vraiment important, capitaine. Je n'arrivais pas à dormir. Je… je me suis dit qu'il fallait que je vous le dise. Que si je ne le faisais pas maintenant, je n'aurais plus le courage ensuite…

Elle alluma la lampe. Le radioréveil indiquait : 2 : 32. Quelle mouche le piquait ? La voix, cependant, était celle d'un homme stressé mais résolu. Elle retint son souffle. Drissa Kanté avait quelque chose à lui dire. D'important, elle l'espérait, vu l'heure.

— Me dire quoi, monsieur Kanté ?
— La vérité.

Elle se mit sur son séant, s'assit contre les oreillers.

— Que voulez-vous dire ?
— Je vous ai menti, ce soir... je... j'avais peur... Peur que cet homme n'exerce des représailles, que si vous l'arrêtez je sois jugé moi aussi – et expulsé. Votre marché, il tient toujours ?

Elle sentit son pouls se précipiter. Son cerveau était encore embrumé mais elle était néanmoins de plus en plus réveillée.

— Je vous ai donné ma parole, répondit-elle finalement comme il restait silencieux. Personne n'en saura rien. Mais je vous tiendrai à l'œil, Kanté.

Elle devina qu'il soupesait chacune de ses paroles. Mais il l'avait appelée ; il avait déjà pris sa décision. Il l'avait mûrement réfléchie avant de passer ce coup de fil. Elle attendit patiemment, en sentant ses pulsations au bout de ses doigts serrant le téléphone.

— Ils ne sont pas tous comme vous, dit-il. Et si l'un de vos collègues vend la mèche ? Et s'il me dénonce ? J'ai confiance en vous, pas en eux...

— Votre nom n'apparaîtra nulle part. Je vous le promets. Et je suis la seule à le connaître. Vous m'avez appelée, Kanté. Alors, maintenant, crachez le morceau. Parce qu'il est trop tard : je ne vais plus vous lâcher.

— Cet homme. Il n'a pas l'accent sicilien.
— Je... je ne comprends pas très bien.
— Je vous ai dit qu'il avait un accent, un accent italien, vous vous souvenez ?
— Oui. Et alors ?

— Je vous ai menti. Il a un accent des pays de l'Est, un accent slave.

Elle fronça les sourcils.

— Vous en êtes sûr ?

— Oui. Croyez-moi, j'ai croisé pas mal de gens au cours de mes... pérégrinations.

— Merci... Mais vous ne m'appelez pas à une heure pareille uniquement pour ça, je me trompe ?

— Non... ce n'est pas tout.

Elle se fit tout à coup très attentive. Il y avait quelque chose dans la voix de Drissa Kanté.

— Je... je l'ai fait suivre... Il se croit très malin. Mais je suis plus malin que lui. Hier, quand je lui ai rendu la clé USB, j'ai demandé à une de mes amies de se planquer de l'autre côté de la rue et de le suivre, quand il repartirait du café. Il était garé loin et il a fait bien attention mais mon amie est maligne, elle aussi. Elle sait se rendre invisible. Elle l'a vu monter dans une voiture. Et elle a noté l'immatriculation.

Elle se redressa comme si elle venait de recevoir un coup de sabot dans le bas des reins. Se contorsionna pour attraper un stylo dans le tiroir de la table de nuit et vérifia qu'il fonctionnait sur la paume de sa main.

— Allez-y, Kanté, je vous écoute.

Il était 2 heures du matin lorsque Margot avait regagné sa chambre, épuisée et à bout de nerfs. En se demandant si elle ne venait pas de vivre la soirée la plus dingue de sa vie. Elle se demandait aussi si ce qu'ils avaient vu là-haut, au bord du lac, était réel. Et si c'était important. Elle avait la conviction que oui. Elle n'aurait pu expliquer pourquoi, mais ce spectacle lui avait laissé une profonde impression de malaise, un sentiment sinistre et tenace de catastrophe à venir. Et puis, il y avait eu les menaces de David et sa tentative de viol, le mot laissé sur son casier, les conciliabules qu'Elias et elle avaient surpris…

Ensuite, ce qui s'était passé entre Elias et elle là-haut, dans la voiture. Son attitude tout à coup. Jusqu'à ce soir, elle n'avait jamais pensé qu'Elias pût être attiré par elle, il ne l'avait même pas regardée la nuit où elle avait ouvert sa porte en sous-vêtements… Et, jusqu'à ce soir, elle ne s'était jamais sentie attirée par lui… Elle se souvint aussi de la colère dans ses yeux après la gifle. Elle regrettait ce geste. Elle aurait pu se contenter de le repousser sans l'humilier. Le voyage de retour avait été long et pénible ; Elias s'était muré dans le silence – et il avait soigneusement évité de la regarder.

Elle repensa à leur baiser. Un baiser forcé, un baiser-stratagème – mais un baiser quand même… Un peu plus d'un an auparavant, elle avait eu un amant de l'âge de son père, très expérimenté. Marié et père de deux enfants. Il avait brutalement mis fin à leur relation sans explication, et elle soupçonnait son père d'y être pour quelque chose. Elle avait eu trois aventures depuis lors. En tout et pour tout, elle avait connu une demi-douzaine d'hommes. À part sa première expérience calamiteuse à quatorze ans, Elias était certainement le moins expérimenté. Ses nombreuses compétences ne s'étendaient pas à ce domaine, elle l'avait bien senti à la façon dont il l'avait embrassée. Alors pourquoi avait-elle envie de recommencer le plus vite possible ?

Elle comprenait que le stress, l'excitation, la peur qu'ils avaient éprouvés ensemble avaient joué. Mais ce n'était pas la seule explication. Maladroit ou pas, aussi bizarre et imprévisible fût-il dans son comportement, elle se rendait compte qu'Elias lui plaisait. Puis sa pensée revint à autre chose.

Elle devait prévenir son père.

D'une manière ou d'une autre, ce qu'ils avaient vu avait un rapport avec ce qui était arrivé à sa prof, elle en était persuadée. Elle devait se concentrer là-dessus. Elle était tenaillée par un inexplicable sentiment d'urgence. Pourquoi ne la rappelait-il pas ? Ses pensées ne cessaient d'aller et venir. Son père, Elias... Elle imagina ce dernier dans sa chambre à se morfondre et, brusquement, elle ressentit le besoin de lui faire savoir qu'elle non plus n'était pas indifférente à ce qui s'était passé. Elle attrapa son smartphone et pianota un message :

[Tu es là ?]

La réponse fut longue à venir :

[?]
[Rejoins-moi en bas, dans le hall]
[?]
[J'ai quelque chose à te dire]
[Pas envie]
[S'il te plaît]
[Qu'est-ce que tu veux ?]
[Te le dirai là-bas]
[Peut pas attendre ?]
[Non. Important. Je sais que je t'ai blessé. Je te le demande comme à un ami]

Pas de réponse. Elle pianota de nouveau.

[Elias ?]
[OK]

Elle se leva, fila au lavabo se rafraîchir, glissa un chewing-gum dans sa bouche puis sortit. Il n'était pas là quand elle atteignit le bas des marches et elle commençait à se demander s'il allait venir quand il apparut enfin, le visage fermé.

— Qu'est-ce que tu veux ? dit-il.

Elle se demanda par où commencer, essayant de trouver quelque chose de pertinent à dire, puis, tout à coup, elle sut. Elle s'approcha de lui, très près, et posa ses lèvres sur les siennes. Il ne répondit pas à son baiser. Au contraire, elle le sentit se raidir, froid comme le marbre, mais elle le prolongea jusqu'à ce qu'il se dégèle, la prenne dans ses bras et y réponde enfin.

— Pardon, murmura-t-elle.

Elle avait posé sa main sur sa nuque et elle le regardait au fond des yeux quand son BlackBerry bourdonna dans la poche de son short. Elle l'ignora, mais l'appareil insistait. Elias s'écarta le premier.

— Excuse-moi, lui dit-elle.

Elle regarda l'écran. Son père... *Merde !* Elle était sûre que si elle ne répondait pas, il allait rappliquer ou envoyer Samira.

— Papa ?
— Je te réveille ?
— Euh... non.
— OK. J'arrive.
— Maintenant ?
— Tu avais quelque chose d'important à me dire...

Désolé, ma puce, mais je ne pouvais pas me libérer avant. Il... il s'est passé certaines choses cette nuit.

À qui le dis-tu.

— Je suis là dans cinq minutes, ajouta-t-il.

Il ne lui laissa pas le temps de répondre. Il avait raccroché.

David avait toujours considéré la mort comme une amie. Une complice. Une confidente. Elle l'accompagnait depuis si longtemps. Contrairement à la plupart des gens, non seulement il ne la craignait pas, mais il l'envisageait parfois comme une possible épouse. *Épouser la mort...* Une formule romantique, lourdement romantique même, on aurait dit du Novalis ou du Mishima, mais l'idée lui plaisait. Il savait que le mal dont il souffrait portait un nom. *Dépression.* Un mot qui faisait presque aussi peur que *cancer.* Et qu'il le devait à son père, à son frère aîné. À cette graine noire qu'ils avaient plantée très tôt dans son cerveau en lui faisant comprendre jour après jour, année après année, qu'il était le raté de la famille, le vilain petit canard. Même le plus incapable des psys aurait été à même de lire dans son enfance comme dans un livre ouvert. Un père distant et autoritaire qui régnait sur plusieurs dizaines de milliers d'employés, et dont n'importe quel visiteur pouvait sentir l'aura ; un grand frère héritier modèle qui avait choisi très tôt le camp du père et multipliait les humiliations à son endroit ; un petit frère qui s'était accidentellement noyé dans la piscine familiale alors que David en avait la charge, une mère obsédée d'elle-même, enfermée dans son petit univers intérieur. Papa Freud aurait pu écrire un livre entier sur sa famille. Du reste, entre quatorze et dix-sept ans, sa mère lui avait fait rencontrer tous les praticiens de la région – mais la dépression n'avait pas disparu pour autant. Il y avait des moments où, pourtant, il parvenait à la tenir à distance, où elle n'était qu'une ombre vague et menaçante dans un après-midi ensoleillé, où il pouvait rire pour de vrai et même se sentir gai, et d'autres où les ténèbres fondaient sur lui, comme en ce moment, et où il redoutait le jour où elles ne relâcheraient plus leur étreinte.

Oui, la mort était une option... La seule, il le savait, qui pût le débarrasser de cette ombre.

Surtout si elle servait à sortir de prison le seul frère qu'il ait jamais eu. Hugo... Hugo qui lui avait montré combien son père était peu digne d'admiration et combien son frère de sang était un crétin. Hugo qui lui avait fait comprendre qu'il n'avait rien à leur envier, que faire du fric était un talent somme toute banal – et infiniment plus ordinaire en tout cas que d'être un nouveau Basquiat ou un autre Radiguet. Cela n'avait pas suffi, bien sûr. Mais cela avait aidé. Quand Hugo était dans les parages, David sentait la mélancolie desserrer son étreinte. Toutefois, le séjour d'Hugo en prison lui avait fait prendre conscience d'un fait que, jusqu'alors, il avait préféré ignorer : Hugo ne serait pas toujours là. Un jour ou l'autre, il s'en irait. Et ce jour-là, la dépression reviendrait au triple galop, plus avide, plus affamée, plus cruelle qu'elle ne l'avait jamais été. Ce jour-là, elle le dévorerait tout entier et recracherait son âme vide comme un petit tas d'os nettoyés par un charognard. Il pouvait déjà la deviner, tournoyant avec impatience au-dessus de lui, attendant l'heure.

Il n'avait pas le moindre doute : la victoire lui était acquise. Jamais il ne s'en débarrasserait. Elle aurait le dernier mot. Alors pourquoi attendre ?

Allongé sur son lit chiffonné, les mains croisées derrière la nuque, il regardait le poster de Kurt Cobain épinglé au mur en pensant à ce flic, le père de Margot. Dommages collatéraux, comme disent les héros dans les séries B. Ce policier serait un dommage collatéral... En se désignant lui-même comme le coupable et en entraînant ce flic dans sa mort, il innocenterait définitivement Hugo. L'idée lui paraissait de plus en plus séduisante. Encore fallait-il réussir à l'atteindre.

41

Doppelgänger

Dans les fourrés, il bougea un peu, fit quelques exercices d'étirement. Puis il déboucha le thermos de café, déposa – comme l'avait fait Samira à quelques centaines de mètres de là – un comprimé de Modafinil sur sa langue et le fit passer avec une gorgée d'arabica. Il avait ajouté un peu de Red Bull. Le goût qui en résultait était étrange, mais, avec ça, il était aussi réveillé, malgré l'heure avancée, que le Vésuve le 24 août de l'an 79.

Et il pouvait tenir encore de nombreuses heures.

C'était intéressant la vue qu'on avait d'ici. Sur cette colline. Les bâtiments du lycée avaient beau être distants de plusieurs centaines de mètres, avec ses jumelles de vision nocturne, il pouvait observer tout ce qui s'y passait. Il avait reconnu le commandant. Les autres personnes lui étaient inconnues. Il avait repéré la jeune fliquette tapie dans les buissons, derrière le lycée, et son collègue assis dans la voiture. Ce dernier ne cherchait d'ailleurs pas à se cacher. Hirtmann avait tout de suite compris que Martin l'avait placé là pour le dissuader, lui, d'approcher.

Et cette idée lui plut. Il lui plaisait que Martin l'eût toujours à l'esprit.

Martin... Martin...

Il s'était attaché à ce policier. Depuis le jour de sa première visite à l'Institut Wargnier, quand il avait fait ces remarques pleines d'esprit sur Mahler. Ce jour-là, il avait neigé abondamment et le paysage était blanc derrière sa fenêtre. Le froid de décembre pesait sur les formidables murailles de pierre de l'Institut, et sur cette foutue vallée inhospitalière. Élisabeth Ferney était venue le prévenir qu'il allait recevoir de la visite : un flic venu de Toulouse, une gendarmette et un juge. C'était son ADN qu'ils avaient trouvé là-haut, dans cette centrale hydro-électrique, sur la scène de crime. L'ADN d'un homme enfermé dans le centre psychiatrique le plus sécurisé d'Europe ! Il avait souri en songeant à leur perplexité et à leur désarroi. Ce n'était cependant ni l'un ni l'autre qu'il avait lus sur les traits de ce flic, lorsqu'il était entré dans sa cellule. Le Suisse n'avait pas oublié ce moment. En les attendant, il s'occupait comme il pouvait, l'esprit absorbé par le premier mouvement de la 4e Symphonie lorsque le Dr Xavier avait introduit les visiteurs. C'était la première fois qu'il voyait Martin. La façon dont celui-ci avait tressailli en reconnaissant la musique ne lui avait pas échappé. Puis, pour sa plus grande surprise et sa plus grande joie, Martin avait prononcé un nom : « Mahler ». Hirtmann n'en était pas revenu. Et la joie avait explosé dans son cœur quand il avait compris, en l'écoutant et en l'observant, avec une bouffée d'émotion qu'il avait eu du mal à dissimuler, qu'il avait devant lui son *döppelgänger*, son âme sœur – un double qui aurait choisi le chemin de la lumière et non celui de l'obscurité. Vivre, c'est choisir, n'est-ce pas ? Une seule rencontre avait suffi à Hirtmann pour comprendre que Martin lui ressemblait beaucoup plus qu'il ne le croyait. Il aurait aimé le convaincre de leurs affinités électives, mais c'était déjà bien que Martin pensât souvent à lui. Il avait deviné un homme qui, comme lui, détestait la vulgarité des loisirs modernes, la stupidité consumériste des générations actuelles, la pauvreté de leurs centres d'intérêt et de leurs goûts, la platitude de leurs idées, leurs comportements moutonniers et leur incurable philistinisme. Un homme seul, aussi. Oh oui, ils se comprenaient, tous les deux. Même si Martin avait sans doute du mal à l'admettre. Ils étaient aussi proches que pourraient l'être deux vrais jumeaux séparés à la naissance.

Depuis lors, Hirtmann ne pouvait tout simplement pas s'empêcher de penser à Martin. À Alexandra, son ex-épouse, à Margot, sa fille. Il s'était renseigné. Et, petit à petit, c'était comme si la famille de Martin était devenue la sienne. Il s'était glissé dans sa vie, à son insu, et il était là, jamais très loin. C'était encore mieux que de regarder une émission de téléréalité dont on aurait choisi la famille. Hirtmann ne s'en lassait pas. Il avait conscience de vivre par procuration, mais Martin et lui étaient tellement proches. C'était un autre lui-même qu'il contemplait – sans le côté obscur.

Il reporta son attention sur le lycée. Ils étaient tous en train de remonter en voiture. Lui-même avait garé son véhicule à cinq cents mètres, dans la forêt. Si quelqu'un s'en approchait, il déclencherait aussitôt l'alarme ultrasensible et Hirtmann en serait averti.

Un bonnet noir passé sur ses cheveux courts teints en blond, il promena l'objectif de ses jumelles sur la façade des dortoirs tout en caressant sa barbiche sombre de sa main libre. Les fenêtres étaient éteintes, sauf celle de Margot. Il distingua soudain Martin dans la chambre de sa fille, qui lui parlait avec animation. Être le témoin à l'improviste de cette petite scène familiale le combla d'un bonheur et d'une émotion qui le surprirent lui-même. *Bon sang, tu n'es quand même pas en train de tomber amoureux ?* Hirtmann n'avait jamais été attiré par les hommes, si peu que ce fût. Il était tout aussi impensable de l'imaginer renonçant à son hétérosexualité que d'imaginer Jean-Paul II renonçant au catholicisme. Mais quelque chose qui ressemblait curieusement et de manière assez lointaine à un sentiment amoureux était né à l'endroit de ce flic lettré et solitaire. Aussi bien, tapi au fond des bois, ne put-il s'empêcher de sourire à cette idée.

42

Le lac 2

Il se gara au bord de la route, à la limite de la propriété, et il attendit l'heure légale. Le jour se levait avec une patience qui lui faisait défaut. Il fuma cigarette sur cigarette et, quand il tendit la main devant lui, il vit qu'elle tremblait comme une feuille de saule trempant dans une rivière. Cette image lui rappela la phrase qu'ils avaient tous apprise en cours de philo.

On ne peut pas descendre deux fois dans le même fleuve.

Jamais, se dit-il, il n'avait connu phrase plus appropriée. Il se demanda s'il avait aimé autrefois une fille qui n'existait pas. Il regarda la silhouette de la maison derrière les arbres, de l'autre côté de la clôture, et la douleur revint. Il ouvrit la portière, jeta la cigarette et descendit.

Il longea la clôture jusqu'au portail, le franchit et se mit en marche sur le gravier de l'allée. Ses semelles l'écrasaient bruyamment dans le silence de l'aube. De toute façon, elle ne dormait pas. Il le sut en voyant la porte d'entrée ouverte, en haut du perron. 6 heures du matin, pas un chat alentour et la porte était grande ouverte. *Pour lui*... Elle avait dû le voir ou l'entendre arriver. Il se demanda si elle se levait tôt ou si elle n'avait pas fermé l'œil de la nuit. Il aurait parié pour la seconde explication. Depuis combien de temps n'avait-elle pas dormi ? L'air était toujours aussi lourd, le ciel aussi menaçant. Mais le soleil poignait à l'est, sous le plafond gris des nuages, et il étirait de grandes ombres à travers tout le jardin, dont la sienne. Il gravit les marches. Sans se presser.

— Je suis là, Martin.

La voix venait de la terrasse. Il traversa les pièces, une par une. Sa silhouette découpée dans la lumière. Elle lui tournait le dos. Il émergea à l'air libre. Le lac était immobile dans son écrin de verdure. Il reflétait le rideau des arbres de l'autre rive et le ciel avec la précision d'un miroir. Un calme impressionnant. Celui des premiers matins du monde. Même l'herbe sur la pente était plus verte dans cette lumière pure.

— Tu as trouvé les réponses que tu cherchais ?

La question était posée d'un ton distancié, presque indifférent.

— Pas encore. Mais j'approche.

Elle se retourna lentement et le fixa. Un visage pâle et harassé. Yeux rouges et joues creusées, cheveux secs. Il tenta de lire un message dans ses yeux mais il n'y avait rien. La douleur était là, cependant ; cette femme n'était pas la Marianne qu'il avait aimée, pas même la Marianne à qui il avait fait l'amour récemment.

— Ils vont libérer Hugo, dit-il.

Une lueur d'espoir.

— Quand ?

— Le juge des libertés va statuer ce matin. Il sera dehors d'ici demain.

Elle hocha la tête en silence. Il comprit qu'elle ne voulait pas s'emballer, qu'elle attendait de serrer son fils dans ses bras.

— J'ai parlé avec Francis. Hier soir.

— Je sais.

— Pourquoi tu ne m'as rien dit ?

Elle planta son regard dans le sien. Un regard profond, vert et changeant comme la forêt en face. Son expression était impassible, mais pas sa voix.

— Te dire quoi ? Que je suis une camée ? Tu pensais vraiment que j'allais te raconter tout ça rien que parce qu'on a tiré un coup ?

L'expression lui fit mal. Tout comme le ton employé.

— Que t'a dit Francis, exactement ?

— Que... que tu avais commencé à te droguer à la mort de Bokha.

— Faux.

Il lui jeta un regard interrogateur.

— Il semble que Francis ait eu peur de t'avouer *l'entière vérité*, on dirait. Peut-être craignait-il ta réaction... Francis n'est pas quelqu'un de très courageux.

— Quelle vérité ?

— J'ai touché à la drogue pour la première fois à l'âge de quinze ans, dit-elle. Dans une fête.

Il sursauta. Quinze ans... À ce moment-là, Marianne et lui se connaissaient déjà, même s'ils n'étaient pas encore ensemble.

— J'ai toujours considéré comme un miracle que tu ne te sois rendu compte de rien, ajouta-t-elle. Combien de fois j'ai eu peur que tu l'apprennes, que quelqu'un te le dise, à l'époque...

— J'étais trop jeune et trop naïf, je suppose.

— Oh ça oui, tu l'étais. Mais il y a autre chose : tu étais amoureux. Comment aurais-tu réagi si tu l'avais su ?

— Et toi, tu l'étais ? demanda-t-il sans répondre.

Elle le fusilla du regard et, pendant un instant, il retrouva la Marianne d'autrefois.

— Je t'interdis d'en douter.

Il inclina la tête, tristement.

— La drogue, comprit-il soudain. Francis t'en fournissait déjà en ce temps-là. Comment... comment ai-je pu être aussi aveugle ? Ne rien voir... pendant tout ce temps qu'on était ensemble...

Elle s'approcha de lui, son visage si près qu'il distinguait chacune des petites rides apparues autour de sa bouche et de ses yeux au fil du temps, chaque motif du dessin complexe de ses iris. Elle les plissa, le sonda.

— Alors, c'est ce que tu crois ? Que je t'ai quitté rien que pour ça ? Pour de la... *came* ? C'est ça, l'opinion que tu as de moi ?

Il vit la flamme noire dans ses yeux. La colère. La rage. La rancœur. La fierté... Et, tout à coup, il eut honte de lui. De ce qu'il était en train de faire.

— Espèce d'idiot ! Je t'ai dit la vérité, l'autre nuit : Francis était là pour m'écouter et toi tu étais perdu, loin, ailleurs. Hanté par ta culpabilité, tes souvenirs, ton passé. Être avec toi, c'était vivre avec les fantômes de tes parents, avec tes angoisses, avec tes cauchemars. Je n'y arrivais plus, Martin. Il y avait en toi tellement d'ombre, et si peu de lumière à la fin... C'était juste au-dessus de mes forces... J'ai essayé, oh oui, Dieu sait que j'ai essayé... Et puis, Francis a été là au moment où j'en avais le plus besoin... Il m'a aidée à me détacher de toi...

— Et il te fournissait en came.

— Oui...

— Il t'a manipulée, Marianne. Tu l'as dit toi-même : c'est son seul véritable talent. Manipuler les gens. Il s'est servi de toi. Contre moi.

Elle releva la tête. La dureté défigurait ses traits.

— Je sais. Quand je m'en suis rendu compte, j'ai voulu lui faire mal à mon tour, et je connaissais sa faiblesse : son orgueil. Alors, je l'ai plaqué. Je l'ai laissé tomber en lui faisait comprendre qu'il n'avait jamais compté, qu'il n'était rien.

Sa voix avait quelque chose d'infiniment las, de brisé, une culpabilité qui remontait loin dans le passé.

— Et puis, Mathieu est arrivé. C'est lui qui m'a aidée à m'en sortir. Il ne savait rien de tout ça. Il me regardait comme si j'étais pure, irréprochable. Bokha a réussi ce qu'aucun de vous deux n'a été capable de faire. Il m'a sauvée...

— Comment aurais-je pu te sauver de quelque chose dont j'ignorais l'existence ? plaida-t-il.

Elle éluda sa remarque. Elle tourna la tête vers le lac et il admira son profil.

— Il y a longtemps que tu as...

— Rechuté ? Après la mort de Mathieu... On est dans une ville où il y a presque autant d'étudiants que d'habitants. Ça n'a pas été très difficile de trouver un fournisseur.

— « Heisenberg », tu connais ?

Elle acquiesça.

— Margot m'a parlé de quelque chose, enchaîna-t-il parce qu'il ne supportait plus de parler de ça. Une scène à laquelle elle a assisté dans la montagne, cette nuit. Le lac de Néouvielle, ça te dit quelque chose ?

Il vit le regard de Marianne changer. Il lui raconta ce que lui avait décrit sa fille.

Il lut une perplexité et une surprise croissantes dans son regard à mesure qu'il parlait.

— Hier, on était le 17 juin, répondit-elle quand il eut terminé. *17 juin 2004*, ajouta-t-elle.

Il attendit la suite.

— Un accident de bus... Ça a fait la une des journaux de la région. Tu devrais t'en souvenir...

Oui, il se souvenait vaguement de quelque chose. Une info emportée au milieu du flot des autres infos. Catastrophes, massacres, guerres, accidents, tueries... Un accident de bus. Ni le premier ni le dernier. Celui-là avait fait un grand nombre de victimes, parmi lesquelles des enfants.

— Dix-sept enfants tués. Et deux adultes : un professeur et un pompier, dit-elle. Le chauffeur a perdu le contrôle du car, il a quitté la route et sombré dans le lac. Mais avant ça, il est resté immobilisé pendant deux heures à mi-pente et plusieurs enfants ont pu être sauvés.

Il la regarda.

— Comment se fait-il que tu t'en souviennes aussi bien ?

— Hugo était dans ce bus.

— David, Sarah et Virginie, tu les connais ? demanda-t-il.

Elle fit signe que oui.

— Ce sont les meilleurs amis d'Hugo. Ils l'ont suivi

en khâgne. Des jeunes gens brillants. Ils étaient dans le bus, eux aussi, cette nuit-là.

Servaz la dévisagea.

— Tu veux dire qu'ils ont échappé à l'accident, comme Hugo ?

— Oui. Ils ont tous été traumatisés, tu t'en doutes. Je me souviens quand on a récupéré nos enfants. C'était affreux. Ils avaient assisté à la mort de leurs camarades. Des gosses qui avaient entre onze et treize ans...

— Ils ont été soignés pour ça ?

— Ils ont aussi fait l'objet d'un suivi psychologique. Plusieurs d'entre eux étaient grièvement blessés. Certains ont gardé des handicaps. (Elle s'interrompit, prit le temps de la réflexion.) Ils étaient déjà proches avant. Mais j'ai eu l'impression que cela les avait rapprochés encore davantage. Ils sont comme les doigts de la main aujourd'hui...

Elle hésita.

— Si tu veux plus d'informations, tu n'as qu'à consulter la gazette locale, *La République de Marsac*. Elle a fait ses choux gras avec cette histoire : tous les enfants venaient du même collège de la ville.

Il la fixa. Il se sentait triste et vide. Elle croisa son regard.

— Je t'avais prévenu, Martin : toutes les personnes à qui je m'attache finissent mal.

Il hésita à lui poser la question qui lui brûlait les lèvres depuis le début, depuis qu'il était entré. La question dont il appréhendait tant la réponse. Mais il avait trop besoin de savoir.

— Francis, que faisait-il ici, l'autre nuit ?

Il la vit tressaillir.

— Tu m'espionnes ?

— Non, c'est lui que j'espionnais – parce que c'est lui que je soupçonnais.

— Francis vient de se faire plaquer par sa petite amie, une étudiante de Marsac, cette Sarah dont tu as parlé. Ce n'est pas la première fois que... qu'il couche avec une de ses élèves. Ni qu'il vient pleurer sur mon épaule. Étrange, non : quand Francis a besoin de se confier à quelqu'un, c'est moi qu'il vient voir. C'est quelqu'un de très seul. Comme toi, Martin... Tu crois que c'est à cause de moi ? demanda-t-elle soudain. (Elle eut un geste bizarre de la main.) Je me suis souvent posé la question : qu'est-ce que je vous fais ? Qu'est-ce que je fais aux hommes de ma vie, Martin, que les autres femmes ne font pas ? Pourquoi faut-il que je les brise de cette façon ?

Elle fut secouée par un sanglot, mais il ne vit aucune larme et ses yeux demeuraient secs.

— Tu n'as pas brisé Bokha, dit-il.

Elle le regarda.

— Il a été heureux avec toi, tu me l'as dit.

Elle hocha la tête, les yeux fermés, un pli amer déformant sa bouche.

— Tu crois que j'en suis capable ? De rendre un homme heureux ? Et d'arrêter ? *Définitivement* ?

Ils se regardèrent. C'était un de ces moments où la balance peut pencher d'un côté comme de l'autre. Elle pouvait lui pardonner – tout ce qu'il avait dit, pensé, cru... Ou bien le rejeter à jamais hors de sa vie. Et lui, que voulait-il ?

— Serre-moi fort, dit-elle. J'en ai besoin. Maintenant.

Il le fit. Il l'aurait fait, même si elle ne le lui avait pas demandé. Il regarda le lac par-dessus son épaule, la lumière du matin. C'était toujours le matin qu'il préférait : son moment favori de la journée. Un héron se tenait très droit près de la rive, sur un gros morceau de bois flottant à la surface de l'eau. Elle le serra à son tour et il se sentit submergé par son étreinte, par la chaleur qui l'inonda.

— Tu as toujours été là, Martin. Dans mon esprit... Même avec Bokha, tu étais là... Tu ne m'as jamais quittée. Tu te rappelles : « JMNS » ?

Oui. Il se rappelait. « Jusqu'à ce que la Mort Nous Sépare »... Ils se disaient toujours au revoir avec ces quatre lettres. La voix et le souffle dans son oreille, sa bouche tout près. Il se demanda si c'était vrai, s'il pouvait lui faire confiance. Il décida que oui. Il en avait assez du soupçon, de la méfiance, d'un métier qui déteignait sur chaque aspect de sa vie. Ce fut simple et évident cette fois. Ni hésitation ni besoin de satisfaire l'autre. Rien qu'un accord majeur. Depuis combien de temps n'avait-il pas fait l'amour de cette façon ? Il sentit que c'était la même chose pour elle : ils revenaient de loin, tous les deux – et il comprit qu'ils désiraient faire au moins un bout de route ensemble. Croire en un avenir. Sur le lac, l'oiseau poussa un long cri solitaire. Servaz tourna la tête juste à temps pour le voir s'élever vers le ciel orageux dans un grand battement d'ailes.

Vendredi

43

Le lac 3

Il fit un rêve dans lequel il mourait. Il était étendu sur le sol, la tête tournée vers le ciel, dans le soleil, et des milliers d'oiseaux noirs passaient tout là-haut en criant pendant qu'il se vidait de son sang. Puis une silhouette apparaissait dans son champ de vision et baissait la tête pour le regarder. Malgré la perruque grotesque et les grosses lunettes, il n'avait pas le moindre doute sur son identité. Il se réveilla en sursaut, la tête encore pleine de cris d'oiseaux. Il entendit du bruit au rez-de-chaussée, et il sentit l'odeur du café.

Quelle heure était-il ? Il se rua sur son téléphone. Quatre appels manqués… Le même numéro. Il avait dormi pendant plus d'une heure. Il appela.

— Bon Dieu, qu'est-ce que tu fous ? dit Espérandieu.

— J'arrive, répondit-il. On file à *La République de Marsac*. C'est un journal local. Trouve leur numéro et appelle-les. Dis-leur qu'il nous faut tout sur l'accident de bus survenu le 17 juin 2004 au lac de Néouvielle.

— C'est quoi, cette histoire de lac ? Tu as du nouveau ?

— Je t'expliquerai.

Il coupa la communication. Marianne entrait dans la chambre avec un plateau. Il but le jus d'orange et le café noir d'un trait, se jeta sur la tartine beurrée.

— Tu reviendras ? demanda-t-elle soudain.

Il la regarda en s'essuyant les lèvres.

— Tu le sais déjà, dit-il.

— Oui. Je crois que oui.

Elle souriait. Ses yeux aussi. Ses yeux si profonds et si verts.

— Hugo bientôt libéré, toi ici... Tous les malentendus levés entre nous... Il y a longtemps que je ne m'étais pas sentie aussi bien, dit-elle. Je veux dire... aussi *heureuse*.

Elle avait hésité à prononcer le mot – comme si nommer le bonheur pouvait le faire fuir.

— C'est vrai ?

— En tout cas, je n'ai jamais été aussi près de l'être, rectifia-t-elle.

Il prit une douche. Pour la première fois depuis le début de l'enquête, il sentait moins la fatigue qu'un regain d'énergie et l'envie de foncer, de renverser des montagnes. Il se demanda comme Margot si cette histoire d'accident était importante et, instinctivement, il sut que oui.

Quand il fut prêt à partir, il prit Marianne dans ses bras et elle se laissa aller contre lui sans résistance. Malgré tout, il ne put s'empêcher de se demander si elle avait pris quelque chose depuis hier soir. Comme si elle devinait ses pensées, elle rejeta sa tête en arrière, ses bras passés autour de la taille de Servaz, presque aussi grande que lui.

— Martin...
— Oui ?
— Tu m'aideras ?

Il la regarda.

— Tu m'aideras à me débarrasser du singe ?

Il fit oui de la tête.

— Oui. Je t'aiderai, dit-il.

Bokha y était parvenu. Pourquoi pas lui ? C'était d'amour qu'elle avait besoin. La seule came de substitution... Il se souvint de ses paroles, quelques heures plus tôt : « Tu as toujours été là. Tu ne m'as jamais quittée. »

— Tu me le promets ?
— Oui. Oui, je te le promets.

La République de Marsac n'avait pas encore numérisé toutes ses archives, loin s'en fallait. Seules les deux dernières années étaient sur CD. Tout le reste – et par conséquent l'année 2004 – était conservé dans des boîtiers à microfiches empilés dans une armoire en bois au fond d'un couloir.

— Eh ben, dit Espérandieu en contemplant le chantier.

— 2004, la voilà, dit Servaz en désignant une pile de trois boîtes en plastique. Ça n'en fait pas tant que ça. Où est-ce qu'on peut trouver un lecteur ? demanda-t-il à la secrétaire.

Ladite secrétaire les conduisit dans une pièce sans fenêtre au fond du sous-sol. Un néon anémique clignota et le lecteur de microfiches apparut : une grosse machine encombrante qui, à en juger par la couche de poussière, ne servait pas tous les jours. Servaz retroussa ses manches et s'approcha du monstre. Il connaissait peu ou prou le maniement de cet engin, mais, quand Espérandieu voulut régler la définition sur l'écran en manipulant la lentille en dessous, celle-ci se décrocha et tomba sur le plateau à microfiches.

Il leur fallut un bon quart d'heure pour remettre la lentille en place. Heureusement, elle était intacte.

Après quoi, ils ouvrirent les boîtiers de microfiches et cherchèrent celle qui correspondait au 18 juin 2004, le lendemain de l'accident. Bingo. Dès la première vue, le titre et l'article clamaient :

ACCIDENT DE BUS MORTEL
DANS LES PYRÉNÉES

Dix-sept enfants et deux adultes ont trouvé la mort cette nuit vers 23 h 15 au lac de Néouvielle dans un accident d'autocar. Selon les premières informations, le véhicule aurait quitté la route dans un virage, se serait couché et serait resté coincé sur la pente entre la route et le lac pendant plusieurs minutes avant de poursuivre sa chute et de sombrer dans les eaux du lac sous les yeux impuissants des secours. Une dizaine d'enfants, ainsi que trois adultes, ont pu être sauvés par ces mêmes secours arrivés sur zone très rapidement. La cause de l'accident n'est pas encore connue. Les victimes étaient toutes élèves d'un collège de Marsac. Elles se rendaient en excursion à l'occasion d'un voyage de fin d'année.

Ils passèrent en revue les pages suivantes. De nouveaux articles, des photos en noir et blanc de la catastrophe. On distinguait la forme allongée de l'autocar couché à mi-pente, avant qu'il ne sombre dans le lac. Des silhouettes se découpaient sur les lueurs vives des phares et des projecteurs. Des pompiers passaient en criant et en gesticulant devant l'objectif. Puis, encore une autre photo... Le lac... Une clarté l'illuminait, vers le fond... Servaz frémit. Il regarda Espérandieu. Son adjoint avait l'air tétanisé.

Servaz retira la microfiche du lecteur et en pêcha plusieurs autres dans la boîte. Les articles publiés dès le lendemain et les jours suivants apportaient plus de précisions :

Les obsèques des dix-sept enfants et des deux adultes victimes du tragique accident d'autocar survenu avant-hier au lac de Néouvielle devraient avoir lieu demain. Les dix-sept victimes, de 11 à 13 ans, étaient toutes scolarisées dans le même collège de Marsac. Parmi les deux victimes adultes, l'une est un des pompiers qui tentaient de secourir les enfants restés prisonniers du véhicule, l'autre un professeur du collège qui les accompagnait. Dix autres enfants ont toutefois pu être sauvés, grâce aux efforts des pompiers et de ce professeur. Parmi les adultes présents dans le bus au moment de l'accident qui ont pu être secourus se trouvent le chauffeur du bus et deux des accompagnateurs : un surveillant et un autre professeur. La vitesse a été mise a priori hors de cause par les enquêteurs, l'analyse effectuée sur le chauffeur a démontré qu'il n'avait pas d'alcool dans le sang.

Les articles suivants décrivaient les obsèques, évoquaient la douleur des parents, jouaient sur toutes les cordes sensibles du lecteur. De nouvelles photos, prises au téléobjectif, des familles recueillies autour des cercueils, puis au cimetière. Du pathos en gros plan.

Émotion et recueillement hier à Marsac pour les obsèques des dix-neuf victimes de l'accident d'autocar qui ont eu lieu en présence des ministres des Transports et de l'Éducation nationale.

La plupart des sauveteurs sont restés traumatisés après la nuit terrible qu'ils ont vécue au lac de Néouvielle. « Le plus atroce, a déclaré l'un d'eux, c'étaient les cris des enfants. »

Puis, une fois l'émotion passée, la tonalité des articles commençait à changer. Pas besoin d'être grand clerc pour comprendre que les journalistes avaient flairé l'odeur du sang.

Deux articles mettaient en cause le chauffeur.

ACCIDENT MORTEL
AU LAC DE NÉOUVIELLE :
LE CHAUFFEUR ENTENDU

ACCIDENT DE BUS MORTEL :
LA RESPONSABILITÉ DU CHAUFFEUR
ENGAGÉE ?

Selon le procureur de Tarbes, deux hypothèses seraient actuellement privilégiées dans l'accident d'autocar qui a coûté la vie à 17 enfants et 2 adultes la nuit du 17 au 18 juin dernier au lac de Néouvielle : la cause technique liée au mauvais état du véhicule et l'erreur humaine. Sur la foi du témoignage de plusieurs enfants, le chauffeur du car, Joachim Campos, 31 ans, aurait perdu le contrôle du véhicule dans un moment d'inattention alors qu'il était en grande conversation avec l'un des professeurs accompagnant les enfants et alors même que la route du lac, étroite et sinueuse, nécessitait une vigilance constante. Toutefois, le procureur a démenti cette dernière information, expliquant qu'il existait plusieurs pistes, « parmi lesquelles l'erreur humaine », mais que des témoignages demandaient à être vérifiés.

— Pourquoi tu as fait ça, Suzanne ?

Paul Lacaze enfourna des affaires dans sa valise ouverte sur le lit. Elle l'observait depuis le seuil. Il tourna la tête vers elle et le regard qui fusa du fond de ses orbites creusées par la maladie le fit vaciller comme un coup de poing. C'était comme si toute l'énergie qui lui restait était concentrée dans ce minuscule éclat de haine pure.

— Espèce de salaud, grinça-t-elle.
— Suzanne...
— Ta gueule !

Il contempla douloureusement le visage aux joues caves, la peau grise, les dents qui saillaient comme celles d'un crâne sous les lèvres exsangues, la perruque synthétique.

— J'allais la quitter, dit-il. J'allais mettre fin à notre relation. Je lui en avais parlé...

— Menteur.
— Tu n'es pas obligée de me croire, mais c'est pourtant la vérité !
— Alors pourquoi est-ce que tu refuses de dire où tu étais vendredi soir ?

Il devina qu'elle avait envie d'y croire encore un tout petit peu... Il aurait tellement aimé la convaincre qu'il l'avait aimée et que ce qu'ils avaient partagé, il ne l'avait partagé avec aucune autre. Qu'elle emporte au moins cette certitude avec elle. Lui rappeler les bons moments, toutes ces années où ils avaient été un couple parfait.

— Je ne peux pas te le dire, répondit-il à regret. Plus maintenant... Tu m'as déjà trahi une fois. Je ne peux plus te faire confiance... Comment le pourrais-je alors qu'à cause de toi je vais finir en prison ?

Il la vit chanceler à son tour, la lueur au fond de ses yeux papilloter. Pendant une demi-seconde, il fut tenté de la prendre dans ses bras, puis la tentation passa. Comme des boxeurs sur un ring, ils se rendaient coup pour coup. Il se demanda comment ils en étaient arrivés là.

— Bon Dieu ! s'exclama Espérandieu en lisant l'article suivant.

Servaz n'avait pas une aussi bonne vue que son adjoint et, par conséquent, il ne lisait pas aussi vite que lui les petits caractères pas très nets des microfiches, mais il sentit quand même son cœur s'affoler en percevant l'excitation dans la voix de celui-ci. Ses yeux lui faisaient mal et il avait envie d'éternuer à cause de toute la poussière accumulée dans ce réduit. Il les frotta, se pencha vers l'écran lumineux et lut :

Les causes de l'accident n'ont pas encore été déterminées, mais l'hypothèse d'une erreur humaine semble se confirmer. En effet, les témoignages des enfants rescapés semblent tous aller dans le même sens : Joachim Campos, le chauffeur du bus, 31 ans, aurait bien été en grande conversation avec une de leurs professeurs, Claire Diemar, au moment des faits, n'hésitant pas à quitter la route des yeux à plusieurs reprises pour s'adresser à elle. Claire Diemar fait partie, avec le chauffeur du bus et un surveillant de 21 ans nommé Elvis Konstandin Elmaz, des trois adultes ayant survécu à la tragédie. Un quatrième adulte, qui accompagnait aussi les enfants, a trouvé la mort en tentant de les sauver.

— Une sacrée histoire, hein ? lança une voix derrière eux.

Servaz se retourna. Il considéra l'homme dans la cinquantaine qui se tenait sur le seuil – tignasse ébouriffée, barbe de quatre jours et lunettes coincées dans les cheveux – et qui les regardait en souriant. Même s'ils ne s'étaient pas trouvés au sous-sol de la rédaction d'un journal, Servaz aurait pu lui coller un Post-it fluorescent marqué « journaliste » sur le front.

— C'est vous qui avez suivi l'affaire ?

— Exact. (L'homme fit un pas dans leur direction.) Et croyez-moi, c'est la seule fois de ma vie professionnelle où j'aurais préféré laisser le scoop à quelqu'un d'autre...

— Que voulez-vous dire ?

— Quand je suis arrivé sur place, le bus était déjà au fond de l'eau. J'ai vu pas mal de choses dans ma vie, mais ça... Les pompiers de la vallée étaient là. Il y avait même un hélico du secours en montagne. Les pauvres gars étaient anéantis. Ils avaient fait tout leur possible pour sortir le maximum d'enfants avant que le bus ne disparaisse dans le lac, mais ils n'avaient pas réussi à les sauver tous et un des leurs était resté coincé au fond avec les gosses. Deux autres pompiers, qui se trouvaient dans le bus quand celui-ci a versé dans le lac, sont parvenus à rejoindre la surface en nageant. Ils ont replongé dans la flotte, bien que leur connard de capitaine leur ait interdit de le faire, et ils ont encore réussi à en tirer un d'affaire mais les autres étaient déjà morts, noyés ou écrasés. Et, pendant tout le temps ou presque qu'ont duré les opérations, ce putain de phare a continué de fonctionner envers et contre tout. Malgré tous les chocs que l'autocar avait reçus, vous vous rendez compte ? On aurait dit... je ne sais pas, moi : un œil lumineux... C'est ça : l'œil d'un putain d'enfoiré d'animal mythologique, genre monstre du Loch Ness, vous voyez ? avec des enfants dans le ventre, là, au fond de ce lac... On devinait la forme du bus... Il m'a même semblé apercevoir... Et merde ! ajouta-t-il.

Et sur cette dernière phrase il eut nettement la gorge serrée.

Servaz songea à la lampe torche enfoncée dans celle de Claire noyée au fond de sa baignoire, et à la position bizarrement tordue que son assassin lui avait donnée... Il eut le plus grand mal à dissimuler son trouble. L'homme s'avança, fit descendre ses lunettes à grosse monture sur son nez et se pencha pour lire ce qui était écrit sur l'écran.

— Mais le pire, c'est quand les corps de certains enfants ont commencé à remonter à la surface, poursuivit-il. Les fenêtres étaient cassées et le bus couché sur le flanc. Plus de la moitié des enfants sont restés coincés là-dessous mais les autres, au bout de quelques heures, ont fini par se libérer de leurs ceintures ou de ce qui les retenait et ils ont fait ce que font tous les noyés quand ils n'ont pas un quintal de béton aux pieds. Ils sont remontés... comme des putains de ballons, comme des pantins flottant à la surface.

Comme des poupées dans une piscine, songea Servaz. Dieu Tout-Puissant ! L'homme parut s'extirper de ses souvenirs et, tout à coup, il eut l'air d'un chien qui a flairé un os enterré dans le sol.

— Dites. Pourquoi cette vieille histoire intéresse des flics de Toulouse, tout à coup ? (Servaz vit le regard du journaliste passer de son adjoint à lui puis s'allumer comme un feu de Bengale.) Sainte merde ! Claire Diemar ! La prof assassinée... Elle était dans le bus, elle aussi !

Merde, en effet, pensa Servaz. Il vit les rouages du reporter se mettre en branle avec un bel ensemble.

— Bordel de merde ! Morte noyée dans sa baignoire ! Vous croyez que c'est un des enfants qui a fait le coup, c'est ça ? Ou bien un parent ? Mais pourquoi six ans après ?

— Tirez-vous, dit Servaz.
— Quoi ?
— Cassez-vous.

Il vit le journaliste se rembrunir.

— Je vous préviens : dès demain il y aura un article dans *La République*. Vous êtes sûrs que vous n'avez rien à déclarer ?

— Dehors !
— On est mal, dit Espérandieu quand il eut disparu.
— Continuons de chercher.

Les articles suivants faisaient état de la relaxe du chauffeur, faute de preuves. À mesure que le temps passait, les articles s'espaçaient. L'actualité chassait l'actualité. De temps à autre, un papier évoquait le drame – de plus en plus brièvement – quand un fait nouveau apparaissait. Comme lorsqu'ils tombèrent sur l'article suivant :

TRISTE IRONIE DU SORT :
LE CHEF DES POMPIERS DU BUS MAUDIT
SE NOIE DANS LA GARONNE

— À croire que la Faucheuse tient ses comptes à jour, commenta Espérandieu, philosophe.

Mais Servaz sentit tous ses signaux d'alarme clignoter en lisant l'article en diagonale :

Cette nuit, l'un des acteurs du drame de Néouvielle a trouvé la mort dans des circonstances qui rappellent étrangement la mort qu'il est lui-même parvenu à éviter à d'autres l'année dernière. Il semble – bien que l'enquête n'en soit qu'à ses débuts – que l'ancien chef des pompiers qui avaient tenté de secourir les enfants du bus accidenté au lac de Néouvielle, en juin dernier, accident au cours duquel 17 enfants avaient trouvé la mort, se soit battu pour des raisons encore inconnues avec une bande de sans-abris qui traînaient sur le Pont-Neuf à Toulouse. Un témoin ayant assisté de loin à la scène a déclaré que le ton était rapidement monté entre les quatre SDF et leur victime pour une histoire de cigarette, puis que « tout avait basculé très vite ». Après l'avoir roué de coups, les marginaux ont jeté le chef des pompiers du haut du pont. Son corps a été repêché après que le témoin eut prévenu la police, mais il était trop tard, la victime ayant heurté un des piliers du pont dans sa chute. Les agresseurs sont activement recherchés. Bertrand Christiaens, 51 ans, avait été muté à Toulouse à peine un mois plus tôt.

— Merde ! s'exclama Servaz en se levant d'un bond. Appelle la division ! JE VEUX TOUT LE MONDE SUR LE COUP ! Trouvez la liste de toutes les personnes qui ont participé de près ou de loin à ce drame et passez-les à la moulinette des fichiers ! Dis-leur que ça urge, que la presse est déjà sur le coup ! Dis-leur qu'on a les journalistes aux fesses !

Une fois connectée à l'ordinateur de son bureau, il fallut à Irène Ziegler moins de trois minutes pour obtenir l'identité du propriétaire du véhicule avec l'immatriculation fournie par Drissa Kanté. Et à peine deux de plus pour découvrir sa profession.

« *Zlatan Jovanovic, agence de détectives privés. Filatures/Surveillances/Enquêtes. À votre disposition 24 h/24 et 7 J/7. Déclaré en préfecture.* »

L'adresse se trouvait à Marsac...

Irène se rejeta dans son fauteuil en fixant l'écran de son ordinateur. *Marsac...* Et si son hypothèse de départ n'était pas la bonne ? Si ce n'était pas Hirtmann qui avait payé pour espionner Martin ? Un détective à Marsac... L'enquête menée par Martin se concentrait sur la ville. Elle consulta sa montre. Elle avait rendez-vous au tribunal d'Auch pour une histoire de violences conjugales dans laquelle elle était citée à comparaître. Elle était ensuite attendue dans le bureau du commandant de compagnie. Au moins deux heures de perdues. Sans doute plus. Ensuite, elle filerait à Marsac trouver ce Zlatan.

Elle n'avait aucune commission rogatoire, mais elle trouverait bien quelque chose.

Elle se leva et attrapa sa casquette, essuya quelques pellicules sur sa chemise d'uniforme. Sur le mur, une affiche représentait un couple de gendarmes posant pour la plus grande gloire de la gendarmerie. Des mannequins sortis d'un press-book selon toute vraisemblance. Ils ressemblaient à Barbie et Ken. Ziegler baissa les yeux sur son uniforme en soupirant.

— Ça n'a pas traîné, dit Pujol au bout du fil. Le chauffeur du bus, Joachim Campos, il était dans le FPR.

Le Fichier des Personnes Recherchées. Servaz sentit la décharge d'adrénaline dans son sang.

— Pour quelle raison ?
— Disparition inquiétante. Le 19 juin 2008.

Son cœur se mit à battre à coups redoublés. Le chef des pompiers avait été balancé dans la flotte en juin 2005, l'année après le drame. Le chauffeur du bus avait disparu en 2008. Claire Diemar venait de mourir noyée dans sa baignoire en juin 2010... Combien d'autres victimes ? Une par an ? Toujours au mois de juin ? Un détail ne cadrait pas avec le reste : Elvis. Il n'entrait pas dans le schéma. Il avait été victime de ce qu'il fallait bien appeler une tentative de meurtre quelques jours seulement après Claire.

Celui qui était derrière tout ça avait-il décidé d'accélérer le mouvement ? Pour quelle raison ? Était-ce l'enquête de la PJ qui l'avait incité à augmenter la cadence ? Peut-être qu'il avait pris peur à ce moment-là. Peut-être bien qu'il avait réalisé qu'Elvis, d'une manière ou d'une autre, pouvait les mener jusqu'à lui...

— Appelle l'hôpital, lança Servaz. Demande-leur s'il y a une chance qu'Elvis sorte du coma, qu'on puisse l'interroger.

— Pas la moindre, répondit immédiatement son adjoint. Il vient de mourir de ses blessures. L'hôpital a téléphoné il y a quelques minutes.

Servaz jura. Ils jouaient de malchance. Pourtant, ils étaient tout près du but, il en était convaincu.

— Dans l'affaire du Pont-Neuf, le pompier balancé dans la Garonne par des SDF : trouve-moi le nom du témoin, dit-il à Pujol.

Il referma l'appareil et se tourna vers Espérandieu assis au volant.

— On rentre à Toulouse. Et on passe au crible le dossier de ce type : Campos.

— J'en peux plus.

Sarah regarda David. Sa voix paraissait prête à se briser, aussi fragile et tremblante qu'une toile d'araignée durcie par le givre. Elle se demanda s'il était déjà défoncé ou s'il s'agissait d'autre chose. Elle connaissait l'étendue de sa dépression. Elle se disait souvent que, si l'accident avait été l'élément déclencheur qui avait permis à l'ange noir qui squattait la psyché de David de déployer ses ailes, il était déjà là bien avant. Tapi quelque part. Elle connaissait l'épisode du petit frère noyé dans la piscine, celui dont on lui avait confié la garde alors qu'il n'avait que neuf ans. Elle savait aussi ce que son salopard de père et son salopard de frère lui avaient fait. Hugo et elle en avaient parlé souvent. Hugo disait que David était pareil à un canard sans tête. Hugo aimait énormément David. Mais David aimait encore plus Hugo. Il y avait entre eux un lien plus que fraternel. Un lien qu'elle ne parvenait pas à expliquer. Un lien encore plus fort, plus profond que celui qui les unissait tous.

Sarah faisait partie de ceux qui, les premiers, avaient réussi à sortir par les fenêtres de l'autocar, alors que celui-ci était couché sur la pente, encore retenu par quelques arbres. C'était le jeune professeur mort qui l'avait aidée à passer par la fenêtre ; elle se souvenait encore de sa gêne et de ses excuses bredouillées quand il avait posé ses mains sur les fesses de Sarah pour l'éjecter dehors d'une poussée – avant de retourner tenter de sauver un de ses petits camarades coincé sous un siège dans une zone difficile d'accès. Car le bus n'était plus qu'un amas de ferrailles martyrisées, tordues. Bizarrement, elle se souvenait parfaitement du visage rond et des lunettes tout aussi rondes de ce jeune professeur (ils le méprisaient tous, en classe, parce qu'il n'arrivait pas à se faire respecter ; en cours, il était la cible des quolibets, et Hugo le caricaturait à merveille), mais elle n'arrivait pas à se rappeler son nom. *Pourtant, c'était à lui que Sarah devait la vie, tout comme David, tout comme plusieurs membres du Cercle...* Il avait fini au fond de l'eau, avec les autres victimes... En revanche, elle s'était toujours souvenu du nom de cette jolie prof débutante que tous les élèves adoraient et dont la plupart des garçons étaient amoureux. Cette jolie salope de prof qui avait fui la première, sans se retourner, à quatre pattes, en hurlant comme une hystérique et en abandonnant les enfants à leur sort. Sourde à leurs appels au secours. Claire Diemar. Aucun d'entre eux ne l'avait oubliée. Quelle n'avait pas été leur surprise quand ils l'avaient retrouvée en prépa à Marsac : Hugo, David, Virginie et elle. Ils se rappelaient sa pâleur et sa gêne quand elle avait fait l'appel et reconnu leurs noms.

Tout comme Sarah s'était souvenu, tout au long de ces années, de ce pion au prénom marrant et à la dégaine de jeune voyou : Elvis Elmaz. Elvis qui les incitait à fumer en cachette alors qu'ils n'avaient que douze ans. Elvis qui leur passait son walkman et leur faisait écouter du rock. Elvis qui expliquait aux garçons comment s'y prendre avec les filles et qui la pelotait en douce parce que, à douze ans, elle en paraissait seize, mais qui pouvait aussi entrer dans des colères noires et proférer des menaces sinistres. « Je vais te trancher la bite et te la fourrer dans la bouche, sale petit con », avait-il dit un jour à Hugo pour un motif qu'elle avait oublié. Ils l'admiraient et ils le craignaient en même temps. Ils auraient aimé lui ressembler. Jusqu'à cette nuit où ils avaient découvert que leur demi-dieu était un lâche.

Et le chef des pompiers non plus, ils ne l'avaient pas oublié. Il avait interdit à ses hommes d'entrer dans le bus, au motif qu'il menaçait de verser dans le lac d'un instant à l'autre – mais presque tous avaient enfreint la consigne et l'un d'entre eux y avait laissé la vie.

C'était grâce à ces pompiers désobéissants aussi qu'ils étaient dix à former le Cercle, et non pas deux ou trois. Et puis, il y avait le chauffeur qui, non content d'avoir perdu le contrôle de son véhicule parce qu'il faisait plus attention à Claire Diemar qu'à la route, avait été aussi l'un des premiers à déguerpir. La seule personne qu'il avait secourue avait été précisément cette sale conne. Sans doute parce qu'elle était jolie, tout comme lui était plutôt bel homme et beau parleur, et parce qu'ils avaient un peu flirté, avec discrétion, pendant le trajet.

— Comment s'appelait-il, ce prof ? demanda-t-elle avant de coller sa bouche à l'extrémité du *bong* et d'aspirer la fumée refroidie, puis de l'inhaler d'un coup.

David lui lança un regard vitreux. Il avait l'air complètement stone.

— Celui avec les lunettes ? dit Virginie. Celui qui nous a sauvés ? La Grenouille…

— Non, ça, c'était son surnom. Personne ne se souvient de son prénom ?

— Maxime, dit David d'une voix pâteuse en prenant l'instrument que Sarah lui tendait. Il s'appelait Maxime Dubreuil.

Oui. Elle s'en souvenait à présent. Maxime, qui faisait semblant de ne pas entendre les pets, les sifflets et les rires dans son dos pendant qu'il faisait cours. Maxime qui remontait tout le temps ses lunettes sur son nez quand il parlait. Maxime qui avait un œil mort et qui s'était un jour fâché tout rouge en gueulant : « Qui a fait ça ? » quand quelqu'un avait écrit sur le tableau : DUBREUIL N'A QU'UN ŒIL. Maxime Dubreuil. *Un héros*… Son corps avait été repêché avec les autres, le lendemain, quand la grue avait sorti le bus de l'eau, avant d'être rendu à sa famille. Sarah se rappelait sa mère en pleurs aux obsèques, une petite femme fragile à la crinière blanche comme un nuage de barbe à papa. Elle tremblait comme un oiseau.

Est-ce que Maxime aurait approuvé ce qu'ils avaient fait ensuite ? Certainement pas. Pourquoi avait-elle de plus en plus la sensation qu'ils s'étaient fourvoyés ? Pourquoi avait-elle l'impression qu'ils étaient devenus pires que ceux qui les avaient abandonnés à leur sort ?

— Il faut s'occuper de ce flic, dit David.

Il avait parlé d'une voix atone, exsangue. Virginie le regarda, mais elle ne dit rien, pour une fois. Ils se tenaient dans cette chapelle abandonnée au milieu des bois, à deux cents mètres environ du lycée, où ils avaient l'habitude de se retrouver pour boire, comploter et fumer des pétards. Assis à même le sol.

— C'est à moi de m'en charger, ajouta-t-il au bout d'un moment.

Il fit circuler la pipe dont l'eau avait pris une couleur verdâtre.

— Qu'est-ce que tu comptes faire ?
— Vous verrez bien.

Comme c'est toujours le cas, le dossier sur la disparition de Joachim Campos avait commencé par un appel. Celui de sa petite amie qui l'attendait au restaurant *La Pergola* le soir du 19 juin 2008 et qui s'était étonnée de son retard puis avait paniqué quand il n'était pas venu. Le rapport expliquait qu'elle avait essayé de le joindre sur son portable à vingt-trois reprises au cours de la soirée mais qu'elle était tombée chaque fois sur son répondeur. Elle avait aussi laissé pas moins de dix-huit messages, inquiets, furieux, menaçants, paniqués, implorants, ce qui témoignait d'une certaine suite dans les idées.

En sortant du restaurant une heure plus tard, elle s'était rendue directement au domicile de son copain, à une quinzaine de kilomètres de là. Vide. Sa voiture n'était pas non plus sur le parking.

Elle avait très mal dormi cette nuit-là. Selon tous les témoignages rassemblés par les enquêteurs, Joachim était beau gosse, plutôt flirteur avec les femmes, et elle avait passé toute la nuit à se ronger les sangs. Le lendemain, elle s'était fait porter pâle à son boulot et s'était rendue au sien. Joachim n'était plus chauffeur de bus. Même si la justice n'avait retenu aucune charge contre lui, il avait été licencié pour une autre faute par son employeur six mois après l'accident. Il était magasinier dans une grande surface. Un job qui lui donnait nettement moins d'occasions de flirter avec de belles inconnues. À son travail, on avait expliqué à sa fiancée que Joachim ne s'était pas présenté ce matin-là. C'était vers le milieu de l'après-midi qu'elle avait décidé de contacter la gendarmerie. Qui lui avait fait comprendre qu'il n'y avait pas grand-chose à faire. Quarante mille personnes disparaissent en France chaque année. Quatre-vingt-dix pour cent sont retrouvées dans les semaines qui suivent. Tout adulte a le droit de refaire sa vie et de changer d'adresse sans communiquer celle-ci à ses proches ou à ses amis. Des hommes en particulier – mais aussi des femmes – faisaient ça. S'il s'était agi d'un enfant, ils auraient organisé des battues, mobilisé des plongeurs pour sonder les lacs du coin. Mais un adulte qui disparaît, ce n'est qu'un chiffre de plus dans les statistiques. Pour qu'elle soit considérée comme « inquiétante », la disparition devait concerner un adulte en mauvaise santé ou bien sous curatelle ou encore qu'il y ait des éléments donnant à penser que le disparu l'avait fait contre son gré. Rien de tel ici.

Mais la fiancée de Joachim Campos, comme en témoignaient les cinquante-trois nouveaux appels qu'elle avait passés au téléphone portable de l'ex-chauffeur par la suite, était du genre têtu. Elle avait harcelé la gendarmerie, la police, et finalement obtenu gain de cause quand un témoin de dernière minute était apparu dans le dossier, affirmant qu'il avait vu quelqu'un répondant au signalement de Joachim à bord d'une vieille Mercedes grise le soir de sa disparition – et ce à quelques kilomètres à peine du restaurant où il avait rendez-vous. Or, l'ancien chauffeur de bus conduisait une Mercedes grise et ça le nouveau témoin ne pouvait pas le savoir. Détail intéressant, selon le même témoin, il y avait deux autres personnes dans la voiture.

— Tout le monde sait que M. Campos aimait les jolies femmes, avaient répondu les gendarmes en coulant un regard en biais vers la (l'ex- ?) fiancée.

— Deux hommes, leur avait précisé le témoin.

Le dossier avait été versé dans les disparitions inquiétantes. Pour d'obscures raisons de procédure, il avait alors été repris par la police de Toulouse. Qui avait assuré le minimum syndical et, comme toujours dans ces cas-là, le proc s'était empressé de classer l'affaire faute d'éléments probants. Après quoi, Joachim Campos s'en était allé rejoindre les trois pour cent statistiques qu'on ne retrouve jamais.

Servaz sortit une par une les feuilles du dossier. Il en tendit la moitié à Espérandieu. Il était 14 h 28.

À 15 h 12, Servaz commença à se pencher sur le relevé des appels entrant et sortant du téléphone cellulaire de Joachim Campos. On n'avait jamais retrouvé l'appareil, mais, sur réquisition du parquet, son opérateur avait fourni – à partir du numéro – le relevé des appels aux enquêteurs.

Un numéro revenait un très grand nombre de fois, le soir de la disparition et les jours suivants – et Servaz sut, avant même de l'avoir vérifié, qu'il s'agissait de celui de l'opiniâtre fiancée. D'autres personnes avaient tenté d'appeler le chauffeur au cours des journées suivantes : sa sœur, ses parents et un numéro qui s'avéra (après que Servaz eut farfouillé dans le rapport d'enquête) appartenir à une jeune femme mariée, mère de deux enfants en bas âge, qui avait une liaison avec Joachim depuis plusieurs mois.

À 15 h 28, Servaz s'intéressa à la localisation des derniers appels passés et reçus par Joachim Campos, c'est-à-dire aux bornes-relais que son mobile avait activées sur son passage au cours des dernières heures ayant précédé et suivi sa disparition. Lesquelles pouvaient peut-être permettre de retracer un itinéraire.

La fiancée, songea-t-il soudain.

Servaz était en train de fixer une ligne correspondant à l'un des innombrables appels qu'elle avait passés, dans son désespoir, depuis le restaurant *La Pergola* où elle dînait seule et inquiète.

Ta persévérance va peut-être finir par payer, on

dirait, lui lança-t-il mentalement en voyant le toponyme sur la feuille.

— Une carte, dit-il. Il me faut une carte des Pyrénées centrales.

Espérandieu le regarda d'un air ahuri.

— Une carte ?

Vincent pianota sur le clavier de son ordinateur et ouvrit Google Maps.

— La voilà, ta carte.

Servaz regarda l'écran.

— Tu ne peux pas élargir un peu ?

Espérandieu déplaça le curseur vertical vers le bas et le territoire couvert par la carte s'agrandit tandis que les distances entre les villages diminuaient à l'écran.

— Un peu plus vers le sud et l'est, dit Servaz.

Son adjoint obtempéra.

— Là, dit Servaz en posant son doigt.

Espérandieu regarda l'endroit indiqué. Le restaurant *La Pergola*.

— Oui. Et alors ?

— Là, le restaurant, là, la dernière borne-relais qui ait enregistré le passage du mobile de Joachim Campos. C'est à 30 kilomètres du restaurant, mais dans la direction opposée à son domicile. Un témoin affirme avoir aperçu quelqu'un ressemblant à Joachim à bord de sa Mercedes à proximité du restaurant environ une demi-heure avant que la borne-relais ait enregistré le passage de Campos. En compagnie de deux personnes. En admettant que ce témoin n'ait pas halluciné, cela signifie que Campos n'allait pas chez lui.

— Et après ? Dieu seul sait où il se rendait. Peut-être chez cette femme qui l'a appelé...

— Non, ce n'est pas la direction non plus. Ce qui

est intéressant, c'est qu'à partir de là, plus aucune borne-relais n'a été activée malgré les nombreux appels passés par sa fiancée désespérée.

— Comme si son téléphone avait été détruit ou mis hors service et abandonné quelque part, pigea Espérandieu.

— Exact. Et ce n'est pas tout. Élargis encore.

Espérandieu fit descendre un peu plus le curseur et le territoire représenté continua de s'agrandir. Servaz fit courir son doigt du restaurant à la borne-relais, puis prolongea sa trajectoire.

— Merde, dit son adjoint en voyant le doigt de son patron se rapprocher de plus en plus d'un lieu dont ils avaient lu le nom une bonne centaine de fois au cours des dernières heures : le lac de Néouvielle.

Ziegler enfourchait sa Suzuki devant le tribunal en pensant à la façon dont elle avait mouché l'avocat de la défense commis d'office, et en observant le ciel noir quand *Chantons sous la pluie* retentit dans sa poche. Elle fit glisser la fermeture de son blouson de cuir. Considéra l'écran de son iPhone : *Martin*.

— Tu as bien fait de la plongée en Grèce ? demanda-t-il dans l'appareil. Avec ou sans bouteilles ?

Elle fut tout à coup aux aguets, malgré ou à cause de l'incongruité de la question.

— Avec, répondit-elle, sa curiosité s'éveillant instantanément.

— Tu te débrouilles bien ?

Elle émit un petit rire sec.

— Ah ! ah !... Je suis moniteur fédéral 1er degré

et, de ce fait, moniteur 2 étoiles à la confédération mondiale des activités subaquatiques.

Elle l'entendit émettre un sifflement.

— Ça sonne rudement chic. Je suppose que ça veut dire oui ?

— Martin, pourquoi tu veux savoir ça ?

Il le lui dit.

— Et toi, tu as déjà plongé ?

— Avec un masque et un tuba, oui, une ou deux fois...

— Je suis sérieuse. Et avec des bouteilles ?

— Euh... oui, plusieurs fois, mais il y a longtemps...

C'était un mensonge. Il n'avait plongé en tout et pour tout qu'une seule fois avec des bouteilles, au cours de sa vie... au Club Med... dans une piscine... en compagnie d'Alexandra et d'un moniteur.

— C'était quand ?

— Mmm... il y a une quinzaine d'années, je dirais... Peut-être un peu plus...

— C'est une très mauvaise idée.

— C'est la seule que j'ai. Et on ne peut pas se permettre d'attendre d'avoir l'aval du parquet et une équipe de plongeurs à disposition. La presse va s'emparer de l'affaire dans les heures qui viennent. Ce n'est qu'un tout petit lac, après tout... Et il n'y a pas de requins, tenta-t-il de plaisanter.

— C'est une putain de mauvaise idée.

— Tu as ce qu'il faut, côté matos ? Une combinaison pour moi ?

— Ouais... Je dois pouvoir trouver ça.

— Très bien. Je passe te prendre dans combien de temps ?

— J'ai rendez-vous chez le commandant de la compagnie. Donne-moi deux heures.

Elle s'occuperait de Zlatan Jovanovic plus tard. Elle brûlait de savoir ce que Martin avait trouvé.

Des bouteilles, de la plongée, un lac...

Avec un trésor au fond, se dit-elle.

44

Plongée

L'après-midi était déjà bien avancé quand ils empruntèrent le chemin de terre. De plus en plus de nuages orageux avançaient par l'ouest. Ils roulèrent en cahotant jusqu'à la chaîne tendue entre deux plots et pourvue d'un cadenas. Un écriteau rouillé se balançait au milieu :

« BAIGNADE INTERDITE. »

Le lac et le barrage surgirent devant eux. Servaz regarda l'autre rive, à deux cents mètres de là, surplombée par la route qui décrivait un virage serré. C'était à cet endroit que l'autocar l'avait quittée pour verser dans la pente. Impossible d'atteindre le lac par cette voie : la rive en contrebas de la route décrivait un surplomb abrupt d'environ dix mètres auquel seuls quelques vieux arbres se cramponnaient ; leurs racines mises à nu par les effondrements successifs du rivage trempaient dans l'eau ; un matelas de bois mort et de détritus flottait à la surface, entre leurs ramifications. Tout autour, la pente était moins escarpée, mais encore trop importante, et surtout la végétation de sapins et de taillis trop dense pour accéder au lac en tenue de plongée.

Il n'y avait qu'un seul accès : le chemin où ils se trouvaient.

Servaz coupa la clim, ouvrit sa portière et aussitôt la chaleur du jour tomba sur ses épaules comme un vêtement oublié au soleil. Irène avait déjà fait le tour du Cherokee et soulevé le hayon. Elle se dépêchait de retirer ses vêtements et Servaz constata qu'elle était très bronzée. Il regarda son corps, de longues jambes musclées et un torse délié, un ventre plat, de petits seins. Elle enfila sa combinaison de caoutchouc noir par-dessus son string et son soutien-gorge roses et il entreprit de se déshabiller à son tour.

— Dépêchons-nous, dit-elle en regardant les nuages.

Le tonnerre grondait et tournoyait au loin. De temps en temps, la lueur d'un éclair silencieux. Mais toujours pas de pluie. Elle sortit le deuxième équipement du coffre et l'aida à enfiler sa combinaison. Il n'aima pas le contact froid du Néoprène sur sa peau qui se couvrit de chair de poule. Il essaya de se remémorer les explications qu'elle lui avait répétées à plusieurs reprises dans la voiture, et commença à regretter son initiative.

— On dirait que l'orage est sur le point d'éclater, fit-elle remarquer. Je ne suis pas sûre que ce soit une bonne idée.

— Je n'en ai pas d'autre, répéta-t-il.

— On pourrait peut-être attendre demain. Une équipe de plongeurs ratissera le lac. S'il y a quelque chose à trouver, ils le trouveront.

— Demain, *La République de Marsac* va publier

un article expliquant que la police cherche un rapport entre l'accident et le meurtre de Claire Diemar, et toute la presse va s'emparer de cette histoire. Je ne veux pas, s'il y a quelque chose là-dessous, que la presse soit là pour le voir.

— Si tu me disais ce qu'on cherche.

— Une Mercedes grise. Et peut-être quelqu'un à l'intérieur.

— Rien que ça.

L'espace d'un instant, il faillit renoncer. Mais un reste de fierté le retint de se dégonfler tout à fait. Elle le lut dans ses yeux et secoua la tête en soupirant. Mais sans rien ajouter. Elle répéta ses explications au sujet de l'octopus et de la respiration, plaça la bouteille sur son dos, la redressa. Puis elle régla les sangles et disposa les tuyaux de l'octopus, le masque et le tuba sur ses épaules et sur son torse.

— Ça, c'est le Stab, dit-elle en montrant le gilet stabilisateur. Tu le gonfles et tu le dégonfles avec ces poussoirs, là, comme je t'ai montré. Toujours gonflé à la surface. Il te permettra de rester hors de l'eau sans effort. Le Stab est attaché par cette sangle à la bouteille. Elle-même reliée au détendeur. Tu l'insères comme cela dans ta bouche. Mords légèrement le caoutchouc si tu crains de le perdre.

Il essaya de respirer. L'air lui parut offrir une résistance dans le tuyau, mais c'était sans doute dû au stress. Son cœur battait à coups très lourds. Irène vérifia sa ceinture, ses palmes ; elle fit glisser l'ordinateur de plongée – une grosse montre – autour de son poignet.

— Ça, c'est la profondeur, et ça, la température. Et ici le temps écoulé. De toute façon, je ne te quitterai pas des yeux et on reste au max quarante-cinq minutes dans l'eau, compris ?

Il hocha la tête. Essaya de bouger. Fit deux pas en avant, soulevant les genoux pour éviter de trébucher sur ses palmes. S'arrêta. Il se sentait pataud. Déséquilibré. Le poids de la bouteille dans son dos lui donnait l'impression que quelqu'un prenait un malin plaisir à le tirer en arrière et qu'il allait tomber à la renverse d'un instant à l'autre.

Ziegler abattit le hayon du Cherokee et le bruit fit s'égailler une nuée d'oiseaux dans les pins et les sapins, de l'autre côté du lac. À part ça, le vent chaud qui agitait les feuillages et le tonnerre qui tournait au-dessus d'eux, le silence régnait.

— OK, on récapitule. Avec le jour qui décline, ça va vite devenir sombre là-dessous : place toujours ta torche devant ta main pour que je comprenne ce que tu veux dire. Si tout va bien, tu fais le signe « OK ». (Elle réunit son pouce et son index en forme de cercle.) Compte tenu du fait que tu es un débutant, tu vas épuiser tes réserves bien plus vite que moi, n'oublie pas de vérifier régulièrement. Tu as de l'air pour une bonne heure. Enfin, si tu as un problème, ou si nous sommes séparés, tu agites ta torche dans toutes les directions et tu ne bouges plus. Je viendrai te chercher. C'est assez clair ?

Il était clair qu'il avait de moins en moins envie d'y aller. Mais il hocha la tête affirmativement, ses dents un peu trop serrées autour de l'embout du détendeur, les mâchoires crispées.

— Encore une chose, inspire, mais n'oublie pas d'expirer à intervalles réguliers. Sous l'eau, des poumons gonflés d'air trop longtemps te font inévitablement remonter à la surface. Si ça devait arriver, pense à expirer lentement. L'air se dilatant dans tes poumons au fur et à mesure de la remontée, ça pourrait devenir dangereux.

Super. Un grand oiseau poussa un long cri rauque et s'envola en frôlant la surface de l'eau.

— C'est complètement idiot, ajouta-t-elle. Tu es sûr que tu veux le faire ?

Encore une fois, il hocha la tête.

Elle haussa les épaules, fit volte-face et entra lentement dans l'eau à reculons, le visage tourné vers le rivage, avec un clapotis à peine perceptible. Il l'imita et sentit aussitôt la fraîcheur de l'eau à travers sa combinaison. Ce n'était pas pour lui déplaire, car il commençait à suffoquer, mais il n'était pas sûr que ce soit toujours aussi agréable après une heure passée là-dessous. *Lac de montagne*, songea-t-il. On était loin des Seychelles…

Lorsque l'eau leur arriva à la poitrine, la gendarme cracha dans son masque, étala la salive à la surface du Plexiglas et le rinça avant de l'ajuster sur son nez. Servaz l'imita. Puis il plongea son masque dans l'eau et inspecta le fond. La vase qu'ils avaient remuée peuplait l'eau de milliards de particules, l'empêchant de distinguer quoi que ce fût. Il espéra qu'ils y verraient plus clair vers le fond.

— Une dernière chose. Quand j'aurai lâché ta main, reste à ma hauteur. Ne t'éloigne pas de plus de trois mètres. Je veux pouvoir garder un œil sur toi. Et n'oublie pas d'équilibrer la pression sur tes tympans en te pinçant le nez et en expirant. Ça calmera les bourdonnements dans tes oreilles. Ce lac est profond et on ressent les effets de la pression après seulement deux ou trois mètres.

Il fit le signe « OK » et elle esquissa un sourire. Elle paraissait encore plus stressée que lui.

— Mets ton détendeur dans ta bouche, lui enjoignit-elle.

Elle lui prit la main et ils s'allongèrent dans l'eau en battant des palmes. Quand ils eurent gagné le large, elle lui fit signe de dégonfler son gilet et ils amorcèrent la descente dans un nuage de bulles.

Il lui fallut quelques secondes pour s'habituer au détendeur et il s'aperçut qu'il devait effectuer un véritable effort pour respirer sous l'eau. Les souvenirs de son expérience en piscine, pourtant vieille de presque vingt ans, lui revinrent et il se rappela que, déjà à l'époque, il n'avait pas trop apprécié.

Malgré la proximité de la rive, ils se trouvaient déjà dans des ténèbres dont il ne voyait pas la fin en dépit de la double lueur de leurs torches. Irène serrait sa main et le guidait. Ils descendaient. L'air sifflait quand il inspirait et des bulles crépitaient autour de lui quand il expirait. Puis de la poussière en suspension dansa dans le faisceau des torches et le fond apparut. Irrégulier, en pente et couvert d'une grande prairie d'algues, qui ondulait comme une chevelure dans les courants, cinq mètres plus bas. En même temps, il perçut une douleur de plus en plus vive dans les tympans, un bourdonnement de plus en plus fort. Il grimaça, lâcha Ziegler pour porter une main à son oreille. Aussitôt, la gendarme l'agrippa par son gilet et l'obligea à remonter. Elle le regarda à travers son masque et mima le geste de l'équilibrage. Il s'exécuta, pinça son nez, expira. Il sentit comme une grosse bulle d'air sortir de son oreille. La douleur disparut. Il n'entendait plus qu'un léger bourdonnement. Supportable, décida-t-il.

Il fit de nouveau le signe « OK » et ils reprirent la descente, équilibrant à deux reprises.

Au fond, les bandes charnues des algues frôlèrent leurs ventres. Ils nageaient dans la direction probable de l'à-pic au bord de la route. Irène n'avait toujours pas lâché sa main. Et pourtant il se sentait seul au monde. Seul avec ses pensées. *Et avec son stress.*

Léger...

L'impression d'évoluer en apesanteur.

Silencieux...

Il n'entendait rien d'autre que des *glouglous* autour de lui. Et l'écho de sa respiration, qui devenait plus aisée dans le tuyau.

Il jeta un coup d'œil à son ordinateur de plongée.

Quinze mètres.

Au bout d'un moment, Ziegler lâcha sa main et le regarda. Il lui fit signe que tout allait bien et elle s'écarta de lui tout en continuant à nager dans la même direction. Servaz scruta les alentours. Il n'y avait pas grand-chose à voir. Ils étaient seuls au fond d'un lac où personne ne songerait à les chercher s'il se passait quoi que ce soit et il se sentait extrêmement vulnérable et exposé. Son stress grandissait de minute en minute, maintenant qu'elle ne lui tenait plus la main. *Bon, calme-toi, tu n'es qu'à quelques mètres de la surface, et il te suffit de gonfler tes poumons et ton gilet pour remonter.*

Sauf que Ziegler lui avait parlé de paliers à observer. Même à cette profondeur. Et de l'importance de ne pas paniquer. *Merde*. Il regarda vers le haut et vit une vague lumière. Loin. Plus grise que bleue. Peut-être l'orage avait-il éclaté. Cette pensée acheva de l'angoisser et il se remit à respirer difficilement. *Calme-toi.*

Expire. Il se concentra sur ce qui se trouvait devant lui et inspecta le fond vaseux dans le faisceau de sa torche. En tournant la tête, il vit Ziegler à trois mètres à peine, qui poursuivait son exploration en promenant sa torche d'un côté à l'autre, légère et à l'aise, ondulant comme une sirène. Elle ne lui prêtait aucune attention. Il pouvait toujours hurler, elle ne l'entendrait pas... *Si tu as un problème, ou si nous sommes séparés, tu agites ta torche dans toutes les directions et tu ne bouges plus. Je viendrai te chercher...*

Le fond du lac était plus irrégulier à présent – il y avait des rochers, des souches d'arbres, de petites éminences à franchir, tout un paysage aussi accidenté qu'il l'était à la surface – et il ressemblait de plus en plus à une décharge à ciel ouvert. Servaz éclaira une grosse souche avec la torche, prit un peu d'altitude pour franchir l'obstacle et replongea vers la prairie d'algues. Puis le sol remonta très sensiblement. Il jeta un coup d'œil à Ziegler. Sans s'en rendre compte, ils s'étaient encore éloignés l'un de l'autre et il sentit la panique revenir. Il était seul avec lui-même et des milliers de mètres cubes d'eau hostiles se pressaient contre le mince Plexiglas de son masque.

Une théorie de petits poissons lui passa devant le nez, accrochant des reflets argentés.

Il y avait quelque chose un peu plus loin, au milieu des algues et de la vase... Probablement un appareil électroménager balancé depuis le rivage : la pente indiquait qu'ils s'en rapprochaient. De même que le nombre grandissant des détritus. Il battit des palmes pour se propulser jusque-là. Maintenant, il pouvait voir le reflet pâle d'une vitre et celui d'un objet métallique entre les algues. Son cœur s'accéléra. Un mélange d'excitation et d'appréhension. Il se força à expirer lentement, malgré l'impatience et la curiosité. Deux coups de palmes et il la vit. La Mercedes grise de Joachim Campos... Presque intacte malgré la rouille qui la rongeait. La moitié de la plaque d'immatriculation avait disparu sous la corrosion, mais il restait un X, un Y, un double 0 et les chiffres du département 65 clairement identifiables.

Il y avait quelque chose à l'intérieur.

Derrière le volant.

Il la voyait à travers le pare-brise recouvert d'une mince pellicule verte et translucide.

Pâle.

Immobile.

Regardant droit devant.

La silhouette de l'ancien chauffeur de bus.

Il sentit que son sang s'agitait beaucoup trop, que la pompe s'emballait, qu'il respirait trop vite. Il contourna le véhicule en se contorsionnant et s'approcha maladroitement de la portière côté conducteur.

Il tendit le bras pour actionner la poignée, s'attendant à ce qu'elle soit bloquée, mais, contre toute attente, la portière s'ouvrit avec un grincement étouffé par l'eau. Il n'y avait cependant pas assez de place pour l'ouvrir en grand ; les roues étaient enfoncées dans le sol et le bas de la portière frottait contre le relief du fond.

Servaz se pencha à l'intérieur, par l'entrebâillement, et éclaira la forme au volant.

Toujours à sa place, maintenue par ce qui restait de la ceinture de sécurité. Dans le cas contraire, au bout de quelques jours, les gaz auraient gonflé le cadavre qui serait remonté à l'intérieur de la voiture et aurait flotté contre le plafond. Le faisceau de la lampe révéla des détails que Servaz aurait préféré ignorer : l'immersion prolongée avait transformé les graisses du corps en adipocire, ou « gras de cadavre » – une substance qui évoquait du savon au toucher et Joachim ressemblait à une statue de cire parfaitement conservée. C'était ce processus de saponification qui avait stoppé la décomposition et l'avait gardé en l'état pendant tout ce temps. Le cuir chevelu avait été détruit et c'était une tête chauve et cireuse que Servaz avait devant lui, émergeant de ce qui restait du col de la chemise. L'épiderme des mains dépassant des manches en lambeaux s'était également détaché comme deux gants de peau bien nets – une évolution elle aussi typique chez les cadavres en immersion. Les yeux avaient disparu, remplacés par deux orbites noires. Servaz se fit la réflexion que la voiture avait en partie protégé le cadavre des prédateurs. Il respirait de plus en plus vite. Il avait déjà contemplé des cadavres, mais pas par dix mètres de fond sous un lac, emprisonné dans un scaphandre. L'eau était de plus en plus froide. Il frissonna. L'obscurité grandissante, la bulle de lumière, et maintenant ce corps... Le dioxyde de carbone avait du mal à s'évacuer, infectant son cerveau, et il s'essoufflait.

Puis Servaz aperçut le trou près de la tempe. Le projectile avait traversé la joue près de l'oreille gauche. Servaz l'examina. Un coup tiré à bout touchant.

Tout à coup, quelque chose d'incroyable se passa. *Le cadavre a bougé !* Servaz sentit la panique le submerger. De nouveau, les lambeaux de chemise du torse remuèrent et il recula vivement. Sa tête alla heurter le châssis métallique. Il sentit qu'il avait accroché quelque chose avec son détendeur et, l'espace d'un instant, il fut terrifié à l'idée de ne plus avoir d'air. Il émit un nuage de bulles paniquées. Sous le choc, il lâcha la torche qui descendit tout doucement vers le plancher de la voiture, entre les jambes du mort, capturant le cadavre, le tableau de bord et le plafond dans son tourbillon lumineux.

Au même instant, un minuscule poisson émergea de ce qui restait de la chemise et s'enfuit en nageant. Les oreilles de Servaz bourdonnaient. Il manquait d'air, le sang battait à ses tempes. Il se rendit compte qu'il avait oublié de consulter son nanomètre. Il tendit le bras à l'intérieur, récupéra la torche entre les pédales et les chaussures du mort et l'agita dans tous les sens pour appeler au secours.

Où était Ziegler ?

Il n'avait pas le courage d'attendre. En quelques coups de palmes affolés, il se rua vers la surface. Quelques mètres à peine et il se retrouva pris dans un enchevêtrement de racines blanches et tentaculaires.

Sentit quelque chose lui agripper la jambe. Il se débattit furieusement pour se libérer, quand un autre morceau de bois heurta violemment son masque. Étourdi par le choc, il essaya de passer à gauche, puis à droite, mais, de nouveau, il se cogna dans des racines dures et rigides. Il y en avait partout ! Il était prisonnier de cet écheveau qu'il avait aperçu de loin, à quelques mètres à peine de la surface ! Sa torche avait dû tomber en panne car il ne voyait plus qu'une grisaille un peu plus claire vers le haut, très noire en dessous, et le lacis inextricable et sombre des racines autour de lui. Il sentit qu'il perdait les pédales, qu'il n'était plus capable de réfléchir. Il n'avait pas le courage de rebrousser chemin ni de redescendre. Il lui fallait à tout prix trouver une issue vers le haut.

Maintenant !

Soudain, l'embout de son détendeur fut arraché de sa bouche. Il tâtonna, terrifié, le retrouva, tira dessus – mais le détendeur restait coincé entre des branches ou des racines ! Il colla sa bouche autour, aspira l'oxygène avec avidité. Il se débattit une nouvelle fois et le détendeur lui échappa de nouveau. Quelque chose clochait... Le détendeur était toujours relié à sa bouteille. Comment pouvait-il être coincé entre les racines ? Il l'approcha de sa bouche, respira à nouveau, tenta désespérément de le libérer en l'agitant. Rien à faire... La panique l'aveuglait. Il entendait le crépitement des bulles autour de lui, symptôme de son affolement.

Il ne voulait pas rester une minute de plus dans cette eau, pris au piège. Il défit les sangles de sa bouteille. Se débattit pour se libérer de son harnachement. Aspira une dernière fois à fond dans le détendeur.

Puis il empoigna les racines, les secouant en tous sens, mais il manquait de force dans l'eau. Il donna des coups de palmes, tira, s'arc-bouta. Poussa sur ses jambes. Un craquement sourd. Il se força un chemin vers le haut, à l'aveugle, se glissa dans un trou de souris, monta encore... se cogna... secoua... rampa... se débattit... se cogna... se libéra... monta... monta... monta...

La pluie vint par l'ouest. Comme une armée s'abat sur un territoire. Après que son avant-garde eut annoncé son arrivée à grands coups de rafales de vent et d'éclairs, elle déferla sur les bois et les routes. Pas une simple pluie. Un déluge dégringolant du ciel. Elle balaya les toits et les rues de Marsac, fit rapidement déborder les caniveaux et fouetta la pierre des vieilles façades avant de poursuivre sa route à travers la campagne. Elle noya les collines qui disparurent sous ce lourd linceul liquide et hérissa la surface du lac lorsque la tête de Servaz creva le matelas de bois mort et de détritus qui flottait entre les racines, près de la rive.

Son masque adhérait à son visage comme une ventouse. Il dut tirer fort dessus pour l'arracher et eut l'impression que ses joues allaient partir avec. Il ouvrit grande la bouche pour avaler l'air frais en grandes goulées avides. Laissa la pluie ruisseler sur sa langue. Il tourna la tête autour de lui et la panique revint. Quelle heure était-il ? Combien de temps avaient-ils passé là-dessous pour qu'il fît déjà nuit ? Il entendit Ziegler crever la surface à côté de lui. Elle le prit aux épaules.

— Qu'est-ce qui s'est passé ? QU'EST-CE QUI S'EST PASSÉ ?

Il ne répondit pas. Il tournait la tête à droite et à gauche, les yeux écarquillés, le masque sur le front. La pluie crépitait sur le Néoprène de sa combinaison. Il entendit le fracas de la foudre proche. Le bruit de l'averse clapotant à la surface du lac.

— Bon Dieu ! rugit-il dans un souffle. Tu me vois ?

Elle le tenait toujours par les épaules. Elle regarda autour d'eux, cherchant comment gagner la rive et escalader le surplomb abrupt en s'accrochant aux branches et aux racines. Elle se retourna vers lui. Il

regardait partout mais, bizarrement, sans fixer son regard nulle part – et sans la regarder, *elle*.
— *Tu me vois ?* répéta-t-il, plus fort.
— Quoi ? Quoi ?
— JE NE VOIS PLUS RIEN ! JE SUIS AVEUGLE !

Il les observait, aussi silencieux et invisible qu'une ombre. Une ombre parmi les ombres. Ils n'imaginaient pas qu'il était si près. Ils n'imaginaient même pas qu'il pût être dans les parages. Il retira son bonnet noir pour sentir la pluie marteler son crâne à travers ses cheveux teints en blond et coupés ras, et il caressa sa barbiche sombre et ruisselante, un sourire sur les lèvres, les yeux étincelant dans la pénombre.

Il les avait suivis jusqu'à cette chapelle abandonnée et en ruine où ils avaient visiblement l'habitude de se retrouver. Il s'était planqué dans les fourrés et il les avait écoutés pérorer par la fenêtre dont le vitrail avait depuis longtemps disparu en tirant sur leur pipe à eau. Il devait reconnaître qu'ils étaient nettement plus intéressants que la moyenne de leurs semblables, tous ces jeunes primates semi-illettrés. Il comprenait mieux à présent comment Martin était devenu celui qu'il était. Cet endroit formait des adultes tout à fait prometteurs. Il imagina une école du crime qui aurait formé pareillement ses étudiants. Il aurait pu y donner des cours, se dit-il, et son sourire s'élargit.

Accroupi sous la pluie dans les buissons, il regarda les jeunes gens ressortir de la chapelle et prendre le chemin du lycée par la forêt, leurs silhouettes encapuchonnées sous leurs K-way crépitants. Il pénétra ensuite tranquillement dans le petit édifice déserté. Le Christ et tout signe cultuel avaient depuis longtemps disparu. L'endroit était jonché de canettes de bière, de bouteilles de Coca-Cola vides, d'emballages de coupe-faim et de pages de magazines couvertes de publicités, symboles grossiers de cette autre religion : celle, dominante et stérile, de la consommation de masse.

Hirtmann n'avait pas la foi, mais il devait bien admettre que certaines religions, la chrétienne et la musulmane en particulier, avaient surpassé toutes les autres en matière de supplices et de férocité. Lui-même se serait bien vu maniant les savants instruments imaginés par des génies médiévaux, ses semblables, qui, à l'époque, avaient tout loisir d'exprimer leur talent. Il aurait prêché avec la même éloquence qu'il avait employée dans les prétoires pour mettre à l'ombre des types dont l'innocence était tout sauf certaine. Pour l'heure, il s'apprêtait à être juge et bourreau. Il allait renouveler à sa façon la bonne vieille plaisanterie de l'arroseur arrosé.

Il avait d'abord cru que l'usurpateur, celui qui avait osé prendre sa place et se faire passer pour lui, se trouvait parmi ces jeunes gens. Mais, en les écoutant et en fouinant à droite et à gauche, il avait compris son erreur. Et l'ironie de la situation lui était apparue dans toute sa cruauté. *Pauvre Martin...* Il avait déjà tellement souffert. Pour la première fois de sa vie peut-être, Hirtmann sentait un élan de compassion et de camaraderie le soulever. Il en avait presque des larmes aux yeux. Que Martin eût cet effet-là sur lui, il en était le premier surpris. C'était une délicieuse, une merveilleuse surprise. *Martin, mon ami, mon frère...*

songea-t-il. Il allait durement châtier la coupable. Car son crime était double puisqu'il y avait deux victimes. Il allait lui faire payer son crime de lèse-majesté d'un côté et sa trahison de l'autre. Un châtiment qui resterait à jamais marqué au fer rouge dans son corps comme dans son esprit.

45

Hôpital

— Hémorragie rétinienne, dit le toubib. Loi de Boyle Mariotte, $P1 \times V1 = P2 \times V2$, la variation de la pression s'accompagne d'une variation des volumes gazeux : comme tous les gaz, l'air contenu dans votre masque a subi les changements de pression. Sous l'effet de celle-ci, il s'est comprimé lorsque vous êtes descendu, et s'est dilaté lorsque vous êtes remonté. Vous avez été victime d'un accident barotraumatique : un traumatisme dû à des changements trop brutaux de pression atmosphérique. Je ne sais pas ce qui s'est passé là-dessous, mais une perte totale de la vision binoculaire, c'est plutôt rare. Même momentanée. Mais rassurez-vous, vous n'allez pas rester aveugle.

Super, songea Servaz. *Tu ne pouvais pas le dire plus tôt, espèce de con ?*

La voix du toubib, basse et bien posée, l'horripilait avec ses accents pontifiants. Il est probable que s'il avait pu voir le reste de sa personne, c'eût été pareil.

— L'évolution de l'hémorragie peut prendre un certain temps, continua doctement la voix. Il y a eu atteinte de la macula, la zone de vision centrale. Je suis au regret de vous dire qu'il n'y a pas de traitement spécifique. On peut seulement agir sur la cause. Or, en l'occurrence, la cause a disparu ; il n'y a donc plus qu'à attendre que les choses rentrent dans l'ordre d'elles-mêmes. Il se peut cependant que nous ayons besoin de recourir à une ablation chirurgicale pour vous permettre de récupérer complètement votre vision. Nous verrons. En attendant, on va vous garder en observation. Et vous allez conserver ce pansement sur les yeux. N'essayez surtout pas de l'enlever.

Il hocha la tête en grimaçant. Il ne pouvait guère faire plus : il ne voyait rien.

— On peut dire que vous ne faites pas les choses à moitié, ironisa le toubib.

Il eut envie de répliquer quelque chose de cinglant, mais, bizarrement, cette phrase le rassura. Sans doute à cause du ton guilleret employé par le médecin.

— Bon, je repasse tout à l'heure. Reposez-vous.

— Il a raison, dit Ziegler à côté de lui quand les pas se furent éloignés. Tu ne fais pas les choses à moitié.

Il devina à sa voix qu'elle souriait. En conclut qu'elle aussi avait obtenu des nouvelles rassurantes.

— Dis-moi ce qu'il t'a dit.

— La même chose qu'à toi. Ça peut prendre quelques heures ou quelques jours. Et, si besoin est, ils t'opéreront. Mais tu vas récupérer tes yeux, Martin.

— Chouette.

— C'était une erreur.

— Quoi donc ?

— Cette plongée.

— Je sais.

— Il va falloir que j'explique ça à ma hiérarchie.

Il grimaça. Elle allait avoir de nouveaux ennuis, il le savait. Et encore une fois à cause de lui.

— Je suis désolé. Je prendrai tout sur moi. Je vais voir avec Sartet et le proc si on ne peut pas antidater une réquisition... Sinon je dirai que je t'ai menti, que j'ai prétendu en avoir une. Je confirmerai s'ils m'interrogent.

— Mmm. De toute façon, ils ne vont pas me révoquer pour ça. Et, pour le reste, ils ne peuvent guère me faire plus qu'ils ne m'ont déjà fait... Et puis, il y a le cadavre : ça justifie tout, non ?

— On en est où avec la voiture et le corps ?

— Cette fois, ils mettent le paquet : ils sont en train de sortir tout ça du lac. Le corps va partir à l'autopsie dès cette nuit. Tout le monde est sur le pied de guerre.

Il entendait la rumeur insistante de l'orage derrière la fenêtre de sa chambre, et les bruits ordinaires d'un hôpital de l'autre côté de la porte : voix des infirmières, bruits de pas dans les couloirs, chariots qu'on roule...

— Je suis seul ici ?

— Oui. Tu veux que je mette quelqu'un devant ta porte ?

— Pour quoi faire ?

— Tu oublies qu'on t'a tiré dessus, la nuit dernière ? Tu ne vois rien, tu es encore plus vulnérable... Et c'est un hôpital. On entre et on sort comme dans un moulin.

Il soupira.

— Personne, à part la police, ne sait que je suis ici, répondit-il.

Elle lui serra la main. Puis il l'entendit repousser sa chaise.

— En attendant, il faut que tu te reposes. Tu veux un calmant ? L'infirmière peut t'en donner un.

— Sous forme liquide uniquement. Et seulement s'il a au moins douze ans d'âge.

— J'ai bien peur que celui-là ne soit pas remboursé par la Sécurité sociale. Repose-toi. J'ai quelque chose à voir de mon côté.

Il se redressa insensiblement. Il avait perçu la tension dans sa voix.

— Ça a l'air important.

— Ça l'est. Je t'en dirai plus demain matin. Il y a un certain nombre de choses qu'il faut que je te dise.

Il devina son embarras.

— Quel genre ?

— Demain.

Ziegler s'arrêta sous la marquise de l'hôpital et regarda la pluie tomber à verse sur le parking. Vit la foudre former un arc électrique dans le ciel qui tournait à la nuit. L'instant d'après, le tonnerre fit trembler l'air.

Elle remonta la fermeture de son blouson, passa son casque et courut jusqu'à sa bécane. Elle démarra en tendant précautionneusement les jambes vers le sol et quitta le parking lentement : l'averse estivale avait transformé la route en torrent. Elle descendit vers le centre de Marsac, se glissant comme une ombre dans les rues désertes, roulant au ralenti sur les pavés inondés. Il était presque 20 heures et elle se demanda si elle le trouverait chez lui ou à son bureau. L'adresse professionnelle était la plus proche. Lorsqu'elle leva les yeux vers la façade jaune de l'immeuble bon marché, dans le centre-ville, elle vit que les fenêtres au dernier étage étaient allumées. Son instinct de chasseur se réveilla aussitôt. L'adrénaline courait dans ses veines. Il y avait longtemps qu'elle ne s'était pas livrée à la chasse – la vraie : celle qui procurait des sensations que même le sexe ou la moto ne pouvaient lui apporter. Elle se gara sur le trottoir, retira son casque, lissa ses cheveux blonds ruisselants et se dirigea vers la porte. Il n'y avait pas d'interphone ni de fermeture électrique et elle se contenta de monter l'escalier grinçant jusqu'au dernier étage, laissant des traces humides sur les marches. Elle pressa la sonnette et attendit.

— Ouaip ? répondit une voix dans l'interphone au bout d'une vingtaine de secondes.

— Monsieur Jovanovic ?

— Hmm...

— Je m'appelle Irène Ziegler et je voudrais faire appel à vos services.

— C'est fermé. Revenez lundi.

— Je voudrais faire suivre mon mari. Je sais que vos tarifs ne sont pas donnés, mais je suis prête à payer le prix fort. Accordez-moi un quart d'heure, s'il vous plaît.

Pendant quelques secondes supplémentaires, il n'y eut que le silence troublé par le grésillement de l'interphone – puis le verrou électrique de la porte retentit et elle poussa le battant qui résista quelque peu avant de céder. Elle découvrit le minuscule appartement qui sentait le renfermé et le tabac froid. De la lumière au fond du couloir, derrière une porte entrebâillée. Elle marcha jusque-là. La repoussa. Zlatan Jovanovic était en train d'enfermer des documents dans un coffre. Un modèle ancien, guère plus efficace qu'un placard. Un vrai professionnel n'aurait pas mis plus d'une minute à le forcer. Elle comprit que le coffre était juste là pour impressionner la clientèle. C'était son petit truc à lui, il devait faire ça à chaque nouveau client : le coup des documents mis au coffre. Les documents importants devaient se trouver ailleurs ; vraisemblablement sous forme binaire dans la mémoire cryptée d'un ordinateur. Il referma la lourde porte et tourna le barillet. Puis il se laissa tomber dans son fauteuil pivotant de P-DG.

— Je vous écoute.

— Pas mal, le coup du coffre. Ça en jette.

— Pardon ?

— Un peu daté, non, comme modèle ? Je connais au moins une vingtaine de personnes qui l'ouvriraient les yeux bandés et une main attachée dans le dos.

Elle vit les yeux du bonhomme s'étrécir.

— Vous n'êtes pas ici pour un mari volage, je me trompe ?

— Perspicace.

— Vous êtes qui ?

— Drissa Kanté, ça vous dit quelque chose ?

— Jamais entendu parler.

Il mentait. Une infime rétractation des pupilles. Malgré tout son sang-froid de joueur de poker, il avait reçu le nom comme une gifle.

— Écoute, Zlatan – tu permets que je t'appelle Zlatan ? – je n'ai pas vraiment le temps, là... Alors, si on pouvait éviter les préliminaires...

Elle sortit de sa poche une clé USB qu'elle fit glisser sur le bureau devant lui.

— Ça ressemble à ça, la clé que tu as donnée à Kanté ?

Il ne la regarda même pas. *Il la fixait, elle.*
— Je répète ma question : vous êtes qui ?
— La personne qui va t'envoyer en zonzon si tu ne réponds pas aux miennes, de questions.
— Mon activité est légale, je suis déclaré en préfecture.
— Et faire installer des logiciels-espions dans des ordinateurs de la police, c'est légal, ça ?
De nouveau, il accusa le coup. Mais pendant une infime fraction de seconde seulement. Il devait être très fort au poker.
— Je ne vois pas de quoi vous voulez parler.
— Cinq ans de ratière : c'est ce qui te pend au nez. Je vais demander un tapissage. On verra bien si Kanté t'identifie. Et puis, on a un témoin : une amie à lui qui t'a suivi et qui a noté le numéro de ta voiture. Sans parler du patron du rade qui t'a vu avec lui à plusieurs reprises... Ça commence à faire beaucoup, non ? Tu sais ce qui va se passer ? Le juge d'instruction va demander ta mise en détention et le juge des libertés va statuer. Il lui suffira de dix secondes et d'un coup d'œil à ton dossier. Crois-moi, avec tous ces éléments, il n'aura pas de cas de conscience. C'est la préventive assurée...
Il se tortilla sur son siège, les yeux noirs. Elle y aperçut une lueur familière, malgré ses grands airs : la peur.
— On dirait que tu es supernerveux, tout à coup.
— Qu'est-ce que vous voulez ?
— Le nom de ton client. Celui qui t'a demandé d'espionner le commandant Servaz.
— Si je fais ça, mon bizness est foutu.
— Tu crois que tu pourras continuer ton *bizness*

au ballon ? Ton client est un assassin. Tu veux être accusé de complicité de meurtre ?

— Qu'est-ce que je gagne en échange ?

Elle respira. Elle n'avait aucune carte en main : pas de réquisition, pas de commission rogatoire. Si cela venait à se savoir, cette fois, c'était la révocation assurée.

— Je veux juste un nom. C'est tout. Si je l'obtiens, je sors d'ici et on efface l'ardoise. Personne n'en saura rien.

Il ouvrit un tiroir de son bureau et elle eut un mouvement de recul. Sa grosse patte plongea à l'intérieur. Elle la suivit des yeux, prête à lui sauter dessus par-dessus le bureau. Sa main en ressortit avec une chemise cartonnée qu'il déposa devant elle. Elle nota qu'il se rongeait les ongles.

— C'est là-dedans.

Debout sous la pluie, Lacaze contemplait l'entrée du nouveau palais de justice. Il était 20 heures passées de quelques minutes et il se demanda s'il trouverait l'homme qu'il cherchait à son bureau. Il jeta sa cigarette et se mit en marche vers le hall vitré, sous la pluie.

Le « nouveau palais » avait ouvert ses portes quelques mois plus tôt. Les architectes avaient conservé le labyrinthe initial des vieux bâtiments et des cours autour de la rue des Fleurs, mais prolongé l'édifice patrimonial par des ajouts très contemporains, une éloquence artificielle de verre, de brique, de béton et d'acier, qui jouait la carte de la sobriété et du dynamisme, et Lacaze trouva que leur choix reflétait involontairement l'état de la justice dans ce pays : une façade et un hall d'entrée ultramodernes masquant la vétusté et le manque de moyens criants de l'ensemble.

Une tentative de se moderniser vouée à l'échec.

Il dut vider ses poches sur une petite table avant de passer par le portique de sécurité. Après quoi, il traversa le hall dominé par la grande verrière et prit sur la gauche, passant devant les portes des salles d'audience. Une femme l'attendait au-delà, près du patio planté de palmiers. Il fallait un badge pour aller plus loin et Lacaze n'en avait pas.

— Merci de m'avoir attendu, dit-il.

— Tu es sûr qu'il sera encore là ? demanda la femme en présentant son propre badge et en poussant la porte blindée.

— On m'a dit qu'il travaillait tard.

— On est bien d'accord : tu ne lui dis pas que c'est moi qui t'ai ouvert.

— Ne t'inquiète pas.

Servaz entendit la porte de sa chambre s'ouvrir et, pendant un instant, il éprouva une véritable appréhension.

— Seigneur, dit la voix puissante de Cathy d'Humières. Comment faites-vous pour vous mettre toujours dans des situations pareilles ?

— C'est moins grave que ça en a l'air, sourit-il, soulagé.

— Je sais. Je viens de voir les médecins. Si vous pouviez vous voir, Martin. On dirait cet acteur italien dans ce film des années 60... *Œdipe Roi*...

Son sourire s'élargit et il sentit ses joues tirer sur le gros pansement collé à ses tempes et à son front.

— Tu veux un café ? dit une autre voix, et il reconnut celle de son adjoint.

Il tendit la main et Espérandieu glissa dedans un gobelet chaud.

— Je croyais que les visites étaient interdites à partir de 20 heures ? dit-il. Quelle heure il est ?

— 20 h 17, répondit son adjoint. Dérogation spéciale.

— On ne va pas rester longtemps, dit la procureur. Il faut que vous vous reposiez. Vous êtes sûr que le café, c'est une bonne idée ? Si j'ai bien compris, on vient de vous filer un calmant.

— Mmm.

Il avait voulu le refuser, mais l'infirmière ne lui avait pas donné le choix. Il n'avait pas eu besoin de la voir pour comprendre qu'elle ne plaisantait pas. Le café était remarquablement mauvais, mais il avait la gorge desséchée : il aurait bu n'importe quoi.

— Martin, je suis là en tant qu'amie, cette enquête est du ressort exclusif du TGI d'Auch, mais, de vous à moi, le lieutenant Espérandieu m'a expliqué le pourquoi du comment. Si j'ai bien compris, vous pensez que c'est le même assassin qui a tué tous ces gens au cours des années à cause de cet accident d'autocar. Ce serait ça, le mobile ?

Il acquiesça. *Ils étaient tout près...* C'était dans cette direction qu'il fallait chercher : le Cercle, l'accident, la mort du pompier et celle du chauffeur de bus... C'était là, sous leurs yeux. Mais, au fond de lui, un doute subsistait. Il lui était venu alors qu'ils se rendaient au lac et s'apprêtaient à plonger. Quelque chose ne collait pas... *Une pièce qui ne s'emboîtait pas avec les autres.* Sauf qu'il n'arrivait pas à mettre le doigt dessus et que sa migraine n'arrangeait rien.

— Désolé, dit-il pour évacuer la question. Mais j'ai horriblement mal au crâne...

— Bien sûr, s'excusa Cathy d'Humières. On parlera de tout ça quand vous irez mieux. En attendant, on n'a aucune nouvelle de Hirtmann, remarqua-t-elle en changeant de sujet. Il devrait y avoir un planton devant votre porte.

Un frisson le parcourut. Décidément, tout le monde voulait garder sa porte...

— Inutile. Personne ne sait que je suis ici, à part l'équipe du SMUR qui m'a transporté et quelques gendarmes.

— Oui. Bon. Hirtmann s'est quand même manifesté à plusieurs reprises. Je n'aime pas ça, Martin. Pas ça du tout.

— J'ai une sonnette près de mon lit, en cas de besoin.

— Je vais rester ici un moment, intervint Espérandieu. Juste au cas où.

— Très bien. Si vous êtes sur pied demain, on fait le point. On vous donnera une canne blanche si nécessaire, ajouta-t-elle en ouvrant la porte de sa chambre.

Il eut un petit geste évasif de la main.

— Bonne nuit, Martin.

— Tu ne comptes quand même pas passer la nuit là ? lança-t-il à son adjoint quand la porte se fut refermée.

Il perçut le raclement d'un fauteuil qu'on déplaçait.

— Tu préférerais une infirmière ? De toute façon, dans ton état, tu ne saurais même pas si elle est jolie ou moche.

Ziegler referma la chemise. Zlatan Jovanovic la fixait. De l'autre côté du bureau. Il y avait une lueur dans ses yeux... Quelque chose qui n'y était pas tout à l'heure. Il avait eu tout le temps de réfléchir pendant qu'elle lisait. Avait-il vraiment gobé qu'elle allait ressortir d'ici et tirer un trait sur ce qu'il avait fait ? Peut-être était-il en train de penser qu'elle ne lui avait montré aucun papier officiel. Elle se sentit subitement sur ses gardes.

— J'emporte ça, dit-elle en montrant la chemise.

Il ne dit rien, se contentant de la fixer. Elle se leva. Il l'imita. Elle regarda ses grandes mains qui pendaient le long de son grand corps. Tranquilles. Drissa Kanté avait raison : il devait bien peser dans les cent trente kilos. Il fit lentement le tour du bureau. Elle resta debout près de sa chaise, attendant qu'il passe près d'elle et la précède, prête à esquiver s'il se jetait sur elle. Il n'en fit rien cependant. Il se contenta de s'engager dans le couloir sombre. Elle avait commencé à glisser une main dans la poche de sa combinaison de cuir, là où était son arme, en lui emboîtant le pas et en fixant son large dos, lorsqu'il disparut brusquement par une porte ouverte sur la droite. Elle n'eut pas le temps de réagir. Vit l'obscurité au-delà de la porte. Elle se dépêcha d'attraper son arme dans sa poche, d'ôter le cran de sécurité et de faire monter une balle dans le canon.

— Jovanovic ! Ne jouez pas au con ! Montrez-vous !

Elle tenait son arme prête à l'emploi, à présent. Fixant l'obscurité dans l'encadrement de la porte, à moins d'un mètre de là. Elle se figea. Hésitant à aller plus loin. Elle n'avait pas envie que cent trente kilos de barbaque jaillissent de l'ombre et que ses poings s'abattent sur elle comme des massues.

— Sortez de là tout de suite, bordel ! Je n'hésiterai pas à vous descendre, Zlatan !

Rien. Bon Dieu ! Le sang grondait dans ses carotides. *Réfléchis !* Il était sans doute juste derrière le coin, embusqué, avec un objet à la main ou même un flingue. Elle tenait son arme à deux mains, comme on le lui avait appris. La deuxième relâcha sa prise et descendit lentement vers la poche où se trouvait son iPhone.

Soudain, elle entendit un déclic de l'autre côté et son cœur fit une cabriole dans sa poitrine lorsque la lumière s'éteignit et que l'appartement fut plongé dans l'obscurité. La lueur d'un éclair illumina brièvement le couloir, suivi d'un craquement de foudre retentissant au-dehors, puis tout retomba dans la pénombre. La seule source de clarté venait des lampadaires de la rue et du néon d'un café, en bas, à travers une pièce vide sur sa gauche. La pluie ruisselant sur les vitres dessinait des ombres qui se mouvaient sur le sol comme des serpents noirs. Elle sentit sa nervosité croître de manière exponentielle. Dès le départ, elle avait su qu'elle avait affaire à quelqu'un d'expérimenté. Elle ignorait ce que ce type avait fait avant de devenir détective privé, mais elle était sûre qu'il connaissait tous les trucs, toutes les astuces. Elle pensa à ce que Zuzka aurait dit dans de telles circonstances.

« Ça craint. »

Le juge Sartet allait verrouiller la porte de son bureau quand les pas dans le couloir attirèrent son attention.
— Comment êtes-vous arrivé jusqu'ici ?

— Vous oubliez que je suis député, répondit le visiteur.

— Ce palais de justice est une vraie passoire... Nous n'avions pas rendez-vous, je crois. Et ma journée est terminée. Je ne sache pas que votre immunité ait déjà été levée, monsieur le député, ironisa-t-il. Ne vous inquiétez pas, je vous entendrai le moment venu : je n'en ai pas fini avec vous. Ça ne fait que commencer.

— Ça ne prendra pas longtemps.

Le juge cacha mal son exaspération. Ces politiciens, tous les mêmes. Ils s'estimaient tous au-dessus des lois, ils pensaient tous servir le pays ou l'État alors qu'ils ne servaient qu'eux-mêmes.

— Qu'est-ce que vous voulez, Lacaze ? demanda-t-il sans même chercher à être poli. Je n'ai pas le temps pour les intrigues.

— Vous faire des aveux.

Un éclair fit trembler les vitres. Le téléphone vibra au même moment et il sursauta violemment. Servaz tendit la main, le cœur battant, tâtonnant pour trouver l'appareil sur la table de nuit, mais Espérandieu fut plus rapide.

— Non, je suis son adjoint... Oui, il est à côté de moi... Oui, je vous le passe...

Vincent lui mit le portable dans la main et sortit dans le couloir.

— Allô ?

— Martin ? Où es-tu ?

La voix de Marianne.

— À l'hôpital.

— À l'hôpital ? (Elle eut l'air sincèrement abasourdie et effrayée.) Qu'est-ce qui s'est passé ?

Il le lui dit.

— Oh, mon Dieu ! Tu veux que je vienne te voir ?

— Les visites sont interdites à partir de 20 heures, répondit-il. Demain si tu veux. Tu es seule ? ajouta-t-il.

— Oui, pourquoi ?

— Verrouille ta porte et ferme tes volets. Et n'ouvre à personne, OK ?

— Martin, tu me fais peur.

Moi aussi, j'ai peur, faillit-il lui répondre. *Je suis mort de trouille. File. Ne reste pas dans cette maison vide. Va dormir chez quelqu'un tant qu'on n'a pas trouvé cet enfoiré...*

— Tu n'as pas de raisons d'avoir peur, dit-il. Mais fais ce que je te dis.

— J'ai eu le parquet, enchaîna-t-elle. Hugo va sortir demain. Il pleurait au téléphone quand je lui ai parlé. J'espère que cette expérience ne l'aura pas...

Elle n'acheva pas sa phrase. Il devina à la fois son soulagement, sa joie et son inquiétude.

— Que dirais-tu si on fêtait ça tous les trois ?

— Tu veux dire... ?

— Hugo, toi et moi, confirma-t-elle.

— Marianne, tu ne crois pas que... que c'est un peu... prématuré ? Après tout, je suis aussi le flic qui l'a mis à l'ombre...

— Tu as peut-être raison. (Il perçut sa déception.) Plus tard, alors.

Il hésita.

— Ce dîner... est-ce que ça veut dire que... ?

— Le passé est le passé, Martin. Mais l'avenir, c'est un joli mot aussi, tu ne trouves pas ? Tu te souviens de ce langage qu'on avait inventé ? Rien que pour nous deux ?

Et comment qu'il s'en souvenait. Il avala sa salive. Sentit ses yeux s'embuer. C'était sans doute l'effet du médicament et de l'adrénaline qui continuait de courir dans ses veines, toute cette émotion...

— Oui... oui... bien sûr, répondit-il, la gorge nouée. Comment j'aurais pu...

— *Guldenrêves*, Martin, dit la voix au bout du fil. Prends soin de toi, s'il te plaît... Je... À très vite.

Son téléphone bourdonna de nouveau cinq minutes plus tard. Comme la fois précédente, Espérandieu répondit le premier avant de lui passer l'appareil.

— Commandant Servaz ?

Il reconnut immédiatement la voix juvénile. Elle n'avait plus du tout la même intonation que la dernière fois où il l'avait entendue.

— Ma mère vient de m'appeler. Le directeur de la prison m'a informé que je serai libéré demain matin à la première heure, que plus aucune charge n'est retenue contre moi.

Servaz percevait les bruits ordinaires de la prison derrière la voix, même à cette heure-ci.

— Je voulais vous remercier...

Il se sentit rougir. Il n'avait fait que son travail. Mais le gamin semblait très ému à l'autre bout du fil.

— Euh... vous avez fait du bon boulot, dit-il. Je sais tout ce que je vous dois.

— L'enquête n'est pas finie, se hâta de préciser Servaz.

— Oui, je sais, vous avez une autre piste, il paraît... Cet accident de bus ?

— Tu y étais, toi aussi, Hugo. J'aimerais que nous en parlions. Dès que tu t'en sentiras le courage, bien sûr. Je sais que ce n'est pas facile, que ce n'est pas un souvenir agréable. Mais j'ai besoin que tu me racontes tout ce qui s'est passé cette nuit-là.

— Bien sûr. Je comprends. Vous croyez que l'assassin peut être un des rescapés, n'est-ce pas ?

— Ou le parent d'une des victimes, précisa Servaz. Nous avons découvert... (Il hésita à aller plus loin.) Nous avons découvert que le chauffeur du bus a été assassiné lui aussi. Tout comme Claire et Elvis Elmaz et probablement le chef des pompiers... Ça ne peut pas être une coïncidence. Nous sommes tout près.

— Seigneur, murmura Hugo. Je le connais peut-être alors...

— C'est possible.

— Je ne veux pas vous déranger plus longtemps. Il faut que vous vous reposiez... Sachez que je vous serai éternellement reconnaissant pour ce que vous avez fait, en tout cas. Bonsoir, *Martin*.

Servaz reposa l'appareil sur la table de chevet. Il se sentait étrangement ému.

— Si je comprends bien ce que vous me dites, articula le juge stupéfait, les doigts joints sous son menton, vous étiez à Paris en compagnie du probable futur candidat de l'opposition à l'élection présidentielle le soir où Claire Diemar a été tuée.

Le magistrat n'était plus du tout pressé de rentrer

chez lui à présent. Plus du tout. Paul Lacaze hocha la tête.

— C'est ça. Je suis rentré de nuit par l'autoroute. Mon chauffeur pourra vous le confirmer.

— Et, bien sûr, il y a d'autres personnes que votre chauffeur qui pourraient en témoigner le cas échéant ? Ce membre de l'opposition, par exemple ? Ou bien son entourage immédiat ?

— Si cela devient nécessaire uniquement. Mais j'espère que nous n'aurons pas à en arriver là...

— Pourquoi ne pas l'avoir dit avant ?

Le député esquissa un sourire triste. Le palais de justice s'était vidé et ses couloirs étaient silencieux. Ils ressemblaient à deux conspirateurs. Ce qu'ils étaient, tout compte fait.

— Vous vous rendez bien compte que si cela vient à se savoir, ma carrière politique est finie... Et vous savez comme moi qu'il n'y a pas de secret de l'instruction dans ce pays, que tout finit toujours dans la presse. Vous comprendrez donc qu'il était extrêmement difficile pour moi d'en parler dans ces bureaux ou dans ceux de la police.

Les mâchoires du juge d'instruction se crispèrent. Il n'aimait pas que la probité des représentants de la justice soit mise en cause.

— Mais en prenant le risque d'être mis en examen, vous en avez aussi pris un énorme pour votre carrière.

— Le temps me manquait. Il fallait que je réagisse... et que je choisisse entre deux maux. Je n'avais évidemment pas prévu qu'il arriverait le même soir ce... ce qui s'est passé. Et c'est pourquoi il faut que vous trouviez le coupable le plus rapidement possible, monsieur le juge. Parce que ainsi je serai blanchi, ceux qui auront suggéré que je puisse être coupable seront décrédibilisés et je reviendrai sur le devant de la scène comme l'homme politique intègre qu'on a cherché à abattre.

— Mais alors, pourquoi me faire ces aveux maintenant ?

— Parce que j'ai cru comprendre que vous aviez une autre piste... cette histoire d'accident...

Le juge fronça les sourcils. Le député était décidément bien renseigné.

— Et ?

— Dès lors, il n'est peut-être pas nécessaire de consigner cet... *entretien informel* que nous avons quelque part. D'ailleurs, je ne vois aucun greffier, dit Lacaze en feignant de regarder autour de lui.

Sartet eut à son tour un demi-sourire :

— D'où la visite tardive...

— J'ai parfaitement confiance en vous, monsieur le juge, insista Lacaze. Mais en vous seulement. J'ai beaucoup moins confiance dans ceux qui vous entourent. On m'a vanté votre probité.

Le juge prit avec un sourire cette flatterie un peu grossière, mais, bien qu'il n'en laissât rien paraître, elle fit néanmoins son effet. En outre, il était tout aussi flatté de se retrouver, lui, petit juge d'instruction, au cœur d'une possible affaire d'État.

— Les informations concernant votre relation avec cette enseignante ont commencé à filtrer dans la presse, fit-il remarquer. Elles aussi risquent de nuire à votre carrière. Surtout compte tenu de *l'état de santé de votre femme...*

Un pli se dessina sur le front de Lacaze, mais il balaya l'argument d'un geste.

— Beaucoup moins cependant qu'une collusion avec le parti adverse ou un meurtre, répondit-il. Et une lettre que j'ai écrite à Claire peu avant sa mort va opportunément tomber dans les mains de la presse. On y lit que j'avais décidé de rompre avec elle pour me dévouer entièrement à mon épouse malade. Que je ne voulais plus la voir, mais consacrer au contraire toute mon énergie et mon dévouement à Suzanne. Je précise que cette lettre, je l'ai vraiment écrite. Elle est parfaitement authentique. Simplement, je n'avais pas prévu de la rendre publique...

Sartet transperça son vis-à-vis du regard avec un frisson de dégoût et d'admiration mêlés.

— Dites-moi juste une chose. La raison de cette rencontre à haut risque avec l'opposition, c'était bien pour refaire le coup de Chirac en 1981, n'est-ce pas ? Vous vous entendez avec le futur candidat probable de l'opposition à la prochaine élection présidentielle, vous lui assurez que bien des voix de votre parti se reporteront sur lui au second tour et comme ça, dans cinq ans, vous vous présentez contre lui.

— On n'est plus en 1981, le corrigea Lacaze. Les gens de mon parti ne voteront certainement pas pour un candidat de l'opposition sauf – peut-être – si sa politique économique est raisonnable et a déjà fait ses preuves ailleurs. Et s'ils désapprouvent celle de notre actuel Président... J'ai peur que sa cote de popularité ne lui permette pas de se faire réélire, de toute façon.

— Cela suppose tout de même que la personne que vous avez rencontrée vendredi dernier emporte les primaires de son parti et soit bien le candidat de l'opposition à la présidentielle, fit remarquer le juge avec l'air de s'amuser de plus en plus. Dans deux ans...

Lacaze lui renvoya son sourire.
— C'est un risque à courir.

On cogna à la porte. Servaz tourna la tête dans cette direction. Il entendit Espérandieu bouger dans son fauteuil.
— Oh, excusez-moi, dit une voix de jeune homme. Je venais voir s'il s'était endormi.
— Pas de problème, répondit son adjoint.
La porte se referma. Espérandieu retraversa la chambre et le fauteuil couina sous son poids. Il y avait moins de bruit à présent dans les couloirs. La pluie tombait sans relâche derrière les vitres et le tonnerre continuait de gronder.
— Qui c'était ?
— Un infirmier – ou un interne...
— Rentre chez toi, dit-il.
— Non, c'est bon, je peux rester.
— Qui surveille Margot ?
— Samira et Pujol. Plus deux gendarmes.
— Rejoins-les. Tu seras plus utile là-bas.
— Tu en es sûr ?
— Si Hirtmann veut s'en prendre à moi, c'est à elle qu'il s'attaquera. (Sa voix trembla quelque peu.) Il ne sait même pas que je suis ici. Et puis, il préférera s'attaquer à une femme... Je suis inquiet, Vincent. Inquiet pour Margot. Je serai plus tranquille si tu es là-bas avec Samira.
— Et la personne qui t'a tiré dessus, tu y penses ?
— Même chose. Elle ignore que je suis ici. Et tirer sur quelqu'un la nuit au milieu des bois, ce n'est pas la même chose que de le faire dans un hôpital.

Il devina que son adjoint réfléchissait.

— D'accord. Compte sur moi. Je ne vais pas lâcher Margot d'une semelle.

Espérandieu attrapa la main de Servaz et y plaça et son téléphone portable.

— Au cas où, dit-il.

— OK. File. Appelle-moi dès que tu seras là-bas. Et merci.

Il entendit la porte se refermer et le silence retomba. De l'autre côté de la fenêtre, les échos du tonnerre roulaient dans tous les coins du ciel. Ils semblaient se répondre les uns les autres. Ils cernaient l'hôpital.

Un klaxon strident retentit dans la rue. Suivi d'un coup de tonnerre. Ziegler perçut un mouvement derrière elle. Comprit qu'il avait fait le tour par une autre porte pour la prendre à revers et attendu qu'il y eût du bruit pour passer à l'acte. Elle se retourna. Trop tard... Le coup de poing la cueillit à la tempe avec une violence qui la fit tomber à genoux sur le plancher. Étourdie. Les oreilles bourdonnantes. À peine avait-elle eu le temps de détourner la tête pour amortir un peu le choc au moment de l'impact.

Un deuxième coup de pied l'atteignit dans les côtes, ses poumons se vidèrent et elle roula sur le sol. Il lui assena un autre coup de pied au ventre, mais elle s'était recroquevillée en position fœtale, les mains autour de la tête, les genoux remontés et les coudes serrés pour se protéger, et il n'atteignit que partiellement sa cible. Elle reçut alors une pluie de coups furieux dans les hanches, les reins et les cuisses.

— Sale pute ! Tu croyais vraiment que tu allais me baiser comme ça ? Tu me prends pour qui, connasse ?

Il l'insultait tout en la cognant, il postillonnait. La douleur était atroce. Elle avait l'impression d'avoir les coudes, le dos et les bras en compote. Il se baissa, l'empoigna par les cheveux et lui cogna le visage contre le plancher. Son nez explosa, sa vision fut envahie par une nuée de points noirs et elle crut un instant qu'elle allait s'évanouir. Quand il l'eut lâchée, elle porta une main tremblante à son nez. Elle pissait le sang. Il l'attrapa par les chevilles, la retourna sur le ventre malgré ses ruades et se laissa choir de tout son poids sur son dos, l'écrasant au sol, un genou enfoncé dans ses reins. Il lui saisit les poignets, lui tordit les bras dans le dos et elle sentit qu'il lui passait des menottes – qu'il serra jusqu'à lui enfoncer douloureusement les liens dans la chair.

— Putain ! Tu comprends ce que je vais être obligé de faire maintenant ? Tu comprends, pauvre conne ?

Il avait une voix furieuse et geignarde à la fois. Il aurait sans doute pu la tuer tout de suite. Avec une arme ou en lui fracassant le crâne. Mais il hésitait encore : tuer un flic, c'était un sacré pas à franchir, une décision qui demandait réflexion. Elle avait peut-être encore une toute petite chance...

— Ne fais pas le con, Zlatan ! lança-t-elle avec une voix nasillarde à cause de son nez plein de sang. Kanté est au courant, et ma hiérarchie aussi ! Si tu me tues, tu vas prendre perpète !

— Ta gueule !

Il lui décocha un nouveau coup de pied, plus mollement cette fois, mais il atteignit une zone déjà meurtrie et elle grimaça de douleur.

— Tu me prends vraiment pour un imbécile, hein ? Tu n'as même pas sorti ta plaque ! Et tu n'as pas de commission ! Kanté, j'en fais mon affaire. Qui d'autre est au courant ?

Il lui balança un nouveau coup de pied. Elle serra les dents.

— Tu veux pas parler ? T'inquiète : j'en ai maté des plus coriaces que toi...

Il cracha sur le sol. Puis il se pencha, fouilla ses poches, récupéra son iPhone et ramassa l'arme d'Irène qui était tombée par terre. Sa grosse patte se glissa ensuite dans la fermeture de son blouson de cuir et il lui caressa brièvement les seins à travers le tee-shirt. Avant de s'éloigner vers son bureau, la laissant menottée et hagarde au milieu du couloir.

Servaz ne dormait pas. Il n'arrivait tout simplement pas à trouver le sommeil. Trop de questions. La caféine galopait dans ses veines, en même temps que le calmant que lui avait administré l'infirmière – et il ignorait qui d'Arabica II, d'Adrénaline ou de Bromazépam allait passer la ligne d'arrivée en premier.

Le silence était total dans la chambre. Il n'entendait plus que le ramdam de l'orage à l'extérieur et, de loin en loin, des pas qui passaient derrière la porte de sa chambre. Il avait essayé d'imaginer à quoi elle ressemblait, mais il en était incapable. Il avait tâté précautionneusement le pansement sur ses yeux, qui lui faisait l'effet d'un encombrant et rigide masque de nuit. Il se sentait totalement désemparé.

Il fixait le néant devant lui en réfléchissant.

La découverte du cadavre dans la Mercedes était

la preuve qu'il avait vu juste : les meurtres étaient bien liés à l'accident du bus. La bagarre du chef des pompiers avec les marginaux n'avait été selon toute vraisemblance qu'une mise en scène pour détourner les soupçons. Les soi-disant sans-abri n'avaient jamais été retrouvés. Le ou les meurtriers s'étaient montrés très habiles : difficile voire impossible pour un enquêteur de faire le lien entre une bagarre qui tourne mal à Toulouse et une disparition à cent kilomètres de là trois ans plus tard. Sans compter que d'autres affaires allaient resurgir, il en était convaincu, qui concerneraient d'autres acteurs de cette tragique nuit...

Mais quelque chose ne collait pas.

L'impression qu'il avait eue un peu plus tôt était de retour. Il y avait un truc pas clair. *S'il s'agissait bien de meurtres et non d'accidents, les morts du chauffeur et du chef des pompiers avaient été soigneusement maquillées... Pas celle de Claire Diemar...*

L'analgésique qu'on l'avait forcé à prendre commençait à faire son effet. La tête lui tournait. Il semblait finalement que Sister Morphine tînt la corde. Il maudit les médecins, les infirmières et tout le staff médical. Il voulait rester lucide. Opérationnel. Le doute s'épanouissait en lui. Telle une fleur vénéneuse. Claire Diemar avait été tuée d'une façon qui la reliait sans l'ombre d'un doute à l'accident d'autocar. *La lampe dans sa gorge, la baignoire illuminée, même les poupées dans la piscine...* Mais c'était la première fois justement que l'assassin voulait qu'on fît le lien entre les deux. Ou, en tout cas, la première fois que ce lien était rendu aussi évident. Car si l'on considérait la mort du pompier – *noyé* dans la Garonne – et celle du chauffeur de bus – tombé dans le lac avec sa voiture à l'endroit même où le bus avait quitté la route –, le lien existait également. Mais il avait été très soigneusement dissimulé.

Rien de tel ici, se répéta-t-il encore une fois. Pas de maquillage, la mort de Claire évoquait très directement l'accident. Et elle témoignait de la rage de l'assassin au moment de passer à l'acte. De son manque de contrôle.

Et soudain, les choses se mirent en place. Pourquoi lui avait-il fallu tout ce temps pour voir ce qu'il avait depuis le début sous les yeux ? Pendant tout ce temps, il avait été là. Ne cherchant même pas à se cacher. Il se remémora le sentiment qu'il avait éprouvé au tout début de l'enquête, dans le jardin de Claire en découvrant les mégots. Il avait eu l'impression désagréable d'assister à un tour de prestidigitation : *quelqu'un voulait les forcer à regarder du mauvais côté...* Il avait cru aussi deviner une ombre cachée, se déplaçant à l'insu de tous, derrière ce drame. Sauf qu'à présent, il savait. Une nausée s'empara de lui. Il espérait encore se tromper. Il pria pour que ce fût le cas. Il fixait toujours la chambre devant lui, sans la voir. Le tonnerre dans ses oreilles. Incessant. Qui allait et venait. De la même façon, l'idée revint. Bien sûr. Comment ne l'avait-il pas vu plus tôt ? Tout était là, sous ses yeux. Personne n'était mieux placé que lui pour comprendre. Il devait prévenir Vincent. Tout de suite. Et le juge...

Il chercha à tâtons le téléphone portable. Ses doigts en épousèrent la forme, son pouce repéra la grosse touche d'activation au milieu.

Puis les touches plus petites en dessous... Sauf qu'il était incapable d'afficher son répertoire, encore moins de le lire. Il essaya de pianoter un numéro à tâtons, porta l'appareil à son oreille, mais une voix impassible lui déclara qu'il avait fait un faux numéro. Il fit une nouvelle tentative. Même réponse. *La sonnette...* Il tâtonna près du lit à sa recherche, la repéra et appuya dessus. Attendit. Rien. Il la pressa de nouveau. Avant de hurler : « Il y a quelqu'un ? » Pas de réponse ! Bordel, où étaient-ils passés, tous ? Il rejeta le drap et s'assit au bord du lit, posant ses pieds nus sur le carrelage. Une étrange sensation le gagnait. *Il y avait autre chose...* Une deuxième idée rôdait à la lisière de sa conscience, essayant de capter son attention. Cela avait un rapport avec la dernière heure, avec ce qui s'était passé depuis qu'il était dans cette chambre. Il avait du mal à avoir les idées claires après toutes ces émotions. Le calmant agissait, car il se sentait de plus en plus lourd et vaseux. Mais l'urgence lui fouettait les sangs. Il devait à tout prix rester éveillé. Il avait été sur le point de penser quelque chose d'important. De... *vital*.

46

Match nul

Il ne commit qu'une seule erreur, mais cela suffit. Ziegler se souvint de la façon dont il lui avait brièvement touché les seins avant de s'éloigner. Sous l'effet de la douleur dans son torse, sa respiration était courte et sifflante. Elle était allongée sur le dos, au milieu de ce couloir, les mains menottées. Se contorsionnant comme un ver sur le sol, grimaçante et les dents serrées, elle parvint à attraper le bas de son tee-shirt sous le blouson et à tirer violemment dessus. Bon Dieu, cette fichue camelote était plus résistante qu'elle ne l'aurait pensé. Elle eut beau tirer de toutes ses forces, le tissu refusait de se déchirer. Et merde ! *Made in China*, tu parles ! Elle posa la nuque sur le plancher poussiéreux pour reprendre son souffle, le métal des menottes lui mordant cruellement les lombaires, en se forçant à réfléchir, puis elle tourna la tête vers la plinthe qui se trouvait à côté de son visage. *Un clou...* Il avait visiblement été oublié par le marteau, car il dépassait d'un ou deux centimètres. Elle rampa latéralement pour se rapprocher encore du mur. Un clou à tête plate, suffisamment large. C'était une idée idiote, mais elle ne perdait rien à essayer... Elle glissa sur les fesses de manière à amener le clou à hauteur de son nombril, puis tenta de rouler dans sa direction. Elle fut alors frappée de constater à quel point c'était difficile quand on avait les mains menottées dans le dos. Le problème principal était son coude droit, qui faisait butée. Elle avait beau prendre son élan, ce fichu coude la stoppait et la bloquait chaque fois au milieu de sa roulade. Sans parler de la douleur, car cet enfoiré de Jovanovic l'avait frappée à plusieurs reprises à cet endroit. À la troisième tentative cependant, elle parvint à franchir l'obstacle et se retrouva la joue et l'épaule écrasées contre le mur juste au-dessus de la plinthe, le reste du corps coincé entre le sol et le bas de la cloison, et le clou juste en dessous de son tee-shirt, tout contre son ventre. *Tu y es presque...* Elle poussa alors son bassin au maximum contre la plinthe, puis commença une lente reptation vers le bas, de manière à faire remonter le clou vers sa poitrine. Ça aussi c'était fichtrement difficile. Elle fut néanmoins soulagée de sentir qu'il avait bien accroché son tee-shirt au passage, entre les pans de son blouson. Quand le clou eut suffisamment fait remonter le tee-shirt sur son torse, elle inspira à fond. *Un, deux, trois...* Elle s'écarta du mur d'un mouvement aussi violent que possible... le bruit du tee-shirt se déchirant la fit presque exulter.

Elle ferma les yeux, s'interrompit un instant et prêta l'oreille. L'entendit qui farfouillait dans un tiroir du bureau puis glissait un chargeur dans son pistolet. Une onde froide la parcourut. Puis elle se rendit compte qu'il passait un coup de fil en même temps.

Un répit...

Fouettée par l'urgence, elle en aurait presque oublié

la douleur. S'empressant de saisir le bord arrière de son jean entre ses mains menottées, elle se tortilla alors dans tous les sens jusqu'à ce que ses hanches, ses fesses et la presque totalité de ses cuisses se fussent extraites du pantalon, puis se démena ensuite comme un beau diable, rampant sur le plancher pour faire glisser le pantalon le long de ses jambes et le repousser enfin dans un coin avec ses pieds. Tout son corps endolori protestait mais elle y était arrivée... *Ce salopard ne sait pas à qui il a affaire.* Seulement vêtue du blouson de cuir ouvert sur son tee-shirt déchiré, de son soutien-gorge et de sa petite culotte rose et échancrée, elle attendit qu'il revienne, les jambes écartées, en une pose totalement impudique. *C'est maintenant ou jamais,* se dit-elle : *la grande scène du petit chaperon rouge et du grand méchant loup...*

— Putain, qu'est-ce que t'as foutu ?

Elle leva la tête. Vit son regard luisant posé sur ses seins, son ventre, son slip... et elle sut qu'elle avait choisi la bonne stratégie. Qu'il appartenait à cette catégorie d'hommes. Ça ne marcherait peut-être pas, mais il y avait une infime chance. Le regard de Zlatan s'arrêta en haut de ses cuisses. Il semblait perplexe. En proie à une réflexion intense. Il savait que ce n'était pas le moment, bien sûr – mais il avait du mal à écarter les yeux de ce spectacle. Elle était menottée et étendue à ses pieds, elle était en son pouvoir.

— Détache-moi, dit-elle. S'il te plaît... ne fais pas ça...

Elle écarta sciemment les cuisses, se tortilla et se cambra, comme si elle cherchait à se libérer. Elle sentit son slip descendre un peu plus sur ses fesses. Parfait... Il la fixait. Le regard dur. Noir. Brillant. *Primitif.* Un prédateur. De nouveau, elle lut le dilemme dans ses yeux. Il était partagé entre l'urgence qu'il y avait à se débarrasser d'elle et ce qu'il voyait : une très belle femme, presque nue, à sa merci. Et l'appel de cette chair offerte était quasi irrésistible pour un homme violent et dépravé comme lui. Elle était là, par terre, mains menottées, sans arme et sans défense... Pareille occasion ne se représenterait jamais, voilà ce qu'il était en train de se dire. Elle devina le message de l'excitation sexuelle qui se frayait un chemin à travers son cerveau, obscurcissait son raisonnement.

Sans plus réfléchir, il porta une main à son ceinturon et en défit la boucle. Elle inspira profondément.

— Arrête... non... ne fais pas ça, dit-elle.

Elle savait pertinemment que cette sorte de message avait l'effet exactement inverse sur ce genre d'homme. Il s'attaqua ensuite à sa braguette, lentement, sans la quitter des yeux. Fit un dernier pas en avant. Ce fut au moment où sa grosse main maladroite s'évertuait à défaire un bouton réticent, le troisième, tandis que l'autre tenait toujours l'arme, que les jambes de Ziegler se refermèrent brusquement autour de ses chevilles – comme une pince – et qu'elle les replia violemment vers elle, ses propres chevilles croisées en un nœud fatal.

Elle vit la lueur de surprise dans ses yeux quand il perdit l'équilibre. Il battit l'air de ses mains. Tomba de tout son poids. Sa tête alla heurter durement la plinthe. Mais ce fut l'arme que Ziegler ne quitta pas des yeux quand elle tomba entre eux. Un coup partit, assourdissant. Un sifflement suraigu vrilla son oreille, comme celui d'une fusée de feu d'artifice, et un souffle chaud caressa sa joue lorsque le petit morceau de métal passa tout près d'elle et alla se ficher dans le mur quelque part derrière avec un claquement sec. Un nuage de fumée s'éleva et une âcre odeur de cordite envahit le couloir. Elle rampait déjà, gigotant, se trémoussant, se poussant désespérément des pieds et des fesses sur le plancher, et elle s'empara du pistolet au moment où il le cherchait lui-même des yeux en se frottant l'arrière du crâne. Elle roula sur le flanc, l'épaule écrasée contre le plancher, le regard dirigé vers ses pieds et, au-delà, vers Zlatan lui-même, l'arme tenue dans ses mains menottées, contre ses fesses, pointée vers lui.

— Ne bouge plus, CONNARD ! Si tu fais le moindre geste, je te vide le chargeur dans le ventre, espèce de sale enfoiré de merde !

Il eut un rire mauvais. Ses yeux étaient deux puits de ténèbres. Ils fixaient le trou noir du canon dans le dos de Ziegler, sourcils froncés.

— Et tu comptes faire quoi, maintenant ? ironisa-t-il. *Me tuer ?* Ça m'étonnerait… On va rester là longtemps ? C'est moi qui ai ton iPhone, je te le rappelle. Et la clé de tes menottes. T'as vu ta position ? Dans deux minutes, ton bras sera complètement ankylosé !

Il la regardait avec l'assurance tranquille du prédateur qui a tout son temps. Il avait raison. Le sang avait déjà du mal à circuler dans son épaule coincée sous elle, et la main qui tenait l'arme dans son dos était agitée de petits tremblements. Bientôt, elle tremblerait trop pour pouvoir viser correctement et, de son côté, il aurait récupéré suffisamment pour se jeter sur elle.

— Tu as foutrement raison, décréta-t-elle en souriant.

Il lui lança un regard étonné. Aussitôt après, le coup partit et il hurla de douleur quand son genou explosa, sa rotule pulvérisée par la balle.

— Putain, t'es cinglée ! hurla-t-il en se tordant de douleur et en se tenant la jambe à deux mains. Tu aurais pu... tu aurais pu me tuer, merde !

— Exact, lui lança-t-elle. Dans cette position, j'ai tiré au jugé, tu t'en doutes. J'aurais pu te toucher n'importe où... Au ventre, à la poitrine, à la tête... Qui sait où la prochaine balle t'atteindra ?

Elle le vit pâlir. Sans plus s'occuper de lui, elle tira ses deux bras menottés en arrière selon un angle de quarante-cinq degrés par rapport à son dos, l'arme à une quarantaine de centimètres du sol, et elle garda le doigt appuyé sur la détente, tirant à l'aveugle à travers la petite pièce derrière elle, en direction de la fenêtre qu'elle avait aperçue en passant. Le tonnerre assourdissant des déflagrations fit siffler ses tympans et ricocha comme une balle de squash sur les murs du couloir. Dans son dos, elle entendit les vitres de la petite pièce exploser bruyamment. Les oreilles bourdonnantes, il lui sembla percevoir des cris dans la rue en contrebas.

— Cette fois, je crois que la cavalerie ne va pas tarder à arriver, répliqua-t-elle, satisfaite.

Une nouvelle idée jaillit, évidente, spontanée, terrifiante : s'il avait raison, il était en danger lui aussi. Là, tout de suite. Dans cet hôpital. Car, contrairement à ce qu'il pensait, l'assassin savait où le trouver. Savait qu'il était plus vulnérable que jamais. Savait que c'était une chance unique.

Servaz songea, avec un haut-le-cœur, qu'il était probablement déjà en route.

Assis au bord du lit, il sentait la terreur couler en

lui. Il n'y avait pas une minute à perdre, il fallait déguerpir d'ici. Vite. Se planquer quelque part. Il tâta ses vêtements : il portait une sorte de pyjama léger en coton. Il chercha de nouveau la sonnette à tâtons, appuya dessus. Rien.

Fumiers !

Son regard se porta instinctivement autour de lui, bien qu'il ne vît rien, et il se leva, les mains tendues en avant. Il tâta les murs. Sentit sous ses doigts un revêtement granuleux, des tuyaux en pagaille, et finit par repérer une chaise près de la tête du lit sur laquelle était posé un grand sac en plastique. Sa main plongea à l'intérieur. Ses vêtements... Il se dépêcha de retirer son pantalon de pyjama et d'enfiler son jean à la place, récupéra son téléphone portable sur la table de nuit proche et le glissa dans sa poche, puis il se chaussa. Quand il eut terminé, sans même nouer ses lacets, il se dirigea vers l'endroit où était censée se trouver la porte.

Il l'ouvrit. Le couloir lui parut étrangement silencieux. Il se demanda où était passé le personnel. Puis un mot s'alluma dans son cerveau : *football*. Il y avait sans doute d'autres matches que ceux de l'équipe de France à regarder. À moins qu'ils n'aient été appelés à un autre étage. Manque de personnel, crédits en berne : l'éternelle rengaine... Il se faisait tard, le personnel de jour était rentré chez lui. L'angoisse l'envahit, il tourna la tête à droite et à gauche. Il se sentit tout à coup très exposé, vulnérable au milieu de ce couloir désert.

Tous les sens en alerte, il tendit les bras devant lui jusqu'au moment où ses mains trouvèrent le mur d'en face. La même surface granuleuse que dans la chambre. Il décida de la suivre et choisit arbitrairement de partir vers la gauche. Il finirait bien par tomber sur quelqu'un. Il faillit trébucher sur un chariot rangé contre le mur, le contourna, reprit sa progression, ses mains toujours au contact du mur. Des tuyaux, des papiers épinglés sur un panneau de liège, un boîtier avec une clé et une chaînette – peut-être pour l'alarme incendie… Il envisagea un instant de tourner la clé. Puis il atteignit un angle. En fit le tour. Se redressa.

— Il y a quelqu'un ? S'il vous plaît, aidez-moi !

Personne. Sa poitrine l'oppressait, une sueur froide descendait le long de son dos, sous la chemise d'hôpital qu'il portait par-dessus son jean. Il continua le long du mur, à tâtons. Tout à coup, il s'immobilisa. Ses doigts venaient de rencontrer une plaque de métal qui faisait saillie, un bouton… *Un ascenseur !* La main tremblante, il s'empressa d'appuyer sur le gros bouton carré et perçut un *ping* en guise de réponse. Ses oreilles captèrent le vrombissement de la cabine se mettant en mouvement. Les portes s'ouvrirent quelques secondes plus tard en chuintant. Il fit un pas à l'intérieur lorsqu'une voix derrière lui le héla.

— Hé ! Où allez-vous comme ça ?

Il entendit l'homme entrer à son tour dans la cabine et les portes de l'ascenseur se refermer sur eux.

— Quel étage ? demanda la voix à côté de lui.

— Rez-de-chaussée, répondit-il. Vous êtes un membre du personnel ?

— Oui. *Et vous, vous êtes qui ?* Comment ça se fait que vous êtes arrivé ici dans cet état, d'ailleurs ?

Le ton de l'homme était soupçonneux. Il hésita, cherchant ses mots.

— Écoutez. Je n'ai pas le temps de vous expliquer.

Mais il faut que vous me rendiez un service : appelez la police.

— Quoi ?

— Je dois quitter cet endroit. De toute urgence. Conduisez-moi à la gendarmerie.

Il devina que l'homme, décontenancé, l'examinait attentivement.

— Si vous commenciez par me dire qui vous êtes...

— C'est un peu compliqué... Je... je suis...

Les portes s'ouvrirent. Une voix de femme enregistrée et sirupeuse dans un haut-parleur : « Rez-de-chaussée/accueil/cafétéria/presse. » Il fit un pas à l'extérieur, perçut des voix un peu plus loin et devina au léger écho qu'elles produisaient qu'ils se trouvaient dans un vaste espace, probablement le hall d'entrée de l'hôpital. Il se mit en marche.

— Oh là, doucement ! lança l'homme derrière lui. Pas si vite ! Où est-ce que vous comptez aller comme ça ?

Il s'immobilisa.

— Je vous l'ai dit : je ne peux pas rester ici.

— Ah bon ? Et je peux savoir pourquoi ?

— Pas le temps. Écoutez, je suis flic et...

— Et après ? Qu'est-ce que ça change ? Vous êtes dans un hôpital, vous êtes sous notre responsabilité et vous avez vu votre état ? Je ne peux pas vous laisser sortir comme ça ! Vous êtes incapable de...

— C'est pourquoi je vous demande de m'aider.

— À quoi faire ?

— Sortir d'ici ! Me conduire à la gendarmerie. Je vous l'ai dit... Bon Dieu, il n'y a pas de temps à perdre !

Un silence s'ensuivit. L'homme devait penser qu'il

était cinglé. Servaz tendait l'oreille, aux aguets, tentant en vain d'identifier les voix et les sons autour d'eux, de repérer une éventuelle menace. Mais la présence de l'homme à ses côtés le rassurait.

— Dans cet état et cette tenue ? Vous délirez complètement, mon vieux ! Vous avez vu le temps ? Il pleut comme vache qui pisse ! Dites-moi déjà pourquoi vous tenez tellement à aller à la gendarmerie... On peut peut-être l'appeler d'ici, non ? Et si on appelait le personnel de votre étage pour en discuter tranquillement avec eux ?

— Vous n'allez pas le croire si je vous le dis.

— Essayez toujours...

— *Je crois que quelqu'un essaie de me tuer*, j'ai peur qu'il ne vienne jusqu'ici.

Il se rendit compte à mesure qu'il la prononçait à quel point sa phrase allait jeter le doute sur sa santé mentale. Mais il n'était plus en état de réfléchir sereinement. Le calmant qu'on lui avait administré l'assommait ; il se sentait épuisé, désorienté par sa cécité, et de plus en plus dans le cirage. Nouveau silence.

— En effet, dit l'homme, sceptique. J'ai du mal à vous croire. Sérieusement, vous voulez que je gobe une histoire pareille ?

Tout à coup, il reconnut la voix. Le jeune homme qui avait ouvert la porte de sa chambre, tout à l'heure, en présence d'Espérandieu. Et qui l'avait refermée aussitôt en s'excusant.

— Vous êtes venu dans ma chambre, constata-t-il.

— Exact.

— Il y avait un autre homme avec moi, vous vous en souvenez ?

— Oui.

— C'était un policier. Comme moi. À votre avis, qu'est-ce qu'il faisait là ?

Il devina que le jeune homme réfléchissait. Il en profita pour plonger une main dans la poche de son jean.

— Tenez. Prenez ça. C'est mon téléphone. Il y a son prénom dans le répertoire : Vincent. Il est lieutenant de police. Appelez-le ! Tout de suite ! Dites-lui ce que je viens de vous dire. Et passez-le-moi. Faites vite ! Il y a urgence, merde !

Des gens passèrent près d'eux en bavardant puis s'éloignèrent. Une sirène d'ambulance hulula au-dehors puis se tut. L'homme lui prit le téléphone des mains.

— Votre code pin ?

Servaz le lui donna. Il attendit, tous les sens en alerte. Des voix, des pas tout autour. Et pas moyen de savoir à qui ils appartenaient. Il luttait aussi contre les brumes qui se déployaient dans son crâne.

— Son nom de famille, c'est quoi ?
— Hein ?
— Votre lieutenant ! il s'appelle comment ?
— Espérandieu !
— Et vous ?
— Servaz !
— Je voudrais parler au lieutenant Espérandieu, dit le jeune homme dans l'appareil. De la part de...

Il l'écouta expliquer maladroitement la situation à Vincent puis poser des questions. Au fur et à mesure des réponses qu'il obtenait, la tension se faisait plus perceptible dans sa voix.

— D'accord, je vous l'emmène, lança-t-il finalement avant de saisir Servaz par le bras. Allons-y. Quelle putain d'histoire ! (Servaz pouvait entendre la panique dans sa voix, maintenant.)

— Je vous avais dit de me le passer.

— Plus tard ! Il faut dégager d'ici en vitesse. Si vous êtes en danger, moi aussi ! On file à la gendarmerie ! Vous n'avez pas une arme, des fois ?

Bonne question. Où était passée la sienne ? Il se souvint qu'il l'avait laissée dans la boîte à gants, avant la plongée.

— Non, dit-il. De toute façon, vous ne sauriez pas vous en servir.

Ils franchirent les portes de l'hôpital et ils furent aussitôt entourés par le déchaînement de l'orage, à l'abri sous la marquise. L'air avait une odeur et un goût d'ozone, il y eut un craquement assourdissant. Le jeune homme prit Servaz par le bras et ils traversèrent le parking sous la pluie torrentielle, à grandes enjambées. Servaz fut immédiatement trempé. La pluie dégoulinait dans sa nuque et dans le col de sa chemise d'hôpital, mouillait ses cheveux. L'eau traversa la semelle de ses chaussures, giclant entre ses orteils. Il se mit à frissonner. Un nouvel éclair déchira la nuit.

Il entendit le jeune homme ouvrir une portière.

— Montez !

Il se laissa tomber, ruisselant, sur le siège passager et éclata d'un rire nerveux lorsqu'il se rendit compte que, mû par un réflexe, il était en train de chercher la boucle de sa ceinture de sécurité.

— Qu'est-ce qui vous fait rire ? demanda le jeune homme en s'empressant de claquer la portière et de mettre le contact.

Il ne répondit pas. Son voisin mit les essuie-glaces en route à vitesse maximum et ils démarrèrent sur les chapeaux de roues. Il sentit la voiture s'incliner et tanguer tandis qu'ils prenaient un virage serré pour quitter le parking et que les pneus hurlaient. Se fit la réflexion que c'était aussi bien qu'il ne vît rien, en fin de compte.

— Je crois qu'on l'a semé, tenta-t-il de plaisanter. On est obligés d'aller aussi vite ?

— Vous n'aimez pas la vitesse ?

— Pas vraiment.

Ils prirent le rond-point suivant à la même allure infernale et la tête de Servaz alla heurter la vitre.

— Merde, ralentissez !

— Mettez votre ceinture, lui ordonna simplement son voisin.

Il entendait le bruit de l'eau qui giflait le plancher de la voiture, celui des gerbes soulevées par leur passage, le ciel qui tremblait sous la violence des éclairs. La tempête faisait rage. Des échos de foudre un peu partout, en trois dimensions, comme s'il avait un casque stéréo sur les oreilles. Il se sentait à la fois soulagé et inquiet. Un éclair plus puissant que les autres retentit et il sursauta.

— Quel temps extraordinaire, non ?

Servaz trouva la réflexion un peu étrange, compte tenu de la situation. Il y avait quelque chose dans la voix du jeune homme... depuis le début... des intonations... Il s'en rendait compte à présent. Dès la première fois, quand le jeune homme avait ouvert la porte de la chambre et qu'il avait entendu sa voix, depuis son lit, elle avait éveillé un écho en lui. Non pas qu'elle lui fût familière. Mais il lui semblait pourtant l'avoir déjà entendue – au moins une fois.

— Vous travaillez dans cet hôpital depuis longtemps ?

La réponse tarda à venir.

— Non.
— Vous faites quoi exactement ?
— Hein ? Aide-soignant...
— On n'aurait pas dû prévenir votre hiérarchie ?
— Faudrait savoir ! Vous et votre adjoint me dites de faire vite, de foncer et maintenant...
— Oui, mais quand même, dit-il. Partir comme ça dans la nature avec un patient sans aviser personne... Vous n'avez pas un biper, quelque chose ?

Un silence. Servaz sentit la nausée revenir, une vague de peur l'inonder. Sa main se cramponna instinctivement à la poignée au-dessus de la portière.

— On s'occupera de prévenir l'hôpital une fois arrivés, dit le jeune homme.
— Oui, vous avez raison. Ça consiste en quoi, exactement, votre boulot ?
— Écoutez. Je ne crois pas que le moment soit bien choisi pour...
— Comment savez-vous que le lieutenant Espérandieu est mon adjoint ?

Le bruit du moteur, le battement des essuie-glaces et le tambourinement de la pluie sur le toit de la voiture pour toute réponse.

— Où est-ce que nous allons, *David* ? demanda-t-il.

47

Sortie

La nuit du 18 au 19 juin fut l'une des plus agitées de l'année. Il y eut des rafales de vent à 160 kilomètres-heure, des arbres déracinés, des caves inondées et un nombre impressionnant d'impacts de foudre dans la campagne autour de Marsac. Les pompiers multiplièrent les sorties et une bourrasque emporta la toiture en tôle d'un magasin de bricolage. La nuit du 18 au 19 juin fut aussi l'une des plus longues dans la vie de Servaz. Tandis que David et lui roulaient sous les violentes averses, au milieu des grondements du tonnerre, des rafales de vent et des éclairs, il se fit la réflexion, enfoncé dans son siège, la sueur lui piquant les yeux sous le pansement trempé, que le temps était exactement le même que la nuit où ils avaient découvert le corps de Claire dans sa baignoire.

— Jolie comédie, dit-il d'une voix qu'il essaya vainement de rendre ferme. J'ai failli me laisser prendre.

— Vous vous êtes laissé prendre, rectifia son voisin.

— Où est-ce qu'on va ?

— Vous ne tenez pas à entendre mes aveux, commandant ?

— Je t'écoute.

Ils contournèrent un nouveau rond-point en tanguant dangereusement. Un klaxon furieux déchira la nuit dans leur sillage.

— J'ai tué Claire Diemar, et Elvis, et Joachim Campos, et plusieurs autres, dit David en élevant la voix pour couvrir le vacarme... Ils ont eu ce qu'ils méritaient. Moi, c'est ce que je dis. Et vous, commandant, vous dites quoi ?

— Pourquoi, David ?

En guise de réponse, le jeune homme saisit la main gauche de Servaz et la glissa sous son tee-shirt en un geste d'une surprenante intimité. Un frisson parcourut le policier lorsqu'il sentit au bout de ses doigts comme un gros bourrelet de chair barrant toute la largeur de l'abdomen.

— Qu'est-ce que c'est ?

— Une spécialité asiatique. Seppuku à la japonaise. Quand j'avais quatorze ans... Mais je n'ai pas eu le courage d'aller jusqu'au bout. En même temps, avec un couteau émoussé, c'est moins commode qu'avec un sabre bien affûté, pas vrai ? (Un petit ricanement sec.) N'est pas Mishima qui veut, conclut-il amèrement.

Un instant, Servaz s'en voulut de n'avoir aucune compétence particulière pour faire face à ce genre de comportement, d'être en somme flic – pas psychiatre.

— Vous connaissez la question de Camus, n'est-ce pas, commandant ?

— « Il n'y a qu'un problème philosophique vraiment sérieux : c'est le suicide. Juger que la vie vaut ou ne vaut pas d'être vécue, c'est répondre à la seule question fondamentale de la philosophie », cita Servaz mécaniquement. Je ne suis pas sûr de suivre. *C'est ça, l'idée, David : on va se tuer en voiture ?*

Le silence pour toute réponse. Servaz déglutit. Il lui fallait trouver un moyen de stopper cette folie. Mais lequel ? Il ne voyait rien, il était prisonnier d'une coque de métal lancée à tombeau ouvert sous la pluie et il n'avait pas le moindre contrôle sur la situation.

— Et pourquoi pas ? Ce sera à la fois mes adieux et mes aveux, dit son chauffeur d'une voix glaciale. Notez l'assonance... Des aveux signés d'un paraphe de sang et de métal.

Servaz réussit à baisser sa vitre. Il se sentait nauséeux. De grosses gouttes le frappèrent au visage. Il inspira à grandes goulées l'air humide, emplissant ses poumons. Il se demanda ce qui se passerait s'il sautait en marche.

— Je vous déconseille de descendre maintenant, dit David à côté de lui. Il y a des arbres et des poteaux électriques partout. Il y a de grandes chances pour qu'on retrouve votre tête d'un côté et votre corps de l'autre. Je ne pense pas que Margot apprécierait le spectacle.

Il remonta la vitre.

— Tu n'as pas répondu à ma question : pourquoi ?

— Connaissez-vous une seule personne véritablement innocente, commandant ? Je vous mets au défi d'en trouver une.

— Arrête ce baratin. Pourquoi *toi*, David ? Tu n'es pas le seul rescapé de cet accident... Pourquoi pas Virginie, Hugo ou Sarah... ? Ou est-ce pour venger les autres, celui qui se déplace avec des béquilles, par exemple ? Ou cet autre qui est dans un fauteuil roulant ? Le... *Cercle*, c'est ça ?

Cette fois, il avait obtenu une réaction. David lui lança un regard où affleurait la surprise.

— Vous êtes un homme étonnant, commandant. Je ne pensais pas que votre enquête vous mènerait si loin. Mais ils sont innocents. Je suis le seul coupable. Eux n'ont fait que fantasmer, imaginer, rêver...

— Vous en aviez parlé, Hugo et toi ? De ce que tu t'apprêtais à faire ? Tu t'étais confié à lui ? C'est ça ? Vous échangiez des idées, pas vrai ? Il était au courant de tout...

— Ne mêlez pas Hugo à ça ! Vous l'avez déjà assez persécuté comme ça. *Hugo n'a rien à voir là-dedans !*

— Hugo t'a appelé, il t'a répété ce que je venais de lui dire, que j'étais tout près, que je savais pour l'accident de bus, que j'allais m'en prendre aux membres du Cercle...

— Qu'est-ce que vous racontez ?

— Il y avait deux personnes dans la voiture de Joachim Campos, selon un témoin, dit Servaz.

Ses phalanges étreignaient la poignée de la porte. Il se tenait prêt à sauter au moindre ralentissement.

— Et Bertrand Christiaens a été balancé dans la Garonne par plusieurs personnes, dit-il.

— La mort de Christiaens n'a rien à voir avec le reste, lança cette fois David. Mais avouez que c'est quand même une sacrée ironie du sort ce qui lui est arrivé...

— *Tu mens.*

— Quoi ?

— Tu as assisté au meurtre de Bertrand Christiaens, quand plusieurs membres du Cercle se sont fait passer pour une bande de marginaux toxicos et ivres, tu as même témoigné de ce que tu avais vu devant la police ce soir-là : ton nom est cité dans le rapport de police... Et tu étais dans la Mercedes de Joachim Campos avant sa mort – mais je parierais que ce n'est pas toi qui lui as tiré dans la tempe. Tu as aussi assisté à la mort d'Elvis, quand ils l'ont donné à bouffer aux chiens, en fumant cigarette sur cigarette dans les buissons. *Mais tu n'as pas tué Claire Diemar...* Parce que je sais qui l'a fait.

— Qu'est-ce que vous racontez ?

— Comment Hugo s'y est-il pris pour te mettre dans cet état ? Comment s'y prend-il pour manipuler les gens, hein ? Comment t'a-t-il convaincu d'écrire cette phrase à sa place dans le cahier ?

Le silence à côté de lui, et une respiration sifflante. Puis la voix, très calme :

— Vous vous trompez. Ce n'est pas Hugo qui m'a mis dans cet *état*, comme vous dites. C'est mon père, mon frère, *ma putain de famille...* Tous ces gens sûrs d'eux-mêmes qui ne doutent jamais, tous ces foutus arrivistes aux yeux de qui j'étais un raté, un minable... Hugo a fait tout ce qu'il a pu pour m'aider. Hugo m'a sauvé. Il m'a fait comprendre que même quelqu'un comme moi avait sa place, que les autres ne valaient pas mieux que moi, qu'ils étaient même pires... C'est mon frère, vous comprenez ? Mon grand frère. Le vrai. Celui que j'aurais dû avoir. Je ferais n'importe quoi pour lui...

Servaz devina que David était désespérément sincère, cette fois. Et cette sincérité l'effraya. Hugo avait sur lui un ascendant, une emprise mortelle : *mortelle pour tous les deux...*

— Eh oui, vous avez vu juste : c'est mon écriture dans le cahier. Et c'est mon ADN qu'on trouvera sur les mégots. À partir de là, tout le monde croira que c'était moi le coupable. Et le fait que je vous ai entraîné dans ma mort ne fera que le confirmer. Je ne vous laisserai pas vous en prendre aux autres...

Les doigts de Servaz cherchèrent les bords du pansement, il tira dessus. D'abord la peau suivit, puis les bouts de sparadrap se détachèrent. Il ouvrit les paupières, les yeux pleins de chaudes larmes qui roulèrent sur ses joues.

Des lueurs... à travers le brouillard de ses larmes et de la pluie inondant le pare-brise... Il voyait !

C'était encore flou, mais il voyait. Il mit du temps à accommoder. Les phares des voitures arrivant en sens inverse l'aveuglaient, l'obligeant à fermer les paupières. L'œil pourpre et tremblant d'un feu rouge apparut, à travers le va-et-vient des essuie-glaces et les trombes d'eau. Il se colla à son siège quand David le grilla.

— Putain de merde ! hurla-t-il.

Le jeune homme tourna brièvement la tête dans sa direction.

— Qu'est-ce que vous foutez ? Vous avez enlevé votre...

— David, tu n'es pas obligé de faire ça ! Je témoignerai en ta faveur ! Je dirai que tu as agi sous influence ! Et les psys te déclareront irresponsable ! Tu seras soigné et tu ressortiras ! Libre ! Guéri !

Un rire tonitruant lui répondit.

— Écoute-moi, merde ! On peut te soigner ! David, je sais que tu es innocent ! Que c'est Hugo qui t'a manipulé ! Tu veux mourir avec ce poids sur la conscience ? Devenir un monstre aux yeux de tous pour l'éternité ?

Un panneau de sens interdit : la bretelle de sortie de l'autoroute ! Servaz sentit tout son sang descendre vers son ventre et ses jambes, tout son corps se plaquer instinctivement contre son siège... ILS ALLAIENT EMPRUNTER L'AUTOROUTE À CONTRESENS !

— Putain, ne fais pas ça ! NE FAIS PAS ÇA !

Irène contemplait le ballet des voitures de police par les portes béantes de l'ambulance. La lueur tournoyante des gyrophares balayait par intermittence l'intérieur du véhicule. Elle glissait sur les flaques d'eau et passait sur le visage de l'urgentiste assis à côté d'elle. Il contrôlait les tuyaux qui la reliaient à un tas d'appareils.

— Comment vous vous sentez ?
— Ça va.

Elle refit le numéro de Martin, sans plus de résultat. Elle tombait chaque fois sur son répondeur. Elle se demanda s'il s'était endormi. Sentit la nervosité la gagner. Elle devait à tout prix l'informer de ce qu'elle avait lu dans le dossier de Jovanovic.

Marianne...

Il n'était pas difficile de deviner son mobile. Le seul possible. Elle avait fait espionner Martin pour protéger Hugo, pour savoir où en était l'enquête. Parce qu'elle aurait fait n'importe quoi pour son fils et le seul homme qui lui restât. Mais en s'adressant à quelqu'un comme Zlatan Jovanovic, elle avait fait un pas de plus vers l'illégalité. Ziegler avait remporté une victoire, mais elle lui laissait un goût amer en pensant à Martin, à sa réaction quand il apprendrait la vérité. Même s'il ne le montrait pas, Martin était fragile. C'était un homme blessé depuis l'enfance. Un homme perdu. Un survivant. Comment allait-il prendre ce nouveau coup ? Soudain, elle s'aperçut que l'urgentiste regardait dehors avec des yeux grands ouverts et un sourire encore plus vaste.

— Oui ? dit-il à la personne qui se tenait debout devant l'ambulance.

Ziegler tourna la tête et elle vit Zuzka qui l'observait avec une moue inquiète. Ses longs cheveux noirs cascadaient sur un blouson en cuir crème très court et elle portait en dessous un grand nombre de colliers et de breloques, un débardeur qui laissait son nombril à l'air et un short imprimé encore plus court. Son rouge à lèvres était aussi brillant qu'un néon. Pendant une demi-seconde, Ziegler oublia tout le reste.

— Je peux y aller ? dit-elle.

Le regard de l'urgentiste allait de l'une à l'autre ; il avait l'air de se demander avec laquelle il aurait préféré passer la nuit, même si la blonde, avec ses hématomes partout et le gros pansement qui lui faisait comme un masque en forme de croix au milieu de la figure n'était pas sous son meilleur jour.

— Euh... il faudrait voir un ORL, et puis faire examiner votre dos et vos côtes...

— Plus tard.

Elle sauta à bas de la civière puis de l'ambulance, prit Zuzka dans ses bras et l'embrassa en inclinant la tête plus que d'ordinaire à cause de son « masque ». La langue de sa compagne avait un goût doux-amer de Campari, de rye et de vermouth. *Manhattan*, conclut Ziegler. Zuzka était venue directement de sa boîte de striptease : le Pink Banana, dès qu'Irène l'avait appelée. L'urgentiste les observait. *Avec les deux*, répondit-il mentalement. *Avec les deux et en même temps.*

Servaz heurta la portière quand ils prirent le tournant à une vitesse absolument dingue et il pria presque pour qu'ils versent avant d'avoir atteint l'autoroute. Mais il vit le ruban d'asphalte se précipiter vers eux et des phares approcher au loin dans la nuit, là où l'autoroute décrivait un grand virage. Il eut un mouvement de déglutition involontaire. La voiture quitta la bretelle et s'élança sur la voie centrale à contresens. Servaz sentit son scrotum se contracter, il aperçut des voitures de l'autre côté du terre-plein central – *elles roulaient dans le même sens qu'eux !*

— David, je t'en supplie, *réfléchis !* Tu peux encore arrêter ça ! Ne fais pas ça, bon Dieu ! Attentioooonnnnn !

Un hurlement de klaxons devant eux. Des appels de phares pris de frénésie. Il ferma les yeux. Quand il les rouvrit, les deux voitures qui les avaient croisés continuaient leur route en faisant hurler leurs avertisseurs paniqués dans la nuit. La sueur coulait comme de l'eau sur son visage. Elle lui brûlait la rétine. Il l'essuya d'un revers de manche.

— David ! Réponds-moi, merde ! Dis quelque chose ! Tu vas nous tuer, putain !

David fixait la route et Servaz ne lisait rien dans ses yeux sinon leur mort certaine. Ses mains étreignaient si fort le volant que ses jointures en étaient blanches. La lueur du tableau de bord se reflétait dans la barbe blonde du jeune homme. Et dans son regard humide. Servaz comprit à quel point il était loin. Il fixa l'autoroute devant eux, balayée par les averses, attendant l'apparition du prochain véhicule, tous ses sens concentrés sur la collision prochaine, certaine, inévitable.

Il s'enfonça dans son siège en voyant apparaître de nouveaux phares au loin. De nouveaux appels lumineux lorsqu'en face on comprit qu'ils roulaient à contresens. Des phares plus hauts sur la chaussée... Plus puissants... Brouillés par la pluie... Un barrissement assourdissant déchira la nuit. Oh, non ! *Un poids lourd !* Bien qu'aveuglé par ses phares surpuissants, Servaz le vit qui essayait de se déporter pesamment sur l'autre voie, vit sa silhouette massive se déplacer avec une lenteur exaspérante d'une voie à l'autre, vit les gigantesques gerbes d'eau soulevées par les multiples roues tourbillonnantes du mastodonte. Il entendit les changements de régime du moteur, les protestations de la boîte de vitesses, les appels de phares déchaînés et aveuglants cisaillèrent douloureusement ses nerfs optiques. Il se tassa sur lui-même, guettant le moment où David donnerait un coup de volant et les précipiterait sur le monstre d'acier, attendant l'effroyable choc.

Mais rien ne se passa. L'avertisseur du géant d'acier déchira ses tympans quand il passa tout près d'eux ; il tourna la tête et entrevit, à travers le brouillard d'eau giflant les vitres, les yeux écarquillés du routier les regardant du haut de sa cabine, terrifié. Il respira. Soudain, il comprit que tout ce qui était arrivé depuis qu'il avait posé un pied à Marsac était destiné à le mener ici, sur cette autoroute, que cette chaussée inondée était comme le symbole de son histoire, la remontée à contresens dans son propre passé. Il pensa à son père, à Francis, à Alexandra, à Margot, à Charlène. À sa mère, à Marianne... Destin, fatalité, hasard, combinaisons... Comme des atomes, des particules se précipitant les unes vers les autres, s'entrechoquant, se disloquant – naissant et disparaissant.

C'était écrit.

Ou pas.

Brusquement, il plongea la main dans la poche de David. Là où le jeune homme avait rangé son téléphone après avoir feint d'appeler Espérandieu. Ses doigts le tirèrent hors de la poche.

— Qu'est-ce que vous faites ? Lâchez ça !

La voiture zigzagua dangereusement d'une voie sur l'autre. Servaz détourna le regard, sans plus s'occuper de ce qui se passait devant eux. Il porta l'appareil à sa bouche tandis que la main de David lui attrapait le poignet, tentait de lui arracher le portable.

— Vincent, c'est moi ! cria-t-il alors qu'il percevait encore la tonalité. Tu m'entends ? Vincent, c'est Hugo ! C'est Hugo le coupable ! Tu m'entends ? *HUGO !* Le mot sur le cahier, c'était un truc pour l'innocenter ! Il va tenter de faire porter le chapeau à David ! Tu comprends ce que je te dis ? (Tout à coup, la voix d'Espérandieu à l'autre bout : « Allô ? Allô ? C'est toi... Martin ? ») Oui, c'est ça, poursuivit-il sans tenir compte de l'interruption au moment où David essayait de lui envoyer un coup de poing qu'il esquiva.

Ils roulaient sur les trois voies à la fois, empiétant même sur la bande d'arrêt d'urgence.

— Contacte le juge ! Hugo ne doit pas sortir de prison ! Pas le temps de t'en dire plus ! Plus tard, je te dis !

Il coupa la communication. Cette fois, il avait toute l'attention de son voisin.

— Qu'est-ce que vous avez fait ? *Qu'est-ce que vous avez fait ?*

— C'est fini, Hugo ne pourra pas s'en sortir. Gare-toi sur la bande d'arrêt d'urgence ! Ça ne sert plus à rien ! On va te soigner, je te le promets ! Tu as ma parole : on va s'occuper de toi ! *Qui ira voir Hugo en prison si tu n'es pas là pour le faire ?*

De nouveaux phares devant eux. Légèrement sur leur gauche. Quatre phares en ligne. Surpuissants. Éblouissants. Hauts sur la route. *Un nouveau poids lourd...* David l'avait vu, lui aussi. Il quitta lentement la voie du milieu pour se glisser en douceur dans celle du semi-remorque qui approchait, dans un mouvement très fluide qui sembla presque chorégraphié...

— NON ! NON ! NON ! NE FAIS PAS ÇA ! NE FAIS PAS ÇA !

De nouveaux appels de phares. Le barrissement de l'avertisseur. Les grincements métalliques du mastodonte s'ébrouant, cherchant une issue. Cette fois, il n'y en aurait pas. Le poids lourd n'aurait pas le temps de se déporter. Les deux véhicules fonçaient l'un vers l'autre. Collision inévitable. C'était donc ici que la route s'arrêtait. C'était écrit. La fin de l'histoire. Dans quelques secondes... Un choc titanesque et puis plus rien. Le néant. Servaz entrevit la bretelle de sortie d'une aire sur leur gauche, qui descendait la colline dans leur direction.

— Si tu nous tues, tu vas tuer deux innocents ! Hugo ne peut pas s'en sortir ! C'est terminé pour lui ! *Qui ira le voir en prison si tu n'es pas là ?* À gauche ! À GAUCHEEEE !

Il vit les quatre yeux ronds et aveuglants se ruer vers eux, quatre épées de lumière se réfléchissant sur la chaussée. Il ferma les yeux. Tendit ses bras devant lui et posa ses mains sur le tableau de bord en un réflexe absurde.

Attendit le choc épouvantable.

Sentit qu'ils viraient brusquement sur la gauche... Il rouvrit les yeux.

Ils avaient quitté l'autoroute ! Ils escaladaient la bretelle à toute vitesse et à contresens !

Servaz vit le gigantesque semi-remorque passer au large, sur sa droite, en contrebas. Sauvé ! Puis il sursauta en voyant apparaître une voiture qui quittait l'aire au-dessus d'eux. David donna un coup de volant, ils montèrent sur l'herbe en cahotant, contournèrent la voiture qui descendait avec quatre occupants terrifiés à son bord – une famille ! –, arrachèrent plusieurs branches à l'une des haies basses et firent irruption sur le parking presque désert. Servaz aperçut les néons d'une cafétéria et d'une station-service à l'autre bout. David écrasa la pédale de frein. La voiture partit en travers, les pneus gémirent.

Elle s'immobilisa.

Servaz détacha sa ceinture, ouvrit sa portière et se précipita dehors pour vomir.

La mort, il le savait, aurait désormais un visage. Celui d'un grand semi-remorque, d'un pare-chocs et de quatre phares en ligne. Il le savait comme il savait qu'il n'oublierait jamais cette image. Et qu'il aurait peur chaque fois qu'il monterait en voiture sans être lui-même au volant.

Il but la nuit humide à grands traits, le souffle court, et goûta la pluie tiède sur sa langue. Sa poitrine se soulevait, ses jambes tremblaient. Ses oreilles bourdonnaient comme si un essaim était en train de s'en échapper. Il fit lentement le tour du véhicule et découvrit David assis par terre, adossé à la roue arrière. Ses doigts fourrageaient dans ses cheveux blonds, il grimaçait et sanglotait en fixant le sol. Servaz s'agenouilla devant lui et posa ses mains sur les épaules tremblantes du jeune homme à travers sa blouse d'infirmier.

— Je tiendrai ma promesse, dit-il. On t'aidera. Dis-moi juste une chose : c'est toi qui as mis le CD de Mahler dans la chaîne stéréo de Claire Diemar ?

Il capta le regard chargé d'incompréhension, secoua la tête, l'air de dire : « Ça n'a pas d'importance », serra l'épaule du jeune homme et se redressa. Il sortit son téléphone et s'éloigna, conscient du spectacle qu'il devait donner, en chemise d'hôpital trempée sous la pluie battante, ses doigts couverts d'égratignures depuis l'épisode calamiteux de la plongée, son visage portant encore les traces du pansement qu'il avait arraché.

— Bon sang, c'était quoi ce coup de fil ? Et pourquoi tu ne répondais pas ?

La voix de Vincent. Il semblait paniqué. Servaz comprit que son appareil avait dû vibrer à plusieurs reprises et qu'il ne s'était rendu compte de rien au milieu de ce maelström. Mais cette voix lui fit du bien.

— Je t'expliquerai. En attendant, sors le juge de son lit. Il faut annuler la libération d'Hugo. Et il nous faut une autorisation pour l'interroger dès ce soir en prison. Appelle Sartet.

— Mais tu sais bien qu'il n'acceptera jamais. C'est illégal. Hugo a été mis en examen.

— Sauf si on l'interroge dans le cadre d'une autre affaire, dit Servaz.

— Quoi ?

Il lui expliqua son idée.

— Fais ce que je te dis. Je vous rejoins dès que je peux.

— Mais tu ne vois rien !

— Oh que si, je vois... Et, crois-moi, il y a des fois où il vaudrait mieux ne rien voir.

Un silence perplexe à l'autre bout.

— Tu n'es pas à l'hôpital ?

— Non. Je suis sur une aire d'autoroute.

— Quoi ? Qu'est-ce que...

— Laisse tomber. Dépêche-toi. Je t'expliquerai plus tard.

Une portière claqua derrière lui. Servaz fit volte-face.

— Attends une minute, dit-il à son adjoint.

Il crut apercevoir un sourire sur le visage de David assis derrière le volant. À travers le pare-brise mouillé, leurs regards se croisèrent. Servaz ressentit comme un choc électrique. Il marcha à grandes enjambées dans la direction de la voiture, se mit à courir quand la Ford Fiesta partit doucement en arrière. Comme dans un rêve, tandis qu'il courait vers elle, il la vit décrire une gracieuse arabesque sur le bitume du parking, orienter son museau vers la bretelle de sortie puis repartir en marche avant.

Servaz se dit qu'il n'irait pas loin, une fois tous les péages bloqués. Puis – en une fraction de seconde – il comprit. Non ! Non, David, NON !

Il courut de toute la force de ses jambes, en hurlant, mû par le désespoir, la peur, la colère, le sentiment qu'il ne pourrait jamais se pardonner d'avoir été aussi stupide. Courut inutilement dans son sillage, tandis que la voiture s'éloignait, ses feux arrière déjà inaccessibles, qu'elle franchissait l'ouverture entre les haies et dévalait la pente qu'ils avaient remontée quelques minutes plus tôt, puis s'engageait de nouveau sur l'autoroute.

Elle s'immobilisa au milieu des voies.

Perpendiculairement à l'axe de l'autoroute...

De là où il se trouvait, Servaz entendit David couper son moteur. Perçut presque aussitôt le barrissement hystérique sur sa gauche. Tourna la tête juste à temps pour voir surgir le semi-remorque dans le grand virage, en bas de la colline. Vit le monstre freiner trop tardivement et trop brutalement, se mettre en travers des trois voies, perdre le contrôle de sa remorque qui se précipita avec tout le reste de sa cargaison sur la minuscule Ford, l'engloutissant dans un déchaînement de tôles écrasées, de pièces mécaniques broyées, de métal, de plastique et de chair.

Il vit le reste comme à travers un brouillard, bien plus tard : les ambulances, les voitures de police, les gyrophares griffant la nuit, entendit à peine le hululement des sirènes, les messages crépitant sur les fréquences radio, les cris, les ordres, le sifflement des extincteurs crachant leur neige carbonique et la plainte aiguë des scies électriques, ne prêta guère attention aux voitures de presse qui vinrent se joindre à la curée, aux fourgons couronnés d'antennes paraboliques, aux caméras de télévision, au crépitement des flashes, ni même au visage de la jeune journaliste qui lui mit un micro sous le nez et qu'il repoussa d'une bourrade. Il les rêva plus qu'il ne les vit, plus qu'il ne les entendit. Bizarrement. Il se traîna jusqu'à la cafétéria et une étrange pensée se fraya un chemin à travers lui en voyant là aussi les gens s'agiter comme des abeilles désorientées par la fumée. Il se dit que ces gens, sans le savoir, étaient fous. Que seuls des fous pouvaient vouloir vivre dans un monde pareil et le conduire, jour après jour, à sa perte. Et il commanda un café.

Intermède 4

Dans la tombe

Son esprit n'était qu'un cri.
Une plainte.
Qui montait, dévorait ses pensées.
Dans sa tête, elle criait de désespoir, elle hurlait sa rage, sa souffrance, sa solitude... – tout ce qui, mois après mois, l'avait dépouillée de son humanité.
Elle suppliait aussi.
Pitié, pitié, pitié, pitié... laissez-moi sortir d'ici, je vous en supplie... Dans sa tête, elle criait et elle suppliait et elle pleurait. Dans sa tête seulement : en réalité, aucun son ne sortait de sa gorge. Elle avait un bâillon-boule dans la bouche, sa lanière bouclée serrée sur sa nuque. Il ne lui avait pas attaché les mains dans le dos : elle aurait pu frotter et user ses liens contre la pierre de son cachot. Elle avait bien les mains dans le dos, mais collées ensemble de la paume au bout des doigts avec de la colle extraforte. C'était une position très inconfortable, qui avait rapidement provoqué des douleurs permanentes dans ses articulations et une contracture chronique extrêmement douloureuse des muscles autour de sa colonne vertébrale. En outre, elle l'obligeait à se

tenir penchée en permanence, y compris pendant son sommeil. Elle avait bien essayé de s'arracher la peau des mains, mais c'était impossible et elle avait failli s'évanouir. Il voulait sans doute s'assurer qu'elle ne s'ouvrirait pas les veines des bras ou des cuisses avec les dents.

Dans l'obscurité, elle changea de position pour soulager la tension de ses muscles ; elle était assise par terre, adossée au mur de pierre, à même le sol de terre battue. Parfois, elle s'allongeait. Ou bien elle rejoignait son matelas miteux. Elle passait le plus clair de son temps à somnoler, couchée en chien de fusil. Parfois, elle se levait et marchait. Quelques pas, guère plus. Elle n'avait plus envie de se battre. Elle ne portait aucun vêtement. Nue comme un petit animal. Et terriblement maigre. Il ne la nourrissait plus qu'une fois tous les deux jours ; il lui donnait tout juste assez à manger pour qu'elle ne meure pas de faim. Il ne la lavait plus. Elle avait considérablement maigri et elle sentait les os percer sous sa peau crasseuse. Elle avait en permanence un mauvais goût dans la bouche, en plus du goût de la boule, et une douleur atroce lui rongeait le côté gauche de la mâchoire et la langue ; un abcès. Ses cheveux sales la démangeaient. Elle se sentait de plus en plus faible. Elle devait peser dans les quarante kilos. Peut-être moins.

Il avait aussi cessé de l'emmener là-haut. Dans la salle à manger. Plus de repas, plus de musique, plus de viol pendant son sommeil, car il ne la piquait plus. C'était le seul soulagement. Elle se demandait pourquoi il la gardait en vie.

Car elle avait une remplaçante, désormais. Une fois, il la lui avait présentée. Elle était si faible qu'elle ne tenait plus sur ses jambes et qu'il avait dû la soutenir pendant qu'elle gravissait les marches conduisant au rez-de-chaussée. « Qu'est-ce que tu peux puer », avait-il dit en fronçant le nez. Elle avait vu la jeune femme assise à la table du dîner, dans ce fauteuil qui auparavant était le sien. Son torse attaché au dossier comme elle l'avait été, par la large courroie de cuir. Elle avait reconnu ce regard : c'était le sien quelques mois ou quelques années plus tôt. D'abord, elle n'avait rien dit, elle n'en avait plus la force. Elle s'était contentée de dodeliner de la tête en regardant la nouvelle par en dessous. Mais elle avait lu l'épouvante dans les yeux de la femme qui portait sa robe, elle avait deviné ses cheveux lavés, son corps parfumé. Finalement, elle avait réussi à cracher : « C'est ma robe. » Il l'avait redescendue à la cave. C'était la dernière fois qu'elle l'avait vue, mais, de temps en temps, elle entendait la musique là-haut et elle savait ce qui se passait. Elle se demandait dans quel endroit de la maison il la gardait enfermée.

Pendant longtemps, elle avait craint de devenir folle, elle avait lutté pour rester saine d'esprit, elle avait essayé de s'accrocher à la réalité. À présent, elle lâchait prise. La folie qui rampait à la lisière de sa conscience, comme un prédateur sûr de tenir sa proie, avait commencé de dévorer sa lucidité, de s'en repaître. Le seul moyen de lui échapper encore était de repenser à ses quarante années d'existence, à ce qu'avait été sa vie – la vie d'une autre, plutôt, qui portait son nom, mais qui ne lui ressemblait plus. Une existence belle, mouvementée, tragique – mais jamais ennuyeuse.

Le remords enflait dans sa gorge quand elle pensait à Hugo. Elle avait été si fière de lui. Elle n'ignorait rien de ses addictions, mais qui était-elle pour lui jeter la pierre ? Son fils si beau, si brillant... sa plus belle réussite. Où était-il à présent ? En prison ou dehors ? L'angoisse la faisait suffoquer, lui écrasait la poitrine quand elle pensait à lui. Et puis la douleur menaçait de la briser, de la mettre en pièces quand elle revoyait Mathieu, Hugo et elle ensemble, réunis, jouant dans le jardin ou sur une plage, faisant de la voile sur le lac par un matin clair, entourés d'amis à l'occasion d'un barbecue par un après-midi de printemps, des amis qui tous, elle le savait, admiraient leur famille. Elle entendait leurs rires, leurs exclamations, elle revoyait son fils de cinq ans soulevé vers le soleil dans les bras de son père, hilare, une grimace de bonheur absolu sur son visage joufflu. Ou le père et le fils assis à la tête du lit, Hugo le pouce dans la bouche, attentif, concentré, terriblement sérieux, puis s'endormant peu à peu, tandis que son père lui lisait *Robinson Crusoé, L'Île au trésor* ou *La Guerre des boutons*. Mathieu était mort dans cet accident de voiture, et il les avait abandonnés – Hugo et elle – à l'orée de la vie. Parfois, elle lui en voulait terriblement pour ça.

Elle revoyait aussi la maison du lac, la terrasse où elle aimait prendre le petit déjeuner aux beaux jours, un livre à la main, le miroir lisse et paisible du lac reflétant les arbres de l'autre rive, cet îlot de paix dont elle ne se lassait jamais, seulement troublé par le bruit d'une voile qu'on choque, le cri des enfants dans une propriété voisine ou le tap-tap d'un moteur hors-bord porté par l'écho.

Et puis, elle pensait à Martin... Elle pensait souvent à lui. Martin, son plus grand amour, son plus grand échec. Elle se souvenait des cours à Marsac où leurs regards se croisaient vingt fois par heure, de leur impatience à se retrouver, de leurs discussions sur Schopenhauer, Nietzsche ou Rimbaud. De ses colères quand il demeurait hermétiquement fermé à la musique et aux textes de Dylan, de Morrison, de Springsteen ou des Stones. Elle le surnommait « le Vieux » ou « mon cher Vieux » alors qu'il n'avait qu'un an de plus qu'elle. Mais Dieu qu'elle l'aimait. Et elle l'avait aimé encore plus quand elle avait découvert ce qu'il écrivait. Quelqu'un qui fût capable d'ouvrir les poitrines et les cœurs comme avec un outil et de tout mettre sur le papier. Un talent inouï... C'était la première chose qu'elle avait pensé en lisant les premières lignes de cette nouvelle : *L'Œuf*. Elle se souvenait encore aujourd'hui de la première phrase : « *C'est fini, terminé,* finito *: si je devais mourir demain, il n'y aurait pas une virgule à changer à cette histoire – la plus ennuyeuse qui fût jamais écrite.* » Elle l'aimait, elle l'admirait, mais elle savait qu'elle n'était pas sa première lectrice, que Francis, son alter ego, son frère, était passé avant elle. Il lui arrivait d'être jalouse de Francis. Du pouvoir qu'il avait sur Martin. *Et du pouvoir qu'il avait sur elle...* La dope... Elle n'avait qu'une peur en ce temps-là : que Francis raconte tout à Martin, qu'il lui dise que la personne qu'il aimait plus que tout au monde était une camée. Cette peur ne l'avait pas lâchée pendant tout le temps où ils avaient été ensemble. Peut-être était-ce pour cela, au fond, qu'elle l'avait quitté. Pour échapper à la peur...

Elle l'aimait, elle l'admirait – *et elle l'avait trahi...* Elle s'accroupit dans l'obscurité de sa tombe, l'esprit vide, le corps tremblant. Tout à coup, le vent du désespoir emporta toutes ces belles images ensoleillées et les ténèbres, le froid, l'abîme fondirent sur elle. La folie était de retour et elle la sentit refermer ses griffes acérées sur son cerveau. Dans ces moments-là, elle se cramponnait à une vision, de toutes ses forces, la seule qui la sauvât encore d'une démence sans rémission.

Elle fermait les yeux et elle se mettait à courir. Seule, le long d'une plage en partie découverte par la marée. Une aube lumineuse faisait scintiller les vagues et le sable humide, la brise agitait ses cheveux. Elle courait et courait et courait encore. Pendant des heures, les yeux clos. Les cris des mouettes, le bruit régulier de la mer, quelques voiles sur l'horizon et la lumière de l'aube. Elle n'en finissait plus de courir. Sur cette plage interminable. Elle savait qu'elle ne reverrait jamais la lumière du jour.

48

Finale

Les projecteurs éclairaient l'enceinte extérieure de la prison. Le parking était désert. Servaz se gara le plus près possible de l'entrée. La rage ne l'avait pas quitté. Cette colère qui avait progressivement remplacé l'abattement et la fatigue.

Le directeur les attendait. Il avait reçu plusieurs coups de fil étonnants au cours de la nuit : du parquet, de la PJ, et même du directeur de l'administration pénitentiaire, lequel avait été invité par la garde des Sceaux en personne à tout mettre en œuvre pour « faciliter les démarches du commandant Servaz et du lieutenant Espérandieu ». Il ne comprenait pas pourquoi tout le monde prenait cette affaire tellement à cœur tout à coup ; il ignorait qu'un député de la majorité, l'espoir du parti, avait été sur le point d'être arrêté et se retrouvait définitivement blanchi, et que, dès le lendemain, les membres du parti majoritaire s'empresseraient d'annoncer à la presse qu'il était définitivement mis hors de cause, dénonceraient avec véhémence « toutes ces fuites absolument regrettables », débarqueraient sur les plateaux télé pour signifier « qu'il existait dans ce pays quelque chose qu'on appelait la présomption d'innocence et qu'elle avait été foulée aux pieds dans cette affaire par les membres de l'opposition ». À Paris, on avait senti le vent tourner : plus question de paraître avoir lâché trop vite Paul Lacaze s'il s'avérait innocent. La consigne avait changé : on serrait les rangs.

Cela n'empêchait pas le directeur de la maison d'arrêt, de son côté, de considérer avec la plus grande circonspection le commandant de police aux yeux rouges et aux pupilles dilatées et le jeune lieutenant qui avait l'air d'un adolescent avec son blouson argenté. Le premier avait en outre des hématomes et des griffures partout sur le visage et sur les mains, et un gros pansement dans ses cheveux hirsutes – comme si on lui avait recousu le crâne. Le directeur allait refermer la porte derrière eux quand la voix de Servaz s'éleva :

— On attend quelqu'un.
— Le parquet ne m'a parlé que de deux personnes.
— Deux, trois... quelle différence ?
— Écoutez, il est déjà plus de minuit. Il va falloir que je poireaute jusqu'à ce que vous ayez fini ? Parce que j'aimerais bien...
— La voilà.

Un bruit de moteur s'éleva du parking balayé par l'orage et une voiture aux couleurs de la gendarmerie apparut. La portière s'ouvrit côté passager et une femme en blouson, pantalon et bottes de motard en descendit, son visage étrangement barré par un gros pansement en forme de croix qui lui couvrait le nez et les joues. Elle avait aussi le bras gauche en écharpe. Ziegler rentra la tête dans les épaules en sentant la pluie lui crouler dessus et elle se dépêcha de faire les quelques mètres qui la séparaient de l'entrée. Elle avait été cuisinée pendant une bonne heure par un substitut du parquet d'Auch et plusieurs officiers de gendarmerie de la Section de Recherche, mais elle était quand même parvenue à joindre Martin. Elle lui avait expliqué en quelques mots ce qui venait de se passer, en omettant une fois de plus de mentionner qu'elle était entrée dans son ordinateur.

— Comment tu as fait pour découvrir tout ça ? avait-il dit, perplexe.

Il n'avait pas paru surpris quand il avait appris que Marianne l'avait fait espionner. En revanche, elle avait perçu l'immensité de sa tristesse. Martin lui avait ensuite demandé de les rejoindre à la maison d'arrêt de Seysses. Il avait l'air épuisé au téléphone, elle lui avait demandé pourquoi il n'était pas à l'hôpital, mais il n'avait pas répondu.

— Elle est avec nous, dit le flic.

Nom de Dieu, pensa le directeur en voyant approcher la blonde amochée. *C'est quoi, ce cirque ?* Mais il avait des ordres. Tombés d'en haut. « Faites tout ce qu'ils demanderont, est-ce bien clair ? » avait dit le directeur de la pénitentiaire au bout du fil. Il haussa les épaules, ordonna aux gardes de laisser couler quand les trois visiteurs firent sonner les portiques de sécurité, et il les précéda dans les entrailles de la prison, leurs pas résonnant dans les coursives. Ils franchirent trois grilles et, finalement, le directeur sortit un trousseau de clés, en inséra une dans la serrure et déverrouilla la porte du parloir.

— Allez-y. Il vous attend.

Il s'éloigna rapidement. Il ne tenait pas à savoir ce qui allait se passer là-dedans.

— Bonsoir, Hugo, dit Servaz en entrant.

Assis derrière la table en formica, les mains croisées, le jeune homme leva la tête et le regarda.

Puis son regard se déplaça vers Espérandieu et Ziegler qui entraient derrière lui, et Servaz vit une petite lueur de surprise passer un instant dans ses yeux bleus en découvrant le visage de la gendarme.

— Qu'est-ce qu'il se passe ? Le directeur m'a sorti de mon lit et maintenant vous voilà...

Servaz fit un effort pour dissimuler sa colère. Il s'assit et attendit que Vincent et Irène en aient fait autant. Tous les trois faisaient face à Hugo, de l'autre côté de la table. D'un strict point de vue juridique, ils n'avaient plus le droit de rencontrer le gamin dans l'enquête sur la mort de Claire, puisqu'il avait été mis en examen. Mais, compte tenu des derniers développements, Servaz avait obtenu du juge Sartet un permis de communiquer dans l'enquête sur le meurtre d'Elvis, affaire distincte mais néanmoins liée à la première.

— David est mort, dit-il doucement.

Il vit une grimace de douleur ravager les traits du jeune homme.

— Comment ?

— Il s'est suicidé. Il a pris l'autoroute à contresens, sa voiture est entrée en collision avec un poids lourd. Il est mort sur le coup.

Le regard de Servaz transperçait Hugo. La douleur du gamin était sincère, il luttait pour ne pas se mettre à pleurer, ses lèvres tordues comme s'il avait avalé une boîte de clous.

— Tu savais qu'il était suicidaire ?

Hugo releva le menton. Il fixa Servaz, les yeux brillants, hocha la tête.

— Oui.
— Depuis longtemps ?

Le jeune homme haussa les épaules, l'air de dire : « Qu'est-ce que ça peut foutre, maintenant ? »

— J'ai toujours connu David dépressif, articula-t-il d'une voix plate et mécanique. Même quand nous étions gosses, il était toujours... bizarre... Il avait cette espèce d'humeur noire... et ce sourire triste. À douze ans déjà, il souriait de cette façon.

Servaz le vit prendre une sorte d'inspiration, comme s'il s'apprêtait à plonger en apnée.

— Il avait parfois des réactions imprévisibles, il pouvait passer de la joie au désespoir en une seconde. Une fois, je l'ai vu balancer une grosse pierre à la tête d'un copain uniquement parce que celui-ci soutenait l'inverse de ce qu'il disait. Quand il était comme ça, les potes l'évitaient – mais pas moi. Sa mère l'a envoyé voir des psys pendant des années, jusqu'à ce qu'il lui dise d'aller se faire foutre. Tout ça, c'est la faute à son sale fumier de père. (La voix d'Hugo coula comme de la lave.) Et à son connard de frère. Ce sont eux qui l'ont bousillé... Ces deux salauds devraient être poursuivis pour harcèlement moral, si vous voulez mon avis... Je me souviens qu'une fois David a ramené une fille à la maison alors qu'il avait quatorze ans, une gentille gamine. Son frère a pris un tel plaisir à l'humilier devant elle et s'est montré si grossier avec la fille qu'elle n'a plus jamais voulu remettre les pieds chez eux ni même lui adresser la parole. Son père avait l'habitude de dire à sa mère qu'ils avaient eu « un garçon et une fille ». Il lui interdisait de lire ou même d'avoir des livres dans sa chambre : il disait que la lecture rendait efféminé. Son père se vantait d'être arrivé là où il était sans avoir lu le moindre livre de sa vie, même à l'école.

— Dans ce cas, comment se fait-il que David ait atterri à Marsac ?

— Ça faisait longtemps que son père et son frère se désintéressaient complètement de ce que David pouvait devenir ou faire ; ils avaient décidé qu'il était irrécupérable, un point c'est tout. Je crois que ça le blessait encore plus que les sévices. C'est sa mère qui finançait ses études sur ses deniers personnels. Elle a toujours cherché à protéger David de son père et de son frère – mais elle était faible, et elle aussi subissait leurs brimades…

— Il avait déjà fait d'autres tentatives ?

— Oui, plusieurs… Une fois, il a même tenté de s'ouvrir le ventre avec un couteau. Comme les samouraïs, vous voyez ? Ça s'est passé après l'épisode de la fille…

Servaz se souvint de la cicatrice sous ses doigts. Sa gorge se serra et il déglutit. Hugo les regarda un par un.

— C'est pour ça que vous m'avez fait réveiller en pleine nuit ? Et que vous êtes venus en force ? Pour m'annoncer la mort de David ?

— Pas exactement.

— Je vais bien être libéré demain matin, n'est-ce pas ?

Servaz perçut l'inquiétude dans sa voix. Il ne répondit pas.

— Putain, David, mon pote, mon frère… gémit soudain Hugo. Quelle saloperie, ta vie, mon ami…

— Il a fait ça pour toi, dit Servaz doucement mais distinctement.

— Quoi ?

— J'étais avec lui dans la voiture. David s'est accusé des meurtres de Claire Diemar et d'Elvis Elmaz. Et aussi de ceux de Bertrand Christiaens et de Joachim Campos...

— Qui ça ?

Bien joué, pensa Servaz. *Tu n'es pas tombé dans le panneau.*

— Ces deux noms ne te disent rien ?

Hugo secoua la tête.

— Ils devraient ?

— Ce sont les noms du chef des pompiers qui sont venus à votre secours au lac de Néouvielle et du chauffeur du bus.

— Ah oui. Maintenant que vous le dites...

— Et Claire Diemar aussi était dans ce bus, cette nuit-là, n'est-ce pas ?

Hugo lança à Servaz un regard étrange. Le tonnerre gronda derrière les vitres.

— C'est vrai. Elle y était. Vous pensez qu'il y a un rapport entre l'accident et sa mort, c'est ça ? Vous dites que David s'est accusé du meurtre de Claire ? Avant de se donner la mort ?

Servaz le sonda. Hugo avait l'air sincèrement stupéfait. Le gamin était un sacrément bon comédien.

— S'il s'est suicidé en se jetant contre un camion, et que vous étiez dans cette voiture, alors comment se fait-il que vous soyez ici maintenant ?

Il fixait Servaz d'un air soupçonneux. Celui-ci se retint pour ne pas se jeter sur lui par-dessus la table.

— C'est fini, dit Ziegler paisiblement.

Le regard du jeune homme pivota vers elle.

— C'était bien joué, l'idée du cahier. Risqué, mais astucieux. D'abord, il t'accusait. Puis il t'innocentait.

Pas de réponse.

— Je suppose que si les policiers chargés de l'enquête n'avaient pas poussé les investigations assez loin, s'ils n'avaient pas fait preuve, disons, d'une curiosité et d'une conscience professionnelle suffisantes, tu aurais toi-même suggéré à ton avocat de demander une expertise graphologique.

Pendant une infime fraction de seconde, elle fut là. L'étincelle. Le signal qu'ils guettaient. Mais elle disparut aussitôt.

— Je ne comprends pas de quoi vous voulez parler, bordel ! Ce n'est pas mon écriture dans ce cahier.

— Bien sûr que non, dit Servaz. Puisque c'est celle de David.

— Alors, c'est vrai ? C'est lui qui l'a tuée ?

— Espèce de sale petit enfoiré, dit Ziegler.

— C'est toi qui lui as demandé d'écrire ce mot dans le cahier, Hugo ? Ou bien c'est lui qui l'a fait de sa propre initiative ?

— Quoi ? Je ne comprends rien !

Un autre éclair. Plus proche. Quelqu'un cria dans les entrailles de la prison. Un long cri douloureux. Qui s'éteignit aussi vite qu'il avait surgi. Les pas d'un gardien dans le couloir. Puis de nouveau, le silence. Mais le silence ne durait jamais très longtemps en prison.

— Claire, elle couchait avec pas mal de monde, pas vrai ? dit Servaz.

— Tu étais jaloux ? demanda Ziegler.

— Vous en avez tué combien, toi et tes petits camarades ? voulut savoir Espérandieu.

— Le chef des pompiers, c'était vous, dit Servaz. Sarah, Virginie, David et toi : il a été jeté à la flotte par quatre personnes.

— Et dans la voiture de Joachim Campos, un témoin a vu deux hommes avec lui : David et toi ? suggéra Ziegler.

— Vous étiez deux, ce soir-là, pour tuer Claire Diemar ? enchaîna Vincent. La caméra a filmé deux personnes sortant du pub. David et toi, là aussi ? Ou bien est-ce que David s'est contenté de monter la garde ?

— Ce que je ne comprends pas, c'est pourquoi tu es resté sur place, ajouta Servaz. Pourquoi prendre ce risque ? Pourquoi ne pas avoir fait comme pour les autres ? Pourquoi ne pas avoir maquillé sa mort en accident ou en disparition ? Pourquoi t'être assis au bord de la piscine ? Pourquoi ?

Le regard d'Hugo allait de l'un à l'autre dans la lueur du néon. Servaz vit le doute, la colère, la peur dans ses yeux. Le téléphone de Servaz émit un double *bip* dans sa poche. Un message... *Pas maintenant...* Il ne quittait pas Hugo des yeux.

— Putain, vous allez arrêter ça ! lança finalement celui-ci. Appelez le directeur ! Je veux lui parler ! Je n'ai plus rien à vous dire ! Foutez le camp !

— Tu l'as tuée tout seul, Hugo ? Ou bien vous vous y êtes mis à plusieurs ? Est-ce que David a participé ?

Un silence.

— NON, J'ÉTAIS SEUL...

Hugo levait les yeux vers eux : deux minces fentes luisantes. Ils ne dirent rien. Servaz sentit son cœur battre. Il savait que c'était pareil pour les autres.

— Je suis allé là-bas pour la prévenir du danger qu'elle courait. J'avais sniffé dans les toilettes du pub, et j'avais trop bu... Je savais que les autres allaient bientôt passer à l'action. On était au mois de juin. *Et je savais que c'était son tour, cette fois.* On en avait discuté entre nous.

Il eut de nouveau ce petit geste de la main qui lui venait de sa mère.

— Je savais qu'elle avait été lâche, cette nuit-là, il y a six ans. Qu'elle nous avait abandonnés à notre sort, moi et les autres. Qu'elle n'avait rien fait pour nous secourir... Mais je savais aussi que le remords la rongeait depuis cette époque. Elle me l'avait dit. Elle y pensait tout le temps, elle était littéralement obsédée par ça. Le fait de s'être si mal comportée. « J'ai eu peur, j'ai paniqué, cette nuit-là. J'ai été lâche. Tu devrais me haïr, me mépriser, Hugo. » Elle me disait ça en permanence. « Pourquoi es-tu si indulgent, si gentil avec moi ? » Ou bien : « Arrête de m'aimer, je ne le mérite pas, je ne mérite pas tout cet amour, je ne suis pas quelqu'un de bien. » Et les larmes ruisselaient sur ses joues, je lisais la détresse dans ses yeux, elle tremblait contre moi en disant ça. Et puis, à d'autres moments, elle était la personne la plus gaie, la plus drôle, la plus surprenante, la plus merveilleuse que j'aie jamais rencontrée. Elle pouvait faire de chaque moment un miracle. *Je l'aimais, vous comprenez ?...* (Il marqua une pause – et sa voix changea, comme si deux acteurs se partageaient le même rôle.) J'étais bourré, stone ce soir-là, en sortant du pub. Je suis allé la voir, pendant que tout le monde était devant le match. Je lui ai parlé de l'existence du Cercle... Au début, elle avait du mal à y croire, elle pensait que je délirais, que j'étais ivre, ce qui était effectivement le cas, et puis, quand je lui ai parlé en détail de la mort du chauffeur, elle a soudain compris que je disais la vérité.

Servaz vit les yeux d'Hugo. La lueur tout au fond. Comme des braises tisonnées qui se réveillent sous la cendre, comme un feu qui couve depuis longtemps sous la toundra.

— Et là, je l'ai vue se métamorphoser. C'était comme si quelqu'un d'autre avait pris sa place. Ce n'était plus la Claire que je connaissais... Celle qui m'encourageait à écrire et qui me jurait qu'elle n'avait jamais rencontré un talent pareil chez un élève. Celle qui m'envoyait vingt textos par jour pour me dire qu'elle m'aimait et que jamais rien ne nous séparerait, que nous vieillirions toujours amoureux comme au premier jour. Celle qui pouvait rester presque parfaitement immobile, abandonnée, offerte, pendant que nous faisions l'amour, ou qui, au contraire, aimait prendre l'initiative. Celle qui citait des auteurs, des poètes qui tous parlaient d'amour et qui improvisait une chanson sur sa guitare où elle parlait de nous, celle qui trouvait un nom pour chaque partie de mon corps comme si c'était la carte d'un pays qui lui appartenait, celle qui n'avait pas peur de dire « je t'aime » encore et encore, cent fois par jour... Tout à coup, cette Claire-là n'existait plus. Elle était... *partie*... Et celle qui l'avait remplacée me regardait comme si j'étais un monstre, un ennemi. Elle avait peur de moi.

Les paroles d'Hugo voltigeaient dans la lumière des néons. Chacune d'elles trouvait un écho dans le cœur lourd de Servaz.

— Quel con ! Je n'aurais certainement pas agi de la sorte si j'avais été moins stone. Elle a voulu appeler la police. J'ai tout fait pour l'en dissuader, je ne supportais pas l'idée que mes « frères et sœurs » puissent aller en prison (Servaz sentit un malaise s'immiscer entre ses côtes en pensant aux paroles de David dans la voiture), qu'ils paient une deuxième fois avec tout ce qu'ils avaient déjà souffert. Je ne savais plus quoi inventer. Je lui ai dit que je les convaincrais d'arrêter, que c'était fini, qu'il n'y aurait plus d'autres victimes, mais qu'elle n'avait pas le droit de leur faire ça après ce qu'elle leur avait déjà fait... Elle ne voulait rien entendre, elle était comme folle, elle était sourde à tous mes arguments. Le ton est monté, je l'ai suppliée. Et puis, tout d'un coup, elle a tout déballé : elle m'a dit qu'elle ne m'aimait plus, de toute façon, que c'était fini entre nous, qu'elle en aimait un autre. Qu'elle avait l'intention de me le dire bientôt. Elle m'a parlé de ce type, le député : elle m'a dit qu'elle en était folle amoureuse, que c'était l'homme de sa vie, qu'elle en était sûre. J'ai vu rouge, j'ai pété les plombs : je voulais la protéger et elle, elle ne pensait qu'à nous envoyer en prison et à se débarrasser de moi ! Je ne pouvais pas la laisser faire ça. Ils sont ma famille... J'étais furieux, j'étais ivre de colère. Je me suis dit : quel genre de femme peut jurer à un homme sur tout ce qu'elle a de plus cher qu'elle l'aimera jusqu'à la fin des temps et le lendemain lui dire qu'elle en aime un autre ? Quel genre de femme peut être aussi belle, aussi merveilleuse dans l'amour et aussi laide ensuite ? Quel genre de femme peut jouer avec les autres de cette façon ? Et alors j'ai pensé : le même genre qui abandonne des enfants à la mort par lâcheté... Elle était belle, jeune, insouciante, et elle ne pensait qu'à elle. Il n'y avait qu'elle qui comptait, je le comprenais tout d'un coup. Tous ces remords qui la rongeaient, cette culpabilité, c'était du pipeau. Tout comme son amour. Un mensonge... Elle s'inventait des histoires. Elle se mentait à elle-même comme elle mentait aux autres. J'ai compris ce soir-là que Claire Diemar n'était rien d'autre qu'égoïsme et faux-semblants. Qu'elle serait toujours un poison pour tous ceux qui croiseraient sa route. Elle n'avait pas le droit... Je ne pouvais pas la laisser faire...

— Alors, tu l'as frappée, dit Servaz. Tu as trouvé la corde et tu l'as attachée avant de la mettre dans la baignoire. Et tu as ouvert le robinet...

— Je voulais qu'elle comprenne avant de mourir ce que les enfants avaient enduré à cause d'elle. Qu'une fois au moins dans sa vie, elle réalise tout le mal qu'elle avait fait...

Il y eut comme un éclat de rire tout au fond de la prison. Rageur et impuissant. Puis des sanglots étouffés. Et le silence se referma. Mais il ne dure jamais bien longtemps en prison.

— Et elle a compris, oh ça oui, dit Servaz. Ensuite, tu as jeté les poupées dans la piscine et tu t'es assis là, au bord de l'eau... Pourquoi les poupées ? Parce qu'elles symbolisaient tes camarades noyés remontés à la surface ?

— Chaque fois que je venais chez elle, cette collection de poupées... j'en avais des frissons.

— Et après ?

Hugo releva la tête, il les regarda.

— Quoi, après ?

— Tu étais en état de choc, tétanisé par ce que tu avais fait, encore sous l'effet de l'alcool et de la drogue : *qui est venu ce soir-là vider la messagerie de Claire et emporter son portable pour faire croire que quelqu'un d'autre cherchait à effacer ses traces, mettre la musique de Mahler, qui est venu ?*

— David.

Servaz tapa si fort du poing sur la table qu'il fit sursauter les quatre personnes présentes dans la pièce. Il se dressa, se pencha sur la table.

— Tu mens ! David vient de se suicider en essayant de te sauver, toi, son frère, son meilleur ami, et tu salis déjà sa mémoire ?! David, ce soir-là, est sorti après toi du pub, il était sur les vidéos de la caméra de surveillance de la banque, de l'autre côté de la place. Il m'a même assommé pour voler les enregistrements ! Mais le CD, ce n'est pas lui ! Quand je lui en ai parlé, juste avant qu'il se donne la mort, il m'a regardé : *il ne savait pas de quoi je parlais !*

Hugo resta silencieux. Il paraissait secoué.

— D'accord, dit-il enfin d'une voix morte, une voix remplie d'amour, de haine, de pitié et de dégoût de soi. David est juste sorti du pub, ce soir-là. Il a essayé de m'arrêter, de me raisonner... Il savait ce que je voulais faire... Il voulait m'empêcher de tout raconter à Claire. Je l'ai envoyé balader et il est retourné à l'intérieur. Il n'a volé les enregistrements que pour éviter qu'à travers lui on puisse remonter jusqu'au Cercle, et parce que ça renforçait l'hypothèse qu'il y avait un autre coupable. Quand je l'ai eu au téléphone, il m'a dit qu'il avait failli sauter avec vous dans le vide, ce soir-là, qu'il n'avait renoncé qu'au dernier moment.

Pendant une ou deux secondes, Servaz sentit un froid immense l'envahir.

— Et les mégots trouvés chez Claire, dans les bois ? articula-t-il. Avant de mourir, il m'a pourtant dit qu'on trouverait son ADN dessus.

— Il désapprouvait ma liaison avec Claire. Il la détestait. Ou bien il était jaloux, je ne sais pas... Mais ce que je sais, c'est qu'il était là, des fois, à nous espionner depuis les bois et à fumer cigarette sur cigarette... C'était ça aussi, David...

— QUI ? insista Servaz, même s'il redoutait de plus en plus d'entendre la réponse. QUI EST VENU FAIRE LE MÉNAGE ?! QUI A MIS LE CD DANS CETTE PUTAIN DE CHAÎNE ?

Un nouveau double *bip* dans sa poche. Il sortit son portable. Il avait deux messages. À cette heure-ci ? Qu'est-ce qui urgeait à ce point ? Il ouvrit sa messagerie. Le numéro n'était pas enregistré dans son répertoire, il afficha le premier message. Et l'adrénaline, la peur, la nausée se ruèrent à nouveau dans ses veines.

— Margot ! cria-t-il tout haut en bondissant de sa chaise.

Le SMS était signé « J H ».

Il disait :

« *Prends garde à la bien-aimée.* »

Il chercha fébrilement le numéro de Samira, appuya sur la touche d'appel.

— Patron ? dit la jeune femme, surprise, dans l'appareil.

— Va voir Margot ! Cours ! Fonce ! hurla-t-il dans le téléphone.

— Patron, qu'est-ce qui se passe ?

— Ne pose pas de questions ! Fais ce que je te dis !

Il l'écouta trotter dans l'herbe, puis courir sur le gravier. Le cœur battant, il l'entendit gravir les marches vers les dortoirs quatre à quatre, cogner à la porte, dire : « C'est Samira ! » Entendit la porte s'ouvrir et une voix familière répondre, une voix ensommeillée, une voix qui lui fit l'effet d'un baume sur une brûlure. Puis celle de Samira revint dans l'appareil, essoufflée.

— Elle va bien, patron. Elle dormait.

Il respira profondément, regarda les autres qui le dévisageaient, yeux écarquillés.

— S'il te plaît, dit-il, rends-moi service. Dors avec elle cette nuit, prends l'autre lit. Je t'expliquerai. Tu as bien compris ?

— Bien reçu, dit Samira. Je dors dans la chambre.

— Et verrouille la porte.

Il referma son portable. Perplexe et soulagé à la fois. Regarda à nouveau le texto.

— Qu'est-ce qui se passe ? demanda Ziegler qui s'était mise debout elle aussi.

Servaz lui montra le message.

— Oh, merde, dit la gendarme.

— Quoi ? articula Servaz. Qu'est-ce qu'il y a ?

— C'est à Marianne qu'il va s'en prendre...

— Pourquoi vous parlez de ma mère ? lança Hugo de l'autre côté de la table.

Ils le regardèrent.

— C'est elle qui a mis le CD, pas vrai ? dit Servaz d'une voix blanche.

— Dites-moi ce qui se passe, putain !

Servaz lui montra l'écran de son téléphone, il vit le gamin devenir livide. Il lut l'horreur, l'incompréhension, une terreur absolue dans ses yeux.

— Putain, *c'est vraiment lui, cette fois !* cria le fils de Marianne. Il va la punir d'avoir pris sa place ! Oui, c'est elle qui a mis le CD avant de vous téléphoner ! Oui, je l'ai appelée au secours, ce soir-là ! Je lui ai servi le même couplet qu'à vous, je lui ai dit qu'il était trop tard, que quelqu'un m'avait vu par la fenêtre d'en face ! Elle a compris que les gendarmes allaient débarquer d'une minute à l'autre. Alors, elle a eu cette idée... Elle s'est souvenue de votre enquête, de tous ces articles qu'elle avait lus dans la presse à l'époque : Hirtmann, l'Institut et votre goût commun pour Mahler... Du coup, elle a rappliqué aussi vite qu'elle a pu, elle a glissé ce CD dans la chaîne et elle est repartie aussitôt. Elle pleurait. Elle m'a aussi dit au téléphone d'essayer de vider la messagerie de Claire. Je ne comprenais pas à quoi ça servait, j'étais trop dans les vapes, mais je l'ai fait et j'ai essuyé le clavier. Si les gendarmes l'avaient trouvée là, elle aurait simplement dit la vérité : que je l'avais appelée au secours. Heureusement, ils ont mis un certain temps à débarquer. Ils ne pouvaient pas savoir qu'ils allaient trouver un cadavre... et ils étaient probablement tous devant le match. C'est ce qui nous a sauvés ! Elle était à peine ressortie qu'ils se pointaient ! Ensuite, elle vous a appelé. Elle s'est dit que si l'enquête vous était confiée, et que vous trouviez ce CD, elle avait peut-être une chance de vous amener à douter de ma culpabilité... une chance de sauver son fils... Et puis, elle vous a envoyé ce mail depuis un cybercafé...

Tout ce qui s'était passé depuis une semaine, tout ce que Servaz avait traversé remontait à la surface. Le gérant du cybercafé leur avait dit qu'une femme était venue... Hugo et Margot avaient fraternisé... il avait dû dire à sa mère quelle était la musique préférée de sa fille. Et qui avait eu l'opportunité de trafiquer son portable, d'y entrer un contact bidon pendant qu'il dormait sinon elle ? Qui avait soigneusement évité de le viser avec le fusil ? Qui avait tranquillement gravé les lettres sur le tronc au milieu de la nuit ? Il repensa à ce qu'il avait dit à Espérandieu dans le parking : « Le CD de Mahler était dans la chaîne stéréo avant même que l'enquête ne nous soit attribuée. » Et pour cause...

— Qu'est-ce que vous attendez ? hurla le fils de Marianne en repoussant sa chaise qui se renversa bruyamment sur le sol. Vous ne comprenez donc pas ? *C'est lui qui vient d'envoyer ce message !* Vous ne voyez pas ce qui se passe ? ! IL VA LA TUER !

Craquements de la foudre, lueurs, gyrophares, éclairs. La pluie dégoulinant sur les pare-brise, le crépitement des messages dans les radios, les sirènes, la vitesse, la route qui défile, changée en torrent ; la nuit se déployant au-delà. Des bruits divers dans la tête, la peur, la conscience embrouillée. La certitude terrifiante qu'ils allaient arriver trop tard.

Traversée de Marsac au milieu d'un brouillard... Le lac... Ziegler, Espérandieu et lui remontant la rive est, puis la rive nord, Vincent au volant. Les véhicules de la gendarmerie étaient déjà là. Une demi-douzaine. Ils s'engouffrèrent par le portail béant. Servaz sentit son estomac se liquéfier tandis qu'ils roulaient sur les graviers de l'allée. Toutes les lampes de la maison étaient allumées, au rez-de-chaussée comme à l'étage. De la lumière ruisselait par toutes les fenêtres, illuminant le parc. Des gendarmes un peu partout... Servaz les avait appelés de la prison, presque une heure auparavant. Il bondit hors de la voiture et se rua vers le perron, gravit les marches en courant. Là encore, la porte était grande ouverte.

Il appela : « Marianne ! »

S'engouffra dans les pièces désertes.

Il découvrit Bécker, le capitaine qui l'avait accueilli la première fois dans la maison de Claire en grand conciliabule avec d'autres officiers qu'il ne connaissait pas.

— Alors ?

— Elle n'est nulle part, répondit Bécker.

Servaz fouilla méthodiquement chaque pièce du rez-de-chaussée. Sans illusion. Ils l'avaient fait avant lui. Il retourna dans le hall.

— Quelqu'un là-haut ? lança-t-il dans le grand escalier.

— Personne...

Il franchit le barrage des rideaux qui dansaient dans le vent et émergea sur la terrasse, face au lac hérissé par la pluie dans l'obscurité.

Où était-elle passée ? Il l'appela. Encore et encore. Croisa les regards perplexes des gendarmes. Elle allait apparaître d'un instant à l'autre, lui demander ce qui se passait et il la serrerait dans ses bras, l'embrasserait, l'absoudrait pour sa trahison et ses péchés. Ils regarderaient les voitures de police repartir et puis ils déboucheraient une bouteille. Ensuite, elle lui demanderait de la pardonner – il s'agissait de son fils, après tout – et ils feraient l'amour.

Mais non, il devrait lui annoncer qu'Hugo restait en prison. Par sa faute. Il savait que cela les séparerait à jamais, qu'il n'y aurait plus de retour en arrière possible après ça. Il sentit le désespoir s'abattre sur ses épaules. Au moins serait-elle vivante. *Vivante...* Il descendit sur la pelouse détrempée, ses semelles s'enfonçant dans l'herbe spongieuse, son visage rincé par les averses, la pluie tambourinant sur son crâne, et il rejoignit les gendarmes en coupe-vent imperméables qui exploraient les massifs. Il se retourna : la lueur des gyrophares, de l'autre côté de la bâtisse, rebondissait sur le ventre des nuages, découpant la silhouette noire de la grande maison aux fenêtres illuminées. Mais, au-delà des flaques de lumière plaquées sur l'herbe, il n'y avait que ténèbres. Il contourna plusieurs bouquets d'arbres sombres agités par les rafales. Il entendait à présent les vaguelettes qui léchaient la rive, dans l'obscurité, et la pluie qui balayait le lac.

— Elle n'est pas ici, dit un des gendarmes.
— Vous êtes sûr ?
— On a tout fouillé.

Il montra le bas du jardin du côté des bois, là où il avait découvert les lettres gravées. Même s'il savait à présent qu'elles ne l'avaient pas été par Hirtmann.

— Allez voir par là. Il y a une source et un tronc couché. Fouillez tout le secteur.

Il revint à l'intérieur. Où était-elle passée ? L'avait-il emmenée avec lui ? L'idée lui souleva l'estomac.

— Martin... voulut intervenir Ziegler.
— Tout était comme ça quand vous êtes arrivés ? demanda-t-il à Bécker.
— Oui. Portes et fenêtres ouvertes. Lumières allumées. Ah... et il y avait de la musique...
— De la musique ?

Il se figea. Bécker appuya sur un bouton de la chaîne et la musique jaillit. À plein volume. *Mahler*... Cuivres et violons se déchaînèrent dans toute la maison, rugissant dans les pièces grâce au système de haut-parleurs, ponctués par le timbre aigu des triangles, la voix plus grave des violoncelles, tout l'orchestre se précipitant vers la catastrophe ultime.

Servaz hoqueta. Il avait reconnu le morceau : le *Finale* de la Sixième, la musique de la défaite ; *sa* défaite – un morceau qu'Adorno lui-même avait baptisé : « Tout est mal qui finit mal. »

Il glissa le long du mur et s'assit par terre. Un tremblement agita tout son corps. Les gendarmes présents le regardèrent sans comprendre. Ce flic-là en avait vu d'autres, pourtant. Ils arrêtèrent la musique. Et alors ils entendirent ses sanglots. Ils en furent gênés, comme si un flic ne pouvait pas pleurer, du moins pas devant ses collègues – et encore moins dans l'exercice de ses fonctions. L'instant d'après, ils l'entendirent rugir de rire et alors ils se dirent qu'il était devenu cinglé. Ce ne serait pas la première fois. Ils n'étaient pas des robots ; ils avaient à se farcir toute la merde du monde ; ils étaient des égouts vivants, collectant la merde et la transportant aussi loin que possible du reste de la population. Mais jamais très loin, en fait. La merde finissait toujours par revenir.

Et puis, ils se rendirent compte qu'il tenait un papier à la main, un papier qu'il avait trouvé sur un meuble. Ils se regardèrent, ils brûlaient d'envie de s'approcher pour lire, mais ils n'osèrent pas. Sur la feuille était écrit :

« *Elle a trahi ta confiance et ton amour, Martin. Elle méritait d'être punie.* »

ÉPILOGUE

Été 2010. Espagne.

Il faisait chaud. Il descendait lentement les rues pavées, bordées de balcons fleuris et de lanternes, vers la Plaza Mayor, et il croisait des dizaines de gens heureux dans la chaude nuit espagnole. Bizarre, se dit-il, comme un simple match de football peut donner du bonheur à des millions de personnes pendant quelques heures.

Les rues sentaient le savon, l'eau de toilette, des relents de bière, de vin et d'alcool, le cigare, les pétards qu'avaient fait exploser les enfants et la chaleur des murs emmagasinée pendant la journée. En tanguant dans la foule qui dansait, chantait et lui hurlait sa joie à la figure, il percevait le débit hystérique des présentateurs de la télévision ibère tombant des balcons au-dessus de lui, ponctué par la clameur de toutes les villes d'Espagne en liesse.

La Plaza Mayor était bordée d'arcades sur quatre côtés, et ses façades décorées de fresques du XVIIIe. Elle évoquait tellement une *piazza* italienne avec ses couleurs vives que plusieurs marques de pâtes en avaient fait le décor de leurs spots publicitaires. Cette idée le fit sourire, un sourire fantomatique qui était peut-être aussi dû au fait qu'il était ivre depuis 5 heures de l'après-midi et qu'il était plus de minuit. Il y avait néanmoins beaucoup de monde sur la place, dont bon nombre d'enfants. Il se laissa tomber sur la seule chaise libre.

— Tu as bu, dit Pedro en reposant sa bière et en le dévisageant de ses grands yeux bleus, saillants et rieurs.

— Mmm... Qu'est-ce que tu prends ?

Pedro montra son verre vide, où il ne restait que quelques traînées de mousse.

— La même chose.

Il vit que son ami s'apprêtait à lui parler de l'équipe de France. Il aimait bien taquiner Servaz avec ça.

— Alors, ils ont viré l'entraîneur ? demanda Pedro.

— Pas encore, répondit Servaz.

— Et ce joueur qui l'a insulté, ceux qui ont fait grève pendant l'entraînement, ils vont être sanctionnés ?

Son nouvel ami hochait la tête avec une incrédulité quasi admirative devant l'incommensurable stupidité dont avait fait preuve l'équipe du pays voisin. Servaz eut un sourire presque extatique : il n'y avait qu'un seul pays où des joueurs milliardaires étaient capables de faire grève pendant une Coupe du monde : le sien. Il eut soif, tout à coup. Il se déplia, à demi titubant, et entra dans le grand café pour commander *una caña* et un *carajillo de cognac*. Accoudé au comptoir, il observa les gestes rituels du barman en train de verser le sucre en poudre au fond du verre minuscule, d'ajouter deux grains de café, un zeste de citron, une mesure de brandy, de porter celui-ci presque à ébullition sous le bec à vapeur du percolateur avant de l'enflammer avec son briquet et de faire couler le café noir par-dessus.

Servaz admirait le rite et plissait les yeux, avec cet air de sérieux absolu qui trahissait l'étendue de son ivresse.

Quand il ressortit, son verre brûlant dans une petite assiette, Pedro était toujours là, refaisant bruyamment le match pour la dixième fois avec ses voisins. Servaz s'approcha de sa chaise et la manqua en voulant se laisser choir dessus. Le café brûlant et le brandy se répandirent sur sa chemise et il éclata de rire, allongé sur le sol, sans remarquer les regards des autres tables.

— Ça suffit, dit Pedro. Il est temps de rentrer.

Il souleva le policier sous les aisselles et l'entraîna dans les ruelles adjacentes. Il était plus petit que lui, mais plus fort. Servaz s'appuya sur son épaule. Il leva la tête vers la nuit étoilée, au-dessus des toits, une nuit comme un poème de Garcia Lorca. Il avait posé tous ses congés, toutes ses RTT, tous les jours de son « compte-épargne-temps » et personne, au SRPJ, n'y avait trouvé à redire après les *événements*. Peu de temps avant qu'il ne les pose, Sarah Lillenfeld et Virginie Croze avaient été mises en examen et écrouées, d'autres membres du Cercle avaient été mis en garde à vue, l'instruction suivait son cours – mais sans lui, désormais. Il avait fait sa valise et était passé voir Ziegler, qui s'était vu prescrire dix jours d'interruption de travail à la suite de son agression et qui allait de nouveau passer devant le conseil d'enquête de la gendarmerie. Il se demandait quelle serait la sanction, cette fois. Il savait qu'Irène était à deux doigts de présenter sa démission et cette perspective l'attristait. Elle lui avait expliqué aussi qu'elle avait piraté le système informatique de la prison où était enfermée Lisa Ferney et que Lisa était sa chèvre : elle était bizarrement sûre que le Suisse et elle entreraient un jour en contact. Puis il avait poursuivi sa route et trouvé refuge dans ce petit village, de l'autre côté des Pyrénées, dans le Haut-Aragon, province de Huesca. À quatre heures de route de Toulouse. Un endroit au milieu de nulle part, une région à tout le moins d'une beauté suffocante, des routes solitaires où on ne croisait jamais personne. Personne ne viendrait le chercher ici. Personne ne le connaissait. Ici, il était *el Francés*. À part pour Pedro et quelques autres, qu'il ne fréquentait que depuis deux semaines mais qu'il avait l'outrecuidance de considérer comme ses amis. Pedro qui s'arrêtait tous les trois mètres – Servaz appuyé contre lui – pour célébrer la victoire de l'Espagne avec la quasi-totalité de la ville. Il avait aussi reçu un appel du directeur quelques jours plus tôt : ils avaient découvert l'origine de la fuite dans la presse. *Il n'y en avait tout simplement pas eu*. Du moins pas au sein de la police. Ils étaient retournés cuisiner le patron du cybercafé – Servaz s'était souvenu de « Patrick », le gérant aux petits yeux froids et butés derrière ses lunettes – et Patrick avait admis avoir appelé la presse dès leur départ. À première vue, c'était le journaliste lui-même qui avait deviné l'identité de Servaz grâce à la description du gérant. Quand Patrick lui avait dit que les flics avaient reçu un e-mail envoyé depuis son cybercafé, qu'ils cherchaient un homme grand parlant avec un léger accent et qu'ils avaient l'air de paniquer, le reporter s'était immédiatement souvenu de l'affaire criminelle la plus retentissante de ces dernières années.

— Tu as de la chance, dit Servaz d'une voix pâteuse tandis qu'ils progressaient bras dessus bras dessous.
— Pourquoi ?

— De vivre ici.

Pedro haussa les épaules. Ils franchirent la porte de *l'hostal*, longèrent le couloir jusqu'au patio intérieur. Des murs blancs et des galeries de bois verni couraient autour des étages, décorées de plantes vertes en pot et de meubles anciens. Ça sentait bon la lessive et le jasmin. Ils grimpèrent les marches jusqu'au troisième, et Pedro poussa la porte de sa chambre, qu'il ne fermait jamais.

— Un jour, tu me diras ce qui t'est arrivé, dit-il en le déposant sur le lit. Ça m'intéresserait de le savoir. On ne se détruit pas comme ça sans raison.

— Tu es un... philosophe... *amigo*.

— Oui. Je suis un philosophe. J'ai sans doute lu moins de livres que toi, ajouta Pedro en jetant un coup d'œil aux auteurs latins alignés sur la commode tout en lui ôtant ses chaussures. Mais j'en ai quand même lu quelques-uns. Et surtout, je sais lire les cœurs. Toi, tu sais uniquement lire les mots.

En dehors des livres, il n'y avait pas grand-chose dans sa petite chambre : une valise, quelques vêtements, un walkman comme plus personne n'en utilisait à part lui et des CD – les symphonies de Mahler. C'était l'avantage de la musique sur les livres, se disait-il toujours. Elle prend moins de place.

— Je t'aime, *hombre*.

— Tu es soûl. Bonne nuit, dit Pedro.

Et il éteignit la lumière.

Servaz fut réveillé dès 7 heures du matin par le tintamarre des marteaux-piqueurs, des coups de klaxon, des ouvriers s'interpellant avec des voix aussi puissantes que celles de chanteurs d'opéra et, une nouvelle fois, il se demanda comment faisait ce pays pour dormir si peu. Il resta un long moment à contempler le plafond – aussi inerte et vide qu'une marionnette dont on aurait coupé les fils. Il sentit combien sa bouche était pâteuse, son haleine chargée. Il avait une migraine épouvantable. Il se leva. Se traîna jusqu'à la salle de bains. Sans hâte. Personne ne l'attendait nulle part. Il n'y avait plus aucune urgence dans sa vie.

Il fit couler sur sa nuque et ses épaules l'eau tiède qui jaillissait du pommeau. Se brossa les dents et passa sa dernière chemise propre. Remplit le verre à dents au robinet et y plongea un cachet d'aspirine.

Dix minutes plus tard, il remontait la rue principale au milieu de la poussière soulevée par le chantier, la quittait en tournant sous un porche, puis suivait une ruelle étroite et ombragée qui grimpait vers le flanc aride de la colline. Autour de lui, le village s'éveillait. Il en percevait les échos dans les maisons, par les fenêtres ouvertes. Il reniflait les odeurs de café, de fleurs, vivifiées par le matin. Il entendait les cris des enfants. Les radios qui célébraient la victoire à n'en plus finir. Toute cette énergie qu'il sentait autour de lui, toute cette *vie*. Il pensa à ces histoires de crise économique, à tous ces journalistes qui parlaient de choses qu'ils ne connaissaient pas, de peuples dont ils ignoraient tout, répétant à l'envi chiffres et statistiques. Et à tous ces banquiers, ces économistes, ces spéculateurs rapaces, ces financiers véreux, ces politiciens aveugles. Ils auraient dû venir ici, pour comprendre. Ici, les gens vivaient. Voulaient vivre. Travailler. Exister. Pas seulement survivre.

Pas comme TOI, se dit-il.

Il grimpa la colline. Au-dessus des toits de la ville,

un avion venu de France et volant vers le sud laissa un trait blanc dans le ciel bleu pâle. Il atteignit la cathédrale nichée au milieu des pins, adossée à la falaise. Suivit la longue galerie à colonnades, gravit quelques marches et se retrouva dans le cloître plein d'ombre et de fraîcheur. Il contourna le bassin à l'eau verdâtre et poursuivit son ascension le long du sentier, qui serpentait sur la partie la plus arrondie de la colline pour aboutir au sommet de la falaise. Surgit dans le soleil, bien au-dessus de la cathédrale et de la ville. C'est de là qu'on avait la meilleure vue. Un grand Christ de huit mètres de haut ouvrait ses bras, étendant sa vaine bénédiction à toute la région, jusqu'aux Pyrénées.

Un panorama magnifique... Ce qui l'amenait ici chaque matin, ce n'était pas la vue cependant – mais la falaise. Et le vide. L'appel du vide. C'était une tentation. Une libération possible. Il caressait l'idée depuis un moment, mais un nom le retenait de passer à l'acte : Margot. Il était bien placé pour savoir ce que cela faisait de perdre son père de cette façon. Il pensait aussi beaucoup à David. Le suicide, une fois qu'on lui a ouvert la porte, est un locataire difficile à déloger. Il avait longuement réfléchi et était parvenu à la conclusion que, s'il prenait sa décision, cela se passerait ici. Ce serait la meilleure manière. Une chute de trente mètres, aucune chance de se louper. Pas de mort sordide dans une chambre d'hôtel. Un bel envol. Dans le soleil et dans l'azur. Et un décor parfait.

Il jouait avec cette idée depuis des jours – peut-être des semaines. Ce n'était qu'une idée. Il n'avait pas l'intention de passer à l'acte. Du moins pas pour le moment. Mais l'idée en elle-même était réconfortante. Il savait qu'il faisait une dépression, qu'il y avait des moyens de la soigner – mais il n'en avait pas envie. Il avait vu trop de morts, avait enterré trop de gens, connu trop de trahisons. Il était las. Il était fatigué. Il aspirait au repos et à l'oubli, mais tout revenait sans cesse, encore et encore. Il en avait assez du visage de Marianne dans sa mémoire – et de celui de ses parents, d'autres encore... Il était persuadé qu'elle était morte et que, comme pour les autres victimes du Suisse, on ne retrouverait jamais son corps. Elle avait voulu sauver son fils... mais elle avait aussi trahi Servaz. Il voulait croire, malgré tout, que leurs retrouvailles avaient été sincères, qu'elle n'avait pas couché avec lui uniquement par intérêt. Cependant, chaque fois qu'il pensait à ce qu'elle avait dû subir avant de mourir, cette pensée était aussi insoutenable à regarder en face que le soleil lui-même.

Il aperçut Pedro qui sortait de son atelier, minuscule silhouette en salopette, tout en bas, très loin. Un chiffon à la main. Pedro leva la tête pour jeter un coup d'œil vers le ciel, dans sa direction, mais sans le voir. Il suivit des yeux des enfants qui partaient se baigner dans la rivière.

— On m'a dit que je te trouverai ici.

La voix le fit sursauter. Il se retourna. En temps ordinaire, il aurait été heureux de la voir. Mais, ce matin-là, il ne savait pas s'il était content, soulagé – ou honteux. Elle avait changé. Elle avait enlevé ses piercings et ses cheveux avaient retrouvé leur couleur naturelle. Elle avait l'air d'avoir quelques années de plus.

— Comment tu m'as retrouvé ?

— Il faut croire que tu m'as refilé non seulement ton goût pour les livres mais aussi tes gènes d'enquêteur, papa.

C'était une phrase manifestement préparée à l'avance

et cela le fit sourire. Elle était bronzée, vêtue d'un short en jean et d'un débardeur.

— Je me suis souvenu qu'on est venus ici avec maman et toi, quand j'étais gamine, et que tu aimais beaucoup cet endroit. Mais ce n'est pas le premier que je fais... Oh non... Ça fait plus d'une semaine que je te cherche.

Elle fit deux pas en avant et se pencha – avant de reculer aussitôt.

— Waouhh ! Belle vue... Mais qu'est-ce que c'est haut !

Elle ne le vit pas rougir de honte, l'estomac serré.

Ils parlèrent. Pendant les jours et les nuits qui suivirent, ils parlèrent. Burent. Parlèrent. Fumèrent, rirent, parlèrent – et même dansèrent. Il apprit à connaître sa fille et s'aperçut qu'on ne sait rien des autres, encore moins de ses enfants. Elias était là aussi, cette espèce de grand jeune homme silencieux avec une mèche qui lui mangeait la moitié du visage. Elias était quelqu'un de peu de mots et Servaz s'aperçut qu'il l'aimait bien. Parfois, il leur tenait compagnie ; parfois il les laissait seuls. Il y eut des jours merveilleux où ils furent ensemble comme ils ne l'avaient jamais été, et d'autres où ils se disputèrent. Comme cette nuit où elle le trouva ivre mort après qu'elle eut passé la soirée avec Elias. Il but moins. Puis plus du tout. Ils semblaient avoir tout leur temps. La rentrée était loin et il se demanda si elle avait prévu de travailler pendant les vacances d'été. Il finit par lui demander quand ils repartaient.

— Quand tu seras prêt, répondit-elle. Tu repars avec nous.

Il les présenta à Pedro et à d'autres, et ils finirent

par former une joyeuse petite bande. Elias se mit à parler – du moins, un peu. Ils se couchaient tard, mais il s'aperçut qu'il se levait le matin avec plus d'entrain. Et qu'il ne restait plus étendu sur son lit à contempler le plafond. Ils avaient pris une chambre à l'étage en dessous du sien, donnant comme la sienne sur le patio, et, les matins où il traînait encore un peu, elle montait cogner à sa porte. Ils firent de longues balades en voiture et à pied dans la région, découvrirent des panoramas qui les laissèrent sans voix, des villages de pierre et d'ardoise intacts dans des décors de westerns. Ils se baignèrent dans des rivières à l'eau très froide. Firent du vélo et du canoë. Bavardèrent avec les gens du coin et avec des touristes, se mêlèrent à des fêtes auxquelles on les invitait au dernier moment. Elle prenait des photos et, pour une fois, il ne répugnait pas à être dessus. À sa grande surprise, il découvrit qu'il souriait. Quand ils rentraient de leurs escapades, ils étaient toujours affamés.

Les jours passèrent, alcyoniens, simples, idéaux. Rien n'était planifié, rien ne comptait vraiment. Aucun enjeu. Et puis, un matin, un peu avant l'aube, il se réveilla, très calme, prit une douche et prépara sa valise. Cette nuit-là, il avait rêvé d'elle. *Marianne était vivante...* Quelque part. Et elle avait besoin de lui. Si Hirtmann l'avait déjà tuée, il aurait trouvé un moyen ou un autre de le lui faire savoir. Il sortit de sa chambre. Tout dormait encore dans les étages, mais le jour éclairait déjà le patio. Il descendit, sa valise à la main, prit une profonde inspiration pour s'imprégner une dernière fois du parfum de jasmin, de lessive, d'encaustique et de départ. Il avait aimé cet endroit. Puis il cogna à la porte.

— Je suis prêt, dit-il quand elle s'ouvrit.

*Graus, Haut-Aragon, juillet 2011/
Morbihan, juillet 2012.*

D'une manière générale, j'ai pris de grandes libertés avec la géographie. D'aucuns situeront Marsac à tel endroit, d'autres croiront le voir à tel autre – et tous auront raison et tort à la fois. Bien sûr, il n'existe aucune « Cambridge ou Oxford du Sud-Ouest ». Mon Sud-Ouest est un pays presque aussi imaginaire que la merveilleuse Terre du Milieu de Tolkien.

J'ai aussi pris quelques libertés avec la réalité du travail de police chaque fois que je m'y sentais aussi à l'étroit que dans une paire de chaussures trop petites, et encore plus avec le complexe appareil de la justice. Tous mes remerciements n'en vont pas moins à un certain nombre de gens pour leurs précieux conseils, leurs visites guidées et les erreurs grossières qu'ils m'ont évité de commettre. Par ordre d'apparition, Sylvie Feucher, secrétaire générale du Syndicat des commissaires et hauts fonctionnaires de la police, Paul Mérault, Christophe Guillaumot, José Mariet et Yves Le Hir de la police toulousaine. Comme toujours, les erreurs (volontaires ou non) qui subsistent sont de mon fait. Merci aussi à Stéphane Hauser pour ses conseils musicaux, il me pardonnera de ne pas les avoir toujours suivis. Enfin, il me faut étendre ces remerciements à mes éditrices chez XO qui, une fois de plus, ont réussi le miracle de changer l'eau en vin et à mes formidables équipes éditoriales chez XO et Pocket, à mon épouse, qui rend la vie plus facile, encore et toujours, et à Greg, premier lecteur, ami, confident, coach et sparring-partner tout à la fois. Pour finir, je voudrais dédier ce livre à une personne qui a eu le mauvais goût de partir dix jours avant la parution de mon précédent roman : ma mère, Marie Sopena Minier. Le fait qu'elle n'ait pas eu le temps de le lire n'a pas été facile à accepter.

Composition et mise en pages
Nord Compo à Villeneuve-d'Ascq

Imprimé en Allemagne par
GGP Media GmbH
à Pößneck

POCKET – 12, avenue d'Italie – 75627 Paris Cedex 13

Dépôt légal : novembre 2017
S28121/01